KiWi 363

Das Buch

Peter Härtling hat in diesem Band die Briefe von und an Hölderlin zusammengestellt, dessen Werk ihn seit Jahrzehnten begleitet.

»Ich lebte schon mit ihm und kannte ihn noch nicht«, schreibt der Herausgeber über seine besondere Beziehung zu Hölderlin, in dessen schwäbischer Heimatstadt Nürtingen er selber viele Jahre gelebt hat. Eigentlich widerstrebend hat Härtling zum ersten Mal, angeregt durch einen Lehrer, Hölderlin gelesen, dann immer wieder. »1968 während der Studentenunruhen«, erzählt Peter Härtling, »las ich zufällig seine Briefe wieder. Da trat, mich überrumpelnd, ein anderer auf. Nun verstand ich seine schmerzliche Suche nach dem Vater, seine Fähigkeit zur Freundschaft und seine Ängste in der Liebe, sein ruheloses Bestehen auf Unabhängigkeit, seine unbeirrte Hoffnung auf eine Republik und den besseren Menschen«.

Hölderlins Briefe sind ein großes, bewegendes Zeugnis ihrer Zeit und seiner Hoffnungen und Enttäuschungen, in denen sich auch unsere spiegeln können. Sie sind gleichzeitig Literatur und Literaturgeschichte wie Ausdruck einer Seelenlage, die uns fremd geworden ist und dann wieder so nah, als wäre sie unsere eigene.

Der Herausgeber

Peter Härtling, geboren 1933 in Chemnitz. 1952–1954 Volontär in der Lokalredaktion der »Nürtinger Zeitung«; 1954–1955 Redakteur bei der »Heidenheimer Zeitung«; 1956–1962 Feuilletonredakteur bei der »Deutschen Zeitung«; 1962 Redakteur bei der Zeitschrift »Der Monat«, ab 1964 Mitherausgeber. Anfang 1967 Cheflektor des S. Fischer Verlages in Frankfurt a. M., dort von 1968 bis 1973 Sprecher der Geschäftsleitung, seitdem freier Schriftsteller.

Friedrich Hölderlin

»Behalten Sie mich immer in freundlichem Angedenken«
Briefe von und an Friedrich Hölderlin

Ausgewählt und herausgegeben
von
Peter Härtling

Kiepenheuer & Witsch

Umschlaggestaltung Manfred Schulz, Köln
Umschlagmotiv Stich von Luise Keller nach einem Gemälde von Hieber
Satz Jung Satzcentrum GmbH, Lahnau
Druck und Bindearbeiten Clausen & Bosse, Leck
ISBN 3-462-02392-6

Inhalt

Einleitung

1.

Nie habe ich Briefe so gelesen wie die Hölderlins – aufgenommen in einen an Echos reichen Gesprächsraum, mitgenommen von einem, der vielstimmig anredet: Als Sohn und Geliebter, als Erzieher und Philosoph, als Hoffender und Verzweifelter, als Aufbrechender und Entfernter. Eine Stimme, die mich brüderlich erreichte.

Ich las die Briefe im Herbst 1968 wieder, nun wie eine zusammenhängende Erzählung. Das Land war unruhig, die Luft laut von Reden. In den Universitäten, auf den Straßen versammelten sich junge Leute. »Demo« wurde ein Schlagwort des Tags. Der Lärm meiner Gegenwart traf auf die Stimme aus einer Vergangenheit, die sich im Lesen aufhob. Noch dachte ich nicht daran, über Hölderlin zu schreiben. Begleitend zu den Briefen las ich die Gedichte, den Empedokles, die Übersetzungen. Unerwartet und überraschend gab es Berührungen, bekamen die Gedichte ihren erfahrenen und mitgeteilten Grund in den Briefen, und die Briefe ihrerseits stellten klar, erläuterten. Nur einen Moment lang machte ich Anstalten, den Aufruhr von Achtundsechzig mit der Revolution von 1789 zu vergleichen, die Väterschelte der jungen Leute mit der Wut Hölderlins und seiner Freunde auf die absoluten Herrscher und mit ihrer grenzenlosen Hoffnung auf eine menschenfreundliche Republik. Welche Ansprüche, welche Herausforderung an die »Gesinnungsarten«, vor allem aber in welch einer Sprache wird hier mitgeteilt, überredet, erläutert, bekannt, gestanden, erzählt und belehrt. Immer scheint sie sich zu viel zuzumuten, steht unter Druck; die Konsistenz der Sätze kann erschreckend fest werden; doch plötzlich fährt die Phantasie, hoffend und belebend, zwischen die Wörter und bringt die Zeilen zum Schwingen.

Verse oder Zitate aus den Briefen hakten sich in meinem Gedächtnis fest und halfen mir, mich mit der aufgewühlten Situation auseinanderzusetzen, Hölderlin lehrte mich, genau zu bleiben, die einzelnen Schritte der Geschichte nicht zu unterschlagen. So hielt ich mich lesend gleichsam in einem Zentrum an der Peripherie auf.

»Viel hat von Morgen an,/Seit ein Gespräch wir sind und hören voneinander,/Erfahren der Mensch;/Bald sind wir aber Gesang.« Es kommt mir vor, als stünden diese Verse wie ein Torbogen über Hölderlins Briefen. Alles, was mich in den späten sechziger Jahren vordergründig bewegte, ist entweder von der Zeit geschleift worden oder als unwiderrufbarer Entwurf ohnedies in seiner Dichtung vorhanden. Das ist die Haltung des Absenders Hölderlin. Sie bleibt deutlich ablesbar, obwohl er – weil er – das Gespräch unendlich ernst nimmt, in Rollen schlüpft, Rollen wechselt, stets beweglich, aufmerksam in der Anrede. Ich höre ihn als Sohn, als Schüler, als Erzieher, als Bekenner, als Liebenden, als Freund, als Flüchtling. Und das sind längst nicht alle Rollen, die er annimmt, um den jeweils Angeredeten zu erreichen und zugleich diese für ihn überlebenswichtige Distanz zu bewahren, die verhindert, daß Liebe ihn stranguliert oder die eingeübte Demut überhand nimmt oder die Hoffnung ihn kindisch werden läßt.

2.

Der Sohn: Er ist ein Muttersohn. Auch in der Ferne, selbst wenn die Beziehung angespannt ist, gilt seine Aufmerksamkeit stets der Mutter. Der fünfzehnjährige Seminarist lädt sie zu Weihnachten nach Denkendorf ein. Er habe keine Zeit, nach Nürtingen zu kommen. Die »Geschäfte« nähmen ihn ganz und gar in Anspruch. Er habe eine Predigt für den Johannistag zu schreiben, ferner Gedichte und Briefe. »Liebste Mamma.« Nicht wenige Hölderlin-Kenner, auch Pierre Bertaux, sind sicher, daß die zwiefach verwitwete Frau, die Kammerrätin Gock, mit ihrem Unverständnis und ihren unsinnigen Forderungen den erstgeborenen Sohn nur geplagt und ihm geschadet habe. Sie werfen ihr pietistische Enge und berechnenden Geiz vor. Damit vereinfachen sie sträflich. Hölderlin hat seine Mutter geliebt *und* gefürchtet. Wenn er weder aus noch ein wußte, in Frankfurt oder Bordeaux gescheitert war und seiner Unruhe Herr werden wollte, flüchtete er immer in den Schutz der Mutter, nach Nürtingen. In »Heimkunft«, diesem großen Gedicht, das genaugenommen vom Wandern und von erneutem Aufbruch spricht und in dem die Heimkehr als nur vorläufige Beruhigung beschrieben wird, in »Heimkunft« drückt sich die Liebe zur Mutter und die Bindung an Nürtingen in einer unvergleichlichen Begrüßung aus: »Dort empfangen sie mich. O Stimme der Stadt, der Mutter.« Er rühmt, was er braucht, was ihn trägt, die Stimme seines Herkommens, die Muttersprache.

Den Plänen der Mutter hat er sich oft widersetzt, vorsichtig und dennoch unerbittlich. Sie hat ihn verletzt. Er sie ebenso. Dennoch nahm sie ihn, ehe der Freund Isaac von Sinclair ihn nach Bad Homburg holte und später in der Autenriethschen Klinik in Tübingen abliefern ließ, erschrocken über seinen Zustand und voller Fürsorge auf. Er ist nach einer langen Wanderschaft ein anderer geworden. Sie hat ihn nie ganz begriffen und wird ihn nie ganz begreifen. Daß er sich nun abwendet, sein Geist sich verschließt, hilft ihr zu einer veränderten Liebe: sie erinnert sich seiner nur noch, denkt nicht daran, ihn je in Tübingen im Zimmerschen Turm zu besuchen, ordnet aber, zu seinen Gunsten, mehrfach ihr Testament.

In den ersten Jahren hat er ihr von unterwegs oft seine Zuneigung erklärt, sie getröstet, wenn der Krieg Nürtingen naherückte, sie bei seinen erzieherischen Fehlschlägen in einer Weise ins Vertrauen gezogen, die in einem nach pietistischen Regeln geführten Gespräch unmöglich erscheint. Ich denke hier an die unverhohlene Beschreibung des »Widerstandes« von Fritz von Kalb. Einmal aber, als für ihn die »Stimme der Stadt« längst verstummt ist und der Schreinermeister Zimmer seinen Pflegsohn überreden muß, ein paar Zeilen an die Mutter nach Nürtingen zu schicken, einmal versucht er in einer Formel, sei es eine Feststellung, sei es eine Drohung, den endgültigen, den erfahrenen Abstand zwischen sich und der »liebsten Mamma« auszudrücken: »Nehmen Sie sich meiner an. Die Zeit ist buchstabengenau und allbarmherzig.«

Der Schüler: Seinem ersten Lehrer, dem Nürtinger Dekan Nathanael Köstlin, führt er sich in dem frühesten Brief, der überliefert ist, als Zweifelnder, immer wieder Verführbarer vor, der mehr danach strebe, den Menschen als Gott zu gefallen. Er macht sich groß, um sich selber aufs Maß zu bringen, das der Lehrer, den er liebevoll »Helffer« nennt, von ihm fordert.

Anders verhält er sich gegen seinen poetischen »Meister« Schiller. Anfänglich vertraut er sich ihm mit geradezu kindischer Erwartung an. Schiller vermittelt ihm die Stelle bei Charlotte von Kalb und beschäftigt sich mit seinen Gedichten. »Sollten Sie das Blatt würdigen, in Ihrer Thalia zu erscheinen, so würde dieser Reliquie meiner Jugend mehr Ehre widerfahren, als ich hoffte.« Doch im Lauf der Jahre zieht Schiller sich zurück. Der junge Landsmann, durchaus erst einmal als Adept angenommen, wächst sich zur dauerhaften Provokation aus, indem er Leben und Poesie hahnebüchen durcheinanderbringt. Hölderlin, wie immer hochempfindlich im (Brief-)Gespräch, reagiert: »Sie mußten mich fast aufgegeben haben, und ich dachte, es sollte Ihnen nicht ganz unangenehm sein, zu sehen, daß mich der Druck der Umstände doch nicht ganz überwunden habe, und daß ich noch einigermaßen, Ihrer alten Großmut würdig, lebte und mich fortzubilden versuchte.« Seine Stimme beginnt zu klirren: sein Hochmut ist der Wehmut verwandt.

Der Erzieher: Zehn Jahre lang dient er als Hofmeister. Lenz, ein Beunruhigter wie er, hat ein wildes, trauriges Stück über diesen Beruf geschrieben, der jeden hoffnungsvollen Hauslehrer in eine Zwickmühle bringen mußte: Von der Herrschaft wurde er nicht selten verachtet, von der Dienerschaft verhöhnt.

Über Hölderlins Zöglinge ist nicht allzuviel bekannt. Fritz von Kalb, kundig im Umgang mit Hofmeistern, ließ ihn auflaufen, demütigte ihn in seinem rousseauschen Schwung. Henry Gontard hingegen schrieb dem aus dem Haus Gewiesenen, wie sehr er ihm fehle: »Lieber Hölder! Ich halte es fast nicht aus, daß Du fort bist.« Wie sich da unvermutet eine Kinderstimme in das hochgespannte Gespräch mischt, schmerzt und ruft zugleich eine Wirklichkeit in Erinnerung, die in den Briefen Hölderlins nur am Rande sichtbar wird: die Gemeinschaft von Lehrern und Zöglingen, die Stunden des Lernens und Fragens, diese Insel, auf der, so ist zu vermuten, hochgemut geträumt und geplant wurde.

Der didaktische Briefschreiber suchte sich andere Adressaten. Allen voran den Halbbruder, den die Mutter kurzhält, da sie ihn, Friedrich, in seiner Karriere fördern möchte. In seinen Briefen versucht er ihn zu bilden, zu ermuntern und ihm Weisungen für sein Fortkommen zu geben. Er überredet sein Schuldgefühl und entwickelt für den Bruder, der später als Beamter am württembergischen Hof doch noch reüssieren wird, ein geradezu intellektuelles Ausbildungsprogramm. »Ich bin Dein Schuldner von lange her, lieber Bruder.« Dieses Eingeständnis wiederholt er in anderen Briefen wortwörtlich noch zwei Mal. Da verhaken sich Formeln in seinem Sprachgedächtnis, werden Bestandteil eines inneren Rituals, wie es später, viel auffallender und unzugänglicher zugleich, im Turm geschieht. »Keinem«, schreibt er Karl, »wenn er nur Mensch ist, kann der Gebrauch seiner Kräfte oder ihrer Producte auf eine Art streitig gemacht werden, die ihn mehr oder weniger hinderte, seinem Ziele, der höchstmöglichen Sittlichkeit, näher zu kommen.« Man schreibt April 1795, und noch ist es nicht lange her, daß er mit Wilhelmine Kirms in Waltershausen Kant las. Das hallt nun nach.

Der Bekenner: Ohne den Erzieher ist er nicht zu denken. Ebensowenig ohne die Freunde. Manche, vor allem die politisch regen, die sich einmischenden, fordern ihn heraus: Ebel, Stäudlin, Sinclair. Böhlendorff, der der »vernünftigen Welt« schon verloren zu gehen droht, wird am Schluß von Hölderlin angesprochen. Beide haben sie die Grenze zwischen einer sie immer wieder abstoßenden Wirklichkeit und einer sie furchtbar strapazierenden Wahrheit erreicht: »Und nun leb wohl, mein Theurer! bis auf weiteres. Ich bin jetzt voll Abschieds. Ich habe lange nicht geweint. Aber es hat mich bittre Tränen gekostet, da ich mich entschloß, mein Vaterland noch jetzt zu verlassen, vielleicht auf immer. Denn was habe ich lieberes auf der Welt? Aber sie können mich nicht brauchen.« Der Anspruch, aus dem er dichtet und lebt, verändert ständig seine Sprache. Ihr Pathos gibt sie nicht auf. Aber es hat viele Färbungen. Düstere, tief pessimistische, helle, aufblitzende, ganz und gar klare. Vier Jahre, bevor er sich von Böhlendorff verabschiedet, hat er Ebel, den Frankfurter Freund, der tief enttäuscht in Paris die blutigen Auswüchse der Revolution verfolgt, ermuntert, über dieses Elend hinwegzusehen und sich die Zukunft vorzustellen: »Es ist herrlich, lieber Ebel! So getäuscht und so gekränkt zu sein, wie Sie es sind... Ich weiß, es schmerzt unendlich, Abschied zu nehmen, von einer Stelle, wo man alle Früchte und Blumen der Menschheit in seinen Hoffnungen wieder aufblühn sah. Aber man hat sich selbst, und wenige Einzelne, und es ist doch schön, in sich selbst und wenigen Einzelnen eine Welt zu finden. Und was das Allgemeine betrifft, so hab ich Einen Trost, daß nämlich jede Gärung und Auflösung entweder zur Vernichtung oder zu neuer Organisation notwendig führen muß.«

Der Liebende: Nie ist er frei von Ängsten, selbst in den Stunden, in denen er sich vergißt und mit seinem ganzen Wesen die Geliebte aufnimmt, sie nicht bloß anspricht, sondern auch neu schafft, selbst da kann er unvermittelt zurückweichen, seine Unfähigkeit beklagen, ein gemeinsames Leben zu führen. Nur einmal spricht er über eine Frau, die er liebt (vielleicht war sie die einzige, deren Körper er für sich entdeckt, mit der er geschlafen hat) ganz selbstverständlich, ohne zu stilisieren und zu entrücken: »In Waltershausen hatt ich im Hause eine Freundin, die ich ungern verlor«, schreibt er am 19. Januar 1795 an Neuffer, »eine junge Witwe aus Dresden, die jetzt in Meinungen Gouvernante ist. Sie ist ein äußerst verständiges, festes, gutes Weib ... Es wird dich interessieren, wenn ich Dir ein andermal mehr von ihr sage, u. ihrem Schicksal.« Es fragt sich, ob er Neuffer je erzählte, daß er mit ihr eine Tochter hatte, Agnese, die nicht viel älter als ein Jahr wurde. Von Luise Nast, seiner Seminaristenliebe, hat er sich, kaum auf der Universität, mit einem Brief verabschiedet, der in seiner Entschlossenheit und in seiner die Geliebte tröstenden Hysterie seinesgleichen nicht hat: »Du wirst es für unmöglich halten, gute Seele, einen andern zu lieben, wie Du mir schon so oft bezeugt hast – aber so mancher liebenswerte Jüngling wird indessen Dein Herz zu gewinnen suchen, so mancher achtungswürdige Mann um Deine Hand Dich bitten, ich will heiter Dir Glück wünschen, wann Du einen Würdigen wählst, und Du wirst dann erst einsehen, daß du mit Deinem mürrischen, mißmutigen, kränkelnden Freunde nie hättest glücklich werden können.«

Erst in seinem Verhältnis zu Susette Gontard, das unter größter Spannung leiden *muß*, besteht er nicht mehr auf seiner »Schwachheit«; seine Liebe entfaltet, indem er Susette als Diotima in seine Dichtung holt, eine wunderbare überredende Kraft, die sich auf Susette überträgt: ihre Briefe schreiben aus, was er sich als Liebender nicht zugetraut hätte, und selbst im Abschiednehmen sind sie einander ebenbürtig. Hegel hat, als er und Hölderlin noch auf dem Stift in Tübingen lebten und lernten, Hölderlins apollinische Schönheit gerühmt. In den Briefen der Frauen an Hölderlin läßt sie sich ahnen. Da spiegelt sich ein klares Bild; doch grundlos und überraschend kann es sich verzerren.

Der Freund: Für Freundschaft war er hochbegabt von Kind auf. Seine Anziehungskraft muß groß gewesen sein. Es ist müßig, darüber zu spekulieren, wie stark in manchen Beziehungen Eros beteiligt war, so, wie die Buben erzogen wurden und aufwuchsen, liegt sein Einfluß nahe. Zwar haben die Seminaristen immer Gelegenheit gehabt, Mädchen zu treffen, doch zehn Jahre lang blieben die »Kadetten Gottes« in Zimmergemeinschaften beisammen. Es schien ganz selbstverständlich, daß sie zueinander ins Bett schlüpften, wenn sie Trost oder Wärme suchten, wie es Mörike in seinen Briefen erzählt.

Viele Male beteuern sie sich ihre Unzertrennlichkeit. Das Leben trennt sie. Auch der frühe Tod, wie bei Stäudlin.

In Hölderlins Briefen offenbart sich eine Gabe, die ihm bis in die letzten Homburger Tage bei Sinclair half: instinktiv verband er sich Männern, die im Gegensatz zu ihm nicht im Denken verharrten, sondern handelten, sich politisch einmischten und sich durch Aktionen in Gefahr brachten. Wozu Hölderlin der Mut fehlte, das traute er ihnen zu: Sinclair, Stäudlin, Ebel, Hegel. In seiner Phantasie blieb er ihnen auf der Spur, lud ihnen seinen republikanischen Traum auf, seine Hoffnung auf ein reales »Reich Gottes«. Nur Böhlendorff gegenüber stimmte er einen andern Ton an, gab er sich als Gehetzter, als schon Geschlagener zu erkennen: »O Freund! die Welt liegt heller vor mir, als sonst«, überredet er sich und seinen Adressaten und fällt sich – Böhlendorff waren diese irren Sprünge gewiß vertraut – auch gleich ins Wort: »... jetzt fürcht ich, daß es mir nicht geh am Ende, wie dem alten Tantalus, dem mehr von Göttern ward, als er verdauen konnte.«

Der Flüchtling: Der ist er schon als Kind. Auch wenn es erst nicht auffällt und es keiner wahrhaben will. Charlotte von Kalb, die aus innerer Zerrissenheit ingeniös beobachtet, hat das Lebenstempo des Vierundzwanzigjährigen genau eingeschätzt: »Es ist ein Rad, welches schnell läuft.« Er floh vor dem Zugriff der Mutter, der Liebe Luise Nasts und Elise Lebrets, er floh vor den Realitäten einer bürgerlichen Gesellschaft, die ihre neuen Rechte in Blut ersäufte, er floh vor einem strengen Vatergott. Diese Fluchtbewegung fängt er selbst mit unterschiedlicher Energie auf, indem er die Wirklichkeit der Dichtung gegen die erfahrene Wirklichkeit stemmt. »Täglich muß ich die verschwundene Gottheit wieder rufen.« Er hastet voraus, um endlich einen Ort zu finden, an dem er sich unter Menschen ansiedeln kann, doch sobald er sich selbst eingeholt hat, findet er eine Wüstenei. Sagt er Freunden und Verwandten Lebwohl, hebt sich sein Tonfall, wird hymnisch. Die Hoffnungen, Erwartungen und Ängste eines Aufbruchs erheben ihn immer von neuem: »Lebe wohl, Freundin und Schwester! Küsse Deine Kinder! Laß sie Deine Freude sein, wie sie auch die meinige sind. Unsere teure Mutter und unsern braven Bruder laß auch in meinem Namen, weil ich es nicht so nahe kann, und weil Dein Herz reich genug ist, die Liebe erfahren, die Ihnen und Dir das Leben versüßt und erleichtert und uns Kraft zu allem Guten gibt.« Solch ein Überschwang könnte geheuchelt sein, wäre er nicht erprobt und vorbereitet als das Formelregister der Ablösung und des Aufbruchs, des (noch vorläufigen) Abschieds. In den Briefen, die der Flüchtling hernach aus dem Turm an die Mutter und die Geschwister richtet, hat sich der Aufruhr, die immer zerrendere Widersprüchlichkeit seiner Existenz gelegt, ist endgültig zur Formel der Entfernung geworden, »da ich jetzt keine andere Art zu sagen habe«.

3

Der Schrittrhythmus seiner gewaltigen Wanderungen – von Nürtingen in die Schweiz, von Nürtingen nach Bordeaux – bestimmt seine Oden und Elegien. Lese ich Briefe und Gedichte im Wechsel, lerne ich die Mühen und Erträge seiner Flucht bis vor die Schwelle der Turmtür allmählich verstehen – er hat sich nicht treiben lassen, er war sich des Anspruchs seiner Wanderung, dieser vorsätzlichen Flucht bewußt: »Auf dem Bache zu schiffen ist keine Kunst. Aber wenn unser Herz und unser Schicksal in den Meeresgrund hinab und an den Himmel hinauf uns wirft, das bildet den Steuermann.«

Im Juli 1994 Peter Härtling

Vorwort

Vor zehn Jahren gab ich eine umfangreiche Auswahl der Werke und Briefe Friedrich Hölderlins heraus (Kiepenheuer & Witsch, Köln 1984), in der ich die Briefe von ihm und an ihn in chronologischer Folge ordnete. Soviel ich weiß, war es der erste Versuch, das Briefgespräch zwischen Hölderlin und den Menschen in seiner Umgebung sichtbar zu machen. Inzwischen ist in der 1992 bei Hanser erschienenen und von Michael Knaupp herausgegebenen dreibändigen Werkausgabe der vollständige Brief*wechsel* zu lesen. Durch den Vergleich der Briefe, die Adolf Beck für die Stuttgarter Ausgabe edierte, mit jenen der Ausgabe Knaupps konnte ich mehrere Datierungen korrigieren.

Mein Dank gilt all jenen, die uns seit Jahrzehnten durch ebenso kritisches wie phantasievolles Lesen Hölderlin immer von Neuem nah bringen.

Als Vorlage für die Briefe Hölderlins diente mir der von Adolf Beck edierte Brief-Band der Kleinen Stuttgarter Ausgabe (wobei ich bei einigen Modifikationen die ursprüngliche Schreibweise vorzog: Helfer = Helffer); bei den Gegenbriefen benutzte ich die Dokumentenbände der Großen Stuttgarter Ausgabe.

Lebensdaten und Auskunft über Adressaten

1770

Am 20. 3. kommt Johann Christian Friedrich Hölderlin im Klosterhof von Lauffen am Neckar zur Welt.

Die Eltern:
Heinrich Friedrich Hölderlin (geb. 25. 1. 1736 in Lauffen, gest. 5. 7. 1772 ebenda) besuchte die Lateinschule in Lauffen, das Gymnasium in Stuttgart, studierte in Tübingen die Rechte. 1762 wurde er Nachfolger seines Vaters als Klosterhofmeister und geistlicher Verwalter der säkularisierten Güter des Regiswindis-Klosters in Lauffen.
Johanna Christiana Heyn (geb. 8. 7. 1748 in Frauenzimmern im Zabergäu, gest. 17. 3. 1828 in Nürtingen), Tochter eines Pfarrers. Heiratete 1766 Heinrich Friedrich Hölderlin und zwei Jahre nach dessen Tod Johann Christoph Gock.

1772

5. Juli Tod des Vaters.
15. August Geburt der Schwester Maria Eleonora Heinrike, »Rike«.
Umzug aus der Dienstwohnung im Kloster in ein nahegelegenes Haus.

Heinrike Breunlin geb. Hölderlin (1772–1850) war während der Studienjahre Hölderlins immer wieder seine Vertraute, auch, als er sich 1800 bei Landauer in Stuttgart aufhielt. Sie heiratete den Blaubeurer Klosterprofessor Breunlin (1752–1800) und brachte zwei Kinder zur Welt. Das zweite, Fritz, war das Patenkind Hölderlins. Fritz Breunlin besuchte den kranken Hölderlin mehrfach im Tübinger Turm.

1774

Juni: Gock, der »zweite Vater«, erwirbt in Nürtingen den Schweizerhof an der Neckarsteige.
Oktober: Eheschließung zwischen Gock und Johanna Hölderlin.

Johann Christoph Gock (1748–1779), Hölderlins Stiefvater, kam aus der Heilbronner Gegend und war seit 1769 als Amtsschreiber in Lauffen tätig, wo er sich als »bewährter Freund« von Hölderlins Vater auszeichnete. Nach dessen Tod zog er nach Nürtingen, führte eine Weinhandlung und wurde 1777 Bürgermeister.

1776

Eintritt in die Lateinschule.
29. Oktober: Der Stiefbruder Karl Christoph Friedrich Gock wird geboren.

Karl Gock (1776–1849) genoß nicht die Ausbildung wie sein Stiefbruder. Vielleicht nahm sich Hölderlin deswegen seiner besonders an und versuchte ihn in zahlreichen Briefen zu ermuntern und zu erziehen. Von 1779 bis 1800 amtierte Gock als Schreiber in Markgröningen, hatte danach im Beruf Erfolg und war schließlich ab 1817 Hof- und Domänenrat in Stuttgart. Er beschäftigte sich mit dem Nachlaß seines Bruders.

1778

Der Neckar führt Hochwasser und überschwemmt Teile Nürtingens. Gock zieht sich »in Erfüllung seiner Pflicht« eine Lungenentzündung zu.

1779

13. März Tod des »zweiten Vaters«.

1780

Mitte September erstes »Landexamen« in Stuttgart zur Aufnahme in einer der evangelischen Klosterschulen. Die Prüfung wiederholt sich, jeweils im September, bis 1783.

1782

Privatunterricht bei Nathanael Köstlin und Präzeptor Kraz. An den »Helffer« Köstlin ist der erste erhaltene Brief gerichtet.

Nathanael Köstlin (1744 bis 1826). Seit 1775 Diakonus in Nürtingen. Entschiedener Pietist.

1783

Der achtjährige Schelling kommt auf die Nürtinger Lateinschule, bleibt aber nicht lange, da seine Lehrer bald der Meinung sind, ihm nichts mehr beibringen zu können.

Friedrich Wilhelm Joseph von Schelling (geb. 1775 in Leonberg, gest. 1854 in Bad Ragaz). Ab 1798 Professor der Philosophie in Jena, 1803 Heirat mit Karoline Schlegel. Ab 1806 in

München, Mitglied der Akademie der Wissenschaften. Zwei Jahre danach Generalsekretär der Akademie der Bildenden Künste. 1820 Honorarprofessor in Erlangen. 1827 Berufung an die Universität München. 1841 Ruf an die Universität Berlin.
Die wichtigsten Werke:
»Ideen zu einer Philosophie der Natur« (1797); »System des transzendentalen Idealismus« (1800); »Philosophie und Religion. System der gesamten Philosophie und der Naturphilosophie insbesondere« (1804); »Philosophische Untersuchungen über das Wesen der menschlichen Freiheit« (1809); »Philosophie der Mythologie« (1821); »Zur Geschichte der neueren Philosophie« (1822).

1784

Im April wird Hölderlin in der alten Stadtkirche von Nürtingen konfirmiert.
Am 20. Oktober wird er Alumne an der niederen Klosterschule Denkendorf. Die ersten erhaltenen Gedichte entstehen.

1785

März: Das erste Examen. Hölderlin wird sechster in seinem Jahrgang.
Dezember: Er hält eine kurze Predigt über Hebräer I.

1786

20. Oktober: Hölderlin zieht mit seiner Promotion in die höhere Klosterschule von Maulbronn ein. Er befreundet sich mit Immanuel Nast, Franz Karl Hiemer, Christian Ludwig Bilfinger. Liest Klopstock, Schubart, Schiller und ist beeindruckt vom »Ossian«.

Immanuel Nast (1769–1829) war Neffe des Maulbronner Klosterverwalters und als Schreiber auf dem Rathaus in Leonberg tätig. Ab 1810 Stadt- und Amtsschreiber in Schwäbisch Gmünd.
Christian Ludwig Bilfinger (1770–1850) stammte aus Kirchheim unter Teck. War vermutlich mit Hölderlin schon in dessen Nürtinger Kinderjahren befreundet. In Maulbronn Hölderlins »Herzensfreund«. Ende 1789 verließ Bilfinger das Stift, wurde Jurist, kam in den diplomatischen Dienst und war zuletzt Geheimer Legationsrat.

Franz Karl Hiemer (1768–1822). Nach dem Seminar Karlsschüler. Maler, trat später auch als Schauspieler auf und dichtete fürs Theater. Er malte 1792 ein Porträt Hölderlins.

Ende Oktober begegnet Hölderlin Louise Nast, der Tochter des Maulbronner Klosterverwalters. Sie tauschen Billets aus, treffen sich heimlich.

Louise Nast (1768–1839) war die jüngste der drei Töchter des Maulbronner Klosterverwalters Johann Conrad Nast. Hölderlin löste das Verlöbnis mit ihr im Frühjahr 1790.
1794 heiratete sie den Maulbronner Klosteramtsschreiber Christoph Andreas Ludwig, der zuletzt als Oberamtspfleger in Leonberg tätig war. Das Ehepaar hatte zwei Kinder.

1788

Vom 2. bis 6. Juni Reise (meist zu Pferd) von Maulbronn in die Pfalz, nach Bruchsal, Speyer, Schwetzingen, Heidelberg, Mannheim.
Am 21. Oktober zieht Hölderlin mit seinen Freunden ins Tübinger Stift ein. Er befreundet sich mit Ludwig Neuffer und

Rudolf Magenau. Die sogenannten »Tübinger Hymnen« entstehen.

Christian Ludwig Neuffer (1769–1839) kam aus einer angesehenen Stuttgarter Familie. Sein Vater war Konsistorialsekretär, seine Mutter, eine geborene Pelargos, kam aus Griechenland. Von ihr, der »Pelargide«, erhielt Hölderlin wohl zum ersten Mal unmittelbare und anschauliche Informationen über diese von ihm geliebte Gegend.
1799 entfernten sich die Freunde voneinander, nicht zuletzt aus einer unterschiedlichen Auffassung von Poesie. Neuffer hat sich um den kranken Hölderlin nie gekümmert. In seinen späten Jahren amtierte er als zweiter Stadtpfarrer in Ulm. Er übersetzte die »Aenaeis«, schrieb eine Idylle in Hexametern »Die Herbstfeier«.
Rudolf Magenau (1767–1846) war der Ungestüme in dem Dreierbund. 1794 trat er seinen Dienst als Pfarrer in Niederstotzingen an, ab 1819 amtierte er in Hermaringen. Er wirkte auch als pädagogischer Schriftsteller, Lokalforscher, Balladendichter. Veröffentlichte 1795 und 1805 Gedichtbände.

Die Studenten am Stift haben sich in den beiden ersten Jahren der Philosophie und in den folgenden drei weiteren der Theologie zu widmen. Einen nicht unbeträchtlichen Einfluß auf Hölderlin hatte der Stiftsrepetent Conz.

Karl Philipp Conz (1762–1827) war von 1789 bis 1791 Repetent im Stift. Im Sommer 1790 hielt er ein Kolleg über Euripides, das Hölderlin hörte. 1793 wurde er Diakon in Vaihingen an der Enz, 1798 in Ludwigsburg. 1804 übernahm er die Professur für Klassische Literatur und Beredsamkeit in Tübingen. Er kümmert sich auch noch um den kranken Hölderlin.

Am 14. Juli bricht die Französische Revolution aus. Die Unruhen ergreifen auch das Stift. Dem Ephorus Christian Friedrich Schnurrer, einem bedeutenden Orientalisten, gelingt es, rigorose Eingriffe Herzog Karl Eugens zu verhindern. Wegen »Ungebühr auf offener Straße gegen einen Schullehrer« wird Hölderlin zu sechs Stunden Karzer bestraft.
Er lernt Gotthold Friedrich Stäudlin, den »Oberpriester der schwäbischen Musen« kennen und besucht den vor allem von der Jugend hochverehrten Christian Daniel Friedrich Schubart in Stuttgart.

Gotthold Friedrich Stäudlin (1758–1796) war Sohn eines angesehenen Stuttgarter Beamten, studierte in Tübingen Rechtswissenschaft, lebte dann im väterlichen Hause, vor allem mit Literatur beschäftigt, publizierte Gedichte und von 1782 bis 1787 in regelmäßiger Folge »Schwäbische Musen-Almanache«. Nachdem er sein juristisches Examen nachgeholt hatte, praktizierte Stäudlin von 1786 an als Kanzleiadvokat in Stuttgart. 1791 übernahm er, nach Schubarts Tod, dessen Zeitschrift »Vaterländische Chronik«. Stäudlin war ein entschiedener Parteigänger der Französischen Revolution, bekannte sich zum Jakobinertum. 1793 wurde die »Chronik« von der Zensur verboten und die württembergische Regierung legte ihm nahe, das Land zu verlassen. 1794 ließ er sich in Lahr, im Breisgau, nieder, versuchte sich dort mit einem neuen politischen Journal, scheiterte aber. Er ertränkte sich im Rhein.
Christian Friedrich Daniel Schubart (1739–1791) wuchs in Aalen auf, studierte Theologie in Erlangen, schlug sich als Hauslehrer, Präzeptor durch, bekam 1769 einen Posten als Kapellmeister am Württembergischen Hof in Ludwigs-

burg. Vier Jahre später verlor er dieses Amt wegen »ungezügelten Charakters, lockerer Lebensführung, respektloser satirischer Veröffentlichungen über den Herzog«. Verließ seine Familie, zog umher, gründete 1774 die freisinnige, demokratische Zeitung »Deutsche Chronik« in Augsburg, führte sie ab 1775, nachdem die Stadt Augsburg ihn ausgewiesen hatte, in Ulm fort. Im Januar 1777 gelang es Herzog Karl Eugen seiner durch eine List habhaft zu werden. Er wurde verhaftet und auf der Festung Hohenasperg eingekerkert. Seine Unbeugsamkeit wurde für die Jüngeren zum Vorbild, jeder kannte seine Gedichte, zum Beispiel die »Fürstengruft«, das »Kaplied«. 1787 begnadigte ihn der Herzog und ernannte den gesundheitlich und seelisch ruinierten Mann zum Theater- und Musikdirektor des Stuttgarter Hofes. Noch einmal gab er für drei Jahre seine »Vaterländische Chronik« heraus.

1790

Hölderlin setzt sich intensiv mit Kant auseinander. Conz beklagt seine »Kantomanie«.

Im Sommer lernt er Elise Lebret kennen, der er im Herbst wiederbegegnet. Sie wird seine »Lyda«, so wie Louise Nast seine »Stella« gewesen war. Im Oktober tritt Schelling mit 15 Jahren in das Stift ein. Mit ihm, Hegel und sieben anderen Studenten lebt und arbeitet Hölderlin tagsüber in der »Augustiner-Stube« im zweiten Stock des Stiftsgebäudes.

Elise Lebret (1774–1839) war die Tochter des Universitätskanzlers. 1799 heiratete sie den Pfarrer W. F. Ostertag und lebte mit ihrer Familie in Wolfenhausen bei Rottenburg, später in Aich bei Nürtingen. *Georg Wilhelm Friedrich Hegel* (1770–1831) kam über das Stuttgarter Gymnasium illustre ans Stift. Er regte später, schon in Frankfurt, Hölderlin und Schelling an, mit ihm gemeinsam ein philosophisches, ästhetisches Programm zu formulieren, das als Fragment unter der Bezeichnung »Erstes Systemprogramm des deutschen Idealismus« erhalten ist. Nach dem Abschluß betätigt er sich erst einmal, wie Hölderlin, als Hauslehrer. 1801 wird er, durch Vermittlung Schellings, mit 23 Jahren an die Universität Jena berufen. Gemeinsam mit Schelling begründet er das

»Kritische Journal der Philosophie«. 1808 wird er Rektor eines Gymnasiums in Nürnberg, 1816 Philosoph an der Universität Heidelberg. 1818 tritt er die Nachfolge Fichtes in Berlin an. Seine wichtigsten Werke: »System der Wissenschaft. Die Phänomenologie des Geistes« (1807); »Wissenschaft der Logik« (1812/16); »Grundlinien der Philosophie des Rechts oder Naturrecht und Staatswissenschaft im Grundrisse« (1821).

1791

Mitte April bis Mitte Mai: Wanderung mit zwei Freunden in die Schweiz. Besucht in Zürich Lavater.

Johann Kaspar Lavater (1741–1801), Schweizer Philosoph und Theologe, hatte mit seinem Werk »Physiognomische Fragmente zur Beförderung der Menschenkenntnis und Menschenliebe« (1775/78) beträchtlichen Einfluß.

Im September veröffentlicht Stäudlin in seinem Musenalmanach zum ersten Mal Gedichte Hölderlins.
Magenau und Neuffer verlassen das Stift.

1792

Hölderlin nach dem Fortgang der Freunde vereinsamt.
Am 20. April erklärt das republikanische Frankreich Österreich und damit auch dessen Koalitionspartner Preußen den Krieg.
Mitte Mai teilt Hölderlin Magenau seinen Plan vom Hyperion mit. Im Sommer bildet sich am Stift ein politischer Club, in dem sich die revolutionär gesinnten Studenten treffen. Hölderlin, vor allem aber Hegel beteiligen sich eifrig.

1793

Im Juli Abschlußexamen der Promotion Hölderlins.
Am 14. Juli, zum Jahrestag des Sturms auf die Bastille, stellen einige Stiftler, darunter Hegel, Hölderlin und Schelling, auf einer Wiese vor Tübingen einen Freiheitsbaum auf.
Auf Befehl des Herzogs wird gegen den »vorgeblichen Demokratismus« im Stift vorgegangen.
Im September lernt Hölderlin den Jurastudenten Isaak von Sinclair aus Homburg kennen, einen entschiedenen Jakobiner.

Isaak von Sinclair (1775–1815) stammte aus einer seit zwei Generationen in Deutschland lebenden schottischen Familie. Sein Vater war Erzieher am Hof des Landgrafen von Hessen-Homburg gewesen. Von 1792 bis 1794 studierte Sinclair Jura in Tübingen, setzte dieses Studium in Jena fort, wo er aber im Herbst 1795 wegen seiner Beteiligung an den Studentenunruhen als »Rädelsführer« von der Universität verwiesen wurde. In Jena wohnten Hölderlin und Sinclair zeitweilig zusammen in einem Gartenhaus. Er wurde Hölderlins »Herzensfreund«. Kaum zwanzigjährig trat Sinclair in den Dienst des Landgrafen. Gewissermaßen als Außenminister der Landgrafschaft Homburg verhandelte er für sie auch auf dem Rastatter Kongreß, ebenso, 1802, auf dem Regensburger Reichstag. Sinclair gelang es, für seine revolutionären Ideen einzustehen und gleichzeitig dem Landgrafen von Homburg loyal zu dienen. Mit den württembergischen Jakobinern hatte er vor, eine schwäbische Republik zu gründen. Das führte zu seiner Verhaftung und zu einem Hochverratsprozeß gegen ihn. Aus der kurzen Haft entlassen, diente er weiter dem Landgrafen und starb 1815 während des Wiener Kongresses.

Im September verläßt Hegel das Stift, verabschiedet sich von Hölderlin mit der Losung »Reich Gottes«.
Am 20. September öffentliches Examen von Hölderlins Promotion.
Hölderlin besucht Schiller in Ludwigsburg, der ihn Charlotte von Kalb als Hauslehrer empfiehlt. Anfang November erhält er über Schiller die Zusage Charlotte von Kalbs.
6. Dezember Konsistorialexamen in Stuttgart und Probepredigt.
20. Dezember: Abreise von Stuttgart über Nürnberg, Erlangen, Coburg nach Waltershausen, wo er am 28. Dezember eintrifft und seine Stellung bei Frau von Kalb antritt. Trifft dort Major von Kalb und dessen elfjährigen Sohn Fritz an, Charlotte von Kalb lernt er erst im März 1794 kennen.

Charlotte von Kalb, geb. Marschalk von Ostheim (1761–1843) war mit dem in französischen Diensten stehenden Offizier Heinrich von Kalb verheiratet. Sie lebte nur zeitweilig in Waltershausen. Mit Schiller, dem sie 1784 begegnete, verband sie über viele Jahre eine enge Freundschaft.

Ebenso war sie Herder verbunden. Überaus hellsichtig beurteilte sie Hölderlins Gaben. Er sei wie ein Rad, das allzu schnell läuft. Auch Jean Paul verdankt ihr vieles. Nachdem sich Heinrich von Kalb 1806 erschossen hatte, lebte Charlotte, vereinsamt, in Berlin, Frankfurt und Würzburg, erblindete und starb im Mai 1843 im Königlichen Schloß in Berlin.

1794

Hölderlin befreundet sich mit der Gesellschafterin Charlotte von Kalbs, Wilhelmine Marianne von Kirms, liest mit ihr Kant, beschreibt sie als »eine Dame von seltenem Geist und Herzen«. Aus der Freundschaft wird Liebe.

Wilhelmine Marianne Kirms, geb. Kemter (1772–?) kam aus Meißen und war zwei Jahre jünger als Hölderlin. 1791 wurde sie in Weimar mit dem um vieles älteren Kammersekretär Kirms getraut, der zwei Jahre später starb. Danach trat sie in den Dienst Charlotte von Kalbs. Ende 1794 verließ sie Waltershausen, wurde in Meiningen Gouvernante, und Mitte Juli 1795 brachte sie eine Tochter zur Welt, deren Vater vermutlich Friedrich Hölderlin war. Das Kind starb im Jahr darauf. 1799 heiratete sie in Dresden den Regierungsbeamten Gotthelf Zeis.

Hölderlin kommt mit seinem Zögling nicht zurecht. Er zieht, auf Anraten von Charlotte, mit Fritz Kalb nach Jena, hört Fichtes Vorlesungen. Des öfteren besucht er Schiller, in dessen Haus er auch Goethe begegnet, ihn beim ersten Mal aber »übersieht«. In Schillers »Thalia« erscheint das »Fragment von Hyperion«.

1795

Im Januar löst er das Dienstverhältnis mit Charlotte von Kalb. Fritz von Kalb wird in die Obhut Herders gegeben. Hölderlin bewohnt gemeinsam mit Isaak von Sinclair ein Gartenhaus. Er erlebt Sinclairs Beteiligung am Aufstand der Studenten. Zu seinen Bekannten zählt der Philosoph Niethammer.

Friedrich Immanuel Niethammer (1766–1848) kannte Hölderlin schon vom Stift. Seit 1793 Professor für Philosophie in Jena. In seinem Haus trafen sich im Sommer 1795 Hölderlin und Novalis (Friedrich von Hardenberg).

Ende Mai verläßt er unvermittelt Jena, trifft auf der Rückreise in Heidelberg den jungen Mediziner Ebel, einen leidenschaftlichen Jakobiner, der ihm eine Anstellung zu besorgen verspricht.
Hölderlin verbringt den Sommer unglücklich und immer ungeduldiger wartend in Nürtingen bei der Mutter.
Ende November erfährt er, daß er Hauslehrer bei der Frankfurter Bankiersfamilie Gontard werden könne.
Am 28. Dezember trifft er in Frankfurt ein.

Johann Gottfried Ebel (1764–1830), Arzt und Naturforscher, stand der Familie Gontard nahe. Seine politischen Vorstellungen verbanden ihn auch mit Sinclair. Ebel stand Susette Gontard in ihren Sterbestunden bei.
Jakob Friedrich Gontard (1764–1843) entstammte einer Grenobler Familie. In der Familie wurde er »Cobus« gerufen. Die Gontards bewohnten das weitläufige Haus »Zum weißen Hirsch« am großen Hirschgraben. Er galt als ein gewitzter Geschäftsmann, der stets nach seinem Wahlspruch handelte: »Les affaires avant tout«.

Susanne (Susette) Gontard, geb. Borkenstein (1769–1802) war die Tochter des Kommerzienrats und Lustspieldichters Heinrich Borkenstein in Hamburg. Durch ihre Mutter stammte sie, wie auch die Gontards, von Hugenotten ab. Sie hatte vier Kinder: Henry (1787–1816), um den vor allem Hölderlin sich zu kümmern hatte, Henriette (1789–1830), Johanna Helene (1790–1820) und Friederike Amalie (1791–1832).

1796

Anfang Januar tritt Hölderlin seine Hauslehrerstelle bei den Gontards an. Schon in den ersten Wochen gewinnt er die Aufmerksamkeit Susette Gontards, und als er im Juli zusammen mit ihr, den Kindern und Wilhelm Heinse vor den französischen Truppen erst nach Kassel, später nach Bad Driburg floh, waren sie sich ihrer Liebe gewiß.

Wilhelm Heinse (1746–1803), einer der hervorragenden Erzähler und Kunstschriftsteller des Sturm und Drangs, war mit den Gontards befreundet. Vor allem sein Roman »Ardinghello und die glückseligen Inseln«

(1787) wurde zu seiner Zeit viel gelesen und diskutiert.

Im Oktober kehren die Flüchtlinge zurück nach Frankfurt.

1797

Hölderlin musiziert viel zusammen mit Susette Gontard und Marie Rätzer, der Erzieherin der Gontardschen Mädchen.

Marie Rätzer (1772–1849) kam aus Bern. Sie war eng befreundet mit Susette und wußte von deren Liebe zu Hölderlin. 1797 heiratete sie Ludwig Freiherr Rüdt von Collenberg, der als Premierleutnant im österreichischen Heer diente und sich 1797 auf sein Gut in Bödigheim zurückzog.

Ostern erscheint der erste Band des »Hyperion« bei Cotta. Susette ist zur Diotima geworden. Den zweiten Band schenkt Hölderlin Susette mit der Widmung: »Wem sonst als dir«. Hegel wird Hauslehrer bei der Frankfurter Familie Gogel. Die Freunde treffen sich häufig. Anfang Mai zieht Hölderlin zum ersten Mal mit der Familie in das »Landhaus bei der Stadt«, den Adlerflychtschen Hof. »Den ganzen Morgen ist Frau Gontard mit Hölderlin oben in der Laube und im Cabinett« (Marie Rätzer).

Am 22. August besucht Hölderlin Goethe, der sich zu Besuch in Frankfurt aufhält. Goethe rät ihm, »kleine Gedichte zu machen und sich zu jedem einen menschlich interessanten Gegenstand zu wählen«.
Im Oktober wird Hölderlin von dem jungen Dichter Siegfried Schmid aus Friedberg besucht. Schmid ist auf dem Weg nach Basel.
Am 22. Dezember bringt Heinrike, Hölderlins Schwester, ihr zweites Kind zur Welt. Es wird Fritz genannt. Hölderlin ist Pate, kann aber an der Taufe nicht teilnehmen.

Johann Friedrich Cotta (1764–1832), der große Verleger der Klassik, nahm Hölderlins »Hyperion« am 20. 3.1797 unter Vertrag und bot das geringe Honorar von 100 Gulden. Der 1. Band erschien allerdings erst zwei Jahre später.
Siegfried Schmid (1774–1859): Schiller sah ihn als einen »Halbwilden«, an dem doch etwas sei, ließ ihn aber, nach einem harten Urteil Goethes, fallen. Kurze Zeit arbeitete Schmid als Hofmeister in Basel, trat dann aber als Kadett in das Heer des Erzherzogs Karl ein. Auch da wurde er bald verabschiedet, kehrte heim nach Friedberg, wurde, wegen nervöser Zerrüttung,

für ein halbes Jahr in einem Hospital gepflegt, trat wieder in das österreichische Heer ein, erhielt 1819 als Rittmeister seinen Abschied und lebte fortan in Ungarn, zuletzt in Wien. Schmids erhaltene Briefe an Hölderlin zeugen von tiefer Verehrung.

1798

Revolutionäre Unruhen in Süddeutschland. Rebellen streben eine alemannische Republik an. Hölderlin hofft, daß die württembergischen Deputierten beim Rastatter Kongreß »etwas mehr Mut und Geist« zeigten. Im September gibt Hölderlin, nach einer Auseinandersetzung mit Gontard, sein Arbeitsverhältnis auf, zieht nach Homburg in Sinclairs Nähe. Auf Susettes Drängen trifft er sie im Oktober heimlich wieder. Die Liebenden wechseln Briefe. Sinclair reist im November als Vertreter Homburgs zum Rastatter Kongreß. Hölderlin folgt ihm wenige Tage später. Er trifft dort auf eine Gruppe aufgeschlossener Republikaner, darunter Friedrich Muhrbeck und den schwäbischen Landschaftsassessor Baz aus Ludwigsburg.

Anfang Dezember kehrt Hölderlin zurück nach Homburg, trifft Susette heimlich in Frankfurt.
Beginn der Arbeit am »Empedokles«.

1799

Mitte Februar kehrt Sinclair zusammen mit Muhrbeck aus Rastatt zurück. Rege und anregende Gespräche, vor allem über die aktuelle politische Situation, zwischen den drei Freunden.

Friedrich Muhrbeck (1775–1827) stammte aus Greifswald. In Jena war er Mitglied des jakobinischen »Bundes der freien Männer«. Von 1800 an lehrte er Philosophie an der Universität Greifswald.

Anfang März besucht Hölderlin den Vater Siegfried Schmids in Friedberg.
Der Hölderlin behandelnde Arzt, Dr. Müller, stellt starke »Hypochondrie« fest.
Am 5. April sieht er Susette, die ihm vorschlägt, während der Sommermonate auf dem Adlerflychtschen Hof Briefe »durch die Hecke« zu tauschen.
Von April bis Ende Juni hält sich der Dichter Böhlendorff in Homburg auf. Über Sinclair

und Hölderlin schreibt er: »Ich habe hier einen Freund, der Republikaner mit Leib und Leben ist – auch einen andern Freund, der's im Geist und in der Wahrheit ist – die gewiß, wenn es Zeit ist, aus ihrem Dunkel hervorbrechen werden«.

Casimir Ulrich Böhlendorff (1775–1825) war von allen Freunden Hölderlins ihm am ehesten gleich. Der Kurländer studierte in Jena, gehörte, wie Muhrbeck, zum »Bund der freien Männer«, schrieb und wurde der »rastlosen Seele« nicht Herr. 1802 besuchte er, schon verstört, Muhrbeck in Greifswald, kehrte 1803 in seine baltische Heimat zurück, wo er unruhig umherwanderte und sich schließlich das Leben nahm.

Im Juni wendet Hölderlin sich an den Stuttgarter Verleger Steinkopf mit dem Plan, eine Zeitschrift herauszugeben: »Iduna«. Er ersucht Schiller, Goethe und Schelling um Mitarbeit. Sie alle versagen sich der Teilnahme, und das Projekt scheitert.
Ende Juni trifft er bei einem mehrtägigen Aufenthalt im republikanischen Mainz den ehemaligen Homburger Hofrat Franz Wilhelm Jung und den Dichter Emerich.

Johann Friedrich Steinkopf (1771–1852), Verleger in Stuttgart, war Hölderlin nur flüchtig bekannt. Dem Plan der »Iduna« zeigte er sich nicht gewachsen.

Franz Wilhelm Jung (1757–1833) war bis 1794, obwohl entschiedener Demokrat, Hofrat des Landgrafen von Homburg. Von 1798 bis 1802 stand er in französischen Diensten in Mainz, war aber von den Verhältnissen dort tief enttäuscht. Er übersetzte den »Ossian«, den Hölderlin in seiner geplanten Zeitschrift veröffentlichen wollte.

Friedrich Joseph Emerich (1773–1802) stammte aus Wetzlar und trat, von den Ideen der französischen Revolution ergriffen, 1796 in französische Dienste. 1798 war er Munizipalbeamter in Mainz. 1801 legte Emerich sein Amt nieder, arbeitete als Journalist, schrieb scharfe Artikel über die Mainzer Mißwirtschaft. Er wurde deswegen festgesetzt und im April 1802 über den Rhein abgeschoben. Seelisch und körperlich zerrüttet, starb er im Juliusspital in Würzburg.

Der Stuttgarter Tuchhändler Landauer, den Hölderlin bei den Gontards kennengelernt hatte, besucht ihn in Homburg.

Christian Landauer (1769–1845), Tuchhändler in Stuttgart, war ein unbeirrbarer, auch in den späten Jahren verständnisvoller Freund des Dichters. Landauer führte ein offenes, gastfreundliches Haus; sein Interesse galt vor allem den bildenden Künsten.

Im September tauschen Hölderlin und Susette zum letzten Mal Briefe auf dem Adlerflychtschen Hof.
Am 10. November wird Bonaparte durch Staatsstreich erster Konsul. Hölderlin sieht ihn als »eine Art von Diktator«.
Im November schreibt er das Gedicht »Der Prinzessin Auguste von Homburg«, die ihm in einem kurzen Brief dankt: »Ihre Laufbahn ist begonnen, so schön und sicher begonnen, daß sie keiner Ermunterung bedarf«.

Prinzessin Auguste von Hessen-Homburg (1776–1871) war die zweitjüngste von den fünf Töchtern des Landgrafen Ludwig V. von Homburg. Sie nahm tiefen Anteil an Hölderlins Werk und an ihm selbst. »Wie hattest Du ihn geliebt?« wurde sie viel später von ihrer Schwester Marianne gefragt. 1818 heiratete Auguste den Erbgroßherzog von Mecklenburg-Schwerin.

Prinzessin Marianne von Homburg (1785–1846) heiratete 1804 den Prinzen Wilhelm von Preußen.

1800

Am 8. Mai sehen sich Hölderlin und Susette zum letzten Mal an der Hecke am Adlerflychtschen Hof.
Im Juni kehrt Hölderlin nach Nürtingen zurück, wandert von dort zu Fuß nach Stuttgart, wo ihn Landauer in seinem Hause aufnimmt. In einem ruhigen und von Freundschaft erfüllten Sommer entstehen zahlreiche Gedichte. Dennoch sucht Hölderlin nach einer neuen Stelle. Er verabredet sich mit dem Kaufherrn Anton von Gonzenbach in Hauptwil im Thurgau, dessen zwei jüngste Töchter Barbara Julia und Augusta Dorothea er unterrichten soll.

Anton von Gonzenbach (1748–1819) war Kaufmann in Hauptwil und galt als die treibende Kraft in der Industrie des Ortes. Er soll ein ausgezeichneter Musikkenner und guter Violinspieler gewesen sein. Mit seiner Frau, Ursula, hatte er neun Kinder, von denen, als Hölderlin sich in Hauptwil aufhielt, acht noch im Hause lebten.

Am 2. Januar beginnen die Friedensverhandlungen in Lunéville.
Am 11. Januar bricht Hölderlin, nachdem er sich noch von der Mutter in Nürtingen verabschiedet hat, nach Hauptwil auf. Nach einer Wanderung über Tübingen, die Rauhe Alb, über Konstanz und Bischofszell erreicht er am 15. Januar Hauptwil.
Am 9. Februar wird der Friede von Lunéville geschlossen. Diese Nachricht inspiriert Hölderlin zu der Hymne »Die Friedensfeier«.
Bereits im April kündigt er seine Stellung und reist ab. Er kehrt nach Nürtingen zu seiner Mutter zurück. Von Nürtingen aus bemüht er sich, in Jena Vorlesungen halten zu können. Alle diese Pläne gehen fehl. Die großen Elegien und Hymnen entstehen.
Hölderlin sucht nach einer neuen Anstellung »im Ausland«. Über Landauer wird ihm eine Position als Hofmeister bei dem Konsul Meyer in Bordeaux angeboten. Am 10. Dezember bricht er zu Fuß auf. Die Wanderung führt ihn über Straßburg, Lyon, über die

Berge des Beaujolais und die verschneiten Höhen der Auvergne. Weiter über Yselle nach Périgueux an der Isle nach Libourne.

Johann Bernhard Vermehren, Dozent in Jena, veröffentlichte Hölderlins große Elegie »Nenons Klagen um Diotima« 1802 in seinem Musenalmanach, allerdings aufs barbarischste geteilt in eine Fortsetzung.

1802

Am 28. Januar erreicht Hölderlin Bordeaux.

Daniel Christoph Meyer (1751–1818), Sohn eines aus Mainfranken nach Hamburg zugewanderten Weinhändlers, hatte sich 1775 in der französischen Weinhandelszone niedergelassen und 1790 eine Französin geheiratet. 1797 war er Hamburgischer Konsul in Bordeaux geworden. Sein einziger Sohn starb mit sieben Jahren. Es blieben ihm vier Töchter, die Hölderlin zu unterrichten hatte.

Mitte Mai verläßt Hölderlin ohne weitere Begründung seine Arbeitsstelle und wandert über Paris zurück in die Heimat. Er trifft erschöpft und verwirrt in Nürtingen ein.

Am 22. Juni stirbt Susette in Frankfurt.
Im Herbst reist er mit Sinclair zu dem Fürstenkongreß nach Regensburg.

1803

Lebt bei der Mutter in Nürtingen, arbeitet an der Übersetzung des Sophokles, die im Herbst bei Friedrich Wilmans in Frankfurt erscheint.

Friedrich Wilmans (1764–1830) begann seine verlegerische Tätigkeit in Bremen und gab unter anderem Werke von Jean Paul, Tieck und Brentano heraus. 1802 zog er mit seinem Verlag nach Frankfurt, war dort auch erfolgreich als Kunsthändler. Goethe schätzte ihn als Sammler.

1804

Sinclair holt den kranken Freund im Juni nach Homburg. Sie reisen über Stuttgart, wo Hölderlin an einem verschwörerischen Gespräch teilnimmt. Ende Juni bezieht Hölderlin sein Quartier bei dem französischen Uhrmacher Calame in der Homburger Dorotheenstraße.

Im November verläßt Sinclair Hölderlin für längere Zeit, reist als Abgesandter Homburgs nach Paris zur Krönung des Kaisers Napoleon.

1805

Rückkehr Sinclairs von seiner Parisreise. Wenig später wird er beim Kurfürsten von Württemberg angezeigt wegen Anzettelung einer revolutionären Verschwörung. Am 26. Februar wird er von württembergischen Beamten in Homburg verhaftet, was Hölderlin in höchste Erregung versetzt. Bei dem Prozeß gegen Sinclair und andere wird mehrfach nach der Teilnahme Hölderlins gefragt. Ärztliche Gutachten bescheinigen Hypochondrie, einen verwirrten Gemütszustand.
Im Juli wird Sinclair aus der Haft entlassen.
Hölderlin beschäftigt sich mit Pindar.

1806

Im August teilt Sinclair der Mutter Hölderlins mit, daß »dessen Wahnsinn eine sehr hohe Stufe erreicht« habe und er sich seiner nicht länger annehmen könne. Hölderlin wird, unter Gewaltanwendung, nach Tübingen ins Autenriethsche Klinikum gebracht.

Johann H. Ferdinand Autenrieth (1772–1835) studierte an der Stuttgarter Carlsschule Medizin, bildete sich auf Reisen nach Italien und Nordamerika weiter aus, ließ sich als Arzt in Stuttgart nieder und wurde 1797 als Professor für Anatomie und Chirurgie nach Tübingen gerufen. Durch ihn erhielt Tübingen im Gebäude der alten Burse sein erstes Klinikum. Autenrieths besonderes Interesse galt den psychisch Kranken. Von Anfang an waren drei Zimmer im Klinikum für die Aufnahme von Geisteskranken vorgesehen. Von 1822 an war Autenrieth als erster Nichttheologe Kanzler der Universität Tübingen.

1807

Im Sommer wird Hölderlin als unheilbar aus dem Klinikum entlassen. Er wird dem fünfunddreißigjährigen Schreinermeister Ernst Zimmer und seiner zwei Jahre jüngeren Frau zur Pflege anvertraut. Hölderlin bewohnt eine Stube im ersten Stock des das Haus flankierenden Türmchens. »Ein kleines, geweißnetes amphitheatralisches Zimmer« (Waiblinger).

Ernst Zimmer (1772–1838) hatte das Schreinerhandwerk von seinem Vater erlernt und wahrscheinlich auch dessen Werkstatt übernommen, die er 1807 ins Haus am Neckar verlegte. Er beschäftigte mehrere Gesellen, war unter anderem auch als Schreiner für das Klinikum tätig. Zimmer hatte den »Hyperion« gelesen, bevor er Hölderlin kennenlernte und zu sich nahm. 1801 heiratete er Maria Elisabetha, geb. Gfrörer (1774–1849). Sie hatten zwei Töchter und einen Sohn. Nach dem Tode Ernst Zimmers übernahm die jüngere Tochter Charlotte (1813–1879) die Pflege Hölderlins. Sie blieb ledig.

1815

Am 19. April stirbt Isaak von Sinclair in Wien.

1822

Erster Besuch Wilhelm Waiblingers im »Turm«. Später wird er davon ausführlich berichten.

1826

Gustav Schwab, Ludwig Uhland und Justinus Kerner sammeln die Gedichte Hölderlins zu einer ersten Ausgabe.

1828

Am 17. Februar stirbt die Mutter.

1843

7. Juni: Friedrich Hölderlin in Tübingen gestorben.

Die Briefe

An Nathanael Köstlin

[Denkendorf, wohl November 1785]

Hochehrwürdiger, Hochgelehrter
Insonders Hochzuverehrender Herr Helffer!

Ihre immerwährende große Gewogenheit und Liebe gegen mich, und noch etwas, das auch nicht wenig dazu beigetragen haben mag, *Ihr* weiser Christen-Wandel, erweckten in mir eine solche Ehrfurcht und Liebe zu *Ihnen*, daß ich, es aufrichtig zu sagen, *Sie* nicht anders als wie meinen Vater betrachten kann. *Sie* werden also mir diese Bitte nicht übel nehmen. Etliche Betrachtungen, insonderheit seit ich wieder von Nürtingen hier bin, brachten mich auf den Gedanken, wie man doch Klugheit in seinem Betragen, Gefälligkeit und Religion verbinden könne. Es wollte mir nie recht gelingen; immer wankte ich hin und her. Bald hatte ich viele gute Rührungen, die vermutlich von meiner natürlichen Empfindsamkeit herrührten, und also nur desto unbeständiger waren. Es ist wahr, ich glaubte, jetzt wäre ich der rechte Christ, alles war in mir Vergnügen, und insonderheit die Natur machte in solchen Augenblicken (dann viel länger dauerte dieses Vergnügen selten) einen außerordentlich lebhaften Eindruck auf mein Herz; aber ich konnte niemand um mich leiden, wollte nur immer einsam sein, und schien gleichsam die Menschheit zu verachten; und der kleinste Umstand jagte mein Herz aus sich selbst heraus, und dann wurde ich nur desto leichtsinniger. Wollte ich klug sein, so wurde mein Herz tückisch, und die kleinste Beleidigung schien es zu überzeugen, wie die Menschen so sehr böse, so teuflisch seien, und wie man sich vor ihnen vorsehen, wie man die geringste Vertraulichkeit mit ihnen meiden müsse; wollte ich hingegen diesem menschenfeindlichen Wesen entgegenarbeiten, so bestrebte ich mich vor den Menschen zu gefallen, aber nicht vor Gott. Sehen *Sie, Teuerster HE. Helffer,* so wankte ich immer hin und her, und was ich tat, überstieg das Ziel der Mäßigung. Und heute insonderheit (am Sonntag) sahe ich auf mein bisheriges Betragen gegen Gott und Menschen zurück, und faßte den festen Entschluß, ein Christ und nicht ein wankelmütiger Schwärmer, klug, ohne falsch und menschenfeindlich zu werden, gefällig gegen den Menschen, ohne mich nach ihren wahrhaftig sündlichen Gewohnheiten zu richten; ich weiß gewiß,

Gott wird durch seinen h. Geist mein Herz leiten; und nun bitte ich *Sie* gehorsamst, *Teuerster HE. Helffer,* sein *Sie* mein Führer, mein Vater, mein Freund (doch das waren *Sie* schon lange!), erlauben *Sie* mir, daß ich *Ihnen* von jedem Umstand, der etwas zu meinem Herzen beiträgt, von jeder Erweiterung meiner Kenntnisse Nachricht geben darf: *Ihre* Lehren, *Ihr* Rat und die Mitteilung *Ihrer* Kenntnisse, diese werden alle meine Wünsche, die sich aufs Zeitliche richten, befriedigen. Ich weiß gewiß, daß *Ihnen* dies aufrichtige Schreiben nicht beschwerlich ist, und daß *Sie* dies Vertrauen als ein Zeichen meiner Ehrfurcht und Liebe gegen *Sie* ansehen werden. Finden *Sie* an diesen meinen Gesinnungen etwas Fehlerhafts, so bitte ich *Sie,* mir solches zu entdecken. Ich schließe also und verbleibe mit aller Hochachtung

Dero gehorsamster Diener
Hölderlin.

An die Mutter

[Denkendorf, kurz vor Weihnachten 1785]

Liebste Mamma!

Wann diesmal mein Brief etwas verworrener ist als sonst, müssen *Sie* eben denken, mein Kopf sei auch von Weihnachtsgeschäften eingenommen, wie der Ihrige – doch differieren sie ein wenig: meine sind, ohne das heutige Laxier, Plane auf die Rede, die ich am Johannistage bei der Vesper halte, tausend Entwürfe zu Gedichten, die ich in denen Cessationen (vier Wochen, wo man bloß für sich schafft) machen will, und machen muß (*NB.* auch lateinische), ganze Pakete von Briefen, die ich, obschon das N. Jahr wenig dazu beiträgt, schreiben muß, z.E. HE. Helffer, HE. Klemm, HE. Bilfinger, nach Altona, und was die Sachen als sind, und die Ihrige sind, – was sie eben sind.

Was die Besuche in den Weihnachten betrifft, so bin ich eher so frei, *Sie* hieher einzuladen, weil mich das Geschäft am Johannistage, wie gesagt, nicht leicht abkommen läßt. Die l. Geschwisterige werden sich wieder recht freuen; aber, im Vertrauen gesagt, mir ists halb und halb bange, wie sie von mir beschenkt werden sollen. Ich überlasse es *Ihnen, liebste Mamma,* wanns ja so ein wenig unter uns beim alten bleiben soll, so ziehen *Sies* mir ab, und schenkens ihnen in meinem Namen. Der l. Frau *Großmamma* mein Kompliment, und ich wolle Ihr auch ein Weihnachtsgeschenk machen --- ich wolle dem l. Gott mit rechter Christtags-Freude danken, daß er *Sie* mir auch dieses beinahe vollendete Jahr wieder so gesund erhalten habe. Ohnerachtet meines Laxiers bin ich doch im übrigen recht wohl. Bei mir ists zwar nicht zu spät, wie bei *Ihnen,* doch weiß ich eben nichts mehr zu schreiben, als daß ich bin

meiner liebsten Mamma gehorsamster Sohn

Hölderlin.

Hier schicke ich etwas, die Weihnachtsgeschäfte zu zerstreuen: wann *Sies* ja nicht selbst lesen wollen, so lassen *Sie* sichs nur wenigstens von dem l. Geschw. vorlesen, es wird *Ihnen* recht wohl gefallen. Schicken *Sies* nur so bald als möglich zurück. Die andern Teile sollen auch folgen. Auch die Bouteille bitte ich mir zu schicken, sie war entlehnt. HE. Harpprecht von Nellingen hat mich gestern besucht und mich um den 4ten Teil vom Brittischen Museo gebeten.

An Immanuel Nast

[Maulbronn, Ende Januar 1787]

Lieber Bruder!

Wieder eine Stunde wegphantasiert! Ich war auch bei Dir – ich kann das nie besser als in meinen müßigen Abendstunden – wann ich so allein im Dunkeln bin – Ich war auch noch anderswo –– und das Ende von allem war – daß ich mich und andre bedaurte. Denn sage mir, Freund, warum soll ich mir um meine beste Absichten Palisaden setzen, meine unschuldigste Handlungen für Verbrechen auslegen lassen – daß es doch so schlechte Menschen gibt, unter meinen Kameraden so elende Kerle – wann mich die Freundschaft nicht zuweilen wieder gut machte –– so hätt ich mich manchmal schon lieber an jeden andern Ort gewünscht als unter Menschengesellschaften – Sieh, Lieber, nicht Eigenliebe und übertriebene Empfindlichkeit ists, was mich so wütend machte – jemand anders, dessen Begegnisse mir näher ans Herz gehen als meine, wurde beleidigt – o daß ich so zurückhaltend gegen Dich sein muß – aber ich muß – ich muß – vielleicht künftig – Hätt ich lieber gar geschwiegen, Du wirst vielleicht böse über das kindische Gewinsel – und doch wußt ich nirgends mit hinaus als zu Dir. Als ich Dir neulich schreiben wollte, war ich mit rasenden Zahnschmerzen geplagt – Wenn ich nur auch einmal etwas recht Lustiges schreiben könnte. Nur Geduld! 's wird kommen – hoff ich – oder – oder – hab ich dann nicht genug getragen? Erfuhr ich nicht schon als Bube, was den Mann seufzen machen würde? und als Jüngling, gehts da besser? Und dies sei die Zeit, sagen sie, wo wirs am besten haben! Du lieber Gott! bin ichs dann allein? jeder andere glücklicher als ich? Und was hab ich dann getan?

Ja, Bester, gerade das, was mich trösten sollte, das liegt am schwersten auf mir. Da denk ich allemal – wann in Dir die Wollust, Hader, Raufsucht wütete, wenn Du wärest, was viele um Dich herum sind – O ich will schweigen – Verzeih mir diesmal, Lieber, Du kennst mich kaum – und kennst mich schon beinah als einen solchen, der den anklagt, welcher allweise unser Schicksal lenkt – aber so will ich nimmer kommen – Ich werde wieder wenig schlafen – wenn ich nur bei Dir wäre. Du zeihst mich vielleicht – ich liebe ––– würd ich dann so sprechen? sage mir, Freund – oder weißt Dus nicht? Nun – ich weiß es auch nicht. Jetzt gute Nacht – morgen soll das Urteil über das Gesudel gesprochen werden, und vielleicht zerreiß ichs.

Hölderlin.

An Immanuel Nast

Maulbronn, d. 18. Febr. 87.

Vor allem eine Frage! Du zählst Dich ja zu derjenigen Zunft von Leuten, denen die Schreibkunst besonders heilig ist – – Nun will Bruder Bilfinger in dem Brief, den Du neulich so mit geflügelter Feder an mich schriebst, einen zweideutigen Schreibfehler entdeckt haben – er sagt, in dem –

liebe
Deine

LNast ––

liegt eine Schelmerei, und die will er in meinem Namen rächen (weil ich eben nicht zum Rächen gemacht bin), und laß Dirs bange sein, wirst Du wohl die Rache Dir denken können? er wird Dir schreiben – und liebe Deine

B-r.

Was das Br-, bedeuten soll, weiß ich – wann Dirs nicht recht ist – nicht. Aber jetzt ernsthaft! Du fragst, wie mir Dein Amadis gefalle – ich sage – schlecht. Und warum?? – Nicht weil Wieland ohnehin nicht mein Steckenpferd ist, auch nicht – weil ich gerner ein Märchen gelesen hätte, das nicht von der Satire unterbrochen wird – sondern – ich sags mit aller Bescheidenheit – weil Dinge drin vorkommen, die für reizbare Leute, wie ich bin, leider!!! – nicht zum Lesen sind. O Bruder! meinst Du, ich hab ihn über halb gelesen? Da dank ich Gott, daß meine Phantasie noch unbefleckt ist, daß mir vor dem Dichter, der gewiß eine Unschuld schamrot machen würde, ekelt. Gesteh mirs nur, Lieber, ist Dirs nicht besser ums Herz, wann Du den großen Messiassänger hörst? oder unsers Schubarts wütenden Ahasveros liest? Oder den feurigen Schiller? – Überzeuge Dich hier an seinem Fiesko und Kabale und Liebe – In der letzten ist gar ein gutes Mädchen – denk an mich, wann Louise so da steht, mit ihrem Blick in die unparteiische Ewigkeit – ob ich nicht recht habe.

Ich denke allemal, wann ich so an jene Stelle mich erinnre, wann ich einmal ein Mädchen verlöre, ich wieder so ein Klotz wäre, wie mirs gemeiniglich in meinen Unglücksstunden geht, so wollt ich nur die Stelle lesen, und da würde ich Luft genug finden. Ich sehe schon, Du lachst mich aus, Du denkst, eh man vom Verlieren schwatzt, muß man vor -- haben?? –? Glaube, was Du willst. Ich lasse mir alles gefallen.

Denke nur – mein Freund Hiemer in der Akademie hat mir schon auf drei Briefe, in denen ich ihn allemal um Brutus und Cäsar gebeten habe, nicht geantwortet. Nicht wahr, das ist traurig?

Der Bursche hat auch einen Plunder Gedichte von mir, und wann er mir diese nimmer zurückschickt, so soll er mir nimmer unter die Augen kommen.

Deiner Jfr. Bas Heinrike Nast mein ergebenstes Kompliment. Hat sie Dir auch schon von Maulbronn erzählt? Sie wird vermutlich auch Jfr. Brechtin gekannt haben? Kennst Du sie auch??

Hölderlin

Ich weiß nicht – vielleicht finden sich auch im Schluß meines Briefs Schreibfehler, wie in Deinem, aber -- ich mußte eilen.

An Immanuel Nast

Maulbronn, d. 26. Mart. [1787]

Bester!
Nur diesmal eine Bitte! eine dringende, wohlzugewährende Bitte! Und die ist? Nun! höre!

Märklin besucht mich von Leonberg aus, und da stell Dir das Vergnügen vor, wann – Du mitkömmst! O Bruder! ich lasse nicht nach – Du mußt, wann Du mein Freund sein willt – wenns nur auf etlich Tage ist – ich hab alles aufgebotten, Bilfinger, Märklin und ich bitten vereint! Sind Dir diese drei Freunde etwas wert? Und kannst Du Ihnen so eine Bitte abschlagen? Nein! ich weiß es gewiß – Du kommst – und sollten auch kleine Schwierigkeiten zu überwinden sein. Sieh, Bruder, wann Du mirs auch nicht zu Gefallen tun wolltest, so tu es Deinen andern Freunden, die in ihrem und meinem Namen Dich auch um dasselbe bitten. Aber wehe tät es mir wahrhaftig, wann Du könntst, und Hindernisse vorbrächtest – und Entschuldigungen – hererzähltest. Wann Du wüßtest, wie mir meine Bitte so aus dem innersten Herzen herausgeht – wie rasend mich nur der Verspruch freuen würde – Du wollest kommen, o so versprichs nur, Lieber – ich weiß gewiß, Du machst mir gern einige heitere Stunden – Aber Du bist ein Mann, und der läßts nicht nur beim Versprechen bewenden. Du weißt, wie manche Wünsche einem fehlschlagen, und wie es einen schmerzt! Und sollte auch dieser fehlschlagen?

Ich bitte Dich – und wann die Bitte gewährt ist – so tu ich Dir zum Dank, was weit umher in den Schranken meines Wirkungskreises sich tun läßt – und hiemit

Dein
Hölderlin.

An Immanuel Nast

[Maulbronn, Mitte April 1787] Morgens 5 Uhr

Bester!
Endlich einmal wieder! Und was ists? Soll ich zanken? Doch, 's ist schon einmal geschehen, und 's Zanken macht die Sache nur schlim-

mer. Es wär auch vermutlich nichts Echtes herausgekommen, wann ich mit Dir mich hätte herumzanken wollen. Bruder Märklin hat mir erzählt, ihr seiet brav lustig zusammen gewesen, und das hat mich herzlich gefreut. Ich und Bilfinger haben einander auch besucht, und haben herrlich beieinander gelebt. Ach! daß Nast da weg sein mußte! 's war Dir eben nicht Ernst. Schelm! Gestehs nur! Und hier – gefällt mirs auch wieder. Ich bin jetzt so allein, immer, so in der Stille – und das behagt mir – nur schade – so weit, weit weg vom Bilfinger – Ich rede da fast mit niemand, aber desto öfter denk ich an meine Lieben in der Welt umher – und da ist mirs so ganz wohl dabei.

Möchtest Du mir nicht Kabale und Liebe schicken – 's hat mich hier jemand darum gebetten.

Und mein Stammbuch – wirst Du wohl vergessen haben. Brutus und Cäsar hast Du in vierzehn Tagen, so wahr ich Dein Freund bin. Bilfinger wird Dir heute Wielands Merkur schicken.

Dein
Hölderlin

An die Mutter

[Maulbronn, zweite Hälfte April 1787]

Liebste Mamma!

Sie können mirs jetzt gewiß glauben – daß mir, außer in einem ganz außerordentlichen Fall, wo mein Glück augenscheinlich besser gemacht wäre – daß mir nie mehr der Gedanke kommen wird, aus meinem Stand zu tretten – Ich sehe jetzt! man kann als Dorfpfarrer der Welt so nützlich, man kann noch glücklicher sein, als wenn man, weiß nicht was? wäre.

Neulich stieg hier ein Luftballon, da kam auch HE. Pfarrer von Diefenbach herbei – und mit ihm einer von den Camerern, welcher wirklich Jura studiert – der kam geradenwegs von Poppenweiler, und richtete mir tausend tausend Grüße aus und daß eben den guten Mann herzlich verlange – mich auch einmal wieder zu sehen. Jetzt muß ich zu ihm, 's mag sein, wanns will. HE. Pfarrer von Diefenbach war auch außerordentlich freundschaftlich gegen mich, er wußte bisher nicht, daß man anhalten müsse, weil die Vorige gewiß alle Wochen, ohne daß er ein Wort mit HE. Prälat gesprochen hab, zu ihm hinüber gekommen seien. Meine Rede hab ich hingelegt – um sie Ihnen zu schicken, finde sie aber wirklich nirgends. Meine Haare sind in der schönsten Ordnung. Ich hab jetzt auch wieder Rollen. Und warum? Ihnen zulieb!

Denn hier will ich weiters niemand gefallen. Dem l. Karl tausend Küsse! Was macht er dann als so allein bei seiner l. Mamma? Leben Sie wohl – ich eile, wie Sie sehn.

Ihr
gehorsamster Sohn
Hölderlin.

An die Mutter

[Mai oder Juni 1787]

Liebste Mamma!

Ich habe wirklich wieder Geschäfte die Menge auf dem Hals; und Geschäfte, wo die Geisteskräfte ziemlich stark angegriffen werden – ich will also nur so bei Gelegenheit gestehen, daß Bilfingers Kaffee und mein Zucker, verbraucht sind, und daß ich mich inzwischen manchmal nach einem Frühstück gesehnt habe – bei dem frühen Aufstehen – und dem beständigen starken Angreifen des Kopfs – und neulich zwang ich mich wieder mit einem schröcklich leeren Magen zur Suppe, die Ihr hungrigster Taglöhner ungern essen würde – und da wurde mir so weh, daß ich beinahe vor Ärger die Schüssel an die Wand geworfen hätte. Ein gutes, gutes Werk wärs also für den Fritz, wenn Sie ihm etwas Kaffee schickten.

Sie werden lachen, über meine weitschweifige Bittschrift, aber 's war nur, daß Sie sich einen kleinen Begriff von unserm Klosterkreuz machen können. Dann das sind doch ordentliche Nahrungssorgen, wenn man so nach einem Schluck Kaffee, oder nur einem guten Bissen Suppe hungert, und nirgends, nirgends nicht auftreiben kann. Bei mir gehts noch gut; aber da sollten Sie andre sehn, die einige Pöstchen vom Winter her noch zu berichtigen hatten, und jetzt den halben Heller nimmer im Beutel haben – es ist zum Lachen, wenn die Leute aus lauter Unmut nicht ins Bett gehen, und die halbe Nacht auf dem Dorment auf und ab singen.

Auf, auf, ihr Brüder, und seid stark!
Der Glaubiger ist da.
Die Schulden nehmen täglich zu,
Wir haben weder Rast noch Ruh,
Drum fort nach Afrika – (das wär das Kap)

und so gehts fast all Nacht, da lachen sie am Ende einander selbst aus, und dann ins Bett. Aber freilich ist dies eine traurige Lustigkeit!

Und noch überdies hat HE. Prälat, der so gepriesne Weinland, wirklich so unbegreiflich wunderliche Launen, daß er Professoren, Studenten und Famulus, als einen vor des andern Angesicht, schon dergestalt abgewaschen hat, daß bald vollends Professoren und Studenten – und Studenten und Famulus zusammen heulen.

So gehts eben in der Welt! Ich lerne mich, gottlob! immer besser in sie schicken! Ich kann Sie auf alles versichern, liebe Mamma, daß ich, der ich sonst der Unzufriedenste war, jetzt keiner mehr von den Unzufriednen bin! Der l. Rieke hab ich geschrieben – hab sie getröstet! Ich muß Ihnen sagen, ich hab geweint ob ihrem Brief – und da ich drauf Chor halten mußte, vor Ärger fast nicht reden können! Ich hätte mirs nie zugetraut, daß meine Liebe zu ihr so weit ginge! Aber gewiß, 's ist ein edles, herrliches Mädchen, die Rike! Gott wird ihr tausend Segen geben für ihre Tränen. Sie dürfen stolz sein auf so eine Tochter!

Ihr
gehorsamster Sohn
Hölderlin.

* verzeihen Sie, daß ich so schlechtes Papier bringe!

An Immanuel Nast

[Mai 1787]

Lieber Bruder!
Da leg ich meinen Ossian weg, und komme zu Dir. Ich habe meine Seele geweidet an den Helden des Barden, habe mit ihm getrauert, wann er trauerte über sterbende Mädchen.

Und so – war ich gestimmt – um etlich Augenblicke ganz für Dich zu sein.

Lange, lange schon ists freilich, daß wir nichts mehr voneinander hören – und denke, Bruder, die ganze Vakanz war ich kaum eine Meile von Dir, und konnte – unmöglich hin – nicht auf einen halben Tag. Da saß ich ganze vier Wochen am Totenbette meiner Tante in Gröningen, und lernte dulden – von ihr! und jetzt, Bruder, jetzt ist sie tot!

O Bruder! sie soll so ganz mein seliger Vater gewesen sein, ich hab ihn nie gekannt, ich war drei Jahr alt, als er starb, aber ein herrlicher Mann muß er gewesen sein, wenn er war wie sie. Wann sie so unter den unaussprechlichsten Schmerzen trauernd zum Himmel sah, und sie in todesnahen Stunden die Sprache verlor, und ich für sie betete – und sie dann schnell wieder aus ihrem Röcheln aufwachte, und staunte, daß sie noch auf der Erde sei – Bruder! Bruder! da ließ sich viel lernen! Und als ich wieder hieher reiste, und auf Nimmersehen von ihr Abschied nahm, und sie sagte – »wann wir uns auf dieser Welt nimmer sehen, so finden wir uns in jener« – O! diese Worte vergeß ich nie! Es ist des Menschen seligster Gedanke, der Gedanke an die Ewigkeit – Wenn ich oft so düster zu meiner Louise komme, und über Menschen klage – und mir für die Zukunft bange wird – da mahnt sie mich an die Ewigkeit – und das sind selige Stunden.

Meine Gedichte sind wirklich auf der Wanderschaft; – wann sie wieder ohne blutige Köpfe nach Haus kommen – und sie ihr HE. Papa Hölderlin nicht aus väterlicher Vorsicht wieder ein halb Jahr ins Pult einsperrt (denn es sind gar zu dumme Jungen), nun ja! wann dies nicht ist, sollen sie auch nach Leonberg marschieren.

Auf Pfingsten, Bruder, – wann Dir Dein Hölderlin lieb ist – wann Du ihn noch mal sehen willst – (am nächsten Herbst muß ich geradenwegs nach Haus, und dann nach Tübingen) – lieber, lieber Bruder! im Namen aller Maulbronner Lieben bitt ich Dich, komme! Deine verehrungswürdige Freundin bitt ich – sags ihr nur, ich bitte gehorsamst, daß sie ihrem Nast sage, er möchte seinen Freund doch nicht so umsonst hoffen lassen.

Sei so gut, und schick mir den Pfeffel, und Brutus und Cäsar...

O wann Du nur gewiß kommst! Nur diesmal lasse mich nicht vergebens hoffen – Ich bin ja

Dein Hölderlin.

Von Louise Nast

[vermutlich Spätsommer 1787; Bruchstück]

Sie haben mein ganzes Herz

An Immanuel Nast

[Maulbronn, Ende Oktober 1787]

Lieber Bruder!

So bin ich wieder hier! im Stillen – nach so vielen Zerstreuungen wieder im Kloster – ich habe Deinen Brief nimmer in Nürtingen bekommen – aber tausend – tausend Dank dafür! o! ich hab Dir auch viel, viel zu sagen, Bruder! aber mein Kopf ist so verwirrt wieder, so verschiedene Empfindungen sind mir wieder in der Brust. Wo ich eben war – in meiner Vakanz, da waren unerfüllte Wünsche – unvollkommene Seligkeiten – ich weiß nicht, ists Einbildung oder Wirklichkeit – was ich sehe, gefällt mir nur halb – überall ists mir so leer – und oft mach ich mir Vorwürfe, daß ich nicht ganz mit dem warmen Herzen mehr an meiner Brüder Schicksal Teil nehme, wie sonst! Ach Bruder, sag mir, lieber Bruder, bin dann ich nur allein so? der ewige, ewige Grillenfänger!

Aber nein! nein! nur der Abend da ist wieder so, und da denk ich nimmer an die vergnügte Stunden, die mir Gott schon auf dieser lieben Erde gegeben hat; ich bin undankbar gegen ihn – recht undankbar! hab so eine liebe Mutter, so liebe, gute Geschwisterige – o Du solltest gesehen haben, wie sie mir alle nachweinten, als ich ging! Bruder! Bruder! ich fühls noch, wie ich mit so schwerem Herzen (um Mitternacht beinah) abreiste!

Und hab ich ja Dich, Dich – und klage noch? – Ja, wann ich Dich nimmer habe, dann will ich klagen ––. Aber an das wollen wir noch nicht denken! Nicht wahr, lieber Bruder? Ich werde wohl Dir das Scheiden aus dem Vaterlande am wenigsten sauer machen? –? Aber Du kommst noch hieher – da muß ich Dir noch Dinge sagen – nein! glaubs nicht, 's ist nichts so Wichtiges, lauter Kleinigkeiten – vielleicht vergeß ich sie bis dorthin.

Jetzt will ich Dir auch Deinen l. Brief beantworten. Eines nur darin! Ich gesteh Dir, ich glaubs nur halb, wann Dus nicht geschrieben hättest, glaubt ichs gar nicht – daß sie sich noch an mich erinnert, Deine verehrungswürdige Freundin – oder hast Du ihr gesagt, wie ich so unglücklich bin, oder mich unglücklich glaube – und sie hat Mitleiden mit mir? und sie will mich trösten, mit diesem gütigen Zeichen der Erinnerung, durch ein Kompliment? Ja Bruder, ja, dies Kompliment hat mich getröstet – Daß sie sich noch meiner erinnert – Gott im Himmel! so ein Mädchen! – Aber stille! Jetzt muß ich Dir auch noch was zum Lachen schreiben – denk nur, lach mich nur recht aus, heute ging ich so vor mich hin – plötzlich kommt mir meine Lieblingsnarrheit, das Schicksal meiner Zukunft vors Auge – und höre nur, aber lach mich toll aus, da fiel mir ein, ich wolle nach vollendeten Universitätsjahren Einsiedler werden – und der Gedanke gefiel mir so wohl, eine ganze Stunde, glaub ich, war ich in meiner Phantasie Einsiedler. Du siehst, Bruder! ich schäme mich nicht, Dir meine Schwachheiten zu sagen, und das entschuldigt mich noch ein wenig – vor Dir – aber sonst –– daß ja der Brief nicht in fremde Hände – in menschenfeindliche Hände kommt – sonst heißts – der ist ein Narr!!!

Deiner guten, verehrungswürdigen Freundin mein ergebenstes Kompliment!!!

Ewig
Dein
Hölderlin.

An Immanuel Nast

[Maulbronn, November 1787]

Bester!

Daß ich jetzt nichts vorbringen kann – tausendmal würd ich eben – Bester – rufen – und Freudetränen weinen über den besten aller Freunde – wär ich bei Dir. Ja, Bruder – und wann ich die halbe Welt durchstreifte – und mir einen Freund suchen wollte – der mir mehr als Du sein könnte – ich fänd ihn nicht – bei unsrer Freundschaft! ich fänd ihn nicht. 's muß Ahndung gewesen sein – Lieber – daß mich Dein Brief diesmal so über alles freuen werde –– Ich hatte viel unentsiegelte Briefe vor mir liegen – von meiner Mutter – meinen lieben Geschwistern – von Freunden – aber frage nur den Bilfinger – als wollt ich ihn verschlingen – fuhr ich zuerst auf Deinen los – riß mit dem Siegel beinah den ganzen Brief entzwei – und fand noch tausendmal mehr – als mein höchstes Erwarten erwartet hatte. Lieber, lieber Freund – wie ichs da so überzeugend fühlte, daß Lieb und Freundschaft der Menschen größtes Erdenglück sind! Ich wollte mich plötzlich hinsetzen und wieder schreiben – aber keinen Buchstaben konnt ich vorbringen – – –

Aber ich habe Dir so viel, viel zu schreiben – Lieber!

Nur zuerst vom Hiemer! Höre, was er mir neulich schrieb – »Du »willst Gedichte von mir? Gut! da hast Du eines – 's ist ein wilder, »ausgearteter Junge – macht sich Gesetze nach seinem Kopf – rennt »oft – daß mir immer nur bange war, er möchte sich Arm und Bein »entzwei springen – wirft so römermäßig mit Geistesgröße – und »Vaterlandsliebe und Freiheitssinn um sich – daß ich ihn leider!!! »in gar keine Modegesellschaft lassen darf – hat mir schon manche »schlaflose Nacht gemacht – der Junge – daß er sich so gar nicht »schmiegen will – – –« So macht er etlich gute Seiten fort! Höre nun – wie er ernsthafter wurde. »Du bist mein Freund, sprach er, »kannst ehrlich sein – das weiß ich! nimmst Dir auch wohl etliche »Stunden Zeit für Deinen H – lies meine Arbeit also rezensenten»mäßig durch – tadle, wo zu tadlen ist – schreibe, was dir so halb »gefallen hat – und das ja recht bald!!! und Deinem lieben Nast »schicks auch – sonst keiner Seele – Du mußt lügen – oder er ist »mehr als ich und Du, schicks ihm ja – bitt ihn ja – eben das zu tun, »worum ich Dich bat – schreibe jeder seine Gedanken – Du mußt »den Nast aber nicht in meinem Namen bitten, er soll nicht wissen, »daß er seine Urteile für mich schreibt – hörst Dus? daß er desto »strenger – desto unparteiischer ist. – Ich hoffe, seine Urteile sollen »mir recht viel nützen –« Ich hielt seinen Vorschlag für unnötig – ich weiß, lieber Bruder, Du schreibst, wie Du denkst – schmeichle ja nicht – ich will ihm auch ins Gesicht tadlen – sonst würde er mir plötzlich seine Freundschaft aufkünden. Sei ja recht streng! wir wollen uns so ehrenfest auf unsern Rezensentendreifuß setzen – er soll Hiebe bekommen, wo ers verdient – so sind wir ihm am liebsten. Das eigentliche Kostüme des Gedichts – den Plan – die eigene Gesetze, die er sich gemacht hat, schick ich Dir das nächstemal.

Aber in Ansehung seines Helden höre, was er schreibt –

»Du wirst mich tadlen – sollst mich tadlen – und mußt – daß ich »gerade den hitzigen, rachsüchtigen, abenteurlichen Trenk und wie »die Titelgen heißen, die man ihm gibt, mit Recht gibt – daß ich »gerade diesen besinge – Die Ursache – weil ich große Helden – das »Trenk gar nicht ist – nicht zu einem Probestück nehmen wollte – »kurz, ich bitte Dich, daß Du mehr auf das Gedicht selbst als auf »den Gegenstand desselben siehest.

Ich höre auf davon – schreibe Dir das nächstemal noch mehr darüber – Schicke mir nur bald Deine Urteile – und das über jede Seite – dann liebt er Dich über alles – Du wirst es sehen – Aber jetzt – Lieber – was meinst Du wohl? Soll ich aufhören? – Nein! nein! Ich kann nicht, Du mußts wissen – lange genug trug ich vor diesem Winkel meines Herzens eine Larve – Du solltest zürnen, Bruder – aber die Ursachen weißt Du ja, und verzeihst –.

Sie ists – Du hasts erraten – solltests gleich beim ersten Wort von Liebe erraten haben – dann – konnte sonst eine Seele hier sein, die ich liebte? und wären noch tausend hier – ich schwörs Dir, Bruder – so treu – so zärtlich – so ganz für mich und sonst für alles nichts – Du fändest keine – außer – Du weißts! Du würdest zürnen, und ich ungerecht sein – wann dieses außer nicht dastände. Aber wo soll ich anfangen? Soll ich Dir all unsre freudige und leidensvolle Tage herzählen? Ich wills tun – werde aber so bald nimmer aufhören können.

Ich kam hieher – sah sie – sie mich – Beide fragten wir jedes nach dem Charakter des andern – wies oft geht – bloß aus Zufall tats vielleicht Louise – beide fragten Deinen guten Vetter, des Famulus Sohn – der damals hier war – Den Gang unsrer Liebe will ich Dir nicht beschreiben – Dein lieber, guter Vetter bracht uns schon im ersten Monat meines Hierseins zusammen – Wies da in meinem Herzen tobte – wie ich beinah kein Wort reden konnte – wie ich zitternd kaum das Wort – Louise hervorstammelte – das weißt Du – Bruder – das hast Du selbst gefühlt. Dein Vetter kam bald fort – und – schröckliche Tage kamen. Ich hatte das liebe Mädchen an einem Orte gesprochen – wo ich ohne vorhergehende Abrede sie nie sprechen konnte – keiner Seele konnten wir uns vertrauen – kein Ort war sonst möglich – wir blieben also auf die etlich Augenblicke – auf die etlich herausgestammelte Worte – beinah über einen Monat geschieden. O Bruder! Bruder! das waren schröckliche Tage – namenlose

Leiden – noch nie gefühlte Raserei zerriß mir das Herz. Dann – es hatte sich Eifersucht ins Spiel gemischt – und der Gegenstand dieser war – Bilfinger – er war, unwissend von allem – auch ein Anbeter von Louisen. Ich erfuhrs – schrieb ihre Entfernung von mir einer geflissentlichen Vermeidung zu – fand endlich Gelegenheit – ihr fürchterlichen Unsinn, wie ich mich noch erinnere – zu schreiben – raste stündlich mit Bilfingern – und weder B. wußte, woher die unbegreifliche Feindschaft komme, noch die gute L., was der Unsinn zu bedeuten habe. Endlich – in der Stunde des äußersten Grimms sagt ich alles vor B. heraus – er entsagt' ihr freiwillig – dann er hatte noch kein Wort mit ihr geredt – und so entstand unsre Freundschaft. L. sprach ich bald auch an dem Plätzgen unsrer ersten Zusammenkunft – sie fragte mich voller Angst – was ich dann mit dem Brief wolle? Ich ward verwirrt – sie noch verwirrter – und doch wars ein seliges Stündchen – doch schieden wir herzlich vergnügt. Um diese Zeit wars, daß Du hieher kamst – daß ich Dein Freund wurde, von Deiner Seite sprang ich einmal zu Ihr. Immer noch plagten mich grimmige Launen – und manche Träne floß – über der Ungewißheit – ob sie mich auch wirklich liebe. Nur selten kam ich zu ihr – immer verstohlen – und das machte dem lieben Mädchen oft bange – Sie war sehr zurückhaltend vor mir – weil sie mich nicht kannte – und ist das nicht schon ein bewundrungswürdiger Zug in ihrer schönen Seele? –– Der Sommer kam – und mit ihm Leiden über meine Louise und mich – Gott im Himmel! ich mag mich nimmer in die Tage versetzen –– Bruder! Bruder! Tage, wo Zweifel gegen den Lenker meines Schicksals in meiner Seele aufstiegen – die ich Dir nicht nennen mag. Er hat sie mir vergeben, der Allbarmherzige – ich habe mit mancher Träne, manchem nächtlichen Gebet bereuet. – Man bemerkte den Kummer meiner Seele bald – und im ganzen Kloster wurd ich als gefährlich melancholisch ausgesagt. Louise hört' es, und ihr Kummer glich dem meinigen. Der Schlaf floh mich bei Nacht – und bei Tag alle Tätigkeit –– ich erstickte meine Empfindungen meist – wann ich an Dich schrieb – dann ich dachte – Du werdest vielleicht über mich lachen – so weit ging mein Mißtrauen gegen jedermann. Um die Ursachen unsrer Leiden frage mich, wann Du willst – Du sollst sie all erfahren – sie werden Dir gering vorkommen – wann ichs überdenke – kann ichs auch nicht begreifen. Jetzt stille von den traurigen Tagen. Ich hatte für einen Jammermonat eine selige Stunde, wo ich mit meiner Louise weinte – und für diese dankte ich Gott! dankt ihm endlich für alles – für all die Leiden – all die Verfolgungen – all die Tränen. Die Zweifel – das Murren gegen den Ewigen mußt Du nur in die erste Wochen meiner Trauertage rechnen, wo ich noch nicht gewohnt war zu tragen. Weißt Du noch, Lieber! wie mirs so tobte in der Brust – als Du vorigen Sommer schiedest – ich sah Dirs an, Du wundertest Dich – ich schied von Dir, wie wanns auf ewig wäre – lieber, guter Bruder! ich sah, wie Du wieder Deinem Leonberg entgegeneiltest – hörte, wie Du so entzückt von freudigen Tagen, von wonnevollen Stunden redtest – und – ich – wußte damals in der ganzen weiten Welt keinen Ort, wo ich Zufriedenheit hätte finden können, und ich war jetzt wieder ohne Dich, bei dem ich meine Leiden so vergessen hatte – und ich – sahe, wie mein Schicksal immer schwärzer, meine Seele immer schwächer, mein Körper immer kränklicher wurde – (Du wirst Dich noch erinnern, daß ich etlichemal Blut auswarf –) und dies war die Ursache meines Dir vermutlich so unerklärlichen Scheidens. Weißt Du noch, Bruder, wie ich so ausgelassen lustig war, als wir miteinander nach Ölbronn gingen? Damals war ich bei ihr gewesen – Ich sahe sie hinter uns in den Garten gehen – sprang von der Straße über die Mauer – und wie mirs bei ihr gewesen sei, kannst Du schließen, da ich so – bei Euch war – und deswegen ließ ich Euch so lange noch auf mich warten. Endlich wurd ich ganz zufrieden – außer daß das Andenken an die Leiden mein Auge zuweilen noch trübte. – – Und jetzt, Bester, jetzt bin ich der Glücklichste auf Erden –. Geh es, wie es will – ich liebe meine Louise ewig – ewig – und ewig – ewig – liebt mich meine Louise. O Du kennst sie noch nicht ganz, Bruder – ich sah sie schon in Gesellschaften – sah sie schon, ohne von ihr bemerkt zu werden, unter ihren Freundinnen – o! wie ganz anders ist sie bei mir! Wann sie mit mir Gott um glückliche Zukunft bittet – Bruder! Bruder – wann sie so träumend meine Hand angreift – »wann ich Dich einmal so lange nimmer sehe!« Ich zittre vor Freude, wann ich so die selige Augenblicke denke. Sie gestand mir einmal, die liebe Seele, sie sei einst so leichtsinnig gewesen – und daß sie jetzt so anders – so fromm, so treu, so zärtlich ist –, ich möchte Nacht und Tag fortschreiben – wann ich mein volles Herz – Dir hinschreiben wollte. – 's ist wirklich tief in der Mitternacht! Du wirst also wohl glauben, daß der Schlaf sich einstellt.

Deiner verehrungswürdigen Freundin sage Du alles – was ich sagen sollte. Der Dank für ihr gütiges Andenken an mich wird wärmer und schöner von Deinem Munde sein als aus meiner müden Feder. Schlaf wohl.

Dein
Hölderlin.

An Louise Nast

[Maulbronn, Ende April 1788]

Was wir doch für Menschen sind – Liebe! Ich meine, dieser Augenblick, da ich bei Dir war, sei seliger gewesen als alle, alle Stunden, da ich bei Dir. Unaussprechlich wohl war mirs, als ich so oben am Berg ging, und Deinen Kuß noch auf meinen Lippen fühlte – Ich blickte so heiß in die Gegend, ich hätte die ganze Welt umarmen mögen – und noch, noch ists mir so!

Deine Veilchen stehen vor mir, Louise! Ich will sie aufbewahren, so lang ich kann.

Weil Du den Don Carlos liest, will ich ihn auch lesen, auf den Abend, wenn ich ausgeschafft habe.

Ich mache wirklich über Hals und Kopf Verse – ich soll dem braven Schubart ein Paket schicken.

Auf meinen Spaziergängen reim ich allemal in meine Schreibtafel – und was meinst Du? – an Dich! an Dich! und dann lösch ichs wieder aus. Dies hatt ich eben getan, als ich vom Berg herab Dich kommen sah.

O Liebe! an Gott und an mich denkst Du in Deinem Stübchen? Bleibe Du so, wann Du schon vielleicht die einzige unter Hunderten bist.

Kommt Deine Jfr. Schwester Wilhelmine heut? Hast Du ihr das Briefchen geschickt? oder gibst Dus ihr erst? Ich höre, sie befindet sich besser. Ich soll Bilfingern auch ein Briefchen schicken – aber ich seh, es ist unmöglich bis morgen.

Wann ich nur immer so zufrieden bliebe, wie ich jetzt bin. Doch – ich liebe Dich ja unter jeder Laune fort – mein Zustand ist also doch nicht der schlechteste. Denke recht oft an mich. Du weißts – ich bleibe unzertrennlich

Dein Hölderlin.

An die Mutter

[Maulbronn, Mitte Juni 1788]

Liebste Mamma!

Hier ein Stück meines Reisetagebuchs. Sie müssen eben vorlieb nehmen mit dem Gesudel, ich schriebs oft halb im Schlaf, eh ich zu Bette ging. Ich denke noch immer mit Vergnügen an die, obschon kurze, fünftägige, doch weite Reise. Ich reiste von Mannheim aus noch weiter nach Frankenthal – wie Sie nächstens hören werden. Also tausend Dank, liebste Mamma, für das mir gemachte Vergnügen. Ich habe Ihnen versprochen, alles aufzuschreiben – hier ist es.

In Bruchsal Zeche	43 cr.
Fahrlohn über den Rhein	8 cr.
Zu Rheinhausen Zeche	7 cr.
Wieder Fahrlohn über den Rhein	24 cr.
In der Mannheimer Comedie	48 cr.
Dem Mannheimer Perruquier	24 cr.
Zu Frankenthal zahlt ich die Zeche	1 f. 58 cr.
Zu Speyer Trinkgeld	36 cr.
Dem Speyrer Perruquier	24 cr.
Von Speyer zurück nahm ich ein Pferd	1 f. 30 cr.
In Bruchsal für den Mann Zeche	15 cr.
Für das Pferd im Hinabreisen	2 f.
Mit Kleinigkeiten	1 f.
	Summa 10 f. 17 cr.

Blum zahlte auf der Reise die meiste Zeche, wie Sie sehen werden – ich kam also herrlich davon. Wenn ich nur auch mündlich erzählen könnte! Sagen Sie dem lieben Karl, in der Fortsetzung komme viel vor von großen Schiffen, mit Segeln, und Mastbäumen. Er soll sich nur recht freuen. Denken Sie, liebste Mamma, ich war nicht ganz wohl, eh ich abreiste, nahm noch den Abend vorher Arznei zu mir – habe mich aber so gesund gereist, daß mirs jedermann ansieht. Ich habe noch viel zu tun. Ich schließe also mit der Versicherung, daß ich sei

Ihr gehorsamster Sohn
Hölderlin.

Montags, den 2ten Juni, reist ich ab. Es war ein schöner, belebender Morgen. Mein Herz erweiterte sich in all den Erwartungen des, das ich sehen und hören werde. Noch nie war mir so wohl, als da ich, eine halbe Stunde von hier, den Berg hinunterritt – und unter mir Knittlingen lag, und weit hinaus die gesegneten Gefilde der Pfalz. Mit dieser Heiterkeit setzte ich meinen Weg fort durch Brettheim, Diedelsheim, Gondelsheim, Heidelsheim, und jetzt war ich in Bruchsal. Ich hatte im Sinn, mich im Rückweg aufzuhalten – wartete folglich bloß im Wirtshaus auf Vetter Blumen. Ich wartete bis eins, es kam kein Blum, wartete bis zwei, bis drei – noch nicht! Jetzt war ich ärgerlich. Gefallen hatte mirs in Bruchsal ohnehin nicht, unter dummen Pfaffen und steifen Residenzfratzen – mein Pferd hatt ich nur auf diesen Tag gemietet, der Weg nach Speyer war lang, die Zeit kurz, die Straße mir unbekannt. Was war zu tun?

Ich schickte den Mann, den ich bei mir hatte, um das Pferd zurückzunehmen, nach Haus, setzte mich aufs Pferd, und flugs Speyer zu!

Von Bruchsal aus hatte ich zwar keine Chaussee mehr, aber doch breiten, guten Sandweg. Ich passierte meist dicke, schauerliche Waldungen, so daß ich außer meinem Weg kaum drei Schritte weit um mich sehen konnte. So dick habe ich in Wirtemberg noch keine Wälder gesehn. Kein Sonnenstrahl drang durch. Endlich kam ich wieder ins Freie, nachdem ich Forst, Hambrücken und Wiesenthal passiert hatte. Eine unabsehbare Ebene lag vor meinen Augen. Zur Rechten hatte ich die Heidelberger, zur Linken die französische Grenzgebirge – Ich hielt lange still. Der neue, unerwartete Anblick einer so ungeheuren Ebene rührte mich. Und diese Ebene war so voll Segens. Felder, deren Früchte schon halb gelb waren – Wiesen, wo das Gras, das noch nicht abgemäht war, sich umneigte – so hoch, so reichlich stand es – und dann der weite, schöne, blaue Himmel über mir – Ich war so entzückt, daß ich vielleicht noch dort stände mit meinem Roß, wann mir nicht gerade vor mir das fürstlich-bischöfliche Lustschloß Waghäusel in die Augen gefallen wäre.

Ich wollte eben darauf zu reiten, weil ich es auch in meiner Marschroute hatte – von wo aus ich dann über Lußheim gekommen wäre – aber man wies mich links nach Oberhausen, weils dahin näher ist. Von dem Lustschloß kann ich also nichts sagen, als daß es im Wald liegt, eine Kapelle und noch etlich Gebäude um sich hat, weiter aber nichts Sehenswürdiges, keine Gärten, keine Hohenheimer Wildnisse, oder was ich sonst da erwartet hätte. Vor Oberhausen bemerkte ich erst die Domkirche in Speyer, ob ich sie schon bald nach Bruchsal hätte sehen können, so groß ist die Ebene – so ungeheuer hoch ist diese Domkirche. Ich glaubte, ich werde jetzt keine Viertelstunde mehr haben, und freute mich schon aufs Abendessen in Speyer, aber ich hatte mich gewaltig betrogen. Von Oberhausen kam ich nach Rheinhausen. Hier mußte ich über den Rhein fahren, mußte aber ziemlich lange warten, bis die Schiffer vom jenseitigen Ufer herüberkamen, weil die Überfahrt gewöhnlich eine halbe Stunde lang dauert. Aber so gerne hab ich noch nie gewartet als damals. Die Zeit wurde mir gar nicht lang.

Man stelle sich vor – ein Strom, der dreimal breiter ist als der Neckar, wo er am breitsten ist – dieser Strom von oben herab an beiden Ufern von Wäldern beschattet – und weiter hinab die Aussicht über ihn so lang, daß einem der Kopf schwindelte – das war ein Anblick – ich werd ihn nie vergessen, er rührte mich außerordentlich – Endlich kamen die Schiffer herüber. Man fährt in Booten über, welche so groß sind, daß zwei Gefährte mit Pferden und noch Leute genug darin Platz haben. Nach Verfluß einer halben Stunde war ich am Speyrischen Ufer. Ich fragte bei Vorübergehenden, wo ungefähr die Frau Blumin wohnte – und wurde von einem, der sie kannte, in HE. Pfarrer Mayers Haus gewiesen. Weil sich der Tag neigte, mußte mein Rößlein noch all seine übrige Kräfte aus den steifen Füßen zusammennehmen – ich dachte – ich und es könnten uns ja jetzt bald das Abendessen und Nachtruhe herrlich schmekken lassen. Und so – war ich in den Speyrer Toren. Langweilig wurde mir das ewige Umherreiten in den Gassen, bis ich HE. Pf. Mayers Haus endlich fand.

Ich wurde mit stürmischer Freude von der Rike und Blumen, von der Frau Blumin und deren Tochter, der Pf. Mayerin, und Pf. Mayer mit außerordentlicher Höflichkeit aufgenommen. Genug für diesen Tag!

d. 3ten Juni.

Der Blum und die Rike hatten schon vor meiner Ankunft auf diesen Tag eine Reise nach Heidelberg vorgehabt. Es wurde also ausgemacht, daß ich mein Pferd durch des Blumen Kutscher, der wieder zurück nach Markgröningen sollte, weil sie sich noch länger aufhalten –– hinaufschicken sollte – und mit ihnen fahren, wo Blum kutschierte –– Ich mußt also schon wieder morgens um 4 Uhr aus den Federn – und um 5 Uhr saß ich zu gutem Glücke meiner matten Glieder – im Cariol. Wir schifften wieder über den Rhein – und in ein paar Stunden waren wir in den berühmten kurfürstlich-pfälzischen Lustgärten von Schwetzingen.

Beschreibung ist hier wenig. Man muß die Pracht – die außerordentliche Schönheiten der Kunst – die ausgesuchte Gemälde, die Gebäude, die Wasserwerke u. s. w. selbst gesehen haben – wenn man sich einen Begriff davon machen will. Doch eins muß ich nennen. Es ist hier eine türkische Moschee (Tempel) angelegt, die mancher, der sie sieht unter den vielen Schönheiten, vielleicht vergißt, aber mir gefiel sie am besten. Das Ganze ist, was Hohenheim und die *Solitude* miteinander – meinem Begriff nach. Von Schwetzingen nach Heidelberg hatten wir drei Stunden lang schnurgerade Chaussee – und auf beiden Seiten alte, eichengleiche Maulbeerbäume. Ungefähr um Mittag kamen wir in Heidelberg an. Die Stadt gefiel mir außerordentlich wohl. Die Lage ist so schön, als man sich je eine denken kann. Auf beiden Seiten und am Rücken der Stadt steigen steile, waldichte Berge empor, und auf diesen steht das alte, ehrwürdige Schloß – Ich stieg auch hinauf, und machte eine Wallfahrt zu dem berühmten Heidelberger Faß, dem Symbol so manchen Zechers, dem *Bonmot* so manches Trinklieds. Es ist wirklich so groß, daß man oben ganz bequem herumtanzen kann. Es sind Schranken auf ihm, daß man ohne Gefahr darauf gehen kann. Aber das kann ich versichern, daß ein Fall von seiner Höhe mir ebenso unangenehm wäre als aus meinem Klosterfenster. Merkwürdig ist auch die neue Brücke daselbst. Nachmittags reisten wir noch nach – Mannheim. Wir hatten herrlichen Weg am Neckar hinab. Kaum waren wir ausgestiegen, so gingen wir ins Schauspiel. Schöner, gebildeter, vollkommener kann man sich nichts denken als das Mannheimer Nationaltheater. –

Nach dem Schauspiel sah ich noch das Zeughaus, wo Kanonenkugeln wie Steinhaufen aufgebeugt sind, wo ich zum erstenmal Granaten, Bomben, Kanonen u. s. w. sah – und dann die Jesuitenkirche! das prächtigste Gebäude, das ich auf meiner Reise fand. Die Stadt ist beinahe zweimal größer als Stuttgart. Das fürstliche Schloß sieht man aus den meisten Gassen. Die Gassen sind ganz gerade – Alles ist eben. Die Gebäude machen jedesmal ein großes Viereck. Das Kaufhaus ist so ungeheuer groß, daß mich ein Gang um dasselbe herum beinah eine halbe Viertelstunde kostete. Am Abendessen kam ich neben einen Grafen von Styrum zu sitzen. Es ist ein Bruder vom Bischof in Bruchsal. Ich war nur eine Stunde um diesen Mann, aber ich werd ihn bis zum Grabe verehren. Er ist General, und in seines Herrn, des Königs von Frankreich Diensten grau geworden. Er unterhielt sich mit mir, wie mit einem Bruder – erzählte mir von seinen Schlachten, seinen Gefahren, seinen Siegen, seinen Niederlagen – ich hätte bald vergessen, daß dieser Mann Graf Styrum und ich Student Hölderlin wäre, und wär ihm um den Hals gefallen, so viel Liebe gegen ihn flößte mir dieser Greis ein. Er ist mir am verehrungswürdigsten unter allen Leuten, die ich auf meiner Reise kennen lernte.

Den 4ten Juni.

Die Fortsetzung folgt.

Mittwoch, den 4. Juni.

Ich blieb noch bis morgens 10 Uhr in Mannheim, in welcher Zeit ich den Hofkammerrat Dillenius, einen *Oncle* von meinem Märklin, besuchte, und sehr viel Höflichkeit genoß – Ich machte noch einen flüchtigen Strich durch die vornehmste Gassen der Stadt, besahe das Schloß und das Bollwerk, und überall fand ich Paläste, die mich mit Staunen erfüllten. Unterdessen hatten meine Gefährten sich reisfertig gemacht, ich sprang in die Chaise, und trennte mich ungern von einem Ort, in welchem ich noch so viel Merkwürdiges sehen, noch so manchen neuen Begriff mir hätte erwerben können. Wir mußten über fünf Brücken, bis wir auf die Straße kamen; die, die über den eigentlichen Rhein ging, war ungeheuer lang, und eine Schiffbrücke. Hier waren große Boote an Ankern befestigt, und so aneinander gereiht, auf diesen stand die Brücke. Wann nun Schiffe kommen, so sind Maschinen, mit welchen man die Brücke an verschiedenen Orten öffnen kann. Das aber, was meine Augen am meisten auf sich zog, waren die kurfürstliche Schiffe, die am Ufer standen. Vom Wasser an bis ans Verdeck (also den Boden ungerechnet) mochten sie ungefähr einen kleinen Stock hoch sein, ihre Länge aber betrug sich sicher auf 24 Schuhe, der Mastbaum ragte einen großen Stock über das Verdeck hinaus – und eine Menge von Tauen (Seilen) hing daran herab, mit welchen man den Mastbaum herablassen und aufrichten, das Segeltuch einziehen und ausbreiten konnte. Ganz vorn war ein Zimmer, mit grünen Läden, und überhaupt das ganze Schiff war gelb und rot angestrichen. So waren zwei da, ganz gleich, nur daß das Schiff der Kurfürstin ein wenig kleiner war als Theodors (des Fürsten) selbst.

Wir kamen durch die schönste Alleen nach Oggersheim, wo der Kurfürstin ihr Sitz ist. Ich kam hier in das nämliche Wirtshaus, in welchem sich der große Schiller lange aufhielt, nachdem er sich aus Stuttgart geflüchtet hatte. Der Ort wurde mir so heilig – und ich hatte genug zu tun, eine Träne im Auge zu verbergen, die mir über der Bewunderung des großen genialischen Dichters ins Auge stieg. Von dem Lustschloß der Kurfürstin kann ich nichts Eigentliches sagen – ich sah nichts – als Häuser und Gärten, dann Schiller ging mir im Kopf herum. Um Mittag kamen wir zu Frankenthal an. Nach dem Essen gingen wir zuerst in die Gegelische Buchdruckerei, dann in die Porzellanfabrike, wo ich im Magazin sehr schöne Arbeit antraf – von da aus in die Seidenfabrike – wo mirs auch sehr wohl gefiel – von da aus zum Kanal, das ein sehr sehenswürdiges Werk ist. Beschreiben kann ich hier nicht, weil ich selbst ein dunkeln Begriff davon habe.

Am nämlichen Nachmittag fuhren wir noch nach Speyer zurück – und so hatt ich die meiste merkwürdige Städte der Pfalz in kurzer Zeit gesehen. Morgen seh ich mich in Speyer um.

Donnerstag, d. 5. Juni.

Mein erster Gang war morgens zur Domkirche. Dies ist eines der merkwürdigsten Gebäude, die ich auf meiner Reise sah, und das einzige, das ich recht genau, und mit gehöriger Muße besah. Wann man vorn am großen majestätischen Portal eingeht, so sieht man vor sich ein leeren Platz von einer ziemlichen Länge bis an große Staffeln hin, und von ungewöhnlicher Höhe, die durch prächtige, einfache Säulen von den Nebengebäuden getrennt wird. Über den Staffeln aber steht ein großer, ganz marmorner Altar, welcher so hoch ist, daß auch wieder Staffeln daran gebaut sind, und auf welchem 5 brennende Lichter in güldenen Leuchtern stehen. (Die Leuchter stehen pyramidenmäßig, und der längste mag sicher eine Elle messen.) Neben dem Altar standen auf beiden Seiten Kirchstühle, und in den zwei Ecken neben den Kirchstühlen wieder zwei Altäre, von gleicher Pracht wie der erste. Ganz hinten im Chor stand der Thron des Bischofs von Bruchsal, das Prächtigste, was man sich vorstellen kann, und auf beeden Seiten des Throns herunter die Stühle der Domherrn, welche alle vergoldet sind. Und so nehme man das ganze riesenmäßige Gebäude zusammen, man stelle sich unten ans Portal hin, und denke sich – wie oben herab der Thron und die prächtige Stühle schimmern – und der Marmor-Altar, wie er mit seinen Lichtern so erhaben dasteht – und oben das unermeßliche Gewölbe – – ich hielte mich eine Stunde darin auf, und könnte beinahe noch bisher jeden Tag eine Stunde darin gewesen sein, ohne Langeweile gehabt zu haben.

Von da aus ging ich zum Rat Boßler – und besahe seine Musikalienhandlung. Es gefiel mir da auch sehr wohl. Doch eil ich zu einem interessanteren Gegenstande. Ich hatte vormittags so ziemlich mich in Speyer umgesehen. Nachmittags wollt ich also ins Freie, um da in der Gegend umher mein Auge zu weiden. Ich lief den ganzen Nachmittag beinahe im ganzen Speyrer Bezirk umher, ohne was zu finden, das meine Aufmerksamkeit besonders an sich gezogen hätte. Es ging schon gegen Abend, als ich auf den sogenanntn Gran kam (wo die Waren der Schiffe ausgeladen werden). Ich glaubte neugeboren zu werden über dem Anblick, der sich mir darstellte. Meine Gefühle erweiterten sich, mein Herz schlug mächtiger, mein Geist flog hin ins Unabsehliche – mein Auge staunte – ich wußte gar nimmer, was ich sah, und dastand ich – wie eine Bildsäule.

Man denke sich, der majestätischruhige Rhein, so weit her, daß man die Schiffe kaum noch bemerkte – so weit hinaus, daß man ihn fast für eine blaue Wand ansehen könnte, und am gegenseitigen Ufer dicke, wilde Wälder – und über den Wäldern her die dämmernde Heidelberger Gebirge – und an der Seite hinab eine unermeßliche Ebene – und alles so voll Segen des Herrn – und um mich alles so tätig – da lud man Schiffe aus – dort stießen andere ins Meer, und der Abendwind blies in die schwellende Segel –– ich ging gerührt nach Haus, und dankte Gott, daß ich empfinden konnte, wo Tausende gleichgültig vorübereilen, weil sie entweder den Gegenstand gewohnt oder Herz wie Schmer haben.

Den Abend brachte ich bei einem Glas Bier noch sehr vergnügt zu – ich konnte den Leutchen ansehen, daß sie mich gerne noch länger bei sich gehabt hätten.

Freitags, d. 6. Juni.

Da war ich nun wieder im Kloster. Es war mir noch nie so eng, ich möcht als gerne meine Kirche fürs Dom, meine Mauern für Paläste, meine Seen für den Rhein, und meinen dunklen Schlafboden für fürstliche Alleen ansehen. Nur noch kürzlich die Geschichte des heutigen Tages. Der Blum und die Rike begleiteten mich mit der Chaise bis nach Oberhausen, von wo aus ich mir ein Pferd bis hieher nahm. Um 12 Uhr war ich in Bruchsal, kehrte aber diesmal bei Frau Bas Vogtin ein, weil mirs im Wirtshaus so gar nicht gefallen hatte, und ich die ehmalige Jfr. Bas Nikolain auch wieder sehen wollte. Sie freute sich sehr, auch wieder was von Ihnen zu hören, und war außerordentlich höflich und freundschaftlich gegen mich. Um 3 Uhr reist ich wieder weiter. Und so kam ich noch bei hellem Tag hieher, und so hätte dann meine Reisebeschreibung ein Ende.

Von Louise Nast

[Maulbronn, September 1788]

Es wechsle wie sie will die Zeit!
Es mögen ihre Jahre schwinden!
Nie wird sie unsre Zärtlichkeit!
O bester Freund verändert finden
Drum keine Wünsch und Schwüre heit
Dann unser Bund ist – für die Ewigkeit!
von
Deiner *Louise*

Von Louise Nast

[Um Neujahr 1789]

O lieber Friz! Da siz ich, und habe fast alle Deine Briefe vor mir, das ist mein einges Vergnügen, und da ist mirs so über alles wohl, bin so glücklich wann ich allein seyn kan, es ist schon wirglich 12 Uhr, und doch konnte ich mich nicht satt lesen, o es ist meine liebste Lektüre. Hast recht er machte mir viele Sorge Dein lieber Brief, ganse Nächte konnte ich nicht schlafen, und doch ist er mir so lieb daß ich um aller Welt schaze ihn nicht gebe, o Dich haben, welche Seeligkeit, und Friz noch so lange biß Ostern, noch so lange Dich nicht sehen, so lang von dem getrennt sein der mein alles ist, doch der Gedanke daß Du mein bist mein bleibst, nicht wahr lieber Friz? auch Jhahre lang Trennung macht Dich nicht kalter gegen mich, O nein Du bleibst der l. Friz der Du warst bei Deinem letzten Besuch, ich weiß sie alle noch die liebe Worte tief sind sie in meinem Herzen, auch Du wirst sie noch zurikrufen konnen die seligen Freuden, auch bin ich manchmal so glücklich mir sie vor traumen zu können, o und lezhin ein herlicher Traum den ich um alles nicht gebe, Du standst oben wo man ins Closter geht, wirst es wohl noch wissen ach vergangene Zeiten wo ich Dich so oft sah, strektest Deine Arme sehnend nach mir aus, Gott imm Himmel welcher anblik, Deine schwarze Kutte alles wieder wie vorher, ach und es war ein Traum sie sind entflohen die glükliche Zeiten, stommer Schmerz trit an ihre Stelle, und warum dieß alles diese Klagen? mein Friz ist ja noch mein er ist mir noch so treu wie hier, o er ist noch mein, auch mich soll nichts von Dir trennen kein Unglük kein Schiksal, nur Dich und eine Hütte so schlecht sie ist, – sie ist mir ein Königreich, o mit Dir sind auch dornigte Wege mit Rosen bestreit. O Gott lieber Vater an Deiner Hand werden sie doch auch vorüber gehen die Jahre der Trennung, sie flieht ja sonst schnell Deine Zeit, aber der Liebe werden es ewigkeiten sein, nich lange mehr wird wieder ein Paar aus meiner Freundschaft das Band der ewigen Treue knupfen, das liebe Mädchen ist wirglich hier meine Heinerike, sie scheint recht vergnügt, wir haben schon viel von Dir lieber geschwatzt, wir erinnren uns oft an die glükliche Zeiten in L – und tausendmal dankte ich ihr vor ihre Liebe, das gute Madchen wan sie nur recht glüklich wird, sie hat es nur an uns verdient, lieber Friz schreib nur recht viel, ich freue mich schon wieder auf negsten Bottentag, o es waren lange Feuertage keinen Brief konnte ich nicht von meinem Friz bekommen, leb wohl schlaf wohl es ist schon recht spath ewig

Deine Louise

Von meinen Schwestern recht viele Grüsse.

Erinnrin sie sich auch noch an die Heinrika in Leonberg, die würklich bey der Loise in Maulbrun ist und die sich ihnen empfiehlt

An Louise Nast

[Tübingen, Januar 1789]

Das war ein Brief von Dir, liebe Seele! hättst Du mich sehen können, wie ich Tränen der innigsten Freude weinte, auf dieses neue Zeichen Deiner so unaussprechlich süßen, beglückenden Liebe, wie ich in dem Augenblick so innig fühlte, was ich an Dir habe, wie meine Tage wieder so heiter, so ruhig hinfließen. O Mädchen! Auch in der Trennung ist Deine Liebe Seligkeit, auch dieses Sehnen ist Wonne Deinem Jüngling – dann jeder Augenblick sagt mir, daß Du Dich ebenso nach mir sehnst, daß Dir diese etlich Jahre ebenso lange werden als mir. Und nur noch eilf Wochen bis Ostern, Liebe? Freilich ists lächerlich, nur noch eilf Wochen – aber wir wollen uns eben so trösten – und dann – o Louise! Louise! dann – Ich kann sie nicht nennen, all die Seligkeit, die meiner in Deinen Armen wartet – der Buchstabe ist eben Buchstabe, und da laß ich Dichs lieber fühlen, wie diese Erwartung mein Herz erhebt – Und Du erinnerst Dich noch der lieben Worte unsers letzten Besuches? sie sind Dir tief in die Seele eingegraben? O Louise! sie sind mein einziger Gedanke in der Einsamkeit, meine einzige Beschäftigung in den seligen, Dir geweiheten Stunden.

O und Dein Traum? – herrliches, liebes Mädchen, wie bin ich so glücklich! um wie viel glücklicher wär ich, wann ich in Deinen Armen mein ganzes wonnerfülltes Herz vor Dir ergießen könnte. Es ist mir so wohl, wann ich daran denke, wie ich oft so gedultig, und doch so voll der innigsten Sehnsucht an jenem Plätzgen wartete, bis ich die Teure am Fenster sah, und wie er mich entzückte, der Gedanke, daß Du in der ganzen Welt auf nichts blickest als auf Deinen Hölderlin, daß nur ich in dieser Brust wohne – Louise! Louise! und wann ich Dich aus Deinem Hause dem Kreuzgang zu gehen sah – es ist mir noch alles so lebendig – der schöne, majestätische Gang, das liebevolle Auge nach mir heraufblickend – und die Erwartung der seligen Stunde auf Deinem Gesichte so ganz ausgedrückt – und wie uns Erd und Himmel schwanden, in der Stille und Dämmerung! – – Und die gute Heinrike ist wirklich bei Dir? Möchte doch all die Freundschaft, die sie uns erwiesen hat, ihr tausendfach in ihrer neuen Lage vergolten werden. Sie wird mit ihrer heitern gefälligen Seele sich und ihren Gatten gewiß beglücken. Und Du erinnerst Dich auch noch der glücklichen Zeiten in Leonberg – denkst Du noch an all die selige Stunden? die Stunden der feurigsten, süßesten Liebe? O Louise! ists dann nimmer möglich, an irgendeinem Orte bei guten Leuten so nah um Dich zu sein? Verdien ichs nicht noch? so beglückt zu werden – – Doch wieder ewige Plane! – 's wird Dir aber auch so gehen, liebe Seele! Die Tage, die ich in Leonberg zubrachte, waren zu schön, als daß ich sie mir nicht noch oft wiederträumen sollte. O nur der Abschied! – – Es goß so eine süße Wehmut über meine ganze Seele, und begleitete mich den ganzen Weg über. Nur, als ich die Berge um Nürtingen sahe, und der Wald vor Leonberg so nach und nach sich hinter mir verlor – da stürzten mir Tränen des bittersten Schmerzens aus den Augen – ich mußte lange hinstehen. – Der übrige Teil meiner Reise wurde mir noch einmal so sauer als zuvor. –

Deinen Jfr. Schwestern tausend Komplimente – auch an Jfr. Käufelin, und ich laß ihr zum neuen Jahre einen flinken Pinsel wünschen.

Schlaf wohl, liebes Mädchen! Liebe mich, wie bisher. Ich bin ewig

Dein Hölderlin.

Von Louise Nast

d. 19. Jan. 89

Lieber guter – – – –

O der süssen Worte Deines l Briefs Ach nur noch eilf wochen und dann dann Friz all die Seeligkeit in Deinen Armen, o köntest Dus fühlen wie mein Herz bei diesem Gedanken stärker schlägt, bald wieder in den Armen meines Friz meines – – – o der Wonne die sich nicht beschreiben läßt da keine Worte sind, sie zu sagen, o Gott lieber Vater wie machst Du uns so glüklich, was für Tage müssen es seyn lieber teurer Friz wo wir ganß für einander leben, wann uns kein Schiksal keine Zeit auch der Tod selbst uns nicht trennen kan und dort in jenen Himmlischen Gegenten ewige fortsezung unserer liebe ist, Gott! wie bin ich so glüklich, l Friz geliebter mein – – – jedes Pläzgen das ich von meinem Fenster aus sehen kan, mahnt mich an tausend tausend seelige Augenblike in jenen Glüklichen Zeiten, nur Du Du wohnst in meiner Brust von Sterblichen. jeden augenblik für Dich sie aufopfern würde ich, o für Dich liebs guts Herz, welche süsse aufopferung, o und diß sehnen jezt, könntest Du – ach könntest Du jezt eilen an diß klopfente Herz, und ich das Deinige fühlen – der Gedanke der mir Tränen heise Tränen ausprest, liebes Herz und Deinen Schattenriß wie fest druk ich ihn an mein Herz, nein! so warst Du noch nie getroffen, jeder zug wird mir wieder so lebhaft, Gott und dieß himliche Lächeln, aber nein ich muß schweigen, sonst möchst Du meinen ich hab es Dir abgelernt, und doch mein Herz empfind ich so viel dabei, bist eben doch ein recht lieber Schmeichler wann ich gleich nur es zu gut weiß daß du nicht recht hast. Heinerike machte mir schon viele Plane, hier in ihrem Hauß wärs herlich, einen Herz guten Mann hat sie der bald auf unserer Seite ist, doch in eilf Wochen läßt sich noch vieles denken, und dann Dich wieder haben Dich in meine Arme schliessen als wollt ich Dich ewig nimmer lassen, welche Seligkeit lebe wohl – – meiner Seele es ist schon späthe

Nacht, ich kan so lang nicht an Dich schreiben, ausser es ist alles im Bett sonst bin ich nicht ruhig, viele Grüsse von meiner Rike, für Deinen Wunsch läßt sie Dir danken er wird bald guten erfolg haben, schlaf gut liebes Herz

ewig Dein treues –
Louise

Von Heinerike und meinen Schwestern recht viele Grüsse, auch von meiner Freundin Commerelle (sie schrieb mirs) wirst Du Dich ihr noch erinnern wie sie bei uns war in der Laube bei dem schönen See, heilig ist mir diese Laube, sie soll auf den Sommer der Ort meins Gebetts sein, man wird so gerührt bei so schönen gegenständen der Natur jeder Grashalm zeigt mir den weisen gütigen Schöpfer

Von Immanuel Nast

Leonberg d 17 April 1789.

Ich weiß nicht, ob ich mit Dir zanken, oder ob ich Dich bitten solle, daß Du mit mir zanken sollest. Denn fast ist's unverzeihlich, daß wir den ganzen winter waren, wie die Mumelthiere; doch ich verzeihe Dir und Du – nicht wahr – mir auch?

Hier folgt Dein Stammbuch, das mir L. übergab als sie im vergangenen Herbst von hier abreißte – Eine kleine Malerei wirst du drinn finden. Es ist die erste die ich in diesem Jahre gemacht habe und die ich Dir bestimmte – weil ich mich erinnerte Dir einmal ein ähnliches Gemälde versprochen zu haben. ob Du bei diesem gewinnst oder verlierst überlaße ich *Deiner* Empfindung zur Entscheidung.

Auch folgen *2 Silhouetten* mit zum b'sehen oder, wenn Du sie den *Originalien* recht treu findest – zum Gebrauch und Beförderung. wiewohl W. zu gros sein wird, um es in eine *Tabattiere* wie Du im Sinn hattest, als ich's leztemal bei Euch in Maulbrunn ware, zu versezen.

Meine Geschichte möcht ich Dir freilich lieber mündlich erzälen als durch diese arme Feder. Weil ich aber in m Schreibstube allein bin und deswegen nicht soleicht Hofnung haben kann, mehrere Tage mich entfernen zu können, so schreib ich Dir was ich kan

Welche Stinkereien Christian der Fresser bei seinem Vater in

Stuttgart wegen *Dein* und Luisens Aufenthalt allhier beinahe angerichtet hätte, wenn ich die Sache nicht Tags drauf als ich Dich nach Vaihingen begleitete in Stuttgart erfahren hätte und durch einen Brief an meinen Onkel, worin ich die Sache so erzälte wie ich sie erzälen mußte, zu wegen brachte daß er in einem Schreiben an mich mir die Versicherung gab, nicht nach M. zu schreiben. Alldies wirst Du von L. ausführlich wissen.

Vieles hätte ich Dir von den Angelegenheiten meines Herzens zu sagen doch dis sei Dir einstweilen genug, daß B. u: ich wie getrennt sind; zwar genieß ich noch ihre Freundschaft die mir manche bittere Stunde dieses Lebens versüßt – aber Liebe wo Ewig mein u: Ewig *Dein* das Losungswort ist, mußten wir zu vertreiben suchen so sauer es uns geworden ist.

Daß ich nicht recht getan habe, hoffe ich nicht von Dir zu hören, wenn Du über meine Lage, in der ich beinahe keine Aussichten zu irgend einer Versorgung vor mir sehe und sonstige Umstände, nur ein wenig nachdenkest. Du wirst leicht einsehen, daß ich meiner Vernunft dieses Opfer bringen mußte.

O lieber Bruder! – Es war ein langer harter Streit der manche Träne manchen Seufzer kostete – Aber es beruhigt mich nun auch der Gedanke, daß ich mich für die Zukunft als eine Hinderniß aus dem Weg geräumt habe, mich, der ich meine Freundin vielleicht aus Liebe zu mir die Hand zweier – vielleicht rechtschaffener Männer ausschlagen machte

Burk sagte mir vor 1 pr tagen, Du leidest als noch an *Deinem* Fuß – und habest vor der Vakanz nach Haus müssen – Nur Schade vor dis schöne Wetter daß wir es nicht zu unsrer vorgenommenen Reise brauchen könnten!

Elsner läßt kein Wort von sich hören – 's thut mir fast weh. Es scheint als haben mich alle meine Freunde die ich in Maulbrunn fand, in ihrem Tübingen gar vergessen –!

Vor ungefehr 6–8 Wochen war ich in Maulbrunn halb 1 Uhr kam ich im Kloster an, und wie ich hörte, daß Linde u. Karl, Bleibeln nach Illingen begleitet haben, ließ ich nur m. Pferd füttern nahm einige Magenstärkung zu mir und ritt dann in einem Trott dem Pfleghof zu – Da traf ich's in *bona caritate* beisammen an und Karl u. Bleibel glaubten ein Gespenst zu sehen als ich zur Thüre hinein trat und sie grüßte. In Maulbrunn war ich soziemlich vergnügt

Bleibeln habe ich vor 14 tagen die Gegend von Illingen geschikt womit ich ihm mehr Freude machte als meine Eigenliebe vermutet hatte. Leb wohl lieber – kalter? Bruder, empfiehl mich *Deiner* würdigen Fr. Mutter u. Jgfr Schwester und glaube, daß noch mit jener alten warmen Freundschaft an Dir hängt

Dein Imanuel.

Deinem Brief seh ich mit Verlangen entgegen!

Ei! da fällt mir ein, daß Du versprochen hast Deine Gedichte mir zu *communiciren!*

An Louise Nast

[Tübingen, Ende Januar 1789]

Liebe, gute Louise!

Noch nie fühlte ich den Wert Deiner edlen Seele stärker, sah nie meinen Abstand von Dir deutlicher als bei Deinem letzten l. Brief. O könnt ich zu Deinen Füßen den trüben Augenblick Dir abbitten, den ich Dir vielleicht durch meine trübsinnige Laune machte, könntest Du sehen, wie unwürdig Deiner so unbeschreiblich edlen Liebe ich mich in dem Augenblick fühle, wann ich daran denke, daß meine Grillen die Achtung, die ich ewig für dich habe, und haben soll, so unverzeihlich bei Seit setzten. Louise! Louise! liebes, herrliches Mädchen! und Du antwortest mir mit dieser himmlischen Güte? liebst mich noch ebenso heiß? tröstest mich so zärtlich über meiner freilich ziemlich traurigen Lage? Täglich, täglich neue Beweise – wie viel ich an Dir habe – je öfter ich den Brief lese, desto schätzbarer wird er mir – kein Wort Deiner Liebe entging mir, keine Silbe, die mich so ganz in Dein schönes Herz sehen ließ. O lieber Gott! was müssen das für selige Tage sein, da wir auf ewig vereint so ganz füreinander leben – Louise – was werd ich da an Dir haben – Du wirst mich aufheitern in trüben Stunden, Du wirst mir die Lasten, die ich zu tragen habe, versüßen, Du wirst mich mit der Welt versöhnen, wann ich beleidigt bin, Du wirst mir alles, alles sein – O! ich bin so glücklich! Ich verspreche Dir von nun an, süßes, liebes Mädchen – von nun an – wann ich wieder so feindselig schreibe, will ich nimmer Dein Hölderlin sein. Was ich diesen Nachmittag für eine selige Stunde hatte! ich wollte Deinen letzten Brief wieder lesen – bekam aber einen ältern in die Hand – und dann wieder einen andern – bis ich endlich alle gelesen hatte – auch den allerersten, liebe Seele! Sie haben mein ganzes Herz, schriebst Du damals, und o Gott! ich hab es noch, nach so vielen Prüfungen, die über Dich ergangen sind, nach so vielen Leiden, die Du um mich ausstehen mußtest, hab ich es noch, dieses teure Herz, und nicht wahr, liebe Louise! ich werd es ewig behalten? – Ich mußte innhalten, der Gedanke, daß ich Dein Herz habe, und die Erinnerung an all die Wonne der Vergangenheit machte mich ganz weich – es wäre Dir ja auch so gegangen – bei diesen Gedanken. – Meine l. Rike ist jetzt schon fünf Tage hier. Ich gehe häufiger aus als sonst. Sie sagte mir neulich, daß sie die Jfr. Weberin auch in der wochentlichen Gesellschaft kennen gelernt habe, und daß sie bald gute Freundinnen zusammen geworden seien. So gern ich dem guten Mädchen dankte, daß sie so viel Teil an unserm Schicksal nahm, und an Jfr. Böhmin die schlechte Freundschaft der Jfr. Duttenhoferin schrieb (dann von daher weißt Dus vermutlich), so kennst Du ja die Welt, man nennt es indiskret, wann unsereiner mit Personen Deines Geschlechts, die ihm unbekannt sind, etwas über Komplimentereien schwätzt, und dann müßt ich Gelegenheit suchen, sie zu sprechen und da weißt Du ja, daß ichs nicht gern tüe. Ich kann aber der Duttenhoferin ohnmöglich mehr ein gutes Gesicht machen – deswegen geh ich lieber so bald nimmer hin. Neulich mußt ich meine Schwester dahin begleiten – ich saß wie auf Kohlen, bis ich wieder weg war. Übrigens denk ich diesmal wie Bilfinger, daß man sich nichts drum zu kümmern hat. Mögens die hiesigen Mädchen meinetwegen wissen – welche Dich kennen, müssen allemal denken, er ist glücklich! und das schmeichelt meinem Stolz noch obendrein. Hier meinen Schattenriß! Es sollte mir leid tun, wann ich wieder so schlecht getroffen wäre. Lebe wohl, liebe Louise! und vergiß nie

Deinen Hölderlin.

Von Louise Nast

[Maulbronn, März/April 1789]

Montags Nachts

Dißmal liebe Seele bekommst Du meinen Brief nicht durch B, denn meine Mene liegt im Bett und ist krank, und da bekommt auch der gute B keinen Brief von ihr, und ich schreibe wann auch mein Brief noch so allein reisen muß, o liebes Herz ist ja meine gröste Freude, ist ja mein alles wann ich an Dich schreibe u noch grössere wann ich einen Brief von Dir bekomme, o lieber, alles alles sind sie mir; ach! Gott noch nie fühlt ich die Trennung so; ach denk ich oft fleh ich oft nur einen Augenblik nur einen einzigen Dich sehen Dich in meine Arme schliesen, welche wonne Gott was würde aus mir werden wann ich nur denke ob es den eine möglichkeit geben könnte daß Du mich verlassen könntest, nein nein. das kannst Du nicht das wirst Du nicht, o Du bist ja mein – ganz mein o ganz mein, wie wohl wird mirs da, verzei lieber lieber Friz verzei, so hab ich oft Grillen, o und die plagen mich, o sie plagen mich so, ich hab oft rechte traurige Stunden aber der Gedanke daß Du mein bist macht mich wieder ganz heiter; O Gott weiß es ich liebe meine l Eltern gewiß recht und meine Geschwister alles alles würde ich für sie thun aber o es ist keine Sünde nein es ist keine Sünde wann ich Dich mehr wann ich Dich über alles liebe, o Du der Du mir alles bist, vor dem keine Geheimnisse in meinem Herzen sind. Hast recht liebe Seele oft Sorgen und Tränen gibt es, aber sie sind klein gering gegen die Freuden, und der Mühe werth wann sie auch noch so groß wären und wann es Gottes wille ist u. wir glüklich werden. Wie michs freute daß Deine liebe gute Mutter o darf ich sagen meine Mutter, so gut von unserer Lage sprach, wirst Dirs denken können liebes Herz, wie mirs war o meine Hand zittert mir vor Freuden in dem ich schreibe meine Mutter, es ist so was seliges darin das nicht alle Menschen fühlen die Mutter meines einzigen Freunds auf dieser Welt, Gott! meines M – Mutter zu heisen.

Da siz ich liebe Seele, es ist so still schauerlich, o und es ist mir so wohl wan ich so ganz allein, von Menschen entfernt bin, nirgends ist mir wöhler als wann ich Abends auf den Kirchhof ganz allein spazieren gehe, und mich seze auf die Gräber der abgeschiedenen und denke auch Du hast vielleicht manche Träne geweint, o Friez lieber da ist mirs so wohl, da ist mirs lieber unter den Todten als lebendig sie nehmen doch meine Tränen auf, diese Gräber, Menschen wurden lachen über mich, und wenn der liebe Mond bald hell bald düster herabblinkt, und ich denke jetzt blikt vieleicht mein Friz mein einziger wahrer treuer Freund unter den Lebintigen, vieleicht heben wir vereinicht unsere Augen nach Dir schönes Licht empor, und preisen diese Almacht des großen Schöpfers. Meine Mine tauert mich sie ist wirglich krank, vor lauter Kommer, sie wird so mißtrauisch gegen B, er schreibt ihr meistens so kleine Brief oft nur ein paar Worte, und manchmal kalt und gezwungen, erklär mirs doch lieber Friz wann Du kanst, behalt es für Dich lieber. Wann Du Deinem B schreibst so schreib ihm doch recht viele Grüsse, von ihr, ihre Krankheit hat gar nichts zu beteiten, mach ihn ruhig, schlaf ruhig u wohl liebe Seele, denk es ist schon zwey vorbei, ich weiß gar nicht wie mir die Zeit so schnell herum geht, es ist so unruhig bei uns und da warte ich alle mal biß alles still, damit ich ungestört an Dich lieber Friz denken kan, o Tage der Trennung ihr werdet zu lange Jahre, lebe wohl ewig Dein ja ganz

Deine Louise

An Louise Nast

[Tübingen, März/April 1789]

Dank! tausend Dank, liebe Louise, für Deinen zärtlichen tröstenden Brief! Er hat mich wieder froh gemacht. Ich glaube wieder an Menschenglück. Die Blumen machten mir unbeschreibliche Freude. Ich schicke Dir den Ring und die Briefe hier wieder zurück. Behalt sie, Louise! wenigstens als Andenken jener seligen Tage, wo wir so ganz für uns lebten, daß uns kein Gedanke an die Zukunft trübte, keine Besorgnis unsere Liebe störte. Und weiß Gott! Louise! ich muß offenherzig sein – es ist und bleibt mein unerschütterlicher Vorsatz, Dich nicht um Deine Hand zu bitten, bis ich einen Deiner würdigen Stand erlangt habe. Unterdessen bitt ich Dich, so hoch ich kann, gute, teure Louise! Dich nicht durch Dein gegebnes Wort, bloß durch die Wahl Deines Herzens binden zu lassen. Du wirst es für unmöglich halten, gute Seele, einen andern zu lieben, wie Du mir schon oft bezeugt hast – aber so mancher liebenswerte Jüngling wird indessen Dein Herz zu gewinnen suchen, so mancher achtungswürdige Mann um Deine Hand Dich bitten, ich will heiter Dir Glück wünschen, wann Du einen würdigen wählst, und Du wirst dann erst einsehen, daß Du mit Deinem mürrischen, mißmutigen, kränkelnden Freunde nie hättest glücklich werden können. Sieh! Louise! ich will Dir meine Schwachheit gestehen. Der unüberwindliche Trübsinn in mir – aber lache mich nicht aus – ist wohl nicht ganz, doch meist – unbefriedigter Ehrgeiz. Hat dieser einmal, was er will, dann, und bälder nicht, werd ich ganz heiter, ganz froh und gesund sein. Du siehst jetzt den eigentlichen Grund, warum ich den freilich zu raschen Vorsatz faßte, unser Verhältnis äußerlich anders stimmen zu wollen. Ich wollte Dich nicht binden, weil es ungewiß ist, ob jener mein ewiger Wunsch jemals erfüllt, ob jemals dieser – eben menschliche – Ehrgeiz befriedigt wird, ob ich also jemals ganz heiter, ganz froh und gesund werden kann. Und ohne dies würdest Du nie ganz glücklich mit mir sein. Unsre Liebe könnte die nämliche bleiben, aber desto mehr müßten Dich meine böse Launen, meine Klagen über die Welt, und was der Torheiten mehr sind, die mir zur andern Natur worden sind, diese würden Dich desto mehr schmerzen, je stärker Du mich liebtest, und je stärker sonst in guten Stunden meine Liebe zu Dir wäre. Aber treulos kann ich nie werden. Und wirst auch Du nie. Denn das ist nicht treulos, wann Du auf Bitten Deines Geliebten, der aus Überzeugung, daß er Dich nie so glücklich hätte machen können als der Würdigere – Dich bittet! wann Du alsdann den Würdigern wählst! das ist nicht treulos! Du würdest immer noch, als beglückende Gattin eines andern, an den Freund Deiner Jugend denken, und Deine vorherige Liebe zu ihm würde bloß durch den Gedanken eingeschränkt werden, wegen seiner unbezwinglichen drückenden Schwachheiten würdest Du nie ganz glücklich mit ihm haben sein können. Und so würdest Du gewiß nie treulos! Und ich würde denken, meine Liebe ist nicht für diese Welt! und mich Deines Glückes freuen, wollte mir sogar getrauen, Dich an der Seite Deines Gatten zu sehen – und Euer beider Freund zu sein.

Ich weiß schon, Liebe, was Du mir darauf antworten wirst. Ich hätte vielleicht auch gar nichts davon geschrieben, wann ich Dir gern nur einen einzigen Zug in meinem Charakter verbergen möchte. Lebe wohl, teures, einziggeliebtes Mädchen! Ewig

Dein Hölderlin.

An die Mutter

[Tübingen, Ende April 1789]

Es schmerzt mich äußerst, liebe Mamma! daß ich Sie so traurig und niedergeschlagen – und zwar über mich und mein Betragen – sehen muß. Was das Vergangne anbetrifft, so bitt ich Sie, liebste Mamma! tausend-tausendmal um Vergebung, und habe auch, da ich vorgestern zu Gottes Tisch ging, ihm insonderheit jenes abgebeten.

Was meine gegenwärtige Lage betrifft, so kann ich Sie versichern, daß ich meine Tage ganz heiter und mit meinem Schicksal zufrieden verlebte, wenn Ihre Traurigkeit mir nicht ebenso viel düstere Stunden machte. Ich bitte, so teuer ich kann, ich beschwöre Sie bei Ihren Pflichten, als Mutter und als Christin, die Sie bis auf den Punkt der allzugroßen Traurigkeit so gewissenhaft erfüllen – heitern Sie sich auf, genießen Sie des schönen Frühlings, erfreuen Sie sich an dem hoffnungsvollen Grün, das Gott unsern Feldern und Bäumen wieder geschenkt hat.

Ich habe noch einige Sachen, z. E. meine Flöte, etliche Bücher u.s.w. in Nürtingen. Sein Sie doch so gütig, und schicken Sie mir sie.

Daß ich bei Schubart war, und daß er mich so freundschaftlich mit solcher väterlicher Zärtlichkeit, aufnahm, werden Sie schon wissen. Er erkundigte sich auch viel nach meinen Eltern, fragte mich, ob ich auch zu den oft großen Ausgaben eines Poeten gehörig unterstützt werden könne – und als ichs ihm mit ja beantwortete, empfahl er mir so inständig, Gott, so hoch ich könnte, dafür zu danken, daß ich ganz gerührt darüber wurde. O es wär eine Freude, so eines Mannes Freund zu sein. Einen ganzen Vormittag bracht ich bei ihm zu.

Dem Maientag wohnten wir Nürtinger Studenten auch gerne bei, aber weil erst die Vakanz ausging, mögen wir keine Körbe holen.

Ich muß in die Lektion; leben Sie wohl, liebste Mamma, und lieben Sie

Ihren gehorsamsten Sohn
Hölderlin.

An Neuffer

[Nürtingen, Dezember 1789]

Lieber Bruder!

Nach langer Zeit unterhalt ich mich wieder einmal mit Dir; ich hätte Dir oft von Tübingen aus geschrieben, aber die Verdrüßlichkeiten, die Schikanen, die Ungerechtigkeiten, die ich leiden mußte, machten mich auch für die Freundschaft gleichgültig. In der Tat, Lieber! mein Schicksal beginnt in meinen Augen abenteuerlich zu werden; wenn nichts wäre, als daß ich gerade den Tag zuvor, ehe Du ankommst, meinen Fuß wund stoßen und, weil ich schon auf den folgenden Tag Reiserlaubnis hatte, auf vier Wochen abreisen muß, ohne Dich zu sehen. Wärest Du doch in Tübingen gewesen! all dies wäre nicht geschehn. Ich würde nicht Ursache bekommen haben, mehr als jemals auf meine Dimission zu dringen, würde meiner Mutter nicht lästig sein, würde mit meinem Mißmut nicht mir selbst beschwerlich sein. O Bruder! daß ich *so* erfahren muß, wie viel Du mir bist! – Auch sieht es ziemlich unpoetisch in meinem Kopfe aus. Was ich aufs Papier hervorzwang, waren kurze Ausgießungen meiner Laune, die ich nach etlich Tagen nimmer ansehen mochte. Über die schöne Melodie hab ich gleich nach der Vakanz ein Liedchen gemacht. Damals wars mir freilich noch heller ums Auge. In einigen glücklichen Stunden arbeitete ich an einer Hymne auf Kolomb, die bald fertig, freilich auch viel kürzer als meine andern ist. Shakespearn hab ich auch eine gelobt. Was hältst Du davon? Dieser Tage bekomm ich ein herrliches Buch – Sammlung altteutscher Geschichten – unter die Hände. 's soll von Bürger sein. Und siehe! Lieber, da war mir eine frohe Stunde bereitet. Ich fand den großen Gustav mit so viel Wärme, so viel Verehrung geschildert – von seinem Tode so schätzbare Nachrichten, daß ich mirs heilig vornahm, sobald ich nach Tübingen zurückkomme, die Feile wieder an meine Papiere zu legen, und insonderheit an der Hymne auf seinen Tod all meine wen'gen Kräfte zusammenzunehmen. Das Urteil unsers teuren Vorgängers über die Hymnen auf Gustav leuchtete mir plötzlich als so treffend ein, als mir noch nichts vorkam. Stäudlin ist wahrlich ein herrlicher Mann. Wenn meine Mutter noch den Rat einiger einsichtsvoller Männer gehört hat, und dieser nach meinem Wunsch ausschlägt, so werd ich ihn bald auch im Brotstudium zum Muster nehmen können. Ich sags nur Dir, und bitt ich Dich um unserer Freundschaft willen, schreibe mir so oft und so viel als möglich. Du vermagst alles über meine Grillen und Launen, und wie die Plaggeister alle heißen. Einen Gruß an *M.* Hoffmann, und ich wolle der Ritterstube nächstens einen Transport Kartoffeln schicken, wie ich versprochen habe. Lebe wohl, Herzensbruder!

Dein Hölderlin

An die Mutter

[Tübingen, wohl Ende April 1790]

Liebste Mamma!

Weil ich das letztemal nicht geschrieben habe, so will ichs jetzt tun. Es dürfte aber wohl noch eine andre Ursache dabei sein, warum ich schreibe, nämlich – was ich schon lange nicht mehr getan habe, Sie um Geld zu bitten. Ich muß Ihnen nur gestehen, ich behielt einige Konto, z. E. den für den Hut vor mich, um Ihnen nicht so viel Ausgaben zu machen, und in der gewissen Hoffnung, sie von meinem Taschengeld zu zahlen, und mir sonst abzubrechen, daß ich Ihnen nicht beschwerlich fallen müßte. Allein – wie viel unerwartete Ausgaben ich hatte, wie viel mir noch von 30 f. übrig blieb, wissen Sie, ich gab die letzten 8 f. vollends für Konto aus, weil Sie sagten, Sie wollen gleich den nächsten Botentag darauf mir die unvermeidlichste Ausgaben ersetzen. Aber nötigere Ausgaben hinderten Sie, mir das gütige Versprechen zu halten. Stellen Sie sich vor, liebste Mamma! wie ich mich behelfen mußte! Die ganze 8 Tage, da der Markt war, schloß ich mich ein, um ja nicht in Versuchung zu kommen, Geld auszugeben, und solches zu entlehnen. Die 5 f. also, die ich neulich erhielt, waren auch nimmer zu meinem Gebrauch, und ich mußte neulich wieder von einem guten Freund entlehnen, als mich der Rheinwald von Urach besuchte, und bei mir über Nacht blieb. – Ich bin offenherzig gewesen, liebe Mamma! zürnen Sie mir nicht! Der Gedanke, daß Sie mit mir zufrieden wären, hielt mich bisher allein, daß ich nicht in den alten Lebensüberdruß fiel. Daß ich in der Lokation um die zwei Stuttgarter, Hegel und Märklin, hinuntergekommen bin, schmerzt mich eben auch ein wenig. Wie gut habens andre, die ununterbrochen durch solche Schulfüchsereien in ihren

Studien fort machen können! – Und daß ich von einer Person, die mir so teuer war, über meine Veränderung, die sie selbst für nötig einsah, und die mich tausend Kämpfe kostete, Vorwürfe hören muß, daß ich denken muß, du machst dem Mädchen traurige Tage – O liebe Mamma! so viel hab ich doch nicht verdient!! – Aber hab ich doch ein gutes Gewissen, und weiß mich unter meinen Büchern zu trösten, und das ist herrlich! Ich wäre vielleicht schon oft auf Irrwege gekommen, wenn mein Los nicht wäre, mehr zu dulden als andere.

Ich weiß, Sie stimmen hierin vollkommen mit mir überein; denn wenn ich dulden will, darf ich nur Ihrem Beispiel folgen. Freilich ists mir auch angeboren, daß ich alles schwerer zu Herzen nehme, aber ich danke Gott dafür, es bewahrt vor Leichtsinn. Werden Sie nicht ungehalten über meinen Brief, liebste Mamma! aber es wäre in keinem Fall recht gewesen, wenn ich weniger vom Herzen weg geschrieben hätte. Leben Sie wohl, liebste Mamma! grüßen Sie den guten Karl.

Ihr gehorsamster Sohn
Hölderlin.

Den Bilfinger bedaure ich. Noch mehr seine Eltern. HE. Prof. Seiffert ist wirklich hier.

An die Schwester

[16. November 1790]

Guten Morgen, liebe Rike!
Diesmal muß ich vor Dir zu Schanden werden. Mein Kopf ist vom langen Nachtwachen so schwer diesen Morgen, daß ich alle Mühe habe, etwas auf das Papier zu bringen, geschweige, daß dieses Etwas so voll guter heller Laune werden sollte, wie Dein lieber Brief war. Daß Du die Verlegenheit der harten Köpfe im Briefschreiben, in der ich wirklich wieder bin, auf Dich anwendest, tut mir wehe. So sollst Dus nimmer machen, Schwesterlein!

Heute haben wir großen Markttag. Ich werde, statt mich von dem Getümmel hinüber- und herüberschieben zu lassen, einen Spaziergang mit Hegel, der auf meiner Stube ist, auf die Wurmlinger Kapelle machen, wo die berühmte schöne Aussicht ist.

Wie mirs auf meiner Stube gefalle? Herrlich, liebe Rike. Mein Repetent ist der beste Mann von der Welt. Das Zimmer ist eins der besten, liegt gegen Morgen, ist sehr geräumig, und schon auf dem zwoten Stockwerk. Sieben von meiner Promotion sind drauf. Ich darf Dir nicht erst sagen, daß das angenehmer ist als 6 andere Unbekannte. Und die wenigen andern sind auch brave Leute, darunter Breyer und Schelling.

Dem l. Karl zur Betretung des bürgerlichen Rednerstuhls meinen Glückwunsch. So sei Demosthenes und Cicero dagestanden vor ihrem Volke. Nur daß die Szene etwas weitläufiger gewesen sei. Er soll nur ein rechter Mann werden, der l. Karl. Denken und schaffen, in jedem Augenblicke, wo seine Natur es vermag. Höre, Rike! es ist ein wunderlich Ding! der Wunsch, was zu lernen, kann jeden andern Wunsch verschlingen! Glaube mir das.

Lebe wohl. Für das Überschickte tausend Dank. Lebe wohl, l. Rike!

Dein zärtlicher Bruder
Fritz

Wenn Du noch mehrere von meinen Papieren findst, so schick sie mir doch! Es fehlen mir noch einige.

An die Mutter

[Tübingen, 14. Februar 1791]

Liebste Mamma!
Sie haben mich ganz beschämt mir Ihrer Güte. Ich bin noch so weit hinter Ihnen zurück im Guten, und Sie geben mir so viele Gelegenheit, Ihnen nachzuahmen. Verzeihen Sie, liebe Mamma! wenn mir ein Wort in meinem vorigen Briefe entfallen ist, das der kindlichen Ehrfurcht zuwider sein mag. – Mit der Verleugnung der Reise nach Nürtingen ist es mein ganzer Ernst. Ich könnte doch in der kurzen Zeit meines Aufenthalts selten recht um Sie sein, und auf längere Zeit bekomme ich doch keine Erlaubnis. Wenns aber möglich ist, komm ich noch diesen Monat. – Hier haben Sie meine gestern (als am Sonntage) abgelegte Predigt. Ich war diesmal ein wenig weitläufiger als in meiner ersten. Ich führte gerne eine Materie aus, deren genaue und richtige Erkenntnis mir täglich wichtiger wird. Derjenige Teil derselben, in welchem gesagt wird, *ohne Glauben an Christum finde,*

wenn man die Sache genau prüfe, *gar keine Religion, keine Gewißheit von Gott und Unsterblichkeit statt,* ist es, womit ich mich seit einiger Zeit anhaltender als sonst beschäftige. Ich glaube, es gibt viele gute Christen, die nicht von jenem Satze nach seinem ganzen Umfange überzeugt sind, nicht als ob sie nicht glauben, wenn der Satz ihnen entwickelt wird, sondern weil sie nicht in Lagen kommen, wo sie die ganze Notwendigkeit der *christlichen* Religion von jener Seite kennen lernen. Erlauben Sie, liebe Mamma! daß ich Ihnen sage, wie ich nach und nach dahin gebracht wurde. Ich studierte denjenigen Teil der Weltweisheit, der von den *Beweisen der Vernunft* für das Dasein Gottes und von seinen Eigenschaften, die wir aus der Natur erkennen *sollen,* handelt, mit einem Interesse dafür, dessen ich mich nicht schäme, wenn es gleich auf einige Zeit mich auf Gedanken führte, die Sie vielleicht unruhig gemacht hätten, wenn Sie sie gekannt hätten. Ich ahnete nämlich bald, daß jene *Beweise der Vernunft* fürs Dasein Gottes, und auch für Unsterblichkeit, so unvollkommen wären, daß sie von scharfen *Gegnern* ganz oder doch wenigstens nach ihren Hauptteilen würden umgestoßen werden können. In dieser Zeit fielen mir Schriften über und von *Spinoza,* einem großen edeln Manne aus dem vorigen Jahrhundert, und doch *Gottesleugner* nach strengen Begriffen, in die Hände. Ich fand, daß man, wenn man genau prüft, mit der *Vernunft,* der *kalten,* vom Herzen verlassenen Vernunft, auf seine Ideen kommen *muß,* wenn man nämlich alles erklären will. Aber da blieb mir der Glaube meines *Herzens,* dem so unwidersprechlich das Verlangen nach Ewigem, nach Gott gegeben ist, übrig. Zweifeln wir aber nicht gerade an dem am meisten, was wir *wünschen* (wie ich auch in meiner Predigt sage)? Wer hilft uns aus diesen Labyrinthen? – Christus. Er zeigt durch *Wunder,* daß er das ist, was er von sich sagt, daß er Gott ist. Er lehrt uns Dasein der Gottheit und Liebe und Weisheit und Allmacht der Gottheit so deutlich. Und er muß wissen, daß ein Gott, und was Gott ist, denn er ist aufs innigste verbunden mit der Gottheit. Ist Gott selbst.

Das ist seit einem Jahre der Gang meiner Erkenntnis von der Gottheit.

Meiner lieben Rike und Karln, der mir doch auch wieder etwas schicken soll, tausend Grüße. – Es soll mich freuen, wenn der liebe *Oncle* Pfarrer in Löchgau wird. Vielleicht ist dies das Plätzchen, wo ich einmal etliche ruhige Vikariatsjahre leben kann. – Für das Überschickte bezeige ich meinen tausendfachen Dank...

Ich bin

Ihr gehorsamster Sohn
Fritz.

An Neuffer

Tübingen, d. 28. Nov. 91.

Lieber Bruder!

Tausendmal hab ichs mir seit Deinem letzten Brief gesagt, daß Du noch der alte seiest, nachsichtig und gut bei all meinem Undank und meiner Liederlichkeit. Daß ich ein so nachlässiger Schuldner bin, konntest Du leichter entschuldigen mit der lyrischen Unordnung unsrer Ökonomie; daß ich aber keine Zeile schrieb, wie und wo sich mein Schifflein drehe, das war wieder eine schwere Aufgabe für Deine Verträglichkeit, denn das mußtest Du wissen, daß ich Deiner Teilnahme bedürfe, und daß es öde sein müsse um mich, und in mir, das mußte Dich ärgern, daß ich zu faul war, mir eine frohe Stunde zu machen, und mich zu erleichtern bei Dir. Bruder! mir ist, seit ich wieder hier bin, als hätten meine Lieben meine beste Kraft mit sich fort, ich bin unbeschreiblich dumm und indolent. Selten gibts *lucida intervalla*. Und wann ich denke, wir ihr jetzt aufwacht, Du und unser Magenau, und so stark werdet durch Freude und Liebe, wie ich so voll Stolzes und Muts war in den Götterstunden, die ich drunten feierte bei Dir, daß ich ein ganz andrer Mensch sein könnte, wenn meine Lage nicht wäre, die eben gerade für mich am wenigsten ist, dann möcht ich freilich weit weg aus dieser Lage.

Aber so ists nun einmal! Ganz will ich doch nicht erlahmen. Mein Herzensmädchen hält mich eben immer noch in süßen Banden, entfernt sie mich schon von ihr. Aber königlich wirds mir vergütet, wenn ich 14 Tage und länger darben mußte. So wars gestern. Ich bin des täglich gewisser, daß Lieb und Freundschaft die Fittige sind, auf denen wir jedes Ziel erschwingen.

Mit dem Hymnus an die Menschheit bin ich bald zu Ende. Aber er ist eben ein Werk der hellen Intervalle, und die sind noch lange nicht klarer Himmel! Sonst hab ich noch wenig getan; vom großen *Jean*

Jacques mich ein wenig über Menschenrecht belehren lassen, und in hellen Nächten mich an Orion und Sirius, und dem Götterpaar Kastor und Pollux geweidet, das ists all! Im Ernst, Lieber! ich ärgre mich, daß ich nicht bälder auf die Astronomie geraten bin. Diesen Winter solls mein Angelegentlichstes sein.

Deine Aufträge hab ich nach besten Kräften besorgt. Der Adlerwirt hätte mich bald in Hitze gebracht. Er habe die Anweisung schon an Uhland abgegeben, sagte er, würde Dir aber dennoch das Geld zuschicken, wär er sonst bezahlt worden nach der Vakanz. Ich bot meiner *Suada* auf, und da kam endlich nach *pro* und *contra* das Resultat heraus, daß er Dir, wenn es möglich sei, den Anteil*, den Du ihm für dieses Jahr am Stipendium versprachst, Dir zuschicken und bis zu gelegnerer Zeit warten wolle. Mit der Kaffeeaffäre bin ich noch nicht im reinen. Ich sagte der Sch., daß ich ihr in Deinem Namen 4 f 42 cr. zu geben habe, sie brachte mir aber beiliegende Rechnungen, und prätendiert 14 f. 24 cr. Gib mir nur die nötige Verhaltungsregeln, die Canaille soll Dich nicht betrügen. Tu es aber nur bald, Lieber! so lange Du Dich noch ganz der Sache erinnerst. – *Saltus dithyrambicus!* Der schwäbische Almanach ist noch nicht rezensiert. Magenau hat mir gestern einen herrlichen Brief geschrieben. Wie ein Kind hab ich mich gefreut darüber! – Wenn Du willst, Lieber! so wollen wir schriftlich unsre Verse rezensieren, wie in der güldnen Zeit unsers Bundes! Hältst Du was drauf, so sei so gut und rede mit Magenau drüber, wenn er zu Dir kommt! Ich will ihm indes auch schreiben. – Daß ich noch im Kloster bin, ist Ursache die Bitte meiner Mutter. Ihr zulieb kann man wohl ein paar Jahre versauren.

Schicke mir bald Gedichte von Dir! Da genießen sich doch unsre Seelen noch besser als in Briefen. Gelt Lieber!

Dein Hölderlin.

Hier die Bücher für einen HE. Bruder!
Tausend Grüße und Empfehlungen in Stuttgart von mir!

* oder vielleicht machen die 20 f. das ganze Stipendium aus? Um Mißverstand zu vermeiden.

An die Mutter

[Tübingen, zweite Hälfte November 1792]

Es freut mich unendlich, liebe Mamma! daß Sie so zärtlichen Anteil an der Heiterkeit nehmen, die Sie in meinen Briefen finden. Meine Jugendhitze schlug den Weg der Melancholie ein. Nun die Hitze ein wenig verflogen scheint, bleibt auch, will ich hoffen, das Grillenfangen aus. Man verdirbt sich manche edle Stunde mit fruchtlosen Wünschen und Träumen. Und werden diese nicht erfüllt, so ist vollends Feuer im Dache. Eins ist aber übrig, das Sie mir nicht billigen werden. Ich kann es kaum von mir erlangen, in so manche Gesellschaft, worin aufgenommen zu sein ich für hohe Ehre achten sollte, wie die Leuten meinen, in so manche Gesellschaft mit ihren Torheiten und Alfanzereien mich zu schicken. Dies will aber ja nicht heißen, liebe Mamma, als ob ich meine Visiten nicht pflichtschuldigst abstattete. Die Gesellschaften, von denen ich redete, betreffen meist die jüngere Welt.

Um aber von meinem Tun und Wesen abzukommen, will ich die kindliche Bitte an Sie tun, liebe Mamma! wegen dem Kriege sich nicht zu viel Sorge zu machen. Warum sollen wir uns mit der Zukunft plagen? Was auch kommen mag, so arg ists nicht, als Sie vielleicht fürchten mögen. Es ist wahr, es ist keine Unmöglichkeit, daß sich Veränderungen auch bei uns zutragen. Aber gottlob! wir sind nicht unter denen, denen man angemaßte Rechte abnehmen, die man wegen begangner Gewalttätigkeit und Bedrückung strafen könnte. Überall, wohin sich noch in Deutschland der Krieg zog, hat der gute Bürger wenig oder gar nichts verloren, und viel, viel gewonnen. Und wenn es sein muß, so ist es auch süß und groß, Gut und Blut seinem Vaterlande zu opfern, und wenn ich Vater wäre von einem der Helden, die in dem großen Siege bei Mons starben, ich würde jeder Träne zürnen, die ich über ihn weinen wollte. Rührend ists und schön, daß unter der französischen Armee bei Mainz, wie ich gewiß weiß, ganze Reihen stehen von 15- und 16jährigen Buben. Wenn man sie ihrer Jugend wegen zur Rede stellt, sagen sie, der Feind braucht so gut Kugeln und Schwerder, um uns zu töten, wie zu größern Soldaten, und wir exerzieren so schnell als einer, und wir geben unsren Brüdern, die hinter uns im Gliede stehn, das Recht, den er-

sten von uns niederzuschießen, der in der Schlacht weicht. Aber der Bote will fort. Leben Sie wohl, liebe Mamma!
Ihr

gehorsamster Sohn
Hölderlin.

Von Neuffer

Stuttgardt, d. 30. Jul. 1793.

Hat Dir Dein Genius nicht einen freundlichen Morgengruß zugeflüstert? Mein Lieber! Fühltest Du nicht ein leises Säußeln um Dein Ohr? Lebhafft dacht' ich dießen Morgen Dein und unsrer Freundschaft, die uns vereint dem schönen Ziel unsrer Jugendlichen Träume entgegentragen soll. Nun sollen die Keimen endlich reifen, und die Schaale abspringen. Noch viele Blumen blühen auf der Flur der Grazien, noch manche goldne Frucht ist in Uranias himmlischen Gärten verschlossen; eine reiche Beute für den Suchenden.

So lang die labyrinthischen Gänge des Herzens noch nicht enthüllt sind, so lang es noch unzählige neue Situationen gibt, in welche der Mensch gegen den Menschen gesetzt werden kann, so lange die Philosophie und Moral noch verschleyerte Gottheiten nährt, so lang die Natur nicht in allen ihren Formen versinnlicht worden ist, so lange muß der Dichter noch reiches Feld zu Entdeckungen haben, wenn Imagination, Herz und Beobachtungsgabe ihm nicht versagen. Ich verstehe die einfältige Klage nicht, man könne in unsern Zeiten nichts neues mehr sagen. Homer und Ossian hätten vielleicht den nehmlichen Ton anstimmen können. Es gibt noch unentdekte Gegenden in dem Gebiethe der Dichtkunst; aber verborgene Wege leiten zu ihnen, wo der Muth und die Kühnheit ferne, dämmernde Strahlen hinwerfen. Laß uns auf unversuchten Bahnen sie entdeken. Die Schwinge der Begeisterung trägt früher über Klippen zum Zwecke, als ängstliche Verlegenheit. Sollten wir uns durch Versuche abschröken lassen? oder gar durch ein hämisches Urtheil der Afterkritik? Die Nachwelt soll unsre Richterinn seyn, und wenn ich das nicht in prophetischer Gewißheit mir selbst weisagen kann, so reiß' ich jede Saite von meiner Leyer und vergrabe sie unter den Schutt der

Zeit. Die höhere Ode und der Hymnus, zwey in unsern Tagen, und vielleicht in allen Zeitaltern am meisten vernachlässigte Musen! In ihre Arme wollen wir uns werfen, von ihren Küssen beseelt uns aufraffen. Welche Aussichten! Dein Hymnus an die Kühnheit mag Dir zum *Motto* dienen! Mir gehe die Hofnung voran. Ihre lodernde Fakel wird mir die Nacht erhellen, und die Klippen mich vermeiden lassen, an denen schon so mancher scheiterte. Ich hab' ihr einen Hymnus gesungen, der mich wieder mit meinen poetischen Ahndungen ausgesöhnt hat. Durch Meisterwerke wollen wir unsre Neider und Feinde beschämen. Nur noch ein Jahr sollten wir beyeinanderwohnen, wie ehmals. Jezt könnten wirs besser benuzen. Kein elendes Geschwäz sollte uns trennen. Ich freue mich sehr, Dich bald hier zu umarmen, denn ich bin gewiß, Du hältst Dein Versprechen, und kommst auf den Herbst zu mir. Dieße Tage sollen ganz der höheren Freude gewidmet seyn.

Ein kleines Gedichtchen schik ich Dir mit: meine übrige Arbeiten kannst Du persönlich einsehen.

Zum Beschluß noch eine gedoppelte Bitte. Wenn Du Deinen *Hesiodus* eine Zeitlang entbehren kannst, so schik ihn mir. Er soll nicht verdorben werden. Theile mir Deinen Hymnus an die Kühnheit mit. Ich bins gewiß, daß Du es thun wirst, weil ich in dießem Fall auch nicht vergebens Dich bitten ließe. Ich will ihn einigen Freunden und Freundinnen lesen lassen, die ein groses Verlangen darnach tragen: Besonders ist Eine, die ich nicht nenne, darum begierig, weil Dich *Mathison* deßwegen umarmte, ob er gleich zu seiner Empfehlung keiner solchen Folie bedarf.
Ich will ihn dann in Stäudlins Registratur zu seinem weiteren Gebrauche niederlegen.

Lebe wohl, mein Freund! und laß mich bald der Erfüllung meiner Bitten entgegensehen.

Neuffer.

An Neuffer

[Juli 1793]

Du hast recht, Herzensbruder! Dein Genius war mir sehr nahe diese Tage her. In der Tat, ich fühlte das Ewige Deiner Liebe zu mir selten mit solcher Gewißheit und stillen Freude. Sogar Dein Wesen hat mir Dein Genius seit einiger Zeit mitgeteilt, wie ich glaube, Ich schrieb unsrem Stäudlin von manchem seligen Stündchen, das ich jetzt habe. Sieh! das wars, daß Deine Seele in mir lebte. Deine Ruhe, Deine schöne Zufriedenheit, mit der Du auf Gegenwart und Zukunft, auf Natur und Menschen blickst, diese fühlt ich. Auch Deine kühnen Hoffnungen, womit Du auf unser herrliches Ziel blickst, leben in mir. Zwar schrieb ich an Stäudlin: Neuffers stille Flamme wird immer herrlicher leuchten, wenn vielleicht mein Strohfeuer längst verraucht ist; aber dieses vielleicht schreckt mich eben nicht immer, am wenigsten in den Götterstunden, wo ich aus dem Schoße der beseligenden Natur, oder aus dem Platanenhaine am Ilissus zurückkehre, wo ich unter Schülern Platons hingelagert, dem Fluge des Herrlichen nachsah, wie er die dunkeln Fernen der Urwelt durchstreift, oder schwindelnd ihm folgte in die Tiefe der Tiefen, in die entlegensten Enden des Geisterlands, wo die Seele der Welt ihr Leben versendet in die tausend Pulse der Natur, wohin die ausgeströmten Kräfte zurückkehren nach ihrem unermeßlichen Kreislauf, oder wenn ich trunken vom sokratischen Becher, und sokratischer geselliger Freundschaft am Gastmahle den begeisterten Jünglingen lauschte, wie sie der heiligen Liebe huldigen mit süßer, feuriger Rede, und der Schäker Aristophanes drunter hineinwitzelt, und endlich der Meister, der göttliche Sokrates selbst mit seiner himmlischen Weisheit sie alle lehrt, was Liebe sei – da, Freund meines Herzens, bin ich dann freilich nicht so verzagt, und meine manchmal, ich müßte doch einen Funken der süßen Flamme, die in solchen Augenblicken mich wärmt, und erleuchtet, meinem Werkchen, in dem ich wirklich lebe und webe, meinem Hyperion mitteilen können, und sonst auch noch zur Freude der Menschen zuweilen etwas ans Licht bringen.

Ich fand bald, daß meine Hymnen mir doch selten in dem Geschlechte, wo doch die Herzen schöner sind, ein Herz gewinnen werden, und dies bestärkte mich in meinem Entwurfe eines griechischen Romans. Laß Deine edlen Freundinnen urteilen, aus dem Fragmente, die ich unsrem Stäudlin heute schicke, ob mein Hyperion nicht vielleicht einmal ein Plätzchen ausfüllen dürfte, unter den Helden, die uns doch ein wenig besser unterhalten als die wort- und abenteuerreichen Ritter. Besonders ist mir an dem Urteil der Person gelegen, die Du nicht nennst. Ich hoffe, das Folgende soll sie und andere mit einer harten Stelle über ihr Geschlecht, die aus der Seele Hyperions heraus gesagt werden mußte, versöhnen. Urteile selbst auch, lieber Bruder! Den Gesichtspunkt, aus dem ich dieses Fragment eines Fragments angesehen wünschte, hab ich in dem Briefe an Stäudlin sogar mit langweiliger Weitläufigkeit ausgeführt. Ich wünschte Dir das Wesentlichste davon diesmal noch schreiben zu können. Aber die Zeit wird wohl nicht hinreichen. Nur so viel. Dieses Fragment scheint mehr ein Gemengsel zufälliger Launen als die überdachte Entwicklung eines festgefaßten Charakters, weil ich die *Motive* zu den Ideen und Empfindungen noch im Dunkeln lasse, und dies darum, weil ich mehr das Geschmacksvermögen durch ein Gemälde von Ideen und Empfindungen (zu ästhetischem Genusse), als den Verstand durch regelmäßige psychologische Entwicklung beschäftigen wollte. Natürlich muß sich aber doch am Ende alles genau auf den Charakter, und die Umstände, die auf ihn wirken, zurückführen lassen. Ob dies bei meinem Roman der Fall ist, mag die Folge zeigen.

Vielleicht hab ich gerade das uninteressanteste Fragment gewählt. Übrigens mußten die notwendigen Voraussetzungen, ohne die das Folgende noch weniger genossen werden kann als das ganze zweite Buch ohne das erste noch unvollendete, diese notwendigen Voraussetzungen mußten eben auch dastehen. – Was Du so schön von der *terra incognita* im Reiche der Poesie sagst, trifft ganz genau besonders bei einem Romane zu. Vorgänger genug, wenige, die auf neues, schönes Land gerieten, und noch eine Unermessenheit zur Entdekkung und Bearbeitung! Das versprech ich Dir heilig, wenn das Ganze meines Hyperions nicht dreimal besser wird als dieses Fragment, so muß er ohne Gnade ins Feuer. Überhaupt, wenn nicht die Nachwelt meine Richterin wird, wenn ich das mir nicht bald mit prophetischer Gewißheit sagen kann, so reiß ich, wie Du, jede Saite von meiner Leier, und begrabe sie in den Schutt der Zeit. Dein Lied hat mir sehr, sehr wohl getan, besonders die letzte Strophe. Nicht wahr, lieber Bruder! diese letzte Strophe gehört zu denen, wo man den verhüllten Gottheiten der Philosophie den Schleier lüpft? Um was ich Dich am meisten beneide, ist, wie ich Dir, glaub ich, schon oft sagte, Deine lichtvolle Darstellung. Ich ringe darnach mit allen Kräften. Aber noch ein freundlicher Gesicht hätte der liebe Gast, Dein Lied, bekommen, wär es in Gesellschaft Deines Hymnus gekommen. Ich möchte fast glauben, Du machest es mit diesem Hymnus, wie mancher Schalk in den Kampfspielen getan haben mag. Er ließ sich nicht sehen, bis der Gegner recht sicher in die Bahn trat, und demütigte den armen Buben mit seinem unerwarteten Siege dann um so mehr. Komme nur! Ich bin auf alles gefaßt. Ich schickte meinen Hymnus unsrem Stäudlin. Das zaubrische Licht, in dem ich ihn ansah, da ich mit ihm zu Ende war, und noch mehr, da ich ihn Euch mitgeteilt hatte an dem unvergeßlichen Nachmittage, ist nun so ganz verschwunden, daß ich mich nur mit der Hoffnung eines baldigen bessern Gesangs über seine Mängel trösten kann. – Wie stehts dann eigentlich mit dem Journale? – Hast Du schon an Matthisson geschrieben? – Ich noch nicht. Hier mein Hesiod.

Ach! Du hast freilich recht, daß es eine köstliche, fruchtbare Zeit sein müßte, wenn wir wieder zusammenleben könnten, wie ehmals. Ich werde mein möglichstes tun, um bald bei Dir zu sein. Und nun lebe wohl!

Dein Hölderlin.

Das Paket an Stäudlin lag schon fertig da, als diesen Morgen Dein lieber Brief ankam. Darf ich dich bitten, es ihm zu bringen?

An den Bruder

[Bruchstück]

[Tübingen, zweite Hälfte Juli 1793]

Daß Marat, der schändliche Tyrann, ermordet ist, wirst Du nun auch wissen. Die heilige Nemesis wird auch den übrigen Volksschändern zu seiner Zeit den Lohn ihrer niedrigen Ränke und unmenschlichen Entwürfe angedeihen lassen. Brissot dauert mich im

Innersten. Der gute Patriot wird nun wahrscheinlich ein Opfer seiner niedrigen Feinde. Nun genug vom Staatswesen.

[Er solle der Mutter in seinem Namen tausendmal dafür danken, daß sie sein Bekenntnis mit solcher Nachsicht aufgenommen.]

An die Mutter

Liebste Mamma!
Ich wollte heute auf eine Stunde nach Nürtingen reiten, um Ihnen persönlich zu danken, für Ihre Güte und mütterliche Vorsorge, so großen Jubel machte Ihr lieber Brief. Aber Geschäfte verhindern mich. Glauben Sie, liebe Mamma, täglich lern ich mehr den Geist und das Herz kennen und ehren, dem ich alles im Grunde danke, was ich bin. Mir ists oft so deutlich und lebendig, wenn ich wieder so einen herzlichen, weisen Brief gelesen habe, daß wenige solch eine Mutter haben wie ich, und sehen Sie, dies ist mein Ahnenstolz – dies ist mir unendlich mehr, als wenn meine Mutter sich Baronessin von p. p. schriebe. – Es ist keine Rede davon, daß Sie nur einen Heller von Ihrer Haushaltung für mich abbrechen sollen. Und auch von demjenigen, das ja auch doch eigentlich ganz in Ihrer Disposition steht, werd ich verhältnißmäßig nur sehr wenig brauchen, da ich bis dahin auf ungefähr hundert Taler eignes Verdienst rechnen kann.

Glauben Sie, liebe Mamma, daß es gewiß kein Schwindelgeist ist, der mich einen solchen Bestimmungsort auf eine kleine Zeit wählen läßt. Ich habe mehrere sehr reelle Ursachen. Ich habe, wenn ich mich recht erinnere, Ihnen schon einige derselben angeführt, und will es bald mündlich ausführlich tun. Viel Geld brauchen Sie in keinem Fall auf einmal aufzutreiben. Ich brauche weiter nichts als die nötigste Kleidung, und etwas Taschengeld, die Reise und p. p. zu bestreiten. Ich weiß gewiß, daß ich mit wenigem Geld mehr lerne, mich wesentlicher ausbilde als mit vielem. Weder Jena noch die Schweiz haben Krieg zu befürchten. Sollte der Krieg uns näher kommen, welches mir aber unwahrscheinlich ist, so ist natürlich, daß ich meine Familie nicht verlasse, und bleibe. Ich sehe nicht, daß ich viel Geld nötig hätte nach Blaubeuren. Für das übersandte mache ich Ihnen meine gehorsamste Danksagung.

Das Unglück des HE. Kellers geht auch mir nahe. Er ist leider!

wieder ein Opfer schlechter Regierung. Der verdammte Diensthandel p. p.! Da haben Sie ganz aus meinem Herzen gesprochen, liebe Mamma! daß es oft recht schwer ist, wenn einem die Hände so gebunden sind. Wenn man seiner Brüder Not mit ansehen muß, und doch mit aller Mühe nicht abhelfen kann, das ist bitter! – Dieser große Stoff ist auch der gewöhnlichste Inhalt meiner Predigten an das Volk. Sie können glauben, daß ich da aus warmem Herzen spreche. Oft denk ich, wenn ich wieder von meiner Kanzel herunter bin, »hast du nur ein Fünkchen mehr Menschenliebe und herzliche, tätige Teilnehmung erweckt, so bist du ein glücklicher Mensch«. O wenn ich sonst keinen ausgebreiteten Nutzen stiften kann in der Welt, so bleibt mir doch dies, mit brüderlichem Herzen einst eine Gemeinde zu belehren und zu ermahnen. Nochmal tausend Dank! edle, teure Mutter!

Ihr
gehorsamer Sohn
Fritz

An die Mutter

[Tübingen, Anfang September 1793]

Liebe Mamma!
Ich bedaure herzlich, daß Ihnen mein Brief Unruhe verursacht hat. Sie dürfen versichert sein, daß ich alles anwenden werde, daß Sie die Freude, die ich Ihnen zu machen mich unablässig bestreben werde, nicht mehr so teuer zu stehen kommt wie bisher. An HE. Oncle hab ich noch nicht geschrieben. Ich muß gestehen, daß ich an die Umstände der lieben Schwester gerade da nicht dachte, und überhaupt nicht wußte, ob Sie in der Vakanz noch in Blaubeuren sein würden, oder nicht, und ob Sie von jetzt an droben bleiben. Ich bitte Sie recht sehr, liebe Mamma, bei der l. Rike nichts davon zu berühren, und ihr zu sagen, daß ich mit Anfang der nächsten Woche ihr schreiben, und mich melden werde, als Gast in der Vakanz.

Kann ich eine gute Hofmeisterstelle bekommen, so bescheid ich mich gerne so lange mit meinem Jenaischen Projekt, bis ich vielleicht selbst (wenigstens) die Hälfte des Erforderlichen zusammengehofmeistert – und zusammengeschrieben habe. Freilich ists eine ziemlich unfeine Rolle, die ich zu Nürtingen spielen werde, wenn ich mich, Ihrem gütigen Vorschlage nach, bis auf weiteres zu Hause aufhalten sollte. Ist man auch nicht untätig, so sagen die Leute doch, er verzehrt seiner Mutter das Brot, und nützt ihr auf der Welt nichts. Auch muß ich fürchten, wenn ich zu lange keinen Platz bekomme, das Konsistorium möchte mich beim Kopf kriegen, und mich auf irgendeine Vikariatstelle zu einem Pfarrer hinzwingen, der keinen freiwilligen Vikar bekommen kann. Ich will aber mit allen Kräften mich um eine Hofmeisterstelle bewerben. Ändern sich dann bis auf Ostern die Umstände bei Ihnen, liebe Mamma, daß es vielleicht noch möglich wäre – so werd ich immerhin noch Ihre Gütigkeit benützen können. Des l. Karls Brief hat mich auch sehr gefreut. Ich werd ihm bis nächsten Botentag dafür danken. – Verzeihen Sie also, liebe Mamma! wenn ich mich in meinem letzten Brief zu hart ausgedrückt habe, und lieben Sie mit Ihrer bisherigen Liebe

Ihren gehorsamen Sohn Fritz.

Meine Bettzieche ist ziemlich schwarz.

An den Bruder

[Tübingen, erste Hälfte September 1793]

Das war brav, lieber Karl, daß Du mir auch einmal wieder schriebst. Daß Du Teil nehmen würdest an meiner Freude über die neue Bekanntschaft, konnt ich vermuten. Ich werds auch nie vergessen, wie lieb wir uns hatten, als Buben, und als Jünglinge. Sieh! lieber Karl, das dacht ich auch, als Du über Mangel eines Freundes klagtest. Ich kenn es wohl, dieses Erwachen des jugendlichen Herzens, ich habe sie auch gelebt, die goldnen Tage, wo man sich so warm und brüderlich an alles anschließt, und wo einem doch die Teilnahme an *Allem* nicht genügt, wo man Eines will, Einen Freund, in dem sich unsere Seele wiederfinde und freue. Soll ich Dirs gestehen, ich bin bald über diese schöne Periode hinaus. Ich hange nicht mehr so *warm* an *einzelnen* Menschen. *Meine* Liebe ist das Menschengeschlecht, freilich nicht das verdorbene, knechtische, träge, wie wir es nur zu oft finden, auch in der eingeschränktesten Erfahrung. Aber ich liebe die große, schöne Anlage auch in verdorbenen Menschen. Ich liebe das

Geschlecht der kommenden Jahrhunderte. Denn dies ist meine seligste Hoffnung, der Glaube, der mich stark erhält und tätig, unsere Enkel werden besser sein als wir, die Freiheit muß einmal kommen, und die Tugend wird besser gedeihen in der Freiheit heiligem erwärmenden Lichte als unter der eiskalten Zone des Despotismus. Wir leben in einer Zeitperiode, wo alles hinarbeitet auf bessere Tage. Diese Keime von Aufklärung, diese stillen Wünsche und Bestrebungen Einzelner zur Bildung des Menschengeschlechts werden sich ausbreiten und verstärken, und herrliche Früchte tragen. Sieh! lieber Karl! dies ists, woran nun mein Herz hängt. Dies ist das heilige Ziel meiner Wünsche, und meiner Tätigkeit – dies, daß ich in unserm Zeitalter die Keime wecke, die in einem künftigen reifen werden. Und so, glaub ich, geschieht es, daß ich mit etwas weniger Wärme an einzelne Menschen mich anschließe. Ich möchte ins Allgemeine wirken, das Allgemeine läßt uns das Einzelne nicht gerade hintansetzen, aber doch leben wir nicht so mit ganzer Seele für das Einzelne, wenn das Allgemeine einmal ein Gegenstand unserer Wünsche und Bestrebungen geworden ist. Aber dennoch kann ich noch Freund eines Freundes sein, vielleicht kein so *zärtlicher* Freund wie ehmals, aber ein treuer, tätiger Freund. O! und wenn ich eine Seele finde, die, wie ich, nach jenem Ziele strebt, die ist mir heilig und teuer, über alles teuer. Und nun, Herzensbruder! jenes Ziel, *Bildung, Besserung des Menschengeschlechts,* jenes Ziel, das wir in unserm Erdenleben nur vielleicht unvollkommen erreichen, das aber doch um so leichter erreicht werden wird von der bessern Nachwelt, je mehr auch wir in unserem Wirkungskreise vorbereitet haben – jenes Ziel, mein Karl! lebt, ich weiß es, vielleicht nur nicht so klar, auch in Deiner Seele. Willst Du mich zum Freunde, so soll jenes Ziel das Band sein, das von nun an unsere Herzen fester, unzertrennlicher, inniger vereinigt. O! es gibt viele Brüder, aber Brüder, die *solche* Freunde sind, gibts wenige. Lebe wohl. Der lieben Mamma tausend herzliche Grüße.

Dein Fritz

Matthissons Gedichte hab ich weggeliehen. Hier etwas anders. *Die Unterredung des Marquis Posa mit dem König* darin ist mein Leibstück. *pag. 259.*

An Neuffer

[Nürtingen, um den 20. Oktober 1793]

Lieber Neuffer!

Du scheinst mich vergessen zu haben; sonst hättest Du mich in meinem einförmigen Leben schon lange mit einem Besuch, oder wenigstens mit einem Brief getröstet. In meinem Kopf ists bälder Winter geworden als draußen. Der Tag ist sehr kurz. Um so länger die kalten Nächte. Doch hab ich ein Gedicht an

– »die Gespielin der Heroën,
Die eherne Notwendigkeit«

angefangen.

Warum ich schreibe, und nicht, wie ich vorhatte, selbst nach Stuttgart komme auf einige Tage, das wollt ich Dir eigentlich sagen.

Ich bin mit meiner Hofmeisterstelle schlimm daran. Ich habe noch keine entscheidende Antwort, und kann mich also auch nicht darauf rüsten und ausstaffieren. Meine Mutter hätte mir noch manches vorher zu besorgen, und ich bin so neugierig als sie, denn die Ungewißheit meiner künftigen Lage macht mir eben keine gute Laune.

Weil ich zugleich meine Kleidung in Stuttgart besorgen möchte, kann ich nicht bälder hinunter, als bis die Antwort da ist. Und da möcht ich Dich bitten, lieber Bruder! daß Du Dich nach Empfang des Briefes bei Stäudlin erkundigest, ob er noch nichts Bestimmtes weiß, und im Fall Du etwas erfährst, mich lieber gleich durch den zurückgehenden Boten benachrichtigest; aber auch im andern Fall könntest Du ein Werk der Barmherzigkeit tun, wenn Du mir, so bald Dir immer möglich ist, mit einem Briefe einmal wieder eine recht frohe Stunde machtest.

Ein freundlich Wort von einem Freunde ist jetzt mehr Bedürfnis für mich als je.

Laß mich nicht vergebens hoffen! Tausend Grüße an Stäudlin, und andere Freunde!

Dein Hölderlin.

An Stäudlin und Neuffer

Waltershausen, d. 30. Dec. 1793.
Neuffern mitzuteilen!

Teuren Freunde!

Ich habe mich nun im Innern des Hauses und der Menschen, die ich vor mir habe, und auch draußen in meinen Tannenwäldern, und auf meinen Bergen umgesehen, so viel es seit letztem Freitag, wo ich abends ankam, möglich war; und so kann ich Euch außer den unfruchtbaren Nachrichten von meiner dumpfen Postwagenreise noch einiges mitteilen, das mehr Bezug auf meine jetzige und künftige Existenz hat. Ich muß Euch aber voraus sagen, daß Ihr mirs wohl recht zu danken habt, daß ich jetzt schon schreibe. Ich wecke so das mit Mühe eingeschläferte Andenken an Euch, und alles Teure, an die ganze liebe Vergangenheit in mir, und dies läßt mich eben keine glückliche Rolle spielen. Über meine Reise von Stuttgart bis Nürnberg kann ich Euch nichts sagen. Ich schloß meist die Augen, und ließ Euch, und was mir sonst lieb ist, vor mir erscheinen. In Nürnberg lebt ich auf. Mit HE. Ludwig wurd ein Rechtes gespaßt und getumultuiert. Zum Journal will er nur wenig beitragen, weil ihm seine Englischen Blätter so viel zu schaffen machen. Er verspricht, einen Verleger für das Journal aufzubringen, wenn er, wie er sich ausdrückte, eine recht beträchtliche Anzahl von Mitarbeitern aufweisen können werde. Sein Mund ist leibhaftig die Posaune des Egoismus. Übrigens war ich, wie gesagt, recht vergnügt mit ihm. Dienstags (denn Sonntags kam ich in Nürnberg an) fuhr ich nach Erlang hinüber und feierte da den Christtag in der Universitätskirche, wo Prof. Ammon eine herrliche, schön und hell gedachte Predigt hielt, womit er wenigstens zehen Scheiterhaufen und Anathemas verdiente. Mittwoch abends reist ich wieder von Erlangen ab, kam spät nach Mitternacht in Bamberg an, auf einem verdammt kalten und unsicheren Wege, wo man uns wegen den Diebesbanden in den Wäldern einen Husaren entgegenschickte. Von Bamberg bis Coburg, wo ich Donnerstag abends ankam, hatt ich den ganzen Tag über das himmlische Tal, das von der Itze durchflossen wird, vor und hinter mir. (Im Vorbeigehen! in ganz Franken bemerkt ich zu meinem großen Verdrusse, wie Ihr denken könnt, laute Unzufriedenheit mit der wohltätigen preußischen Regierung. Es sollen in den fränkisch-preußischen Landen nächstens 60 000 Mann ausgehoben werden; auch im Nürnberger Gebiete. Denn Preußen hat ein *altes Recht auf* den Nürnberger Distrikt. In Nürnberg haben die Grobschmiede *St. Antoine* zu deutsch ediert, Obst und Fleisch taxiert, und den Patriziern etwas vom Aufhängen zu verstehen gegeben. In Coburg haben die Bürger bei einem Brande die Miliz geprügelt p. p. p.) In Coburg reist ich Freitag morgens um 3 Uhr mit Extrapost ab, und kam abends hier an, traf an HE. *Major* von Kalb (der in französischen Diensten war, und unter Lafayette den Amerikanischen Krieg mitmachte) den humansten, gebildetsten Mann, eine Freundin der Frau von K., die noch mit zwei Kindern in Jena ist, meinen künftigen Zögling, einen schönen, guten Buben, aber *auch noch den Hofmeister* an, der, wie das ganze Haus, noch kein Wort von meiner Ankunft wußte, und mich ungeachtet seines klugen, edlen Benehmens in große Verlegenheit setzte. Sprechen Sie doch mit Schiller über dieses, lieber Doktor! Der Major tröstet mich so gut er kann über die gespannte Lage. Das Übrige nächstens. Tausend Empfehlungen an meine edlen Freundinnen und Freunde! Ewig

Euer Hölderlin.

Das Gedicht an das Schicksal hab ich beinahe zu Ende gebracht während der Reise. – Meine Adresse ist: *M.* H. Hofmeister bei HE. Major von Kalb in Waltershausen bei Meiningen.

Gegen den Pfarrer und Verwalter hier bin ich ein Zwerg *puncto* der Bouteillenhälse, *die Sie,* lieber Doktor, *so gerne herunterschlugen!!*

An die Mutter

Waltershausen, 23. Jan. 94.

Ich bin jetzt hier zu Hause, liebste Mutter! Meine Gesundheit scheint sich bei der hiesigen Lebensart eher zu verstärken als nur in irgend etwas zu leiden. Wenn ich wegen meines Berufs dem Geiste etwas abbrechen muß von seiner gewohnten Nahrung, so darbt der Körper um so weniger. – Ihre Besorgnisse wegen des Kriegs scheinen mir, wie ehmals, auch jetzt noch etwas zu groß zu sein. Wenn wir auch nicht Friede bekämen bis Ostern, welches doch sehr wahrscheinlich ist, so scheint es überhaupt nicht, als wollten sich die Franzosen weit von ihrem Vaterlande entfernen. Der Major kündete mir schon an, sobald sie gänzlich über den Rhein herüber wären, müßt ich mit meinem Fritz nach Jena, weil auch ihm in diesem Falle etwas bang wäre. – Ich bin jetzt gerade Herr im Hause. Der Major ist verreist, und die gnädige Frau noch in Jena. Die Briefe, die sie mir schreibt, zeugen von ebenso vielem Verstande als Herzensgüte. Ich lebe ganz ohne allen Zwang, den Etikette und Stolz sonst einem auflegt in meiner Lage. In der Gegend konnt ich mich wegen der Witterung und wegen Geschäften noch nicht viel umsehen. Übrigens werd ich nächsten Sonntag eine kleine Exkursion machen nach Königshofen, einer Stadt im Würzburgischen 2 Stunden von hier, um da ein paar Landsleute und Universitätsfreunde, den Sekretär Troll und Hofmeister Kleinmann, die beede 6 Stunden weit von hier bei HE. von Wöllwarth in Birkenfeld angestellt sind, zu sprechen. Die Schwaben haben sich überall bald aufgespürt. – Mein Reisgeld wird mir wahrscheinlich erst von der Frau Majorin ausbezahlt. Ehe sie angekommen ist, mag ich nicht sollizitieren.

Ihren lieben Brief bekam ich gestern, am 22sten. Er war also nicht viel über 8 Tage unterwegs. Nach Löchgau würd ich gern auch schreiben, wenn mir noch so viel Zeit übrig wäre. Ich muß Ihnen zum voraus sagen, liebe Mamma, daß Sie sich nicht daran stoßen, wenn meine Briefe oft etwas lange ausbleiben, oft auch sehr flüchtig geschrieben sind. Ich erfahre es oft nur eine Stunde vorher, daß ein Bote nach Meinungen abgeht. Regelmäßig geht keiner. Tausend Herzensgrüße an Karln, nach Löchgau und Blaubeuren. Ewig

Ihr
Fritz.

An die Großmutter

Ich kann Sie, meine verehrungswürdige Großmutter! jetzt um so eher von meiner Lage unterhalten, da mir nun Land und Leute etwas bekannter sind. Mein erstes aber ist, daß ich Ihnen sage, wie unvergeßlich mir die Liebe der Meinigen ist, und besonders die Ihrige. Tausendmal sind Sie mir gegenwärtig, und ich danke Ihnen im Geiste für jeden sprechenden Beweis Ihrer Güte, und freue mich dann der unaussprechlichen Freude, womit wir uns einst wiedersehen werden. Wir werden uns gewiß wiedersehen, liebe verehrungswürdige Großmutter! Möcht ich ganz ein würdiger Enkel von Ihnen werden! Ich kann so manches Gute, das meine Jugend von Ihnen und den l. Meinigen genoß, nicht besser vergelten, als wenn ich meine Pflicht tue in meinem Wirkungskreise. Es fordert mich auch alles dazu auf. Mein lieber Zögling hängt an mir, wie an einem Vater oder Bruder. Ich dachte mir nie die Seligkeit, die in dem Geschäfte eines Erziehers liegt. Das kleinste Gute, das ich in ihm pflanze, wird durch seine großen Folgen eine Unendlichkeit von Segen. Dieser Gedanke stärkt mich unendlich in meinen Bemühungen. Auch wird mir mein Geschäft von allen Seiten erleichtert. Ich lebe ganz ohne Zwang, und finde überall entgegenkommende Freundschaft. Ich lebe zwar ziemlich einsam, aber ich finde dies gerade günstig für die Bildung des Geistes und Herzens. Der Menschen, mit denen ich umgehe, sind wenige, aber es sind verständige und gute Menschen. Das Örtchen, wo ich für jetzt lebe, ist zwar etwas entfernt von Städten und ihren Neuigkeiten und Torheiten, aber seine Lage ist sehr angenehm, und das Schloß steht auf einem der schönsten Hügel des Tals, und auch der Garten ums Haus herum gibt mir schon jetzt manche frohe Stunde, und wenn ich ausfliegen will, habe ich nordwärts 5 Stunden von hier im Sächsischen – Meinungen, im Würzburgischen 8 Stunden von hier Schweinfurt u. s. w. Gotha liegt ungefähr eine Tagreise von hier, jenseits der Thüringer Gebirge, die hier einen sehr schönen Prospekt geben. Bis Ostern werd ich wohl eine kleine Reise dahin machen, und dann auch Friemar aufsuchen.

Die wenigen Nachrichten, die ich von meiner Reise geben konnte, werden Ihnen wohl schon mitgeteilt worden sein. Der Prediger hier im Orte ist ein Biedermann; wir leben recht als Freunde zusammen. Mit Anfang der nächsten Woche werd ich auch einmal wieder die Kanzel betreten. Die wenige Fertigkeit, die ich hatte, würde sich wieder verlieren, wenn ich mich nicht übte, und das wünscht ich doch nicht.

Sie sind doch immer wohl, und alle die Lieben in Löchgau? Ich bin recht begierig auf neue Nachrichten von Ihnen. Den letzten Brief der l. Mutter erhielt ich erst am 18ten. Die Weile war mir ziemlich lange geworden. Um so größer war die Freude, da der längsterwartete endlich erschien. Ich bin verdrießlich, daß ich schon enden, und überhaupt den Brief so eilig schreiben muß. Wenn mirs einmal weniger an Zeit gebricht, will ich das Versäumte einholen. An HE. Oncle und Frau Tante, Frau Helferin, die l. Bäschen und an Louis tausend, tausend Grüße und Empfehlungen. Leben Sie wohl, liebe Großmutter! Ewig

Ihr
gehorsamer Enkel
Hölderlin.

Waltershausen
d. 25. Feb. 1794

An Neuffer

[Waltershausen, wahrscheinlich Anfang April 1794]

Lieber Bruder,
Ich glaube, die Stunde, in der ich Dir schreibe, ist gerade so eine, wie man sie haben muß, um an Herzensfreunde zu schreiben. Es muß uns ein rechtes Bedürfnis werden, sich einer Seele, die einem eigen angehört, mitzuteilen, und ists der Mühe wert, zu schreiben.

Es war gar nicht brüderlich von mir, daß ich Dich und mich mit Zweifel und Unglauben plagte, weil Du nicht gleich schriebst. Ich kannte Dich ja. Du hast wohl etwas Lieberes, als ich Dir sein kann. Aber darum bleibst Du doch nicht weniger mein, wie Du es anfangs warst, und sein konntest.

Verhältnisse des innern und äußern Lebens, unsre Geister und Herzen, wie das Schicksal, haben einen Bund zwischen Dir und mir gestiftet, der schwerlich je zerreißen kann. Wir lernten uns so ganz kennen, in unsern Schwächen und Tugenden, und blieben doch Freunde. Der Zauber der Neuheit ist längst bei uns verschwunden. Die schöne Täuschung, wo man in den ersten Stunden und Tagen des Findens alles gefunden zu haben meint, da wo man doch nur etwas finden kann, findet nimmer statt zwischen Dir und mir, und doch blieben wir Freunde.

Wir ringen um Einen Preis, und blieben doch Freunde. Wir verkannten uns, und blieben doch Freunde. Lieber! was wollen wir mehr, um zu glauben, daß unser Bund ewig ist, und – daß wir keine kleinen Seelen sind?

Es ist sonderbar; ich habe, seit wir uns fanden, so manche Metamorphose in meinem Innern erlitten, so manches, woran ich mit all meiner Liebe hing, Ideen und Individuen, die mich damals über alles interessierten, haben ihre Bedeutung für mich verloren, neue Ideen, neue Individuen rissen mich hin, aber Dir ist mein Herz treu geblieben. Ich muß also doch wohl nicht so wandelbar sein, wo wahrer Wert mein Herz einmal gewann. Von Deiner Seite wundert mich dies weniger. Dein treuer, beharrlicher Sinn ist die Wurzel all Deines Glücks und Deines Werts. Deswegen ist mirs auch so klar, daß Du einst glücklicher und größer sein wirst als ich.

Du bist auf dem rechten Wege, Bruder! Du lässest die Köpfe der andern in ihrer Erschütterung, und gehest Deinen Gang. Es ist eine große Kunst, interessanten Gegenständen nicht sein ganzes Herz hinzugeben, wenn sie andre, die man schon im Herzen hat, verdringen würden. Dies ist Deine Kunst. Du verschließest keinem Dinge, das schön und gut und groß ist, Dein Herz, aber räumst ihm auch nur so viel Platz ein, als dazu gehört, daß es neben andern bestehen kann. Wohl Dir! Ich wollt, ich könnt es auch. Friedsames innres Leben ist doch das Höchste, was der Mensch haben kann.

Daß Du auch Deinem Virgil so ganz treu bleibst, freut mich unaussprechlich. Der Geist des hohen Römers muß den Deinen wunderbar stärken. Deine Sprache muß im Kampfe mit der seinigen immer mehr an Gewandtheit und Stärke gewinnen. Der Dank für Deinen Kampf wird freilich ein Dank deutscher Nation sein, indolenten Angedenkens! Aber Freunde erringst Du Dir gewiß. Überdies scheinen mir unsere Leute in diesen letzten Jahren doch etwas mehr an Teilnehmung an Ideen, und Gegenständen, die außer dem Horizonte des Unmittelbarnützlichen liegen, gewöhnt worden zu sein; man hat jetzt doch mehr Sinn für Schönes und Großes als je; laß das Kriegsgeschrei verhallen, und die Wahrheit und Kunst wird einen seltnen Wirkungskreis erleben. Freilich ließe sich auch manches dagegen sagen.

Und was ists, wenn auch wir armen Schelme vergessen werden, oder nie ganz ins Andenken kommen, wenns nur mit den Menschen überhaupt besser wird, wenn die heiligen Grundsätze des Rechts und der reineren Erkenntnis ganz ins Andenken kommen, und ewig nimmer vergessen werden.

Mich beschäftigt jetzt beinahe einzig mein Roman. Ich meine jetzt mehr Einheit im Plane zu haben; auch dünkt mir das Ganze tiefer in den Menschen hinein zu gehn. Das Gedicht für Deine Selma schick ich wahrscheinlich über 8 Tage. Der Botentag überraschte mich, ehe ich eine kleine Verbesserung damit vornehmen konnte. Ich muß Dich zum voraus um Deine Nachsicht bitten, lieber Bruder! Es wird Dir unbegreiflich scheinen, daß man Deine Selma so schlecht besingen könne, oder doch so mittelmäßig. Hier inzwischen eine Kleinigkeit für Dich. Sie ist das Produkt einer fröhlichen Stunde, wo ich an Dich dachte. Du sollst einmal etwas Besseres haben. Du kannst das kleine Ding ja mir halb zur Strafe, halb zum Lohn in die Einsiedlerin transportieren, oder wohin Du willst. –

An Neuffer. Im März 1794

Noch kehrt in mich der süße Frühling wieder,
Noch altert nicht mein kindischfröhlich Herz,
Noch rinnt vom Auge mir der Tau der Liebe nieder,
Noch lebt in mir der Hoffnung Lust und Schmerz.

Noch tröstet mich mit süßer Augenweide
Der blaue Himmel und die grüne Flur,
Mir reicht die Göttliche den Taumelkelch der Freude,
Die jugendliche freundliche Natur.

Getrost! es ist der Schmerzen wert, dies Leben,
So lang uns Armen Gottes Sonne scheint,
Und Bilder beßrer Zeit um unsre Seele schweben,
Und ach! mit uns ein freundlich Auge weint. –

Hölderlin.

Meinen herzlichsten Dank, daß Du mir mit dem Gelde so brüderlich aushalfst. Hier folgen die 2 Karoline zurück. Schreibe mir, so bald Dirs möglich ist. Lebe wohl.

Von Magenau hab ich vergessen zu schreiben. Ich begreif ihn nicht. Aber Du mußt ihn doch nicht ganz wegwerfen, lieber Bruder! vielleicht findest Du einmal wieder eine beßre Seite in ihm auf.

An Schiller

[Waltershausen, April 1794]

In einer Stunde, worin die Nähe eines großen Mannes mich sehr ernst machte, versprach ich, der Menschheit Ehre zu machen in meinem jetzigen, durch die Folgen so ausgebreiteten Wirkungskreise. Ich versprach es *Ihnen.* Ich lege Ihnen Rechenschaft ab.

Meinen Zögling zum *Menschen* zu bilden, das war und ist mein Zweck. Überzeugt, daß alle Humanität, die nicht mit andern Worten Vernunft heißt, oder auf diese sich genau bezieht, des Namens nicht wert ist, dacht ich in meinem Zögling nicht frühe genug sein Edelstes entwickeln zu können. Im schuldlosen Naturstande konnt er jetzt schon nimmer sein, und war auch nimmer drin. Das Kind konnte nicht so gehütet werden, daß aller Einfluß der Gesellschaft auf seine erwachenden Kräfte abgeschnitten worden wäre. Wenn es also möglich war, es jetzt schon zum Bewußtsein seiner sittlichen Freiheit zu bringen, es zu einem der Zurechnung fähigen Wesen zu machen, so mußte dies geschehen. Nun hat es zwar für jetzt, wie mir scheint, für die erweiterten moralischen Verhältnisse schwerlich eigentliche Rezeptivität, aber doch gewiß für die engern, worunter das des Freundes zum Freund in meinem Falle das einzige anwendbare war.

Ich suchte nicht seine Gunst. Daß er um die meinige sich nicht bewarb, sucht ich auch zu verhüten, und die Natur bedurfte hier keines großen Widerstandes. Ich folgte aber dem Zuge meines Herzens, der in guten Stunden mich recht innig mit der fröhlichen, regsamen und bildsamen Natur des Knaben verbrüderte. Er verstand mich, und wir wurden Freunde. An die Autorität dieser Freundschaft, die unschuldigste, die ich kenne, sucht ich alles, was zu tun oder zu lassen war, anzuknüpfen. Weil aber doch jede Autorität, woran des Menschen Denken und Handlen angeknüpft wird, über kurz oder lange große Inkonvenienzen mit sich führt, wagt ich allmählig den Zusatz, daß alles, was er tue und lasse, nicht bloß um seinet- und meinetwillen zu tun oder zu lassen sei, und ich bin sicher, wenn er mich hierin verstanden hat, so hat er das Höchste verstanden, was not ist.

Hierauf gründen sich die Mittel zu meinem Zweck in näherer oder entfernterer Beziehung. Mit einem Detail will ich Ihnen nicht lästig sein. Die tiefe Achtung gegen Sie, mit der ich aufwuchs, mit der ich so oft mich stärkte oder demütigte, die mich auch jetzt in meiner und meines Zöglings Bildung nicht lässig werden läßt, diese Achtung läßt mich nicht zu geschwätzig werden.

Unendlich wird diese Achtung verstärkt durch Ihre Güte, der ich meine gegenwärtige, in so mancher Rücksicht günstige Lage danke.

Die seltne Energie des Geistes, die ich an der Frau von Kalb bewundere, soll, wie ich hoffe, dem meinigen aufhelfen, um so mehr, da alles beiträgt, mich zu heitrer Tätigkeit zu stimmen. Könnt ich doch die mütterlichen Hoffnungen dieser edlen Dame realisieren!

Sie ist seit einer Woche hier. Sie trug mir einen Empfehl an Sie auf, mit der Versicherung, nächstens zu schreiben.

Wie sie mir sagte, hätt ich das Glück haben können, einige Monate um Sie zu sein. Ich fühle tief, was ich verscherzte. So viel hab ich durch meine Schuld noch nie verloren. Lassen Sie mir meinen Glauben, edler großer Mann! Ihre Nähe hätte Wunder gewirkt in mir. Warum muß ich so arm sein, und so viel Interesse haben um den Reichtum eines Geistes? Ich werde nie glücklich sein. Indessen ich muß wollen, und ich will. Ich will zu einem Manne werden. Würdigen Sie mich zuweilen eines aufmerksamen Blicks! Der gute Wille des Menschen ist doch nie ganz ohne Erfolg. Ich nehme mir die Freiheit, ein Blatt beizulegen, dessen Unwert in meinen Augen nicht so sehr entschieden ist, daß ich es mir zur offenbaren Insolenz anrechnen könnte, Sie damit zu belästigen, dessen Schätzung aber ebenso wenig hinreicht, mich aus der etwas bangen Stimmung zu setzen, womit ich dieses niederschreibe.

Sollten Sie das Blatt würdigen, in Ihrer Thalia zu erscheinen, so würde dieser Reliquie meiner Jugend mehr Ehre widerfahren, als ich hoffte.

Ich bin mit der wahrsten Hochachtung

Ihr ergebenster Verehrer
M. Hölderlin.

An die Mutter

[Waltershausen, April 1794]

Endlich, liebe Mutter! kann ich den Wunsch, mich mit Ihnen zu unterhalten, einmal wieder befriedigen. Ich bin glücklich, wenn es Ihnen und den lieben Meinigen allen so gut geht wie mir. Ich bin gesunder als je, tue, was ich zu tun habe, mit Lust, und finde für das wenige, was ich tun kann, eine Dankbarkeit, die ich nie erwarten konnte. Meine Lage ist in der Tat sehr günstig; im freundschaftlichen Umgange mit guten, geistreichen Menschen, bei ungestörter Tätigkeit, bei wohltätigen Freuden des Geistes und Herzens, bei der zuvorkommenden Gefälligkeit, womit man die kleinste Bequemlichkeit, die ich wünsche, mir verschafft, bei den Aussichten auf eine meiner Bildung noch günstigere Lage müßte ich wirklich großen Geschmack am Klagen finden, wenn ich jetzt nicht Sie versicherte, daß ich sehr zufrieden bin.

Meine Zeit ist geteilt in meinen Unterricht, in die Gesellschaft mit meinem Hause, und in eigne Arbeiten. Mein Unterricht hat den besten Erfolg. Es ist gar keine Rede davon, daß ich auch nur Einmal die gewaltsame Methode zu brauchen nötig hätte, eine unzufriedene Miene sagt meinem lieben Fritz genug, und nur selten braucht er mit einem ernsten Worte bestraft zu werden. Wenn wir in Gesellschaft zusammen sind, wird meist vorgelesen, abwechslungsweise, bald von Herrn, bald von der Frau von Kalb, bald von mir, und über Tische oder auf Spaziergängen oft in Ernst und Scherze, wie es jedem gelegen ist, davon gesprochen. Wenn ich aber über einer eignen Arbeit etwas zerstreut bin und Gesichter schneide, so weiß man schon, wies gemeint ist, und ich brauche nicht unterhaltend zu sein, wenn ich nicht in der Laune bin. Daß dies ganz nach meinem Sinne ist, können Sie sich denken. Die Zeit, die mir zu meiner eignen Beschäftigung übrig bleibt, ist mir jetzt teurer als je, ich werde wahrscheinlich nächsten Winter in Weimar im Zirkel der großen Männer, die diese Stadt in sich hat, zubringen. Ich werde da außer meinem Zöglinge noch einen Sohn von dem Konsistorialpräsident Herder unterrichten, und in dessen Hause logieren. Auch mit Goethe und Wieland will mich die Frau von Kalb, die von allen diesen die vertrauteste Freundin ist, bekannt machen. Nächsten Sommer werd ich dahin abreisen, und den jungen Herder hieher abholen, und dann mit diesem und meinem Fritz auf den Herbst vielleicht auf lange Zeit ohne die Eltern nach Weimar ziehen. Auch werd ich nächstens im Namen der Frau von Kalb nach Nürnberg reisen, wenn die Person, die ich dort sprechen solle, nicht schon abgereist ist.

Heute haben wir den Herzog von Meiningen zu Gaste, und ich soll, wie die Majorin sagt, mit ihm Bekanntschaft machen. Vielleicht kann ich auch den Abend, ehe der Brief mit dieser Gelegenheit fort muß, noch etwas von ihm schreiben.

Mittags.

Ich suchte mit guter Gelegenheit auf einige Augenblicke wegzukommen, um mich noch so viel wie möglich mit Ihnen zu unterhalten. Sie können denken, welch ein Kontrast es ist, sich an den Herd der Mutter hinzudenken – unmittelbar nach solchen Paradestunden. Der Gedanke an meine Heimat tut mir jetzt unaussprechlich wohl, so gut mirs unter diesen Menschen ergeht. Ich finde überall, daß ein Prophet in seinem Vaterlande wenig gilt, und in der Ferne zu viel! Ich muß oft lachen, wenn ich daran denke, wie ich sonst so scheu und bescheiden war, und jetzt, notgedrungen, um nicht für einen Pinsel zu gelten, mir eine Grace geben muß, sollt es auch nur sein, um dem Hause keine Schande zu machen. Machen Sie sich immer lustig über diese Bekehrung, liebe Mutter! Mein schwäbisches Herz soll, hoffentlich, auch unter solchen Umständen bleiben, wie es war. – Nur Eine Stunde möcht ich einmal wieder um Sie sein, nur Eine! und um meinen Karl und meine Schwester, und die andern Lieben. Überallhin tausend Grüße und Empfehlungen!

Der Herzog von Meiningen kontrastiert gar zu sehr zu den andern Menschen aus dieser Region. Er ist ein Mann von ungefähr 30 Jahren, aber noch ein Jüngling an Jovialität und Mitteilungsgabe. Er ist sehr populär. Er trägt abgeschnittene Haare, und scheint überhaupt auf das eigentliche Zeremonienwesen wenig zu halten. –

Nächste Woche schreib ich auch an HE. Schwager. Ich würde Sie bedauern, liebste Mutter, wenn Sie auf Ostern die Gesellschaft des HE. Schwagers und der lieben Rike entbehren müßten. Mein Karl soll mir doch auch schreiben. Ich denke tausendmal an ihn. Ich hoffe nicht, daß er sein Versprechen, als Freiwilliger die Flinte zu tragen, soll halten müssen. Ich habe auch hier schon von ihm gesprochen, von seinem Fleiß, und allen seinen Anlagen zum brauchbaren Manne. Ich gehe immer mit dem Gedanken um, ihm ein angenehmeres und seiner Bildung günstigeres Plätzchen zu verschaffen. Was hat er jetzt für Pläne? wird er wohl nach Markgröningen kommen? – Jetzt noch eine Kommission! Sie mag Ihnen wohl nicht ganz angenehm sein, aber ich konnte sie nicht wohl ablehnen. Die Frau Majorin wünschte sechs Maße Kirschengeist aus Schwaben zu haben. Sie will Ihnen das Geld für den Kirschengeist sowohl als für den Transport zustellen, der Kirschengeist müßte aber freilich von einer guten Sorte sein. Hier kann man keinen haben. Die Frau Majorin will Ihnen nächstens selbst schreiben, wie sie sagte. Ich bedaure, daß das Papier schon voll ist.

Leben Sie wohl, liebste Mutter!

Ewig Ihr
Fritz.

An den Bruder

Waltershausen bei Meiningen,
d. 21. Mai 1794.

Lieber Bruder!

Das war brav, daß Du mir einmal Deine Existenz und Dein brüderliches Andenken kund tatest. Ich dachte schon oft indes an Dich, seit der Stunde, wo wir uns auf dem Felde schieden, und so lange nicht scheiden konnten.

Jetzt scheint mir die Entfernung immer so himmelweit, und ich meine oft, ich müßte geschwind einen Flug zu Euch Lieben wagen. Aber bis dahin mögen wir wohl noch um manchen Tag älter werden.

Ich zweifle, ob ich meine gegenwärtige Lage so schnell verlassen werde. Ich habe Muße zur Selbstbildung, auch Veranlassung von außen, und wenn die Tage gut sind, gelten mir meine übrigen Beschäftigungen für Erholungsstunden. Es ist noch ungewiß, ob ich nächsten Winter nicht sowohl in Weimar als in Jena zubringen werde. Beides ist mir, wie Du Dir denken kannst, höchst angenehm. Hier leb ich sehr still. Ich erinnere mich nur weniger Perioden aus meinem Leben, die ich immer so mit gleicher Fassung und Ruhe zugebracht hätte.

Du weißt es, Bruder! welch ein Wert darin liegt, daß man sich durch nichts zerstreut. Du hast dieses Glück auch. Genieß es! Wenn einem auch nur Eine Stunde vom Tage übrig bleibt, zu freier Tätigkeit des Geistes, wo man seine angelegentlichsten, edelsten Bedürfnisse besorgen kann, so ists viel, wenigstens genug, um sich für die übrige Zeit zu stärken und zu erheitern.

Bruder! halte Dein besseres Selbst empor, und laß es durch nichts niederdrücken, durch nichts! Es liegt mir sehr viel daran, zu wissen, welche Richtung Dein Geist nimmt. Sei so gut, Lieber, und benachrichtige mich, so oft Du kannst, davon. Von meinen eignen Beschäftigungen will ich Dir nächstens Rechenschaft geben. Ich habe jetzt etwas unter den Händen, wovon ich nicht sprechen mag, bevor es im reinen ist.

Kannst Du die neuesten Stücke von Schillers Thalia, oder Ewalds Urania, oder auch der schwäbischen Flora auffinden, so siehe nach meinem Namen, und denke meiner! Es sind aber meist Kleinigkeiten, die Du dort finden wirst. Meine einzige Lektüre beinahe ist Kant für jetzt. Immer mehr enthüllt sich mir dieser herrliche Geist.

Es freut mich sehr für Euch, daß die liebe Frau Großmamma da ist. Tausend herzliche Empfehlungen. Sie ist doch wieder ganz wohl? Daß meine kleine Nichte so wacker gedeiht, war auch eine recht angenehme Nachricht für mich.

Nach Blaubeuren will ich schreiben. Die liebe Mutter wird von der Frau von Kalb gebeten, mit dem Kirschengeist zu warten, bis die heurigen Kirschen gereift sind, und es dann in Krügen und einem Kästchen zu schicken. Mein Fritz ist wieder ganz wohl, und macht mir immer viel Freude. Ich fand nicht leicht so ein gutes Kind.

Behüt Euch Gott! Ihr Lieben!

Euer Fritz.

Was macht mein guter Hiemer?

Von Neuffer

[Bruchstück]

Stuttg. 3. Jun. 1794.

Auf Deinen Roman bin ich sehr begierig. – Dein Gedicht an Gotthold hat meinen ungetheilten Beifall. Für das kleine Gedichtchen an mich dank ich Dir herzlich. Erfüll' einmal Dein Versprechen und weihe mir ein größeres. Selma wird für das Ihrige selbst danken. [Der Vater seiner Röse ist gestorben; davon werde er aber nun schon Nachricht haben. –] Du selbst, mein Lieber, warst ja nie fruchtbarer an Gesängen, als in jenen Stunden des philosophischen Priesterthums. – [Ob er für Conz's Museum f. gr. u. röm. Litt. Arbeiten liefern wolle?]

An Hegel

Waltershausen bei Meiningen, d. 10. Jul. 1794.

Lieber Bruder!

Ich bin gewiß, daß Du indessen zuweilen meiner gedachtest, seit wir mit der Losung – Reich Gottes! voneinander schieden. An dieser Losung würden wir uns nach jeder Metamorphose, wie ich glaube, wiedererkennen.

Ich bin gewiß, es mag mit Dir werden, wie es will, jenen Zug wird nie die Zeit in Dir verwischen. Ich denke, das soll auch der Fall sein mit mir. Jener Zug ists doch vorzüglich, was wir aneinander lieben. Und so sind wir der Ewigkeit unserer Freundschaft gewiß. Übrigens wünscht ich doch oft, Dir nahe zu sein. Du warst so oft mein Genius. Ich danke Dir sehr viel. Das fühl ich erst seit unserer Trennung ganz. Ich möchte Dir wohl noch manches ablernen, auch zuweilen etwas von dem Meinigen mitteilen.

Das Briefschreiben ist zwar immer nur Notbehelf; aber doch etwas. Deswegen sollten wir es doch nicht ganz unterlassen. Wir müssen uns zuweilen mahnen, daß wir große Rechte aufeinander haben.

Ich glaube, daß Du Deine Welt in mancher Rücksicht für Dich ziemlich tauglich finden wirst. Ich habe aber nicht Ursache, Dich zu beneiden. Für mich ist meine Lage gleich gut. Du bist mehr mit Dir selbst im reinen als ich. Dir ists gut, irgend einen Lärm in der Nähe zu haben; ich brauche Stille. An Freude fehlt es mir auch nicht. Dir gebricht sie nirgends.

Deine Seen und Alpen möchte ich wohl zuweilen um mich haben. Die große Natur veredelt und stärkt uns doch unwiderstehlich. Dagegen leb ich im Kreise eines seltnen, nach Umfang und Tiefe, und Feinheit, und Gewandtheit ungewöhnlichen Geistes. Eine Frau von Kalb wirst Du schwerlich finden in Deinem Bern. Es müßte Dir sehr wohl tun, an diesem Strahle Dich zu sonnen. Wäre unsere Freundschaft nicht, Du müßtest ein wenig ärgerlich sein, daß Du Dein gutes Schicksal mir abtratest. Auch sie muß beinahe denken, daß sie verloren habe, bei meinem blinden Glücke, nach allem, was ich ihr sagte von Dir. Sie hat mich schon sehr oft gemahnt, an Dich zu schreiben; auch jetzt wieder.

Frau von Berlepsch war ja, oder ist noch in Bern; auch Baggesen. Schreibe mir doch, wenn Du kannst, recht viel von beiden. – Stäudlin hat mir bis jetzt nur Einmal geschrieben; auch Hesler nur Einmal. Ich glaube, wir haben viel zu tun, wenn uns der letztere nicht schamrot machen soll. Ich hoffe immer, auf irgendeinem Wege ihn bald zu sehn zu bekommen.

Ist Mögling in Bern? – Tausend Grüße an ihn. Ihr werdet manche frohe Stunde zusammen haben.

Schreibe mir doch recht viel, was Du jetzt denkst und tust, lieber Bruder! –

Meine Beschäftigung ist jetzt ziemlich konzentriert. Kant und die Griechen sind beinahe meine einzige Lektüre. Mit dem ästhetischen Teile der kritischen Philosophie such ich vorzüglich vertraut zu werden. Neulich machte ich eine kleine Exkursion übers Rhöngebirge hinein ins Fulderland. Man glaubt auf den Schweizerbergen zu sein, den kolossalischen Höhen und reizenden fruchtbaren Tälern nach, wo die zerstreuten Häuserchen am Fuße der Berge, im Schatten der Tannen, unter Herden und Bächen liegen. Fuld selbst hat auch eine recht liebliche Lage. Die Bergbewohner sind, wie überall, etwas barsch und einfältig. Übrigens mögen sie manche gute Seite haben, die unsere Kultur vertilgt hat.

Schreibe mir doch bald, lieber Hegel! Ich kann Deine Mitteilung unmöglich ganz entbehren.

Dein Hölderlin.

d. 14.

In Eile muß ich hinzusetzen, daß ich beiliegendes Blatt auf Ehre! erst seit einigen Tagen bekommen. Ich bin sehr ärgerlich über die Impertinenz eines Juristen von Hildburghausen, dem Hesler die Briefe um Ostern mitgab, und der sie wahrscheinlich erst vor einigen Wochen nach Meiningen schickte, von wo ich sie, ohne zu wissen durch welche Gelegenheit, bekam. Denn daß sie von Hildburghausen kommen, schließ ich aus einem Briefe, den ich gestern von Heslern erhielt, und wo er seine Empfindlichkeit gegen mich zu äußern scheint, da er doch die Sache hätte zuvor prüfen sollen. Wie gesagt, der Fall verdrießt mich im höchsten Grade, besonders da ich im Punkte der Liederlichkeit von alten Zeiten her Dir etwas zu viel bekannt bin. Übrigens wäre diese Liederlichkeit zu *schlecht* für mich und ich habe mein Ehrenwort gegeben. Zu Deiner Beruhigung muß ich hinzusetzen, daß ich Heslers Wappen kenne, und daß es unversehrt war an meinem Briefe. Schreibe mir bald. Über Heslers Briefe schreib ich Dir, so bald es nur möglich ist.

An den Bruder

Waltershausen, d. 21. Aug. 1794.

Ich bin Dein Schuldner von lange her, lieber Bruder! Aber in dem Vertrage, den unsere Herzen gestiftet, steht ja nicht geschrieben, daß wir miteinander viele Worte machen, und recht lange Briefe schreiben sollen, sondern daß wir Männer werden, und nur unter dieser Bedingung uns gegenseitig als Brüder anerkennen wollen. Unter rastloser Tätigkeit reift man zum Manne, unter dem Bestreben, aus Pflicht zu handeln, auch wenn sie nicht viel Freude bringt, auch wenn sie eine sehr kleine Pflicht scheint, wenn sie nur Pflicht ist, reift man zum Manne; unter Verleugnung der Wünsche, unter Entsagung und Überwindung des selbstsüchtigen Teils unseres Wesens, dem es nur immer recht bequem und wohl sein soll, unter stillem Harren, bis ein größerer Wirkungskreis sich auftut, und unter der Überzeugung, daß es auch Größe sei, seine Kräfte auf einen engen Wirkungskreis einzuschränken, wenn Gutes dabei herauskömmt, und kein größerer Wirkungskreis sich auftut; unter einer Ruhe, die keine Schwachheit der Menschen empört, und kein eitler Prunk derselben, keine falsche Größe, keine vermeintliche Demütigung in Verwirrung setzt, die nur durch Schmerz und Freude über das Wohl oder Weh der Menschheit, nur durch das Gefühl eigner Unvollkommenheit unterbrochen wird, reift man zum Manne; unter dem unablässigen Bestreben, seine Begriffe zu berichtigen und zu erweitern, unter der unerschütterlichen Maxime, in Beurteilung aller möglichen Behauptungen und Handlungen, in Beurteilung ihrer Rechtmäßigkeit und Vernunftmäßigkeit schlechterdings keine Autorität anzuerkennen, sondern selbst zu prüfen, unter der heiligen, unerschütterlichen Maxime, sein Gewissen nie von eigner oder fremder Afterphilosophie, von der stockfinstern Aufklärung, von dem hochwohlweisen Unsinne beschwatzen zu lassen, der so manche heilige Pflicht mit dem Namen Vorurteil schändet, aber ebenso wenig sich von den Toren oder Bösewichtern irre machen zu lassen, die unter dem Namen der Freigeisterei und des Freiheitsschwindels einen denkenden Geist, ein Wesen, das seine Würde und seine Rechte in der Person der Menschheit fühlt, verdammen möchten oder lächerlich machen, unter all diesem, und vielem andern reift man zum Manne. Wir müssen große Forderungen an uns machen, Bruder meines Herzens! Wollten wir sein wie die Armseligen, denen es so wohl ist in dem Bewußtsein ihres kleinen Werts? Glaube mir, mir wird sonderbar zu Mut, wenn ich der Hoffnungen gedenke, die man sich vom folgenden Jahrhundert macht, und die verkrüppelten, kleingeisterischen, rohen, anmaßlichen, unwissenden, trägen Jünglinge dagegen stelle, deren es überall so viele gibt, und die alsdann ihre Rolle spielen sollen. Die wenigen, die noch eine Ausnahme machen, müssen sich ermuntern und unterstützen. Noch etwas! Es ist jetzt not, daß man sich sagt: sei klug, sprich nichts, so wahr es auch ist, wenn du sicher bist, es wird kein Zweck dadurch erreicht. Opfre nie dein Gewissen der Klugheit auf. Aber sei klug. Es ist ein goldner Spruch: Werft eure Perlen nicht vor die Schweine. Und was du tust, tue es nie in der Hitze. Überdenke kalt! und führe mit Feuer aus! – Ich bin gewiß, daß Du mit mir darin einig bist, daß Brüder so miteinander sprechen müssen. Beigelegter Brief ist von der Majorin an unsere liebe Mutter. Es ist ein Beweis, wie selten man seine Schuldigkeit tut, bei der Erziehung, wenn ein Erzieher, der im allgemeinen nach Überzeugung und Gewissen handelt, bei tausend Fehlern, die er macht, als etwas Seltenes betrachtet wird.

Letzten Sonntag war ich auf dem Gleichberge, der sich eine Stunde von Römhild über die weite Ebene erhebt. Ich hatte gegen Osten das Fichtelgebirge (an der Grenze von Franken und Böhmen), gegen Westen das Rhöngebirge, das die Grenze von Franken und Hessen, gegen Norden den Thüringer Wald, der die Grenze von Franken und Thüringen macht, gegen mein liebes Schwaben hinein, südwestlich, den Steigerwald zum Ende meines Horizonts. So studiert ich am liebsten die Geographie der beiden Halbkugeln, wenn es sein könnte! Schreibe mir doch auch recht viel von Deinen Beschäftigungen, von den sorglichen oder freudigen Tagen der lieben Mutter, von den Umständen aller der teuren Unsrigen, von meinen Bekannten, von H., B., G. *etc.*, kurz von allen, die Du kennst, und die mich nur einigermaßen interessieren können. Grüße mir alle bei Gelegenheit recht herzlich! –

Daß Robespierre den Kopf lassen mußte, scheint mir gerecht, und vielleicht von guten Folgen zu sein. Laß erst die beiden Engel, die Menschlichkeit und den Frieden, kommen, was die Sache der Menschheit ist, gedeiht dann gewiß! Amen.

Dein Fritz.

An Neuffer

Waltershausen bei Meiningen, d. 10. Oct. 94.

Ich war Dir schon um einige Tagesreisen näher als gewöhnlich, auf einem Kalbischen Gute auf dem Steigerwalde, in der Gegend von Bamberg, und erwartete da Deinen letzten Brief, der mich trotz aller Protestationen bestimmt hätte, zu Dir zu eilen und Dir zu zeigen, daß Du *noch* etwas Treues in der Welt hättest, wenn dieser Brief nicht so fröhlich und herrlich gelautet hätte. Ich bekam ihn sehr bald, ich hatte vor meiner Abreise von hier überall dafür gesorgt, daß er mir eilends nachgeschickt wurde. Das Opfer war also nicht groß, lieber Bruder, da ich beinahe schon halbwegs war, und mich die Natur mit ein paar rüstigen Beinen versehen hat. Aber da kam der Brief, und das weiß nur ich, wie sehr mich das freute, daß Du mich nicht brauchtest. Es war eine von den Stunden, worin uns die Freude auf Monate stärkt. Der Wunsch liegt tief und ewig in meiner Seele, daß diese schöne Liebe bestehen möge, mit allen Seligkeiten und allen Tugenden, die sie gibt, mit all ihren Blüten und Früchten. Sie kömmt mir immer vor, wenn ich das Zeitalter dagegen halte, wie eine Nachtigall im Herbste. – Das kannst Du mir glauben, lieber, guter Bruder! daß die Ungleichheit, in der ich von dieser Seite mehr durch Schicksal als durch mein eignes Wesen gegen Dir stehe, mich gar nicht hindert, die ganze Schönheit und den ganzen Wert dieses Verhältnisses mit Freude und Achtung zu erkennen. Ich sage nicht umsonst mit Achtung, denn ohne das, dem Achtung gebührt, ohne Adel und Festigkeit des sittlichen Menschen könnte sicher ein solches Verhältnis nicht bestehen. Etwas hab ich doch auch; den Bund mit Dir: Er wird bestehen, mit seinen Blüten und Früchten wie der Bund Deiner Liebe. Es ist mir damit sehr Ernst, lieber Neuffer! Ich bin zu sehr überzeugt, ich werde alle Tage in meiner Überzeugung zu sehr bestätigt, daß man eine solche Freundschaft nicht auf jeder Straße findet, als daß ich die unsrige nicht ewig festhalten sollte. Es ist beinahe mein einziger Trost, wenn ich Trost bedarf, daß doch mein Herz mit Einem Wesen in einem daurenden Verhältnisse steht, daß ich doch Ein Gemüt kenne, worauf ich trauen kann. Daß ich dieses Trostes bedarf, wirst Du mir gerne glauben, weil Du, wie ich, weißt, wie die meisten es recht gut mit sich meinen, mit andern hingegen, wenn sie könnten, es größtenteils ungefähr halten möchten, wie mit ihren Töpfen und Stühlen; man hütet sich wohl, sie zu zerbrechen, solange man sie braucht, oder solange sie nicht aus der Mode sind; – und daß ich mich nicht zerbrechen lasse, versteht sich; daß ich nur so lange mich brauchen lasse, bis ich mich selbst besser brauchen kann, versteht sich auch; aber das ist doch sehr wenig.

Mein jetziger äußerer Beruf wird mir oft sehr schwer. Dir kann ich es wohl sagen. Ich schwieg indes auch gegen Dich, weil ich besonders Dir nur zu viel Veranlassung gab, in mir einen Unmut über alles zu vermuten, das nicht versilbert und vergoldet ist, einen ewigen Jammer darüber, daß die Welt kein Arkadien ist. Über diese kindische Feigheit bin ich aber so ziemlich weg. Aber ich bin ein Mensch. Ich muß doch wohl gewissenhaften, oft sehr angestrengten Bemühungen Erfolg wünschen. Es muß mir also wehe tun, wenn dieser Erfolg beinahe gänzlich mangelt, durch die sehr mittelmäßigen Talente meines Zöglings, und durch eine äußerst fehlerhafte Behandlung in seiner frühern Jugend, und andere Dinge, womit ich Dich verschonen will. Daß mir das wehe tut, wäre an sich nicht sehr bedeutend, aber daß mich das unvermeidlich in meinen andern Beschäftigungen stört, scheint mir nicht so unbedeutend. Es wäre Dir wohl auch sehr unangenehm, wenn Dir eine Hälfte des Tags über einem Unterrichte verginge, wobei Du nichts gewännest als etwas Geduld, und die andere Hälfte sehr oft durch die Erfahrung, daß der andere nichts dabei gewinnt, beinahe unnütz für Dich gemacht würde. – Übrigens such ich mich emporzuhalten, so gut es geht, und wenn mir nur die Sonne in meine Fenster scheint, steh ich meist heiter auf, und benütze dann, so gut ich kann, ein paar Morgenstunden, die einzigen, wo ich eigentlich Ruhe habe. Die meisten vergingen mir diesen Sommer über meinem Roman, wovon Du die fünf ersten Briefe diesen Winter in der Thalia finden wirst. Ich bin nun mit dem ersten Teile beinahe ganz zu Ende. Fast keine Zeile blieb von meinen alten Papieren. Der große Übergang aus der Jugend in das Wesen des Mannes, vom Affekte zur Vernunft, aus dem Reiche der Phantasie ins Reich der Wahrheit und Freiheit scheint mir immer einer solchen langsamen Behandlung wert zu sein. Ich freue mich übrigens doch auf den Tag, wo ich mit dem Ganzen im reinen sein werde, weil ich dann unverzüglich einen andern Plan, der mir beinahe noch mehr am Herzen liegt, den Tod des Sokrates, nach den Idealen der griechischen Dramen zu bearbeiten versuchen werde. Lyrisches hab ich seit dem Frühling noch wenig gedichtet. Das Gedicht an das Schicksal, das ich noch zu Hause anfing, vorigen Winter beinahe ganz umänderte, und um Ostern in einem Briefe an Schiller einschloß, scheint dieser sehr gut aufgenommen zu haben, nach dem, was er mir sagte in der Antwort auf meinen letzten Brief, wo ich ihm das Fragment von Hyperion schickte. Er hat es für einen Almanach bestimmt, wovon er künftig der Herausgeber sein wird, und ich will ihm auf sein Begehren noch einiges dazu schicken. Es wird von der Fruchtbarkeit meiner Natur abhängen, ob ich für den Reinhardischen Almanach und die Akademie und das Conzische Museum Dir etwas werde schicken können, ich möchte Dir nicht gerne Schande machen, es wäre auch sehr liederlich, wenn ich Dein brüderliches Anerbieten so belohnen wollte, mit flüchtigen Produkten möcht ich also Dich nicht gerne belästigen. Vielleicht kann ich Dir einen Aufsatz über die *ästhetischen Ideen* schicken; weil er als ein Kommentar über den Pädrus des Plato gelten kann, und eine Stelle desselben mein ausdrücklicher Text ist, so wär er vielleicht für Conz brauchbar. Im Grunde soll er eine Analyse des Schönen und Erhabenen enthalten, nach welcher die Kantische vereinfacht, und von der andern Seite vielseitiger wird, wie es schon Schiller zum Teil in seiner Schrift über Anmut und Würde getan hat, der aber doch auch einen Schritt weniger über die Kantische Grenzlinie gewagt hat, als er nach meiner Meinung hätte wagen sollen. Lächle nicht! Ich kann irren; aber ich habe geprüft, und lange und mit Anstrengung geprüft. – Jetzt bin ich an einer Umarbeitung meines Gedichts an den Genius der Jugend. – Wahrscheinlich werd ich mit Anfang des Novembers nach Jena abreisen. Man sieht, daß mein physisches Ich, mit meinen andern Kräften, etwas Not leidet in meiner Lage, und schickt mich auf ein halb Jahr mit meinem Zögling, dem es auch in einigen Rücksichten nötig ist, dahin, um mich zu behalten. Ich will sehen, wie es gehn wird. Genuß erwart und will ich wenig; aber etwas soll es, wie ich denke, zu meiner Bildung beitragen. Tausend Dank für den gütigen Gruß von Deinem edlen Mädchen; ich erwidre ihn von ganzer Seele. Dein Gedicht machte mir viel Freude, die vorletzte Strophe besonders als Poesie, und als Erguß Deines Herzens. Die Majorin läßt Dich grüßen. »Dein Gruß habe sie recht sehr gefreut!« Ich muß aus Mangel an Zeit schließen, ehe ich es will.

Dein Hölderlin.

Schreibe mir doch auch was von Gotthold. Ist Hiller nach Amerika? Hat wohl die Heglin meinen Brief ihrem Bruder geschickt? Was machen die andern guten schönen Kinder? Du glaubst nicht, wie lieb mir itzt Neuigkeiten aus Euren Gegenden und Zirkeln sind.

An Neuffer

Jena, d. Nov. 94.

Ich bin nun hier, wie Du siehst, lieber Bruder! und ich habe Ursache, mich darüber zu freuen, nicht so wohl, weil ich hier bin, als weil mich mein Hiersein in dem Glauben bestätiget, daß es uns leicht wird, etwas durchzusetzen, sobald wir nur nicht ans Ziel getragen sein, sondern mit eignen Füßen gehen wollen, und es nicht achten, wenn zuweilen ein hartes Steinchen die Sohle drückt. Ich weiß gar wohl, daß es ein größer Ziel gibt, und größere Mühe, mehr Arbeit und mehr Gewinn; aber zu großen Dingen hat man in dieser Welt auch selten mehr als kleine Beispiele.

Ich habe jetzt den Kopf und das Herz voll von dem, was ich durch Denken und Dichten, auch von dem, was ich pflichtmäßig, durch Handeln, hinausführen möchte, letzteres natürlich nicht allein. Die Nähe der wahrhaft großen Geister, und auch die Nähe wahrhaft großer, selbsttätiger, mutiger Herzen schlägt mich nieder und erhebt mich wechselsweise, ich muß mir heraushelfen aus Dämmerung und Schlummer, halbentwickelte, halberstorbene Kräfte sanft und mit Gewalt wecken und bilden, wenn ich nicht am Ende zu einer traurigen Resignation meine Zuflucht nehmen soll, wo man sich mit andern Unmündigen und Unmächtigen tröstet, die Welt gehen läßt, wie sie geht, dem Untergange und Aufgange der Wahrheit und des Rechts, dem Blühen und Welken der Kunst, dem Tod und Leben von allem, was den Menschen, als Menschen, interessiert, wo man dem allem aus seinem Winkel mit Ruhe zusieht, und wenns hoch kömmt, den Forderungen der Menschheit seine negative Tugend entgegenstellt. Lieber das Grab, als diesen Zustand! Und doch habe ich oft beinahe nichts anders im Prospekt. Lieber alter Herzensfreund! in solchen Augenblicken vermiß ich oft recht Deine Nähe, Deinen Trost, und das sichtbare Beispiel Deiner Festigkeit. Ich weiß, daß auch Dich zuweilen der Mut verläßt, ich weiß, daß es allgemeines Schicksal der Seelen ist, die mehr als tierische Bedürfnisse haben. Nur sind die Grade verschieden. Eine Stelle, die ich heute in dem Vorberichte zu den Wielandschen sämtlichen Werken zufällig ansah, brennt mir noch im Herzen. Es heißt da: die Muse Wielands habe mit dem Anfange der deutschen Dichtkunst angefangen, und ende mit ihrem *Untergange!* Allerliebst! Nenne mich einen Kindskopf! aber so was kann mir eine Woche verderben. Seis auch! Wenns sein muß, so zerbrechen wir unsre unglücklichen Saitenspiele, und *tun,* was die Künstler *träumten!* Das ist mein Trost. – Nun auch was von hier. Fichte ist jetzt die Seele von Jena. Und gottlob! daß ers ist. Einen Mann von solcher Tiefe und Energie des Geistes kenn ich sonst nicht. In den entlegensten Gebieten des menschlichen Wissens die Prinzipien dieses Wissens, und mit ihnen die des Rechts aufzusuchen und zu bestimmen, und mit gleicher Kraft des Geistes die entlegensten, kühnsten Folgerungen aus diesen Prinzipien zu denken, und trotz der Gewalt der Finsternis sie zu schreiben und vorzutragen, mit einem Feuer und einer Bestimmtheit, deren Vereinigung mir Armen ohne dies Beispiel vielleicht ein unauflösliches Problem geschienen hätte, – dies, lieber Neuffer! ist doch gewiß viel, und ist gewiß nicht zu viel gesagt von diesem Manne. Ich hör ihn alle Tage. Sprech ihn zuweilen. Auch bei Schiller war ich einigemale, das erstemal eben nicht mit Glück. Ich trat hinein, wurde freundlich begrüßt, und bemerkte kaum im Hintergrunde einen Fremden, bei dem keine Miene, auch nachher lange kein Laut etwas Besonders ahnden ließ. Schiller nannte mich ihm, nannt ihn auch mir, aber ich verstand seinen Namen nicht. Kalt, fast ohne einen Blick auf ihn begrüßt ich ihn, und war einzig im Innern und Äußern mit Schillern beschäftigt; der Fremde sprach lange kein Wort. Schiller brachte die Thalia, wo ein Fragment von meinem Hyperion und mein Gedicht an das Schicksal gedruckt ist, und gab es mir. Da Schiller sich einen Augenblick darauf entfernte, nahm der Fremde das Journal vom Tische, wo ich stand, blätterte neben mir in dem Fragmente, und sprach kein Wort. Ich fühlt es, daß ich über und über rot wurde. Hätt ich gewußt, was ich jetzt weiß, ich wäre leichenblaß geworden. Er wandte sich drauf zu mir, erkundigte sich nach der Frau von Kalb, nach der Gegend und den Nachbarn unseres Dorfs, und ich beantwortete das alles so einsilbig, als ich vielleicht selten gewohnt bin. Aber ich hatte einmal meine Unglücksstunde. Schiller kam wieder, wir sprachen über das Theater in Weimar, der Fremde ließ ein paar Worte fallen, die gewichtig genug waren, um mich etwas ahnden zu lassen. Aber ich ahndete nichts. Der Maler Meyer aus Weimar kam auch noch. Der Fremde unterhielt sich über manches mit ihm. Aber ich ahndete nichts. Ich ging, und erfuhr an demselben Tage im Klub der Professoren, was meinst Du? daß *Goethe* diesen Mittag bei Schiller gewesen sei. Der Himmel helfe mir, mein Unglück und meine dummen Streiche gut zu machen, wenn ich nach Weimar komme. Nachher speist ich bei Schiller zu Nacht, wo dieser mich so viel möglich tröstete, auch durch seine Heiterkeit, und seine Unterhaltung, worin sein ganzer kolossalischer Geist erschien, mich das Unheil, das mir das erstemal begegnete, vergessen ließ. Auch bei Niethammer bin ich zuweilen. Das nächstemal mehr von Jena. Schreibe mir itzt auch bald, lieber Bruder!

Dein Hölderlin.

Meine Adresse ist: an – – im Vogtischen Garten.

An die Mutter

Jena, d. 17. Nov. 94.

Da bin ich nun, liebste Mutter, höre Lektionen, besuche Schiller, auch zuweilen einen öffentlichen Zirkel, und bin sonst zu Hause in mancherlei Arbeit vergraben. Die Hälfte des Tages, die ich meinem Kleinen opfern muß, geb ich freilich hier um so ungerner weg, da ich durch manches zu eigener Tätigkeit bestimmt werde, was in Waltershausen mir nicht vorkommen konnte. Die Reise aus Franken hieher mußt ich zu meinem Verdrusse mit dem Postwagen machen, und es wurde mir dadurch unmöglich gemacht, Friemar, das auf der Seite von Gotha liegt, aufzusuchen. Ich hörte aber von einem Pastor aus der Gegend, der mit mir fuhr, daß er zwar nicht in Friemar selbst, aber in einem benachbarten Dorfe Leute kenne, die sich Heyns nennten. Ich mache die Rückreise ganz sicher zu Fuße, und werde schlechterdings sie nicht anders als über Friemar machen. Von meiner Reise weiß ich Ihnen nichts zu sagen, als daß Schmalkalden, eine hessische Stadt, nichts weniger als eine moderne Gestalt, übrigens eine außerordentliche Industrie hat; daß es ein königlicher Anblick ist, den man auf der Höhe des Thüringer Waldes genießt, wo man hinter sich einen großen Teil von Franken, mit seinen Bergen und Wäldern, vor sich die großen Ebenen von Sachsen hat, und in der dunkeln Ferne das Harzgebirge. Die glücklichen Menschen in den Tälern des Thüringer Walds, die mit unsern Schwarzwäldern ihren Wohlstand und ihre Geradheit und Gesundheit gemein haben, möchte man beneiden, wenn man nicht denken könnte, daß man unter den Leiden des kultivierten Lebens auch mehr vielleicht fördert und nutzt. Hindurch durch die Nacht müssen wir einmal, und glücklich der, der auch mithilft, und arbeitet. Gotha ist ein hübscher Ort, aber ein luxuriöses Völkchen mag es da sein. Doch will ich niemand Unrecht tun, und gerne gestehen, daß mein Urteil nur flüchtig und äußerst unzuverlässig ist. Erfurt ist enorm groß, aber menschenleer. Der Coadjutor von Dalberg ist die Seele dieses Orts; sonst möcht er auch so ziemlich seelenlos sein; er ist merkwürdig durch die vielen schönen Gesichter, die man sieht. Von Weimar sag ich nichts, bis ich einmal drüben gewesen bin und hoffentlich mehr gesehen, mehr gehört und gewonnen habe als bei der flüchtigen Durchreise. Hier wohne ich in einem Garten, in der Vorstadt, habe ein paar hübsche Zimmer, gute Kost (was man in Jena gute Kost nennt), und habe den Vorteil, daß mein Hausherr Buchhändler ist und ein großes Leseinstitut hat, wo ich immer das Neueste aus der ersten Hand auf einige Tage bekommen kann. Doch lassen meine Geschäfte mich diese Gelegenheit meist nur über Tisch und nach Tisch benutzen. Fichtes neue Philosophie beschäftigt mich itzt ganz. Ich hör ihn auch einzig und sonst keinen. Schiller behandelt mich sehr freundschaftlich. Auch Paulus nahm mich höflich auf. In seinem Hause war ich noch nicht; man tut besser, die Professoren, mit denen man nicht ganz gut bekannt ist, da aufzusuchen, wo sie einmal ihre Zeit der Gesellschaft bestimmt haben, d. h. in den öffentlichen Zirkeln, deren es hier genug gibt, und wo man auf einen ziemlich guten Ton lebt, besonders männlicherseits, denn so viel ich die Damen mit eigenen Augen und durch Hörensagen kennen lernte, haben sie etwas Zuvorkommendes, das nichts weniger als Grazie, und etwas Zurückstoßendes, das nichts weniger als Würde ist. Übrigens besuch ich diese Zirkel äußerst selten, wenn ich muß und will. Mit Hesler komm ich manchmal zusammen. Die Gegend von Jena ist trefflich...

Meine Adresse ist: an --- im Vogtischen Garten.

Von Schiller

[Jena, um die Jahreswende 1794/95]

Sie sagten mir neulich von einer kleinen Arbeit, die Sie fertig hätten, und mir zeigen wollten. Da ich dieser Tage das letzte Stück der *Thalia* schließe, und für einige Blätter noch Raum darinn übrig ist, so ist es Ihnen vielleicht nicht unangenehm, diesen Raum zu besetzen. Aber es müßte zwischen Morgen und ÜeberMorgen seyn, weil das Stück diese Woche zu Ende geht.

Sch.

An die Mutter

Jena, d. 16. Jan. 1795.

Wundern Sie sich nicht, liebste Mutter! daß ich jetzt, da Sie mich vielleicht, meinem letzten Briefe nach, schon in Nürnberg vermuten, wieder von hier aus schreibe.

Ich denke, diese Überraschung soll Ihnen, wenn ich mich näher erklärt habe, nicht sehr unangenehm sein.

Ich bin auf meine Kosten hier, ohne daß ich genötigt wäre, Ihnen vor der Hand auf irgendeine Art lästig zu sein. – Ich war aus guten Gründen nie ganz offenherzig gegen Sie über mein bisheriges Verhältnis. Ich dachte, die Schwierigkeiten und innigen Leiden, die ich in ungewöhnlichem Grade auf meiner Laufbahn traf, durch beharrliche und zweckmäßige Bemühung zu überwinden, und vermutete nicht, daß endlich der Schritt nötig sein werde, bei welchem ich nicht wohl vermeiden kann, manches, worüber ich bisher schwieg, gegen Sie zu äußern, weil ich Ihnen von meiner getroffenen Veränderung Rechenschaft geben muß. Daß mein Zögling bei einer mittelmäßigen Naturanlage noch im höchsten Grade unwissend war, als ich seine Bildung begann, war freilich nicht angenehm, doch eben kein Grund, seine Bildung nicht alles Ernstes vorzunehmen, und ich tat dies, wie Gott mein Zeuge ist, wie auch seine Eltern es erkennen, mit aller Gewissenhaftigkeit, nach meiner besten Einsicht.

Daß aber eine gänzliche Unempfindlichkeit für alle vernünftige

Lehre, womit ich auf seine verwilderte Natur wirken wollte, in ihm war, daß hier weder ein ernstes Wort Achtung, noch ein freundliches Anhänglichkeit ans Gute hervorbrachte, war für mich freilich eine bitter Entdeckung. Ich suchte die Ursache dieser beinahe fortdauernden Verstocktheit in der Prügelmethode, welche vor meiner Ankunft allem nach bis zum höchsten Exzeß gegen ihn ausgeübt wurde. Oft schien es, als hätt ich ihn aus seinem Schlafe geweckt, er war offen, verständig, und es schien keine Spur seiner Roheit mehr an ihm zu sein, und in seinen Kenntnissen machte er an solchen Tagen unbegreiflich schnelle Schritte. Ich wurde vergöttert, als hätt ich Wunder getan an dem Kinde, mein ehrlicher Pfarrer in Waltershausen drückte mir so herzlich die Hand, und gestand mir, daß er nach allen Versuchen, die auch er mit dem Kinde gemacht hätte, verzweifelt hätte, und durch mich beschämt wäre, und auch die Ungebildeten im Dorfe und Hause fühlten die glückliche Metamorphose, die mit dem Kinde vorgegangen war. Das machte mich froh und mutig. Aber ebenso schnell, und unvermutet fiel er auch wieder in die höchste Stumpfheit und Trägheit zurück. Sein Vater hatte mich, freilich mit zu großer Schonung gegen mich, auf ein Laster aufmerksam gemacht, wovon zuweilen Spuren an dem Kinde bemerkt worden waren. Der Zustand seines Gemüts und Geistes machte mich endlich noch aufmerksamer, und ich entdeckte leider! zum Teil auch durch sein Geständnis, mehr als ich fürchtete. Ich kann mich unmöglich deutlicher gegen Sie erklären. Ich ließ ihn keinen Augenblick beinahe von der Seite, bewachte ihn Tag und Nacht aufs ängstlichste, sein Körper wie seine Seele schien sich zu erholen, und ich hoffte wieder. Aber er wußte am Ende meiner Aufmerksamkeit doch zu entgehen, und seine Verstocktheit, die Folge jenes Lasters, stieg besonders zu Ende des Sommers zu einem Grade, der mir beinahe auch meine Gesundheit, alle Heiterkeit, und so auch meinen Geisteskräften ihre gehörige Tätigkeit raubte. Ich bot allen Mitteln auf, um zu helfen, umsonst! Ich erklärte mehrmals offenherzig meinen Gram über alle fehlgeschlagene Maßregeln, bat um Rat, um Unterstützung, man tröstete mich, und bat mich, auszuharren, solange mirs möglich wäre. Um mich einigermaßen für so manche verlorene bittre Stunde zu entschädigen, auch um den Knaben zu zerstreuen, und durch Tanzstunden p. p. in mehr Bewegung zu setzen, schickte man uns nach Jena. Durch unsägliche Mühen, fast beständiges

Nachtwachen, und die dringendsten Bitten und Ermahnungen, und durch gerechte Strenge gelang mirs, auf einige Zeit das Übel seltner zu machen, und so waren die Fortschritte in der moralischen und wissenschaftlichen Bildung wieder recht schön. Aber es hielt nicht lange, die ganze Unmöglichkeit, auf das Kind reell zu wirken, und ihm zu helfen, griff meine Gesundheit und mein Gemüt auf das härteste an. Das ängstliche Wachen bei Nacht zerstörte meinen Kopf, und machte mich für mein Tagwerk beinahe unfähig. Inzwischen kam die Majorin. Das edle Weib litt sehr viel über ihr Kind, auch über mich. Schiller und sie bat mich, es nur Einmal noch zu versuchen. Auch der Major suchte mich und sich zu trösten, und schrieb, ich möchte eben ausharren, so lang ich könnte. Wir reisten nach Weimar ab, und da dort das Übel mit jedem Tage bei dem Kinde trotz der Bemühungen der Ärzte und meiner fortdauernden Anstrengung zu-, meine Gesundheit, mein Mut, meine Heiterkeit mit jedem Tage abnahm, wie es notwendig war, erklärte mir die Majorin, daß sie mich nun nicht länger könne leiden sehn, sie wollte nicht, daß ich ohne Nutzen zu Grunde ginge, riet mir hieher zu gehn, und mich hier zu halten, so lang ich könnte, versprach mir, ihren ganzen Einfluß zu meinem künftigen Glücke aufzubieten, und versah mich mit Geld für ein Vierteljahr. Bei meiner eingeschränkten Lebensart denk ich mit 7 Karolinen ganz gut bis Ostern auszureichen. Schiller nimmt sich meiner recht herzlich an. Werd ich mit einer Arbeit, die ich schon seit Jahren unter den Händen habe, bis Ostern fertig, so werd ich auch dann Ihnen nicht lästig sein. Ich bin itzt in einer Periode, die auf mein ganzes künftiges Leben wahrscheinlich sehr entscheidend ist. Auch Herder, den ich einmal in Weimar besuchte, interessierte sich sehr für mich, wie mir soeben die Majorin schreibt, und läßt mir sagen, ich möchte ihn doch, so oft ich nach Weimar käme, besuchen. Dies wird auch ziemlich oft geschehen; ich mußte es der Majorin versprechen, beim Abschiede; sie will in Weimar bleiben, und hat nur einen Hauslehrer für ihren Sohn angenommen. Eben weil sie in Weimar blieb, war ihr auch ein Hofmeister nicht mehr so notwendig. Sie will Ihnen nächstens schreiben. Auch den großen Goethe sprach ich drüben. Der Umgang mit solchen Männern setzt alle Kräfte in Tätigkeit. – Mein Plan ist itzt, bis nächsten Herbst hier noch Stunden zu hören, auch mit eignen Arbeiten Leib und Seele zu nähren, und dann entweder hier Kollegien zu lesen, oder um eine neue Hofmeisterstelle in der Schweiz oder sonst mich umzusehen, oder auch als Gesellschafter mit einem jungen Manne zu reisen. Freilich dependieren alle diese Dinge nicht ganz von mir. Insoferne sie von mir dependieren, such ich mir durch Fleiß und Erhaltung meiner Kräfte den Erfolg zu sichern, und was das andere betrifft, hoff ich auf ein gutes Schicksal und gute Menschen. Erhalten Sie mir meinen Mut durch Ihre gütige Teilnahme an meinem Schicksal! Lassen Sie sich, liebste Mutter! durch keine ungegründete Sorge in den Hoffnungen stören, die Sie von mir gewiß hegen, weil eine Mutter schwerlich je aufhören wird, von ihrem Sohne etwas zu hoffen! Gönnen Sie mir den ungestörten Gebrauch meiner Kräfte, der mir seit meiner frühen Jugend jetzt beinahe zum erstenmale zu Teil wird! Glauben Sie, daß ich nicht aus kindischen Motiven meine sparsame Mahlzeit, die ich des Tages Einmal genieß, einer reichen Tafel, und sogar für jetzt dem Herde meiner Heimat vorzog. Dafür fühl ich auch jetzt schon neue Kraft und neuen Mut in mir! Nur das, guter Gott! nur das möcht ich erringen, daß meine Mutter von Herzensgrunde sagen könnte, es war an ihm keine Mühe und Sorge vergebens! – Leben Sie wohl! Grüßen Sie alle die lieben Meinigen! Ich will itzt wieder öfter schreiben. Meine bisherige unruhige Lage machte es mir beinahe unmöglich. Schreiben Sie mir doch so bald nur möglich. Ich sehne mich recht sehr nach einem Briefe von Ihnen. Und so eine herzliche Freude, die ich dann habe, gönnen Sie mir gewiß. Leben Sie wohl.

Ihr Fritz.

Mit neuen Kleidern war ich versehen, ehe ich hieher kam. Für mein Logis zahl ich bis Ostern 5 Taler. Für Kost wöchentlich 14 Groschen. Der Krug Bier kostet mir täglich 3 cr. und das Frühstück ungefähr 6 cr. Ich wohne – neben dem Fichtischen Hause, so können Sie mein unbekanntes Logis auf der Adresse bezeichnen.

An Neuffer

Jena d. 19. Jenner 95.

Ich habe Dir viel zu schreiben, lieber Bruder! – Ich habe Dir vorerst zu sagen, daß ich mein bisheriges Verhältnis verlassen habe, und nun als unabhängiger Mensch hier lebe. Du fühlst wohl mit mir, daß ich meinen Mut zu diesem Schritte ziemlich zusammennehmen mußte. Du gibst mir Deinen Segen dazu, das weiß ich. Ich hätt ihn schwerlich getan, wenn zu dem gerechten Wunsche, einmal einen ernstlichen Versuch mit mir zu machen, nicht die besondern Umstände meiner bisherigen Lage gekommen wären. Ich schrieb Dir noch vor meiner Abreise von Waltershausen, wie sehr ich durch mein Erziehersgeschäft in meiner Selbstbildung gestört würde. Ich litt mehr, lieber Neuffer! als ich schreiben mochte. Ich sah, wie sich das Kind mit jedem Tage mehr verdarb, und konnte nicht helfen, wahrscheinlich hätt es auch ein vollkommener Erzieher nicht gekonnt. Wir kamen hieher, ich verleugnete beinahe meine Wünsche, den hiesigen Aufenthalt zu benützen, ganz, nur um das Äußerste an meinem Zöglinge zu versuchen; ich wagte meine Gesundheit durch fortgesetztes Nachtwachen, denn das machte sein Übel nötig, und ich wollte auch so den verlorenen Tag zum Teil ersetzen, oft schien es mir zu gelingen, aber es folgten nur traurigere Rezidive, und ich fing auch an, auf eine gefährliche Art an meinem Kopfe zu leiden, durch das öftere Wachen, wohl auch durch den Verdruß. In diesen trüben Tagen überraschte mich Dein Brief, und er tat mir unaussprechlich wohl, so sehr Deine Glückwünsche zu meiner damaligen Empfindung kontrastierten. Schillers Umgang hielt mich auch noch empor. Zu Ausgange des Dezember kam die Majorin hieher, uns abzuholen, weil sie unvermutet sich entschlossen hatte, in eine Stadt zu ziehen, und so unsern hiesigen Aufenthalt nimmer notwendig fand. Wir reisten nach Weimar ab, und ich hätte da manche goldne Stunde besser genossen, wenn nicht meine Gesundheit und mein Gemüt so hart angegriffen gewesen wäre.

Ich kam zu Herdern, und die Herzlichkeit, womit mir der edle Mann begegnete, machte auf mich einen unvergeßlichen Eindruck. Seine Darstellungsart verleugnet sich auch in seinem Gespräche nicht. Doch glaubt ich auch eine Simplizität an ihm zu bemerken, und eine Leichtigkeit, die man im Verfasser der Geschichte der Menschheit nicht vermuten sollte, wie mich dünkt. Ich werde wohl noch öfter zu ihm kommen. Auch mit Goethen wurd ich bekannt. Mit Herzpochen ging ich über seine Schwelle. Das kannst Du Dir denken. Ich traf ihn zwar nicht zu Hause; aber nachher bei der Majorin. Ruhig, viel Majestät im Blicke, und auch Liebe, äußerst einfach im Gespräche, das aber doch hie und da mit einem bittern Hiebe auf die Torheit um ihn, und ebenso bittern Zuge im Gesichte – und dann wieder von einem Funken seines noch lange nicht erloschenen Genies gewürzt wird – so fand ich ihn. Man sagte sonst, er sei stolz; wenn man aber darunter das Niederdrückende und Zurückstoßende im Benehmen gegen unsereinen verstand, so log man. Man glaubt oft einen recht herzensguten Vater vor sich zu haben. Noch gestern sprach ich ihn hier im Klub. Auch mit Maler Meyer, seinem beständigen Gesellschafter, einem einfachen ehrlichen Schweizer, aber strengen Künstler unterhielt ich mich in Weimar und hier recht fröhlich. – Hast Du Goethens neuen Roman, Wilhelm Meister, gelesen? – Nur Goethe konnt ihn schreiben. Besonders wirst Du Dich über das Ständchen vor Marianens Hause und das Gespräch über die Dichter freuen. – Aber ich vergesse meine eigne Geschichte. Ich hatte schon bei unserer Abreise von hier der Majorin erklärt, und diese hatte es Schillern gesagt, daß ich Lust hätte, zu bleiben. Die Majorin und Schiller baten mich zu dringend, die Probe noch Einmal zu machen, da jetzt Ärzte mitwirkten, als daß ich nicht hätte dadurch bestimmt werden sollen. Da aber die Sache in Weimar nicht besser wurde, und da ein Hofmeister für den Kleinen auch nicht so sehr Bedürfnis ist, weil er da sonst Unterricht haben kann, und im übrigen ohnedies meine Hülfe und Aufsicht lange nicht hinreichend ist bei den jetzigen Umständen, so erbot sich die Majorin von selbst, meinem Jammer ein Ende zu machen, ich nahm sie beim Worte, sie wollte aber nicht, daß ich so plötzlich ginge, ich stellte ihr vor, daß ich meiner Gesundheit so bald möglich Ruhe schaffen, auch mein unterbrochnes Kollegium bei Fichte noch hören möchte, und sie gab endlich nach, versah mich noch mit Gelde auf ein Vierteljahr, will sonst alles tun, um mir einen längern Aufenthalt hier möglich zu machen, bat mich, ja alle Monate ein paarmal hinüber zu kommen, und zeigte noch beim Abschiede ihren ganzen edlen Sinn, und ihre, wie ich doch glauben muß, herzliche Freundschaft für mich. – Ich wollte

Dir Rechenschaft von meinem Schritte geben, und war darum so umständlich. Ich arbeite jetzt den ganzen Tag vor mich. Gehe nur abends in Fichtes Kollegium, und so oft ich kann, zu Schillern. Er nimmt sich meiner recht treulich an. Wie es ferner wird, weiß ich selbst nicht. Es fehlt mir hier nichts als Du, mein Bruder! Wenn werden wir uns wiedersehn? Glaube mir, ich fühle oft, daß ich an nichts so unveränderlich hänge wie an Dir. Ich finde das nirgends, was Du mir bist. Und hab ich in meinem Leben wahr aus dem Grunde des Herzens gesprochen, so ist es jetzt. Ich möcht auch oft bei Dir sein, um Dich, so viel ich könnte, zu erheitern. Daß diese edle Liebe so trübe Tage haben soll! Grüße Dein Röschen, sag ihr, daß ich ein recht fröhliches Fest feiern wolle, wenn ich ihre völlige Genesung erfahre. Auch sonst solltest Du Deinen alten Mut nicht fahren lassen, lieber Bruder! Ich ängstige mich auch oft genug. Aber Du gabst mir doch sonst so ein gut Beispiel. Ein Stück Deiner Aeneide wirst Du in der neusten Thalia finden. Schillers neues Journal, die Horen, werden in dieser Art das erste Werk in Deutschland sein. Ich bitte Dich, das, was Du mir von der ernsten Satire schriebst, ja nicht aufzugeben. Schiller sagt auch, man müsse jetzt das Publikum recht in Indignation setzen, um darauf zu wirken. Er sprach mit Teilnahme von der Rastlosigkeit, womit Du an Deiner Aeneide arbeitest. Zeigte mir auch die Episode von Nisus und Euryalus in Conzens Journal. Laß Dich doch durch Voß nicht abschröcken. Tritt kühn heraus, und laß die Leute sich wundern über den Menschen, der sich mit Vossen messen wollte. Desto besser für Dich! Willst Du mir Gedichte schicken für den künftigen Schillerischen Almanach? Ich begreife nicht, wo er die, die ich ihm noch in Schwaben in Deinem Namen gab, hingebracht haben könnte, und vermute, daß er sie für den Almanach spart. Er hat mir aufgegeben, Dich zu grüßen.

Woltmann, der hier seit kurzem Professor der Geschichte und, wie Du Dich erinnerst, Verfasser einiger Gedichte im Bürgerischen Almanach ist, lernte ich gestern auch kennen. Er ist ein leichtes, zierliches Wesen – ganz im Göttinger Stile. – Auch Niethammer, der sehr freundschaftlich gegen mich ist, läßt Dich grüßen.

Du fragst mich, wie es sich mit meiner Tübinger Geschichte verhalte? Wie immer. Ich sagte Dir noch vor meiner Abreise, wenn ich mich recht erinnere, daß ich mit dem guten Kinde manche frohe Stunde gehabt, auch freilich manche bittre, daß ich aber, so wie ich sie näher hätte kennen lernen, eine engere Verbindung nie hätte wünschen können. Ich hab ihr vor kurzem noch geschrieben, so wie man aber in der Welt manche Briefe schreibt. Guter Gott! es waren selige Tage, da ich, ohne sie zu kennen, mein Ideal in sie übertrug, und über meine Unwürdigkeit trauerte. Könnten wir doch ewig jugendlich bleiben. Schreibe mir doch die Gründe, die Dich zu der Frage bestimmten. Hier lassen mich die Mädchen und Weiber eiskalt. In Waltershausen hatt ich im Hause eine Freundin, die ich ungerne verlor, eine junge Witwe aus Dresden, die jetzt in Meiningen Gouvernante ist. Sie ist ein äußerst verständiges, festes und gutes Weib, und sehr unglücklich durch eine schlechte Mutter. Es wird Dich interessieren, wenn ich Dir ein andermal mehr von ihr sage, und ihrem Schicksal.

Ich wurde diesen Mittag durch Besuch verhindert, Dir zu schreiben, und muß jetzt eilen. Schreibe mir, wenn Du kannst, diesmal unmittelbar nach dem Empfang meines Briefes. Ich sehne mich ungewöhnlich nach einer Zeile von Dir. Erhalte mir einen Teil Deines Herzens! Ich kann ihn nie entbehren, im Leben nie!

Ewig Dein Hölderlin.

Noch eine Bitte! Könntest Du nicht meine Mutter besuchen und, wenn Du finden solltest, daß sie mit der Veränderung meiner Lage nicht ganz zufrieden wäre, sie beruhigen. Ich will alles tun, um ihr nicht lästig zu werden, und lebe deswegen auch sehr sparsam, esse des Tages nur Einmal ziemlich mittelmäßig, und denke bei einem Kruge Bier an unsern Neckarwein, und die schönen Stunden, die ihn heiligten. Leb wohl, Lieber!

An Hegel

Jena, d. 26. Jenner 95.

Dein Brief war mir fröhlicher Willkomm bei meinem zweiten Eintritt in Jena. Ich war zu Ende des Dezember mit der Majorin von Kalb und meinem Zögling, mit dem ich zwei Monate allein hier zugebracht hatte, nach Weimar abgereist, ohne so eine schnelle Rückkehr selbst zu vermuten. Das mannigfaltige Elend, das ich durch die besonderen Umstände, die bei meinem Subjekte stattfanden, im Erziehungswesen erfahren mußte, meine geschwächte Gesundheit, und das Bedürfnis, mir wenigstens einige Zeit selbst zu leben, das durch meinen hiesigen Aufenthalt nur vermehrt wurde, bestimmte mich noch vor meiner Abreise von Jena, den Wunsch, mein Verhältnis zu verlassen, der Majorin vorzutragen. Ich ließ mich durch sie und Schillern überreden, den Versuch noch einmal zu machen, konnte aber den Spaß nicht länger als 14 Tage ertragen, weil es unter anderem auch mich beinahe ganz die nächtliche Ruhe kostete, und kehrte nun in vollem Frieden nach Jena zurück, in eine Unabhängigkeit, die ich im Grunde jetzt im Leben zum erstenmale genieße, und die hoffentlich nicht unfruchtbar sein soll. Meine produktive Tätigkeit ist itzt beinahe ganz auf die Umbildung der Materialien von meinem Romane gerichtet. Das Fragment in der Thalia ist eine dieser rohen Massen. Ich denke bis Ostern damit fertig zu sein, laß mich indes von ihm schweigen. Den *Genius der Kühnheit,* dessen Du Dich vielleicht noch erinnerst, hab ich, umgearbeitet, mit einigen andern Gedichten in die Thalia gegeben. Schiller nimmt sich meiner sehr an, und hat mich aufgemuntert, Beiträge in sein neues Journal, die Horen, auch in seinen künftigen Musenalmanach zu geben.

Goethen hab ich gesprochen, Bruder! Es ist der schönste Genuß unsers Lebens, so viel Menschlichkeit zu finden bei so viel Größe. Er unterhielt mich so sanft und freundlich, daß mir recht eigentlich das Herz lachte, und noch lacht, wenn ich daran denke. Herder war auch herzlich, ergriff die Hand, zeigte aber schon mehr den Weltmann; sprach oft ganz so allegorisch, wie auch Du ihn kennst; ich werde wohl noch manchmal zu ihnen kommen; Majors von Kalb werden wahrscheinlich in Weimar bleiben (weswegen meiner auch der Junge nicht mehr bedurfte, und mein Abschied beschleuniget werden konnte), und die Freundschaft, worin ich besonders mit der Majorin stehe, macht mir öftere Besuche in diesem Hause möglich.

Fichtens spekulative Blätter – Grundlage der gesamten Wissenschaftslehre – auch seine gedruckten Vorlesungen über die Bestimmung des Gelehrten werden Dich sehr interessieren. Anfangs hatt ich ihn sehr im Verdacht des Dogmatismus; er scheint, wenn ich mutmaßen darf, auch wirklich auf dem Scheidewege gestanden zu sein, oder noch zu stehen – er möchte über das Faktum des Bewußtseins in der *Theorie* hinaus, das zeigen sehr viele seiner Äußerungen, und das ist ebenso gewiß, und noch auffallender transzendent, als wenn die bisherigen Metaphysiker über das Dasein der Welt hinaus wollten – sein absolutes Ich (= Spinozas Substanz) enthält alle Realität; es ist alles, und außer ihm ist nichts; es gibt also für dieses absolute Ich kein Objekt, denn sonst wäre nicht alle Realität in ihm; ein Bewußtsein ohne Objekte ist aber nicht denkbar, und wenn ich selbst dieses Objekt bin, so bin ich als solches notwendig beschränkt, sollte es auch nur in der Zeit sein, also nicht absolut; also ist in dem absoluten Ich kein Bewußtsein denkbar, als absolutes Ich hab ich kein Bewußtsein, und insofern ich kein Bewußtsein habe, insofern bin ich (für mich) nichts, also das absolute Ich ist (für mich) Nichts.

So schrieb ich noch in Waltershausen, als ich seine ersten Blätter las, unmittelbar nach der Lektüre des Spinoza, meine Gedanken nieder; Fichte bestätiget mir

Seine Auseinandersetzung der Wechselbestimmung des Ich und Nicht-Ich (nach seiner Sprache) ist gewiß merkwürdig, auch die Idee des *Strebens* p. p. Ich muß abbrechen, und muß Dich bitten, all das so gut als nicht geschrieben anzusehen. Daß Du Dich an die Religionsbegriffe machst, ist gewiß in mancher Rücksicht gut und wichtig. Den Begriff der Vorsehung behandelst Du wohl ganz parallel mit Kants Teleologie; die Art, wie er den Mechanismus der Natur (also auch des Schicksals) mit ihrer Zweckmäßigkeit vereiniget, scheint mir eigentlich den ganzen Geist seines Systems zu enthalten; es ist freilich dieselbe, womit er alle Antinomien schlichtet. Fichte hat in Ansehung der Antinomien einen sehr merkwürdigen Gedanken, über den ich aber lieber Dir ein andermal schreibe. Ich gehe schon lange mit dem Ideal einer Volkserziehung um, und weil Du Dich gerade mit einem Teile derselben, der Religion, beschäftigst, so wähl ich mir vielleicht Dein Bild und Deine Freundschaft zum *conductor* der Gedanken in die äußere Sinnenwelt, und schreibe, was ich vielleicht später geschrieben hätte, bei *guter Zeit* in Briefen an Dich, die Du beurteilen und berichtigen sollst.

Von Neuffer

[Bruchstück]

Stuttg. 26. Jan. 95.

Ich habe Deinen *Hyperion* in der Thalia gelesen. Lieber Hölderlin! es war mir, als wenn ich Dich vor mir hätte. Ich fand Dich ganz in Deinem Werke, Deinen Empfindungen und Deinen Maximen.

An die Mutter

Jena, d. 12. März 95.

Es wird mich Verleugnung kosten, liebste Mutter! den Brief diesmal so abzukürzen, wie ich es wohl genötiget sein werde; aber es würde mich auch ebenso schwer ankommen, Ihren goldnen lieben Brief nicht sogleich zu beantworten, so wenige Zeit mir dazu noch übrig ist. Sie sind besorgt um mich, teure Mutter! und ich habe keine Sorge, als Ihnen süße Tage zu machen, so wahr Sie einzig sind und Ihre Güte! Es ist der erste meiner Wünsche, diese Güte vergelten zu können; werd ichs je können? Ich hab es mir heilig geschworen, von nun an nicht müde zu werden im Fortschritte zu reinem Guten und Wahren, und in diesem Fortschritte bin ich Einer Hülfe gewiß, Sie kennen diese. Es ist mein fester, ernster Glaube, wie der Ihrige, der Vater der Geister und der Natur versagt keiner redlichen Bemühung seinen Beistand. Wenn wir dahin trachten und ringen, wohin ein göttlicher Trieb in der Tiefe unserer Brust uns treibt, dann ist alles unser! Selbst der Widerstand ist ein Werkzeug der ewigen Weisheit, uns fest und stark zu bilden im Guten. – Ich lebe sehr stille, ganz nach meinem Wunsche. Ein Besuch bei Schillern, der ohne Aufhören mich mit Freundschaft und recht väterlicher Güte überhäuft, gibt mir mehr Genuß und Stärkung als jede andere Gesellschaft. Er hat an Cotta in Tübingen in meinem Namen geschrieben, ob er mein Werkchen in Verlag nehmen wolle, und ich erwarte alle Tage Antwort. Auch meine sonstige Lebensart läßt mich sehr zufrieden. Ich finde, daß man sehr glücklich sein kann bei eingeschränkten Verhältnissen. Auch kann ich Sie versichern, liebste Mutter! daß ich bei meiner Arbeit immer dafür sorge, daß ich auch für den andern Tag Kräfte und Heiterkeit übrig behalte. Auch hänge ich nicht leidenschaftlich an dem Gedanken, hier mich etablieren zu können. Glauben Sie, daß es mich einen großen Kampf kosten würde, wenn ich eine Lage erwählen sollte, die mich nötigen würde, einen großen Teil meines künftigen Lebens ohne Ihren Umgang, liebste Mutter! und entfernt von den andern lieben Meinigen zuzubringen. Und wir leben ja, wie mein Karl schrieb, nicht um zu glänzen, wir leben, um wohlzutun. – Wie mich die Briefe gefreut haben! Mein Bruder ist ein edler Mensch. O meine Mutter! hätten Sie nichts, als diesen reingesinnten strebenden Jüngling zum Sohne, Sie wären reicher als Tausende. Wie soll es meinem Herzen ein Fest werden, ihn wiederzusehen! Ich muß ihm viel schreiben. Ich bin sein Schuldner von langer Zeit. Sie werden erlauben, daß ich das nächstemal den Brief an ihn richte. Auch meiner lieben Rike will ich schreiben. Es ist einer meiner schönsten Tage, den ich heute hatte, bei Empfang all der herzlichen Briefe! Meine Schwester meinte es herzlich gut, daß sie mir riet, ans liebe Vaterland mich zu halten. Ich werd auch wohl nicht ewig ausbleiben. – Ob Schiller die Vokation angenommen hat, oder nicht, weiß ich selbst nicht. Er erklärte sich nicht deutlich, und so geradezu fragen konnt ich auch nicht. Es ist mir aber wahrscheinlich, daß er hier bleiben wird, weil er von neuem sich ein Haus gemietet hat. – Wenn ich eine Hofmeisterstelle nehme, so muß sie sehr günstig sein. Niethammer war auch, seit er sich in Jena aufhält, eine Zeitlang in Gotha Hofmeister, und er wurde bei seiner Rückkehr nur um so besser aufgenommen.

Leben Sie wohl, beste Mutter! Tausend Grüße und Empfehlungen an alle! Ewig

Ihr
gehorsamer Sohn
Fritz.

An den Bruder

Jena, d. 13. Apr. 1795.

Ich bin Dein Schuldner von lange her, lieber Bruder. Aber die Freude, die Du mir durch die mannigfaltigen Äußerungen Deines brüderlichen reinen Herzens machtest, läßt sich in keinem Falle durch Worte vergelten. Überhaupt weiß ich nicht, wie ich so viele Liebe verdienen soll, die ich von allen den teuren Meinigen erfahre.

Die Güte unserer lieben Mutter beschämt mich so unendlich. Wäre sie auch nicht unsere Mutter, und widerführe diese Güte nicht mir, ich müßte doch ewig mich freuen, daß eine solche Seele auf Erden ist. O mein Karl! wie sehr wird unsere Pflicht uns erleichtert! Es müßte kein menschlich Herz in uns sein, wenn die Teilnahme einer solchen Mutter uns nicht unendlich stärkte in unserem geistigen Wachstum. – Ich glaube, Du bist auf dem rechten Wege, lieber Bruder! In Deinem Herzen ist das uneigennützige Gefühl der Pflicht, Dein Geist entwickelt sich dieses Gefühl mit Hülfe anderer edeln Geister, deren Schriften Deine Freunde sind, das Gefühl Deines Herzens wird reingedachter, unbestechlicher Grundsatz, der Gedanke tötet es nicht, es wird gesichert, befestiget durch den Gedanken. Auf diesen Gedanken der Pflicht, d. h. auf den Grundsatz: der Mensch soll immer so handeln, daß die Gesinnung, aus der er handelt, zum Gesetz für alle gelten könnte, und er soll so handeln, lediglich weil er soll, weil es das heilige, unabänderliche Gesetz seines Wesens ist (wie jeder finden kann, der sein Gewissen, das Gefühl jenes Gesetzes, das sich bei einzelnen Handlungen äußert, mit unparteiischem Auge prüft), also auf jenes heilige Gesetz unserer Moralität gründest Du die Beurteilung Deiner Rechte; jenem heiligen Gesetze immer näher zu kommen, ist Dein letzter Zweck, das Ziel all Deines Bestrebens, und dieses Ziel hast Du mit allem gemein, was Mensch heißt; was nun als Mittel notwendig ist zu jenem höchsten Zweck, alles, was Dir unentbehrlich ist zur nie vollendeten Vervollkommnung Deiner Sittlichkeit, darauf hast Du ein Recht; das Unentbehrlichste ist hiebei natürlich Freiheit des Willens (wie könnten wir Gutes tun, wenn wir das Gute nicht wollen könnten? was aus Zwang geschieht, ist nicht die Handlung eines guten Willens, also nicht gut im eigentlichen Sinn, vielleicht nützlich, aber nicht gut, vielleicht legal, aber nicht moralisch); und so kann durchaus keine Deiner Kräfte auf eine Art eingeschränkt werden, wodurch sie minder oder mehr zu Deiner Bestimmung untauglich gemacht würde, und so auch kein Produkt Deiner Kräfte, und so oft Du eine solche Einschränkung Deiner Kräfte, oder ihrer Produkte nicht zulässest, so oft behauptest Du ein Recht, sei es mit Worten oder mit der Tat. Natürlich hat also jeder Mensch gleiche Rechte in diesem Sinne; keinem, er sei, wer er will, wenn er nur Mensch ist, kann der Gebrauch seiner Kräfte oder ihrer Produkte auf eine Art streitig gemacht werden, die ihn mehr oder weniger hinderte, seinem Ziele, der höchstmöglichen Sittlichkeit, näher zu kommen. –

Weil aber dieses Ziel auf Erden unmöglich, weil es in keiner Zeit erreicht werden kann, weil wir uns nur in einem unendlichen Fortschritte ihm nähern können, so ist der Glaube an eine unendliche Fortdauer notwendig, weil der unendliche Fortschritt im Guten unwidersprechliche Forderung unseres Gesetzes ist; diese unendliche Fortdauer ist aber nicht denkbar ohne den Glauben an einen Herrn der Natur, dessen Wille dasselbe will, was das Sittengesetz in uns gebietet, der also unsere unendliche Fortdauer wollen muß, weil er unsern unendlichen Fortschritt im Guten will, und der, als der Herr der Natur, auch Macht hat, wirklich zu machen, was er will. Natürlich ist dies menschlich von ihm gesprochen, denn der Wille und die Tat des Unendlichen sind Eines. Und so gründet sich auf das heilige Gesetz in uns der vernünftige Glaube an Gott und Unsterblichkeit, auch an die weise Lenkung unserer Schicksale, insofern sie nicht von uns abhängig sind; denn so gewiß der höchste Zweck höchstmögliche Sittlichkeit ist, so notwendig wir diesen Zweck als den höchsten annehmen müssen, so notwendig ist uns der Glaube, daß die Dinge, da wo unseres Willens Macht nicht hinreicht, sie gehen, wie sie wollen, dennoch zu jenem Zwecke zusammen wirken, d. h. von einem heiligen, weisen Wesen, das die Macht hat, wo die unsrige nicht hinreicht, zu jenem Zwecke eingerichtet seien. Ich sehe, daß ich noch manches zu sagen hätte, aber ich breche ab, weil ich Dir auch gerne, so gut es sich mit wenigen Worten tun läßt, eine Haupteigentümlichkeit der Fichteschen Philosophie mitteilte. »Es ist im Menschen ein Streben ins Unendliche, eine Tätigkeit, die ihm schlechterdings keine Schranke als immerwährend, schlechterdings keinen Stillstand möglich werden läßt, sondern immer ausgebreiteter, freier, unabhängiger zu werden trachtet; diese ihrem Triebe nach unendliche Tätigkeit ist beschränkt; die ihrem Triebe nach unendliche *unbeschränkte* Tätigkeit ist in der Natur eines Wesens, das Bewußtsein hat (eines Ich, wie Fichte sich ausdrückt), notwendig, aber auch die *Beschränkung* dieser Tätigkeit in einem Wesen, das Bewußtsein hat, notwendig, denn wäre die Tätigkeit nicht beschränkt, nicht mangelhaft, so wäre diese Tätigkeit alles, und außer ihr wäre nichts; litte also unsere Tätigkeit keinen Widerstand von außen, so wäre außer uns nichts, wir wüßten von nichts, wir hätten kein Bewußtsein; wäre uns nichts entgegen, so gäbe es für uns keinen Gegenstand; aber so notwendig die Beschränkung, der Widerstand und das vom Widerstande bewirkte Leiden zum Bewußtsein ist, so notwendig ist das Streben ins Unendliche, eine dem Triebe nach grenzenlose Tätigkeit in dem Wesen, das Bewußtsein hat, denn strebten wir nicht, unendlich zu sein, frei von aller Schranke, so fühlten wir auch nicht, daß etwas diesem Streben entgegen wäre, also fühlten wir wieder nichts von uns Verschiedenes, wir wüßten von nichts, wir hätten kein Bewußtsein.« – Ich habe mich so deutlich gemacht, als mir nur immer möglich war, bei der Kürze, mit der ich mich ausdrücken mußte. Zu Anfang dieses Winters, bis ich mich hineinstudiert hatte, machte mir die Sache manchmal ein wenig Kopfschmerzen, um so mehr, da ich durch Studium der Kantischen Philosophie gewöhnt war, zu prüfen, ehe ich annahm. – Niethammer hat mich auch gebeten, an seinem Philosophischen Journale mitzuarbeiten, und so habe ich diesen Sommer über ein ziemlich Stückchen Arbeit vor mir. Mein Werkchen, von dem ich schon schrieb, hat Cotta in Tübingen, auf Schillers Veranlassung, in Verlag genommen; wie viel er mir bezahlen wird, soll, so will es Schiller, ausgemacht werden, wenn Cotta hieher kömmt, welches ungefähr in 14 Tagen geschehen wird. Ich hoffe, unserer lieben guten Mutter nun nicht so leicht mehr beschwerlich fallen zu müssen. Ich dank ihr für das Überschickte mit allem Danke meines Herzens; ich werd es nie vergessen, daß ich in meiner jetzigen Lage mit solcher Güte unterstützt wurde.

Schiller wird wohl hier bleiben. Wahrscheinlich laß ich mich nächsten Herbst, wenn ich bleibe, hier examinieren. Das ist die einzige Bedingung, die mir die Erlaubnis gibt, Vorlesungen zu halten. Um den Professorstitel ists mir nicht zu tun, und die Professorbesoldung ist hier nur bei sehr wenigen beträchtlich. Viele haben gar keine. – Ich habe noch einiges von einer kleinen Lustreise zu erzählen, die ich machte, weil das Bedürfnis einer Bewegung nach dem beständigen Sitzen den Winter über sehr groß bei mir war, und ich gerade noch ein paar französische Taler übrig hatte. Aber ich spare es für einen Brief an meine liebe Rike. – Die schöne versprochene Weste werde ich mit großem Dank annehmen. Vielleicht nimmt es aber die liebe Mutter nicht ungütig, wenn ich das Geständnis tue, daß ich noch unverarbeiteten Westenzeug – ein Geschenk, das ich in Waltershausen mitnahm, im Koffer habe, hingegen Beinkleider notwendig brauche. Nicht wahr, Lieber! ich bin etwas indiskret? Ich muß der lieben Rike nächsten Mittwoch schreiben, heute reicht die Zeit nicht mehr hin.

Lebe wohl, tausend herzliche Grüße an alle.

An Neuffer

Jena, d. 28. Apr. 95.

Lieber Bruder!
Ich hoffte immer auf eine recht gute Stunde, wo ich Dir einmal wieder mich ganz, und alle die kleinen Schicksale, die mich in Bewegung erhalten, mitteilen wollte. Aber ich glaube wohl, daß ich mir diese Freude bis dahin werde sparen müssen, wo wir uns wiedersehn. Ich hätt auch wohl bälder geschrieben, wenn mich nicht eine vergnügliche Reise in meiner glücklichen Einförmigkeit unterbrochen hätte. Ich war zu Ende des Winters nicht ganz gesund, aus Mangel an Bewegung, vielleicht auch, weil ich die Nektar- und Ambrosiakost, die man in Jena findet, noch nicht genug ertragen konnte; ich half mir durch einen Spaziergang, den ich über Halle nach Dessau, und von da über Leipzig zurück, machte. Ich kann Dich nicht mit Reisebeobachtungen plagen, ich mochte das Wesen nie recht leiden, wahrscheinlich, weil ich keine Gabe dazu habe, ich bin meist mit dem Totaleindruck zufrieden und denke auch da, wo mir etwas aufstößt, es sei mißlich, so im Vorübergehen ein Urteil zu fällen. Besonders ist unsereinem nicht zu trauen, der alle Tage, die Gott gibt, durch eine andre Brille sieht, die ihm, wer weiß woher? aufgesetzt wird. Bei Heydenreich und Göschen war ich recht vergnügt. Heydenreich scheint ein feiner, kluger Mensch zu sein, und alle Erfahrungen der

Welt gemacht zu haben. Göschen hat bei einer in seiner Lage seltnen Kultur des Verstandes und Geschmacks eine noch seltnere Herzlichkeit und Unbefangenheit übrig behalten.

Jetzt genieß ich den Frühling. Ich lebe auf einem Gartenhause, auf einem Berge, der über der Stadt liegt und wovon ich das ganze herrliche Tal der Saale überschaue. Es gleicht unserem Neckartale in Tübingen, nur daß die Jenischen Berge mehr Großes und Wunderbares haben. Ich komme beinahe gar nicht unter die Menschen. Zu Schillern mach ich immer noch meinen Gang, wo ich itzt meist Goethen antreffe, der sich schon ziemlich lange hier aufhält. Schiller läßt Dich grüßen und um einige Gedichte in seinen Almanach bitten. Du möchtest sie nur mir schicken. Ich freue mich unendlich, daß Du Dich wieder fühlst, Dein letzter Brief machte den vorhergehenden schamrot; ich nehme die Freude, die Dir Heyne machte, als wäre sie mir widerfahren – wir wollen mit Eigensinn aushalten, nicht wahr, Lieber? wir wollen uns durch keine Not der Welt aus dem Wege treiben lassen, den uns unsere Natur wies. Ich begreife jetzt, wie Du so gerne übersetzen magst. Schiller hat mich veranlaßt, Ovids Phaëthon in Stanzen für seinen Almanach zu übersetzen, und ich bin noch von keiner Arbeit mit solcher Heiterkeit weggegangen als bei dieser. Man ist nicht so in Leidenschaft wie bei einem eigenen Produkte, und doch beschäftiget die Musik der Versifikation den Menschen ganz, der andern Reize, die so eine Arbeit hat, nicht zu gedenken. – Für das erste Bändchen meines Romans hat mir Cotta in Tübingen 100 fl. bezahlt. Ich mochte nicht weiter fordern, um mich keinem Jüdeln auszusetzen. Schiller hat mir den Verlag besorgt. Skandalisiere Dich ja nicht an dem Werkchen! Ich schreib es aus, weil es einmal angefangen und besser als gar nichts ist, und tröste mich mit der Hoffnung, bald mit etwas anderem meinen Kredit zu retten.

Diesen Sommer wenigstens werd ich ganz in Ruhe und Unabhängigkeit leben. Aber wie der Mensch ist! es fehlt ihm immer etwas, auch mir – und das bist Du, vielleicht auch ein Wesen, wie Dein Röschen ist. Es ist sonderbar – ich soll wahrscheinlich nie lieben als im Traume. War das nicht bisher mein Fall? und seit ich Augen habe, lieb ich gar nicht mehr. Es ist nicht, als wollt ich mich von alten Bekanntschaften lossagen – gelegenheitlich! Du wolltest mir einmal von der Lebretin schreiben, tue es doch! – aber halte das gegen Deine

Liebe und ihre Freuden und Schmerzen und bedaure mich! Ist Dein gutes edles Mädchen wieder ganz gesund? Ihr müßt himmlische Tage untereinander haben. Es ist doch das einzige, was von Glück auf Erden sich findet, das Glück, zu lieben, wo man sich achtet, und erprobt hat. Ich glaube, Du wirst mich frömmer und teilnehmender finden, wenn wir einmal wieder beisammen sind und Du mir wieder halbe Nächte lang von Deinem Röschen erzählst.

Gott erhalte sie und Dich so, wie Ihr seid! – Wie geht es Dir sonst, lieber Bruder? Wir sind zu wenig umständlich in dem, was wir uns voneinander sagen. Aber ich glaube, es ist so mit allem Briefschreiben. Nächsten Herbst komm ich sicher, wäre es auch nur auf einige Tage. Ich muß einmal wieder erwarmen bei Dir und meiner lieben Familie. – Lieber Bruder! ich wollte Dir allerlei schreiben, aber ich bin in einen Ton hineingekommen, aus dem ich für heute schwerlich mehr herauskäme. Ich würde mich nur wiederholen, würde mich auch vielleicht zu sehr erweichen. Nächstens mehr!

Dein Hölderlin.

An Neuffer

Jena, d. 8. Mai 95.

Ich will es versuchen, lieber, armer Bruder! ob ich mich so weit sammeln kann von meinem Schmerz, um Dich zu schonen in dem Deinigen. Ich gestehe Dir, es überwältiget mich auch, und ich weiß nicht, was ich Dir sagen soll, wenn ich das edle, unersetzliche Wesen vor Augen habe, das für Dich lebte, und mir sagen muß: das ist Tod! O mein Freund! ich begreif es nicht, das Namenlose, das uns eine Weile erfreut und dann das Herz zerreißt, ich habe keinen Gedanken für das Vergehen, wo unser Herz, das Beste in uns, das einzige, worauf zu hören noch der Mühe wert ist, mit allen seinen Schmerzen um Bestand fleht – der Gott, zu dem ich betete als Kind, mag es mir verzeihen! ich begreife den Tod nicht in seiner Welt – Lieber! Du solltest mir heilig sein in Deiner Trauer, ich sollte die traurige Verwirrung, in der ich über allem bin, die der Schmerz über Dein Schicksal mir erst recht fühlbar machte oder – ich weiß es selbst nicht – erst bewirkte, ich sollte sie verschweigen vor Dir. Ich bin ein leidiger

Tröster. Ich tappe herum in der Welt wie ein Blinder, und sollte dem leidenden Bruder ein Licht zeigen, das ihn erfreute in seiner Finsternis. Nicht wahr, Lieber! Du lerntest etwas Bessers in der Schule Deiner Geliebten? Nicht wahr, Du wirst sie wiederfinden? O wenn wir auch nur darum da wären, um eine Weile zu träumen und dann zum Traum eines andern zu werden – hasse mich nicht um dieser armseligen Worte willen, Du bist von jeher der Natur treu geblieben, Dein reiner, unverwirrter Sinn wird Dich trösten, die Heilige wird nicht für Dich dahin sein, und daß Du die lieben Worte nicht mehr hörst, worin der edle Geist sich Dir offenbarte, und sie nicht mehr vor Dir steht in ihrer wandellosen Liebenswürdigkeit – mein Bruder! kann Dein Herz den Trost ertragen, womit ich das meinige gerne beruhigen möchte – ihr Geist wird Dir in jeder Tugend, jeder Wahrheit wieder begegnen, Du wirst sie wiedererkennen in jeder Größe und Schönheit, worin uns dann doch die Welt zuweilen erfreut. Wie schwach ich vor Dir erscheinen muß! Ich sehe Deinen Brief wieder an, der mir ewig heilig sein soll, ich finde, wie Du mir sagst, daß sie, sie Dich geleiten werde durchs ganze Leben, daß ihre stete Gegenwart Dich erhalten werde, so wie Du bisher um sie lebtest in der Höhe und Reinigkeit – wie gönn ich der lieben Seligen den ewigen Frühling über ihrem Grabe, den Frühling Deines Herzens! Denn ich hoff es zu Dir und dem Segen, womit das Andenken an sie Dich lohnen wird, der bessere Teil Deines Herzens wird nie altern; Du wirst Dich mit jedem Tage freuen können, ihrer würdiger, ihr ähnlicher geworden zu sein.

Eure Liebe war einzig, ein Wunder in der jetzigen herzlosen, kleinen Welt. Ist sie nicht eine Liebe für die Ewigkeit? Glaube mir, Freund meiner Seele, Du wirst mir künftig manchmal sagen, wenn ich Deines Werts mich freue und Dir sage, daß Du der einzige seiest, der mich die Dürftigkeit des Lebens vergessen lasse, dann wirst Du mir sagen, das dank ich Ihr! sie half mir empor aus der Gleichgültigkeit, die uns das Leben gibt, in Ihr erschien mir mehr, als die meisten nur glauben, mehr, als Tausende sind, sie gab mir Glauben an mich, sie ging mir voran im Leben und im Tode und ich ging ihr nach durch die Nacht hindurch – Herzensbruder! ich halte mich an Dich, ich mache den Gang mit Dir, ich teile den Schmerz mit Dir, ich will auch seine Früchte mit Dir teilen; Du hast recht, unser Leben sei die Melodie über ihrem Grabe, eine bessere, als unser armes Saitenspiel ihr geben kann – wunderbar! mein Schmerz war wirklich unaussprechlich, ich hatte nichts als Tränen, und mußte mir Gewalt antun, um Dir die wenigen armen Worte zu sagen, und den ersten Trost schöpft ich wieder aus Deinem Briefe – könnte Dir der meinige etwas sein! o könnten wir uns überhaupt mehr sein! Die Entfernung von Dir ist mir jetzt dreifach schmerzlich. Ich habe Dir neulich geschrieben, daß ich auf den Herbst kommen wollte. Ists möglich, so komm ich bälder. Wärest Du hier, so möcht ich wohl bleiben. Aber so halt ich es wohl schwerlich aus. Wir gehn nun beede so verarmt in der Welt herum, wir haben beede nichts, als was wir uns sind, außer dem, was eine bessere Welt in und über uns uns ist, mein Neuffer! und wir sollten nur so halb füreinander leben? Ich komme bald; Du sollst mich dann auf ihr Grab führen. Guter Gott! ein solches Wiedersehn hofft ich nicht. – Könntest Du mich nicht abholen, lieber Bruder! oder noch früher mich besuchen? Es wäre Dir gewiß gut. Du würdest überall Freunde finden. Tu es doch, wenn es irgend tunlich ist. Ich schreibe Dir mit nächstem Posttag wieder. Kannst Du es über Dich gewinnen, so tue es auch bald. Es leiden viele mit Dir und mir. Wir wollen leiden, wie sie gelitten hätte an unserer Stelle. Erhalte Dich der Welt und mir! Leb wohl, Guter, Edler!

Dein
H.

Von der Schwester

Blaubeuren, 9. Mai 1795.

Du lieber Bruder fehltest uns, und nur Dein l. Porträt, dem aber freilig auch nach der guten Großmutter Beurtheilung viel zur Aehnlichkeit fehlt, war eine kleine Schadloshaltung!

An die Mutter

Jena, d. 22. Mai 95.

Ich fühlte heute recht sehr, liebste Mutter! wie mir Ihre gütigen Briefe zum Bedürfnis geworden sind. Ich weiß nicht, ob mir die Zeit, seit ich nichts mehr von Ihrer Hand sah, nur diesmal so ungewöhnlich lange vorkömmt, oder ob Sie mich wirklich etwas länger als sonst harren lassen; schon eine Woche lang tröstete ich mich immer über meine Besorgnisse, ob Sie gesund sein möchten, ob Ihnen nicht vielleicht etwas in meinem letzten Briefe mißfallen haben möchte, mit der Hoffnung, daß ich heute gewiß einen Brief erhalten würde. Aber ich hoffte umsonst. Verzeihen Sie, liebste Mutter! daß ich dies äußerte. Ich weiß gewiß, daß ich nun nie mehr auf Ihre lieben Briefe so lange schweige, wie es oft der Fall war. Ich nehm es für eine gerechte Strafe. – Hat vielleicht die Reise nach Blaubeuren Sie verhindert? Wenn nur dies die Ursache wäre!

Ich lebte, seit ich Ihnen zum letztenmale Nachricht von mir gab, wie ich immer lebte, seit ich hier bin, zufrieden mit meiner Eingezogenheit und zuweilen fröhlich, wenn ich glaube, es sei mir etwas gelungen an meiner Arbeit. Aber man findet doch immer bald wieder, wie schülerhaft man in manchem ist, und es ist gut, daß man dies so findet, man wird dadurch in Tätigkeit erhalten. Auch bin ich gesünder, als man sich von der hiesigen Lebensart es versprechen kann.

Nun eine Hauptsache! – Es ist mir diese Woche eine Hofmeisterstelle von einem Frankfurter angetragen worden, dem ein hiesiger Studierender mich bekannt machte, während seines Aufenthalts in den dortigen Gegenden, wo er seine Ferien zubrachte. Dieser Frankfurter hat die Kommission von einem holländischen Kaufmann, der sich in Offenbach, eine Stunde von Frankfurt, aufhält, ihm für einen Erzieher zu sorgen. Der Frankfurter rühmt das Haus des Kaufmanns, schreibt, es wären 4 Söhne zu unterrichten und in Aufsicht zu haben, der vorige Erzieher hätte tausend Gulden bekommen, der künftige würde wohl nicht weniger bekommen, alles hätte man frei und auf ein achtungsvolles Betragen zu rechnen. Man wollte nur inzwischen bei mir anfragen, ob ich vielleicht geneigt wäre, die Stelle anzunehmen, um sich dann über die bestimmteren Bedingungen zu vereinigen. Weil die Sache in jedem Fall wieder rückgängig gemacht werden kann und ich doch noch gestern Antwort geben mußte, habe ich inzwischen mit Ja geantwortet und warte nun auf bestimmtere Nachricht, vorzüglich aber auf Ihre Entscheidung. Diesen Sommer würde ich wohl bequem hier leben können, ohne Ihnen lästiger zu sein, als ich es schon war, Cotta in Tübingen wird mir bis auf den September 100 fl. auszahlen für ein unbedeutendes Manuskript, das er von mir in Verlag nahm; ob das aber bis nächsten Winter ebenso der Fall wäre, kann ich nicht mit Gewißheit sagen, weil ich den Erfolg meiner Arbeit nicht beurteilen kann. Öffnet sich mir eine günstigere Aussicht, als so eine Tausendguldenhofmeisterstelle ist, so werd ich freie Hand haben, auch jene zu ergreifen. Haben Sie die Güte, liebste Mutter! mir bald darüber zu schreiben ohne alle Rücksicht auf irgendeine Neigung, die Sie bei mir voraussetzen könnten. Ich kann es Ihnen versichern, daß ich schlechterdings nur das Klügere zu wählen Lust habe. Ich habe mich schon so oft überzeugt, wie heilsam es für mich war, Ihrem mütterlichen Rate zu folgen. Ich möchte ihn nicht leicht in dieser Sache entbehren. – Sie würden dann wohl auch nicht zürnen, liebste Mutter, wenn ich den Weg über meine Heimat machte. Sehr beträchtlich wäre ja der Umweg nicht. Ich ginge des Tags 8 Stunden; menagierte mich, wie ichs indes gelernt habe; die Freude des Wiedersehens wäre ja ein paar Tagesreisen wert. Wie tausendmal habe ich mir schon Ihren Empfang geträumt! Man lernt sehr, sehr viel in der Fremde, liebste Mutter! Man lernt seine Heimat achten. Wie ein Kind erzähle ich oft meinem Freunde von meinem Hause, wie mirs da immer so wohl ging, von meiner Mutter und Großmutter – und meinen Geschwistern. Tausend Herzensgrüße an all die Lieben. Schreiben Sie doch bald. Ich denke immer, ich werde schon mit Anfang nächster Woche einen Brief von Ihnen erhalten. Vielleicht enthält dieser schon etwas, woraus ich auf Ihre Meinung von der Veränderung meiner Lage schließen kann.

Ewig Ihr
Fritz.

An Schiller

Nürtingen bei Stuttgart, d. 23. Jul. 1795.

Ich wußte wohl, daß ich mich nicht, ohne meinem Innern merklichen Abbruch zu tun, aus Ihrer Nähe würde entfernen können. Ich erfahr es itzt mit jedem Tage lebendiger.

Es ist sonderbar, daß man sich sehr glücklich finden kann unter dem Einfluß eines Geistes, auch wenn er nicht durch mündliche Mitteilung auf einen wirkt, bloß durch seine Nähe, und daß man ihn mit jeder Meile, die von ihm entfernt, mehr entbehren muß. Ich hätt es auch schwerlich mit all meinen Motiven über mich gewonnen, zu gehen, wenn nicht eben diese Nähe mich von der andern Seite so oft beunruhiget hätte. Ich war immer in Versuchung, Sie zu sehn, und sah Sie immer nur, um zu fühlen, daß ich Ihnen nichts sein konnte. Ich sehe wohl, daß ich mit dem Schmerze, den ich so oft mit mir herumtrug, notwendigerweise meine stolzen Forderungen büßte; weil ich Ihnen so viel sein wollte, mußte ich mir sagen, daß ich Ihnen nichts wäre. Aber ich bin mir dann doch zu gut bewußt, was ich damit wollte, um mich nur leise darüber zu tadeln. Wär es Eitelkeit gewesen, die so ihre Befriedigung suchte, die von einem großen Manne, wenn er einmal dafür anerkannt ist, einen freundlichen Blick erbettelt, um sich mit der unverdienten Gabe über die eigne Armseligkeit zu trösten, der der Mann ziemlich indifferent ist, wenn er nicht für ihre kleinen Wünsche taugt, hätte mein Herz zu so einem beleidigenden Hofdienste sich erniedriget, dann freilich würd ich mich recht tief verachten. Aber ich freue mich, daß ich so gewiß mir sagen kann, daß ich den Wert des Geistes, den ich achte, so weit ich ihn ermessen kann, in mancher guten Stunde rein empfand, und daß mein Streben, ihm recht viel zu sein, im Grunde nichts anders war als der gerechte Wunsch, dem Guten und Schönen und Wahren, sei es unerreichbar oder erreichbar, sich mit seinem Individuum zu nähern; und daß man nicht gerne dabei einzig sein Richter ist, ist gewiß auch menschlich, gewiß natürlich.

Es ist sonderbar, daß ich Ihnen diese Apologie gab. Aber eben darum, weil diese Anhänglichkeit in der Tat mir heilig ist, such ich sie in meinem Bewußtsein von allem, was durch eine scheinbare Verwandtschaft sie entwürdigen könnte, zu sondern, und warum sollt ich mich über sie nicht vor Ihnen äußern, wie sie vor mir erscheint, da sie doch Ihnen angehört? Nur alle Monate möcht ich zu Ihnen und mich bereichern auf Jahre. Ich suche übrigens mit dem, was ich von Ihnen mitnahm, gut hauszuhalten und zu wuchern. Ich lebe sehr einsam und glaube, daß es mir gut ist. Von meinem Freunde Neuffer lege ich Ihnen einige Gedichte bei. Er will sich die Freiheit nehmen, Ihnen mit noch einem aufzuwarten, sobald er, wie er noch wünscht, es durchgearbeitet hat.

Erlauben Sie es, so schick auch ich ein paar Gedichte nach.

Bei dem, was ich beilege, betrübt es mich oft, daß das erste, was ich auf Ihren unmittelbaren Antrieb vornahm, nicht besser werden sollte. Ich bin mit ewiger Achtung

Ihr Verehrer
M. Hölderlin.

An Johann Gottfried Ebel

Nürtingen, d. 2. Sept. 95.

Mein verehrungswürdiger Freund!
Sie haben mir große Freude gemacht durch Ihre gütige Zuschrift. Das Glück, unter Menschen zu leben, die meine Bedürfnisse und Überzeugungen mit mit teilen, wird für mich mit jedem Tage seltner; um so mehr muß ich es dem danken, der mich glauben läßt, er finde einen Teil seines Wesens in mir.

Sie haben die Güte, sich nach dem Ausgang meiner Reise zu erkundigen. Er war größtenteils sehr unterhaltend für mich, denn er war größtenteils das Echo von dem, was Sie mir in den paar guten Stunden mitgeteilt hatten.

Ich darf es Ihnen wohl sagen, daß ich die schönen Tage, die ich mir von Ihrem Umgange verspreche, nicht leicht anderswo zu finden hoffe, und daß ich von keinem andern möglichen Verhältnisse den Gewinn für mein Inneres erwarte, den ich den seltnen Menschen danken würde, mit denen mich vielleicht Ihre Freundschaft und mein guter Wille in Beziehung bringt. Sie sehen also, daß ich vollen Grund hatte, mich indes frei zu erhalten. – Grausam fehlgeschlagene Bemühungen hätten mich vielleicht bestimmt, mich mit Erziehung nimmer so leicht zu beschäftigen, wenn ich nicht glaubte, daß es unerlaubt und unzweckmäßig wäre, einzig auf sich zurückzuwirken, und daß in unserer jetzigen Welt die Privaterziehung noch beinahe das einzige Asyl wäre, wohin man sich flüchten könnte mit seinen Wünschen und Bemühungen für die Bildung des Menschen. So sehr wirkten mir in meinem vorigen Verhältnisse die Menschen und die Natur entgegen.

Befürchten Sie deswegen nicht, mein teurer Freund! daß ich von mir oder dem Kinde Wunder erwarte! Ich weiß zu gut, wie viele Inkonvenienzen jede Verfahrungsart in der Erziehung besonders hat, und wie sehr oft bei mir die Ausführung unter dem Plane bleibt, um Wunder von mir zu erwarten. Ich weiß zu gut, daß die Natur nur stufenweise sich entwickelt, und daß sie den Grad und den Gehalt der Kräfte unter die Individuen verteilt hat, um von dem Kinde Wunder zu erwarten. – Ich glaube, daß die Ungeduld, womit man seinem Zwecke zueilt, die Klippe ist, woran gerade oft die besten Menschen scheitern. So auch in der Erziehung. Man möchte so gerne in sechs Tagen mit seinem Schöpfungswerke zu Ende sein; das Kind soll oft Bedürfnisse befriedigen, die es noch nicht hat, und vernünftige Dinge anhören und fassen, ohne Vernunft! und das macht dann die Erzieher, weil sie auf dem rechten Wege ihre Absicht nicht erreichen, tyrannisch und ungerecht, das macht den Erzieher und den Zögling gleich elend.

Ich bin gewiß, daß hier, wie überall, Gerechtigkeit das erste Gesetz ist, das man zu befolgen hat, und ich bin sehr geneigt, zu glauben, daß hier, wie überall, eine durchgängige, bis ins kleinste Detail konsequente Gerechtigkeit auch die beste Klugheit ist.

Ich würde deswegen von meinem Zöglinge nicht eher ein (im strengen Sinne) vernünftiges Verfahren fordern, bis er Vernunft hätte, bis er einmal zum Bewußtsein oder Gefühl seiner höhern und höchsten Bedürfnisse gekommen wäre. Würd ich aber von ihm nicht eher Vernunft fordern, bis er sie hätte, so würd ich von ihm gar nichts fordern, bis er einmal mir das Recht gegeben hätte, ihn als vernünftiges Wesen zu betrachten. Denn was ich von ihm fordern würde, würd ich nur um der Vernunft willen fordern, oder wie man das höchste Prinzip, aus dem der Mensch handeln soll, sonst nennen und darstellen will; (denn das werden Sie mit mir voraussetzen, daß man vernünftigerweise, wenn man etwas von dem Kinde fordert, nicht an das Prinzip des Handelns appelliert, wie es in irgendeinem philosophischen Systeme dargestellt ist, sondern wie es dem Kinde nach seinen Jahren und seiner Individualität sich darstellen kann.)

Rousseau hat recht: *la première et plus importante éducation est, de rendre un enfant propre à être élevé.*

Ich muß das Kind aus dem Zustande seines schuldlosen, aber eingeschränkten Instinkts, aus dem Zustande der Natur heraus auf den Weg führen, wo es der Kultur entgegenkömmt, ich muß seine Menschheit, sein höheres Bedürfnis erwachen lassen, um ihm dann erst die Mittel an die Hand zu geben, womit es jenes höhere Bedürfnis zu befriedigen suchen muß; ist einmal jenes höhere Bedürfnis in ihm erwacht, so kann und muß ich von ihm fordern, daß es dieses Bedürfnis ewig lebendig in sich erhalten und ewig nach seiner Befriedigung streben soll. Aber darin hat Rousseau unrecht, daß er es ruhig abwarten will, bis die Menschheit im Kinde erwacht, und indes sich größtenteils mit einer negativen Erziehung begnügt, nur die bösen Eindrücke abhält, ohne auf gute zu sinnen. Rousseau fühlte die Ungerechtigkeit derer, die das Kind, wo nicht mit dem Flammenschwerd, doch mit der Rute aus seinem Paradiese, aus dem glücklichen Zustande seiner Tierheit herausjagen wollten, und geriet, wenn ich ihn anders recht verstehe, auf das entgegengesetzte Extrem. Wenn das Kind von einer andern Welt umgeben wäre, als die gegenwärtige ist, dann möchte Rousseaus Methode zweckmäßiger sein. Mit dieser andern, bessern Welt muß ich das Kind umgeben, sie ihm nicht aufdringen; ohne alle Prätension, wie die Natur ihm entgegenkömmt, muß ich ihm die Gegenstände zuführen, die groß und schön genug sind, sein höheres Bedürfnis, das Streben nach etwas Besserem, oder wenn man will, seine Vernunft in ihm zu erwecken. Ich glaube, daß die Geschichte besserer Zeiten diese Welt des Kindes werden kann, wenn sie mit Auswahl und einer Darstellung behandelt wird, wie sie dem Kinde überhaupt und dem Individuum angemessen ist, das ich vor mir habe, z. B. die römische Geschichte mit dem lebendigen Detaile des Livius und Plutarchs. Ich würde aber das Kind nie fragen, ob es das Gesagte behalten hätte, denn es wäre ja nicht um die Geschichte, sondern um ihre Wirkungen aufs Herz zu tun, und sobald das Kind die Geschichte als ein Mittel zur Gedächtnis- oder auch Verstandesübung betrachten müßte, so würde die beabsichtigte Wirkung wegfallen.

Weil ich aber in dieser Periode, wie gesagt, nichts fordern möchte von meinem Zöglinge, und es doch notwendig scheint, ihm einen Unterricht zu geben, den er später nicht gerne anhören würde, so müßte ich die Triebe, die schon da und zu diesem Zwecke hinreichend sind, in Anspruch nehmen, wie den Nachahmungstrieb, den Neuigkeitstrieb p. p. Ich glaube, daß nicht leicht ein Kind ist, dem nicht auch einfiele, was wohl hinter seinen Bergen liegen möchte. Wenn die Geographie nicht, wie gewöhnlich, so eine tote papierne Geographie ist, wenn die Karte mit zweckmäßig bearbeiteten Reisebeschreibungen belebt wird, so wird sich dieser Unterricht ohne Forderung und Zwang, wie ich glaube, dem Kinde mitteilen lassen. Wenn das Kind täglich bemerken kann, wie die Arithmetik ein wesentlicher Bestandteil nützlicher Beschäftigungen ist, so wird es auch wohl gerne so etwas treiben, und ich gestehe, daß ich auf diesen Artikel des Unterrichts viel rechne, weil er dem Lehrlinge, wie Mathematik überhaupt, ein Bild strenger Ordnung mehr wie etwas anderes gibt. Das Kind eine Sprache systematisch zu lehren, möchte sehr schwer halten, wenn es geschehen sollte, noch ehe das Kind fähig ist, auf einen freigewählten Zweck hin sich anzustrengen, wo also Zwang und ungerechte Forderungen nicht leicht zu vermeiden wären. Doch kann man sich ja gesprächsweise mit einer Sprache so ziemlich familiarisieren. Das würde wohl zuerst mit der französischen der Fall sein. – Zwang würd ich nur da gebrauchen, wo ihn das Vernunftsrecht überall behaupten muß, wo der Mensch sich selbst oder andern unerlaubte Gewalt antun wollte.

Ich würde Ihnen nicht lästig gewesen sein mit diesen Äußerungen, wenn ich nicht für notwendig hielte, daß Sie und Ihre edeln Freunde vor allem mit meiner Denkart in diesem Geschäfte bekannt würden. Und doch hab ich für diese Absicht viel zu wenig gesagt.

Von dem Willen zeugen die Worte so selten. Aber doch darf ich es Ihnen sagen, wie ich von mir hoffe, daß ich mich ebenso rein und treu, wie die edeln Eltern, für ihre guten Kinder interessieren würde. An Kräften würd es mir wohl auch nicht immer fehlen, wenn ich nur des Tags ein paar Stunden zur ruhigen Bildung und Pflege meines eignen bedürftigen Wesens gewinnen könnte. So und in der Gesellschaft der Gebildetern, die mich aufnähmen, würd ich mich für meine Zöglinge erheitern und stärken. –

Sollten Sie einen Erzieher für die andere Familie wünschen, so würd ich Ihnen einen jungen Gelehrten, der sich jetzt in der Schweiz aufhält, und der beinahe mein Ideal sein könnte in diesem Verhältnisse, so wie ich mir ihn darin denke, vorschlagen. Ich vermute, daß er zu haben wäre. – Haben Sie die Güte, mich Ihren verehrungswürdigen Freunden zu empfehlen. Mit wahrer Achtung

Ihr Freund
M. Hölderlin.

An Schiller

Nürtingen bei Stuttgart, d. 4. Sept. 95.

Sie verzeihen, verehrungswürdiger Herr Hofrat! daß ich den Beitrag, wozu Sie mir die Erlaubnis gaben, so spät und so ärmlich gebe. Maladie und Verdruß hinderten mich, das, was ich wünschte, auszuführen. Vielleicht zürnen Sie nicht, wenn ich Ihnen dies in einiger Zeit zuschicke. Ich gehöre ja – wenigstens als *res nullius* – Ihnen an; also auch die herben Früchte, die ich bringe.

Das Mißfallen an mir selbst und dem, was mich umgibt, hat mich in die Abstraktion hineingetrieben; ich suche mir die Idee eines unendlichen Progresses der Philosophie zu entwickeln, ich suche zu zeigen, daß die unnachläßliche Forderung, die an jedes System gemacht werden muß, die Vereinigung des Subjekts und Objekts in einem absoluten – Ich oder wie man es nennen will – zwar ästhetisch, in der intellektualen Anschauung, theoretisch aber nur durch eine unendliche Annäherung möglich ist, wie die Annäherung des Quadrats zum Zirkel, und daß, um ein System des Denkens zu realisieren, eine Unsterblichkeit ebenso notwendig ist, als sie es ist für ein System des Handelns. Ich glaube, dadurch beweisen zu können, inwieferne die Skeptiker recht haben, und inwieferne nicht.

Es ist mir oft wie einem Exulanten, wenn ich mich der Stunden erinnere, da Sie sich mir mitteilten, ohne über den trüben oder ungeschliffnen Spiegel zu zürnen, worin Sie Ihre Äußerung oft nimmer erkennen konnten.

Ich glaube, daß dies das Eigentum der seltnen Menschen ist, daß sie geben können, ohne zu empfangen, daß sie sich auch »am Eise wärmen« können.

Ich fühle nur zu oft, daß ich eben kein seltner Mensch bin. Ich friere und starre in dem Winter, der mich umgibt. So eisern mein Himmel ist, so steinern bin ich.

Auf den Oktober werd ich wahrscheinlich eine Hofmeisterstelle in Frankfurt beziehen.

Ich würd mich über mein Geschwätz vielleicht damit vor Ihnen entschuldigen, daß ich es einigermaßen für Pflicht hielte, Ihnen von mir Rechenschaft zu geben; aber so würd ich mein Herz verleugnen. Es ist beinahe mein einziger Stolz, mein einziger Trost, daß ich Ihnen irgend etwas und daß ich Ihnen von mir etwas sagen darf. Ewig

Ihr Verehrer
Hölderlin.

An Johann Gottfried Ebel

d. 9. Nov. 95.

Mein verehrungswürdiger Freund!
Ich verschob es von einer Woche zur andern, Ihnen von mir Nachricht zu geben. Ich mußte, wenn ich die Wahrheit schreiben wollte, Ihnen von der Verlegenheit sagen, in der ich mich sehe, und das konnte nicht wohl geschehen ohne einen Schatten von Indiskretion. Da mich endlich die Not treibt, tröst ich mich mit Ihrer gütigen Aufforderung, es Ihnen zu melden, wenn ich zur Veränderung meiner Lage veranlaßt werden sollte. Es ist Ihnen wohl unbekannt, wie sehr wir Württembergischen Theologen von unserm Konsistorium dependieren; unter anderem disponieren diese Herrn auch über unsern Aufenthalt. Weil ich nun nicht gerade in einer öffentlichen Beschäftigung begriffen bin, so muß ich erwarten, mit nächstem, besonders, da die Weihnachtsfeiertage heranrücken, zu einem Pfarrer geschickt zu werden, um ihn zu unterstützen, wenn ich nicht indes oder doch unmittelbar nach diesem Termin irgendein ander legitimes Verhältnis eingehe. Nun ist mir zwar seit kurzem wieder eine Erzieherstelle in Stuttgart angetragen worden; Sie mögen aber selbst urteilen, wie sehr es mich Verleugnung kosten würde, den Hoffnungen zu entsagen, zu denen Sie mich berechtigten.

Ich gestehe, daß ich nicht ohne Resignation Ihnen dieses Geständnis tue. So groß die Versuchung für mich ist, zu wünschen, daß ich bald um Sie und Ihre edeln Freunde sein möchte, daß ich wenigstens mich davon vergewissern könnte, so ganz ist es doch wider meinen Sinn überall, dem Freunde Ungeduld zu zeigen, wo er mit Recht in seiner Wahl zögert, noch mehr, wie hier der Fall sein könnte, zu prätendieren, daß er mir anderweitige, wesentlichere Rücksichten aufopfere.

Ich bitte Sie recht sehr, edler Freund, daß Sie dies indes von mir glauben, bis Sie vielleicht sich näher überzeugen. Haben Sie einen Trost für mich, so erfreuen Sie mich recht bald!

Es würde mir auch sehr wehe tun, meinen Sinclair nicht zu sehen. Sie werden mit mir überzeugt sein, daß eine so frühe Reife des Verstandes, wie sie diesem Menschen eigen ist, und noch mehr eine so unbestechliche Reinigkeit des Gemüts, in unsrer Welt ein seltner Fund ist.

Es sollte mir so gut bekommen, einmal wieder Nahrung für mein Inneres zu finden. Hier zu Land ist der Boden nicht gerade schlimm, aber er ist ungepflügt, und die Steinhaufen, die ihn drücken, hindern auch den Einfluß des Himmels, und so wandl ich meist unter Disteln oder Gänseblumen.

Leben Sie wohl! Empfehlen Sie mich dem edeln Hause, das vielleicht mich aufnimmt.

Haben Sie die Güte, mir auch ein Näheres von Ihren literarischen Arbeiten und anderem, womit Ihr Geist mit Teilnehmung sich beschäftiget, mitzuteilen, wenn ich Sie nicht bald genug sehen sollte. Könnt ich Ihnen auch nichts zurückgeben als den Beweis, daß ich Sie gefaßt hätte, so wär es ja doch nicht umsonst. Sie wissen, die Geister müssen überall sich mitteilen, wo nur ein lebendiger Othem sich regt, sich vereinigen mit allem, was nicht ausgestoßen werden muß, damit aus dieser Vereinigung, aus dieser unsichtbaren streitenden Kirche das große Kind der Zeit, der Tag aller Tage hervorgehe, den der Mann meiner Seele (ein Apostel, den seine jetzigen Nachbeter so wenig verstehen als sich selber) die Zukunft des Herrn nennt. Ich muß aufhören, sonst hör ich gar nicht auf.

Ihr
wahrer Freund
Hölderlin.

Tausend herzliche Grüße an Sinclair, wenn Sie ihn sprechen sollten, ehe der Brief an ihn, mit dem ich diesmal nur zur Hälfte fertig wurde, nach Homburg kömmt.

An Hegel

Stuttgart, d. 25. Nov. 95.

Du tust mir Unrecht, Lieber! wenn Du mein Stillschweigen meiner Nachlässigkeit zuschreibst; ich werde bis jetzt von den Frankfurtern hingehalten, wegen dem Kriege, wie sie schreiben; ich wartete von einer Woche zur andern, um Dir bestimmte Nachricht zu geben, und habe noch jetzt keine, weder in Deiner Sache noch in meiner eignen.

Übrigens müßt ich Dich wohl in jedem Falle in Frankfurt entbehren, weil das Kind 4 Jahre alt ist, und Du eben nicht mehr geneigt scheinst, Dich damit zu belästigen. – Du fragst mich wegen der Repetentenstelle? Du willst Dich durch meinen Entschluß bestimmen lassen? Lieber! da tuest Du Dir Unrecht. Ich habe vorerst die Prätension gar nicht zu machen, tauge schlechterdings nicht dazu, so wenig als in irgendein Verhältnis, wo man verschiedne Charaktere, verschiedene Situationen vor sich hat, und dann hab ich leider! noch ganz besondere Gründe, die ich meinen ehemaligen Tübinger Torheiten danke. Aber für Dich wär es wohl Pflicht, insofern Du den Totenerwecker in Tübingen machen könntest; freilich würden die Totengräber in Tübingen ihr möglichstes gegen Dich tun. Wenn ich denke, Du könntest vergebens arbeiten, so halt ichs freilich für Verrat, den Du an Dir selber begehest, wenn Du Dich mit dem armseligen Volke befassen willst. Ob es aber einen bessern Wirkungskreis für Dich gibt, unter Deinen Schweizern oder unter unsern Schwaben, das ist freilich eine schwere Frage. Vielleicht könntest Du ein Reisegeld bekommen, von hier aus, und das wäre nicht das Schlimmste. Wenn ich nicht bald eine gelegne Hofmeisterstelle finde, so mache ich wieder den Egoisten, suche für jetzt keine öffentliche Beschäftigung, und lege mich aufs Hungerleiden.

Renz wird wohl Repetent werden, wie ich höre. Ihr könntet ein schönes Leben zusammen führen. Lege nur nicht Deine literarischen

Beschäftigungen bei Seite. Ich dachte schon, eine Paraphrase der Paulinischen Briefe nach Deiner Idee müßte der Mühe wohl wert sein.

Das nächstemal mehr. Ich möchte, das Briefeschreiben ginge zwischen uns einmal, wenigstens auf einige Zeit, zu Ende. Wenn wir uns nicht sprechen, so ist, wenigstens von meiner Seite, wenig Vorteil für Dich dabei.

Leb wohl.
Dein Hölderlin.

Fichte ist wieder in Jena und liest diesen Winter über das Naturrecht. Sinclair ist jetzt in Homburg bei seinen Eltern. Er läßt Dich herzlich grüßen; er ehrt Dein Andenken wie immer. Grüße mir Mögling!

An Johann Gottfried Ebel

Nürtingen, d. 7. Dez. 95.

Mein verehrungswürdiger Freund!

Ich nehme Ihre gütige Einladung mit Dank an. Ich hoffe, Sie und Ihre edlen Freunde noch näher überzeugen zu können, wie sehr ich es schätze, daß mir möglich gemacht worden ist, was ich wünschte.

Ich hoffe, mit nächster Woche abreisen zu können. Ich bin zwar schon einige Zeit nicht ganz wohl, aber, allem nach, wird es wenigstens keine Woche mehr dauern.

Es ist viele Güte von Ihnen, daß Sie sich um eine Wohnung für mich bemühen wollen. Sollte es mir möglich werden, in Ihre Nähe zu kommen, so wäre es mir dreifach angenehm, oder könnt ich doch vielleicht über Tisch Ihre Gesellschaft gewinnen? Sollten Sie auch hierin sich für mich bemühn, und Bestellung machen, so würd ich bitten, daß Sie nur für einen Mittagstisch sorgten. Ich esse, solange bloß von meinem Willen die Rede ist, abends nicht.

Versichern Sie Ihre Freude zum voraus, daß sie Schlacken genug, natürliche und unnatürliche, ursprüngliche und zufällige, von mancher schlimmen Lage mir aufgedrungene Untugenden an mir bemerken werden, daß ich aber Mut und Willen genug habe, auch durch ihr Mißfallen belehrt, gebessert zu werden. Ich war wirklich willens, eh ich noch hoffen konnte, auf diese Art geprüft, gekannt zu werden, alles, was ich an mir bekämpfe, was ich besonders als Erzieher an mir bekämpfen würde, geradezu zu nennen, wenn ich nicht auf der andern Seite hätte denken müssen, es scheine, als wolle man seine Untugenden zur Tugend machen, und Nutzen ziehen aus seiner Schwachheit, wenn man ein offen Geständnis wage.

Ich breche ungern jetzt schon ab. Aber ich bin jetzt gerade von andern Beschäftigungen zu sehr zerstreut, gedrängt, als daß ich mich länger Ihnen mit Ruhe mitteilen könnte, und ich werde mich ja schadlos halten. Glauben Sie, ich weiß das Glück zu schätzen, mich nun bald in Ihrem und Ihrer Freunde Umgang bereichern zu können.

Leben Sie indes wohl. Versichern Sie Ihre edeln Freunde von all dem, was Sie mir in der Seele lesen mögen.

Ihr
wahrer Freund
Hölderlin.

Wollen Sie die Güte haben, diesen Brief an Sinclair zu schicken?

An die Mutter

Frankfurt,
den vorletzten Dez. 95.

Liebste Mutter!

Ich kann Ihnen noch nichts von meiner hiesigen Lage sagen. Nehmen Sie damit vorlieb, daß ich Sie von meiner glücklichen Ankunft versichern kann; ich bin gesünder, als ich von Ihnen ging, wenn schon die Reise diesmal beschwerlicher und langwieriger als gewöhnlich war.

Ich fühle nun erst den Wert der glücklichen, ruhigen Tage, die ich bei Ihnen genoß. Oft bin ich noch in Gedanken bei Ihnen, bei meinem Karl – ich kann nicht danken, kann es auch nicht vergelten, kann mir es auch nicht selbst geben, find es auch nicht mehr anderswo, was ich von dem Herzen meiner Lieben empfing.

Mein Karl soll eben seine Einsamkeit ertragen, wie ich sie auch ertragen will. Es ist doch besser, in der Schreibstube einsam zu sein, als unter dem unbedeutenden Lärme der Menschen, die einen nichts angehn.

Unser Vetter schickte sich recht gut in die Entfernung. Er war meist heiter und ruhig, und klug, menagierte sich auch, wie ich. Letzten Dienstag, den Tag nach unserer Ankunft, reiste er ab. Der Abschied wurd uns freilich noch schwer. Meine besten Wünsche und Hoffnungen begleiten ihn.

Ich schreibe noch diese Woche meiner lieben Schwester und meinem Karl, und dann kann ich vielleicht mehr von mir sagen.

Ich könnte von hier aus alle Tage schreiben. Die Post geht alle Tage.

Lassen Sie mich doch recht genau wissen, wie Sie leben! Werden Sie nur heiter, liebste Mutter! Ich werfe mirs sonst vor, ich denke, wenn Sie mehr Freude an mir hätten, fühlten Sie das Unangenehme des Lebens weniger. Wenn nur Ihre Gesundheit sich auch bald befestiget. Ich hoffe, die Reise nach Blaubeuren soll auch das Ihrige tun.

Hat das Schicksal meines Karls sich noch nicht entschieden?

Ich freue mich innigst, recht bald etwas von ihm selber zu hören.

Nun will ich auch noch, meinem Versprechen gemäß, an HE. Oncle schreiben. Sie können denken, wie die guten Leute auf Nachrichten warten.

Leben Sie wohl! Ich suche mich damit zu trösten, daß ich doch bald wieder schreiben kann. Es ist freilich ein trauriger Trost! Ich brauche guten Mut und such ihn mir zu geben, so gut ich kann. Aber ich fühl es wohl, ich bin so stark nicht mehr wie vor 2 Jahren. Damals hofft ich noch Ersatz von der Welt für den Verlust derer, die meinem Herzen näher sind.

Leben Sie recht wohl! Leb wohl, lieber Karl!

Euer
Fritz.

Meine Adresse ist für jetzt noch
an M. Hölderlin
in Frankfurt am Main,
in der Stadt Mainz abzugeben.

An den Bruder

Frankfurt am Main, d. 11. Jan. 96.

Ich kann Dir jetzt nicht schreiben, wie ich wünschte, lieber Karl! Ich möcht es nicht gerne einen Tag länger anstehen lassen, Nachricht von meiner Lage zu geben, und habe doch eben jetzt keine Stunde, wo ich unzerstreut mein Innres Dir mitteilen könnte. Davon, von mir, im eigentlichen Verstande, brauchst Du auch für jetzt noch keine Nachricht; denn es hat sich in diesem Sinne nichts verändert, wird sich auch, der Hauptsache nach, wie ich meine, nicht leicht etwas ändern; aber um mich ist indes manches vorgegangen, wovon das Neueste ist, daß ich nun wirklich mein Verhältnis angetreten, daß ich, nach meinem, freilich noch nicht festen, unwiderruflichen Urteil, die besten Menschen zu Freunden, und an den Kindern dieser Menschen Zöglinge habe, wie man sie wohl nicht leicht wieder finden dürfte, wenn man Unbefangenheit, reine Natur, ohne Roheit, sucht, daß ich in keinem Stücke geniert bin bei meinem Verhältnis, jährlich 400 fl. und alles frei habe.

Von sehr interessanten Menschen, die ich kennen lernte, besonders während meines Aufenthalte in Homburg, bei Sinclair, der Dich grüßen läßt, von mancher Freude, mancher Bemerkung, überhaupt von meinem bisherigen mannigfaltigen Leben geb ich Dir vielleicht ein andermal Rechenschaft.

Ich denke an Dich in stillen Augenblicken, ich fühle, daß wir immer mehr Freunde werden. Lieber! Freundschaft ist ein großes Wort, faßt sehr viel in sich.

Was macht die liebe Mutter? Ich freue mich über mein gutes Schicksal, weil ich denke, daß es zu ihrer Erheiterung beitragen wird. – Gerne schrieb' ich noch an meine teure Schwester, aber ich habe heute nicht einen Augenblick mehr übrig. Sie soll doch ja nicht glauben, als wär es Mangel an der brüderlichen Liebe, die sie gewiß immer in mir gefunden haben wird. Ich habe dieser Tage etliche Briefe zu schreiben, und der an meine Schwester wird der erste sein. Sollten Briefe an mich angekommen sein, oder ankommen, so sei so gut, sie mir so bald als möglich zuzuschicken. Pakete schickst Du mir unfrankiert.

Ich wohne noch in der Stadt Mainz, einem Gasthofe, weil mein

Zimmer in Gontards Haus noch nicht ganz zurecht gemacht ist. Adressiere die Briefe dahin.

Leb wohl, lieber Bruder! Laß uns einander treu bleiben!

Dein Hölderlin.

An den Bruder

d. 11. Febr. 96.

Lieber Bruder!

Ich danke Dir ganz herzlich für die brüderliche Teilnahme an meinem Schicksale, wie auch unserer lieben Mutter. Du hast mich in bösen Tagen gesehn und Geduld mit mir gehabt, ich wollte nun auch, Du könntest die fröhlichere Periode mit mir teilen.

Es war auch Zeit, daß ich mich wieder etwas verjüngte; ich wäre in der Hälfte meiner Tage zum alten Manne geworden. Mein Wesen hat nun wenigstens ein paar überflüssige Pfunde an Schwere verloren und regt sich freier und schneller, wie ich meine.

Deus nobis haec otia fecit. Du wirst mir das gönnen, Lieber! wirst nicht gerade deswegen denken, daß meine alte Liebe rosten werde über meinem neuen Glück. Aber Glück wirst Du meine Lage auch nennen, wenn Du selbst siehst und hörst, und das kann ich, wenigstens, was die Reisekosten und Logis und Kost in Frankfurt betrifft, sehr bald und sehr leicht möglich machen.

Von weiteren Planen sprech ich mit Dir, wenn ich mehr in dieser Rücksicht mich umgesehen habe. Ich war schon wieder in Homburg, auf Sinclairs dringendes Bitten. Er geht wahrscheinlich an den Berliner Hof, um da als Geschäftsmann von der *pique* auf zu dienen, betrachtet dies aber nur als eine nicht unzweckmäßige Vorübung zu besseren Tagen. Er läßt Dich herzlich grüßen.

Ich bedaure Dich, Lieber! daß Deine zum Teil wirklich alberne Lage Dir böse Launen abnötigt. Vergiß Dich in Ideen: das ist freilich ein kurzer Rat, ein kalter Trost, aber gewiß Deiner und meiner würdig. Glaube, mein Karl! daß ich alles für Dich tun werde, was ich kann, und denke, daß Du doch in hiesiger Gegend Menschen hast, die Dich zu schätzen wissen. Werde nur nicht müde. – Ich arbeite jetzt einzig an den philosophischen Briefen, deren Plan Du kennst, um sie an Prof. Niethammer zu schicken, der mich an mein Versprechen mahnte und mich um Aufsätze bat in dem Briefe, den Du mir überschicktest.

Weißt du nichts Neues von meinem Roman? Hat Schiller noch nichts an mich geschickt?

Sei doch so gut, mir meine Flöte, sicher gepackt, zu schicken. Sie muß noch in Nürtingen liegen.

Was macht denn unser guter Fripon? Das Tier liegt mir sonderbar am Herzen, das macht, daß er mir Freude machte in Stunden, wo ich über die Menschen trauerte. Es ist ein herzlich tröstend Gefühl, die Verwandtschaft, in der wir stehen mit der weiten frohen Natur, zu ahnden und so viel möglich zu verstehen. Auf den Sommer werd ich mich wohl auch einmal auf Botanik legen. Über meine Erziehungsgeschäfte und über ihre Freuden ein andermal.

Der lieben Mutter nochmal tausend Dank für ihre guten mütterlichen Äußerungen. Schreib mir auch von ihr, von ihrer Gesundheit, ihrer Gemütsstimmung.

Dein Fritz.

An Immanuel Niethammer

Frankfurt am Main, d. 24. Februar 1796.

Mein verehrungswürdiger Freund!

Ich verschob es von einem Tag zum andern, Dir von mir Nachricht zu geben. Ich würde wohl auch noch länger mit dem Brief, den ich Dir schulde, zuwarten, wenn ich von Dir nicht an mein Versprechen gemahnt würde. Du tust dies so sanft, daß ich ordentlich beschämt bin. Du fragst mich, wie ich mich in meiner neuen Lage fühle, und ob ich mit den Aufsätzen, die ich Dir noch in Jena zu schreiben versprach, bald zu Ende kommen werde.

Die neuen Verhältnisse, in denen ich jetzt lebe, sind die denkbar besten. Ich habe viel Muße zu eigener Arbeit, und die Philosophie ist wieder einmal fast meine einzige Beschäftigung. Ich habe mir Kant und Reinhold vorgenommen und hoffe, in diesem Element meinen Geist wieder zu sammeln und zu kräftigen, der durch fruchtlose Bemühungen, bei denen Du Zeuge warst, zerstreut und geschwächt wurde.

Aber der Nachhall aus Jena tönt noch zu mächtig in mir, und die Erinnerung hat noch zu große Gewalt, als daß die Gegenwart mir heilsam werden könnte. Verschiedene Linien verschlingen sich in meinem Kopf, und ich vermag sie nicht zu entwirren. Für ein kontinuierliches angestrengtes Arbeiten, wie es die gestellte philosophische Aufgabe erfordert, bin ich noch nicht gesammelt genug.

Ich vermisse Deinen Umgang. Du bist auch heute noch mein philosophischer Mentor, und Dein Rat, ich möge mich vor Abstraktionen hüten, ist mir heute so teuer, wie er mir früher war, als ich mich darein verstricken ließ, wenn ich mit mir uneins wurde. Die Philosophie ist eine Tyrannin, und ich dulde ihren Zwang mehr, als daß ich mich ihm freiwillig unterwerfe.

In den philosophischen Briefen will ich das Prinzip finden, das mir die Trennungen, in denen wir denken und existieren, erklärt, das aber auch vermögend ist, den Widerstreit verschwinden zu machen, den Widerstreit zwischen dem Subjekt und dem Objekt, zwischen unserem Selbst und der Welt, ja auch zwischen Vernunft und Offenbarung, – theoretisch, in intellektualer Anschauung, ohne daß unsere praktische Vernunft zu Hilfe kommen müßte. Wir bedürfen dafür ästhetischen Sinn, und ich werde meine philosophischen Briefe »Neue Briefe über die ästhetische Erziehung des Menschen« nennen. Auch werde ich darin von der Philosophie auf Poesie und Religion kommen.

Schelling, den ich vor meiner Abreise sah, ist froh, in Deinem Journal mitzuarbeiten und durch Dich in die gelehrte Welt eingeführt zu werden. Wir sprachen nicht immer akkordierend miteinander, aber wir waren uns einig, daß neue Ideen am deutlichsten in der Briefform dargestellt werden können. Er ist mit seinen neuen Überzeugungen, wie Du wissen wirst, einen besseren Weg gegangen, ehe er auf dem schlechteren ans Ziel gekommen war. Sag mir Dein Urteil über seine neuesten Sachen.

Empfiehl mich allen, bei denen ich in freundlichem Andenken bin und erhalte mir Deine Freundschaft, die mir so teuer war. Es wäre der schönste Lohn für mich, wenn ich Dich bald durch Früchte erfreuen könnte, von denen ich sagen werde, daß ihr Reifen durch Deine Pflege und Wartung mitbefördert worden ist.

Dein
Hölderlin.

An Cotta

Frankfurt, d. 15. Mai 1796.

Ihre gütige Zuschrift hat mich bestimmt, den *Hyperion* noch einmal vorzunehmen, und das Ganze in Einen Band zusammenzudrängen; es war, indes ich Ihnen das Manuskript geschickt habe, dieser Wunsch einigemal in mir entstanden; die Verzögerung des Drucks und Ihre Äußerung über die Ausdehnung des Werks waren mir also keineswegs unangemessen; natürlich muß ich nun aber auch den Anfang, den Sie schon haben, abkürzen, um ein Verhältnis in die Teile zu bringen; ich muß Sie daher bitten, mir das Manuskript so bald möglich zu schicken, weil mein Konzept mir zum Teil verloren gegangen ist. Ich schicke es Ihnen nach einigen Wochen sicher zurück, und in ungefähr 2 Monaten auch das übrige. Die Bogenzahl muß nun freilich notwendig um ein beträchtliches sich vergrößern. Ich habe aber ja mit Ihnen überhaupt nicht nach Bogen gerechnet, und kann mich bei meinen jetzigen Umständen auch so mit den ausgemachten 100 Gulden begnügen. Wollen Sie mir für die neue Mühe die Freude machen und das Buch überhaupt auf Schreibpapier und mit saubern lateinischen Lettern drucken lassen, so würd ich Ihnen recht sehr danken. Ich habe die sichre Hoffnung, daß Ihnen die Sache nicht ganz liegen bleibt, wenn ich anders von den einzelnen Urteilen, die mir über ein Fragment des Buchs, das noch in der Thalia eingerückt ist, zu Ohren gekommen sind, auf die Aufnahme des Publikums überhaupt schließen darf. Haben Sie die Güte, mir das, was ich Ihnen für die überschickten Teile des Plutarch schuldig bin, wie das vorigen Sommer empfangene Karolin vom Ganzen abzuziehen, und dieses unter der bekannten Adresse nach Nürtingen zu schikken. Ich bin mit aller Hochachtung

Ihr ergebenster Diener M. Hölderlin.

An den Bruder

Frankfurt, d. 2. Jun. 1796

Lieber Bruder!

Dein letzter Brief hat mir unendliche Freude gemacht. Goethe sagt irgendwo: »Lust und Liebe sind die Fittige zu großen Taten.« – So ists auch mit der Wahrheit; wer sie liebt, wird sie finden; wessen Herz sich über den ängstlichen, egoistischen Gesichtskreis erhebt, in dem die meisten heranwachsen und den wir leider! auf dem Fleck Erde, der uns zur Ruh und Wanderung gegeben ist, fast überall wieder finden, wessen Gemüt nicht borniert ist, dessen Geist ist es gewiß auch nicht im eigentlichen Sinne.

Dein Streben und Ringen macht Deinen Geist immer stärker und gelenker, lieber Karl! Du scheinst mir tiefer zu gehen und nach mehr als einer Seite Dich zu richten.

Dies ist denn auch die wahre Gründlichkeit, nämlich: vollständige Kenntnis der Teile, die wir begründen und in Eins zusammen begreifen müssen, und tiefe, bis ans äußerste Ende des Wissens durchdringende Kenntnis des Begründenden und Begreifenden. Die Vernunft, kann man sagen, legt den Grund, der Verstand begreift. Die Vernunft legt den Grund mit ihren Grundsätzen, den Gesetzen des Handelns und Denkens, insofern sie bloß bezogen werden auf den allgemeinen Widerstreit im Menschen, nämlich auf den Widerstreit des Strebens nach Absolutem und des Strebens nach Beschränkung. Jene Grundsätze der Vernunft sind aber selbst wieder begründet durch die Vernunft, indem sie von dieser bezogen werden auf das Ideal, den höchsten Grund von allem; und das Sollen, das in den Grundsätzen der Vernunft enthalten ist, ist auf diese Art abhängig vom (idealischen) Sein. Sind nun die Grundsätze der Vernunft, welche bestimmt gebieten, daß der Widerstreit jenes allgemeinen, sich entgegengesetzten Strebens voll vereiniget werden (nach dem Ideal der Schönheit), sind diese Grundsätze im allgemeinen ausgeübt an jenem Widerstreit, so muß jede Vereinigung dieses Widerstreits ein Resultat geben, und diese Resultate der allgemeinen Vereinigung des Widerstreits sind dann die allgemeinen Begriffe des Verstandes, z. B. die Begriffe von Substanz und Akzidens, von Wirkung und Gegenwirkung, Pflicht und Recht *etc.* Diese Begriffe sind nun dem Verstande eben das, was der Vernunft das Ideal ist; so wie die Vernunft nach dem Ideale ihre Gesetze, so bildet der Verstand nach diesen Begriffen seine Maximen. Diese Maximen enthalten die Kriterien und Bedingungen, unter welchen irgendeine Handlung oder ein Gegenstand jenen allgemeinen Begriffen muß unterworfen werden. Z. B. ich habe das Recht, eine Sache, die nicht unter der Disposition eines freien Willens steht, mir zuzueignen. Allgemeiner Begriff: Recht. Bedingung: sie steht nicht unter der Disposition eines freien Willens. Die dem allgemeinen Begriff unterworfene Handlung: Zueignung einer Sache.

Ich schreibe Dir dieses hin, wie man sich eine flüchtige Zeichnung oder sonst etwas in den Brief legt, zu einer viertelstündigen Unterhaltung.

Daß Dir Dein Schicksal oft schwer aufliegt, das glaub ich Dir gerne, liebes Herz! Sei ein Mann und siege. Die Knechtschaft, die von allen Seiten auf unser Herz und unsern Geist in früher Jugend und im Mannesalter hineindringt, die Mißhandlung und Erstickung unserer edelsten Kräfte gibt uns auch das herrliche Selbstgefühl, wenn wir dennoch unsere besseren Zwecke durchführen. Ich will auch das Meinige tun. Eine andere Stelle kann und will ich Dir nicht verschaffen. Du brauchst jetzt schlechterdings Muße; Du mußt Dir selbst leben können, ehe Du für andere lebst. Aus dieser Rücksicht schlag ich Dir, gegen meine sonstigen Äußerungen, nach reiferer Überlegung vor, daß Du eine Universität besuchst. Wenn mich mein wankelmütiges Schicksal in meiner gegenwärtigen Lage erhält, kann ich zu Ende des nächsten Winters ganz gut 200 fl. entbehren; die schick ich Dir, und Du gehst nach Jena und kannst, wie ich glaube, jedes Jahr auf dieselbe Summe, wohl auch auf etwas mehr, bei mir rechnen, und den kleinen Zuschuß, dessen Du noch benötigt sein dürftest, wird Dir unsere liebe Mutter nicht versagen. Danke mir nur nicht, meine Überzeugung gebietet es mir, und die Erfüllung eines Gebots läßt ja nicht wohl eine andere Vergeltung zu als die, daß wir unseren Zweck erreichen. Und wie könnten wir daran zweifeln, lieber Bruder!

Von wichtigen Bekanntschaften in dem Sinne, wie Du es meinst, kann ich Dir leider! wenig oder gar nichts schreiben.

Laß die Welt ihren Gang gehn, wenn er nicht aufgehalten werden kann, wir gehn den unsern.

Ich hoffe diesen Sommer mehr zu tun als bisher. Der Trieb, aus unserm Wesen etwas hervorzubringen, was zurückbleibt, wenn wir scheiden, hält uns doch eigentlich einzig ans Leben fest.

Freilich sehnen wir uns oft auch, aus diesem Mittelzustand von Leben und Tod überzugehen ins unendliche Sein der schönen Welt, in die Arme der ewigjugendlichen Natur, wovon wir ausgegangen. Aber es geht ja alles seine stete Bahn, warum sollten wir uns zu früh dahin stürzen, wohin wir verlangen.

Die Sonne soll uns doch nicht beschämen. Sie gehet auf über Bösen und Guten; so können ja auch wir eine Weile unter Menschen und ihrem Tun und in unserer eigenen Schranke und Schwachheit verweilen. – Für Deinen Freund H. will ich sorgen, wenn es möglich ist. Sinclair, den ich erst neulich wieder besuchte, läßt Dich herzlich grüßen. Er trauert, wie wir.

Fichte hat ein Naturrecht herausgegeben, diesen Augenblick bekomm ich es vom Buchhändler, kann es also noch nicht beurteilen. Übrigens glaub ich Dir dennoch mit gutem Grunde raten zu können, daß Du es kaufst.

Tausend Grüße an unsere liebe Mutter und übrigen Verwandten und Freunde!

Leb wohl, mein Karl!

Dein Hölderlin.

Cotta hält mich unangenehmerweise auf. Hoffentlich wird er das Geld geschickt haben oder bald schicken, wenn gleich jetzt erst mit dem Druck meines Buchs angefangen wird.

An den Bruder

Frankfurt.

Du bist glücklich, mein Karl, durch das, was Du Dir selbst bist, und ich wollte, Du sähest das ein, wie ich. Du würdest weniger den Mangel empfinden, der von außen Dich umgibt. Sieh! deswegen finden auch die meisten Menschen überall wunderschöne Dinge, wundergroße, wundererfreuliche Dinge, weil sie alles, was ihnen begegnet, an ihrer innern Armut und Beschränktheit messen, weil sie so gar nicht verwöhnt sind durch sich selbst. Weil sie sich selbst zum Sterben Langeweile machen, dünkts ihnen überall so amüsant, und weil sie fühlen, es sei so eigentlich nicht so sehr der Mühe wert, daß sie das Glück begünstige, sind sie auch so äußerst dankbar gegen dieses, und nennen auch höflicherweise das weise und gerechte Schicksal gnädig.

(Bei Gelegenheit! ich möchte doch wissen, was eigentlich Gnade wäre?) – Aber wenn Du schon Dir selbst sehr viel bist, so bedarfst Du deswegen auch der rechten Pflege für Dein Herz und Deinen Geist. Genuß der Wahrheit und der Freundschaft! Könnt ich ihn so voll und stark und rein Dir geben, als Du es wert bist! Aber Einer ist nicht Alles, und ich bin ohnedies wie ein alter Blumenstock, der schon einmal mit Grund und Scherben auf die Straße gestürzt ist, und seine Sprößlinge verloren und seine Wurzel verletzt hat, und nun mit Mühe wieder in frischen Boden gesetzt und kaum durch ausgesuchte Pflege vom Verdorren gerettet, aber doch hie und da noch immer welk und krüpplig ist und bleibt. Ich werde deswegen ganz gewiß, so lang ich lebe, allem aufbieten, um, so weit es von mir abhängt, und Du meiner bedürfen magst, Dein Leben auch anderwärts Dir angenehm, d. h. den Bedürfnissen Deines edlern Wesens angemessen zu machen.

Ich kann unmöglich glauben, daß unsere teure Mutter den soliden Gründen, die ich ihr vorlegen werde, ihren Beifall versagen und ihren Willen und Segen Dir nicht zu einer Reise nach Jena geben wird.

Du wirst die Wahrheit finden und doch wenigstens einen ganzen Freund, wie ich hoffe! Den Plan zu Deinem Studium möcht ich zuvor von Dir selbst hören, um ganz in Beziehung auf Deinen eigentümlichen Wunsch und Charakter meinen Vorschlag zu machen. Es läßt sich im allgemeinen vieles plaudern, aber, um nützlich zu sein, müssen wir einander auch auf das, was jeder besonders ist und hat, aufmerken.

An Aussichten kann es Dir zur rechten Zeit nicht fehlen. Du magst ein Fach ergreifen, welches Du willst, so bin ich gewiß, daß Du es darin nicht bei der Mittelmäßigkeit wirst bewenden lassen, und Männer, die im Kameralfach oder in der Rechtspflege und -wissenschaft mehr als mittelmäßig, sind eben ihrer Seltenheit wegen jetzt überall zum Lehrstuhl oder zum Geschäftsleben äußerst gesucht.

In jedem Falle kannst Du Hofmeister werden, so gut wie ich, und glücklich sein, und all die Lumpereien des politischen und geistlichen Württembergs und Deutschlands und Europas auslachen, so gut wie ich.

d. 10. Jun.

So weit hatte ich neulich geschrieben. Jetzt bin ich auf frappante Art unterbrochen. Die kaiserliche Armee ist jetzt auf ihrer Retirade von Wetzlar begriffen, und die Gegend von Frankfurt dürfte demnach zunächst einen Hauptteil des Kriegsschauplatzes abgeben. Ich reise deswegen mit der ganzen Familie noch heute nach Hamburg ab, wo sich Verwandte meines Hauses befinden. HE. Gontard bleibt allein hier. Es wird wichtige Auftritte geben. Man sagt, die Franzosen seien in Württemberg. Ich hoffe, die Sache wird wenigstens denen, die mich da zunächst angehn, nicht sehr viel reelles Übel bringen. Sei ein Mann, Bruder! Ich fürchte mich nicht vor dem, was zu fürchten ist, ich fürchte mich nur vor der Furcht. Sage das der lieben Mutter. Beruhige sie! Wär ich nicht auf diese Art pflichtmäßig nützlich, ich käme zu Euch. Mut und Verstand braucht jetzt jeder. Hitze und Ängstlichkeit sind jetzt nicht mehr gangbare Münzen.

Lebt wohl, Ihr Lieben alle!

Euer
Fritz.

An Neuffer

Frankfurt.

Hätt ich Dich doch bei mir, lieber Bruder! daß wir uns einmal wieder Freude machen könnten mit unsern Herzen. Die Buchstaben sind für die Freundschaft, wie trübe Gefäße für goldnen Wein. Zur Not schimmert etwas durch, um ihn vom Wasser zu unterscheiden, aber lieber sieht man ihn doch im kristallnen Glase.

Ich möchte wissen, wie Dirs jetzt gerade geht. Ich wollt es ginge Dir wie mir. Ich bin in einer neuen Welt. Ich konnte wohl sonst glauben, ich wisse, was schön und gut sei, aber seit ichs sehe, möcht ich lachen über all mein Wissen. Lieber Freund! es gibt ein Wesen auf der Welt, woran mein Geist Jahrtausende verweilen kann und wird, und dann noch sehn, wie schülerhaft all unser Denken und Verstehn von der Natur sich gegenüber findet. Lieblichkeit und Hoheit, und Ruh und Leben, und Geist und Gemüt und Gestalt ist Ein seliges Eins in diesem Wesen. Du kannst mir glauben, auf mein Wort, daß selten so etwas geahndet, und schwerlich wieder gefunden wird in dieser Welt. Du weißt ja, wie ich war, wie mir Gewöhnliches entleidet war, weißt ja, wie ich ohne Glauben lebte, wie ich so karg geworden war mit meinem Herzen, und darum so elend; konnt ich werden, wie ich jetzt bin, froh, wie ein Adler, wenn mir nicht dies, dies Eine erschienen wäre, und mir das Leben, das mir nichts mehr wert war, verjüngt, gestärkt, erheitert, verherrlicht hätte mit seinem Frühlingslichte? Ich habe Augenblicke, wo all meine alten Sorgen mir so durchaus töricht scheinen, so unbegreiflich wie den Kindern.

Es ist auch wirklich oft unmöglich, vor ihr an etwas Sterbliches zu denken, und eben deswegen läßt so wenig sich von ihr sagen.

Vielleicht gelingt mirs hie und da, einen Teil ihres Wesens in einem glücklichen Zuge zu bezeichnen, und da soll Dir keiner unbekannt bleiben. Aber es muß eine festliche, durchaus ungestörte Stunde sein, wenn ich von ihr schreiben soll. – Daß ich jetzt lieber dichte als je, kannst Du Dir denken. Du sollst auch bald wieder etwas von mir sehen.

Was Du mir mitteiltest, hat Dir herrlichen Lohn gewonnen. Sie hat es gelesen, hat sich gefreut, hat geweint über Deinen Klagen.

O sei glücklich, lieber Bruder! Ohne Freude kann die ewige Schönheit nicht recht in uns gedeihen. Großer Schmerz und große Lust bildet den Menschen am besten. Aber das Schustersleben, wo man Tag für Tag auf seinem Stuhle sitzt, und treibt, was sich im Schlafe treiben läßt, das bringt den Geist vor der Zeit ins Grab.

Ich kann jetzt nicht schreiben. Ich muß warten, bis ich weniger mich glücklich und jugendlich fühle. Leb wohl, treuer, geprüfter ewiglieber Freund! Könnt ich ans Herz Dich drücken! Das wäre jetzt die wahre Sprache für Dich und mich!

Dein Hölderlin.

An Schiller

Kassel, d. 24. Jul. 96.

Ich bin so frei, verehrungswürdiger Herr Hofrat, Ihnen einen kleinen Brief zur künftigen Blumenlese zu schicken. Lieber hätt ich ihn gebracht, und mich wieder Ihrer Nähe gefreut. Sie sind gesünder, wie man mir sagt, und das ist ein Trieb mehr für mich, zu Ihnen zu wallfahrten und Sie zu sehn. Aber bis dahin muß ich wenigstens noch einige Monate geduldig sein. Ich bin jetzt auf der Flucht mit der Familie, bei der ich seit vorigem Winter in Frankfurt sehr glücklich lebe. Es sind wirklich seltne Menschen, unter denen ich bin, und um so schätzbarer für mich, weil ich sie so zu rechter Zeit fand, weil einige bittere Erfahrungen mich wirklich gegen Verhältnisse aller Art hatten mißtrauisch gemacht.

Ich wollte Ihnen einmal wieder in meiner ganzen Bedürftigkeit erscheinen, wollte Sie um Ihre Meinung fragen über manches, was mich jetzt beschäftigt, und wollte durch allerhand Umwege ein paar freundliche Worte mir von Ihnen erbeuten, aber ich bin genötigt, abzubrechen.

Wollen Sie die Güte haben, mich der Frau Hofrätin zu empfehlen?

Ganz der Ihrige
M. Hölderlin.

An den Bruder

Kassel, d. 6. Aug. 96.

Ich hoffe, mein Karl, daß es wegen der Posten jetzt möglich ist, Dir einmal wieder Nachricht zu geben und dann auch solche wieder von Dir zu erhalten; denn Du kannst Dir leicht denken, daß es in mancher Rücksicht für mich großes Bedürfnis ist, die besondern Umstände von den großen Begebenheiten, die sich bei Euch zugetragen haben, und besonders alles, was meine teure Familie dabei betrifft, genau zu wissen.

Ich würde mich wohl mehr mit beunruhigenden Wahrscheinlichkeiten plagen, wenn nicht die Phantasie auch in den Rheingegenden mit dem Kriege vertrauter würde.

Unsere gute Mutter bedaur ich herzlich, und bin besorgt für sie, weil ich weiß, wie viel sie unter solchen Umständen durch ihren Sinn und ihre Demut leidet.

Dir, mein Karl, kann die Nähe eines so ungeheuern Schauspiels, wie die Riesenschritte der Republikaner gewähren, die Seele innigst stärken.

Es ist doch was ganz Leichters, von den griechischen Donnerkeulen zu hören, welche vor Jahrtausenden die Perser aus Attika schleuderten über den Hellespont hinweg bis hinunter in das barbarische Susa, als so ein unerbittlich Donnerwetter über das eigne Haus hinziehen zu sehen.

Freilich seht Ihr auch nicht unentgeltlich dem neuen Drama zu. Doch, mein ich, seid Ihr noch so ziemlich gut hinweggekommen. Eben heute las ich in der Zeitung, daß General Saint-Cyr über Tübingen, Reutlingen und Blaubeuren den Österreichern nachgeeilt sei, und bin dadurch in Unruhe gesetzt wegen unserer lieben Schwester und ihrem Hause; auch bin ich bange wegen der Condéischen Untiere, die noch die Erde verunreinigen und so häßlich unter Euch hausen. Schreibe doch nach Empfang dieses Briefs auf der Stelle, lieber Karl! Meiner Lage fehlt nichts als Ruhe über die Meinigen. Ich lebe seit drei Wochen und drei Tagen sehr glücklich hier in Kassel. Wir reisten über Hanau nach Fuld – ziemlich nahe bei dem französischen Kanonendonner, doch noch immer sicher genug, vorbei. Ich schrieb Dir an dem Tag meiner Abreise, daß wir nach Hamburg gingen, aber der hiesige Ort ist in so mancher Rücksicht interessant für *Mad. Gontard,* daß sie beschloß, sich einige Zeit hier aufzuhalten, da wir hier angekommen waren. (Sie läßt die l. Mutter und Dich grüßen und rät Euch, Eure Lage so heiter als möglich anzusehen.) Auch HE. Heinse, der berühmte Verfasser des Ardinghello, lebt mit uns hier. Es ist wirklich ein durch und durch trefflicher Mensch. Es ist nichts Schöners als so ein heitres Alter, wie dieser Mann hat.

Wir haben auch hier seit einiger Zeit unsre Schauspiele, nur daß sie friedlicher waren als die Eure. Der König von Preußen war bei dem hiesigen Landgrafen auf Besuch, und wurde ziemlich feierlich bewirtet.

Die Natur, die einen hier umgibt, ist groß und reizend. Auch die Kunst macht einem Freude; der hiesige *Augarten* und der *Weiße*

Stein haben Anlagen, die unter die ersten in Deutschland gehören. Auch haben wir Bekanntschaft mit braven Künstlern gemacht.

Die Gemäldegalerie und einige Statuen im Museum machten mir wahrhaft glückliche Tage.

Nächste Wochen reisen wir ins Westfälische, nach Driburg (ein Bad in der Nähe von Paderborn) ab. Ich lege Dir die Adresse bei, unter der ich Deinen Brief sicher erhalte. Wird es Friede, so sind wir mit Anfang des Winters in Frankfurt.

Leb wohl, mein Karl! Gib keine Deiner rechtmäßigen Hoffnungen auf! Schreibe mir bald und viel und genau und ja auch dabei aus Deinem Herzen.

Grüße unsere gute Mutter und all die lieben Unsrigen tausendmal und versichere sie meiner herzlichen Teilnahme.

Dein Fritz.

An den Bruder

Frankfurt, d. 13. Okt. 96.

Ich bin Dir nun wieder um ein gut Teil näher als vor einiger Zeit, und fühl es. Meinen letzten Brief erhieltst Du aus Kassel. Von da reisten wir in das deutsche Böotien, nach Westfalen, durch wilde, schöne Gegenden, über die Weser, über kahle Berge, schmutzige unbeschreiblich ärmliche Dörfer und noch schmutzigere, ärmlichere holperige Wege. Dies ist meine kurze und getreue Reisebeschreibung.

In unserem Bade lebten wir sehr still, machten weiters keine Bekanntschaften, brauchten auch keine, denn wir wohnten unter herrlichen Bergen und Wäldern und machten unter uns selbst den besten Zirkel aus. Heinse reiste und blieb mit uns. Ich brauchte das Bad ein wenig und trank das köstliche, stärkende und reinigende Mineralwasser und befand und befinde mich ungewöhnlich gut davon. Was Dich besonders freuen wird, ist, daß ich sagen kann, daß wir wahrscheinlich nur eine halbe Stunde von dem Tale wohnten, wo Hermann die Legionen des Varus schlug. Ich dachte, wie ich auf dieser Stelle stand, an den schönen Maitagnachmittag, wo wir im Walde bei

Hardt bei einem Kruge Obstwein auf dem Felsen die Hermannsschlacht zusammen lasen. Das waren doch immer goldne Spaziergänge, Lieber, Treuer! Sie sollen, wie ich hoffe, noch schöner sein, wenn wir einmal wieder beisammen sind. Ich wünschte der lieben Mutter ernstliche Meinung zu vernehmen über meinen Vorschlag, den ich diesen Sommer zu Verbesserung Deiner Lage tat.

Wir wollen sie nicht bestürmen; sie wird uns genau die ökonomischen Gründe sagen, die sie bestimmen, wenn sie gegen unsere Meinung ist.

Philosophie mußt Du studieren, und wenn Du nicht mehr Geld hättest, als nötig ist, um eine Lampe und Öl zu kaufen, und nicht mehr Zeit als von Mitternacht bis zum Hahnenschrei. Das ist es, was ich in jedem Falle wiederhole, und das ist auch Deine Meinung.

Professoren und Universitäten kannst Du freilich im Notfall entbehren, aber ich möchte Dir denn doch gönnen, lieber Junge! daß Du Dich weniger leiden müßtest, um Dein edelstes Bedürfnis zu befriedigen.

Es sollte mich so herzlich freuen, einmal in Dir den Denker und Geschäftsmann, wie es sich gehört, vereint zu sehen.

Geht es nicht nach Jena, so soll es wenigstens nach Frankfurt gehn. Du sollst Dich einmal tüchtig mit mir freun. Ich schicke Dir von den Weihnachtsfeiertagen (denn gerade um diese Zeit wirds völlig ruhig auf den Straßen sein), also vor den Weihnachtsfeiertagen schick ich Dir das Reisegeld, Du kaufst Dir einen warmen Mantel, setzsest Dich auf den Postwagen, bleibst einige Tage hier, besuchst den lieben Sinclair in Homburg, und dann gehts rüstig wieder in die Amtsstube, ohne irgendeinen Aufwand.

Das, im Falle Du nicht nach Jena gehst!

Mir geht es gut. Du wirst mich weniger im revolutionären Zustand finden, wenn Du mich wieder siehst; ich bin auch sehr gesund. Ich schicke Dir hier ein Stückchen Kasimir zu einer Weste. Unsere Messe ist diesmal sehr leer. Wenn nur Württemberg und meine teure Familie auch jetzt vor neuen Ungelegenheiten gesichert ist! Ich mag nicht viel über den politischen Jammer sprechen. Ich bin seit einiger Zeit sehr stille über alles, was unter uns vorgeht.

Grüße alles! die teure Mutter und Schwester und Großmamma, und alle andern in Löchgau und Blaubeuren besonders!

Wenns der lieben Mutter nicht unbequem ist, bitt ich sie, auch ein wenig das nächstemal an mich zu schreiben. Mich verlangt, auch einmal etwas von ihr zu sehen; sie ist doch wohl und ist mir noch gut?

Dein
Fritz.

An Hegel

Frankfurt, d. 24. Okt. 96.

Liebster Hegel!
Endlich geht es denn doch einmal.

Du erinnerst Dich, daß ich zu Anfang des Sommers von einer äußerst vorteilhaften Stelle schrieb, und daß es mein ganzer Wunsch um Deinet- und meinetwillen wäre, daß Du hieherkämst, zu den braven Leuten, von denen die Rede war.

Kriegsunruhen waren wohl die Hauptursache, warum ich so lange keine Antwort bekam. Ich war auch den ganzen Sommer über in Kassel und Westfalen, also vollends außer Stande, Dir einige Nachricht hierüber zu geben.

Vorgestern kömmt HE. Gogel ganz unvermutet zu uns und sagt mir, wann Du noch frei seiest, und Lust zu diesem Verhältnis hättest, würd es ihm lieb sein. Du würdest zwei gute Jungen zunächst zu bilden haben, von 9–10 Jahren, würdest durchgängig ungeniert in seinem Hause leben können, würdest, was nicht unwichtig ist, ein eignes Zimmer bewohnen, wo Du Deine Buben nebenan hättest, würdest mit den ökonomischen Bedingungen sehr zufrieden sein; von ihm und seiner Familie soll ich übrigens nicht zu viel Gutes schreiben, weil gespannte Erwartung immer schlecht befriediget würde, wollest Du aber kommen, so stehe sein Haus Dir alle Tage offen.

Nun der Kommentar! Weniger als 400 fl. bekömmst Du schwerlich. Das Reisegeld wird Dir bezahlt werden, wie mir, und Du kannst wohl auf 10 Karoline rechnen. Alle Messe wirst Du ein sehr beträchtlich Geschenk bekommen. Und alles wirst Du frei haben, etwa Friseur, Barbier und was sonst Kleinigkeiten sind, ausgenommen. Du wirst sehr guten Rheinwein oder französischen Wein über Tisch trinken. Du wirst in einem Hause wohnen, das eines der schönsten in Frankfurt ist, und auf einem der schönsten Plätze in Frankfurt steht.

Du wirst an HE. und Frau *Gogel* anspruchslose, unbefangne, vernünftige Menschen finden, die, so viel sie Beruf zum geselligen Leben haben, durch ihre Jovialität und ihren Reichtum, doch größtenteils sich selbst leben, weil sie, und besonders die Frau, mit den *Frankfurter Gesellschaftsmenschen* und ihrer Steifigkeit, und Geist- und Herzensarmut nicht sich befassen und verunreinigen und ihre häusliche Freude verderben mögen.

Glaube mir, durch das letztere ist alles gesagt! Endlich, Lieber, laß mich auch das Dir ans Herz legen. – Ein Mensch, der unter ziemlich bunten Verwandlungen seiner Lage und seines Charakters dennoch mit Herz und Gedächtnis und Geist Dir treu geblieben ist, und gründlicher und wärmer als je Dein Freund sein wird, und jedes Interesse Deines Wesens, und jede Angelegenheit des Lebens willig und freudig mit Dir teilen, und dem zu seiner schönen Lage nichts fehlt als Du, dieser Mensch wohnt gar nicht weit von Dir, wenn Du hieherkömmst.

Wirklich, Lieber, ich bedarf Deiner, und glaube, daß Du auch mich wirst brauchen können.

Wenn wir einmal auf dem Sprunge sind, Holz zu spalten, oder mit Stiefelwachs und Pomade zu handeln, dann laß uns fragen, ob es nicht etwa noch besser wäre, Repetent in Tübingen zu werden. Das Stipendium riecht durch ganz Württemberg und die Pfalz hinunter mich an wie ein Bahre, worin schon allerlei Gewürm sich regt. Im Ernste, Lieber, Du darfst Deinen Geist nicht so mutwillig auf eine so unleidliche Probe setzen.

Daß Du Dich auf das, was ich Dir über das Ökonomische gesagt habe, verlassen kannst, muß dadurch Dir bewiesen werden, daß alle hiesigen Kaufleute in dieser Rücksicht beinahe durchaus dasselbe beobachten. Von der Hauptsumme kannst Du ganz sicher sein. Das weiß ich aus sichern Händen. Ich habe HE. *Gogel* gesagt, ich werde Dich bitten, Du möchtest, in einem Briefe an mich, Deine Gedanken über dieses Verhältnis und Deine Wünsche, so weit Du es für nötig findest, äußern, und das woll ich ihm zu lesen geben. Du kannst also auf diese Art noch alles berichtigen, oder, wenn du lieber willst, ohne alles weitere hieherkommen. Laß uns nur jetzt machen, daß die Sache so schnell als möglich vor sich geht. Übrigens sagt mir HE.

Gogel, daß er auch im Notfalle noch ein paar Monate warten könne. Ich hätte noch manches Dir zu sagen, aber Deine Hieherkunft muß die Vorrede zu einem langen, langen, interessanten, *ungelehrten* Buche von Dir und mir sein.

Dein Hölderlin.

Von Hegel

Tschugg bei Erlach, November 1796.

Liebster Hölderlin!

So wird mir doch einmal die Freude, wieder etwas von Dir zu vernehmen; aus jeder Zeile Deines Briefs spricht Deine unwandelbare Freundschaft zu mir; ich kann Dir nicht sagen, wie viel Freude er mir gemacht hat, und noch mehr die Hoffnung, Dich bald selbst zu sehen und zu umarmen.

Ohne länger bei dieser angenehmen Vorstellung zu verweilen, laß mich gerade von der Hauptsache sprechen. Dein Wunsch allein, mich in der Lage zu sehen, von der Du mir schreibst, bürgt mir dafür, daß dieses Verhältnis nicht anders, als vorteilhaft für mich seyn kann; ich folge also ohne Bedenken Deinem Rufe, und entsage andern Aussichten, die sich mir darboten. Mit Vergnügen trete ich in die vortreffliche Familie ein, in der ich hoffen kann, daß der Antheil, den ich an der Bildung meiner zukünftigen Zöglinge nehmen werde, vom glücklichem Erfolge seyn wird; den Kopf derselben mit Worten und Begriffen zu füllen, gelingt zwar gewöhnlich, aber auf das Wesentlichere der Charakterbildung wird ein Hofmeister nur wenig Einfluß haben können, wenn der Geist der Eltern nicht mit seinen Bemühungen harmonirt. – In Ansehung der ökonomischen und anderer Verhältnisse im Haus ist es zwar oft der Klugheit gemäß, sich im Voraus genau darüber zu erklären; ich glaube aber hier dieser Vorsicht entbehren zu können und überlasse es Dir, mein Interesse zu besorgen, da Du auch am besten wissen wirst, was in Frankfurt in dieser Rücksicht gewöhnlich ist, und in welchem Verhältnisse die Bedürfnisse des Lebens und das Geld gegen einander stehen.

Bedienung im Hause und freie Wäsche werde ich auch erwarten können.

Ich enthalte mich, Dich um Erläuterungen in Ansehung der Wünsche des Herrn Gogel über den Unterricht und die specielle Aufsicht über seine Kinder zu bitten; der Unterricht wird in diesem Alter noch in solchen Kenntnissen bestehen, die für alle gebildete Menschen gehören – in Ansehung der äußeren Sitten werde ich über den größeren oder geringeren Spielraum, den Herr Gogel der jugendlichen Lebhaftigkeit lassen will, an Ort und Stelle seine Wünsche am besten kennen lernen und mich mit ihm darüber selbst vollständiger verständigen können, als es durch Briefe geschehen kann.

Was die Reise betrifft, so sehe ich voraus, daß die Kosten derselben nicht über 10 Karolins kommen werden, und wünschte daß Du mit Herrn Gogel vorläufig davon sprächest und, wie Du es dann für schicklich findest, ihn ersuchtest, mir durch Dich einen Wechsel zu überschicken, – oder mir, wenn ich nach Frankfurt komme, die Kosten zu vergüten.

So leid es mir thut, nicht sogleich mich auf den Weg machen zu können; so ist es mir doch unmöglich, eher, als gegen das Ende des Jahrs das Haus, in dem ich mich wirklich befinde, zu verlassen; – und vor der Mitte des Jenners in Frankfurt einzutreffen. Da Du nun einmal angefangen hast, Dich für mich in dieser Sache zu interessieren, so muß ich Dir es schon noch zumuthen, das Wesentliche meines Briefs Herrn Gogel mitzutheilen und ihn dabei meiner Hochachtung zu versichern; er wird zwar selbst einsehen, daß ein Theil dessen, was Du ihm von mir magst gesagt haben, um ihm das Zutrauen einzuflößen, dessen er mich würdigt, mehr auf Rechnung Deiner Freundschaft für mich zu setzen seyn werde, oder daß sich ein Freund nicht immer nach dem andern sicher beurtheilen lasse; versichre ihn indeß, daß ich mir alle Mühe geben werde, um Deine Empfehlung zu verdienen. –

Wie viel Antheil an meiner geschwinden Entschließung die Sehnsucht nach Dir habe, wie mir das Bild unsers Wiedersehns, der frohen Zukunft, mit Dir zu seyn, diese Zwischenzeit vor Augen schweben wird – davon nichts – lebe wohl – Dein

Hegel.

An Hegel

Frankfurt, d. 20. Nov. 96.

Liebster Hegel!

Die ganze Sache ist ins reine gebracht. Du bekommst, wie ich vorauswußte, 400 fl., hast freie Wäsche und Bedienung im Hause, und die Reisekosten will HE. *Gogel* vergüten, wenn Du hieher kömmst, oder, wenn Du es nötig finden solltest, Dir den Wechsel nach Bern schicken. Ich schreibe Dir seine eignen Worte, die ich in diesem Augenblick von ihm erfahre.

Wolltest Du den Wechsel nach Bern haben, um anderweitige mögliche Inkonvenienzen zu vermeiden, so schreib es mir mit nächstem, ich will sehen, daß ich es mit Schicklichkeit besorge und ohne Dich im mindesten zu exponieren.

Daß Du erst in der Mitte des Jenners kommst, erträgt HE. *Gogel* geduldiger als ich; ich wollte, wir hätten heute Neujahrsabend. HE. Gogel hat Deinen Brief gelesen, und war, wie ich wohl denken konnte, sehr vergnügt darüber. Wenn Du noch der alte bist, so wirst Du in seinem Charakter und seiner Art, sich zu äußern, sehr viel Beziehung mit Deiner Eigentümlichkeit finden. Die Materie und Form des Unterrichts wird, wie natürlich, Deiner Einsicht überlassen. Deine Gewandtheit in der französischen Sprache nimmt HE. *Gogel* wie ein seltnes und bedeutendes Geschenk.

Seine Jungen, 2 an der Zahl, seien gut, sagt er, eines seiner 2 Mädchen, denen Du aber nur gelegentlich hie und da was beibringst, ist etwas hartköpfig. Das kann Dich aber nicht sehr verdrießen. Daß Deutschland in Europa liegt, behält Dir wohl jede. Wer unterhält sich nicht gerne mit so einem guten Ding eine Viertelstunde?

Mit den Jungen wirst Du, so sehr der erste Unterricht unsern Geist oft drücken muß, Dich dennoch lieber beschäftigen als mit Staat und Kirche, wie sie gegenwärtig sind. Auch werden gewöhnlich zum Unterricht im Schönschreiben, Rechnen, Zeichnen, Tanzen, Fechten, oder was sonst Dinge sind, die nicht gerade von uns erwartet werden können, Meister genommen, denen man das Kind ganz wohl anvertrauen kann, so daß Du hinlänglich wirst ausruhn können.

Wir wollen brüderlich Müh und Freude teilen, alter Herzensfreund! Es ist recht gut, daß mich die Höllengeister, die ich aus Franken mitnahm, und die Luftgeister mit den metaphysischen Flügeln, die mich aus Jena gleiteten, seitdem ich in Frankfurt bin, verlassen haben. So bin ich Dir noch etwas brauchbar. Ich sehe, daß Deine Lage Dich auch ein wenig um den wohlbekannten immerheitern Sinn gebracht hat. Siehe nur zu! Du wirst bis nächsten Frühling wieder der alte sein. Was Du von Leiten und Führen sprichst, Lieber, Teurer! das hat mir wehe getan. Du bist so manchmal mein Mentor gewesen, wenn mein Gemüt zum dummen Jungen mich machte, und wirsts noch manchmal sein müssen.

Du wirst Freunde finden, wie man sie nicht überall findet. Vorige Woche hab ich Sinclair in Homburg besucht. Er freut sich auch unendlich, daß Du kommst. Ich sage Dir, Lieber! Du brauchst nichts als Dein und mein Haus, um recht glückliche Tage zu haben. Der Tag des Wiedersehens wird uns ziemlich verjüngen. Ich komme Dir bis Darmstadt entgegen, wenn sichs nur immer einrichten läßt. Dann nehm ich Dich erst zu mir, und freue mich satt an Dir, und dann bring ich Dich dem guten *Gogel* ins Haus.

Ich habe vorgestern von Dir geträumt, Du machtest noch allerlei weitläufige Reisen in der Schweiz herum, und ich wollte mich totärgern. Nachher hatte ich herzliche Freude an dem Traum.

Leb wohl, lieber Hegel! Schreibe mir bald wieder. Wärst Du nur schon aus dem Bernerbiet weg!

Dein Hölderlin.

An Schiller

Frankfurt, d. 20. Nov. 1796.

Verehrungswürdigster!

Es macht mich oft traurig, daß ich Ihnen nimmer, wie ich sonst wohl durfte, ein Wort aus meiner Seele sagen kann, aber Ihr gänzlich Verstummen gegen mich macht mich wirklich blöde, und ich muß immer wenigstens irgendeine Kleinigkeit vorschützen können, wenn ich mich dazu bringen soll, meinen Namen Ihnen wieder zu nennen.

Diese Kleinigkeit ist diesmal die Bitte, daß Sie die unglücklichen Verse, die keinen Platz finden konnten in Ihrem diesjährigen Almanache, mir wieder zur Durchsicht geben möchten, denn das Manuskript, das ich Ihnen im August von Kassel aus zuschickte, war das einzige, das ich hatte.

Möchten Sie es doch nicht für verlorne Mühe halten, Ihr Urteil beizusetzen, denn auch hierin kann ich alles leichter ertragen als Ihr Stillschweigen.

Ich erinnere mich noch sehr gut jedes kleinsten Zeichens Ihrer Teilnahme an mir. Sie haben mir auch, da ich noch in Franken lebte, einmal ein paar Worte geschrieben, die ich immer wiederhole, so oft ich verkannt bin.

Haben Sie Ihre Meinung von mir geändert? Haben Sie mich aufgegeben?

Verzeihen Sie mir diese Fragen. Eine Anhänglichkeit an Sie, gegen welche ich oft vergebens anging, wenn sie Leidenschaft war, eine Anhänglichkeit, die noch immer mich nicht verlassen hat, nötigt solche Fragen mir ab.

Ich würde mich darüber tadeln, wenn Sie nicht der einzige Mann wären, an den ich meine Freiheit so verloren habe.

Ich weiß, daß ich nicht ruhen werde, bis ich durch irgend etwas Errungenes und Gelungenes wieder einmal ein Zeichen Ihrer Zufriedenheit erbeute.

Glauben Sie nicht, daß ich feire, wenn ich nicht von meinen Beschäftigungen spreche. Aber es ist schwer, gegen die Niedergeschlagenheit auszuhalten, die einem der Verlust einer Gewogenheit gibt, wie diejenige war, die ich besaß oder mir träumte.

Ich bin verlegen, skrupulös über jedes Wort, das ich Ihnen sage, und doch bin ich sonst so ziemlich, wenn ich andern Menschen gegenüber mich finde, über jugendliche Ängstlichkeit weg.

Sagen Sie mir ein freundlich Wort, und Sie sollen sehen, wie ich verwandelt bin.

Ihr wahrer Verehrer
Hölderlin.

Von Schiller

Jena 24. Nov. 96.

Ich habe Sie keineswegs vergessen, lieber Freund, wie Sie denken: bloß Zerstreuungen und Geschäfte, neben meiner gewöhnlichen Briefscheu haben die Antwort auf Ihre freundschaftlichen Briefe so lange verzögert.

Ihre neuesten Gedichte kamen für den Almanach um mehrere Wochen zu spät, sonst würde ich von dem einen oder dem andern gewiß Gebrauch gemacht haben. Dafür, hoffe ich, sollen Sie an dem künftigen desto größern Antheil haben. Da es mir heute an Muße fehlt, diese letzt übersandten Stücke durchzugehen, so behalte ich sie vor der Hand noch da, um meine Bemerkungen beyzuschreiben.

Große Freude machte mirs, wenn ich in den nächsten Almanach einige reife und bleibende Früchte Ihres Talents aufstellen könnte. Nehmen Sie, ich bitte Sie, Ihre ganze Kraft und Ihre ganze Wachsamkeit zusammen, wählen Sie einen glücklichen poetischen Stoff, tragen ihn bildend und sorgfältig pflegend im Herzen, und lassen ihn in den schönsten Momenten des Daseyns ruhig der Vollendung zureifen. Fliehen Sie wo möglich die philosophischen Stoffe, sie sind die undankbarsten, und in fruchtlosem Ringen mit denselben verzehrt sich oft die beßte Kraft, bleiben Sie der Sinnenwelt näher, so werden Sie weniger in Gefahr seyn, die Nüchternheit in der Begeisterung zu verlieren, oder in einen gekünstelten Ausdruck zu verirren.

Auch vor einem Erbfehler deutscher Dichter möchte ich Sie noch warnen, der Weitschweifigkeit nehmlich, die in einer endlosen Ausführung und unter einer Fluth von Strophen oft den glücklichsten Gedanken erdrückt. Diese thut Ihrem Gedicht an *Diotima* nicht wenig Schaden. Wenige bedeutende Züge in ein einfaches Ganzes verbunden, würden es zu einem schönen Gedichte gemacht haben. Daher empfehle ich Ihnen vor allem eine weise Sparsamkeit, eine sorgfältige Wahl des Bedeutenden und einen klaren einfachen Ausdruck desselben. Doch wie kann ich alles specificieren, was ich wünschte? Sie haben Mosen und die Propheten; halten Sie Sich an die schönsten Muster und bilden sich daraus die Regeln selbst, die ohne das nur Worte seyn würden.

Verzeyhen Sie mir diese Aufforderungen, diese Warnungen, Theilnehmende Freundschaft hat beyde eingegeben.

Leben Sie recht wohl und lassen mich fleißig von sich hören.

Ihr aufrichtig ergebener
Schiller.

An die Mutter

Frankfurt, d. 20. Nov. 96.

Liebste Mutter!

Ich schreibe diesmal an Sie, weil ich Ihnen zunächst von dem Entschlusse, zu dem ich mich durch wohlgeprüfte Gründe bestimmt habe, wegen der Präzeptoratstelle, Rechenschaft zu geben schuldig bin. Sein Sie versichert, daß es mich nicht weniger Verleugnung kostet als Sie und meinen Karl, Ihre tägliche Gegenwart und Ihren herzlichen Umgang entbehren zu müssen. Meine Lage ist sehr glücklich, aber wo in der Welt vermißt man gerne seine Mutter und solch einen Bruder und seine Familie? Sie können also wohl glauben, daß es mir nicht so leicht wird, den günstigen, ehrenhaften Ruf meiner guten Mitbürger unbenützt zu lassen. Aber einmal wär es doch nicht dankbar, ein Haus, dem ich bisher nicht einen Zehentteil der schönen Freundschaft, die ich täglich erfahre, vergelten konnte, und meinen hoffnungsvollen Zögling zu verlassen, gerade in einem Zeitpunkte, wo er anfängt, mein Herz und meinen Unterricht eigentlicher zu verstehen. Denn ob ein anderer ihm gerade das sein würde, was ich ihm sein kann, ist ungewiß. Das Kind ist von der Natur beinahe ganz so gemacht, wie ich, so viel ich weiß, aus ihren Händen ging. Ich finde mich tausendmal mit meinen ursprünglichen Eigenheiten in ihm, auch das Kind ahndet in mir gleichgeschaffen Gemüt, und das gerade erleichtert mit meine Erziehung so sehr, das gerade scheint mir immer mehr die unumgängliche Bedingung jeder glücklichen Erziehung zu sein.

Ferner müßt ich fürchten, daß meine Gesundheit, von der ich meinen Geist und meinen Charakter so sehr oft abhängig fühlen mußte, leicht wieder ihr gewonnenes Gleichgewicht verlieren könnte in einer Lage, wie die angebotene sein würde. Sie wissen, liebste Mutter, wie ich körperlich, und größtenteils darum auch am Gemüte litt, den Sommer über, den ich in Nürtingen zubrachte. Ich bin jetzt völlig hergestellt. Aber würd es wohl so bleiben können bei einem so unruhigen Amte, und würd ich es lange mit dem gehörigen Aufwande von Kräften versehen können? Schulmeistern könnt ich unmöglich, und 40 Knaben nach reinen Grundsätzen und mit anhaltendem belebendem Eifer zu erziehen, ist wahrhaftig eine Riesenarbeit, besonders wo häusliche Erziehung und anderweitige Anstalten so sehr oft entgegenwirken.

Ferner würden die Beschäftigungen, die, durch Natur und Gewohnheit, mir unentbehrliches Bedürfnis geworden sind, und ohne welche für mich kein Glück der Erde genießbar ist, diese frohen, wenigstens unschuldigen Beschäftigungen würden beinahe ganz unterbleiben müssen, wenn ich nicht jede Mitternacht zum Tage machen wollte, und das darf und kann ich nicht, wenn ich nicht in einem Jahre fertig sein will.

Das sind, wie ich glaube, drei solide Gründe. Ich könnte noch manches hinzusetzen, aber ich halt es nicht für nötig, da ich weiß, wie sehr Sie alles, was ich bisher gesagt, selbst empfinden.

Wir wollen uns durch Besuche und fröhliche Nachrichten, so viel es möglich ist, für den versagten näheren Umgang schadlos halten. Sie haben, wie ich noch wohl weiß, selbst sehr oft geäußert, daß Sie mir nie entschieden zu einer solchen Lage raten würden.

Danken Sie in meinem Namen überall, wo meiner insofern gedacht wird, recht herzlich! Sagen Sie, daß ich das Andenken meiner Mitbürger zu schätzen wisse und zu verdienen suche.

Dem lieben Karl will ich, wenn es möglich, noch morgen den ersten seiner zwei lieben Briefe besonders beantworten.

Ihnen, liebste Mutter, dank ich innigst für Ihren langen gütigen Brief. Was Sie mir über unsre ökonomischen Verhältnisse sagen, nehm ich mit Bescheidenheit und Überzeugung an. Ich weiß gewiß, Sie werden für unsern Karl, der uns und dem Vaterlande so viel verspricht, in der Folge tun, was Sie können, was auch ich gewissenhaft verspreche. Freuen wird Sie die Nachricht, daß einer meiner schätzbarsten Universitätsfreunde, *M.* Hegel aus Stuttgart, durch meine Vermittlung wahrscheinlich zu Anfang des nächsten Jahrs als Hofmeister hieher in eine der glücklichsten hiesigen Familien kommen wird. Könnt ich doch meinen Karl auch in die Nähe bringen, auf einige Zeit. Aber das darf ich vor Ihnen nicht laut sagen.

Bleiben Sie nur immer recht gesund und genießen Sie Ihr und Ihrer Kinder Glück mit ungestörtem Herzen.

Grüßen Sie alles von mir! Was macht die liebe Schwester und ihre Familie? Es hat mich unendlich gefreut, daß all die lieben Meinigen in dem rasenden Kriege so unbeschädigt geblieben sind. Leben Sie wohl, liebste Mutter!

Ihr Fritz.

An Johann Gottfried Ebel

Frankfurt, d. 10. Jan. 97.

Mein Teurer!

Ich zögerte bloß deswegen so lange mit einer Antwort auf Ihren ersten Brief, weil ich fühlte, wie viel darauf zu antworten war, und weil mir kein Moment, wo ich Muße hatte, Ihnen zu schreiben, reich genug war, um Ihnen alles zu sagen, was ich wünschte.

Es ist herrlich, lieber Ebel! so getäuscht und so gekränkt zu sein, wie Sie es sind. Es ist nicht jedermanns Sache, für Wahrheit und Gerechtigkeit sich so zu interessieren, daß man auch da sie siehet, wo sie nicht ist, und wenn der beobachtende Verstand vom Herzen so bestochen wird, so darf man wohl sich sagen, daß das Herz zu edel sei für sein Jahrhundert. Es ist fast nicht möglich, unverhüllt die schmutzige Wirklichkeit zu sehen, ohne selbst darüber zu erkranken; das Auge tut wohl, solange es kann, dem Splitter sich zu verschließen, und dem Rauch und Staube, der sich ihm aufdringt, und so ists auch ein schöner Instinkt des Menschen, manches, was nicht unmittelbar sein Stoff ist, fröhlicher anzusehen. Aber Sie halten denn doch es aus, und ich schätze Sie ebenso sehr darum, daß Sie jetzt noch sehen mögen, als darum, daß Sie zuvor nicht ganz so sahn.

Ich weiß, es schmerzt unendlich, Abschied zu nehmen, von einer Stelle, wo man alle Früchte und Blumen der Menschheit in seinen Hoffnungen wieder aufblühn sah. Aber man hat sich selbst, und wenige Einzelne, und es ist auch schön, in sich selbst und wenigen Einzelnen eine Welt zu finden.

Und was das Allgemeine betrifft, so hab ich Einen Trost, daß nämlich jede Gärung und Auflösung entweder zur Vernichtung oder zu neuer Organisation notwendig führen muß. Aber Vernichtung gibts nicht, also muß die Jugend der Welt aus unserer Verwesung wiederkehren. Man kann wohl mit Gewißheit sagen, daß die Welt noch nie so bunt aussah wie jetzt. Sie ist eine ungeheure Mannigfaltigkeit von Widersprüchen und Kontrasten. Altes und Neues! Kultur und Roheit! Bosheit und Leidenschaft! Egoismus im Schafpelz, Egoismus in der Wolfshaut! Aberglauben und Unglauben! Knechtschaft und Despotism! unvernünftige Klugheit, unkluge Vernunft! geistlose Empfindung, empfindungsloser Geist! Geschichte, Erfahrung, Herkommen ohne Philosophie, Philosophie ohne Erfahrung! Energie ohne Grundsätze, Grundsätze ohne Strenge! heuchlerische Gefälligkeit, schamlose Unverschämtheit! altkluge Jungen, läppische Männer! – Man könnte die Litanei von Sonnenaufgang bis um Mitternacht fortsetzen und hätte kaum ein Tausendteil des menschlichen Chaos genannt. Aber so soll es sein! Dieser Charakter des bekannteren Teils des Menschengeschlechts ist gewiß ein Vorbote außerordentlicher Dinge. Ich glaube an eine künftige Revolution der Gesinnungen und Vorstellungsarten, die alles Bisherige schamrot machen wird. Und dazu kann Deutschland vielleicht sehr viel beitragen. Je stiller ein Staat aufwächst, um so herrlicher wird er, wenn er zur Reife kömmt. Deutschland ist still, bescheiden, es wird viel gedacht, viel gearbeitet, und große Bewegungen sind in den Herzen der Jugend, ohne daß sie in Phrasen übergehen wie sonstwo. Viel Bildung, und noch unendlich mehr! bildsamer Stoff! – Gutmütigkeit und Fleiß, Kindheit des Herzens und Männlichkeit des Geistes sind die Elemente, woraus ein vortreffliches Volk sich bildet. Wo findet man das mehr als unter den Deutschen? Freilich hat die infame Nachahmerei viel Unheil unter sie gebracht, aber je philosophischer sie werden, um so selbständiger. Sie sagen es selbst, Lieber! man solle von nun an dem Vaterlande leben. Werden Sie es bald tun? Kommen Sie! Kommen Sie hieher! Ich begreife Sie nicht, wenn Sie nicht hieher kommen. Sie sind ein armer Mann in Paris. Hier ist Ihr Herz sehr, sehr reich, reicher, als Sie vielleicht selbst einsahn, und Ihr Geist darbt, wie ich meine, doch auch nicht. Sie haben Freunde hier, haben noch mehr. Ich wußte nicht, böser Mensch, wie ungenügsam Sie waren. Jetzt weiß ichs. Ich messe die Menschen mit keinem kleinen Maßstab und kenne gewiß Ihr Innerstes, lieber Ebel! und so muß ich sagen, ich begreife nicht, wie Sie unzufrieden sein konnten mit Menschen, oder vielmehr mit Einer Seele, – das gute Mädchen sagte mir neulich, sie wisse keinen vollkommeneren Menschen als Ebel, und die Tränen standen ihr in den Augen; aber das sollt ich wohl eigentlich nicht verraten. – Auch sonst werden Sie ganz sich wieder finden in unserem Zirkel. Hegel ist, seit ich den Brief anfing, hiehergekommen. Sie werden ihn gewiß liebgewinnen.

HE. und Frau Gontard läßt Sie durch mich grüßen. Auch Henry! Leben Sie wohl! Kommen Sie bald.

Hölderlin.

Hegel war mit *Gogel* von hier in ein Verhältnis getreten, eh Ihr letzter Brief ankam. Ich suche aber einen anderen, der Ihnen konvenieren könnte.

An die Mutter

d. 30. Jan. 97.

Liebste Mutter!

Ich bin glücklich und unglücklich durch Ihre Güte. Ich sollte sie erwidern durch völlige Befriedigung Ihrer mütterlichen Wünsche, und ich könnte doch dies nur auf eine Art, die Ihnen selbst über kurz oder lange unangenehm sein müßte. Wenn Sie meinen Charakter beurteilten, wie ich ihn selber beurteilen muß, so würden Sie ziemlich resigniert sein, wenn ich zwar die Ehre, die mir durch das bewußte Anerbieten geschiehet, mit ungeheucheltem Dank annehme, aber das Glück, das ich bei jeder andern Art zu denken und zu empfinden gewiß ergriffen haben würde, nicht benütze.

Liebe Mutter! man begehrt einen tauglichen Menschen. Bin ich denn das, wenn ich ehrlich sein will?

Ist das Alter und die Stimmung, worin ich lebe, tauglich zu irgendeinem festen häuslichen Verhältnis? Wie viele Bedürfnisse, mich zu bilden und zu wirken, hab ich noch, die in einer Lage, wie meine künftige sein würde, unmöglich sich befriedigen lassen würden? Wie viele Forderungen mach ich an den Menschen überhaupt, wie unendlich viele würd ich machen an das Wesen, das ausschließend und dauernd mich interessieren sollte? Man muß älter, muß durch mancherlei Versuche und Erfahrungen genügsamer geworden sein, um sich zu sagen: hier will ich stehen bleiben und ruhn!

Ich bitte, halten Sie dies für keine Grillen, keine Phantasien, wie man gewöhnlich unter meinen Landsleuten derlei Äußerungen zu nehmen pflegt. Es ist kein Unverstand, daß ich hierin der Natur folge, und, in jener Rücksicht, mich frei erhalte, so lang ich kann; gerade, weil ich mich und jeden, der mir hierin gleicht, besser, als gewöhnlich ist, verstehe, gerade darum folg ich der Natur.

Es wird schon einmal anders werden. Ein ruhiger Ehemann ist eine schöne Sache; nur muß man einem nicht sagen, daß er in den Hafen einlaufen soll, wenn er von seiner Fahrt die Hälfte kaum zurückgelegt hat.

Und dann fühl ich auch mich tüchtiger zum Erzieher als zum Predigtamt. Ich würde schwerlich in den Vortrag, der bei unsern Gemeinden eingeführt und unumgänglich ist, so gut einstimmen und so leicht, als nötig wäre, da ich hingegen ein Amt, wie mein gegenwärtiges ist, würd es auch ausgebreiteter, so ziemlich erfüllen zu können glaube. Das Lehramt ist auch überhaupt, so viel ich sehe, bei den jetzigen Zeiten wirksamer als das Predigtamt. Ich glaube, ich habe Ihnen dies schon in dem letzten Briefe geäußert, auch mündlich, so viel ich mich erinnere.

Auch werden Sie mir nicht verdenken, wenn ich gestehe, daß ich für mein Wesen, und seine Bedürfnisse, meine gegenwärtige Lage für die angemessenste halte. Der l. Bruder soll Ihnen bei seiner Zurückkunft sagen, ob es leicht sei, edle Menschen zu verlassen, wie diese, bei denen ich lebe, und einen gebildeten Umgang aufzugeben, wie der ist, den ich täglich genieße. HE. und Frau Gontard fühlen ganz mit mir, wie sehr es Ihrem mütterlichen Herzen angelegen sein muß, mich nahe zu haben. Wir haben mit herzlichem Anteil über Ihren lieben Brief zusammen gesprochen. Wir haben Sie gewiß verstanden, liebste Mutter!

Aber Sie verlieren ja gar nichts, wenn ich hier bleibe. Ich hätt in der Entfernung, die Sie mir bestimmten, Sie jährlich einmal besucht. Das kann und will ich auch von hier aus.

Ich hätt Ihnen alle Wochen Nachricht gegeben. Das kann und will ich auch von diesem Tage an von hier aus.

Sie hätten an meinem ökonomischen Zustand Freude gehabt. Das können Sie auch jetzt und mehr!

Ich bin auch so gesund seit langer Zeit noch keinen Winter gewesen, und ich bin gewarnt genug, in dieser Rücksicht ohne Zwang die Lage nicht zu wechseln. Die Eile verbietet mir, alles mögliche auszuführen, was Sie über meinen Entschluß beruhigen und erheitern kann. Geben Sie deswegen Ihre Teilnahme an meinem Wohlsein nicht auf, teuerste Mutter! Machen Sie sich alle guten Hoffnungen von meiner und Ihrer Zukunft! denn ich denke, sie sollen sich erfüllen.

Der lieben Schwester und dem Karl schreib ich morgen und schick ihm zugleich das kleine Reisegeld.

Ewig Ihr treuer Sohn
Hölderlin.

An Neuffer

Frankfurt, d. 16. Febr. 97.

Mein Teuerer!

Ich habe eine Welt von Freude umschifft, seit wir uns nicht mehr schrieben. Ich hätte Dir gerne indes von mir erzählt, wenn ich jemals stille gestanden wäre und zurückgesehen hätte. Die Woge trug mich fort; mein ganzes Wesen war immer zu sehr im Leben, um über sich nachzudenken.

Und noch ist es so! noch bin ich immer glücklich, wie im ersten Moment. Es ist eine ewige fröhliche heilige Freundschaft mit einem Wesen, das sich recht in dies arme geist- und ordnungslose Jahrhundert verirrt hat! Mein Schönheitssinn ist nun vor Störung sicher. Er orientiert sich ewig an diesem Madonnenkopfe. Mein Verstand geht in die Schule bei ihr, und mein uneinig Gemüt besänftiget, erheitert sich täglich in ihrem genügsamen Frieden. Ich sage Dir, lieber Neuffer! ich bin auf dem Wege, ein recht guter Knabe zu werden. Und was mich sonst betrifft, so bin ich auch ein wenig mit mir zufriedner. Ich dichte wenig und philosophiere beinahe gar nicht mehr. Aber was ich dichte, hat mehr Leben und Form; meine Phantasie ist williger, die Gestalten der Welt in sich aufzunehmen, mein Herz ist voll von Lust; und wenn das heilige Schicksal mir mein glücklich Leben erhält, so hoff ich künftig mehr zu tun als bisher.

Ich denke mir wohl, lieber Bruder! daß Du begierig sein wirst, umständlicher von meinem Glücke mich sprechen zu hören. Aber ich darf nicht! Ich habe schon oft genug geweint und gezürnt über unsere Welt, wo das Beste nicht einmal in einem Papiere, das man einem Freunde schickt, sich nennen darf. Ich lege Dir ein Gedicht an Sie bei, das ich zu Ende des vorigen Winters machte.

Den Sommer über hab ich in Kassel und in einem westfälischen Bade, in der Gegend der alten Hermannsschlacht, gelebt, größtenteils in Gesellschaft von Heinse, den Du als Verfasser des Ardinghello kennst. Er ist ein herrlicher alter Mann. Ich habe noch nie so eine grenzenlose Geistesbildung bei so viel Kindereinfalt gefunden.

Von meinem Hyperion wird der erste Band bis nächste Ostern erscheinen. Zufällige Umstände verzögerten die Herausgabe so lange.

Meine Auswanderung aus Frankfurt und die Zerstreuungen der Reise waren schuld, daß ich nicht zu rechter Zeit in den Schillerschen

Almanach etwas schicken konnte. Nächstes Jahr hoff ich auch wieder an Deiner Seite zu erscheinen. Lieber! Das Lied, das ich von Dir darin fand, ist sehr ausgearbeitet. Schreibe mir recht viel von Deinen Arbeiten, Deinem Geschmack, Deiner Stimmung! Wir wollen wieder schneller die Briefe wechseln. Hegels Umgang ist sehr wohltätig für mich. Ich liebe die ruhigen Verstandesmenschen, weil man sich so gut bei ihnen orientieren kann, wenn man nicht recht weiß, in welchem Falle man mit sich und der Welt begriffen ist.

Ich wollte Dir so viel schreiben, bester Neuffer! aber die armen Momente, die ich habe dazu, sind so sehr wenig, um das Dir mitzuteilen, was in mir waltet und lebt! Es ist auch immer ein Tod für unsre stille Seligkeit, wenn sie zur Sprache werden muß. Ich gehe lieber so hin in fröhlichem, schönem Frieden, wie ein Kind, ohne zu überrechnen, was ich habe und bin, denn was ich habe, faßt ja doch kein Gedanke nicht ganz. Nur ihr Bild möcht ich Dir zeigen, und so brauchte es keiner Worte mehr! Sie ist schön, wie Engel. Ein zartes, geistiges, himmlischreizendes Gesicht! Ach! ich könnte ein Jahrtausend lang in seliger Betrachtung mich und alles vergessen, bei ihr, so unerschöpflich reich ist diese anspruchslose stille Seele in diesem Bilde! Majestät und Zärtlichkeit, und Fröhlichkeit und Ernst, und süßes Spiel und hohe Trauer und Leben und Geist, alles ist in und an ihr zu Einem göttlichen Ganzen vereint. Gute Nacht, mein Teurer! »Wen die Götter lieben, dem wird große Freude, großes Leid zu Teil.« Auf dem Bache zu schiffen, ist keine Kunst. Aber wenn unser Herz und unser Schicksal in den Meersgrund hinab und an den Himmel hinauf uns wirft, das bildet den Steuermann.

Dein Hölderlin.

Von Neuffer

[Bruchstück]

Stuttg. 18. April 97.

[Will mit Landauer zum Herbst zur Messe nach Frankfurt.]

Grüß mir Hegel und wenn Dein Bruder noch bei Dir ist, auch ihn.

[Dankt für das schöne Gedicht, das er ihm geschickt habe, und das ganz die Spuren der erhörten Liebe trage. – Am Langschen Almanach sei er auch Mitarbeiter. Er that es aus Freundschaft für den Herausgeber.]

Wenn er Dir zu Gesicht gekommen ist, so wirst Du in dem letzten auch einige Gedichte von Dir finden, die Du mir einmal schicktest, sie abdrucken zu lassen. Er bat mich sehr, Dich zu ersuchen, ihn mit Beiträgen zu beehren. Wenn Du etwas der Art hast, das Du ihm übergeben willst, so reich ihm ein Scherflein. Er wird es mit vielem Dank erkennen. Darf ich nicht etwa das Lied einrücken lassen, das Du mir in Deinem letzten Brief geschickt hast?

An die Schwester

Frankfurt, d. Apr. 97.

Liebste Schwester!

Ich kann mir denken, daß Du unsern Bruder im Geiste hieher begleitet hast; ich wollt, es hätte wirklich geschehen können.

Sein Besuch hat mir sehr heitere Tage gemacht. Ich war weit weniger gesetzt beim ersten Empfang; den armen Jungen hatte der Postwagen so gesetzt gemacht. Er taute mir aber bald auf. Er mußte gleich den andern Tag mit mir nach Homburg hinüber, zu Sinclair, einem ganz vorzüglichen jungen Manne, der mein Freund ist, im gründlichsten Sinne des Worts. Tags darauf ging es von Homburg auf das Gebirge der Gegend, von dessen Spitze wir viele Meilen hinauf den königlichen Rhein und seinen kleinen Bruder, den Main, und die grünen unendlichen Ebenen sahn, die zwischen den beeden Strömen liegen, und Frankfurt mit den lieblichen Dörfern und Wäldchen, die drum herum liegen, und das stolzere Mainz und die herrlichen Fernen, die fränkischen Gebirge und Wälder, den Spessart und das Rhöngebirge, auf einer Seite, auf der andern den Hundrücken, weiter hinauf die Berge an der Bergstraße und die im Elsaß und hinter uns die höchsten Gebirgsspitzen in der Gegend von Bonn u. s. w.

Dann ging es herab nach Mainz; das Innere der Stadt konnt uns wenig interessieren; die großen Festungswerke konnte man nicht wohl sehen, ohne sich dem Militär auszusetzen; die Kirchen sind niedergeschossen oder zu Magazinen gemacht, interessante Menschen sind jetzt auch nicht zahlreich da; übrigens freute es doch den

Karl, einen meiner Bekannten, den Prof. Vogt, kennen zu lernen, der durch seine Schicksale, die durch die entfernte Teilnahme an der Mainzer Revolution veranlaßt wurden, noch mehr aber durch seinen reinen, einfältigen Charakter und seinen Geist und seine Kenntnisse wirklich ein merkwürdiger Mann in meinen Augen ist.

Über die Mainzer Gegend soll Dir Karl selbst etwas sagen. Von Herzen gehts ihm gewiß! Dann blieben wir noch einige Tage hier zusammen, machten kleine Exkursionen, und wären wahrscheinlich noch einige Tage länger zusammengeblieben, hätten nicht die Herrn Republikaner uns einen Strich durch die Rechnung gemacht. Wir sahn des Morgens einen kleinen Teil der kaiserlichen *retraite.* Ein Zug aus dieser Physiognomie sagte uns genug. Wir beschlossen, daß unser Abschied schon nachmittags darauf geschehen sollte. Ich begleitete den guten Bruder noch eine Stunde weit, und so kamen wir, sehr schnell und sehr schwer, voneinander.

Den zweiten Tag nach Karls Abreise war die französische Kavallerie schon vor unsern Toren, beinahe in demselben Augenblicke, da ein Kurier von Buonaparte an General Hoche hier durchkam, und die ganze Stadt mit Friedensjubel erfüllt hatte. Es war eine ganz eigne Situation. – Die Franzosen vor den Toren wollten auf die Friedensnachricht keine Rücksicht nehmen; (sie wollten ihrer *ordre* folgen, auch die Frankfurter Messe ein klein wenig plündern). General Hoche, an den der Kurier war, war noch nicht gegenwärtig, und so war man einen ganzen Mittag ungewiß, wie es werden würde, denn einen ernstlichen Angriff hätte die kaiserliche Garnison nicht abgewartet. Aber die beederseitigen Generäle kamen denn doch zu einem Waffenstillstand endlich überein; die Franzosen zogen sich hinter die Nidd, ein paar Stunden von hier zurück, und wir leben jetzt wieder ganz ruhig.

Wenn Du ein Buch findst, Hyperion betitelt, so tue mir den Gefallen und lies es bei Gelegenheit. Es ist auch ein Teil von mir, und verkürzt deswegen Dir gewiß einige Stunden. Ich sollte Dir es von Rechts wegen schicken, aber die Exemplare, die ich für mich bestellte, hat die l. Mutter geradezu hieher geschickt, und ich vergaß es, an Cotta deswegen zu schreiben.

Hier ist etwas weniges aus der Messe. Nehme fürlieb!

Was machen Deine lieben Kinder? Ich werde tausend Freude an ihnen haben, wenn ich einmal wieder unter Deinem Dache bin.

Schreibe mir nur immer Deine fröhlichen Neuigkeiten. So ist es mir am liebsten, wenn ich wie mit Augen sehen kann, wie Dirs geht. Je mehr Kleinigkeiten, desto besser!

Das Allgemeine ist in Lehrbüchern recht gut, aber in unsern Briefen wollen wir recht unvernünftig von uns selbst, und unsern unwichtigen und wichtigen Angelegenheiten zueinander sprechen. – Du glaubst nicht, wie mirs Freude macht, an Dein häuslich genügsam Wesen zu denken! Es ist nicht übel, wenn man in der Jugend oben hinaus will; aber das reifere Leben neigt sich wieder zum Menschlichen und Stillen.

Lebe wohl, meine Liebe! Einen herzlichen Gruß an Deinen Mann und Deine Kinder; grüße alle Bekannten von mir.

Dein Fritz.

An Schiller

Frankfurt, d. 20. Jun. 97.

Mein Brief und, was er enthält, käme nicht so spät, wenn ich gewisser wäre von dem Empfang, dessen Sie mich würdigen werden. Ich habe Mut und eignes Urteil genug, um mich von andern Kunstrichtern und Meistern unabhängig zu machen, und insofern mit der so nötigen Ruhe meinen Gang zu gehen, aber von Ihnen dependier ich unüberwindlich; und weil ich fühle, wie viel ein Wort von Ihnen über mich entscheidet, such ich manchmal, Sie zu vergessen, um während einer Arbeit nicht ängstig zu werden. Denn ich bin gewiß, daß gerade diese Ängstigkeit und Befangenheit der Tod der Kunst ist, und begreife deswegen sehr gut, warum es schwerer ist, die Natur zur rechten Äußerung zu bringen, in einer Periode, wo schon Meisterwerke nah um einen liegen, als in einer andern, wo der Künstler fast allein ist mit der lebendigen Welt. Von dieser unterscheidet er sich zu wenig, mit dieser ist er zu vertraut, als daß er sich stemmen müßte gegen ihre Autorität, oder sich ihr gefangen geben. Aber diese schlimme Alternative ist fast unvermeidlich, wo gewaltiger und verständlicher als die Natur, aber ebendeswegen auch unterjochender und positiver der reife Genius der Meister auf den jüngern Künstler wirkt. Hier spielt das Kind nicht mit dem Kinde, hier ist nicht das alte Gleichgewicht, worin der erste Künstler sich mit seiner Welt befand, der Knabe hat es mit Männern zu tun, mit denen er schwerlich so vertraut wird, daß er ihr Übergewicht vergißt. Und fühlt er dies, so muß er eigensinnig oder unterwürfig werden. Oder muß er es nicht? Wenigstens möcht ich mir nicht helfen, wie die schwachen Herrn, die in solchem Falle, wie Sie wissen, gewöhnlich den Weg der Mathematiker einschlagen und durch unendliche Verkleinerung das Unendliche dem Beschränkten gleich und ähnlich machen. Könnte man sich auch die Infamie verzeihen, die man an dem Besten begeht, so ists dann doch ein gar zu schlechter Trost: $0 = 0$!

Ich nehme mir die Freiheit, Ihnen den ersten Band meines Hyperions beizulegen. Sie haben sich des Büchleins angenommen, da es durch den Einfluß einer widrigen Gemütsstimmung und fast unverdienter Kränkungen gänzlich entstellt, und so dürr und ärmlich war, daß ich nicht daran denken mag. Ich hab es mit freierer Überlegung und glücklicherem Gemüte von neuem angefangen und bitte Sie um die Güte, es bei Gelegenheit durchzulesen, und mich durch irgendein Vehikel Ihr Urteil wissen zu lassen. Ich fühle, daß es unklug war, den ersten Band ohne den zweiten auszustellen, weil jener gar zu wenig selbständiger Teil des Ganzen ist.

Möchten die Gedichte, die ich beilege, doch einer Stelle in Ihrem Musenalmanache gewürdigt werden können! – Ich gestehe Ihnen, daß ich zu sehr dabei interessiert bin, als daß ich ohne Unruhe mein Schicksal bis zur öffentlichen Erscheinung des Musenalmanachs abwarten könnte, und bitte Sie deswegen, etwas übriges zu tun und mir mit ein paar Linien zu sagen, was Sie der Aufnahme wert gefunden haben. Wenn Sie es erlauben, schick ich Ihnen noch eines oder zwei der Gedichte, die voriges Jahr zu spät kamen, umgearbeitet nach.

Ich erscheine freilich, wenn ich so spreche, etwas bedürftig vor Ihnen, aber ich schäme mich nicht, der Aufmunterung eines edeln Geistes zu bedürfen. Ich kann Sie versichern, daß ich mich um so weniger mit eiteln Befriedigungen tröste, und daß ich sonst sehr still bin über das, was ich wünsche und treibe. Ich bin mit tiefer Achtung

Ihr ergebenster
M. Hölderlin.

An die Mutter

Frankfurt, d. 10. Jul. 1797.

Liebste Mutter!

Ich habe mit derselben Unruhe auf einen Brief von Ihnen gewartet, mit der Sie mein Stillschweigen aufnahmen. Ich machte mir manchmal Gedanken, hoffte manchmal vergebens, und war eben im Begriff, Ihnen zu schreiben, was ich Ihnen und der lieben Schwester zuleid getan hätte, daß ich auf meine gutgemeinten Briefe keine Antwort bekäme – aber Ihr lieber Brief hielt mich hinlänglich schadlos. Ich bin nun auch sehr begierig, was mir die l. Schwester schreibt. Ich habe den Brief, den Sie mir versprechen, noch nicht.

Unser Karl schrieb mir schon von dem Verdrusse, den Ihnen die Veränderung Ihrer Hausmiete macht. Ich wundre mich, daß Sie genötiget werden, auszuziehen, da Sie doch, wo ich nicht irre, es zur Bedingung des Kaufes machten, daß Sie eine gewisse Anzahl von Zimmern, solang es Ihnen dienlich wäre, für Hauszins bewohnen könnten. Und dann wundre ich mich auch, daß Sie nicht lieber das fatale Nürtingen ganz verlassen und sich in Blaubeuren oder Löchgau oder in der Nähe dieser Orte eine Wohnung gemietet haben. Die Beschwerlichkeiten einer solchen Verändrung können gar nicht berechnet werden gegen den günstigen Einfluß, den eine neue, nach Ihrer Einsicht gewählte Lage auf Ihren Körper und Ihren Geist hätte haben müssen.

Ich müßte mich sehr irren, liebste Mutter! wenn nicht in Ihnen noch sehr viel gesunde Kräfte lägen, die sich durch einen guten Mut und frische Luft, und einen heitern Blick auf das unschuldige Leben der Natur recht sehr leicht wirksam machen ließen. Oder wollt ich Ihnen raten, so viel Sie könnten, neben Ihrer Arbeit durch Lektüre Ihren Geist zu beschäftigen, weil der sonst aus natürlicher Lebhaftigkeit sich Arbeit und Sorge macht, wo ein anderes vielleicht ruhig wäre. Wollen Sie dies nicht, liebste Mutter! so schreiben Sie recht oft und recht lange Briefe an mich, ich will Ihnen mit gleichem Maße vergelten, und das gäbe doch auch vielleicht Ihrem Gemüt zuweilen eine heitere Richtung.

Ihre Kinder sind jetzt alle auf eignen Füßen, sind gesund, sind alle in Lagen, die man gewiß nicht drückend nennen kann, wenn man die

Welt ein wenig kennt und weiß, was drückend ist; von allen sind Sie geliebt und verehrt, von andern Verhältnissen, z. B. mit dem Nürtinger Volke, können Sie sich befreien, wenn Sie nur wollen; an Mitteln, sich das Leben leicht und angenehm zu machen, fehlt es Ihnen nicht, sobald Sie nur sich Ihren Kindern nicht opfern, und um dieser willen, aus einer Tugend, die ich Ihnen nicht vergeben kann, Ihr teures Leben durch leicht vermeidliche Sorgen sich verkürzen wollen. Ich wollte, wenn ich mich so weit durch die Welt hindurchgearbeitet und meine Pflicht so redlich erfüllt hätte wie Sie, ich wollte mir ein bequemer Alter machen wie Sie! Ich weiß es, liebste Mutter, daß sich nicht alles vermeiden, und daß Ihr zartempfindendes Gemüt sich nicht so leicht abhärten läßt, aber Sie sollten nur nicht in einen geheimen Bund sich mit dem Schmerz einlassen, und nicht zu generos ihn in sich walten lassen. – Wenn es möglich ist, besuch ich Sie zu Ende dieses Sommers auf ein paar Tage mit meinem Zögling. Sollten Sie zu enge wohnen, so würd es nicht unschicklich sein, wenn wir, so viel es nötig wäre, im Gasthof logierten. Doch kann ich nichts Gewisses versprechen. Die guten Löchgauer bedaur ich recht sehr! Ich hätte schon lange an HE. Oncle geschrieben, aber ich weiß wahrhaftig! nicht, was ich über meinen Vetter schreiben soll. Die Krankheit hat bei diesem ihren Nutzen vielleicht. Nach Blaubeuren meine herzlichen Grüße! Der l. Frau Großmamma meine herzlichsten Wünsche für dauerhaftere Gesundheit! Ewig

Ihr
Fritz.

Meinen guten Bekannten gratulier ich zu ihren Präzeptoraten. Ich wollte, ich könnte mich auch zu so etwas entschließen. Man hat doch seinen eignen Herd.

An den Bruder

Frankfurt. [August 1797]

Lieber Karl!

Deine Besorgnisse waren ganz unbegründet. Ich habe Deinen Brief nicht gleich bei der Hand, und die Zeit ist zu kurz, um ihn zu suchen, sonst wollt ich Deine Zweifel Dir umständlich lösen.

Du fragst mich über meine Gemütsstimmung, über meine Beschäftigungen. Die erste ist aus Licht und Schatten gewebt, wie überall, nur daß die Massen oft stärker, abstechender sind bei mir. Meine Beschäftigungen sind um so mehr sich gleich. Ich dichte, unterrichte meine Kinder, und lese zuweilen ein Buch. Ich verlasse auch meine Tagesordnung nur ungern. Wer es nie entbehrt hat, wie ich, der weiß nicht, wie viel ein Tag, wo man so hinarbeitet, und ruhigen Gemüts bleibt, wert ist. Den meisten ist das Leben zu schläfrig. Mir ist es oft zu lebendig, so klein auch der Kreis ist, worin ich mich bewege. Es war mir noch vor wenig Jahren unbegreiflich, daß irgendeine Situation, die unsre Kraft zurückhält, in irgendeiner Rücksicht, eine günstige genannt werden könne. Jetzt fühl ich manchmal, welch ein Glück darin liegt, wenn ich sie mit andern vergleiche, die uns oft zu viel aus uns entfernen, die für uns das sind, was der Rübsamen für die Äcker, die zu viel Kraft aus uns ziehen, und uns für die Folgezeit unbrauchbar machen.

Laß Dein Leben immerhin so unbedeutend bleiben, wie es ist! Es wird noch Bedeutung genug bekommen. Ich wollte Dir manches vorräsonieren. Aber die Nacht ist wunderschön. Der Himmel und die Luft umgibt mich, wie ein Wiegenlied, und da schweigt man lieber.

Mein Hyperion hat mir schon manches schöne Wort eingetragen. Ich freue mich, bis ich vollends mit ihm zu Ende bin. Ich habe den ganz detaillierten Plan zu einem Trauerspiele gemacht, dessen Stoff mich hinreißt.

Ein Gedicht, der Wanderer betitelt, kannst Du auch von mir im neuesten Stücke der Horen lesen. Einiges wirst Du auch von mir im nächsten Schillerischen Almanach finden.

Ich bin etwas müde, lieber Karl! von den Geschäften des Tags. Sei also so gut, und dispensiere mich diesmal von weiteren Äußerungen. Ich schreibe Dir bald wieder, und wacher, und wärmer! Wie immer

Dein
Fritz

An die Mutter

[Frankfurt, August 1797]

Liebste Mutter!

Es freut mich, daß Sie Veranlassung bekommen haben, an mich zu schreiben. Ich war eben im Begriff, Ihnen Ihren vorletzten lieben Brief zu beantworten, und bin jetzt Ihr doppelter Schuldner. Besondern Anteil nehme ich an der Freude, die Sie haben über den Beifall, womit Blum von unserm Karl spricht. Ich bin gewiß, daß es dem Kopf und dem natürlichen Charakter meines Bruders nur an dem hinlänglichen Wirkungskreise fehlt, um sich auf das vorteilhafteste zu zeigen. Sie dürfen meiner Beurteilung insoweit gewiß trauen, wenn ich Ihnen sage, daß er kein gewöhnlicher Mensch ist, und daß er mit etwas mehr Mut und Geduld, was sich aber gar leicht in ihm entwickeln kann, auf eine Stufe sich hinarbeiten kann, die, unter seinen Umständen, nicht jeder erreicht.

Sie fragen mich über mein Verhältnis, meine Bekanntschaften, meine Hoffnungen. Bei allen Schwierigkeiten, die immerhin bei jedem Verhältnisse meiner Art sich häufen, such ich denn doch für jetzt nichts anders; ich weiß auch wohl, daß jede andre Lage, in die ich mich begeben könnte, so wie Sie mich jetzt beurteilen, Ihren völligen Beifall nicht haben könnte, und das mit Recht! denn jedes Amt, das ich suchen könnte und möchte, will einen reifen Mann, und der bin ich noch nicht. Das Neueste, was ich Ihnen von meinen Bekanntschaften sagen kann, ist, daß mein Verhältnis mit Schiller, das eine Weile ein wenig unterbrochen schien, durch die angenehmsten Äußerungen von seiner Seite wieder wärmer als je zu leben angefangen hat. Meine Hoffnungen sind sehr unbestimmt, und ich wollte nicht, daß ich andere hätte. Freiheit und Ruhe ist das einzige, was ich suche, und brauche, und das hoff ich zu finden. – Ich bedaure, liebste Mutter! daß ich den Besuch im Vaterlande, der Ihnen und mir so innigst freudig wäre gewesen, noch itzt nicht realisieren kann. Ich weiß nämlich nicht, ob ich nicht bis nächste Ostern mit meinem Zöglinge um der französischen Sprache willen nach Genf muß, und weil ich dann doch über Württemberg käme, so wäre eine Reise im Herbste schon leichter zu verleugnen, und in dieser Hoffnung glaub ich den ökonomischen Gründen folgen zu müssen, und versage mir den schönen Genuß einstweilen, aber bloß, um ihn aufzuschieben. Meiner lieben Schwester will ich schreiben. Das traurige Schicksal des guten Fehleisens wußt ich schon. Seine Familie bedaur ich äußerst. – Ich wollte, Sie würden von unangenehmen Zufällen, wie die Veränderung Ihrer Wohnung ist, verschont! Nur Ruhe möcht ich Ihnen gönnen, Stille und Ruhe! – Die Kommission besorg ich recht gerne. Ich muß noch so viele Briefe schreiben und bitte Sie deswegen, mich für diesmal zu dispensieren. Tausend herzliche Grüße an meine teure Großmutter von dem ältesten Enkel! Ewig

Ihr
Fritz.

An Schiller

[Frankfurt, zwischen dem 15. und dem 20. 8. 1797]

Ihr Brief wird mir unvergeßlich sein, edler Mann! Er hat mir ein neues Leben gegeben. Ich fühle tief, wie treffend Sie meine wahrsten Bedürfnisse beurteilt haben, und ich folge um so freiwilliger Ihrem Rat, weil ich wirklich schon eine Richtung nach dem Wege genommen hatte, den Sie mir weisen.

Ich betrachte jetzt die metaphysische Stimmung wie eine gewisse Jungfräulichkeit des Geistes und glaube, daß die Scheue vor dem Stoffe, so unnatürlich sie an sich ist, doch als Lebensperiode sehr natürlich und auf eine Zeit so zuträglich ist wie alle Flucht bestimmter Verhältnisse, weil sie die Kraft in sich zurückhält, weil sie das verschwenderische jugendliche Leben sparsam macht, so lange, bis sein reifer Überfluß es treibt, sich in die mannigfaltigen Objekte zu teilen. Ich glaube auch, daß eine allgemeinere Tätigkeit des Geistes und Lebens nicht bloß dem Gehalte, dem Wesen nach vor den bestimmtern Handlungen und Vorstellungen, sondern daß auch wirklich der Zeit nach, in der historischen Entwicklung der Menschennatur die Idee vor dem Begriffe ist, so wie die Tendenz vor der (bestimmten, regelmäßigen) Tat. Ich betrachte die Vernunft als den Anfang des Verstandes, und wenn der gute Wille zaudert und sich sträubt, zur nützlichen Absicht zu werden, so find ich es ebenso charakteristisch für die Menschennatur überhaupt, als es für Hamlet charakteristisch ist, daß es ihn so schwer ankömmt, etwas zu tun, aus dem *einzigen* Zwecke, seinen Vater zu rächen.

Ich hatte von je den Brauch, mein überflüssig Räsonnement Ihnen vorzuplaudern, aber ich habe so eine Art von Eingang nötig, um mich eigentlicher an Sie zu adressieren, und Sie sehen den Grund davon und verzeihens.

Sie werden fragen, wie ich dazu komme, die neue Übersetzung von *Kabale und Liebe*, die Ihnen der englische Übersetzer zuschickt, durch meine Hände gehen zu lassen.

Ein Freund von mir, Sekretär Mögling aus Stuttgart, der sich mit dem Württembergischen Prinzen einige Zeit in London aufhielt, besuchte mich bei seiner Rückreise, und weil er weiß, daß ich die Ehre habe, Ihnen bekannt zu sein, gab er mir den Auftrag, oder eigentlich, er wollte mir die Freude lassen, es Ihnen zu überschicken. Der Verleger des Buchs, der es meinem Freunde zunächst zustellte, empfiehlt sich Ihnen ebenfalls und äußert den Wunsch, Ihre neuesten Werke sogleich bei ihrer Erscheinung zu bekommen; er habe es unternommen, eine Übersetzung von all Ihren Schriften zu liefern. Sollt es Ihnen lästig sein, diesen Wunsch selbst zu befriedigen, so würde ich es mir zur Ehre rechnen, *nach Ihrer Disposition* mich mit dem Verleger in Korrespondenz zu setzen.

Ich danke Ihnen innigst für Ihre gütige Aufnahme des Wanderers in die Horen. Glauben Sie, daß ich diese Ehre zu schätzen weiß! Auch freut es mich äußerst, daß Sie den *Aether* Ihres Almanachs würdig gefunden haben. Ihrer Erlaubnis gemäß schick ich Ihnen das Gedicht an die klugen Ratgeber. Ich hab es gemildert und gefeilt, so gut ich konnte. Ich habe einen bestimmteren Ton hineinzubringen gesucht, so viel es dem Charakter des Gedichts leiden wollte. Ich lege Ihnen noch ein Lied bei. Es ist das umgearbeitete und abgekürzte Lied an Diotima, das Sie schon von mir besitzen. Ich nähre die Hoffnung, daß es in dieser Gestalt wohl eine Stelle in Ihrem Almanach finden dürfte.

Sie sagen, ich sollte Ihnen näher sein, so würden Sie mir sich ganz verständlich machen können; von Ihnen bedeutet mir ein solches Wort so viel!

Aber glauben Sie, daß ich denn doch mir sagen muß, daß Ihre Nähe mir nicht erlaubt ist? Wirklich, Sie beleben mich zu sehr, wenn ich um Sie bin. Ich weiß es noch ganz gut, wie Ihre Gegenwart mich immer entzündete, daß ich den ganzen andern Tag zu keinem Gedanken kommen konnte. Solang ich vor Ihnen war, war mir das Herz fast zu klein, und wenn ich weg war, konnt ich es gar nicht mehr zusammenhalten. Ich bin vor Ihnen wie eine Pflanze, die man erst in den Boden gesetzt hat. Man muß sie zudecken um Mittag. Sie mögen über mich lachen; aber ich spreche Wahrheit.

Hölderlin.

Von Siegfried Schmid

[Basel, Anfang Nov. 1797]

Auch seine lebhafteren Gemälde fahren vor mir in so kalten hochdahertönenden Worten vorüber. Gesang und Kuß nehme ich davon aus. Lindor und Mirtha, Licht und Schatten von Sophie *Mereau* gefallen mir wohl; in der matthisonirenden Fried. Brun hingegen höre ich nichts als langweiliges Echo. Die Elegien von K. haben einzelne gute Stellen; aber das was das Ganze lieblich machen müßte, fehlt. Ob wohl das nun noch übrige Gebündlein Schiller selbst als eine *Mantissa* betrachtet hat? – Vermuthlich nicht, und darum will ich es bey Gelegenheit einmal wieder durchlesen und zusehn, ob ich übelgelaunt gewesen wäre, wenn ich die Frage bejaht hätte.

Sie sind doch so gütig mir auch Ihr Urtheil über die Produkte dieses Musenallmanachs mitzutheilen?

Was ist über dem ächtgriechischen, über der goldnen Mittelmäßigkeit? – Die Vollkommenheit des inneren, nie darzustellenden Ideals? – Oder wollen wir auser uns Vortreflicheres (Menschlichedleres) hinstellen als die Griechen? Das können wir nicht. Wir täuschten uns mit den Versuchen, und würden unmenschlich. Gleiche aber doch anders modifizirte Werke werden wir aufstellen, und darum wahre Künstler seyn die für die Ewigkeit hervorbringen. Habe ich Sie richtig verstanden?

Die Ausarbeitung eines Trauerspiels wird diesen Winter eine Nebenbeschäftigung für mich seyn. Die Götter verleihn mir Kraft! *Dextrae Deus adsit!*

Was sagen Sie zu Göthe's Hermann und Dorothea? Ich soll es nächstens erhalten.

Ich will Ihnen eine Klage und Trost hieherschreiben, die ich mir vergangenen Sommer vorhielt, und wovon ich den letzteren, weiß der Himmel um welcher Ursache willen! seit einiger Zeit oft nicht so lebhaft mir zueignen kann.

Trüb ist und gar zu jämmerlich scheint mir das Leben der Menschen,
Werf' in des Ozeans Fluth drängender Wesen ich mich.
Alles treibt sich so emsig und läuft und rennt aneinander,
Ach und das emsige Volk, scheidet von Pflanzen es sich?
Dieser ist's, nach des Schicksals Geheiß, in Ruh vegetiren.
Aber nur, daß vegetir', eilt ja und treibt sich das Volk.
Warlich man möchte das Leben verwünschen; nur immer dasselbe
Findt man in diesem Gedräng, nichts doch was lebend sich zeigt.
Könnte die Klage dir ernstlich entschlüpfen, hört sie der Freund nicht,
Wenn von dem Genius fern, traurige Stunden verseufzst,
O, dann ward dir noch nie, des Künstlers Werk zu beschauen,
Der mit allmächtigem Geist, höheres Leben uns schuf;
Oder schautest du das und traf es dich, wie du uns heuchelst,
Und das Leben erscheint dennoch, wie erst du geklagt,
O, dann wähne dich nicht von einem der Götter bewohnet.
Anderes lehrte dich der, anders schien dir die Welt!
Alles ist Leben, beseelt uns der Gott, unsichtbar, empfundnes.
Leise Berührungen sind's; aber von heiliger Kraft.
Drum wird's Wenigen nur; denn leise berührt von dem Feinen
Das überall die Natur knüpft an den höheren Geist,
Daß es zum Bilden ihn drängt in mächtigem himmlischem Wesen,
Wird nicht jedem gewährt; Lieblinge fühlen's und thun's.

Ich fange an den Hyperion zu lesen, – Bruder! Bruder! – Der *Sinclair* sah in dem Buch ein personifizirtes Moralsystem. Daß Gott erbarm! was werden die Andern alle drinn erbliken!

S. Schmid.

An den Bruder

Frankfurt, d. 2. Nov. 97.

Mein Teurer!

Es ist mir unendlich viel wert, mein Wesen so wirksam und so freundlich aufgenommen in einer Seele zu finden, wie die Deine ist. Es stillt und besänftiget mich nichts mehr als ein Tropfen lauterer, unverfälschter Liebe, so wie im Gegenteil die Kälte und geheime Unterjochungssucht der Menschen mich, bei aller Vorsicht, deren ich fähig bin, doch immer überspannt und zu unmäßiger Anstrengung und Bewegung meines innern Lebens aufreizt. Lieber Karl! es ist ein so schönes Gedeihn in allem, was wir treiben, wenn es mit gehaltner Seele geschieht, und uns das stille, stete Feuer belebt, das ich besonders in den alten Meisterwerken aller Art, als herrschenden Charakter, immer mehr zu finden glaube. Aber wer erhält in schöner Stellung sich, wenn er sich durch ein Gedränge durcharbeitet, wo ihn alles hin und her stößt? Und wer vermag sein Herz in einer schönen Grenze zu halten, wenn die Welt auf ihn mit Fäusten einschlägt? Je angefochtener wir sind vom Nichts, das, wie ein Abgrund, um uns her uns angähnt, oder auch vom tausendfachen Etwas der Gesellschaft und der Tätigkeit der Menschen, das gestaltlos, seel- und lieblos uns verfolgt, zerstreut, um so leidenschaftlicher und heftiger und gewaltsamer *muß der Widerstand* von unsrer Seite werden. Oder *muß* er es nicht? Das ists ja eben, was Du auch an Dir erfährst, mein Lieber! Die Not und Dürftigkeit von außen macht den Überfluß des Herzens Dir zur Dürftigkeit und Not. Du weißt nicht, wo Du hin mit Deiner Liebe sollst, und mußt um Deines Reichtums willen betteln gehn. Wird so nicht unser Reinstes uns verunreinigt durch Schicksal, und müssen wir nicht in aller Unschuld verderben? O, wer nur dafür eine Hülfe wüßte? Kann man nur tätig sein, kann man nur über irgendeinem Stoffe sich ermüden, so ist vieles gut. Man stellt sich dadurch doch immer einen Schatten des Vollkommnen vors Auge, und das Auge weidet sich von einem Tage zum andern daran. Mit dieser Stimmung las ich ehmals Kant. Der Geist des Mannes war noch ferne von mir. Das Ganze war mir fremd wie irgendeinem. Aber jeden Abend hatt ich neue Schwierigkeiten überwunden; das gab mir ein Bewußtsein meiner Freiheit; und das Bewußtsein unserer Freiheit, unserer Tätigkeit, woran sie sich auch äußere, ist recht tief verwandt mit dem Gefühle der höhern, göttlichen Freiheit, das zugleich Gefühl des Höchsten, des Vollkommenen ist. Auch im Gegenstande selber, mag er noch so fragmentarisch sein, sobald nur irgendeine Ordnung in ihn gebracht wird, ist ein Schatten des Vollkommenen. Wie fände sonst manch schönes weibliches Gemüt in seiner aufgeräumten Stube seine Welt?

Das Gedicht an den Aether, mit *D.* unterschrieben, im neuen Schillerischen Almanache ist von mir. Vielleicht bekömmst Dus vors Gesicht, und findest einige Befriedigung für Dein Herz darin. – Mache doch einmal einen Gang nach Vaihingen zu Helfer Conz. Es wird Dich sicher nicht reuen, seine Bekanntschaft gemacht zu haben, und ich denke, er wird Dich auch recht lieb gewinnen. Versichere ihn meines innigsten Andenkens, und dank ihm in meinem Namen für den schätzbaren Gruß, den er mir durch Neuffer geschickt, und für die freundliche Aufnahme meines Hyperion. Sag ihm, ich wartete nur die Erscheinung des zweiten Bandes ab, um das Ganze ihm zuzuschicken, und über einiges, das mir sehr am Herzen liege, bei Gelegenheit des Büchleins, ihn zu fragen. – Ich bin mit dem gegenwärtigen herrschenden Geschmack so ziemlich in Opposition, aber ich lasse auch künftig wenig von meinem Eigensinne nach, und hoffe mich durchzukämpfen. Ich denke wie Klopstock:

Die Dichter, die nur spielen,
Die wissen nicht, was sie und was die Leser sind,
Der rechte Leser ist kein Kind,
Er will sein männlich Herz viel lieber fühlen,
als spielen.

Heinse, der Verfasser des Ardinghello, hat bei *Dr.* Sömmerring sich sehr aufmunternd über Hyperion geäußert.

Das Übrige, was in Deinem Briefe zu beantworten ist, beantwort ich *gewissenhaft* das nächstemal und bald. Ich habe jetzt nur so viel zu schreiben. Fürchte nur nicht, irgendeinen Auftrag entgelten zu müssen. Wie müßt ich klein sein! und wie unendlich weniger müßtest Du mir gelten! Dir bleib ich sicher treu. Denn wir sind Brüder, wenn wirs auch nicht heißen.

Dein Hölderlin.

Von dem Bruder

[Bruchstück]

Gröningen, den 1. Jänner 1798.

[Den letzten Brief empfing er über Enzweihingen, wo er einige Zeit liegen geblieben sein müsse. Er freue sich aus diesem zu sehen, daß H. wieder zufriedener sei, als nach den Äußerungen in einem Briefe an die Mutter zu schließen war. Dieser hatte die Mutter sehr erschreckt. H. scheint darin über einen gewissen conventionellen Zwang, dem er auch in seinem sonst so vorzüglichen Verhältniß ausgesetzt sei, klagend sich geäußert zu haben.]

Ich habe schon manchmal Deinen Charakter mit dem Rousseau's verglichen, und ich glaube, Du wirst in dem Wesentlichen selbst die Ähnlichkeit zugestehen müssen, die der Deinige mit dem unseres Lieblings hat. Gerade auch die Liebe zur stillen großen Natur, zur lautersten Wahrheit und zur wahren Freiheit, die jenen großen Mann beseelte, ist auch das Eigenthümliche Deines Charakters, aber auch jene Reizbarkeit, die natürliche Folge eines für Empfindung geschaffenen Herzens, die jenem guten Mann so manche Stunde seines Lebens vergellte, ist Dein, und leider auch Dir wird sie noch manchen trüben Augenblick bereiten, und nur der Umgang mit guten biedern Menschen und der Genuß der Freuden der Natur und Kunst kann die Summe derselben verkleinern. – –

Wie geht es denn mit Deinem Drama, das Du zu schaffen anfingst?

[Läßt sich Sinclair empfehlen.]

An die Mutter

[Frankfurt, Anfang Januar 1798]

Teure Mutter!

Ich bedaure herzlich, daß Sie sich meinetwegen Sorge gemacht haben. Ich hätte deswegen sehr gewünscht, einmal, daß Sie meinen letzten Brief als das, was er wirklich ist, nämlich als eine leidenschaftslose Darstellung des Hofmeisterlebens, wie es mehr oder weniger überall ist, genommen, daß Sie ferner meine Erzählung aus dem Gesichtspunkte betrachtet hätten, daß es mir notwendig war, Ihnen das Wahre meiner Lage zu sagen, weil Sie bei einer möglichen Veränderung meine Maßregeln hätten für grundlos nehmen müssen. Sie können unmöglich wünschen, daß irgendein Mensch unter jeder Bedingung ein Verhältnis beibehalte.

Übrigens können Sie versichert sein, daß ich eine Lage, die ich einmal begriffen und so viel möglich mir akkommodiert habe, ohne Not niemals verlassen werde. Vorzüglich aber bedaure ich, liebste Mutter, daß Sie die Nachricht von meinem Wohlbefinden, die ich, durch den lieben Karl, Ihnen unmittelbar auf Ihren vorletzten Brief zu wissen tat, wie es scheint, noch nicht erhalten haben. Wahrscheinlich hat sich der Brief an meinen Bruder verspätet, weil ich ihm ein Paket schickte, das auf dem langsamen Postwagen abgehen mußte. Das war auch der Grund, warum ich mit einem Brief an Sie so lange zögerte. Ich wollte Ihnen so viel schreiben, daß ich die rechte Stunde niemals finden konnte, und weil ich glaubte, Sie durch den l. Karl beruhigt zu haben, so meint ich, daß ich wohl eine bequeme Stunde abwarten könnte.

Das Glück meiner lieben Schwester ist mir unendlich viel wert, und eben so hoch schätz ich die schöne Ehre, die mir so neu ist, von so würdigen Eltern zum Paten, zum besondern lebenslänglichen Freunde ihres Kinds berufen zu sein.

Genießen Sie nun ganz der Freude, die Ihrem Herzen der unschuldige Enkel und das häusliche Glück einer schätzbaren Tochter geben muß, und lassen Sie Ihre Ruhe durch keinen Gedanken an den Sohn stören, der eben in der Fremde lebt, und leben muß, bis seine eigne Natur und äußere Umstände ihm erlauben, auch irgendwo mit Herz und Sinnen einheimisch zu werden.

Lassen Sie, ich bitte Sie, dies Jahr ein Jahr der Ruhe für Sie werden. Sie haben das Ihre in der Welt getan. Sie können zufrieden sein. Sie haben auch so viel, besonders in der letzten Zeit erfahren, um glauben zu können, und lebendig inne zu werden, daß im Einzelnen, wie im Ganzen, mitten in Stürmen ein guter allerhaltender Geist unendlich waltet und lebt, ein Geist des Friedens und der Ordnung, der darum nur in den Kampf einwilliget, in Leiden und Tod, um überall alles durch die Mißtöne des Lebens zu höhern Harmonien zu führen. Das ist auch meines Herzens Glaube, und in diesem Glauben, diesem Sinne wünsch ich Ihnen ein gutes Jahr. Leben Sie recht wohl! Lassen Sie mich mein langes Stillschweigen doch nicht entgelten.

Ihr
treuer Sohn
Fritz.

An den Bruder

Frankfurt, d. 12. Febr.
Abgegangen d. 14. März 1798.

Liebster Bruder!

Es beweist mir für Deine gute Natur, daß Du unter allen Deinen Geschäften an echtem innerem Leben doch immer gewinnst, wie ich sehe; von der andern Seite bestätiget Dein Beispiel mich in der Meinung, die ich schon oft zu Gunsten der mechanischen Arbeit wagte; daß sie weniger tötend sei als eine Wirksamkeit, wo im Objekt und in der Behandlung die Willkür möglicher ist; daß sie den Menschen weniger zerreiße als ein moralisch Geschäft; daß sie uns leidenschaftsloser lasse, insofern die Leidenschaft doch wohl vornehmlich durch die Ungewißheit kömmt, in der wir uns befinden, wenn ein unbestimmter Gegenstand uns keine bestimmte Richtung nehmen läßt. Weiß ich nur, was eigentlich zu tun ist, so werd ichs auch mit Ruhe tun; hab ich aber von dem Gegenstande keinen sichern und genauen Begriff, so weiß ich auch nicht, welche Kraft und welches Maß von Kraft ihm anpaßt, und muß ich denn aus Furcht, zu wenig zu tun, zu viel, oder aus Furcht, zu viel zu tun, zu wenig tun, d.h. leidenschaftlich handeln. Lieber Karl! es ist oft wünschenswerter, bloß mit der Oberfläche unsers Wesens beschäftigt zu sein, als immer seine ganze Seele, sei es in Liebe oder in Arbeit, der zerstörenden Wirklichkeit auszusetzen. Aber davon überzeugt man sich nicht gerne in den Stunden des jugendlichen Erwachens, wo alle Kräfte hinausstreben nach Taten und Freuden, und es ist auch wohl natürlich, daß wir gerne uns opfern, daß wir unsern ersten Frieden hingeben für das Glück der Welt und für den ungewissen Ruhm der Nachwelt. Aber zu eilig müssen wir nicht sein, wir müssen zu früh nicht unsre schöne lebendige Natur, die heimatliche Wonne unsers

Herzens gegen Kampf und Eifer und Sorge vertauschen, denn der Apfel fällt, wenn er nicht krank ist, erst vom Stamme, wenn er reif ist.

Lieber Karl! ich spreche wie einer, der Schiffbruch erlitten hat. So einer rät nur gar zu gerne, daß man im Hafen bleiben soll, bis die beste Jahreszeit zu der Fahrt vorhanden sei. Ich hatte offenbar zu früh hinausgestrebt, zu früh nach etwas Großem getrachtet, und muß es wohl, so lang ich lebe, büßen; schwerlich wird mir etwas ganz gelingen, weil ich meine Natur nicht in Ruhe und anspruchloser Sorgenlosigkeit aufreifen ließ.

Ich schreibe das alles mehr um meinetwillen, weil das Herz mir voll davon ist. Du brauchst diese Predigt nicht sehr.

Shakespeare ergreift Dich so ganz; das glaub ich. Du möchtest auch von der Art etwas schreiben, lieber Karl! ich möcht es auch. Es ist kein kleiner Wunsch. Du möchtest es, weil Du auf Deine Nation mitwirken möchtest; ich möcht es darum auch, doch mehr noch, um in der Erzeugung eines so großen Kunstwerks meine nach Vollendung dürstende Seele zu sättigen.

Ist es Dein Ernst, als Schriftsteller auf den deutschen Charakter zu wirken und dies ungeheure Brachfeld umzuackern und anzusäen, so wollt ich Dir raten, es lieber in oratorischen als poetischen Versuchen zu tun. Du würdest schneller und sicherer zum Zwecke gelangen. Ich wunderte mich schon oft, daß unsere guten Köpfe nicht häufiger darauf geraten, eine kraftvolle Rede zu schreiben, z. B. über den Mangel an Natursinn bei den Gelehrten und Geschäftsleuten, über religiöse Sklaverei p. p. Dir liegen politische und moralische Gegenstände im Vaterlande besonders nah, z. B. Zünfte, Stadtrechte, Kommunrechte p. p. Zu geringfügig sind derlei Objekte gewiß nicht, und Du bist durch Deine Lokalkenntnis dazu berufen, wenigstens für den Anfang. Doch will ich mit dem allem nichts Dir ein- und ausreden.

Ich hoffe, Dich bald zu sehen und zu sprechen. Wenn es nur sich irgend tun läßt, komm ich auf den März zu Euch Lieben. Ich suche Ruhe, mein Bruder! Die werd ich finden an Deinem Herzen und im Umgang mit unsrer teuren Familie. Bester Karl! ich suche nur Ruhe. Halte mich nicht für feig und schlaff. Meine seit Jahren so mannigfach, so oft erschütterte Natur will nur sich sammeln, um dann einmal wieder frisch an eine Arbeit zu gehn.

Weißt Du die Wurzel alles meines Übels? Ich möchte der Kunst leben, an der mein Herz hängt, und muß mich herumarbeiten unter den Menschen, daß ich oft so herzlich lebensmüde bin. Und warum das? Weil die Kunst wohl ihre Meister, aber den Schüler nicht nährt. Aber so etwas sag ich nur Dir. Nicht wahr, ich bin ein schwacher Held, daß ich die Freiheit, die mir nötig ist, mir nicht ertrotze. Aber siehe, Lieber, dann leb ich wieder im Krieg, und das ist auch der Kunst nicht günstig. Laß es gut sein! Ist doch schon mancher untergegangen, der zum Dichter gemacht war. Wir leben in dem Dichterklima nicht. Darum gedeiht auch unter zehn solcher Pflanzen kaum eine.

Ich habe unter meinen kleinen Arbeiten noch keine gemacht, während welcher nicht irgendein tiefes Leiden mich störte. Sagst Du, ich soll nicht achten, was mich leiden macht, so sag ich Dir, ich müßte einen Leichtsinn haben, der mich bald um alle Liebe der Menschen brächte, unter denen ich lebe. –

Wie geht es denn Eurer politischen Welt? Die Landtagsschriften hab ich noch nicht wiederfinden können. Ich hab sie jemand geliehn und weiß nicht mehr, wem. Verzeih es mir, mein Lieber! Ich halte Dich gern auf jede Art dafür schadlos.

Die Briefe, die ich Dir schicken sollte, nach dem Auftrage, den Du hattest, müssen wohl in Nürtingen in Verwahrung liegen. Hier hab ich keine. Ich kenne mein Herz und weiß, daß es so kommen mußte, wie es kam. Ich hab in meiner schönsten Lebenszeit so manchen lieben Tag vertrauert, weil ich Leichtsinn und Geringschätzung dulden mußte, solange ich nicht der einzige war, der sich bewarb. Nachher fand ich Gefälligkeit und gab Gefälligkeit, aber es war nicht schwer zu merken, daß mein erster tieferer Anteil in dem unverdienten Leiden, das ich duldete, erloschen war. Mit dem dritten Jahre meines Aufenthalts in Tübingen war es aus. Das Übrige war oberflächlich, und ich hab es genug gebüßt, daß ich noch die zwei letzten Jahre in Tübingen in einem solchen interesselosen Interesse lebte. Ich hab es genug abgebüßt durch die Frivolität, die sich dadurch in meinen Charakter einschlich, und aus der ich nur durch unaussprechlich schmerzliche Erfahrungen mich wieder loswand. Das ist die reine Wahrheit, lieber Karl! Mußt Du von mir sprechen, so sieh, wie Du Dir hilfst. Betrüben möcht ich um alles das gute Herz nicht.

Von Deinen Angelegenheiten will ich, wie ich hoffe, bald mündlich mit Dir das Nähere besprechen. In jedem Fall ists mir ein groß Vergnügen, daß Du so früh Dich zum gründlichen Geschäftsmann bildest.

Die Cisrhenaner werden nächstens, wie man hofft, lebendiger und reeller republikanisch sein. Besonders soll in Mainz dem militärischen Despotismus, der daselbst jeden Freiheitskeim zu ersticken drohte, nun bald gesteuert werden.

Nun leb wohl, mein Lieber! Wie immer

Dein
Fritz.

An die Mutter

Frankfurt, d. 7. Apr. 1798.

Liebste Mutter!

Sie wundern sich vielleicht, einen Brief, statt eines Besuchs, zu erhalten. Aber die Hindernisse, die sich vorfanden, meinen Zögling mitzunehmen, waren auch Hindernisse für mich, denn ich kann mich nicht wohl von ihm trennen, ohne meinen Maximen und meinem Gemüt entgegenzuhandeln. Und gesetzt auch, daß für jetzt meine unausgesetzte Aufsicht nicht so nötig für ihn wäre, so würde ich doch nicht mit ruhigem Herzen abwesend sein, weil es doch möglich wäre, daß er sich vernachlässigte, während ich nicht um ihn wäre.

Daß ich nicht bälder schrieb, müssen Sie sich aus der Unentschlossenheit erklären, in der ich über meine Reise war.

Vielleicht findet sich bald ein günstiger Zeitpunkt, um meine teuren Verwandten wiederzusehn. Ich bins gewohnt, auf einen Wunsch zu resignieren, der nicht tunlich ist, und so konnt ich auch, da es die Umstände zu erfordern schienen, ein Projekt aufgeben, mit dem ich mich den Winter über amüsierte.

Sie werden recht vergnügte Feiertage haben. Und ich freue mich in Gedanken mit daran. Wenn nur die Sorgen Sie nicht stören, die Sie sich machen über die Unruhn in Württemberg. Ich denke aber, es soll gut gehn. Wenn nur die Württembergischen Herren Deputierten etwas mehr Mut und Geist, und weniger Kleinheitssinn und Verlegenheit in Rastatt zeigten, besonders bei Personen, von denen die Entscheidung ausgeht. Aber der Herr gibts den Seinen schlafend. Es wird auch mit den Unruhen so arg nicht werden. Und wenn die Bauern übermütig werden wollen, und gesetzlos, wie Sie fürchten, so wird man sie schon beim Kopf zu nehmen wissen.

Was meine künftige Versorgung betrifft, dürfen Sie nicht bang sein, liebste Mutter! Ich werde sicher nie mehr in den Fall kommen, Ihnen zur Last anheimfallen zu müssen. Nur muß ich Sie bitten, zu bedenken, daß wir jetzt in einer Zeit sind, wo man nicht mehr aus Liebhaberei oder aus zärtlicher Sorge die oder jene Versorgung als ausschließlich ehrenhaft, reell und passend zu betrachten hat. Hätt ich mich zu nichts gebildet, als mein Brot zu verdienen auf der Kanzel, die ich nicht betreten mag, weil sie zu himmelschreiend entweiht wird, hätt ich zu sonst nichts die Jugendkräfte verwandt, so möcht es bald vielleicht ein wenig mißlich stehn mit meinem Broterwerb. Aber ich denke, es soll so schlimm mit mir nicht werden.

HE. Schwager und der lieben Schwester und an Karl werd ich noch diese Woche schreiben, wenn ich mich zuvor ein wenig auf der Messe umgesehen habe. Und dann sollen auch Sie einen Brief bekommen, liebste Mutter, der weniger flüchtig ist als dieser. Ich werde mir diesmal nach eignem Gefallen etwas von der Messe für Sie suchen; denn Sie sagen mir doch nicht im Ernst, was Ihnen am besten gefällt.

Viele herzliche Empfehlungen an alle!
Ihr Fritz.

An die Schwester

[Wohl Mitte April 1798]

Liebste Schwester!

Ich hätt Dir bälder geschrieben, wann ich nicht von einer Woche zur andern gehofft hätte, Dich zu sprechen. Leider! hat sich dieses vereitelt, und ich hätt es wahrscheinlich vorausgesehen, daß meine Lage mirs verhindern würde, wann mich nicht das Verlangen, Euch wiederzusehen, blind gemacht hätte. Ein Hauptgrund ist der, daß ich mich nicht wohl von allem Gelde entblößen kann, um nicht durch diese Fessel an mein Verhältnis gebunden zu sein, und im Fall einer Veränderung etwas gesammelt zu haben, was für den Anfang wenigstens hinreichte. Da nun noch andere Gründe hinzukamen, z. B.

daß ich meinen Zögling nicht hier lassen und doch auch nicht ohne Schwierigkeiten mit mir nehmen konnte, so entschloß ich mich endlich, eine Freude zu verleugnen, mit der ich mich manchmal den Winter über erheitert hatte.

Je länger man getrennt ist, liebste Schwester! um so glücklicher wird die Zeit, wo man einmal wieder einander näher ist, und wir haben ja die schöne Hoffnung, einander immer wieder ganz und gesund zu finden.

Du wirst recht froh sein, den Frühling in Ruhe genießen zu können, in Deinem schönen häuslichen und gesellschaftlichen Kreise. Dein Glück ist echt; Du lebst in einer Sphäre, wo nicht viele Reichen, und nicht viele Edelleute, überhaupt nicht viel Aristokraten sind; und nur in der Gesellschaft, wo die goldne Mittelmäßigkeit zu Haus ist, ist noch Glück und Friede und Herz und reiner Sinn zu finden, wie mir dünkt. Hier z. B. siehst Du, wenig echte Menschen ausgenommen, lauter ungeheure Karikaturen. Bei den meisten wirkt ihr Reichtum wie bei Bauern neuer Wein; denn gerad so läppisch, schwindlich, grob und übermütig sind sie. Aber das ist auch gewissermaßen gut; man lernt *schweigen* unter solchen Menschen, und das ist nicht wenig.

Ich schicke Dir einen sehr galanten, mit kleinen Riechfläschchen versehenen Fächer aus der hiesigen Messe. Weil ich zu ökonomisch bin, um Dir was Solides zu schicken, muß ich Dir etwas Närrisches schicken, denn das eine wie das andere will etwas heißen.

Entschuldige mich bei Deinem l. Manne, daß ich noch nicht schreibe; für ihn möcht ich gerne eine Stunde, wo ich mich sammeln kann, und das sind unsre Nebenstunden häufig nicht.

Grüße Deine lieben Kinder. Christian wird nun recht herangewachsen sein. Meine Jfr. Braut Heinrike soll mich richtig ledig finden, wenn sie einmal konfirmiert ist. Der Allerkleinste ist doch wohl gesund und stark?

Lebe wohl, liebe Schwester! Grüße unsere Freunde.

Dein Fritz.

An Schiller

Frankfurt, d. 30. Jun. 1798.

Halten Sie es nicht für Unbescheidenheit, daß ich Ihnen wieder einige Gedichte zuschicke; wenn ich schon mich zu der Hoffnung Ihres Beifalls nicht berechtiget finde.

So sehr ich von mancher Seite niedergedrückt bin, so sehr auch mein eignes unparteiisches Urteil mir die Zuversicht nimmt, so kann ich es doch nicht über mich gewinnen, mich aus Furcht des Tadels von dem Manne zu entfernen, dessen einzigen Geist ich so tief fühle, und dessen Macht mir längst vielleicht den Mut genommen hätte, wenn es nicht ebenso große Lust wäre, als es Schmerz ist, Sie zu kennen.

Sie durchschauen den Menschen so ganz. Es wäre deswegen grundlos und unnütz, vor Ihnen nicht wahr zu sein. Sie wissen es selbst, daß jeder große Mann den andern, die es nicht sind, die Ruhe nimmt, und daß nur unter Menschen, die sich gleichen, Gleichgewicht und Unbefangenheit besteht. Deswegen darf ich Ihnen wohl gestehen, daß ich zuweilen in geheimem Kampfe mit Ihrem Genius bin, um meine Freiheit gegen ihn zu retten, und daß die Furcht, von Ihnen durch und durch beherrscht zu werden, mich schon oft verhindert hat, mit Heiterkeit mich Ihnen zu nähern. Aber nie kann ich mich ganz aus Ihrer Sphäre entfernen; ich würde mir solch einen Abfall schwerlich vergeben. Und das ist auch gut; solang ich noch in einiger Beziehung bin mit Ihnen, ist es mir nicht möglich, ein gemeiner Mensch zu werden, und wenn schon der Übergang vom Gemeinen zum Vortrefflichen noch schlimmer ist als das Gemeine selbst, so will ich doch in diesem Fall das Schlimmere wählen.

Ihr wahrer Verehrer
Hölderlin.

An die Schwester

Frankfurt, d. 4. Jul. 1798.

Liebste Schwester!
Ich habe Dir allerlei Dank zu sagen; für das Geschenk aus Deinen Händen, für Deinen Brief, für seine Länge und seinen Inhalt. Ich ging, nachdem ich ihn erhalten und gelesen, mit ihm spazieren und wollt ihn wieder lesen, und behielt ihn dennoch in der Tasche, weil ich ihn auswendig wußte, und überdies zu viel an Dich und Deine treue Zuneigung zu mir dachte, um in der Ordnung ihn wieder zu lesen. Liebe Schwester! es ist guter Vorteil, den mir mancherlei Erfahrungen geben, daß ich jede Teilnahme um so tiefer schätze. Es geht uns, wie ichs oft bei den Herden auf dem Felde gesehen habe, daß sie zusammenrücken und aneinanderstehn, wenn es regnet und wittert. Je älter und stiller man in der Welt wird, um so fester und froher hält man sich an erprüfte Gemüter. Und das ist auch ganz notwendig, denn das, was man hat, verstehet und ermißt man erst recht, wenn man siehet, wie wenig manches andre ist.

Sage doch nichts, meine Teure! von den Kleinigkeiten, womit ich Dir mein Andenken an Dich und meinen Wunsch, Dir im Größern gefällig zu sein, gerne ausdrücken möchte. Ich bitte Dich, nehm es für das, was es ist, für ein unschuldiges Vergnügen, das ich mir mache, wenn ich mich besinne, was von solchen Dingen sich für Dich schickt, und so in Gedanken mit Dir und den Deinigen umgehn kann.

Wenn Du von Dank sprichst, wie viel Dank bin ich Dir nicht schon lang her schuldig. Glaube mir, wer ohne eignen Herd, und häufig unter Fremden lebt, der weiß es erst zu schätzen, und vergißt es nicht, wenn ihn ein Freund oder Mutter oder Schwester im Hause freundlich aufgenommen hat. Wie manchen freien frohen Tag hab ich unter Deinem Dache zugebracht? – Liebe Schwester! Du kannst es selbst nicht fühlen, wie viel ein Haus wert ist, wie Deines, wo der humane Geist Deines l. Mannes und ein Herz, wie Deines, herrscht. Du bist glücklich, und würdest es noch viel mehr fühlen, wenn Du sähest, wie die Prunkwelt freudelos und trostlos ist, nicht nur für unsereinen, sondern auch für solche, die drin leben und viel daraus zu machen scheinen, indes geheimer Unmut, den sie selbst nicht recht verstehen, ihnen an der Seele nagt. Je mehr Rosse der Mensch vor sich vorausspannt, je mehr der Zimmer sind, in die er sich verschließt, je mehr der Diener sind, die ihn umgeben, je mehr er sich in Gold und Silber steckt, um so tiefer hat er sich ein Grab gegraben, wo er lebendig-tot liegt, daß die andern ihn nicht mehr vernehmen und er die andern nicht, trotz all des Lärms, den er und andre machen. Der einzige, den diese traurige Komedie noch glücklich macht, ist der, so zusieht, und sich täuschen läßt. Könnt ich doch nur auch recht große Augen machen, vor der Herrlichkeit der Welt! Ich wäre glücklicher und vielleicht ein ganz erträglicher junger Mensch! So aber kann man mir nicht imponieren, wenn man mir nicht durch Charakter imponiert und durch Genie, und weil das in der Welt so seltne Dinge sind, so war ich leider! auch so selten in der Welt demütig, wie es sich gehört. Jetzt bin ichs freilich, seit ich etwas mehr gelitten habe, doch ist das die rechte Art nicht. –

Ich muß abbrechen, weil die Post abgeht. Empfiehl mich Deinem l. Manne. Alle Deine Kinder grüße von mir, und jedes, wie es ihm am besten gefällt. Sobald die Jfr. Braut anfängt, zu kritzeln, muß eine zärtliche Korrespondenz zwischen uns beeden etabliert werden. –

Viel herzliche Grüße an *D.* Veiel. Ich freue mich über seinen guten Geschmack, und wenn er glücklich dabei ist, freut es mich noch mehr.

Dein
Fritz.

An den Bruder

Frankfurt, d. 4. Jul. 1798.

Du hast mir die Briefscheue abgelernt, lieber Karl! Aber ich will Dir ein gutes Beispiel geben und wieder schreiben, ehe ich eine Antwort von Dir habe auf den Brief, den ich ungefähr um Ostern Dir schrieb. Die liebe Mutter schreibt mir, Du seiest nicht wohl und habest dabei sehr viele Geschäfte. Da kann ich mir sehr gut vorstellen, wie ungern Du ans Briefschreiben kommen magst. Man hat oft bei aller Kraft der Jugend kaum für das Notwendige Gedanken und Geduld genug übrig, so störend und schwächend ist manchmal das Leben, und keine Zeit ist schlimmer in jeder Rücksicht als der Übergang vom Jüngling zum Mann. Die andern Menschen und die eigene Natur machen einem, glaub ich, in keiner andern Lebensperiode so viel zu schaffen, und diese Zeit ist eigentlich die Zeit des Schweißes und des Zorns und der Schlaflosigkeit und der Bangigkeit und der Gewitter, und die bitterste im Leben, so wie die Zeit, die auf den Mai folgt, die unruhigste im Jahr ist.

Aber die Menschen gären, wie alles andere, was reifen soll, und die Philosophie hat nur dafür zu sorgen, daß die Gärung so unschädlich und so leidlich und so kurz, wie *möglich* ist, vorbeigeht. – Schwimm hindurch, braver Schwimmer, und halte den Kopf nur immer oben! Bruderherz! ich hab auch viel, sehr viel gelitten und mehr, als ich vor Dir, vor irgendeinem Menschen jemals aussprach, weil nicht alles auszusprechen ist, und noch, noch leid ich viel und tief, und dennoch mein ich, das Beste, was an mir ist, sei nicht untergegangen. Mein Alabanda sagt im zweiten Bande: »Was lebt, ist unvertilgbar, *bleibt in seiner tiefsten Knechtsform frei,* bleibt Eins, und wenn du es zerreißest bis auf den Grund, und wenn du bis ins Mark es zerschlägst, doch bleibt es eigentlich unverwundet, und sein Wesen entfliegt dir siegend unter den Händen u. s. w.« Dies läßt sich mehr oder weniger auf jeden Menschen anwenden, und auf die Echten am meisten. Und mein Hyperion sagt: »Es bleibt uns überall noch eine Freude. Der echte Schmerz begeistert. Wer auf sein Elend tritt, steht höher. Und das ist herrlich, daß wir erst im Leiden recht der Seele Freiheit fühlen.« Leb wohl, Bester, Teurer! Schreib mir bald! Denke, daß ich Dir treu bin, wie Du mir! O, bleib nur, wer Du bist! dem Vaterlande zulieb und mir zulieb.

H.

Du bekömmst auch Briefe von meinen Kindern.

Von Henry Gontard

27. Sept. 1798.

Lieber Hölder!

Ich halte es fast nicht aus, daß Du fort bist. Ich war heute bei Herrn Hegel, dieser sagte, Du hättest es schon lange im Sinn gehabt, als ich wieder zurück ging, begegnete mir Herr Hänisch, welcher den Tag

Deiner Abreise zu uns kam, und ein Buch suchte; er fand es, ich war gerade bei der Mutter, er fragte die Jette, wo Du wärst, die Jette sagte, Du wärst fort gegangen, er wollte eben auch zu Herrn Hegel gehn, und nach Dir fragen, er begleitete mich, und fragte, warum Du fort gegangen wärst, und sagte, es schmerzte ihn recht sehr. Der Vater fragte bei Tische, wo Du wärst, ich sagte, Du wärst fort gegangen, und Du ließt Dich ihm noch empfehlen. Die Mutter ist gesund, und läßt Dich noch vielmals grüßen, und Du möchtest doch recht oft an uns denken, sie hat mein Bett in die Balkonstube stellen lassen und will alles, was Du uns gelernt hast, wieder mit uns durchgehn. Komm' bald wieder bei uns, mein Holder; bei wem sollen wir denn sonst lernen. Hier schick ich Dir noch Tabak und der Herr Hegel schickt Dir hier das 6te Stück von Posselt's Annalen.

Leb wohl, lieber Hölder.
ich bin
Dein Henri.

Frankfurt am Main.

Von Susette Gontard

[Frankfurt, verm. Ende September, Anfang Oktober 1798]

Ich muß Dir schreiben Lieber! Mein Herz hält das Schweigen gegen Dich länger nicht aus, nur noch einmal laß meine Empfindung sprechen vor Dir, dann will ich, wenn Du es besser findest, gerne, gerne still seyn.

Wie ist nun, seit Du fort bist, um und in mir alles so öde und leer, es ist als hätte mein Leben, alle Bedeutung verlohren, nur im Schmerz fühl ich es noch. –

Wie lieb ich nun diesen Schmerz, wenn er mich verlassen, und es wieder dumpf in mir wird, wie such ich ihn mit Sehnsucht wieder, nur meine Trähnen über unser Schicksaal können mich noch freun. ––– Sie fließen auch reichlich wenn ich Abends, schon um neun Uhr, den Tag zu verkürtzen, mit den Kindern, zur Ruhe mich lege, wenn alles still ist und niemand mich sehen kann. Wie! dachte ich dann offt, soll künftig diese geliebte, reine Liebe, wie Rauch verfliegen und sich auflösen, nirgends eine bleibende Spur zurück lassen? –

Da kam der Wunsch in mich, noch durch geschriebene Worte, für Dich, ihr ein Monument zu errichten das unauslöschlich die Zeit doch unverändert schonet. Wie mögte ich, mit glühenden Farben, bis auf ihre kleinsten Schattierungen sie mahlen, und sie ergründen, die edle Liebe des Herzens, könnte ich nur Einsamkeit und Ruhe finden! so, beständig gestöhrt zerrissen, kann ich nur Stückweise sie fühlen, suche sie beständig, und doch ist sie ganz in mir! –

Im offnen, freyem Feld, ist es mir noch am besten, und ich sehne mich beständig hienaus, wo ich den lieben Feldberg sehe, der Dich *Böser* wie eine Wand *sanft* aufhält, daß Du mir nicht weiter entfliehest! – Komm ich aber wieder nach Hause, ist es nicht mehr wie sonst, sonst wurde es mir so wohl, wieder in Deine Nähe zu kommen, jetzt ist's als gienge ich in einen großen Kasten mich da einsperren zu lassen, kamen sonst meine Kinder, von Dir, zu mir herunter wie stärkte es mein offt traurend Wesen, wenn eine sanfte Röthe, eine tiefferer Ernst, eine Trähne im Aug, mir noch den Einfluß von Dir verrieht, jetzt haben sie nicht mehr diese Bedeutung für mich und, ich muß offt meine Gefühle für sie zurechte weisen. – – –

So weit hatte ich schon in den 1sten 8 Tagen Deiner Entfernung geschrieben, und mein Herz kämpfte mit meiner Vernunft ob ich würklich diese Zeilen Dir schicken sollte, oder nicht, mein Herz siegte in dem Fall, daß alle andere Beziehungen, mit Dir mir abgeschnitten würden, Gelegenheit zu suchen Dir wenigstens Rechenschafft davon zu geben, Denn, *den* Gedanken so nah wie wir, noch zu Leben, und nach solcher Innigkeit gar nichts von einander zu höhren, und wissen zu wollen, konnte ich nicht fassen, es wäre mir unmöglich, *diese* Enthaltsamkeit mit zartheit des Gemüths zu reimen, und ich glaube fast Du mußtest das von mir erwarten, und hättest wenn ich schwiege Ursache mich des Gegentheils zu Beschuldigen. Du konntest nicht zuerst schreiben das fühlte ich wohl, weil ich immer dagegen war. Diese Gedanken bestimmten mich, verdenke es mir nicht daß ich Dir schrieb, und daß ich Dir klage, wären diese Klagen, nicht zugleich Beweise meiner Gefühle, gewiß, Du würdest sie nicht höhren. Jetzt bekam *Henry* Deinen Brief, welcher mich sehr aufrichtete, ich hatte immer nur Deine neue Freyheit, und Unabhängigkeit vor Augen, Dein häuslich Leben Deine stillen Zimmer und Deine grünen Bäume, am Fenster, Deinen Brief, diesen lieben Trost behielt ich aber kaum eine Viertelstunde, indem *H.* ihn mir sehr gewissenhafft zurück forderte, um ihn zu zeigen, und so bekam ich ihn nicht wieder Ich weis nicht was *H.* bey dieser Gelegenheit, alles verbothen wurde, ich fand ihn aber nach her sehr verändert, und er scheute sich Deinen Namen zu nennen. Du kamest nach F. und ich sah Dich nicht einmal von weitem, daß war mir sehr hart! ich hatte immer auf den Sonnabend gerechnet, doch mußte ich eine Ahndung von Dir haben den ich öffnete, am Abend wie Du vorbey giengest, ungefähr um halb 9 Uhr das Fenster und dachte, wenn ich Dich doch im Schein der großen Laterne erblickte. Einige Zeit nach her, als ich *Henry* zum *H.* schicken wollte antwortete er es sey ihn nicht mehr erlaubt, ich sagte ihm sehr ernsthafft, daß er ein undankbares Herz hätte wenn er gegen dieses Verboth gar keine Einwendungen gemacht, und wenn es ihm nicht sehr leid wäre, es half aber nichts, er sagte, er müsse doch gehohrsam seyn.

Jetzt wo denn alle Wege der Mittheilung uns abgeschnitten sind, und ich dadurch sehr empöhrt bin, hoffe ich auf den Mann, den Du aus dem Gasthoffe uns schicktest.

Du kannst mir wenn Du es gut findest, und *Sinclair* einmal hier her kömmt ihn bitten wenn es angeht, und Du Dich nicht gegen ihn in ein falsches Licht setzest, mich zu besuchen, und mir durch ihn den *Hipperion* schicken wenn Du ihn schon bekommen, es ist mir nicht möglich ihn für ein paar Geldstücke zu kaufen. Ich werde dann wieder Nachricht von Dir bekommen, wie sehr wird es mich Freuen! wenn es Dir gut gehet! –

Man begegenet mir, wie ich vorher sah, sehr höfflich biethet mir, alle Tage neue Geschenke Gefälligkeiten und Lustparthien an, allein, von dem, der das *Herz* meines Herzens nicht schonte, muß die kleinste Gefälligkeit anzunehmen, mir wie Gifft seyn, so lange die Entpfindlichkeit dieses Herzens dauret, denn wer könnte wohl auf den Sturtz seines Freundes sich so genannte *gute Tage* machen wollen, noch Selbstgefühl und Zartheit behaupten, aus diesem Gefühl lebe ich also gerne einfacher wie sonst, schränke aus Neigung meine Bedürfniße ein, dieser Stolz, und dieß Gefühl, sind mir lieber als alle Güther der Erde. Gott! meine Liebe! bewahre mich darinn. Ich bin fast immer allein mit den Kindern suche ihnen so nützlich zu werden wie ich kann.

Schon offt habe ich es bereut daß ich Dir beym Abschied den Rath gab auf der Stelle Dich zu entfernen, noch habe ich nicht begriffen aus welchem Gefühl ich so dringend Dich bitten mußte, ich glaube aber es war die Furcht, vor der ganzen Empfindung unserer Liebe, die zu laut in mir wurde bey diesem gewaltigen Riß, und die Gewalt welche ich fühlte machte mich gleich zu nachgiebig, wie manches dachte ich nachher hätten wir noch für die Zukunft ausmachen können? hätte nur unser aus einander gehen nicht diese Feindselige Farbe angenommen, niemand hätte Dir den Zutritt in unser Hauß wehren können, aber jetzt, O! sage mir Du Guter wie geht es wohl an, das wir uns wiedersehen? sey es auch noch so entfernt? – Dem, ganz entsagen, kann ich nicht! Es bleibt immer meine liebste Hoffnung! –– Sinne darauf.

Offt werde ich Dir nicht schreiben können, *dieser* Gelegenheit traue ich höchstens nur einmal, Du wirst durch *S.* ein paar Zeilen zurück bekommen. Auch glaube ich das es künftig mit der Comödie nicht mehr so offt angehet, man würde es bald merken weil man nicht gewohnt ist, daß ich bey schlechten Stücken hingehe, und wir wollen doch keine Zuschauer, auch würde es mir zu laid tuhn Dich bey schlechtem Wetter unterwegends zu wissen, Wir wollen also wenn Du es gut findest, *diese* Einrichtung machen, Du kömmst alle Monath den 1sten Donnerstag, und wenn es schlecht Wetter ist, den 1sten darauf folgenden schönen Comödien Tag, und ich richte mich danach.

Da habe ich Dir viel Worte machen müssen, und hätte Dir doch gerne so viel gesagt, das Rechte kann ich aber nicht ausdrücken, es bleibt tief in meinem Herzen begraben nur Trähnen der Wehmuth können daß sagen, und wieder stillen. Du siehest wohl ich kann die Worte nicht finden! –– Ich binn so verändert, dieser gewaltige Schlag des Schicksaals hat mich ganz in mich selbst gekehrt, ein tiefer heiliger Ernst herschet durch mein ganzes Wesen, nur offt ist's mir so dumpf, und ich habe keine Besinnung, will ich dann lesen, stehen meine Gedanken still, und wollen nicht weiter, ich kann nur das nöthigste tuhn, und binn zum verwundern geduldig. Meine Gesundheit ist übrigens gut, nur fehlet es mir an Muth und Täthigkeit ich binn ein wenig gelähmt, und mögte nur immer so hin sitzen, träumen mögte ich auch! aber auch meine Phantasie will mir offt nicht dienen, O! es wird gewiß besser wenn ich nur erst weiß daß die Nachrichten von Dir, mir nicht fehlen können und ich immer einen Gesichtspunct einen Tag der Hoffnung, vor mir habe, denn die Hoffnung

hält uns allein im Leben. – – Daß bleibt gewiß daß ich nie ändere. – – –
So weit schrieb ich am Mittwoch.

Freytag Morgend ½ 10 Uhr

Seit ich Dich gestern sah ist nichts als der Wunsch in mir lebendig Dich zu sprechen, willst Du es wagen, bindet Dich kein Versprechen, so komm heute Nachmittag ein viertel nach 3 Uhr, gehe unverstohlen der hintern Tühre welche immer offen ist herein lauffe leicht und schnell die Treppe herauf wie sonst, die Tühre zu meinem Zimmer an der Treppe wird Dir schon geöffnet seyn, die Kinder lernen zu der Zeit im hintern blauen Zimmer und können Dich nicht sehen wenn Du an der Mauer her gehest, *Willhelmine* bleibt bey der *M* im Wohnzimmer, und wir können hoffen uns eine Stunde ruhig zu sprechen, findest Du es aber unbesonnen oder hast sonst Gründe verspreche ich sie zu ehren, und mich gewiß in nichts zu ändern, es bleibt dann bey der Alten Einrichtung Du kannst es immer noch so machen, mich wirst Du immer finden.

Sollte Dich sonst auch jemand sehen tuht das gar nichts, Es kann nicht auffallend seyn wenn Persohnen welche 3 Jahre unter einem Dache lebten 1 halbe Stunde zusammen zubringen, das Gegentheil viel mehr.

An die Mutter

[Homburg, 10. 10. 1798]

Liebste Mutter!

Ihr reines Wohlwollen, das mich auch wieder in Ihrem letzten lieben Briefe so innigst erfreute, auch Ihre zum Teil gerechte Sorge für meine Gesundheit läßt mich hoffen, daß Sie die längstvorbereitete Veränderung meiner Lage nicht mißbilligen werden.

Ich muß Ihnen zuvörderst zeigen, wie sicher und in jeder Rücksicht angemessen meine jetzige Lage ist, und wenn ich dann noch die Gründe nenne, die mich veranlassen mußten, meine vorige Lage zu verlassen, nach langem Harren und vieler Geduld, so werden Sie mehr Ursache zur Zufriedenheit als zur Unzufriedenheit in diesem Briefe finden.

Durch Schriftstellerarbeit und sparsame Wirtschaft mit meiner Besoldung hab ich mir in den letzten anderthalb Jahren meines Aufenthalts in Frankfurt 500 fl. zusammengebracht. Mit fünfhundert Gulden, glaub ich, ist man in jedem Ort der Welt, der nicht so teuer ist wie Frankfurt, wenigstens auf ein Jahr von ökonomischer Seite völlig gesichert. Ich hatte also insofern alles Recht, die Gesundheit und die Kräfte, die durch die anstrengende Verbindung meiner Berufsgeschäfte und meiner eignen Arbeiten sich notwendig schwächten, wiederherzustellen durch eine ruhigere Lebensart, die ich mir nicht ohne Mühe auf diese Art möglich gemacht hatte. – Hiezu kam, daß mein Freund, der Regierungsrat von Sinclair in Homburg, der an meiner Lage in Frankfurt schon lange Teil genommen hatte, mir riet, zu ihm nach Homburg hinüberzuziehen, Kost und Logis um ein Geringes bei ihm zu nehmen, und mir durch ungestörte Beschäftigung endlich einen geltenden Posten in der gesellschaftlichen Welt vorzubereiten. Ich wandte ihm vieles ein, unter anderem auch, daß ich auf diese Art in eine gewisse Dependenz von ihm geriete, die Freunden nicht anständig wäre. Um diesen Einwurf zu heben, besorgte er mir ein Logis und Kost außer seinem Hause, wo ich äußerst angenehm und ungestört und gesund wohne, und für die Zimmer, Bedienung und Wäsche jährlich 70 fl. zahle. Für das Mittagessen, welches wirklich im Verhältnis mit seinem Preise außerordentlich gut zubereitet ist, zahl ich täglich 16 cr. Abends bin ich lange gewohnt, nur Tee zu trinken und etwas Obst zu mir zu nehmen; (da ich überflüssig viele Kleider, die freilich in Frankfurt alle notwendig waren, mit mir hieher brachte, so sehn Sie wohl, wie weit ich mit meinem Geldvorrat hinreichen kann).

Sinclairs Familie besteht aus vortrefflichen Menschen, die mich alle schon längst bei meinen Besuchen mit zuvorkommender Güte behandelten, und seit ich wirklich hier bin, mit so viel Teilnahme und Aufmunterung mich überhäuften, daß ich eher Ursache habe, mich um meiner Geschäfte und um meiner Freiheit willen zurückzuziehn, als zu fürchten, daß ich gar zu einsam leben möchte. Am Hofe hat mein Buch einigermaßen Glück gemacht und man hat gewünscht, mich kennen zu lernen. Die Familie des Landgrafen besteht aus echtedeln Menschen, die sich durch ihre Gesinnungen und ihre Lebensart von andern ihrer Klasse ganz auffallend auszeichnen. Ich bleibe übrigens entfernt, aus Vorsicht und um meiner Freiheit willen, mache meine Aufwartung und lasse es dabei bewenden. Sie trauen mir zu, daß ich dies alles nur insofern erzähle, als es Ihnen angenehm, und mir vielleicht im Notfall nützlich ist. Wesentlich ist aber der geistreiche, verständige, herzliche Umgang meines Sinclair. Bei einem solchen Manne ist jede Stunde für den andern Gewinn an Seele und Freude. Sie können sich denken, welchen Einfluß dies auf meine Beschäftigungen und auf meinen Charakter haben muß. Ich erspare es auf ein andermal, der Kürze wegen, Ihnen noch manches zu sagen, was Sie überzeugen wird, wie sehr dieser Ort und meine gegenwärtige Lage für meine reellsten Bedürfnisse gemacht ist. Nötig war es schlechterdings, mich irgend einmal in einer unabhängigern Lage für mein künftiges Fach vorzubereiten, und urteilen Sie selbst, ob der Platz, den ich dazu gewählt, angemessener sein könnte. – Ich gestehe Ihnen, ich hätte sehr gewünscht bei allem dem, in meiner vorigen Lage noch länger zu bleiben, einmal, weil es mir unendlich schwer wurde, mich von meinen guten wohlgeratnen Zöglingen zu trennen, und dann auch, weil ich wohl sah, daß jede Veränderung meiner Lage, auch die notwendige und günstige, Sie beunruhigen würde. Auch hätt ich sicher nicht die Mühe gescheut, die es mir kostete, meine eigenen Arbeiten neben meiner Erziehung zu betreiben, wiewohl ich sagen darf, daß eben das Interesse, das ich für diese Kinder fühle, mir schlechterdings nicht erlaubte, meine Erziehung mir auf irgendeine Art bequem zu machen. Die Liebe, die sie zu mir hatten, und der glückliche Erfolg meiner Bemühungen erheiterte mich dann auch oft und machte mir das Leben leichter. Aber der unhöfliche Stolz, die geflissentliche tägliche Herabwürdigung aller Wissenschaft und aller Bildung, die Äußerungen, daß die Hofmeister auch Bedienten wären, daß sie nichts Besonders für sich fordern könnten, weil man sie für das bezahlte, was sie täten, u. s. w. und manches andre, was man mir, weils eben Ton in Frankfurt ist, so hinwarf – das kränkte mich, so sehr ich suchte, mich darüber weg zu setzen, doch immer mehr, und gab mir manchmal einen stillen Ärger, der für Leib und Seele niemals gut ist. Glauben Sie, ich war geduldig! Wenn Sie jemals mir ein Wort geglaubt, so glauben Sie mir dies! Sie werden es für übertrieben halten, wenn ich Ihnen sage, daß es heutzutage schlechterdings unmöglich ist, in solchen Verhältnissen lange auszudauern; aber, wenn Sie sehen könnten, auf welchen Grad besonders die reichen Kaufleute in Frankfurt durch die jetzigen Zeitumstände erbittert sind, und wie sie jeden, der von ihnen abhängt, diese Erbitterung entgelten lassen, so würden Sie erklärlich finden, was ich sage. – Ich mag nicht mehr und nicht bestimmter von der Sache sprechen, weil ich wirklich ungern mich entschließe, von den Leuten schlimm zu sprechen. – Diese beinahe täglichen Kränkungen waren es eigentlich, was meine Berufsarbeiten und andere Beschäftigungen unsäglich mir erschwerte, und mich für beedes wirklich unnütz gemacht hätte, wenn ich nicht in eben dem Grade Anstrengung aufgewandt hätte, in welchem ich litt. Das konnte jedoch nur eine Weile dauern. Vorigen ganzen Sommer mußt ich beinahe müßig gehen, wenn ich fertig war mit meinen Kindern, weil ich meist zu kränklich oder doch zu müde war zu etwas andrem. – Ich schäme mich, in diesem Tone von mir zu sprechen, und nur Ihnen zulieb, nur, um Sie von der Notwendigkeit einer Veränderung zu überzeugen, kann ich mich dazu verstehn. – Ich mußte mich endlich entschließen, zu dem schweren Abschied von den guten Kindern, dem ich so lange und der Himmel weiß! mit wie viel Mühe und Sorge ausgewichen war. Auch um meiner Ehre willen fand ich es nicht schön, so leidend, wie mich meine Freunde sahn, noch länger vor ihnen zu erscheinen. Ich erklärte Herrn Gontard, daß es meine künftige Bestimmung erfordere, mich auf eine Zeit in eine unabhängige Lage zu versetzen, ich vermied alle weitern Erklärungen, und wir schieden höflich auseinander. Ich möchte Ihnen noch gerne von meinem guten Henry viel erzählen; aber ich muß fast alle Gedanken an ihn mir aus dem Sinne schlagen, wenn ich mich nicht zu sehr erweichen will. Er ist ein trefflicher Knabe, voll seltner Anlagen, und in so manchem ganz nach meinem Herzen. Er vergißt mich nie, so wie ich niemals ihn vergesse. Ich glaub auch, einen festen guten Grund in ihm gelegt zu haben, auf den er weiter bauen kann. Es freut mich, daß ich nur drei Stunden von ihm entfernt bin; so kann ich doch von Zeit zu Zeit erfahren, wie es ihm geht. – Ich muß schnell abbrechen, um den Brief noch auf die Post zu bringen. Erfreuen Sie mich bald mit einem gütigen Briefe. Empfehlen Sie mich in Blaubeuren. Ich will auch nächstens dahin schreiben; tausend Grüße an den l. Karl; es soll auch diese Woche noch, wenns möglich ist, ein langer Brief an ihn abgehn. Wie befindet sich die Frau Großmamma? Machen Sie ihr meine herzlichsten Empfehlungen. Ich bin, wie immerhin, mit kindlicher Ergebenheit

Ihr Fritz.

Homburg vor der Höhe,
d. 10. Oct. 1798.

Meine Adresse:
M. Hölderlin, wohnhaft bei HE. Wagner, Glaser in Homburg vor der Höhe.

An die Mutter

Homburg vor der Höhe, d. 12. Nov. 1798.

Liebste Mutter!

Ich danke Ihnen recht sehr, daß Sie die Nachricht von der Veränderung meiner Lage mit diesem gütigen Zutrauen zu mir aufgenommen haben. Ich habe, seit ich hier bin, ruhig im täglichen Umgang mit meinem Freunde Sinclair gelebt. Jetzt reist er in Angelegenheiten des Landgrafen nach Rastatt. Er hat mir den Vorschlag gemacht, ihm auf der Reise und bei seinem Aufenthalt in Rastatt Gesellschaft zu leisten, und da ich dies nach den generosen Anerbietungen meines Freundes beinahe unentgeltlich tun kann, auch in Rastatt meine Beschäftigungen wenigstens einen Teil des Tages ganz ungestört fortsetzen kann, so hab ich es für unvernünftig gehalten, diese Gelegenheit zu meiner Bildung zu vernachlässigen, und bin entschlossen, heute oder morgen mit ihm auf 4 Wochen dahin abzureisen. Wenn das Wetter und der Weg es leidet, mach ich vielleicht von Rastatt aus einen Gang nach Nürtingen und Blaubeuren, um ein paar Tage wieder in dem langentbehrten Wiedersehen meiner teuren Mutter und der lieben Meinigen zuzubringen. Find ich aber, daß der Weg zu weit und die Reisekosten für meine jetzige Ökonomie zu beträchtlich sind, so will ich wenigstens den l. Karl nach Neuenbürg bestellen, wohin wir beide so weit nicht haben werden. Er wird doch wohl in diesem Falle einige Tage seine Geschäfte verlassen können, und HE. Oberamtmann wird auf meine expresse Bitte gerne darein willigen. Freilich wird es mir tiefe Verleugnung kosten, Nürtingen und Blaubeuren nicht auch zu sehen. – Ich werde von Rastatt aus an Sie und die l. Schwester und an Karl auch schreiben. Haben Sie die Güte, mich indessen bei meinen lieben Korrespondenten zu entschuldigen.

Sinclair läßt sich Ihnen empfehlen. Er hat sich gefreut, daß Sie das gute Zutrauen zu ihm haben, daß er gute Aufsicht über mich führen werde, er wollt es auch pünktlich tun. Ordentlich lustig ist es, daß Sinclairs Mutter gerade mich so zum sorgsamen Geleiter ihres HE. Sohns bestellt, wie Sie den HE. Regierungsrat zu meinem Mentor machen. Es wird auch wirklich wenig Freunde geben, die sich gegenseitig so beherrschen und so untertan sind.

Empfehlen Sie mich der l. Frau Großmamma. Es freut mich recht herzlich, daß Sie dieses teuern Umgangs auf den Winter nicht entbehren müssen. Empfehlen Sie mich auch sonst überall.

Ihr gehorsamster Sohn
Hölderlin.

An Neuffer

Homburg von der Höhe,
d. 12. Nov. 1798.

Liebster Neuffer!
Ich habe meine Lage verändert, seit ich Dir das letztemal schrieb, und habe im Sinne, einige Zeit hier in Homburg zu privatisieren. Es ist etwas über einen Monat, daß ich hier bin, und ich habe indessen ruhig, bei meinem Trauerspiel, im Umgang mit Sinclair, und im Genuß der schönen Herbsttage gelebt. Ich war durch mancherlei Leiden so zerrissen, daß ich das Glück der Ruhe wohl den guten Göttern danken darf.

Ich bin sehr begierig auf Nachrichten von Dir und auf Deinen Almanach; ich werde aber wohl noch warten müssen, wenn ich ihn nicht selbst bei Dir hole, nicht, weil ich Dich für nachlässig halte, sondern weil Deine Briefe erst in 4 Wochen mich hier wieder treffen werden.

Mein Freund Sinclair reist nämlich in Angelegenheiten seines Hofes nach Rastatt, und macht mir, unter sehr vorteilhaften Anerbietungen, den Vorschlag, ihm dahin Gesellschaft zu leisten. Ich kann dies, durch Sinclairs Generosität, beinahe ganz ohne einen Verlust in meiner kleinen Ökonomie, auch ohne meine Beschäftigungen sehr zu unterbrechen, ins Werk stellen, und es wäre demnach sonderbar gewesen, wenn ich nicht darein gewilligt hätte.

Heute noch oder morgen reisen wir ab.

Vielleicht, daß ich von Rastatt aus einen Gang ins Wirtembergische mache. Sollte dies nicht möglich werden, so würd ich Dich in einem Briefe von Rastatt aus bitten, wenn Dich die Umstände nicht hindern, auf einen bestimmten Tag in Neuenbürg einzutreffen, wo ich dann hinkäme, um Dich einmal wieder von Angesicht zu Angesicht zu haben. Es sollte mir unendlich lieb sein, über alles, was uns gemeinschaftlich interessiert, einmal wieder mit Dir sprechen zu können. – Das Lebendige in der Poesie ist jetzt dasjenige, was am meisten meine Gedanken und Sinne beschäftiget. Ich fühle so tief, wie weit ich noch davon bin, es zu treffen, und dennoch ringt meine ganze Seele danach und es ergreift mich oft, daß ich weinen muß, wie ein Kind, wenn ich um und um fühle, wie es meinen Darstellungen an einem und dem andern fehlt, und ich doch aus den poetischen Irren, in denen ich herumwandele, mich nicht herauswinden kann. Ach! die Welt hat meinen Geist von früher Jugend an in sich zurückgescheucht, und daran leid ich noch immer. Es gibt zwar ein Hospital, wohin sich jeder auf meine Art verunglückte Poet mit Ehren flüchten kann – die Philosophie. Aber ich kann von meiner ersten Liebe, von den Hoffnungen meiner Jugend nicht lassen, und ich will lieber verdienstlos untergehen als mich trennen von der süßen Heimat der Musen, aus der mich bloß der Zufall verschlagen hat. Weißt Du mir einen guten Rat, der mich so schnell wie möglich auf das Wahre bringt, so gib mir ihn. Es fehlt mir weniger an Kraft, als an Leichtigkeit, weniger an Ideen, als an Nuancen, weniger an einem Hauptton, als an mannigfaltig geordneten Tönen, weniger an Licht, wie an Schatten, und das alles aus Einem Grunde: ich scheue das Gemeine und Gewöhnliche im wirklichen Leben zu sehr. Ich bin ein rechter Pedant, wenn Du willst. Und doch sind, wenn ich nicht irre, die Pedanten sonst so kalt und lieblos, und mein Herz ist doch so voreilig, mit den Menschen und den Dingen unter dem Monde sich zu verschwistern. Ich glaube fast, ich bin aus lauter Liebe pedantisch, ich bin nicht scheu, weil ich mich fürchte, von der Wirklichkeit in meiner Eigensucht gestört zu werden, aber ich bin es, weil ich mich fürchte, von der Wirklichkeit in der innigen Teilnahme gestört zu werden, mit der ich mich gern an etwas anderes schließe; ich fürchte, das warme Leben in mir zu erkälten an der eiskalten Geschichte des Tags, und diese Furcht kommt daher, weil ich alles, was von Jugend auf Zerstörendes mich traf, empfindlicher als andre aufnahm, und diese Empfindlichkeit scheint darin ihren Grund zu haben, daß ich im Verhältnis mit den Erfahrungen, die ich machen mußte, nicht fest und unzerstörbar genug organisiert war. Das sehe ich. Kann es mir helfen, daß ich es sehe? Ich glaube, so viel. Weil ich zerstörbarer bin als mancher andre, so muß ich um so mehr den Dingen, die auf mich zerstörend wirken, einen Vorteil abzugewinnen suchen, ich muß sie nicht an sich, ich muß sie nur insofern nehmen, als sie meinem wahrsten Leben dienlich sind. Ich muß sie, wo ich sie finde, schon zum voraus als unentbehrlichen Stoff nehmen, ohne den mein Innigstes sich niemals völlig darstellen wird. Ich muß sie in mich aufnehmen, um sie gelegenheitlich (als Künstler, wenn ich einmal Künstler sein will und sein soll) als Schatten zu meinem Lichte aufzustellen, um sie als untergeordnete Töne wiederzugeben, unter denen der Ton meiner Seele um so lebendiger hervorspringt. Das Reine kann sich nur darstellen im Unreinen, und versuchst Du, das Edle zu geben ohne Gemeines, so wird es als das Allerunnatürlichste, Ungereimteste dastehn, und zwar darum, weil das Edle selber, so wie es zur Äußerung kömmt, die Farbe des Schicksals trägt, unter dem es entstand, weil das Schöne, so wie es sich in der Wirklichkeit darstellt, von den Umständen, unter denen es hervorgeht, notwendig eine Form annimmt, die ihm nicht natürlich ist, und die nur dadurch zur natürlichen Form wird, daß man eben die Umstände, die ihm notwendig diese Form gaben, hinzunimmt. So ist z. B. der Charakter des Brutus ein höchst unnatürlicher, widersinniger Charakter, wenn man ihn nicht mitten unter den Umständen sieht, die seinem sanften Geiste diese strenge Form aufnötigten. Also ohne Gemeines kann nichts Edles dargestellt werden; und so will ich mir immer sagen, wenn mir Gemeines in der Welt aufstößt: Du brauchst es ja so notwendig wie der Töpfer den Leimen, und darum nehm es immer auf und stoß es nicht von dir und scheue nicht dran. Das wäre das Resultat.

Indem ich mir von Dir einen Rat erbitten und deswegen meine Fehler, die Dir freilich in gewissem Grade schon bekannt sind, recht bestimmt darstellen, auch mir selber zum Bewußtsein bringen wollte, bin ich weiter hineingeraten, als ich dachte, und daß Du meine Grübeleien ganz begreifst, so will ich Dir gestehen, daß ich seit einigen Tagen mit meiner Arbeit ins Stocken geraten bin, wo ich dann immer aufs Räsonieren verfalle. Vielleicht veranlassen Dich meine flüchtigen Gedanken zu weiterem Nachdenken über Künstler und Kunst, besonders auch über meine poetischen Hauptmängel und wie ihnen abzuhelfen ist, und Du bist so gut und teilst es mir bei Gelegenheit mit. –

Lebe wohl, liebster Neuffer! ich schreibe Dir sogleich von Rastatt aus wieder.

Dein
Hölderlin.

An den Bruder

Rastatt, d. 28. Nov. 1798.

Liebster Karl!

Wir müßten uns fremd geworden sein, wenn wir uns nicht durch die Gleichheit unserer Gesinnungen und unserer Natur unendlich und ewig nahe wären; denn wir haben wirklich diesmal länger als zu irgendeiner Zeit unsere schöne Freundschaft ohne Nahrung gelassen. Aber die Götter, wenn sie schon das Opfer nicht bedürfen, fordern es doch der Ehre wegen. So müssen wir auch der Gottheit, die zwischen mir und Dir ist, doch wieder von Zeit zu Zeit das Opfer bringen; das leichte, reine, daß wir nämlich zueinander sprechen von ihr, daß wir das Ewige, was uns bindet, feiern in den lieben Briefen, die nur darum unter uns so selten sind, weil sie aus dem Herzen und nicht, wie so manches, aus der Feder gehen. Eine lebendige Blume entstehet langsamer als eine Blume von Taft, und so muß auch ein lebendiges Wort, sich lang in unserer Brust bewegen, ehe es zum Vorschein kommt, und kann so haufenweise nicht sich geben wie die Sachen, die man aus dem Ärmel schüttelt. Ich will damit nicht sagen, als wären unsere Briefe so was Außerordentliches an Gedanken und an Witz und mannigfaltigen Begriffen und Sachen; aber etwas ist darin, was man das Zeichen aller lebendigen Äußerungen nennen darf, das nämlich, daß sie mehr sagen, als es scheint, weil in ihnen ein Herz sich regt, das überhaupt im Leben niemals alles sagen kann, was es sagen möchte. O, Lieber! wann wird man unter uns erkennen, daß die höchste Kraft in ihrer Äußerung zugleich auch die bescheidenste ist, und daß das Göttliche, wenn es hervorgeht, niemals ohne eine gewisse Trauer und Demut sein kann? Freilich im Moment des entschiedenen Kampfs ists etwas anders! Aber davon ist hier, wie Du siehst, nicht die Rede. Ich brauche Dir nicht zu sagen, wie mannigfaltig, seit wir gegeneinander schwiegen, mein Gemüt von den Veränderungen meines Lebens ist erschüttert worden. Daß ich in Homburg lebe, und wie? wirst Du aus dem Briefe gesehen haben, den ich an die liebe Mutter schrieb. Bester! wie oft hätt ich Dir gerne geschrieben, in den letzten Tagen zu Frankfurt, aber ich verhüllte mein Leiden mir selbst, und ich hätte manchmal die Seele mir ausweinen müssen, wenn ich es aussprechen wollte. In Homburg sucht ich in beständiger Arbeit meine Ruhe wieder zu finden, und wenn ich müde war, lebt ich meist in Sinclairs Gesellschaft. Er hat als treuer Freund an mir gehandelt. Auf seinen Vorschlag bin ich auch mit ihm hiehergegangen. Man findet hier mancherlei Menschen beisammen. Nur ist es schade, daß die diplomatische Klugheit die Gesichter und Gemüter alle in Banden hält und wenig offne gesellschaftliche Äußerung zu Stande kommt. Übrigens stechen, trotz der gemeinschaftlichen Vorsicht, der Franzose und Österreicher und Schwabe und Hannoveraner und Sachse etc. noch genug ab.

Ich hätte sehr Dich zu sprechen gewünscht, lieber Karl! Ich hatt auch den Plan, Dich wenigstens nach Neuenbürg oder Pforzheim zu bestellen, aber die Zeit, die ich dazu verwenden wollte, ist unter schlechtem Wetter verstrichen, und diese Woche will ich wieder nach Homburg zurück. Nächsten Frühling, wenn ich mit meiner Arbeit fertig bin, hält mich schlechterdings nichts ab, meinem Herzen einmal den Gefallen zu tun und einige Wochen bei Euch Lieben zuzubringen. Daß ich dann ein paar Meilen weiter zu wandern habe, tut nichts, besonders in den schönen Maitagen. Der frohe, gute, reine Lebensgeist sei mit uns beiden indes und erhalte und fördre uns! –

Der eigentliche Gewinn, den mir bis jetzt der hiesige Aufenthalt gegeben hat, sind einige junge Männer voll Geist und reinen Triebs: *Muhrbeck,* ein Pommeraner, der itzt auf Reisen ist, und unter den Menschen und der Natur seine rastlose Seele zu einem kühnen philosophischen Werke beflügelt, wozu er sich jetzt noch Stoff hinwirft; *Horn,* preußischer Legationssekretär, ein echtgebildeter Mensch, mit tiefem Gefühl und großem Interesse bei feiner Sitte und Jovialität, ein denkender Kopf bei richtigem Sinn für Schönheit und

Kunst; *v. Pommer-Esche,* ein Schwede – ganz liebenswürdige Ruhe, anspruchslos, glücklich in sich, mannigfaltig gebildet in Wissenschaften und Sprachen, männlichstolz bei hoher Gutmütigkeit, Gestalt und Gesicht in unzerstörter Schönheit; dann auch ein herrlicher Alter, Kriegsrat *Schenk* aus Düsseldorf, intimer Freund von Jacobi, ein reiner, heitrer, edler Charakter, klar und ideenreich; er spricht, oft wie ein Jüngling, in lauterer, froher Begeisterung, wenn besonders von seinem Jacobi die Rede ist, und sieht so freundlich unter uns junge Leute hinein, daß wir so recht eine durch und durch harmonische Familie machen.

Laß nun auch bald wieder etwas von Dir hören, Bester! R. hat mir viel von Dir erzählen müssen, hat mir auch nachher bei seiner Rückkunft ins Wirtembergische geschrieben, daß er Dich besucht, wie ichs ihm aufgetragen, und wie er Dich gefunden. Nicht wahr, Du schreibst mir nun bald? Adressiere Deine Briefe an *M.* Hölderlin bei HE. Glaser Wagner in Homburg vor der Höhe.

Man hofft hier wieder mehr wie sonst einen baldigen Frieden.

Unsern Landsmann, den HE. Legationssekretär Gutscher, sprech ich beinahe alle Tage. Er ist ein verständiger Mann.

Und nun gute Nacht, lieber Karl!

Dein Hölderlin.

Von Susette Gontard

[Frankfurt, verm. Winter 1798/99]
Abend's

Mein Brief hat Dich betrübt, Du Lieber! und Dein Brief hat mich so unaussprechlich gefreut, mich so glücklich gemacht, er zeigte so viel Liebe! O! wie erwiederte sie mein Herz in allen Tönen wie ich ihn laß, wie warm schloß mein Gemüth an Deines sich an. Und Du! solltest Du vielleicht an ›meiner‹ Liebe zweifeln? sollte mein kalter trockner Brief Dich bekümmert haben, wie hättest Du Unrecht! könntest Du meinen Schmerz, und meine Thränen sehen bey diesem Gedanken. Du würdest daß nicht denken, doch daß ist es auch wohl nicht was Dich gequält hat, Dir ist wohl bange, daß mein Herz mir stirbt, und ich Dich dann auch nicht mehr lieben könnte. Ich kann mir keinen Begriff machen welchen Eindruck, meine Worte auf

Dich machten, ich sah aber Deine Trähnen fließen, sie fielen brennend auf mein Herz, ich konnte sie nicht trocknen! – – – Betäubt und stumm saß ich den ganzen Abend, und fand diesen Augenblick mein geklemtes Herz zu erleichtern weil ich allein blieb. Ach könnte ich hin zu Dir und Dir Trost geben. Ich habe kein Geheimniß vor Dir meine Seele! auch ist meine Liebe zu voll, um daß mein Herz mir sterbe, wenn ich still und trocken bin so zweifle nur nicht an mir, dann brennt es in der tieffe und ich muß wie Du mich vor Leidenschaft bewahren, der Gram zehrt wohl ein wenig, doch die süße heilende Schwermuth kömmt immer vom Himmel zur rechten Zeit, und gießt ihren Seegen in's Herz, und verzweifflen werde ich nie an der Natur, auch wenn ich den Tod schon im inneren fühlte würde ich sagen, sie weckt mich wieder sie giebt mir alle meine Gefühle wieder, die ich treü bewahrte und die mein sind, die nur der Druck des Schicksaals mir nahm, aber sie siegt sie bereitet aus Tod mir neues schöneres Leben, den der Keim der Liebe liegt tief und unaustilgbar in meinem Wesen, ich sage daß aus *Erfahrung* den ich weiß wie immer lebendiger sich mein Herz aus allen Druck hervor gehoben hat. Ach ich weiß nicht Theurer ob ich den rechten Ton treffe, ich hatte Dir gewiß nichts zu *erzählen* wohl viel viel zu sagen aber was mich drückt ist nichts anders als daß ich nicht bey Dir seyn kann. könnte ich Dir nur die Gewißheit geben, aber ich bin bange meine leidenschafftliche Sprache wird Dich nicht überzeügen, O laß es! und sey wieder glücklich in Deiner Liebe! Mich freut noch heute Abend der Gedanke, daß ich Dich doch noch gesehen, Gott! wenn Du in dieser Stimmung gegangen wärest, sieh! ich könnte dankend beten das der Genius der Liebe mich so unsichtbar leitete! und in diesen Betrachtungen will ich einschlafen und segen Dir wünschen. – – –

Morgends

Ich habe gut geschlafen mein Bester, und noch einmal muß ich Dir sagen wie viel Freude mir Dein Brief machte und Dir danken für alle die stille Seeligkeit die Du mir bereitet, ach ließ Du meinen Brief nicht mehr wenn er Dich bekümmert hat, und halte Dich an den vor letzten der Dir so lieb war, ich mußte gestern noch viel über Leidenschafft nachdenken, – – – *Die Leidenschafft der höchsten Liebe* findet wohl auf Erden ihre *Befriedigung nie*! --- fühle es mit mir! *diese* suchen wäre Tohrheit. --- *Mit einander sterben!* --- Doch still es klingt wie schwärmerey, und ist doch so wahr. --- *ist* die Befriedigung. – Doch wir haben heilige Pflichten für diese Welt. Es bleibt uns nichts übrig als der seeligste Glaube an einander, und an das allmächtige Wesen der Liebe daß uns ewig unsichtbar leiten und immer mehr und mehr verbinden wird. ---

Stille Ergebenheit! Vertrauen auf das *Herz* auf den Sieg des wahren und Besten, dem wir uns hingeben. Und wir könnten untergehen? --- Dann, ja dann, müßte alles aus dem Gleichgewichte kommen und die Welt in ein Chaos sich verwandeln, wenn nicht der nehmliche Geist der Harmonie und Liebe sie erhielte der auch uns erhält, lebt er ewig in der Welt, warum! wie! könnte er uns verlassen, dürfen wir uns wohl mit der Welt vergleichen! und doch kann es nicht anders in uns seyn. wie im Großen so im kleinen. und wir sollten nicht vertrauen? Wir! die wir täglich Beweise der herrlichen auch uns belebenden Natur haben, die uns nur *Liebe* zeigt, wir sollten Kampf und Uneinigkeit in unsere Brust hegen wenn alles uns zur Ruhe der Schönheit rufft! --- O gewiß nicht mein Bester! wir können nicht unglücklich werden, weil diese Seele in uns lebt. Und ich weis es der Schmerz wird uns nur besser machen und uns inniger verbinden.

Darum gräme Dich auch jetzt nicht daß Du mich traurig machtest, sieh es ist ja alles vorbey wenn Du wieder ruhig bist und ich habe mich stark gefühlt. Noch muß ich Dir sagen daß mein Vertrauen zu Dir ohne Gränzen ist wie Du bist, wie Du es machst, ist es mir stillschweigend recht, ich frage selbst nicht warum, Du kamst die vorige Woche nicht, Du sagtest gestern nicht daß Du noch hier vorbey kommen wolltest, daß Du heute Morgen noch einmal kommen wolltest, wenn ich Dir in meinen Brief es gleich vorgeschlagen, ich kann Dich versichern daß es mich im geringsten nicht Irrte so glücklich war ich durch Deinen Brief, und ich dachte nur es ist *gewiß Liebe* und fragte nicht weiter, und in dem Glauben an *dieser* muß man das unerklärlige ehren. O mein Bester! Lieber! sey wieder ruhig sey heiter, und bringe mir das einzig seelige Gefühl daß Du zufrieden bist. und gieb auch mir meine Ruhe wieder, dann gewiß dann werde ich glücklich seyn. ---

Von Susette Gontard

[Frankfurt, verm. Winter 1798/99]

Morgen nach 10 Uhr erwarte ich Dich. Bitte mit mir dem Genius unserer Liebe, um eine ruhige Stunde. --

Sollte es nicht möglich seyn, kennst Du das Zeichen, dann nach 3 Uhr. Mit Sehnsucht erwarte ich die Stunde! – schlafe sanft und laß mein Bild Dich umschweben. Habe Muth, ich binn auf alles vorbereitet, und es wird gewiß alles gut gehn. Morgen bekömmst Du auch einen langen Brief von mir, und Du bringst mir gewiß auch etwas Liebes mit, wie freue ich mich schon --

An Isaak von Sinclair

Homburg vor der Höhe, d. 24. Dez. 1798.

Mein Teurer!

Ich habe Dir so lange nicht geschrieben, weil ich nur mit halbem Sinn dabei gewesen wäre, denn bisher hatten mich meine Beschäftigungen, die mir durch die Unterbrechung lieber geworden waren, mehr als gewöhnlich okkupiert. Es ist mir, wie Du oft gesehen hast, sehr leicht, alles liegen zu lassen, wenn Du selber vor mir bist, aber da geht es schon langsamer, wenn die allmächtige Gegenwart ihren wohltätigen Zwang nicht ausübt.

Für Deine Briefe danke ich Dir recht sehr. Pommer-Eschens Besuch hat mich äußerst gefreut, weil es mir wirklich ein Gewinn war, diesen in seiner Art so reinen Menschen noch einmal vor Augen zu haben und sein Bild und Wesen noch dauernder in mich aufzunehmen. Dann war es mir auch sehr darum zu tun, daß ich wieder von Euch hören konnte. Ich habe sehr an Glauben und Mut gewonnen, seit ich von Rastatt zurück bin. Ich sehe Dich selbst klarer und fester, seit ich Dich mit meinen neuen Freunden zusammen denke, und Du weißt, wie sehr das solche Verhältnisse, wie unseres ist, sichert, daß man sich begreift und recht bestimmt im Auge hat. Wo einmal der Grund gelegt ist, wie bei uns, und einer den andern voll und tief gefühlt hat, in dem, was er seiner Natur nach bleiben muß, unter allen möglichen Verwandlungen, da darf die Liebe das Erkenntnis nicht scheuen, und man kann wohl sagen, daß in diesem Falle mit dem Verstande der Glaube wachse. Und dann ists freilich wahr, daß meine Seele bei sich selbst darüber frohlockt, daß es, allen Aposteln der Notdurft zum Trotz, noch mehr als Einen gibt, wo sich in ihrem edeln Überfluß die Natur noch geäußert, und daß ich, außer Deinem Geist, jetzt auch noch andere rufen kann, zum Zeugnis gegen mein eigen zweifelnd Herz, das manchmal auf die Seite des ungläubigen Pöbels treten will und den Gott leugnen, der in den Menschen ist. Sag es ihnen nur, den Deinen und Meinen, daß ich manchmal an sie denke, wenn mirs sei, als gäb es außer mir und ein paar Einsamen, die ich im Herzen trage, nichts als meine vier Wände, und daß sie mir seien, wie eine Melodie, zu der man seine Zuflucht nimmt, wenn einen der böse Dämon überwältigen will. Es ist die volle Wahrheit, was ich sage, aber es will mir nicht gefallen, wenn ich über ein paar treffliche Menschen so überhaupt spreche, und ich fühle wohl, ich müßte jedem besonders schreiben, wenn ich mir genug tun wollte.

Ich habe dieser Tage in Deinem Diogenes Laërtius gelesen. Ich habe auch hier erfahren, was mir schon manchmal begegnet ist, daß mir nämlich das Vorübergehende und Abwechselnde der menschlichen Gedanken und Systeme fast tragischer aufgefallen ist als die Schicksale, die man gewöhnlich allein die wirklichen nennt, und ich glaube, es ist natürlich, denn, wenn der Mensch in seiner eigensten, freiesten Tätigkeit, im unabhängigen Gedanken selbst von fremdem Einfluß abhängt, und wenn er auch da noch immer modifiziert ist von den Umständen und vom Klima, wie es sich unwidersprechlich zeigt, wo hat er dann noch eine Herrschaft? Es ist auch gut, und sogar die erste Bedingung alles Lebens und aller Organisation, daß keine Kraft monarchisch ist im Himmel und auf Erden. Die absolute Monarchie hebt sich überall selbst auf, denn sie ist objektlos; es hat auch im strengen Sinne niemals eine gegeben. Alles greift ineinander und leidet, so wie es tätig ist, so auch der reinste Gedanke des Menschen, und in aller Schärfe genommen, ist eine apriorische, von aller Erfahrung durchaus unabhängige Philosophie, wie Du selbst weißt, so gut ein Unding als eine positive Offenbarung, wo der Offenbarende nur alles dabei tut, und der, dem die Offenbarung gegeben wird, nicht einmal sich regen darf, um sie zu nehmen, denn sonst hätt er schon von dem Seinen etwas dazu gebracht.

Resultat des Subjektiven und Objektiven, des Einzelnen und Ganzen, ist jedes Erzeugnis und Produkt, und eben weil im Produkt der Anteil, den das Einzelne am Produkte hat, niemals völlig unterschieden werden kann vom Anteil, den das Ganze daran hat, so ist auch daraus klar, wie innig jedes Einzelne mit dem Ganzen zusammenhängt und wie sie beede nur Ein lebendiges Ganze ausmachen, das zwar *durch und durch individualisiert ist* und *aus lauter selbständigen, aber ebenso innig und ewig verbundenen Teilchen* besteht. Freilich muß aus jedem *endlichen Gesichtspunkt irgendeine der selbständigen Kräfte des Ganzen die herrschende sein,* aber sie kann auch nur als temporär und gradweise herrschend betrachtet werden.

An den Bruder

[Silvester 1798]

Sollte Dein Schicksal nicht über kurz oder lange eine günstige Wendung nehmen, so geb ich Dir mein heiligstes Bruderwort, daß ich mit allem was ich bin und habe, Dir zu Diensten sein werde. Indessen bitt ich Dich, Liebster! so heiter wie möglich Deine Lage anzusehen. Gönne mir die Freude, manche bittre Erfahrung auch in Deinem Namen gemacht zu haben, und fasse mir dies Wort, das ich Dir sagen will, mit Deinem hellsten Geiste auf, und glaub es meiner Liebe: die Welt zerstört uns bis auf den Grund, wenn wir jede Beleidigung geradezu ins Herz gehen lassen, und die Besten müssen schlechterdings auf irgendeine Art zu Grunde gehen, wenn sie nicht noch zu rechter Zeit dahin kommen, daß sie alles, was die Menschen ihnen aus Notdurft und Geistes- und Herzensschwäche antun, in den ruhigen Verstand aufnehmen, statt ins gute Gemüt, das auch, wenn es gekränkt ist, von seiner Großmut nicht lassen kann, und den armen Beleidigungen der Menschen die Ehre widerfahren läßt, sie hoch zu nehmen. Glaube mir, der hierin gewiß nicht aus Eigendünkel, sondern aus dem tiefen Gefühle seines Mangels und aus manchen trüben Erinnerungen spricht, glaube mir, der ruhige Verstand ist die heilige Aegide, die im Kriege der Welt das Herz vor giftigen Pfeilen bewahrt. Und ich glaube, zu meinem eigenen Troste, daß dieser ruhige Verstand, mehr als irgendeine Tugend der Seele, durch die Einsicht seines Werts und gutwillige beharrliche Übung kann erworben werden. Wie manches möcht ich Dir oft mit Blut hinschreiben, wenn ich zurücksehe auf die Jahre, die ich wohl zur Hälfte in Gram und Irren verlor, und die für Dich noch unverbraucht sind, bester Karl! Es ergreift einen wunderbar, wenn man sich mit saurer Mühe und genauer Not hindurchgerungen hat, und denkt, daß es dem andern, den man liebt, nun auch nicht leichter werden soll. Wir fürchten überhaupt das Schicksal viel weniger für uns als für die, die unserem Herzen teuer sind. –

Eben schlägt die Glocke zwölf, und das Jahr 99 fängt an. Ein glückliches Jahr für Dich, Liebster, und all die Unsrigen! Und dann ein neues großes glückliches Jahrhundert für Deutschland und die Welt!

So will ich mich schlafen legen.

d. 1. Jan. 1799.

Ich hatte heute meine gewöhnlichen Beschäftigungen bei Seite gelegt und bin in meinem Müßiggange in allerlei Gedanken hineingeraten über das Interesse, das jetzt die Deutschen für spekulative Philosophie, und wieder für politische Lektüre, dann auch, nur in geringerem Grade, für die Poesie haben. Vielleicht hast Du einen kleinen lustigen Aufsatz in der Allgemeinen Zeitung über das deutsche Dichterkorps gelesen. Dieser war es, was mich zunächst dazu veranlaßte, und weil Du und ich jetzt selten philosophieren, so wirst Du es nicht undienlich finden, wenn ich diese meine Gedanken Dir niederschreibe.

Der günstige Einfluß, den die philosophische und politische Lektüre auf die Bildung unserer Nation haben, ist unstreitig, und vielleicht war der deutsche Volkscharakter, wenn ich ihn anders aus meiner sehr unvollständigen Erfahrung richtig abstrahiert habe, gerade jenes beiderseitigen Einflusses vorerst bedürftiger als irgendeines andern. Ich glaube nämlich, daß sich die gewöhnlichsten Tugenden und Mängel der Deutschen auf eine ziemlich bornierte Häuslichkeit reduzieren. Sie sind überall *glebae addicti* und die meisten sind auf irgendeine Art, wörtlich oder metaphorisch, an ihre Erdscholle gefesselt, und wenn es so fort ginge, müßten sie sich am Ende an ihren lieben (moralischen und physischen) Erwerbnissen und Ererbnissen, wie jener gutherzige niederländische Maler, zu Tode schleppen. Jeder ist nur in dem zu Hause, worin er geboren ist, und kann und mag mit seinem Interesse und seinen Begriffen nur selten darüber hinaus. Daher jener Mangel an Elastizität, an Trieb, an mannigfaltiger Entwicklung der Kräfte, daher die finstere, wegwerfende Scheue oder auch die furchtsame unterwürfig blinde Andacht, womit sie alles aufnehmen, was außer ihrer ängstlich engen Sphäre liegt; daher auch diese Gefühllosigkeit für gemeinschaftliche Ehre und gemeinschaftliches Eigentum, die freilich bei den modernen Völkern sehr allgemein, aber meines Erachtens unter den Deutschen in eminentem Grade vorhanden ist. Und wie nur der in seiner Stube sich gefällt, der auch im freien Felde lebt, so kann ohne Allgemeinsinn und offnen Blick in die Welt auch das individuelle, jedem eigene Leben nicht bestehen, und wirklich ist unter den Deutschen eines mit dem andern untergegangen, wie es scheint, und es spricht eben nicht für die Apostel der Beschränktheit, daß unter den Alten, wo jeder mit Sinn und Seele der Welt angehörte, die ihn umgab, weit mehr Innigkeit in einzelnen Charakteren und Verhältnissen zu finden ist als zum Beispiel unter uns Deutschen, und das affektierte Geschrei von herzlosem Kosmopolitismus und überspannender Metaphysik kann wohl nicht wahrer widerlegt werden als durch ein edles Paar wie Thales und Solon, die miteinander Griechenland und Ägypten und Asien durchwanderten, um Bekanntschaft zu machen mit den Staatsverfassungen und Philosophen der Welt, die also in mehr als Einer Rücksicht *verallgemeinert* waren, aber dabei recht gute Freunde, und menschlicher und sogar naiver als alle die miteinander, die uns bereden möchten, man dürfe die Augen nicht auftun, und der Welt, die es immer wert ist, das Herz nicht öffnen, um seine Natürlichkeit beisammen zu behalten.

Da nun größtenteils die Deutschen in diesem ängstlich bornierten Zustande sich befanden, so konnten sie keinen heilsameren Einfluß erfahren als den der neuen Philosophie, die bis zum Extrem auf Allgemeinheit des Interesses dringt, und das unendliche Streben in der Brust des Menschen aufdeckt, und wenn sie schon sich zu einseitig an die große Selbsttätigkeit der Menschennatur hält, so ist sie doch, als Philosophie *der Zeit,* die einzig mögliche.

Kant ist der Moses unserer Nation, der sie aus der ägyptischen Erschlaffung in die freie, einsame Wüste seiner Spekulation führt, und der das energische Gesetz vom heiligen Berg bringt. Freilich tanzen sie noch immer um ihre güldenen Kälber und hungern nach ihren Fleischtöpfen, und er müßte wohl im eigentlichen Sinne in irgendeine Einsame mit ihnen auswandern, wenn sie vom Bauchdienst und den toten, herz- und sinnlos gewordenen Gebräuchen und Meinungen lassen sollten, unter denen ihre bessere, lebendige Natur unhörbar, wie eine tief eingekerkerte, seufzt. Von der andern Seite muß die politische Lektüre ebenso günstig wirken, besonders, wenn die Phänomene unserer Zeit in einer kräftigen und sachkundigen Darstellung vor das Auge gebracht werden. Der Horizont der Menschen erweitert sich, und mit dem täglichen Blick in die Welt entsteht und wächst auch das Interesse für die Welt, und der Allgemeinsinn und die Erhebung über den eigenen engen Lebenskreis wird gewiß durch die Ansicht der weitverbreiteten Menschengesellschaft und ihrer großen Schicksale so sehr befördert wie durch das philosophische Gebot, das Interesse und die Gesichtspunkte zu verallgemeinern, und wie der Krieger, wenn er mit dem Heere zusammenwirkt, mutiger und mächtiger sich fühlt, und es in der Tat ist, so wächst überhaupt die Kraft und Regsamkeit der Menschen in eben dem Grade, in welchem sich der Kreis des Lebens erweitert, worin sie mitwirkend und mitleidend sich fühlen (wenn anders die Sphäre sich nicht so weit ausdehnt, daß sich der Einzelne zu sehr im Ganzen verliert). Übrigens ist das Interesse für Philosophie und Politik, wenn es auch noch allgemeiner und ernster wäre, als es ist, nichts weniger als hinreichend für die Bildung unserer Nation, und es wäre zu wünschen, daß der grenzenlose Mißverstand einmal aufhörte, womit die Kunst, und besonders die Poesie, bei denen, die sie treiben, und denen, die sie genießen wollen, herabgewürdigt wird. Man hat schon so viel gesagt über den Einfluß der schönen Künste auf die Bildung der Menschen, aber es kam immer heraus, als wär es keinem Ernst damit, und das war natürlich, denn sie dachten nicht, was die Kunst, und besonders die Poesie, ihrer Natur nach, ist. Man hielt sich bloß an ihre anspruchlose Außenseite, die freilich von ihrem Wesen unzertrennlich ist, aber nichts weniger als den ganzen Charakter derselben ausmacht; man nahm sie für Spiel, weil sie in der bescheidenen Gestalt des Spiels erscheint, und so konnte sich auch vernünftigerweise keine andere Wirkung von ihr ergeben als die des Spiels, nämlich Zerstreuung, beinahe das gerade Gegenteil von dem, was sie wirket, wo sie in ihrer wahren Natur vorhanden ist. Denn alsdann sammelt sich der Mensch bei ihr, und sie gibt ihm Ruhe, nicht die leere, sondern die lebendige Ruhe, wo alle Kräfte regsam sind, und nur wegen ihrer innigen Harmonie nicht als tätig erkannt werden. Sie nähert die Menschen, und bringt sie zusammen, nicht wie das Spiel, wo sie nur dadurch vereiniget sind, daß jeder sich vergißt und die lebendige Eigentümlichkeit von keinem zum Vorschein kömmt.

Du wirst verzeihen, liebster Bruder! daß ich so langsam und fragmentarisch mit meinem Briefe bin. Es wird vielleicht wenigen der Übergang von einer Stimmung zur andern so schwer wie mir; besonders kann ich mich nicht leicht aus dem Räsonnement in die Poesie herausfinden, und umgekehrt. Auch hat mich dieser Tage ein Brief von unserer lieben Mutter, wo sie ihre Freude über meine Religiosität äußerte, und mich unter anderm bat, unserer teuern 72jährigen Großmutter ein Gedicht zu ihrem Geburtstage zu machen, und noch manches andere in dem unaussprechlich rührenden Briefe so ergriffen, daß ich die Zeit, wo ich vielleicht an Dich geschrieben hätte, meist mit Gedanken an sie und Euch Lieben überhaupt zubrachte. Ich habe auch denselben Abend noch, da ich den Brief bekommen, ein Gedicht für die l. Großmutter angefangen, und bin in der Nacht beinahe damit fertig geworden. Ich dachte, es müßte die guten Mütter freuen, wenn ich gleich den Tag darauf einen Brief und das Gedicht abschickte. Aber die Töne, die ich da berührte, klangen so mächtig in mir wider, die Verwandlungen meines Gemüts und Geistes, die ich seit meiner Jugend erfuhr, die Vergangenheit und Gegenwart meines Lebens wurde mir dabei so fühlbar, daß ich den Schlaf nachher nicht finden konnte, und den andern Tag Mühe hatte, mich wieder zu sammeln. So bin ich. Du wirst Dich wundern, wenn Du die poetisch so unbedeutenden Verse zu Gesicht bekommst, wie mir dabei so wunderbar zu Mute sein konnte. Aber ich habe gar wenig von dem gesagt, was ich dabei empfunden habe. Es gehet mir überhaupt manchmal so, daß ich meine lebendigste Seele in sehr flachen Worten hingebe, daß kein Mensch weiß, was sie eigentlich sagen wollen, als ich.

Ich will nun sehen, ob ich noch etwas von dem, was ich Dir neulich über Poesie sagen wollte, herausbringen kann. Nicht wie das Spiel vereinige die Poesie die Menschen, sagt ich; sie vereinigt sie nämlich, wenn sie echt ist und echt wirkt, mit all dem mannigfachen

Leid und Glück und Streben und Hoffen und Fürchten, mit all ihren Meinungen und Fehlern, all ihren Tugenden und Ideen, mit allem Großen und Kleinen, das unter ihnen ist, immer mehr zu einem lebendigen, tausendfach gegliederten, innigen Ganzen, denn eben dies soll die Poesie selber sein, und wie die Ursache, so die Wirkung. Nicht wahr, Lieber, so eine Panazee könnten die Deutschen wohl brauchen, auch nach der politisch-philosophischen Kur; denn, alles andre abgerechnet, so hat die philosophisch-politische Bildung schon in sich selbst die Inkonvenienz, daß sie zwar die Menschen zu den wesentlichen, unumgänglich notwendigen Verhältnissen, zu Pflicht und Recht, zusammenknüpft, aber wie viel ist dann zur Menschenharmonie noch übrig? Der nach optischen Regeln gezeichnete Vor- und Mittel- und Hintergrund ist noch lange nicht die Landschaft, die sich neben das lebendige Werk der Natur allenfalls stellen möchte. Aber die Besten unter den Deutschen meinen meist noch immer, wenn nur erst die Welt hübsch *symmetrisch* wäre, so wäre alles geschehen. O Griechenland, mit deiner Genialität und deiner Frömmigkeit, wo bist du hingekommen? Auch ich, mit allem guten Willen, tappe mit meinem Tun und Denken diesen einzigen Menschen in der Welt nur nach, und bin in dem, was ich treibe und sage, oft nur um so ungeschickter und ungereimter, weil ich wie die Gänse mit platten Füßen im modernen Wasser stehe, und unmächtig zum griechischen Himmel emporflügle. Nimm mir das Gleichnis nicht übel. Es ist unschicklich, aber wahr, und unter uns gehet so was noch wohl an, soll auch nur Dir gesagt sein.

Für Deine aufmunternden Äußerungen über meine Gedichtchen, und manches andre freundliche, kräftige Wort in Deinem Briefe, dank ich Dir tausendmal. Wir müssen fest zusammenhalten in aller unserer Not und unserem Geiste. Vor allen Dingen wollen wir das große Wort, das *homo sum, nihil humani a me alienum puto*, mit aller Liebe und allem Ernste aufnehmen; es soll uns nicht leichtsinnig, es soll uns nur wahr gegen uns selbst, und hellsehend und duldsam gegen die Welt machen, aber dann wollen wir uns auch durch kein Geschwätz von Affektation, Übertreibung, Ehrgeiz, Sonderbarkeit etc. hindern lassen, um mit allen Kräften zu ringen, und mit aller Schärfe und Zartheit zuzusehn, wie wir alles Menschliche an uns und andern in immer freieren und innigern Zusammenhang bringen, es sei in bildlicher Darstellung oder in wirklicher Welt, und *wenn* das

Reich der Finsternis mit *Gewalt* einbrechen will, so werfen wir die Feder unter den Tisch und gehen in Gottes Namen dahin, wo die Not am größten ist, und wir am nötigsten sind. Lebe wohl!

Dein Fritz.

An die Mutter

Homburg, im Jan. 1799.

Liebste Mutter!

Ich muß mich schämen, daß ich Ihren l. Brief, der mir indessen so viele innigglückliche Stunden und Augenblicke gemacht hat, so lange nicht beantwortet habe. Noch denselben Abend, da ich ihn erhalten hatte, schrieb ich größtenteils das nieder, was ich Ihnen für meine teure ehrwürdige Großmutter beilege, und ich habe es Ihnen recht von Herzen bei mir selber gedankt, daß Sie mich von diesem mir heiligen Geburtstage benachrichtiget haben. Der Brief an Sie sollte tags darauf geschrieben werden, und es wäre mir selber eine Freude gewesen, wenn ich das, was ich beim Empfang des Ihrigen fühlte, Ihnen so bald wie möglich hätte sagen können. Ich wurde aber indessen auf mancherlei Art verhindert. Zeit hätte ich wohl gehabt, aber ich mag Ihnen gerne mit ungestörter Seele schreiben. Es war von keiner Bedeutung, was mich beunruhigte, und mir meine reinere Stimmung nicht ließ. Ich sage Ihnen das, damit Sie sich keine Sorge machen. Harte Behauptungen, die ich zu lesen bekam, die freilich sehr gegen mein Gemüt angingen, weil sie gegen meine unentbehrlichsten Überzeugungen waren, das war es größtenteils, was mich in meinem friedlichen Leben unterbrach. Es ist freilich nicht gut, daß ich so zerstörbar bin, und ein fester, getreuer Sinn ist auch mein täglichster Wunsch, und nichts erhält mich mehr in Demut als die Kenntnis meiner Schwäche von dieser Seite, und daß ich bei aller meiner ehrlichen Bemühung und Einsicht des Bessern und Glücklichern doch noch immer der alte Empfindliche bin. Ich habe die Hälfte meiner Jugend in Leiden und Irren verloren, die nur aus dieser Quelle entsprangen. Jetzt bin ich wohl gedultiger und lass es niemand entgelten und bin, wenn ich mich nicht irre, gegen andere weniger launisch denn sonst, aber um die innere Reinheit und ruhige Wirksamkeit können mich immer noch Eindrücke bringen, die einen fester Gebildeten vielleicht nicht einen Augenblick störten. Freilich ist es jetzt auch natürlich, daß mich jeder augenblickliche Mißklang stärker trifft, wo ich kaum aus tausendfältiger Unruhe mich herausgerettet habe und nun am Wohllaut des Guten und Wahren und Schönen mich sammeln und stillen mag. Ich verspreche Ihnen und mir, mich immer zu üben, daß ich das, was ich bei ruhigem Sinne so leicht reimen kann, auch beim ersten Eindrucke so aufnehmen lerne. Ich kenne kein größer Glück als bescheidenes Wirken und Hoffen. Das kann aber bei einem leicht gekränkten Sinne nicht bestehen. – Ich suche auch durch mäßige Bewegung und durch Ordnung meinen Körper zu befestigen, weil ich einsehe, daß mitunter auch die Ursache in ihm liegt. Ich bin zwar gesund und jetzt gesunder als sonst, und leide am Kopf und in den Eingeweiden nimmer, wie gewöhnlich, aber ich finde doch, daß meine Nerven zu reizbar sind. Ich sage das besonders auch, weil Sie sich mit dieser zärtlichen Teilnahme nach meiner Gesundheit erkundigen. – Daß Sie meine Äußerungen über Religion mit dieser schönsten aller Freuden aufgenommen haben, zeugt mir so ganz von dem Gemüt, das nur im Höchsten seine Beruhigung findet. Ich glaub es Ihnen wohl, teuerste Mutter! wie es Ihnen das Andenken an mich erleichtern und erheitern muß, wenn Sie die besten Gefühle einer Menschenseele in mir wissen und sich daran halten können in den Zweifeln und Sorgen, mit denen sich auch die Besten einander betrachten müssen, und je lieber sie sich sind, je mehr, denn wir kennen ja kaum uns selbst, und so bekannt, als wir uns selber sind, wird uns doch niemals ein anderes. Ich behalte mirs vor, Ihnen bei mehrerer Muße ein vollständiges Glaubensbekenntnis abzulegen, und ich wollte, ich dürfte überall meines Herzens Meinung so offen und rein heraussagen, als ich bei Ihnen kann. Aber die Schriftgelehrten und Pharisäer unserer Zeit, die aus der heiligen lieben Bibel ein kaltes, geist- und herztötendes Geschwätz machen, die mag ich freilich nicht zu Zeugen meines innigen, lebendigen Glaubens haben. Ich weiß wohl, wie jene dazu gekommen sind, und weil es ihnen Gott vergibt, daß sie Christum ärger töten als die Juden, weil sie sein Wort zum Buchstaben, und ihn, den Lebendigen, zum leeren Götzenbilde machen, weil ihnen das Gott vergibt, vergeb ichs ihnen auch. Nur mag ich mich und mein Herz nicht da bloßgeben, wo es mißverstanden wird, und schweige deswegen vor den Theologen von Profession (d.h. vor denen, die nicht frei und von Herzen, sondern aus Gewissenszwang und von Amts wegen es sind) ebenso gerne wie vor denen, die gar nichts von all dem wissen wollen, weil man ihnen von Jugend auf durch den toten Buchstaben und durch das schröckende Gebot,* zu glauben, alle Religion, die doch das erste und letzte Bedürfnis der Menschen ist, verleidet hat. Liebste Mutter! wenn unter diesen Zeilen ein hartes Wort ist, so ists gewiß nicht aus Stolz und Haß geschrieben, sondern nur, weil ich keinen andern Ausdruck fand, wodurch ich mich so kurz wie möglich hätte verständlich machen können.

Es mußte alles so kommen, wie es jetzt überhaupt, und in der Religion besonders ist, und es war mit der Religion fast so wie jetzt, da Christus in der Welt auftrat. Aber gerade wie nach dem Winter der Frühling kömmt, so kam auch immer nach dem Geistestode der Menschen neues Leben, und das Heilige bleibt immer heilig, wenn es auch die Menschen nicht achten. Und es gibt wohl manchen, der im Herzen religiöser ist, als er sagen mag und kann, und vielleicht sagt auch mancher unsrer Prediger, der nur die Worte nicht finden kann, mit seiner Rede mehr, als andere dabei vermuten, weil die Worte, die er braucht, so gewöhnlich und so tausendfältig gemißbraucht sind. Nehmen Sie indes mit diesen ungeheuchelten Äußerungen vorlieb, bis ich eine Stunde gewinne, wo ich mit meiner ganzen Seele schreiben kann. – Ich stimme ganz mit Ihnen darin überein, liebste Mutter! daß es gut für mich sein wird, wenn ich künftig das anspruchloseste Amt, das es für mich geben kann, mir zu eigen zu machen suche, vorzüglich auch darum, weil nun einmal die vielleicht unglückliche Neigung zur Poesie, der ich von Jugend auf mit redlichem Bemühn durch sogenannt gründlichere Beschäftigungen immer entgegenstrebte, noch immer in mir ist und nach allen Erfahrungen, die ich an mir selber gemacht habe, in mir bleiben wird, so lange ich lebe. Ich will nicht entscheiden, ob es Einbildung oder wahrer Naturtrieb ist.

* Glaube kann nie geboten werden, so wenig als Liebe. Er muß freiwillig und aus eigenem Triebe sein. Christus hat freilich gesagt: wer nicht glaubet, der wird verdammt, d. h. so viel ich die Bibel verstehe, streng beurteilt werden, und das ist natürlich, denn dem bloß pflicht- und rechtmäßig guten Menschen kann nichts vergeben werden, weil er selber alles in die Tat setzt, aber damit ist gar nicht gesagt, daß man ihm den Glauben aufzwingen solle.

Aber ich weiß jetzt so viel, daß ich tiefen Unfrieden und Mißmut unter anderm auch dadurch in mich gebracht habe, daß ich Beschäftigungen, die meiner Natur weniger angemessen zu sein scheinen, z. B. die Philosophie, mit überwiegender Aufmerksamkeit und Anstrengung betrieb, und das aus gutem Willen, weil ich vor dem Namen eines leeren Poeten mich fürchtete. Ich wußte lange nicht, warum das Studium der Philosophie, das sonst den hartnäckigen Fleiß, den es erfordert, mit Ruhe belohnt, warum es mich, je uneingeschränkter ich mich ihm hingab, nur immer um so friedensloser und selbst leidenschaftlich machte; und ich erkläre mir es jetzt daraus, daß ich mich in höherm Grade, als es nötig war, von meiner eigentümlichen Neigung entfernte, und mein Herz seufzte bei der unnatürlichen Arbeit nach seinem lieben Geschäfte, wie die Schweizerhirten im Soldatenleben nach ihrem Tal und ihrer Herde sich sehnen. Nennen Sie das keine Schwärmerei! Denn warum bin ich denn friedlich und gut, wie ein Kind, wenn ich ungestört mit süßer Muße dies unschuldigste aller Geschäfte treibe, das man freilich, und dies mit Recht, nur dann ehrt, wenn es meisterhaft ist, was das meine vielleicht auch aus dem Grunde noch lange nicht ist, weil ichs vom Knabenalter an niemals in eben dem Grade zu treiben wagte wie manches andre, was ich vielleicht zu gutmütig gewissenhaft meinen Verhältnissen und der Meinung der Menschen zulieb trieb. Und doch erfordert jede Kunst ein ganzes Menschenleben, und der Schüler muß alles, was er lernt, in Beziehung auf sie lernen, wenn er die Anlage zu ihr entwickeln und nicht am Ende gar ersticken will.

Sie sehen, liebste Mutter! ich mache Sie recht zu meiner Vertrauten, und ich fürchte nicht, daß Sie mir diese ehrlichen Geständnisse übel auslegen werden. Es gibt so wenige, vor denen ich mich öffnen mag. Warum sollt ich denn mein Sohnsrecht nicht benützen, und Ihnen zu meiner Beruhigung meine Anliegen nicht sagen? Und glauben Sie nur nicht, daß ich Absichten dabei habe. Ich mag Ihnen nur gerne mit voller Wahrheit schreiben, und da müssen Sie mich eben haben, wie ich bin. Ich wollte eigentlich sagen, daß ich auch aus dem Grunde wohl tun würde, ein recht einfaches Amt inskünftige zu suchen, weil sich ein anderes nicht wohl mit meinen Lieblingsbeschäftigungen reimen ließe. Es hat es mancher, der wohl stärker war als ich, versucht, ein großer Geschäftsmann oder Gelehrter im Amt, und dabei Dichter zu sein. Aber immer hat er am Ende eines dem andern aufgeopfert, und das war in keinem Falle gut, er mochte das Amt um seiner Kunst willen, oder seine Kunst um seines Amts willen vernachlässigen; denn wenn er sein Amt aufopferte, so handelte er unehrlich an andern, und wenn er seine Kunst aufopferte, so sündigte er gegen seine von Gott gegebene natürliche Gabe, und das ist so gut Sünde und noch mehr, als wenn man gegen seinen Körper sündigt. Der gute Gellert, von dem Sie in Ihrem lieben Briefe sprechen, hätte sehr wohl getan, nicht Professor in Leipzig zu werden. Wenn er es nicht an seiner Kunst gebüßt hat, so hat er es doch an seinem Körper gebüßt. Muß ich also ein Amt annehmen, wie es denn wohl nicht anders tunlich ist, so glaub ich, eine Pfarrstelle auf dem Dorfe (recht weit von der Hauptstadt und von den hohen geistlichen Herren weg) wird das Beste für mich sein. Und warum nicht lieber in dem Lande, wo Sie sind und die Meinigen, als unter Fremden?

Übrigens ist es mir lieb, wenn es noch einige Jahre ansteht, und wenn ich hier mit dem Buche, an dem ich schreibe, und mit meinem Gelde zu Ende bin, so will ich eben wieder Hofmeister werden. Der schwedische Legationssekretär von Pommer-Esche, dessen Bekanntschaft ich, wie Sie wissen, in Rastatt machte und der mich auf seiner Rückreise neulich hier besuchte, machte mir beim Abschiede das Offert, ob er mir nicht in seiner Gegend (in Schwedisch-Pommern, in der Gegend von Wismar) für eine Hofmeisterstelle sorgen sollte. Sein Vater, der, wenn ich nicht irre, Gouverneur in Stralsund ist, besorgt gewöhnlich für seine Bekannten derlei Stellen. Ich mochte es nicht geradezu ablehnen, um auf alle Fälle einen Ausweg zu haben, besonders da er mir für eine solche Stelle sorgen will, wo ich mit einem jungen Menschen die Universität besuche. Ein Zuwachs an Weltkenntnis (die Kenntnis des deutschen Volks ist besonders jedem, der ein deutscher Schriftsteller werden will, so notwendig wie dem Gärtner die Kenntnis des Bodens) ist ja die einzige Entschädigung, die mir dieses mühsame Verhältnis gewähren kann, und die Entfernung der Gegend, die auf einer Universität jedoch so sehr groß nicht sein würde, scheint mir eher vorteilhaft als nachteilig auf die paar Jahre, wo ich noch nicht auf das ruhige Leben unter den Meinigen rechnen kann. Übrigens bin ich noch nicht entschlossen, und es bieten sich vielleicht indes noch günstigere Gelegenheiten von der Art an. Überhaupt geh ich eine solche Stelle nur unter gewissen festen Bedingungen ein, die mich so viel wie möglich vor Verdruß und Verlegenheiten sichern sollen. Und wenn ich eingesehen habe, daß ein solcher Zustand für mich noch auf einige Zeit notwendig ist, und nicht zu vermeiden, so werd ich wohl auch Geduld und Vorsicht dazu bringen. Als Vikarius würde ich von meinem Pfarrer dependieren, und da ich diese Lage noch gar nicht gelernt habe, würde sie mir wohl nicht leichter werden, und ich müßte überdies größtenteils von Ihrer Unterstützung leben, was ich doch nicht wünsche, das Sie schon so sehr viel für mich getan haben und mein lieber Karl es besser brauchen kann.

Ich schreibe Ihnen das alles, liebste Mutter! weil ich wohl weiß, wie sehr Sie zu wissen wünschen, woran Sie mit mir sind, und Sie werden sich es nicht zu sehr zu Herzen nehmen, wenn Sie finden sollten, daß mir das Leben nicht leicht wird, da Sie selbst am besten wissen, daß mit der Jugend das, was man Glück heißt, überall so ziemlich weggeht. Ich wenigstens mache jetzt nicht gerne größere Ansprüche auf die Welt, als daß es mir nicht zu schwer werde, meinem Herzen und meinem Sinne getreu zu bleiben in den Umständen, die mich noch im Leben betreffen können. Sie und die lieben Meinigen möcht ich in jedem Falle noch gerne wiedersehen, ehe ich meinen hiesigen Aufenthalt verändere, von dem ich mich freilich mit vieler Mühe trennen werde.

Ihre lieben Geschenke haben mich so sehr gefreut, daß ich nichts Beßres wußte, als in der Freude zu meinen braven Hausleuten zu laufen und ihnen zu verkündigen, ich hätte auch ein Weihnachtsgeschenk bekommen. Ich danke Ihnen und der lieben Großmamma recht herzlich dafür. Es ist mir nur leid, daß meine Ökonomie es mir nimmer so leicht macht wie in Frankfurt, Ihnen auch auf diese Art meine Aufmerksamkeit zu bezeugen. Auch bei meiner teuren Schwester entschuldigen Sie mich, daß ich es für jetzt eben so beim guten Willen bewenden lasse. Sie kennt auch meine Anhänglichkeit an sie, und an ihr ganzes Haus zu sehr, als daß es irgend eines Zeichens bedürfte, um ihr diese zu beweisen. Der Brief, den Sie mir von ihr geschickt haben, war mir ein Geschenk mehr. Ich sollt ihr freilich auch längst geschrieben haben, aber da ich nach Rastatt reiste, hofft ich sie vielleicht selber zu sehen, und indessen hatt ich so viel zu tun, um das, was ich während der Reise versäumte, hereinzubringen, daß ich mich nächstens auf ein paar Tage hinsetzen muß, um die Briefe alle zu beantworten, die ich indessen schuldig geblieben bin, und da soll sie unter den ersten sein.

Leben Sie nun wohl, liebste Mutter! Bitten Sie die liebe Frau Großmamma, das Blatt als einen kleinen Teil von den frohen und ernsten Empfindungen zu nehmen, mit denen ich im Herzen den ehrwürdigen Geburtstag gefeiert habe.

Meine herzlichen Empfehlungen an alle die Unsrigen.

Ihr treuer Sohn
Fritz.

Von Susette Gontard

[Anfang Februar 1799]

Wir werden uns morgen nicht sehen, theürstes Herz! wir müssen uns gedulden und auf bessere Zeiten warten. Wir haben den lange gefürchteten Besuch in's Haus bekommen. Wie es mich schmerzt daß ich Dir nicht mündlich sagen kann wie sehr ich Dich liebe, ist unbeschreiblich. Liebe Du mich auch immer, treu, wahr, und warm, und laß das unerbittliche Schicksaal mir nichts rauben! ––

Alle Ungewitter des Himmels zogen wieder über mich auf! Den Abend nach unserm letzten Wiedersehn, brach unser Wagen zusammen, ich bekam eine Contusion am Arm die mich lange zu Hause hielt, Morgends darauf erfuhr ich daß mein Bruder auf der Jagd durch das Bein geschossen worden. Und beyde mal kam Dein Brief in unrechte Hände, sie wurden mir aber sogleich übergeben, und es hatte weiter keine Folgen als daß ich 8 Taage die gewohnte Begegnung dulden mußte, welche mein leidender Zustand doch milderte.

Denke nur nicht Lieber! daß das Schicksal unserer Liebe, mich empöhren, oder gänzlich nieder drücken mögte, Ich weine wohl offt, bittre, bittre Trähnen, aber eben dieser Trähnen sind es, die mich erhalten, so lange Du lebst, mag ich nicht untergehen. fühlte ich *nicht* mehr, wäre die Liebe aus mir verschwunden, und was wäre *mir* das Leben ohne *Liebe,* ich würde in Nacht, und Tod hinabsinken. so lange Du mich liebst, kann ich mich nicht verschlimmern, Du hälst mich empor und führest mich den Weg zur Schönheit! habe Glauben an mich, und baue fest auf mein Herz. So lebe dann wohl bestes theurstes Herz, und denke wie ich daß unser liebstes innerstes Wesen unveränderlich sich gleich bleiben und sich angehöhren wird.

Nächsten Monath wirst Du es wohl wieder wagen, Du kannst dann vielleicht durch *H...* höhren ob ich wieder allein bin.

Von Sinclair

[Bruchstück]

Rastadt, 8. Febr. 99.

Muhrbeck [ist von seiner Reise zurück. In Kurzem, vielleicht in 8 Tagen kommen Beide auch nach Homburg.]

Daß Du nichts von *Agis* schreibst und daß Du mir überhaupt nur einmal schreibst, läßt mich ahnden, daß Du stark daran gearbeitet hast, und daß uns viel Vergnügen bevorsteht, wenn wir das hören, was Du, entfernt von uns, aber doch manchmal an uns denkend geschrieben hast.

Von Susette Gontard

[Februar 1799]

Wie gerne, Lieber! möchte ich Dir treu erzählen, wie ich die traurigen Tage, unserer Trennung zugebracht, wenn nur nicht die Wiederhohlung dieser Zeit für mich so peinlich wäre. Seit einigen Tagen bin ich wieder allein, und es ist schon etwas besser, das schlimmste war, daß ich mir keine einsame Viertelstunde zusichern konnte, und ich auch selbst wenn ich allein war, meine Gefühle so gewaltsam zusammenpressen mußte, damit meine nassen Augen, mich nie verrahten und zu lästigen Fragen, Anlaß geben möchten. Aber die ersten einsamen Stunden, waren für mich schrecklich, nun wollte ich mich meinem Gefühl, wieder ganz überlassen, ich durfte auch daß nicht, denn die Sehnsucht nach Dir, wurde so groß, daß ich mir nicht zu helfen wußte, und ein gewaltiger Kampf in mir entstand. Ich suchte mit allen Kräften Dein verlöschendes in mir gewordenes Traumbild, mit lebendigen Farben wieder in meine Einbildung zu rufen, ach! es war mir versagt ich fühlte, den Wunsch und die Ohnmöglichkeit zugleich, ich dachte wohl an Deine Briefe Deine Bücher, Deine Haare, aber ich wollte keine Hülfe, wollte ganz aus mir selbst Dich in mir erneuen, doch mein töhricht Herz mußte bald vor der Vernunft erröthen, und Entschuldigung finden, einige Tage nachher kramte ich mir, Deine lieben Sachen, und Briefe, von ältern Zeiten aus, die mir damals als ich Dich noch hatte wenig waren, und wovon nichts mehr in meinem Gedächtniß war, welch einen Schatz von lieben Worten, welch einen Trost, welch ein lieblich Bild von Dir fand ich darinn, wie lockten sie liebliche Tränen der Zärtlichkeit mir ins Auge, wie stärkten sie mein Herz, wie halte ich mich jetzt daran in jeder bangen Stunde. Aber ach! das ist Vergangenheit! – Was ist Gegenwart? – Was Zukunft? – – – – Jetzt frage ich mich mit jedem Tage: »Wie muß ein vereinzelt Wesen, in sich, und durch sich selbst bestehen, welches die Liebe zu einem edlen und schönen Wesen erhoben?« – Träumen möchte ich immer, doch träumen ist Selbstvernichtung! Selbstvernichtung Feigheit! – – – Fühlen! – Mein Herz fühlt noch in dieser armen, alles tötenden Zeit lebendig und warm, sehnt sich nach Würklichkeit, nach dem Widerhall der Liebe, nach Mitteilung, Einklang, Harmonie! Seligkeit! soll ich es tadeln? Doch ruft jedes Gefühl in mir meine ganze Sehnsucht vermischt mit tausend Schmerzen zurück. Selbst durch meine tiefsten Gedanken finde ich nichts Wünschenswertes als die innigste Beziehung der Liebe, denn was kann uns leiten durch dies zweideutige Leben und Sterben, als die Stimme unsers bessern Wesens, welches wir einer gleichen liebenden Seele anvertrauen, diese Stimme die wir aus uns selbst nicht immer hören können. Verbunden sind wir stark, und unwandelbar, im Schönen und im Guten, über alle Gedanken hinaus im Glauben und im Hoffen. Aber diese Beziehung der Liebe bestehet in der würklichen Welt die uns einschließt nicht durch den Geist allein; auch die Sinne (nicht Sinnlichkeit) gehören dazu, eine Liebe, die wir ganz der Würklichkeit entrücken, nur im Geiste noch fühlen, keine Nahrung und Hoffnung mehr geben könnten, würde am Ende zur Träumerei werden oder vor uns verschwinden, sie bliebe, aber wir wüßten es nicht mehr und ihre wohltätige Wirkung auf unser Wesen würde aufhören. Da ich dies alles klar vor Augen habe, und es so schwer ist aus der Dumpfheit herauszufinden, sollte ich mich selbst noch täuschen und in Schlummer wiegen, – – sollte ich träumen! soll ich mein

Herz verstocken! soll ich anders denken! -- Wozu ich dies alles frage, Lieber! – »Ich habe ja Dich noch.« Ach! weil seit dem Tage unserer Trennung eine Angst in mir ist, daß einmal alle Beziehungen zwischen uns aufhören möchten, weil ich über die Zukunft keine Gewißheit habe, über Deine künftige Bestimmung; ich zittre für die Zeit der Revolutionen die uns nahe seyn kann, weil vielleicht sie uns für immer von einander reißt. Wie offt tadle ich Dich und mich, daß wir so stolz alle Beziehungen uns ohnmöglich gemacht, uns nur auf uns selbst verlassen haben wir müssen jetzt vom Schicksaal betteln, und durch tausend Umwege einen Faden zu leiten suchen, der uns zusammen führt. Was wird aus uns werden, wenn wir für einander verschwinden sollten? ––––

Noch könnte ich mich nie beruhigen, wenn ich denken müßte daß ich Dich ganz der Würklichkeit entrückt, Du Dich mit meinen Schatten begnügen wolltest, daß Du durch mich vielleicht Deine Bestimmung verfehlt, wenn ich von Dir, darüber gar nichts mehr hörte und beruhigt würde. Wann es *sein muß* daß wir dem Schicksaal zum Opfer werden, *dann* versprich mir Dich frey von mir zu machen und ganz zu leben wie es Dich noch glücklich machen, Du nach Deiner Erkenntniß Deine Pflichten für diese Weldt am besten erfüllen kannst, und laß mein Bild kein Hinderniß seyn, nur dieses Versprechen kann mir Ruhe, und Zufriedenheit mit mir selbst geben. ––– *So lieben wie ich Dich,* wird Dich nichts mehr, *so lieben wie Du mich,* wirst Du nichts mehr, (verzeihe mir diesen eigennützigen Wunsch) aber verstocke Dein Herz nicht tuhe ihm keine Gewalt, was ich nicht haben kann, darf ich nicht neidisch vernichten wollen. Denke nur ja nicht Bester, daß ich für mich spreche, mit mir ist das ganz anders, ich habe meine Bestimmung zum Theil erfüllt, habe genung zu tuhn in der Welt, habe durch Dich mehr bekommen als ich noch erwarten durfte meine Zeit war schon vorbey, aber Du solltest jetzt erst anfangen zu leben, zu handeln, zu würken, laß mich kein Hinderniß seyn, und verträume nicht Dein Leben in Hoffnungs lose Liebe. Die Natur die Dir alle edeln Kräfte hohen Geist, und tiefes Gefühl gab, hat Dich bestimmt ein edler vortrefflicher glücklicher Mann zu werden, und es in allen Deinen Handlungen zu beweisen. Doch, noch leuchtet uns die Hoffnung für unsere geliebte Liebe, laß uns sie pflegen und erhalten so lange wir nur können. Eine Stunde, voll Seeligkeit des Widersehns, und Hoffnung in der Brust, sind genung, ihr Leben auf Monathe lang zu erhalten. Laß uns die Augen nur nicht zudrücken, und uns überraschen lassen vom Schicksaal damit wir das Nöthigste und Beste tuhn können. Beruhige mich wenn Du kannst über die Zukunft. In der Mitte des May, kömmt mein Bruder (der wieder völlig hergestellt ist) wenn die Kriegsunruhen es nicht ganz verhindern, während dieser Zeit sehe ich noch nicht ein, wie es möglich ist eine Beziehung zwischen uns zu unterhalten, weil ich nicht wissen kann wenn ich allein seyn werde, und es mich in beständiger Spannung und Sorge erhalten würde, wenn Du einen Weg der schrifftlichen Mittheilung, zwischen uns ersinnen könntest, der nicht ängstlich und gewagt wäre, Du würdest mir eine Wohltaht erzeigen denn es ist zu meiner Ruhe doch so nöthig zu höhren wie Du lebst. Wenn ich wieder allein binn (denn ich werde in keinen Fall mich zu einer Reise bewegen lassen, wenn es nicht in einer kurzen Zeit ist während welcher wir uns doch nicht sehn könnten) machen wir es wieder wie bis her. Du sprachest von *anderthalb Jahren,* ich zittre wenn ich denke daß über ein halbes schon vorbey ist, wie wird, wie kann, es kommen? was würde wohl für Dich am besten seyn? – Wenn Du mir darüber Deine Ahndungen mittheilen wolltest! vor meinem Sinne ist alles Schwarz, und das Schrecklichste wäre wenn unter dem harten Schicksaal, unsere zarte Liebe auch erstickte, wenn es endlich dumpfwerden müßte in unserer Brust, unser Leben dahin wäre, und doch trostloses Bewustseyn uns übrig bliebe. Verzeihe! mein Bester! daß ich Dich in diese schwarzen Gedanken mit hieneinziehe, für Dich sollte alles nur Süß seyn, einen Himmel möchte ich Dir geben, alles entfernen was Dich stören könnte; aber ich fühle es, unsere Liebe ist zu heilig, um daß ich Dich täuschen könnte, ich bin Dir Rechenschafft schuldig von jeder Empfindung in mir, Du weist daß ich leicht Trübsinnig bin, vielleicht kommt es noch besser, und wie wollen wir dem Schicksaal danken, für jede Blume, die wir mit einander finden. Wenn es mir nur nicht so schwer würde Dir zu schreiben. Nehme ich in dieser Absicht, die Feder, öffnet sich mir eine Welt, voll Gedanken, und Gefühlen, ich mögte alles auf einmal sagen, und kann keine Ordnung hienein bringen, ich fürchte Unsinn zu schreiben, dann, sind mir meine Worte, wieder zu Prosaisch, und mischt sich meine Phantasie mit ein denke ich, es wäre nicht so wahr was ich sagte, am Ende möchte ich alles wieder zerreißen. Du verstehest mich wohl besser, wie ich selbst, und fühlest auch noch was ich nicht sage. – – – Ich muß Dir noch etwas von den Kindern sagen, Du weißt schon daß sie in meinen Augen sehr verlohren haben, seit Du nicht mehr sie bildest, und auf sie würkest, daß ich mir nicht mehr so viel von ihnen verspreche. Es ist für mich sehr schwer, allen den schiefen Eindrücken entgegen zu arbeiten, welche sie bekommen, und offt muß ich es gehen lassen, ich verlasse mich dann, zum Trost, auf ihre reiffende bis jetzt, ungetöhrte Vernunft, die sie selbst zurück führen wird von allen Irrungen in die sie gerathen können, offt denke ich auch wenn ihre Moralische Bildung zu sehr verfeinert würde, sie dann auch in ihrer Welt, wohl ihr Element nicht finden möchten daß die Erziehung unserer Laage ein wenig anpassen muß. An *Henry*, ärgert mich am meisten, daß weil er so auf einmal sich frey fühlte, er so gerne den Herrn spielt, immer vorlaut ist, mit so großem Eiffer, an allem Sinnlichen hängt, und übrigens in seiner Arbeit, etwas faul und nachlässig ist, man muß ihn beständig treiben, und aller Ehrgeitz scheint ihn verlassen zu haben. Ich wünschte zu seinem Besten daß er von hier fort käme, der Boden hier taugt für ihn gar nicht, da man ihm zu sehr dient und schmeichelt und er zu wenig die Wahrheit in sanften Ausdrücken höhrt. Ich wünschte Deine Meinung darüber zu höhren! –

Die Beyden Mädchen sind auch etwas roher geworden, aber doch noch gute Kinder, ich baue offt meine Hoffnung auf die kleine Male, weil wir bey ihrer späteren Erziehung die Fehler einsehen werden, die wir machten, ich tadle mich aber auch wieder, meiner Partheilichkeit *diese* Nahrung zu geben, Sie ist würklich ein Herziges liebenswürdiges Kind, seit 14 Tagen laufft sie wieder und dieß freut mich so sehr. Wir haben auch den Herrn Hadermann angenommen, ein sehr langweiliger Religiöser Schwätzer den ich nicht eine Viertelstunde ohne Ungeduld anhöhren kann. Talente, werden sie genung bekommen, aber für ihre Charackter Bildung, und innern einzigen Wehrt, ist mir offt sehr bange. Meine Gegenwürkung auf sie wäre doch nicht stark genung wenn ich auch immer im Stande wäre das Beste für sie zu unterscheiden, und auch selbst dieß ist mir fast unmöglich.

Nun noch, wie ich denke, künftig meine Zeit hinzubringen. Diesen Winter war es vielleicht gut, daß ich nicht viel allein war, denn offt habe ich Tage, wo ich ganz aus dem Gleichgewichte binn, nur bey den Gedanken an Dich, stürzen Trähnen mir aus den Augen, ich muß mich zwingen, und suchte Gesellschafft, um daß ich gehalten werde, ich habe den ganzen Winter mir selbst zur Last herum geschwärmt, aber, das muß jetzt anders werden, Selbst kein ernsthafft Buch konnte ich lesen, weil mein Kopf sich fast immer etwas müde fühlte. Ich will versuchen ob ich die Musick mir wieder an's Herz legen kann, der Frühling wird mir liebliche Beschäfftigung im Garten geben, (an den ich mich freylich erst wieder gewöhnen muß) und Dein lieber *Hyperion* wird meinen Geist beleben, wie freue ich mich schon darauf! – Du hattest mir auch noch einige Recepte versprochen! Du wirst doch Wort halten? – Du bathest mich auch Dir einge meiner Gedanken und Ideen, zu Worten zu bilden. Lieber! alle meine Äußerungen gehöhren nur *Dir*. Mein Geist, meine Seele spiegeln sich in Dir, Du giebst was sich geben läßt, in so schöner Form, als ich es nie könnte, und der Genuß, daß ich den Beyfall fühle den man Dir geben muß ist mir mehr als die Befriedigung meiner ganzen Eigen liebe.

Von Susette Gontard

[Frankfurt, zwischen dem 12. 3. und dem 4. 4. 1799]

Dienstag den 12ten Märtz

Dein lieber Brief, und Dein Wunsch, gab mir gestern den Gedanken Dir auch eine Art von Tagebuch zu schreiben, wenn ich es nur ausführen könnte! Ich binn nur so wenig ungestöhrt, wenn ich es verstohlen tuhn muß, ist eine Art von Angst in mir, die mich hindert die rechten Worte zu finden, so offt werde ich aus meinen Gedanken gerissen und werde dann leicht verdrüßlich, doch, will ich es versuchen, und jede ruhige Minute nutzen, nur mußt Du auf keinen Zusammenhang rechnen.

Gestern, wie Du fort warest, fühlte ich so ganz die gemischte Empfindung von Schmerz und Freude und banger Ahndung der Zukunft, ich nahm gleich Deinen Brief, konnte aber nur Worte lesen, das Herz klopfte mir gewaltig dabey, den Sinn konnte ich nicht heraus bringen, und mußte ihn spaaren für eine stillere Stunde. Ich gieng dann in die Lufft, um mich wieder zu finden. Nachmittag's schien die Sonne, mir so lieblich in's Zimmer, und besänftigte mich ganz als redete sie mir zu mich zu stillen, ich fühlte nun die Geduld in mir Deinen Brief Wort für Wort zu lesen, schickte die Kinder alle in den Garten, und blieb so mit Dir allein. Es war eine glückliche Stunde! – Mein dankbares Herz klagte auch nicht über die Trähnen die Dein Brief in mir hervor rief, ich hörte nur in mir, Er lebt! ist mir nahe! liebt mich treu! heute ist ein glücklicher Tag! – – – –

Wenn nach her die bange Zukunft mich stöhren wollte, tadelte ich mich darüber, ich sagte mir, Menschen in ihrer kindlichen Religion würden es für Sünde halten, das Vertrauen in diesem Grade zu verliehren, und nicht auf *ihren Gott zu bauen.* Warum sollte denn nicht für *uns* eine geheime uns unbekannte Macht, unser Schicksaal auch gütig und tröstend lenken, warum müßten wir verzweiffeln! – – – Ist es auch recht das *Schwartzeste nur* zu denken? – – Kann es denn nicht noch *besser* kommen wie wir meinen? – Oder, haben wir allsehenden Verstand genug, unser ganzes Schicksaal vorher zu wissen? – Bestimmt nicht offt ein kleiner Zufall, unser Glück oder Unglück? – Wir sind ja noch in der Welt dem Zufall unterworfen, sollte er uns den nicht auch glücklich seyn können? Wir mußten uns finden, und freuten uns offt innig darüber, sollten wir uns denn nicht wieder finden, und wieder freuen können? – – – –

Nachmittags

Ich kann das Wort, *Zufall* welches ich geschrieben nicht wieder aus den Kopf bringen, es gefällt mir nicht, klingt so klein, und kalt, und doch finde ich kein anderes. Könnte man nicht auch sagen, die geheime verkettung der Dinge bilden für uns etwas daß wir *Zufall* nennen, was doch aber *nothwendig* ist. Wir können wegen unserer Kurzsichtigkeit, davon gar nichts vorher sehen, und erstaunen wenn es anders kömmt wie wir meinten. Doch gehen die ewigen Naturgesetze immer ihren Gang, sie sind uns unergründlich, und eben *darum* tröstlich, weil auch daß uns noch geschehen kann, was wir nicht einmal ahndeten, und entfernt hofften.

Heute Morgen fand ich in einen kleinen Französischen Roman, eine schöne Stelle, die mir auf's Herz fiel, deswegen will ich Dir sie abschreiben. »Die Religion, wäre sicher aus dem Unglück hervorgegangen, wenn nicht zärtere Seelen sie in der Dankbarkeit, gefunden hätten.« – – – –

Den 14ten Märtz

Die Landschaft habe ich gefunden, Lieber! Ich wollte mich nach unserer ersten Trennung, dem ganzen Schmerz darüber, nicht entziehen er war mir lieb und willkommen, ich gieng zwey Taage nach Deiner Abwesenheit, noch einmal in Dein Zimmer, wollte mich da recht ausweinen und mir einige liebe Reste von Dir sammeln, ich schloß Deinen Schreibpult auf fand noch einige Stückgen Papier, ein wenig Siegellack, einen kleinen weißen Knopf, und ein hartes stück schwartzbrod, ich trug das alles lange wie Reliquien bey mir. Eine schublade vom Comode war in's Schloß gesprungen ich konnte sie nicht aufbringen ich ging zurück, vor der Tühre, begegnete mir *Henry*, er sagte wehmütig »aus diesem Zimmer hast Du schon viel verlohren! erst Deine Mutter, und dann auch Deinen Hölder! Du magst es gewiß nicht mehr leiden!« – – – Daß ergriff mich stark, doch augenblicklich tröstete mich der Gedanke an *Dein Leben* und gab mir etwas Süßes, in meine schwermüthige Seele, so ging ich hin. – Einige Tage nach her ließ ich die Schublade aufmachen, und fand da die Landschafft, ach! sie erfüllt mich mit Trauer! Ich zeichnete in meiner Einfalt, eine *Grabstätte,* zu der Zeit, wie ich Dir sie gab, und mit Dir die Kupferstiche alle durchblätterte, welch eine Seeligkeit welch eine Hoffnung war da in mir, die mir *unendlich schien!* Und jetzt soll es doch damit vorbey seyn! – – – – Ich weis nicht ob ich Dir sie wieder gebe, alle diese Gedanken möchten Dich auch wie mich gestern Abend im Stillen ergreiffen und erschüttern! – – – –

Den 19ten Märtz

Ich war wieder einigemal mit den Kindern Spazieren, es stärkte und erheiterte mich immer, einmal sah ich am Berge in der beleuchtung der milden Sonne, mein liebes *Homburg*, wie seegnete mein Aug diese stille Gegend, und das unbekannte Stübgen wo Du wohnest, wie eilten meine Gedanken zu Dir hin, und berührten Dich gewiß, denn ich meinte daß Du an so schönen Frühlings Tagen, mich auch immer im Sinne haben mußt, und mich näher fühlen, wie ich Dich! – – Doch, wie schreckten meine Gedanken mich, ach! bald werd ich auch von dieser lieben Gegend scheiden müssen, meine Augen werden nicht mehr gerne dahin sich kehren, ich werde sie wegwenden, so schwindet denn alles! – Nicht einmal eine Vorstellung von dem Ort wo Du wohnest werd ich haben! Sieh! Lieber! darinn hast Du es doch viel besser Du weist wo Du mich immer wiederfinden kannst, kennst alle Kleinigkeiten um mich herum, indeß wenn ich Dich denken werde, Dein Bild in einem undurgdringlichen Nebel mir erscheinen wird auf Augenblicke nur, wenn Du mir nicht zuweilen ein Bild giebst von dem was Dich umgiebt, und auch selbst von den Menschen mit welchen Du in Verbindung kommen wirst. Tuhe daß immer wenn Du kannst. Ich wünsche nichts so sehr für Dich, als daß immer, wo Du auch seyn magst, Du einen Freund findest, gegen den Dein Herz nicht stumm zu seyn braugt, und in dessen Umgang Du Mittheilung und Nahrung für Deinen Geist findest, denn mein Lieber! Du bist zu reich an Kräfften, und immer zu voll, um für Dich zu bleiben und nur auf Dich, zu beruhen, Dir, ist es bedürfniß Dich mitzutheilen, und aus Deinem besten Wesen zu sprechen, wenn Du zuweilen so mismuthig bist, fehlt es nur daran, daß Du nicht verstanden wirst, und Dich dann selbst nicht siehst, und an Dir zweiffelst. in dieser Noth, aber kömmst Du leicht in Gefahr, die unrechten Menschen zu wählen, und nur dafür, warne ich Dich! nimm mir daß nicht übel, es kömmt sicher aus gutem Herzen.

Du wünschest auch von mir zu höhren, wie ich den ganzen Tag über mich beschäfftige, diese Erzählung wird sehr einfach seyn. Ich binn beynahe immer in meinem ruhigen Stübgen wo ich arbeite und nähe oder stricke, die Kinder wenn sie keine Stunden im Nebenzimmer haben, lärmen um mich herum, aber es stöhrt mich bald nicht mehr in meinen Gedanken, welche offt bey Dir, oder doch immer in Beziehung mit Dir sind, offt schreibe ich Dir ganze Briefe! da gehet es aber in meinem Kopf so durcheinander daß man auf dem Papier keinen Zusammenhang darinn finden könnte, offt drängt es mich an den Schreibpult zu gehen, aber ich fürchte mich, und muß erst einen Augenblick von Stärke abwarten, offt verschließt sich auch mein Wesen so sehr daß ich keinen Ton hervorbringe, und so kann ich nicht so offt schreiben wie ich mögte, denn es liegt für mich würklich ein Genuß, darinn und ich bin nach her viel ruhiger und auf Tage lang wird mir alles leichter. Die Gesellschafft der Menschen, ist mir so wenig und offt ist mir doch die Einsamkeit zur Last, so sehr, daß ich das gleichgültigste Gespräch vorziehe, doch es ist nur wie Täuschung, und am Ende gestehe ich mir immer daß ich herzlich froh bin wieder allein, ohne Zwang zu seyn. Mit dem Lesen will es noch nicht recht gehen! zu dem ernsten Nachdenken gehört wie ich meine ein vollkommen ruhig Gemüth, ein gesetztes sorgloses Wesen! ich brauche jetzt mehr mich in Schlummer zu wiegen, und daher paßt mir ein interessant erzählter Roman mehr an, als die schönsten Schrifften unserer Zeit (bey'm durchlesen fällt mir ein daß Du Deinen lieben *Hipperion* auch einen Roman nennst, ich denke mir aber immer dabey ein schönes Gedicht.)

Selbst nur daß, was ich nicht genung achte um mich dadurch in's Nachdenken bringen zu lassen, was ich bloß als Unterhaltung und Zeitvertreib ansehe, taugt mir mehr, daher gerathe ich auch zuweilen, an die Romane von dem Herrn *la Fontaine,* wenn mir eine Stelle nicht gefällt nehme ich mir nicht, übel das Buch in die Ecke zu werfen. -- Gute, schöne Bücher in einer dazu nicht passenden Stimmung zu durchblättern, und nicht mit ganzer Aufmerksamkeit zu lesen, halte ich für Entweihung, sie gehöhren nur *dem* der sie ganz fühlt, und verstehen kann.

So weit hatte ich geschrieben und wurde unterbrochen. Ich konnte seitdem nicht dazu kommen.

Den 26ten Märtz

Die Festtage sind überstanden! und das ist mir immer lieb! weil es ruhiger um mich wird, den Sonntag morgend, ging ich einmal wieder in unsere Kirche, die Predigt konnte wie natürlich meine Aufmerksamkeit nicht fesseln, und ich dachte nur an Dich und träumte mir Dein Bild, ich sann auf einen Plaan Dich künftig wenn wir die Stadt verlassen, zu sehen, ich glaube die beste Art gefunden zu haben und werde sie Dir zu Ende meines Schreibens mitheilen. Nachmittags gingen wir hienaus, in unsern Garten, mit einer kleinen weiter nicht sehr interessanten Gesellschafft, die Lufft war so heiter und klar, wie es in meinem Gemüthe ist wenn eine Freude darinnen nachtönt, oder eine gegründete Hoffnung mich belebt, dieß mal war es nur außer mir so! -- Ich sehe jedesmal wenn ich hienausgehe, mechanisch nach dem Seitenfenster und es ist mir immer lieb wenn es verschlossen ist, damit es mich nicht täuscht. Es waren auch einige Hamburger von unserer Gesellschafft, die hier auf die Messe sind, die dann das Gespräch auf meinen Bruder brachten, sie sagten er würde wohl von hier, wegen seiner Gesundheit nach Pirmonth reisen, seine Frau würde er hier lassen. Ob er wohl meint daß ich mit ihm gehen soll?– In dem Fall daß ich Dich doch nicht sehen könnte und nichts von Dir zu erfahren wüßte, würde ich mich darauf besinnen, aber wenn ich weg ginge und wir würden dann vom Schicksaal getrennt, der Faden zwischen uns ganz abgeschnitten, würde ich mich nicht zu trösten wissen, jeder Schritt würde mich gereuen. Die Gedanken vom Reisen setzen mich offt in Verlegenheit, und doch mögte ich um alles meinem guten *Henry* nicht wehe tuhn. nur in dieser Absicht kann ich von hier weg gehen wo es mir doch immer lieber ist als in der weiten Welt wo Du nicht mit mir warst. und der Schmerz der mir will um diesen Preiß gerne lange warten, wenn ich dann nur zuweilen von jemand höhren könnte daß Du gesund bist. Nenne mich nicht mistrauisch, das bin ich gewiß nicht. Du weist aber wohl Lieber! daß man gegen das Mistrauen nicht genung sich sichern kann. Um dann künftig uns wiederzusehen, und ohne Nachricht uns nicht zu verfehlen, muß ich mit Dir einen Tag bestimmen von wo ich anfange zu rechnen wenn Du alle Jahr einmal kommen willst, Du wirst mir wohl immer so gegenwärtig bleiben daß Deine Erscheinung mich nicht erschrecken wird. – – – –

Sonntag den 31ten Abends 9 Uhr

Ich bin ganz allein, und kann nicht schlafen gehen, ohne Dir bestes liebstes Herz! gute Nacht zu sagen, könntest Du jetzt fühlen wie innig ich *Dich* fühle, wie die heiligsten Momente unserer Liebe, vor meiner Seele schweben! wie glücklich würde ich seyn! wenn ich daß wissen könnte! – Schlaf sanft, und süß, mein Bild umschwebe Dich! – – –

Den 2ten Aprill Abend's

Ich bin wieder ganz ruhig, allein, mögte noch so gerne zu Dir sprechen, und weiß nur nicht womit ich anfangen soll, so manches hätte ich Dir wohl zu sagen, wozu die Worte so schwer werden. Je mehr man zu sagen hat je weniger *kann* man sagen, daß fühlte ich wieder, und denke, »nur still, daß ist es doch nicht« Also erzählen! – Ich lebte in den 3 Wochen seit wir uns nicht sahen, sehr häuslich und ruhig und bin in keine einzige Gesellschafft gewesen, ich saß fast immer still und fleißig bey meiner Arbeit, und (weil Du doch jeden kleinen Umstand wissen willst) war mein lieblings Geschäfft, mir ein Kleid zu machen, welches ich von meinem guten Bruder bekommen, ganz nach Deinem Geschmack, Lilla und Weiß, ich erhielt es an dem Tage wo Du das letzte mal hier bey mir warst, und auch *so* ist es mir ein liebes Andenken, ich werde es gerne tragen.

Ich lehrte auch meiner kleinen Male stricken, und hatte viel Vergnügen ihre ämsigen niedlichen Finger zu sehen.

Ich zählte alle Tage und Stunden bis zu unserer Zusammenkunft und zürnte sehr mit dem Himmel wie die Kälte einfiel, kein Sonnenblick gehet mir verlohren, ob ich gleich weiß daß Du auch bey schlechtem Wetter kömst, ich kann es gar nicht denken daß Du im Regen gehest oder frierst und muß mir es würklich verbergen wenn ich nicht um Deinentwillen mehr leiden will als Du wohl dabey leidest, Verkenne es nicht liebes Herz daß ich Dir so kindisch schreibe, ich mögte gerne Dir etwas sagen, und doch nicht alle Empfindungen in Dir und mir wecken, zu denen der Ton mir immer nur zu nahe liegt, und so tändele ich offt lieber. Jetzt sagt es doch viel! – – – Eben bringt Willhelmine meine Suppe, ich denke an Dich bis der Schlaf meine Augen schließt.

Den 4ten Aprill

Ich will Dir nun sagen, wie ich meine, daß wir es diesen Sommer machen können, um *selbst* unsere Briefträger zu seyn denn sie jemand anzuvertrauen ist würklich ein gewagter Entschluß, und wir haben auch beyde eine Art von Wiederwillen dagegen. Du kömmst also den 1sten Donnerstag im Monath wenn es schön Wetter ist, gehet es nicht, kömmst Du den nächsten und so immer nur an einem Donnerstag, damit das Wetter uns nicht irrt, Du kannst dann auch Morgend's von H... weg gehen, und wenn es in der Stadt 10 Uhr schlägt, erscheinst Du, an der niedrigen Hecke, nahe bey den Pappeln, ich werde dann oben an meinem Fenster mich einfinden, und wir können uns sehen, zum Zeichen halte Deinen Stock auf die Schulter, ich werde ein weißes Tuch nehmen, schließe ich dann in einigen Minuten das Fenster, ist es ein Zeichen daß ich herunter komme, tuhe ich es aber nicht, darf ich es nicht wagen, Du gehest wenn ich komme, an den Anfang der Einfahrt nicht weit von der kleinen Laube, denn hinter dem Garten, kann man wegen dem Graben sich nicht erreichen, und eher bemerkt werden, so deckt mich die Laube, und Du kannst wohl sehen ob von beyden Seiten niemand kömmt, um daß wir so viel Zeit gewinnen unsere Briefe durch die Hecke zu tauschen. Den andern Tag, wenn Du wieder zurück gehest, kannst Du es um die selbe Zeit noch einmal wagen, wenn es den ersten nicht gelingen sollte, oder wir auf die Briefe noch zu antworten hätten. Wie es mir unangenehm ist, so intrigenartige Plaane zu machen, brauche ich Dir wohl nicht zu sagen, Deine zarte Seele stößt sich gewiß daran, und Du leidest mit mir, aber verdenken kannst Du mir es nicht, weil ich es nur aus der edlen Absicht tuhe, das schönste und beste unter den Menschen, nicht zu Grunde gehen zu lassen. -- Wenn das Wetter gut ist werden wir wohl den 2ten May schon draußen seyn, oder doch den 9ten gewiß, (den 15ten kommt mein Bruder) solltest Du mich am Fenster nicht finden wäre es ein Zeichen daß unvorhergesehen Fälle, uns noch in der Stadt hielten, und Du kämest dann den Freytag 10 Uhr an die bekannte Ecke.

Heute ist der Tag wo Du kömmst! es freut mich so das der Himmel klar ist, ich werde wohl einen unruhigen Abend haben weil ich weiß daß Du hier seyn wirst, und ich mich doch nicht entschließen kann in die Comödie zu gehen, weil Du glaubst das es uns aussetzt, und auch Recht daran hast.

Von Siegfried Schmid

[Bruchstück]

Basel, 29. März 99.

[Darin über H.'s Leid:]

Aber Du sollst nicht traurend zürnen mit der Welt, Künstler; froh in Deinem inneren Schöpfer sie lassen, wie sie ist, die ewig gleiche und immer andere; und doch sie zusammenstürzen und göttlich verändert in allen ihren Theilen sie wieder aufrichten durch Deine Töne, oder Pinsel, oder wie Du willst.

[Über das Drama, das er unter Händen hat.]

Wie wahr, Theuerster, daß die Dichterseele und zwar in einer Stärke, wie keine andere, alle Elemente der Menschheit in sich bewahren muß ... Allseitigkeit ist der Charakter der großen, wahren, unvergänglichsten.

[Cotta sage ihm, er wolle den Verlag seiner Poesie übernehmen. Vor der Hand aber wolle er sehen, was aus einem Vorschlag in Berlin werden würde. – Vielleicht lasse er auch bis gegen die Herbstmesse eine Sammlung von kleinen Gedichten mit wenigstens einem Theil eines größeren Gedichts, in mehrere Bücher abgetheilt, drucken.

So despotisirend willkührlich er in Basel lebe, sei ihm doch der Gedanke an Hofmeisterei schon zum Ekel. Er sei sehr neugierig, wie er sich durchbringen werde.

Sein Vater schreibe ihm mit Wärme von H.'s Besuch.]

Jetzt wird uns, nach dem Anschein, der Kriegslärmen freundliche Plane von Zusammenleben verderben.

[Er würde ihn sonst einladen, einige Monate mit in die franz. Schweiz zu gehen.]

Denk! ich bin so ungeduldig und begierig einige Feldzüge mitzumachen, daß ich wirklich ernstlich dem *Sinclair* schreibe, wie sich meine Wünsche am besten realisiren ließen. Das Erhebende des Kriegs und die mannigfaltigen Situationen, in die er uns setzt, haben viel Reizendes; und die Betrachtung der Lumperei des menschlichen Lebens, wo alles darin besteht, daß es die Organisation gewisser Maschinen (geistigerer und irdischerer Art) so will,

[wolle er eine Zeit lang, in beständiger Abwechslung von Freud und Verdruß, genießen.]

Ich freue mich recht kindlich auf Dein Bildniß. Schick mirs doch nur bald; mit einigen herrlichen Lauten Deiner Seele begleitet.

An Susette Gontard

[Anfang eines Konzeptes]

[April 1799]

Es ist ein unaussprechlicher Dank in mir, Liebe, daß der himmlische Frühling auch mir noch Freude gibt,

An die Mutter

[Homburg, wohl um den 25. 3. und 18. 4. 1799]

Liebste Mutter!
Es ist mir unendlich leid, daß Sie durch mein Stillschweigen beunruhiget worden sind. Der letzte Brief, den ich von Ihnen erhalten habe, ist vom 17ten Februar. Ich habe mich auch in dem Briefe, den Sie jetzt werden erhalten haben, einigermaßen entschuldiget. Es gehn mir dann auch manchmal über bloßem Nachdenken, in das ich während der Arbeit gerate, Tage hinweg, auch konnt ich mich, bisher, weniger dem Umgange meiner Freunde entziehn, womit ich müßige Stunden ausfüllte, bin auch sonst immer so in Not mit Briefschreiben, daß es gewiß größtenteils verzeihlich ist, wenn ich oft, so sehr mir manchmal das Gewissen dabei schlägt, einen Brief an Sie von einem Tage zum andern verschiebe.

Glauben Sie nur, liebste Mutter! daß ich überhaupt mein Verhältnis zu Ihnen nichts weniger als leicht nehme, und daß es mir oft Unruhe genug macht, wenn ich meinen Lebensplan mit allen Ihren Wünschen zu vereinigen suche, und doch oft zu finden meine, daß ich Ihnen vielleicht auf dem gewöhnlichen Wege weniger Sorge und mehr Freude gemacht hätte als auf dem, den ich jetzt gehe, der doch auch für mich der unbequemere, aber meiner Natur der angemeßnere ist. Für Ihre gütige Einladung danke ich Ihnen recht herzlich, und es wird wohl die Zeit noch kommen, wo ich sie endlich einmal benützen kann. Für jetzt werden Sie einen bloßen Besuch selber in meiner Lage, wo ich alle Zeit, wo möglich, meinem Geschäfte widmen muß, für zu kostbar halten. Ich möchte wenigstens so lange hier bleiben, bis ich mit meinem Buche fertig bin, was wohl noch ein halbes Jahr lang dauern kann. Was ich dann weiter vornehme, wird zum Teil von dem Gelingen oder Nichtgelingen meines Buchs, teils auch von andern Umständen abhängen. Nun glaube ich zwar zur Not mit dem Gelde, welches ich noch vorrätig habe, bis dahin auszukommen, doch muß ich Ihnen gestehen, daß durch die enorme Holzteurung und meine drei Wochen lange Maladie, wo ich zwar den Arzt nicht weiter als Einmal brauchen mußte, aber meine gewöhnliche Kost nicht brauchen konnte, mein Geldvorrat itzt etwas geringer ist, als ich auf diese Zeit hin gerechnet habe. Ich bin deswegen so frei, Ihr gütiges, mütterlichedles Anerbieten dahin zu benützen, daß ich es mir vorbehalte, Ihnen gegen die Mitte des Sommers hin zu schreiben, ob ich der hundert Gulden notwendig habe oder nicht, doch kann ich Ihnen im reinsten Ernste versichern, daß ich, um meiner eigenen Ruhe willen, das Geld nur als geliehen annehmen werde. Ich bin es Ihnen schuldig und meinen Geschwistern, so zu handeln. In der gegenwärtigen Zeit möchte ich, auch wenn es unter irgendeinem rechtmäßigen Titel geschehen könnte, Ihre Einkünfte nicht um einen Heller schmälern, so lange ich nur noch in der Welt bestehen könnte. Sie werden es deswegen nicht für Kaltsinn nehmen, wenn ich Ihnen nach Verlauf eines Jahrs in Geld oder in *natura* die Zinsen des Geliehenen schicke; es soll nur ein Zeichen sein, daß das, was ich diesmal mir in unwiderruflichem Ernste ausbedinge, nicht eitle Worte waren, und ich sage es Ihnen zum voraus, liebste Mutter! daß es mir reelle Unruhe machen würde, wenn Sie mir das Geld schickten, ohne die expresse Versicherung, daß Sie es in Ihren Papieren als Kapital annotiert hätten. Ich würde mir, wenn Sie es nicht auf diese Art schicklich fänden, kein Gewissen daraus machen, an einem andern Orte mit Ihrem Vorwissen Geld zu entlehnen, da ich sicher bin, für mein Buch doch so viel zu bekommen, daß ich eine solche Summe heimbezahlen könnte. Ich habe in Frankfurt einem guten Freunde, auch sonst, manchmal auf einige Zeit ausgeholfen, und so könnte ich wohl auch einmal von der gegenseitigen Gefälligkeit Gebrauch machen.

Zum Schlusse will ich Ihnen eine Stelle aus der Jenaer Literaturzeitung abschreiben, wo meiner gedacht wird. So sehr ich es bisher vermied, mit meiner kleinen Schriftstellerreputation vor Ihnen großzutun, so darf ich doch in der jetzigen Lage keine Gelegenheit vorbeigehn, wo ich Ihnen etwas Hoffnung geben kann, daß meine gegenwärtige Arbeit eine günstige Aufnahme finden werde, und es wäre kindisch, wenn ich, um den Verdacht der Eitelkeit zu vermeiden, Sie jetzt um eine kleine Freude bringen wollte. Es heißt nämlich in der genannten Zeitung aus Gelegenheit des Almanachs, den Neuffer herausgegeben hat, und wozu ich aus Freundschaft einige Kleinigkeiten dazu gegeben habe:

»Den Inhalt des Almanachs möchten wir fast nur auf die Beiträge von Hölderlin einschränken. Die des Herausgebers (Neuffers) sind endlose Reimereien p. p. Vor den übrigen zeichnen sich die Kleinigkeiten von Hillmar und Siegmar vorteilhaft aus, so wie die innigen elegischen Zeilen von Reinhard (dem französischen Gesandten) an seine Gattin über den Abschied von Deutschland. Die prosaischen Aufsätze sind ganz unbedeutend. Hölderlins wenige Beiträge aber sind voll Geist und Seele, und wir setzen gern zum Belege ein paar davon hieher.«

Dann werden ein paar Gedichte von mir angeführt; in einem davon hatte ich auf die Arbeit angespielt, die ich jetzt unter den Händen habe; darüber äußert sich der Rezensent noch am Ende:

»Diese Zeilen lassen schließen, daß Hölderlin ein Gedicht von größerem Umfange mit sich umherträgt, wozu wir ihm von Herzen alle äußere Begünstigung wünschen, da die bisherigen Proben seiner Dichteranlagen und selbst das in dem angeführten Gedichte ausgesprochene erhebende Gefühl ein schönes Gelingen hoffen lassen.«

Ich muß Sie aber bitten, liebste Mutter! daß Sie um Neuffers willen, diese Stelle nirgend bekannt machen. Wollen Sie es dem l. Karl mitteilen, so kann ich es nicht hindern. HE. Schwager in Blaubeuren liest diese Zeitung wohl selbst. – Ich bin recht von Herzen begierig, von meiner guten Schwester auch einmal wieder einen Brief zu bekommen. Karl ist mir einen schuldig; ich will ihm aber demohngeachtet diese Tage wieder schreiben, weil mein letzter gar zu kurz war. Es freut mich unendlich, daß er so sich Ihrer Teilnahme und Bewunderung wert macht. Ich weiß es auch tief zu schätzen, daß ein Mensch von so viel Kopf und innerer echter Bildung doch auch mit solcher Geduld und Geschicklichkeit in seinem Amtsgeschäfte lebt. Sorgen Sie nur nicht! Er wird noch viel werden. Denn am Ende wird es bald die Not erfordern, daß man wahrhaft vorzügliche und taugliche Menschen, wie er ist, hervorsucht.

Die gute Gesundheit, der ich jetzt genieße, macht einen großen Teil meines Glücks aus, und meine Freunde nehmen herzlichen Anteil. »Ach! jetzt seh ich doch einmal wieder Freude in diesem Auge!« rief vor einiger Zeit mein edler Muhrbeck, als er mich ansah. Es war wirklich ein unangenehmer Zustand, in dem ich mich befand. So müßig und kopflos den ganzen Tag dazusitzen, war mir um so schwerer, da ich mich meist nur durch Beschäftigung heiter erhielt.

Ich habe mich wieder mit dem Frühlinge verjüngt, und sehe mit neuem Mut und neuen Kräften ins Leben. Übermütig, ungeduldig, unbescheiden kann und will ich nie mehr werden gegen den Lenker meines Schicksals.

Schlafen Sie wohl, liebste Mutter! mein Stübchen will mir zu kalt werden, von der Nachtluft, und ich will mich zu Bette legen.

Ich freue mich recht auf den Mai. Wir haben hier fast immer noch rauhe Tage. – Übrigens ist es friedlich hier. Diese Gegenden haben, so viel ich wissen kann, wohl nicht wieder vom Kriege zu befürchten. Unendlich freut es mich, daß doch bisher die l. Meinigen verschont geblieben sind.

Ihr getreuer Sohn
Fritz.

d. 18. Apr. 99.

So weit hatt ich schon vor einigen Wochen geschrieben. Aber unter anderem wurd ich auch durch die Kriegsnachrichten aufgehalten, deren Ablauf ich abwarten wollte, um Ihnen vielleicht einiges, was darauf Bezug hätte, zu sagen. Freilich war es auch, daß ich malad war, wie Sie aus dem Briefe an die l. Schwester sehen werden, und daß ich dann gerne die Zeit, wo ich mich schmerzenlos fühlte, zu meinem Geschäfte brauchte. Jetzt bin ich wieder völlig gesund, und ich fühle es mit Freude und Dank, sorge auch, wie ich zu Ihrer Beruhigung sagen muß, recht im Ernste für meine Gesundheit.

Es ist mir nicht wohl möglich, liebste Mutter! diesen Frühling nach Wirtemberg zu kommen; da ich diesen Winter nicht alle Zeit zu meiner Arbeit und meinen Studien benützen konnte, und mir sehr daran liegt, daß ich meine Unabhängigkeit reell benütze, so will ich mein Geld und meine Zeit noch sparen, so gut ich kann, und wenn ich bis auf einen Punkt hin fertig bin, mir eher eine solche Freude gönnen. Leben Sie wohl. Empfehlen Sie mich der l. Frau Großmamma! Herzliche Grüße dem l. Karl!

Ihr getreuer Sohn
Fritz.

Von Susette Gontard

Donnerstag den 9ten Morgends [verm. April 1799]

Noch ein paar Worte muß ich Dir sagen mein Bester. Gestern Abend spät zogen wir heraus, ich glaubte Dich schon im Weidenhoff am Fenster zu sehen. – – meine Augen heften sich mit Verlangen auf die Pappeln Allee, – – Wenn Du nur kömst! – Wir wollen jetzt 2 Monathe warten, im July könntest Du es wohl wagen an die Hecke zu kommen. wir könnten doch vielleicht uns sehen, und wüsten daß wir gesund wären, wenn es nur irgend möglich wäre käme ich auch herunter, sollte ich nicht erscheinen müßte es seyn daß wir gerade eine kleine Spatzierreise machten. – – –

Noch muß ich Dir zur Beruhigung sagen, daß weil ich Dir wenn Du in die Stadt kämest noch manches mündlich sagen wollte, dieses von gar keiner Bedeutung ist, und auch letzt Du gar nicht bemerkt wurdest. Leb jetzt wohl mein Liebes Herz, und sey immer sicher von meiner zärtlichsten Empfindung –

Von Siegfried Schmid

Basel d: 13ten Mai 99.

Hier Geliebter schike ich Dir eine Art Vermächtniß, mit der Bitte für die öffentliche Ausstellung desselben zu sorgen. Es wird sich dann Mancher, aus allen diesen kleinen Zügen ein Bild von Deinem Freund zusammenzeichnen, das ihn nicht ganz vergänglich und vergessen hier oben läßt, wenn er früh zu den Schatten muß.

Es ist das Gefühl der Unsterblichkeit sich von einer ungemeinen Seele ganz erkannt zu sehn, wenn man ohne Eitelkeit, oft gemahnt wird, wie man auch ein Andrer sey als die Menge. Der Held kann sich nicht unsterblicher fühlen, als nur daß er noch hinzudenkt, des Lärmens wegen, werde sein Nahme von gar vielen Tausenden gesprochen. So fühl ich mich bey Deinem letzten Brief

22. Mai.

Da kommt mir plötzlich eine Gelegenheit Dir das Manuskript zu schiken, die mir aber auch kaum Zeit läßt nur noch einmal zu lesen was ich Dir neulich schrieb.

Sorge Du für die Erscheinung dieses vielleicht gar *posthumums* im Publikum Gibt man Dir ein Honorar dafür, so kann ich es vermuthlich in meinen neuen Angelegenheiten brauchen, und Du schikst mir es dann. Die Positionen der Armeen haben mir bis jetzt noch nicht erlaubt meine Reise zu machen; Du erhältst natürlich sogleich Nachricht wenn ich von hier weg bin.

Viele Grüse an Sinklair.

Adieu Lieber. Ich habe so ziemlich an das Meiste gedacht, was ich nächstens zu erwarten habe, u. an das Äuserste am meisten, das liegt in meiner Art so. Kommt es anders so umarmen wir uns vielleicht wieder bald so fest, so froh.

Siegfr. Schmid.

An den Bruder

Homburg, d. 4. Jun. 1799.

Mein Teurer!

Deine Teilnahme, Deine Treue wird meinem Herzen immer wohltätiger; auch was Du für Dich selber bist, Dein Fleiß, die glückliche Gewandtheit, womit Dein Geist und Deine Kraft sich in Berufsgeschäft und freiere Bildung teilt, Dein Mut, Deine Bescheidenheit gibt mir immer mehr Freude. Lieber Karl! mich erheitert nichts so sehr, als zu einer Menschenseele sagen zu können: ich glaub an Dich! und wenn mich das Unreine, Dürftige der Menschen oft mehr stört, als notwendig wäre, so fühl ich mich auch vielleicht glücklicher als andere, wenn ich das Gute, Wahre, Reine im Leben finde, und ich darf deswegen die Natur nicht anklagen, die mir den Sinn fürs Mangelhafte schärfte, um mich das Treffliche um so inniger und freudiger erkennen zu lassen, und bin ich nur einmal so weit, daß ich zur Fertigkeit gebracht habe, im Mangelhaften weniger den unbestimmten Schmerz, den es oft mir macht, als genau seinen eigentümlichen augenblicklichen, besondern Mangel zu fühlen und zu sehen, und so auch im Bessern seine eigene Schönheit, sein charakteristisches Gute zu erkennen, und weniger bei einer allgemeinen Empfindung stehen zu bleiben, hab ich dies einmal gewonnen, so wird mein Gemüt mehr Ruhe, und meine Tätigkeit einen stetigeren Fortgang finden. Denn wenn wir einen Mangel nur unendlich empfinden, so sind wir auch natürlicherweise geneigt, diesem Mangel nur unendlich abhelfen zu wollen, und so gerät oft die Kraft in vorkommenden Fällen in ein unbestimmtes, fruchtlos ermüdendes Ringen, weil sie nicht bestimmt weiß, wo es mangelt, und wie dieser, und gerade dieser, Mangel zu berichtigen, zu ergänzen ist. Solang ich keinen Anstoß finde in meinem Geschäft, so gehet es rüstig weg, aber ein kleiner Mißgriff, den ich gleich zu lebhaft empfinde, um ihn klar anzusehen, treibt mich manchmal in eine unnötige Überspannung hinein. Und wie bei meinem Geschäft, so gehet es mir alten Knaben auch noch im Leben, im Umgange mit den Menschen. Daß sich diese von Natur gewiß nicht ungünstige Empfindungsgabe bei mir noch nicht zu einer Fertigkeit des bestimmteren Gefühls gebildet hat, kommt wohl unter anderm auch daher, daß ich zu viel Mangelhaftes und zu wenig Treffliches in Verhältnissen und Charakteren empfunden habe. – Du wirst durchaus finden, daß jetzt die menschlicheren Organisationen, Gemüter, welche die Natur zur Humanität am bestimmtesten gebildet zu haben scheint, daß diese jetzt überall die unglücklicheren sind, eben weil sie seltener sind als sonst in andern Zeiten und Gegenden. Die Barbaren um uns her zerreißen unsere besten Kräfte, ehe sie zur Bildung kommen können, und nur die fest tiefe Einsicht dieses Schicksals kann uns retten, daß wir wenigstens nicht in Unwürdigkeit vergehen. Wir müssen das Treffliche aufsuchen, zusammenhalten mit ihm, so viel wir können, uns im Gefühle desselben stärken und heilen und so Kraft gewinnen, das Rohe, Schiefe, Ungestalte nicht bloß im Schmerz, sondern als das, was es ist, was seinen Charakter, seinen eigentümlichen Mangel ausmacht, zu erkennen. Übrigens, wenn uns die Menschen nur nicht unmittelbar antasten und stören, so ist es wohl nicht schwer, im Frieden mit ihnen zu leben. Nicht so wohl, daß sie so sind, wie sie sind, sondern daß sie das, was sie sind, für das Einzige halten, und nicht anderes wollen gelten lassen, das ist das Übel. Dem Egoismus, dem Despotismus, der Menschenfeindschaft bin ich feind, sonst werden mir die Menschen immer lieber, weil ich immer mehr im Kleinen und im Großen ihrer Tätigkeit und ihrer Charaktere gleichen Urcharakter, gleiches

Schicksal sehe. In der Tat! dieses Weiterstreben, dieses Aufopfern einer gewissen Gegenwart für ein Ungewisses, ein Anderes, ein Besseres und immer Besseres seh ich als den ursprünglichen Grund von allem, was die Menschen um mich her treiben und tun. Warum leben sie nicht, wie das Wild im Walde, genügsam, beschränkt auf den Boden, die Nahrung, die ihm zunächst liegt, und mit der es, das Wild, von Natur zusammenhängt, wie das Kind mit der Brust seiner Mutter? Da wäre kein Sorgen, keine Mühe, keine Klage, wenig Krankheit, wenig Zwist, da gäb es keine schlummerlosen Nächte usw. Aber dies wäre dem Menschen so unnatürlich wie dem Tiere die Künste, die er es lehrt. Das Leben zu fördern, den ewigen Vollendungsgang der Natur zu beschleunigen, – zu vervollkommnen, was er vor sich findet, zu idealisieren, das ist überall der eigentümlichste, unterscheidendste Trieb des Menschen, und alle seine Künste und Geschäfte, und Fehler und Leiden gehen aus jenem hervor. Warum haben wir Gärten und Felder? Weil der Mensch es besser haben wollte, als er es vorfand. Warum haben wir Handel, Schiffahrt, Städte, Staaten, mit allem ihrem Getümmel, und Gutem und Schlimmen? Weil der Mensch es besser haben wollte, als er es vorfand. Warum haben wir Wissenschaft, Kunst, Religion? Weil der Mensch es besser haben wollte, als er es vorfand. Auch wenn sie sich untereinander mutwillig aufreiben, es ist, weil ihnen das Gegenwärtige nicht genügt, weil sie es anders haben wollen, und so werfen sie sich früher ins Grab der Natur, beschleunigen den Gang der Welt.

So gehet das Größte und Kleinste, das Beste und Schlimmste der Menschen aus Einer Wurzel hervor, und im Ganzen und Großen ist alles gut und jeder erfüllt auf seine Art, der eine schöner, der andre wilder seine Menschenbestimmung, nämlich die, das Leben der Natur zu vervielfältigen, zu beschleunigen, zu sondern, zu mischen, zu trennen, zu binden. Man kann wohl sagen, jener ursprüngliche Trieb, der Trieb des Idealisierens oder Beförderns, Verarbeitens, Entwickelns, Vervollkommnens der Natur belebe jetzt die Menschen größtenteils in ihren Beschäftigungen nicht mehr, und was sie tun, das tun sie aus Gewohnheit, aus Nachahmung, aus Gehorsam gegen das Herkommen, aus der Not, in die sie ihre Vorväter hineingearbeitet und -gekünstelt haben. Aber um so fortzumachen, wie die Vorväter es anfingen, auf dem Wege des Luxus, der Kunst, der Wissenschaft usw., müssen die Nachkömmlinge eben diesen Trieb in sich haben, der die Vorväter beseelte, sie müssen, um zu lernen, organisiert sein wie die Meister, nur fühlen die Nachahmenden jenen Trieb schwächer, und er kömmt nur in den Gemütern der Originale, der Selbstdenker, der Erfinder lebendig zum Vorschein. Du siehst, Lieber, daß ich Dir das Paradoxon aufgestellt habe, daß der Kunst- und Bildungstrieb mit allen seinen Modifikationen und Abarten ein eigentlicher Dienst sei, den die Menschen der Natur erweisen. Aber wir sind schon lange darin einig, daß alle die irrenden Ströme der menschlichen Tätigkeit in den Ozean der Natur laufen, so wie sie von ihm ausgehen. Und eben diesen Weg, den die Menschen größtenteils blindlings, oft mit Unmut und Widerwillen, und nur zu oft auf gemeine, unedle Art gehn, diesen Weg ihnen zu zeigen, daß sie ihn mit offenen Augen und mit Freudigkeit und Adel gehen, das ist das Geschäft der Philosophie, der schönen Kunst, der Religion, die selbst auch aus jenem Triebe hervorgehn. Die Philosophie bringt jenen Trieb zum Bewußtsein, zeigt ihm sein unendliches Objekt im Ideal, und stärkt und läutert ihn durch dieses. Die schöne Kunst stellt jenem Triebe sein unendliches Objekt in einem lebendigen Bilde, in einer dargestellten höheren Welt dar; und die Religion lehrt ihn jene höhere Welt gerade da, wo er sie sucht, und schaffen will, d. h. in der Natur, in seiner eigenen, und in der ringsumgebenden Welt, wie eine verborgene Anlage, wie einen Geist, der entfaltet sein will, ahnden und glauben.

Philosophie und schöne Kunst und Religion, diese Priesterinnen der Natur, wirken demnach zunächst auf den Menschen, sind zunächst für diesen da, und nur indem sie seiner reellen Tätigkeit, die unmittelbar auf die Natur wirkt, die edle Richtung und Kraft und Freude geben, wirken auch jene auf die Natur und wirken mittelbar auf sie reell. Auch dieses wirken jene drei, besonders die Religion, daß sich der Mensch, dem die Natur zum Stoffe seiner Tätigkeit sich hingibt, den sie, als ein mächtig Triebrad, in ihrer unendlichen Organisation enthält, daß er sich nicht als Meister und Herr derselben dünke und sich in aller seiner Kunst und Tätigkeit bescheiden und fromm vor dem Geiste der Natur beuge, den er in sich trägt, den er um sich hat, und der ihm Stoff und Kräfte gibt; denn die Kunst und Tätigkeit der Menschen, so viel sie schon getan hat und tun kann, kann doch Lebendiges nicht hervorbringen, den Urstoff, den sie umwandelt, bearbeitet, nicht selbst erschaffen, sie kann die schaffende Kraft entwickeln, aber die Kraft selbst ist ewig und nicht der Menschenhände Werk.

So viel über menschliche Tätigkeit und Natur. Ich wollte, ich könnte es Dir so darstellen, wie es mir in der Seele und auch vor Augen liegt, wenn ich um mich herum die Menschen und jedes seine Welt ansehe, denn es gibt mir großen Trost und Frieden, versöhnt mich besonders mit der mannigfaltigen menschlichen Geschäftigkeit, und gibt mir ein tiefes Wohlgefallen an allem Fleiße und tiefere Teilnahme an dem Treiben und an den Leiden der Menschen. Du hast nichts Kleines vor, lieber Bruder! wenn Du die Organisation einer ästhetischen Kirche darstellen willst, und Du darfst Dich nicht wundern, so viel ich einsehe, wenn Dir während der Ausführung Schwierigkeiten aufstoßen, die Dir fast unübersteiglich scheinen. Die Bestandteile des Ideals überhaupt und ihre Verhältnisse philosophisch darstellen, würde schon schwer genug sein, und die philosophische Darstellung des Ideals aller menschlichen Gesellschaft, der ästhetischen Kirche, dürfte vielleicht in der ganzen Ausführung noch schwerer sein. Mache Dich nur mutig daran; am Höchsten übt sich die Kraft am besten, und Du hast in jedem Falle den Gewinn davon, daß es Dir leichter werden wird, alle andre gesellschaftlichen Verhältnisse in dem, was sie sind und sein können, gründlich einzusehn.

Ich bin so in das Feld unserer Lieblingsgedanken hineingeraten, daß mir keine Zeit mehr übrig bleibt, um auch noch mehr von Dir und mir zu sprechen.

Ich muß ohnedies noch einige Zeit abwarten, um Dir etwas Bestimmteres von mir zu schreiben, und wie ich künftig zu leben gedenke, und wann ich vielleicht zu Euch kommen kann, Ihr Lieben! – O das sind gute Menschen, rief ich, vor Freude weinend, als ich Eure drei Briefe las.

Zum Schlusse will ich Dir noch eine Stelle aus meinem Trauerspiele, dem Tod des Empedokles, abschreiben, damit Du ungefähr sehen kannst, wes Geistes und Tones die Arbeit ist, an der ich gegenwärtig mit langsamer Liebe und Mühe hänge:

O jene Zeit!
Ihr Liebeswonnen, da die Seele mir
Von Göttern, wie Endymion, geweckt,
Die kindlich schlummernde, sich öffnete,
Lebendig sie, die Immerjugendlichen,
Des Lebens große Genien
Erkannte – schöne Sonne! Menschen hatten mich
Es nicht gelehrt, mich trieb mein eigen Herz
Unsterblichliebend zu Unsterblichen,
Zu dir, zu dir, ich konnte Göttlichers
Nicht finden, stilles Licht! und so wie du
Das Leben nicht an deinem Tage sparst
Und sorgenfrei der goldnen Fülle dich
Entledigest, so gönnt auch ich, der Deine,
Den Sterblichen die beste Seele gern
Und furchtlos offen gab
Mein Herz, wie du, der ernsten Erde sich,
Der schicksalvollen, ihr in Jünglingsfreude
Das Leben so zu eignen bis zuletzt;
Ich sagt ihrs oft in trauter Stunde zu,
Band so den teuren Todesbund mit ihr.
Da rauscht' es anders, denn zuvor, im Hain,
Und zärtlich tönten ihrer Berge Quellen –
All deine Freuden, Erde! wahr, wie sie,
Und warm und voll, aus Müh und Liebe reifen,
Sie alle gabst du mir. Und wenn ich oft
Auf stiller Bergeshöhe saß und staunend
Der Menschen wechselnd Irrsal übersann,
Zu tief von deinen Wandlungen ergriffen,
Und nah mein eignes Welken ahnete,
Dann atmete der Aether, so wie dir,
Mir heilend um die liebeswunde Brust,
Und, wie Gewölk der Flamme, löseten
Im hohen Blau die Sorgen mir sich auf.

Lebe nun wohl, lieber Karl. Schreibe mir, sobald es Deine Geschäfte und die Umstände Dir gönnen wollen.

Dein Hölderlin.

An Neuffer

Homburg, d. 4ten Juni 1799.

Lieber Neuffer!
Du kannst sicher auf einige Beiträge von mir rechnen, und ich werde, Deinem Wunsche gemäß, auch etwas Prosaisches liefern. Vielleicht kann ich Dir auch einiges von den Bekannten schicken, mit denen ich umgehe oder korrespondiere. Ich wünsche Deinem zweiten Sohne alles Leben, und alle Kraft und Grazie, die ich ihm wünschen würde, wenn er der meinige wäre.

Ich habe im Sinne, eine poetische Monatsschrift herauszugeben. Da die Hauptmaterialien für den ersten Jahrgang, so viel ich von eigner Hand dazu geben werde, größtenteils schon fertig liegen und ich, bei meiner jetzigen Lebensart, ganz dem Unternehmen leben kann, so hoff ich es durchzusetzen. Und da ich noch mit niemand in einem bestimmten Vertrage darüber begriffen bin, so bitt ich Dich, HE. Steinkopf davon zu benachrichtigen, ob er es vielleicht für dienlich hält, den Versuch zu machen. Das Journal wird wenigstens zur Hälfte wirkliche ausübende Poesie enthalten, die übrigen Aufsätze werden in die Geschichte und Beurteilung der Kunst einschlagen. Die ersten Stücke werden von mir enthalten ein Trauerspiel, den Tod des Empedokles, mit dem ich, bis auf den letzten Akt, fertig bin, und Gedichte, lyrische und elegische. Die übrigen Aufsätze werden enthalten 1) charakteristische Züge aus dem Leben alter und neuer Dichter, die Umstände, unter denen sie erwuchsen, vorzüglich den eigentümlichen Kunstcharakter eines jeden. So über Homer, Sappho, Aeschyl, Sophokles, Horaz, Rousseau (als Verfasser der Heloise), Shakespeare p. p. 2) Darstellung des Eigentümlichschönen ihrer Werke, oder einzelner Partien aus diesen. So über die Iliade, besonders den Charakter Achills, über den Prometheus des Aeschyl, über die Antigone, den Oedipus des Sophokles, über einzelne Oden des Horaz, über die Heloise, über Shakespeares Antonius und Kleopatra, über die Charaktere des Brutus und Cassius in seinem Julius Caesar, über den Macbeth usw. Alle diese Aufsätze werden so viel möglich in lebendiger, allgemein interessanter Manier, meistens in Briefform geschrieben sein. 3) Räsonierende, populär dargestellte Aufsätze über Deklamation, Sprache, über das Wesen und die verschiedenen Arten der Dichtkunst, endlich über das Schöne überhaupt. Ich kann mit gutem Gewissen für alle diese Aufsätze, besonders für die letztern, neue, wenigstens noch nicht verbrauchte Ansichten versprechen, und ich glaube manche Wahrheit auf dem Herzen zu haben, die für die Kunst nützlich und für das Gemüt erfreulich sein mag. 4) werden auch Rezensionen neuer, besonders interessanter poetischer Werke geliefert werden. Ich hoffe Beiträge von Heinse, Verfasser des Ardinghello, Heydenreich, Bouterwek, Matthisson, Conz, Siegfried Schmid, auch von Dir zu erhalten, wenn Du etwas entbehren kannst.

Der Ton, der durchaus in der Zeitschrift herrschen wird, macht es wohl schicklich, daß der HE. Verleger, wenn er es für gut findet, ihr auch den Titel: Journal für Damen, ästhetischen Inhalts, geben kann. Was den Geist derselben betrifft, so glaub ich wohl sagen zu dürfen, daß er für die Sittenbildung und echte Erheiterung zuträglicher sein dürfte als mancher andere.

Jeden Monat würde ein Stück von 4 Bogen, nicht sehr enge gedruckt, in Oktavform erscheinen. Der HE. Verleger könnte mir aufkünden, wenn er wollte, nur müßte es wenigstens 3 Monate vor einer Messe geschehen.

Die Bestimmung des Honorars überlasse ich seiner Einsicht und Billigkeit. Nur so viel setz ich hinzu, daß ich ganz für das Unternehmen und von ihm leben werde, daß übrigens meine frugale Existenz nicht so teuer zu besolden ist wie die der großen Männer, welche die Horen herausgaben. Ich werde allem meinem Mut und Fleiß und meinen Kräften aufbieten, um diese Zeitschrift gangbar und rühmlich zu machen, und ich werde dafür sorgen, daß, wo möglich, jeder Jahrgang wenigstens Ein größeres poetisches Werk, z. B. ein Trauerspiel oder einen Roman p. p. vollständig enthält.

Sollte sich HE. Steinkopf entschließen, es mit mir zu wagen, so versprech ich ihm gerne, die Aufträge, die von andern Seiten her zur Mitarbeitung für andere Zeitschriften an mich gemacht worden sind, bei Seite zu setzen, und für seinen Damenkalender wenigstens 4 Bogen von Jahr zu Jahr unentgeltlich zu liefern.

Ich würde es ihm auch freistellen, die Aufsätze der Zeitschrift, die von mir sind, nach Verlauf einiger Zeit besonders abzudrucken, unter den Bedingungen, die mit der zweiten Auflage eines Buchs verbunden sind.

Ich gestehe, daß es mich besonders freuen würde, mit HE. Steinkopf in diese Beziehung zu kommen, als Deinem Freunde, und meinem Bekannten, und wenn ich schon nicht voraussetzen darf, daß er das Zutrauen gegen mich hegt, das zu einem solchen Entschlusse erforderlich ist, so wollt ich dennoch ihm von meinem Plane sagen. Findet er ihn vorteilhaft für sich, so war es schicklich von meiner Seite, ihm, mit dem ich schon in Konnexion bin, das Anerbieten zu machen. Dient es ihm nicht, so ist es ebenso gut, als hätt ich gegen ihn davon geschwiegen. Empfiehl mich ihm, und gib ihm meinen Brief zu lesen.

Verzeih nur, daß ich Dich zur Mittelsperson mache. Ich würd es nicht getan haben, wenn ich nicht von mir wüßte, daß Du mich in allem, wozu ich Dir dienen kann, bereit fändest. In jedem Falle schick ich Dir die versprochenen Aufsätze. Die prosaischen werden wohl etwas Allgemeinverständliches, einfach und nicht allzu trokken Dargestelltes über das Leben und die Charaktere von Thales und Solon und Plato enthalten. Einen eigentlich moralischen Aufsatz zu liefern, für den Damenkalender, würde mir ziemlich schwer, wenn ich nicht aus meinem Herzen und meinen Überzeugungen zu viel oder zu wenig sagen sollte.

Ich bitte Dich recht sehr, mir so bald wie nur möglich Antwort und Nachricht auf diesen Brief zu geben.

Dein H.

Von Johann Friedrich Steinkopf

[Bruchstück]

Stuttgart, den 13. Juni 1799.

[Den 4. Jun hatte Hölderlin in einem Briefe an Neuffer von Homburg seinen Plan eröffnet und Neuffern gebeten, Steinkopf Mittheilung dieses Briefes zu machen. Darauf schreibt Steinkopf gleich an Hölderlin. Sie kannten sich persönlich von wenigen Stunden her, die sie sich in Frankfurt schon gesehen hatten.

St. findet die Idee vortrefflich und geht gleich auf dieselbe ein. Es handle sich zunächst, sagt er, um einen detaillirteren Plan. Zu diesem giebt er sogleich selbst verschiedene Winke. Darin bringt er zuerst zu dem Ausdruck ästhetisches Journal den des humanistischen hinzu.]

Bei den Mitarbeitern wäre auf ihre Zahl, und noch mehr auf den Namen, insofern sie sich einen verdienter Weise erworben haben, zu sehen. Ein Herder, Schiller, Göthe, v. Humbold, Thümmel, Fichte, Schelling wären in jeder Hinsicht wünschenswerth, und werden sich dem Herausgeber schwerlich ganz entziehen.

[Das seien seine wesentlichsten Bemerkungen wegen des Journals, das überhaupt hauptsächlich humanistisch sein müsse, und dessen Zweck mithin ebensowohl auf ästhetische, als auf sittliche Bildung gerichtet werde. Vor dem künftigen Jahre könne man doch nicht wohl anfangen.]

Ich bitte Sie nun unverzüglich um Antwort, und vorzüglich auch darum, daß Sie sogleich an Alle Ihre Freunde, und besonders an einige Männer mit Namen, wie Schiller, Göthe p. p. schreiben, und sie um ihre, wenn auch nur seltne Unterstützung bitten. Von solchen Namen hängt ein großer Theil des Erfolgs der Ankündigung ab.

[Dankt für die gütige Gesinnung, die H. dem Almanach zuwendet. Der Aufsatz über Solon dürfte mehr für das Journal passen. Neuffer bitte ihn in der Beilage um eine ganz kleine Erzählung oder Roman über Emilie, der der Charakter eines recht edlen, vortrefflichen Mädchens gegeben werden müsse. Das übrige stelle er vollkommen in H.'s Willkühr. Wenn er ein etwas größeres Gedicht hätte oder verfertigen wollte, das das Frauenzimmer besonders interesiert, so bitte er sehr darum. Auch wünsche er, daß H. diesmal wenigstens nicht Vieles in andre Taschenbücher gebe.]

An Friedrich Steinkopf

[Bruchstück]

Homburg vor der Höhe, d. 18. Jun. 1799.

[Legt nun weitläufiger die Idee des Unternehmens auseinander. Darin sagt er unter anderm:

Die echte Popularität beruhe weniger in der Alltäglichkeit des Stoffes als im Leben und der Faßlichkeit des Vortrags.

Als Hauptzweck gibt er an, die streitenden Elemente des Idealischen, Ursprünglichnatürlichen, rein Lebendigen einer-, und des Wirklichen, Gebildeten, Wissenschaftlichen, Künstlichen andrerseits zu versöhnen.]

Ich weiß wohl, man hat dasselbe neuerdings versucht, und wohl Sensation, aber keine gründliche Wirkung hervorgebracht, aber nach meiner gründlichsten und genauesten Einsicht hat es an einem Hauptpunkte, nämlich an gehöriger Unparteilichkeit, entweder aus Leidenschaft oder aus Unkunde gefehlt, man hat wieder übertrieben, hat wieder zu einem Extrem gegriffen, ist unverständlich dadurch und den andern Übertriebenen anstößig geworden. Diese letzte Erfahrung hat aber auch eine reinere Überzeugung hervorgebracht, und ich glaube auf meinem jetzigen Gesichtspunkte nicht allein zu stehen.

Also Vereinigung und Versöhnung der Wissenschaft mit dem Leben, der Kunst und des Geschmacks mit dem Genie, des Herzens mit dem Verstande, des Wirklichen mit dem Idealischen, des Gebildeten (im weitesten Sinne des Worts) mit der Natur – dies wird der allgemeinste Charakter, der Geist des Journals sein.

[Die Poesie soll nicht bloß leidenschaftliche, schwärmerische, launische Explosion, nicht erzwungenes, kaltes Kunststück sein, sondern zugleich aus dem Leben und dem ordnenden Verstande, aus Empfindung und Überzeugung hervorgehen.

Aufsätze über Poesie überhaupt, über Sprache, Deklamation, Dichtarten, über Genie, Empfindung, Phantasie usw., über bestimmte Gedichte und ihre Verfasser]

(indem sie den Mann, sein Leben, seine eigene Natur und die Natur, die ihn umgab, zu ahnden geben, lassen sie dem Gedichte als Naturprodukt seine Ehre widerfahren).

[Er schlägt den Titel Iduna vor, weil, soviel er sich erinnre, ein Journal den Namen schon geführt habe. Überläßt das aber dem Verleger.]

Vom Erfolge meiner Bemühungen um eine Anzahl von Mitarbeitern, die dem Journal zur Empfehlung dienen können, wie Sie es wünschen, werd ich Ihnen Nachricht geben, sobald er mir durchgängig bekannt ist, und dann zugleich die Ankündigung, die sich darnach richten muß, Ihnen zur Einsicht überschicken. Ich kann Sie indes versichern, daß ich so vielfältig und so zweckmäßig, als ich weiß und kann, mich adressieren werde, und daß kein guter Wille und keine Verlegenheit mich verdrießen soll, in die es uns setzt, wenn wir uns an Männer von Bedeutung wenden und einer unbefriedigenden Antwort aussetzen.

Ich werde indessen alle Zeit und alle Kraft dahin verwenden, besonders auch, um dem Trauerspiele die gehörige Feile und Gefälligkeit zu geben, der es, um der Eigenheit seines Stoffes willen, weniger als andere entbehren kann.

[Er will in jedes Monatsheft 3 Bogen liefern à 1 Karolin. Das macht 36 Karolin, und da er wenigstens 50 Karolin jährlich braucht, so fordert er den Rest als Redaktionsgehalt.

Neuffern werde er mit Anfang nächsten Monats die Emilie und einige Gedichte von sich und einem jungen Dichter, dessen Produkte nicht ohne Anlage und Glück seien, überschicken.]

An Susette Gontard

[Unvollendeter Entwurf]

[Homburg, Ende Juni 1799]

Täglich muß ich die verschwundene Gottheit wieder rufen. Wenn ich an große Männer denke, in großen Zeiten, wie sie, ein heilig Feuer, um sich griffen, und alles Tote, Hölzerne, das Stroh der Welt in Flamme verwandelten, die mit ihnen aufflog zum Himmel, und dann an mich, wie ich oft, ein glimmend Lämpchen, umhergehe, und betteln möchte um einen Tropfen Öl, um eine Weile noch die Nacht hindurch zu scheinen – siehe! da geht ein wunderbarer Schauer mir durch alle Glieder, und leise ruf ich mir das Schreckenswort zu: lebendig Toter!

Weißt Du, woran es liegt, die Menschen fürchten sich voreinander, daß der Genius des einen den andern verzehre, und darum gönnen sie sich wohl Speise und Trank, aber nichts, was die Seele nährt, und können es nicht leiden, wenn etwas, was sie sagen und tun, im andern einmal geistig aufgefaßt, in Flamme verwandelt wird. Die Törigen! Wie wenn irgend etwas, was die Menschen einander sagen könnten, mehr wäre als Brennholz, das erst, wenn es vom geistigen Feuer ergriffen wird, wieder zu Feuer wird, so wie es aus Leben und Feuer hervorging. Und gönnen sie die Nahrung nur gegenseitig einander, so leben und leuchten ja beide, und keiner verzehrt den andern.

Erinnerst Du Dich unserer ungestörten Stunden, wo wir und wir nur umeinander waren? Das war Triumph! beede so frei und stolz und wach und blühend und glänzend an Seel und Herz und Auge und Angesicht, und beede so in himmlischem Frieden nebeneinander! Ich hab es damals schon geahndet und gesagt: man könnte wohl die Welt durchwandern und fände es schwerlich wieder so. Und täglich fühl ich das ernster.

Gestern nachmittag kam Muhrbeck zu mir aufs Zimmer. »Die Franzosen sind schon wieder in Italien geschlagen«, sagt' er. »Wenns nur gut mit uns steht, sagt ich ihm, so steht es schon gut in der Welt«, und er fiel mir um den Hals, und wir küßten uns die tiefbewegte freudige Seele auf die Lippen, und unsre weinenden Augen begegneten sich. Dann ging er. Solche Augenblicke hab ich doch noch. Aber kann das eine Welt ersetzen? Und das ists, was meine Treue ewig macht. In dem und jenem sind viele vortrefflich. Aber eine Natur, wie Deine, wo so alles in innigem unzerstörbarem lebendigem Bunde vereint ist, diese ist die Perle der Zeit, und wer sie erkannt hat, und wie ihr himmlisch angeboren eigen Glück dann auch ihr tiefes Unglück ist, der ist auch ewig glücklich und ewig unglücklich.

Von Susette Gontard

[Bruchstück]

[Frankfurt, Anfang Juli 1799]

könnte freut mich sehr und ich lasse mir nicht merken wie viel mir an der Ausführung des Plaans gelegen ist der noch nicht ganz gewiß ist. Den 2ten Donnerstag im August würdest Du mich höchst wahrscheinlich wieder hier finden. nachdem wünscht mein Bruder eine kleine Reihnfahrt mit uns zu machen bis nach Coblenz, von da wollten wir seyne Frau nach Embs begleiten wo sie Bäder nehmen soll, und er räht mir, auch eine Cur von Pirmonther Wasser zu gebrauchen, diese ganze Reise würde auch gewiß nicht über 4 Wochen dauern, ich werde dann suchen Dir ein kleines Tagebuch zu liefern, bedenke den schönen Stoff! und wie Du so alles mit mir theilen wirst, wie lieb es mir seyn wird auf diese Weise, den so offt mir lästigen Gesellschafften aus dem Wege zu gehen, und für mich mit meinen guten Geschwistern zu leben. Die Entfernung von hier tuht mir freylig immer wehe, weil ich meine, es sey hier der feste Punct unserer Vereinigung.

Ich mögte Dir so gerne auch etwas über Deine künftige Bestimmung sagen, Du hast mich dazu aufgefordert, wie schwer ist es aber für mich in jeder Rücksicht Dir zu rathen, und werde ich nicht immer für Dich, zu ängstlich wählen, ein treuer, erfahrner Freund vermag hier mehr. Ich weiß Du kannst keinen Schritt tuhn den meine Seele nicht billiget wenn vielleicht mein verwöhnts, von Deiner Nähe, verzärteltes Herz sich auch dagegen sträuben mögte, meine bessere Überzeugung muß siegen, und solltest Du irgend eine Laufbahn betreten die ruhmvoll für Dich und nützlich der Welt seyn könnte würden alle meine Trähnen um Dich, gewiß sich in Freudenträhnen verwandeln, aber ich müßte von Dir höhren, und meine Hoffnung dürfte nicht getäuscht werden, berathe Dich für die Zukunft mit Deine wahren Freunde und erfahrne Männer, und wenn dann nicht ein *sicherer* Weg sich Dir öffnet, bleibe lieber wie Du bist und helfe Dich durch, als daß Du es wagst noch einmal vom Schicksaal überwältiget und zurückgeworfen zu werden, Deine Kräfte hielten es nicht aus, und Du gingest für die Welt und Nachwelt, der Du auch so, im stillen lebst, noch ganz verlohren. Nein das darfst Du nicht! Dich selbst darfst Du auf's Spiel nicht setzen, Deine edle Natur, der Spiegel alles Schönen darf nicht zerbrechen, in Dir, Du bist der Welt auch schuldig zu geben was Dir verklärt in höherer Gestalt erscheint, und an Deine Erhaltung besonders zu denken. *Wenige sind wie Du!* – – Und was jetzt auch nicht würkt bleibt sicher für künftige Zeiten. Könntest Du nicht vielleicht auch in der Zukunft junge Leute zum Unterricht zu Dir kommen lassen, verzeihe mir diese Idee wenn sie Dir nicht gefällt. Ich weiß aber daß Du es einmal im Sinne hattest solche Vorlesungen zu halten. welches Dir gewiß nicht schwer fallen würde. Handele nur nie aus dem falschen Begriff Du müßtest mir Ehre machen, und alles was Du im verborgenen treibst und würkest, wäre mir nicht so lieb. Du müßtest lauter meine Neigung zu Dir rechtfertigen. Deine Liebe ehert mich genung und wird mir immer genügen, und nach daß, was man Ehre nennt verlange ich nicht, Dich ehren große Männer Dich finde ich in allen

Schilderungen edeler Naturen, und brauche das elende Zeugniß unserer Welt nicht dazu, noch heute laß ich im *Tasso*, und fand unverkennbare Züge von Dir. ließ ihn auch einmal wieder.

Den 3ten July

Noch ein paar einsame Minuten will ich Dir weihen, meine Hausgenossin ist ausgegangen zu den Nachbarinnen, und heute Abend kömmt die S... zu uns heraus, gebe nur der Himmel, daß sie Donnerstag Morgen mich nicht hindere. Dieser Gedanke ich könnte nicht zu Dir, gehet mir offt heiß durch den Kopf. Ich vertraue dem Genius der Liebe, denn wie erwünscht ist uns nicht alles seit unserer Trennung gelungen. Es wird auch künftig gut gehen. Noch muß ich Dich bitten, den 1ten Donnerstag im August Dich einzustellen, sollte dann wie es aber höchst unwahrscheinlich ist unsere Reise noch nicht geendigt seyn, würdest Du dann den nächsten wohl wiederkommen, wir möchten aber dann wenn wir eher kommen schon wieder weg seyn wegen der Cur Zeit. und ich darf es nicht aufschieben. Mein Bruder hat gestern geschrieben daß wir den 12 schon reisen könnten.

Donnerstag Morgen

Wie gerne mögte ich mich noch ein wenig ruhig mit Dir unterhalten, aber der Gedanke, *Mann kömmt!* stört alles in mir, und er ist auch die Ursache daß ich Dir lange nicht so viel geschrieben wie ich gewünscht hätte, wie manches hatte ich Dir noch auf Deinen lieben Brief zu sagen. Sey nur heiter, Bestes Herz, und traue den Menschen doch etwas mehr wie Du tuhst, sie sind wohl manchmal besser wie wir meinen, und weil wir ihnen immer das Höchste und Beste, daß wir in *einander* erkennen entgegen halten, müssen sie auch wohl zu sehr verliehren. laß, Mittleid und nie Haß und Überdruß gegen sie in Dir wohnen. Verzeihe daß ich diese Saite noch berühre es war mir immer als hätte ich es noch vergessen, und ich mußte Dir daß noch sagen. Leb wohl! Leb wohl! –
Die Reise ist völlig richtig den 12ten können wir gehen.

Von Steinkopf

[Bruchstück]

Stuttgart, 5. Julius 1799.

[Ist im Wesentlichen ganz einverstanden]
Ich bitte Sie daher unverzüglich an Schillern, v. Humbold, Göthe, Schlegel in Jena, Thümmel, Matthisson, Herder, Pfeffel, Schelling, Sophie Mereau, Falk in Weimar, Meisner in Prag und Lafontaine in Berlin, beide letzte für Erzählungen, um Beiträge zu schreiben... Besonders ist Schillers Beitritt und Name wesentlich. Wenn diese Männer nur hier und da etwas liefern, so ist es hinlänglich, an ihrem Namen ist hauptsächlich gelegen, und ohne mehrere derselben zu haben, glaube ich schwerlich, daß das Unternehmen ganz nach Wunsche in Rücksicht auf Absatz gelingen werde. Ich bitte Sie daher, mein Bester, deswegen sich keine Mühe verdrießen zu lassen, und wo man Ihnen nicht bald antwortet, wieder zu schreiben.

[Wünscht bald den Entwurf einer Ankündigung. Es sei nöthig, sie schon im Anfang des Septembers zu verbreiten. Er wünscht sie ganz dem Taschenbuch für Frauenzimmer einverleiben zu können.

Neuffer habe das Versprochene noch nicht von ihm erhalten. Er bittet darum, da der Druck des Taschenbuchs bereits angefangen habe.]

Ihre Aufsätze und Gedichte in dem neuen Taschenbuch auf 1800 werden unendlich viel zur Empfehlung der Iduna beitragen.

An die Schwester

[Homburg, im Juli 1799]

Teure Schwester!
Ich würde mir es nicht verzeihen, daß ich mit dem Danke für Deinen letzten lieben Brief so lange gezögert habe, wenn ich nicht indes so viele andre Briefe zu schreiben gehabt hätte, die ich unmöglich aufschieben konnte, ohne mich in Verlegenheit zu setzen. Es ist auch nicht so wohl die Zeit, die mir gebrach, denn eine Stunde findet sich doch leicht, aber es wird mir nicht leicht, wenn ich mich in einem Tone beschäftigen mußte, der zwischen uns beiden fremd ist, (so

sehr es oft für mich Bedürfnis ist,) zu der Stimmung zurückzukehren, in der ich gerne an Dich schreibe, und brüderlichere Worte zu finden, als die sind, worin man sich schicklicherweise mit denen unterhalten kann, die uns weniger vertraut sind.

Es ist für mich unendlich erfreulich, daß die schöne Teilnahme zwischen uns beeden sich doch immer gleich bleibt, und daß wir immer noch die vorigen füreinander sind, und ich glaube auch, daß sich aus unserer Jugend nichts leicht so lebendig daurend erhält als die Liebe zwischen Geschwistern und Verwandten, und halte mich so gerne daran, als einen teuren Überrest meiner vergangenen Zeit, wenn ich fühle, daß jetzt in mir und um mich so manches anders ist als ehmals. So sehr mich mein Gemüt auch vorwärts treibt, so kann ich es doch nicht verleugnen, oft mit Dank und oft mit Sehnsucht an die Jugendtage zu denken, wo man noch mehr mit seinem Herzen als mit dem Verstande leben darf, und sich und die Welt noch zu schön fühlt, als um seine Befriedigung fast einzig im Geschäft und im Fleiße suchen zu müssen.

Aber ich denke, wenn ich fühle, daß man nicht immer jung sein kann, und denk es oft gerne, daß alles seine Zeit hat, und daß der Sommer im Grunde so schön ist wie der Frühling, oder vielmehr daß weder der eine noch der andere ganz schön ist, und daß die Schönheit mehr in allen Lebenszeiten zusammen, so wie sie aufeinanderfolgen, besteht als in einer einzigen. Und wie mit den Lebenszeiten, so ist es auch mit den Tagen. Keiner ist uns genug, keiner ist ganz schön, und jeder hat, wo nicht seine Plage, doch seine Unvollkommenheit, aber rechne sie zusammen, so kommt eine Summe von Freude und Leben heraus! –

Teuerste! ich habe Deinen Brief eben wieder durchlesen, und schäme mich jetzt fast, Dir auf Deine gütigen Herzensworte indessen so etwas Allgemeines vorräsoniert zu haben.

Kann ich irgend mein jetziges Geschäft so weit in Gang bringen, daß ich auf den Herbst einige Wochen entbehren kann, und find ich eine schickliche Auskunft, um wieder in meinen hiesigen Aufenthalt zurückzukehren, ohne daß es irgendwo im Vaterland auf eine bedeutende Weise auffällt, so will ich mir es wohl auch gönnen, Gute! in Deiner und Deines lieben Manns Gesellschaft und bei Deinen Kindern, und unsern andern teuern Verwandten wieder einmal zu ruhn und zu leben.

Könnt ich nur auch so viel Freude bringen, als ich empfangen werde! Aber was heißt das? Wir sind noch die alten und sehn uns wieder. Das ist genug. Und Du erlaubst mir, in Deiner glücklichen Haushaltung zu leben, als gehört ich auch dazu. – Wenn und wo werd ich denn Dich einmal zu mir zu Gaste bitten, Liebe? Für mich hab ich, was meine Wirtschaft betrifft, genug. Ein paar hübsche kleine Zimmer, wovon ich mir das eine, wo ich wohne, mit den Karten der 4 Weltteile dekoriert habe, einen eigenen großen Tisch im Speissaal, der auch zugleich das Schlafzimmer ist, und eine Kommode daselbst, und hier im Kabinet einen Schreibtisch, wo die Kasse verwahrt ist, und wieder einen Tisch, wo die Bücher und Papiere liegen, und noch ein kleines Tischchen am Fenster, an den Bäumen, wo ich eigentlich zu Hause bin, und mein Wesen treibe, und Stühle hab ich auch für ein paar gute Freunde, Kleider die Fülle von Frankfurt her, wohlfeile Kost, die doch gesund ist, einen Garten am Hause, wo der Hausherr mir die Laube vergönnt, schöne Spaziergänge in der Nähe, und mit den Ausgaben geht es seine einfache Ordnung, und nächstens bin ich vielleicht mein eigener Herr mit 500 fl. jährlichem Einkommen, worüber ich Dir das nächstemal das Weitere schreiben will. Das wäre auf eine Weile genug. Und wer weiß, wie weit ich über kurz oder lange ins Bücherschreiben hineingerate und Glück mache, dann werd ich mich erst glänzend etablieren, und Dich einmal zu Gaste bitten.

Beste! verzeih mir das Gewäsche! Ich bin auch so einer in meinem Wesen, von dem man schicklicherweise nur halb im Scherze, halb im Ernste sprechen kann. Ich verspreche dir übrigens, niemals leichtsinnig in den Tag hinein zu leben, und jedes bürgerliche Verhältnis, das sich anbieten sollte, wenn es zu mir paßt, und ich zu ihm passe, mit Freuden anzunehmen und mich in ihm festzusetzen. So lange hab ich ja wohl noch Frist, als ich ohnedies ohne eigenen Herd, und ohne ein eigentliches Amt, leben müßte, und unserer guten Mutter nicht ganz beschwerlich falle.

Ich kam sehr ungerne daran, da diese gütige Mutter während meiner Universitätsjahre so viel für mich getan hat, ihr gestehen zu müssen, daß ich für dieses Jahr mit dem, was ich von Frankfurt brachte, nicht ganz ausreichte, wie ich dachte, da ich meine Maladie, und die fast vierteljährige Veränderung einer Kost, zu der sie mich nötigte, auch den harten Winter, und einige andere Ausgaben nicht voraussehn konnte. Ich habe mirs aber ausdrücklich und mit wiederholtem Ernste ausbedungen, die 100 fl., die sie mir schicken will, und alles übrige, um das ich sie vielleicht im Notfall noch bitten möchte, ja nicht unbemerkt zu lassen, und mich nur vor der Zeit, so viel es die Umstände erfordern, auf diese Art auszusteuern. Ich betracht es übrigens immerhin als Großmut von dieser guten Mutter, und meinen teuern Verwandten, daß sie mit diesem Zutrauen meine Lage begünstigen, besonders da unser lieber Karl in mancher Rücksicht eher jetzt einen Anspruch auf die Unterstützung der Mutter zu machen hat als ich.

Ich genieße jetzt einer fortdauernden Gesundheit und kann deswegen heiter und tätiger und ruhiger sein, und Du wirst es mir nicht mißdeuten, Beste, wenn ich Dir eben dadurch gestehe, wie sehr mein Gemüt und meine Geisteskräfte von meinem Körper abhingen. Aber eben das machte die Maladie in dem Grade mir unangenehm, daß sie natürlicherweise so sehr mit dem Gemüte zusammenhing, daß der kleinste unangenehme Gedanke sie mir oft plötzlich erneuerte, und sie hinwiederum den Kopf mir schwächte und unfähig machte. Mein Wille und meine Geduld konnte nur so weit reichen, daß ich nicht mürrisch wurde, und niemand beschwerlich fiel. Verzeih, daß ich Dir nochmal davon gesprochen habe.

Die Luft ist hier am Gebirge um ein ziemliches rauher als in Frankfurt oder bei uns droben. Das ist das einzige, was ich gegen die Gegend und den Ort einzuwenden habe. Verzeih es mir der Himmel! und der Sommer ist nun auch um so angenehmer.

Du siehst, ich werde fast zu zärtlich, indes ich das zärtliche Schwesterherz unterhalte. Aber das schadet nichts, solang ich nur auch noch etwas anders als dies bin. Ich sag es oft zu einem wilden Freunde, den ich um mich habe: wir müssen fest und treu und unerbittlich in dem sein, was wir für wahr und gut erkennen, aber einzig und allein von Stahl und Eisen zu sein, stehet uns nicht an, besonders bedanken sich die Poeten dafür.

Jeder Mensch hat doch seine Freude, und wer kann sie ganz verschmähen? Die meine ist nun das schöne Wetter, die heitre Sonne und die grüne Erde, und ich kann diese Freude mir nicht tadeln, sie heiße, wie sie will, ich habe nun einmal keine andre in der Nähe, und hätt ich noch eine andre, so würd ich diese niemals doch verlassen und vergessen, denn sie nimmt niemand nichts, und altert nicht, und der Geist findet so viel Bedeutung in ihr; und wenn ich einmal ein Knabe mit grauen Haaren bin, so soll der Frühling und der Morgen und das Abendlicht mich Tag für Tag ein wenig noch verjüngen, bis ich das Letzte fühle und mich ins Freie setze und von da aus weggehe – zur ewigen Jugend!

Grüße Deine lieben Kinder. Du hattest so recht, Teuerste! sie wären echte Tröster für mich, wenn ich ein sauer Gesicht machte, und mich anstellte, als wäre nichts als Not und Zwist und Frost und Unrecht in der Welt, als lebte das Leben nicht, und als hätt ich und andre Lebendigen kein Herz und keine Seele.

Leb wohl, Teuerste! Grüße mir Deinen verehrungswürdigen Gatten und sag ihm, wie ich oft im Geiste mit ihm lebe und ihn achte.

Wie immer Dein Bruder
Hölderlin.

An Schiller

d. 5ten Jul. 99.

Die Großmut, womit Sie mir immer begegneten, Verehrungswürdigster! und die tiefe Ergebenheit gegen Sie, die in mir nur immer reifer wird, können mir allein so viel Zuversicht geben, daß ich Sie mit einer unbescheidnen Bitte beschwere, und ich würde sie gewiß unterlassen, wenn ich mit Gewißheit voraussähe, daß sie Ihnen einen unangenehmen Augenblick machte. Vielleicht verblindet mich mein Wunsch, und die Einsicht, wie wichtig die Erfüllung derselben für mich wäre; ich habe also allen Grund, sie Ihnen zum voraus abzubitten, wenn sie Ihnen wirklich mißfällig sein sollte.

Wäre ich Ihrer Protektion so wert, daß ich ihrer nicht bedürfte, so würde ich Sie nicht darum bitten, oder bedürfte ich ihrer so sehr, daß ich ihrer gar nicht wert wäre, so würde ich Sie auch nicht darum bitten. Aber ich glaube derselben gerade so weit bedürftig und wert zu sein, daß die Bitte um dieselbe zu entschuldigen ist.

Ich habe im Sinne, die literarischen und poetischen Versuche, die ich unter den Händen habe, nach und nach in einem humanistischen Journale herauszugeben und fortzusetzen, und ich würde es lieber abwarten, ob mir nicht endlich ein Produkt gelänge, von dessen

Wert und Glück ich gewisser sein könnte, wenn mir die Umstände die ruhige Independenz ließen, die dazu erforderlich wäre. So muß ich Proben geben, die vielleicht mehr etwas versprechen als leisten, und kann vor dem Publikum die Autorität eines bewährten großen Mannes nicht entbehren, wenn ich nicht verunglücken soll, so viel ich mich und die Zeit kenne.

Ich bin deswegen so frei, Sie um einige wenige Beiträge zu bitten, wenn Sie es nicht gegen Ihre Würde finden sollten, dies Zeichen Ihrer Gunst und Güte mir öffentlich zu geben.

Glauben Sie, Verehrungswürdiger! ich ehre Sie zu wahrhaft, als daß mir diese Unbescheidenheit nicht schwer geworden sein sollte. Und ich kann sie nicht gut machen, wie ich wohl denken möchte, dadurch, daß ich nun, da die gefährliche Bitte herausgesagt ist, freier und unbefangener einmal wieder den Dank ausspreche, den ich Ihnen entgegenbrachte und nicht aussprechen konnte, da ich vor Jahren Sie zum erstenmal sah, und der durch Ihren unvergeßlichen Umgang, und indessen durch jedes Zeichen Ihrer Gegenwart in der Welt nur gründlicher geworden ist.

Gibt es irgend noch ein erreichbares Ziel für mich in der Zukunft, so kann ich erst dann Ihnen recht danken, denn nur der Dank von dem, der Ihrer in einem höheren Grade wert geworden ist, kann Sie erfreuen, und dann könnt ich auch wohl meine unbescheidene Bitte rechtfertigen.

Haben Sie die Güte, auch wenn Sie es für gut finden sollten, mein Vorhaben nicht eklatant zu begünstigen, mir doch zu antworten, es seie so kurz, wie es wolle, denn wenn Sie schweigen, so muß ich den Tadel meiner Unbescheidenheit über mich nehmen, und dieser möchte strenger ausfallen als irgendeiner, den Sie gegen mich äußern würden.

Sollte es Ihnen gefallen, so würd ich Ihnen das Manuskript des ersten Heftes zur Probe zuschicken.

Ich bin mit wahrster Verehrung

der Ihrige
M. Hölderlin.

Mein Verleger vereinigt seine Bitte mit mir.
Ich bin so frei, meine Adresse beizusetzen:
bei Glaser Wagner wohnhaft
in Homburg bei Frankfurt.

Von Neuffer und Steinkopf

[Bruchstück]

Stuttg., 9. Jul. 1799.

Ich erinnere mich, einmal mit Schiller über Formen der Dichtkunst gesprochen zu haben. Damals verwarf er die griechischen Sylbenmaße. Er glaubte, sie passen nicht für den Geist und die Töne unserer Sprache; der Reim sei uns eigenthümlich. Sobald wir diesen verlassen, irren wir in einem fremden Gebiete und gehen auf Abentheuer aus. Und wie bald nahm er dies Urtheil wieder zurück. Vielleicht haben Göthe's Elegien seinen Geschmack verändert. –

[Über die Briefe Emiliens. Sie gefallen ihm sehr. Er glaubt aber nicht, daß sie großes Glück machen werden beim Publikum. – Steinkopf wünsche von ihm noch eine kleine leichte Erzählung für das Taschenb., damit das Publikum sehe, daß er es auch auf diese Weise befriedigen könne. – An seinem Journal werde er aus allen Kräften thätig sein. – Dankt für die Mittheilung der Gedichte von Böhlendorff, von dem er etwas aufnehmen werde. Erwartet H.'s eigene Gedichte und die eines jüngern Dichters, die er angekündigt. – Neulich war ein Abend-Essen bei Steinkopf. Auch Märklin, Süßkind und Pfister zugegen. Sie haben viel von ihm gesprochen und ihn herbeigewünscht. – Der batav. Gesandte, ein Freund der Musen und selbst Dichter, der ihm einige Gedichte für den Alm. gegeben, läßt Höld. grüßen. N. liest jetzt den Tacitus mit ihm.

Steinkopf sendete diesen Brief ab und schrieb auf das letzte Blatt (10. Juli) über die Emilie und bekräftigt den Wunsch, noch einen kleinen Aufsatz von ihm für das Taschenb. zu bekommen, prosaisch oder poetisch, aber so einfach, als es ihm nur möglich, besonders mit etwas mehr Geschichte, etwa im Geschmack von Voß' Louise oder Göthe's Hermann.]

An Schelling

[Homburg, Juli 1799]

Mein Teurer!

Ich habe indes zu treu und zu ernst an Deiner Sache und an Deinem Ruhme Teil genommen, als daß ich es mir nicht gönnen sollte, Dich einmal wieder an mein Dasein zu mahnen.

Wenn ich indessen gegen Dich geschwiegen habe, so war es größtenteils, weil ich Dir, der mir so viel und immer mehr bedeutete, irgend einmal in einer bedeutenderen Beziehung, oder doch in einem Grade des Werts, der Dich auf eine schicklichere Art an unsere Freundschaft mahnen könnte, entgegen zu kommen hoffte.

Nun treibt mich eine Bitte früher zu Dir und Du wirst mich auch in dieser Gestalt nicht verkennen. Ich habe die Einsamkeit, in der ich hier seit vorigem Jahr lebe, dahin verwandt, um unzerstreut und mit gesammelten, unabhängigen Kräften vielleicht etwas Reiferes, als bisher geschehen ist, zu Stande zu bringen, und wenn ich schon größtenteils der Poesie gelebt habe, so ließ mich doch Notwendigkeit und Neigung mich nicht so weit von der Wissenschaft entfernen, daß ich nicht meine Überzeugungen zu größerer Bestimmtheit und Vollständigkeit auszubilden und sie, so viel möglich, mit der jetzigen und vergangenen Welt in Anwendung und Reaktion zu setzen gesucht hätte. Großenteils schränkte sich mein Nachdenken und meine Studien auf das, was ich zunächst trieb, die Poesie ein, insofern sie lebendige Kunst ist und zugleich aus Genie und Erfahrung und Reflexion hervorgeht und idealisch und systematisch und individuell ist. Dies führte mich zum Nachdenken über Bildung und Bildungstrieb überhaupt, über seinen Grund und seine Bestimmung, insofern er idealisch und insofern er tätig bildend ist, und wieder insofern er mit Bewußtsein seines Grundes und seines eigenen Wesens vom Ideal aus und insofern er instinktmäßig, aber doch seiner Materie nach als Kunst und Bildungstrieb wirkt *etc.*, und ich glaubte am Ende meiner Untersuchungen den Gesichtspunkt der sogenannten Humanität (insofern auf ihm mehr auf das Vereinigende und Gemeinschaftliche in den Menschennaturen und ihren Richtungen gesehen wird als auf das Unterscheidende, was freilich ebenso wenig übersehen werden darf) fester und umfassender gesetzt zu haben, als mir bisher bekannt war. Diese Materialien zusammen veranlaßten mich zu dem Entwurf eines humanistischen Journals, das in seinem gewöhnlichen Charakter ausübend poetisch, dann auch historisch und philosophisch belehrend wäre über Poesie, endlich im Allgemeinen historisch und philosophisch belehrend aus dem Gesichtspunkte der Humanität.

Verzeihe mir diese schwerfällige Vorrede, mein Teurer! aber die Achtung gegen Dich ließ mir nicht zu, Dir mein Vorhaben so *ex abrupto* zu verkündigen, und es schien, als wäre ich Dir gewissermaßen Rechenschaft schuldig von meinen Beschäftigungen, besonders da ich leicht fürchten konnte nach meinen bisherigen Produkten, daß ich das Zutrauen, das Du ehemals in meine philosophischen und poetischen Kräfte zu setzen schienst, jetzt, da ich Dir hätte die Probe geben sollen, nicht mehr in dem vorigen Grade besitze.

Dir, der mit dieser nur zu seltenen Vollständigkeit und Gewandtheit die Natur des Menschen und seiner Elemente durchschaut und umfaßt, wird es ein Leichtes sein, Dich auf meinen beschränkteren Gesichtspunkt zu stellen und durch Deinen Namen und Deine Teilnahme ein Geschäft zu sanktionieren, das dienen soll, die Menschen, *ohne Leichtsinn und Synkretismus, einander zu nähern,* indem es zwar die einzelnen Kräfte und Richtungen und Beziehungen ihrer Natur weniger strenge behandelt und urgiert, aber doch mit Achtung gegen jede dieser Kräfte und Richtungen und Beziehungen faßlich und fühlbar zu machen sucht, wie sie innig und notwendig verbunden sind, und wir jede einzelne derselben nur in ihrer Vortrefflichkeit und Reinheit betrachtet werden darf, um einzusehen, daß sie einer andern, wenn die nur auch rein ist, nichts weniger als widerspricht, sondern daß jede schon in sich die freie Forderung zu gegenseitiger Wirksamkeit und zu harmonischem Wechsel enthält, und daß die Seele im organischen Bau, die allen Gliedern gemein und jedem eigen ist, kein einziges allein sein läßt, daß auch die Seele nicht ohne die Organe und die Organe nicht ohne die Seele bestehen können, und daß sie beede, wenn sie abgesondert und hiermit beede aorganisch vorhanden sind, sich zu organisieren streben müssen und den Bildungstrieb in sich voraussetzen. Als Metapher durfte ich wohl dies sagen. Es sollte nichts weiter heißen, als daß das stofflose Genie nicht ohne Erfahrung und die seellose Erfahrung nicht ohne Genie bestehen können, sondern daß sie die Notwendigkeit in sich haben, sich zu bilden und durch Urteil und Kunst sich zu konstituieren, sich zusammen zu ordnen zu einem belebten, harmonisch wechselnden Ganzen, daß endlich die organisierende Kunst und der Bildungstrieb, aus dem sie hervorgeht, auch nicht bestehen können und nicht einmal denkbar sind ohne ihr inneres Element, die natürliche Anlage, das Genie, und ohne ihr äußeres, die Erfahrung und das historische Lernen.

Ich wollte Dir nur den allgemeinsten Charakter des Journals, das, was man seinen Geist nennt, ungefähr berühren. Ich werde versuchen, in dem Vortrag und Ton so allgemein faßlich als möglich zu sein.

Ich hielt es nicht ganz für schicklich, den Plan, den ich mir entwerfen mußte, oder auch die Materialien, die ich bereit habe, Dir bestimmter zu nennen, so sehr ich von der andern Seite versucht war, Dir, so viel es sich von der Sache selber tun läßt, zu bezeugen, daß mein Projekt nicht ungründlich und leichtsinnig, auch vielleicht mehr zum Glücke gemacht ist als meine bisherigen Produkte, und daß ich, so viel ich Deinen Geist und Sinn kenne und ahne, in der Tendenz wenigstens nicht gegen Dich sündigen werde.

Ich will Deine Antwort, der ich mit Hoffnung entgegensehen werde, und Deine Gesinnungen über die Sache abwarten, um dann ausführlicher, wenn Du mich auffordern solltest, mich über den Geist und die Einrichtung des Journals, so weit ich es vor mir selber entwerfen durfte, und über die möglichen und vorhandenen Materialien desselben gegen Dich zu äußern.

In jedem Falle, Freund meiner Jugend! wirst Du mir verzeihen, daß ich mich mit dem alten Zutrauen an Dich gewandt und den Wunsch geäußert habe, Du möchtest durch Deine Teilnahme und Gesellschaft in dieser Sache meinen Mut mir erhalten, der durch meine Lage und andere Umstände indessen vielfältige Stöße erlitten hat, wie ich Dir wohl gestehen darf. Ich werde alles tun, um durch möglichste Reife meiner eigenen Beiträge und durch die gütige Teilnahme verdienstvoller Schriftsteller, mit der ich mir schmeichle, dem Journal den Wert zu geben, dessen er bedarf, wenn Du es vor Deinem Gewissen und dem Publikum sollst verantworten können, daß Du wenigstens Deinen Namen und, wenn Du mehr nicht könntest und möchtest, des Jahres einige Beiträge dazu gegeben hättest. –

Antiquar Steinkopf in Stuttgart, der sich bereitwillig und verständig gegen mich in der Sache geäußert hat, und der vielleicht eben, weil er ein Anfänger ist, um so beharrlicher und getreuer in seinem Teile sich verhält, verspricht jedem Mitarbeiter sichere Bezahlung, und ich habe es ihm zur Bedingung gemacht, jedem Mitarbeiter *wenigstens* ein Karolin für den Bogen zu schicken. Wenn ich schon beinahe ganz davon und dafür zu leben gedenke, so glaubt ich dennoch für meine Person nicht weiter fordern zu dürfen, da ich noch als Schriftsteller so ziemlich ohne Glück bin und meine eingeschränkte Lebensart kein größeres Einkommen erfordert. Ich habe es aber seiner Dankbarkeit und Klugheit überlassen, bei den Mitarbeitern, in welchem Grade er will, eine Ausnahme zu machen. – Verzeih, daß ich auch davon spreche. Aber da es zur Sache gehört, so mag die Sache die Schuld tragen, daß sie ohne einen solchen Pendant nicht bestehen kann.

Habe die Güte, mein Teurer! mich wenigstens bald mit irgendeiner Antwort zu erfreuen, und glaube, daß ich wie immer und immer mehr Dich geachtet habe und achte.

Dein Hölderlin.

N.S. Mein Verleger vereinigt seine Bitte ausdrücklich mit der meinen.

Meine Adresse ist: bei Glaser *Wagner* wohnhaft in Homburg bei Frankfurt.

An Goethe

[Unvollendeter Entwurf]

[Homburg, Juli 1799]

Ich weiß nicht, Verehrungswürdigster! ob Sie sich meines Namens so weit erinnern, daß es Ihnen nicht auffallend ist, einen Brief und überdies eine Bitte von mir zu lesen.

Ihre Verdienste und Ihr Ruhm wären für die Sache, in der ich mich an Sie wende, so förderlich, und die Erinnerung einiger unvergeßlicher Stunden, die mir vor Jahren einmal Ihre gütige Gegenwart gewährte, gibt mir auch so viel Zuversicht, daß ich nicht ganz ohne Hoffnung günstiger Antwort meinen Wunsch Ihnen äußere. Ich habe im Sinne, (in Gesellschaft einiger Schriftsteller) ein humanistisches Journal herauszugeben, das vorerst in seinem eigentlichsten Charakter poetisch wäre, sowohl ausübend, als belehrend, und dieses letztere würde es sein, indem es über das gemeinschaftliche Ideal der Künste, über das Eigentümliche der poetischen Kompositionen und des poetischen Vortrags allgemeinere Abhandlungen enthielte, sich dann aber auch auf verschiedene Meisterwerke der Alten und Neuern richtete und zu zeigen suchte, wie jedes dieser Werke ein idealisches, systematisches, charakteristisches Ganzes ist, das aus lebendiger Seele des Dichters und der lebendigen Welt um ihn hervorging und durch seine Kunst zu einer eigenen Organisation, zu einer Natur in der Natur sich bildete.

[Dann würden sich die räsonierenden Aufsätze aber auch ausdehnen über Kunst und Bildungstrieb, und der Charakter der Zeitschrift im allgemeinen der der *Humanität* sein.]

Ich wollte Ihnen nur einigermaßen den Geist und Charakter der Zeitschrift bezeichnen, in der Hoffnung, daß diese wenigstens in ihrer Tendenz nicht gegen Sie sündigen werde.

Wie viel mir daran gelegen ist, dabei durch Ihren Beitritt geehrt zu werden, und wie viel die Sache und das Publikum dadurch gewönne, mag Ihnen meine Unbescheidenheit selbst beweisen. Ich würde auch ohne dieses die Bitte sicher nicht wagen, weil mir eine abschlägige Antwort von Ihnen oder gänzliches Stillschweigen zu viel bedeutet, als daß es mich ruhig lassen könnte. Ich werde alles tun, um durch möglichste Reife meiner eigenen Beiträge und durch die gütige Teilnahme verdienstvoller Schriftsteller, mit der ich mir schmeichle, dem Journale den Wert zu geben, dessen es bedarf.

Von Schelling

[Bruchstück]

Jena, 12. Aug. 1799.

Seit unsrer letzten Trennung in Frfrt.

[pp. – Er wird mit Vergnügen Theil nehmen, so viel er kann, hat aber für den Winter nichts zu bieten, als einige Vorlesungen über das organische Verhältniß der Geschlechter und die Philosophie der Kunst. – Schlegeln solle er als Mitarbeiter nennen, obgleich er, selbst Herausgeber eines Journals nichts Bestimmtes verspricht. – Er sei gewiß, daß Sophie Mereau Beiträge liefern werde, mit der er gleichfalls gesprochen habe.

Er bittet ihn, sich des durch Herder so in Mißkredit gekommenen Wortes Humanität zu enthalten.]

Ich bin jetzt eben in einer Lage und einer Stimmung, die mir wenig zu schreiben erlaubt, was Deinen Brief auch nur in etwas vergelten könnte. – Vielleicht, daß meine Bestimmung schneller sich entwikkelt, als ich jetzt hoffen kann – und dann hoffe ich Dir als ein anderer begegnen zu können.

Ich umarme Dich. Dein treuer Freund

Schelling.

An Friedrich Steinkopf

Homburg vor der Höhe, d. 23. Aug. 99.

Ich zögerte nur deswegen mit dem versprochenen Briefe so lange, weil ich von Tage zu Tage hoffte, Ihnen eine vollständige Anzahl von Mitarbeitern nennen zu können. Mit Gewißheit kann ich Ihnen nun folgende sagen:

Conz.
Jung (Verfasser einer Übersetzung des Ossians).
Sophie Mereau.
Heinse (Verfasser des Ardinghello).
Prof. Neeb (Verfasser mehrerer interessanter philosophischer Schriften).
Prof. Schelling.
Prof. Schlegel.

Von Ebel und Humboldt in Paris hoffe ich baldige Antwort. So glaube ich auch, daß Lafontaine nicht fehlen wird. Von Matthisson werden Sie schon Antwort haben, da er sich, wie ich höre, in Stuttgart aufhält. An Schillers Teilnahme zweifle ich. Übrigens würde sehr viel auf den Charakter und Gehalt der ersten Hefte ankommen, um vielleicht ihn und andere noch zur Teilnahme zu bestimmen.

[Er wünscht deshalb, ganz prononciert den philosophisch-poetischen Charakter des Journals zu bekennen.]

Haben Sie nun die Güte, mich so schnell, wie nur immer möglich ist, Ihren Entschluß wissen zu lassen, damit ich die Mitarbeiter nicht lange in Ungewißheit lassen muß, und meinem Lebens- und Geschäftsplan seine Richtung geben kann. Die Ankündigung schicke ich Ihnen, wenn Sie die Sache, so wie sie steht, vorteilhaft finden sollten, unmittelbar nach Empfang Ihres Briefes.

Da Sie besonders das gütige Zutrauen gegen mich geäußert haben, meine Produkte mit der Zeit vielleicht eigens herausgeben zu können, so werden Sie auch von diesen lieber einen anderen als bloß ephemeren Wert verlangen.

Möchten Sie vielleicht auch HE. Haug zu einigen Beiträgen auffordern? oder soll ich es tun, wenn es Ihnen gut dünkt? Empfehlen Sie mich ihm, auch HE. Matthisson, wenn Sie ihn sprechen sollten.

Ich lege Ihnen hier ein Manuskript von einem jungen Dichter bei, der sich, wie Sie finden werden, in Schillers Almanach ausgezeichnet hat, und auch von Schiller selbst, wie ich weiß, sehr vorteilhaft beurteilt worden ist. Wollen Sie es vielleicht verlegen?

Von Schiller

Jena, den 24. [August] 99.

Gern, mein werthester Freund! würde ich Ihr Verlangen wegen der Beiträge zu Ihrer Zeitschrift erfüllen, wenn ich nicht so arm an Zeit und so eng an mein gegenwärtiges Geschäft gebunden wäre, daß ich selbst meinen Musenalmanach dieses Jahr ohne Beiträge lassen, oder doch sehr mager damit ausstatten werde, und ihn für die Zukunft vielleicht ganz abgebe, weil ich mich von jedem Geschäfte, das sich mit meiner absoluten Unabhängigkeit nicht verträgt, lossagen muß. Die Erfahrungen, die ich als Herausgeber periodischer Schriften seit 16 Jahren gemacht, da ich nicht weniger als 5 verschiedene Fahrzeuge auf das klippenvolle Meer der Literatur geführt habe, sind so wenig tröstlich, daß ich Ihnen als ein aufrichtiger Freund nicht rathen kann, ein Ähnliches zu thun. Vielmehr komme ich auf meinen alten Rath zurück, daß Sie sich ruhig und unabhängig auf einen bestimmten Kreis des Wirkens *concentriren* möchten. Auch selbst in Rücksicht auf das Lukrative, die wir Poeten oft nicht umgehen können, ist der Weg periodischer Werke nur scheinbar vorteilhaft, und bei einem unbedeutenden Anfänger von Verleger, ohne einen gewissen Rückhalt von eigenem Vermögen, der ihm verstattet, einen kleinen Stoß zu verschmerzen, ist es vollends nicht zu wagen.

Wie sehr wünschte ich, daß ich Ihnen nicht bloß meinen Rath ertheilen, sondern auch die Mittel erleichtern könnte, denselben auszuführen. Wenn Sie mich mit Ihrer jetzigen Lage bekannter machen wollen, so bin ich vielleicht eher im Stande, etwas vorzuschlagen, was Ihren Wünschen gemäß ist.

Leben Sie wohl und seyen Sie von meiner treuen Ergebenheit versichert.

Der Ihrige
Schiller

An die Mutter

Homburg, d. 3. Sept. 99.

Tausend Dank, teuerste Mutter! für die Freude, die mir Ihr lieber Brief gemacht hat, da ich nun doch wieder Nachricht von den l. Meinigen habe, und in der Ungewißheit wegen Ihnen, liebste Mutter, nicht mehr leben muß.

Ich glaube, nach allem, was ich von dem Gange der Post verstehe, und nach den Erkundigungen, die ich diesen Abend bei dem hiesigen Postmeister eingezogen habe, daß wir wegen des Gelds so ziemlich ruhig sein können. Es ist nämlich sehr möglich, daß der Postwagen seit dem 20sten August noch gar nicht in Frankfurt angekommen ist, und daß er indessen irgendwo unterwegs geblieben ist, vielleicht in Heidelberg. Nur, denk ich, muß der Postmeister in Stuttgart durch die Briefpost Nachricht von dem Postwagen erhalten haben, es wird ihm also nicht unmöglich sein, Ihnen Nachricht zu geben, wo das Geld liegt.

Sie können wohl die Anfrage machen, vorerst, ohne daß diese Anfrage schon wie die Forderung um Rechenschaft aussieht; ich werde mich morgen in Frankfurt erkundigen, durch meinen Hausherrn, der dahin geht, ob der Postwagen seit dem 20sten August schon einmal in Frankfurt angekommen ist, woran ich aber zweifle. In jedem Falle will ich Ihnen morgen oder übermorgen wieder schreiben, auch aus dem Grunde, daß Sie um so sicherer wenigstens Einen Brief von mir erhalten, und da ich Ihnen vielleicht im nächsten Briefe etwas Näheres über die Sache schreiben kann, so bitte ich, noch einige Tage mit dem Briefe an den Postmeister in Stuttgart zu warten. Der Postschein gilt ein ganzes Vierteljahr lang, und ich höre, daß er Sie sicher entschädigen müßte, wenn das Geld verloren ginge. Es kann auch gar nicht fehlen, daß er nicht erfährt, wo und durch wen es verloren gegangen ist; aber ich bin ziemlich ohne Sorge über diese Möglichkeit.

Ich danke Ihnen indessen herzlich, liebste Mutter, für diese gütige Unterstützung, und ich hoffe, daß Sie so bald nicht mehr durch mich in eine solche beträchtliche Ausgabe gesetzt werden. Ich kann mir wohl denken, wie wenig Ihnen bei den itzigen Umständen entbehrlich ist. Bis itzt habe ich meine gewöhnliche Lebensart noch nicht einzuschränken gebraucht, und ich hoffe mit der ansehnlichen Summe, die Sie mir zugeschickt haben, so lange auszureichen, bis sich eine Aussicht auf ein sicheres Auskommen für mich findet.

Mit der Herausgabe meines Journals ist es noch immer nicht entschieden; Schiller schrieb mir deutlich, daß er mir zu einer solchen Beschäftigung, die meinen Arbeiten gar zu viel Abhängigkeit geben würde, nicht ganz rate; ich möchte ihm aber etwas Bestimmtes von meiner Lage schreiben, vielleicht könne er mir etwas vorschlagen, was mehr meinem Wunsche gemäß wäre. So viel über meine Lage, liebe, teure Mutter. – Sinclair, der diesen Abend bei mir war, dankt Ihnen herzlich für das gegen ihn geäußerte Zutrauen; ich kann sicher im Notfall auf ihn rechnen; – auch hat mein braver Hausherr, wie er hörte, daß mir Geld ausgeblieben sei, sich gleich von freien Stücken erboten, mir auszuhelfen, wenn ich seiner benötiget wäre. Die guten Leute sorgen äußerst redlich für mich und sind mir ohne Eigennutz ergeben.

Wie sehr bedaure ich den guten HE. Schwager, und meine teure Schwester! So mußte doch meine Sorge nicht ganz ungegründet sein! Ich hoffe für den edlen Mann und meine Schwester und für uns alle.

Ihr

Fritz.

Ich hoffe, liebste Mutter, daß Sie in Nürtingen es so ziemlich ruhig behalten werden. Nur die Lage von Blaubeuren beunruhiget mich ein wenig. Aber ists doch bisher immer noch gut gegangen. Bei uns in Homburg und der Gegend ist es ganz ruhig.

An die Mutter

Homburg, d. 4. Sept. 99.

Liebste Mutter!

Eben habe ich das Geld und Ihren schätzbaren Brief vom 15ten August erhalten. Diese gütige Hülfe, und der Muttersegen, womit sie begleitet ist, wird wohl nicht ohne Früchte sein; und ich kann Ihnen keinen besseren Dank sagen, als daß ich das Empfangene dazu verwenden werde, um noch einige Zeit in täglichem Fleiße zu leben, besonders dem Werke, das ich unter den Händen habe, noch alle Vollkommenheit zu geben, die in meinen Kräften liegt; und kann ich auch für diesmal nicht die Aufmerksamkeit meines deutschen Vaterlands so weit verdienen, daß die Menschen nach meinem Geburtsort und meiner Mutter fragen, so will ich es, so Gott will! in Zukunft noch dahin bringen. Denn das ist doch eigentlich der einzige, auch der süßeste Gewinn für alle Verleugnung und alle die liebe Mühe, ohne die der Schriftsteller nichts werden kann, daß er sich und den Namen der Seinigen unter sein Volk und unter die Nachwelt bringt. Und das sind keine Worte, teure Mutter!

Sorgen Sie auch nur für meine Gesundheit nicht! Ich weiß es wohl, der Geist nimmt dem Körper Kräfte, aber er gibt sie ihm auch, und eine einzige Stunde, wo man mit Zufriedenheit nach der Arbeit ausruht, ersetzt vielleicht eine Woche, wo es einem etwas sauer werden mußte. Überdies bin ich jetzt besonders gesund, und danke es dem gütigen Himmel, der mir meine Jugendkräfte unter manchem Leide bis hieher so weit noch erhalten hat.

Wäre nur meine gute Schwester außer Sorge und ihr lieber Mann gesund! Oder könnte ich nur denken, daß es nicht gefährlich ist! Schreiben Sie doch ihm und ihr von meiner herzlichen Teilnahme. Dürft ich hoffen, daß Worte von mir den edlen Mann etwas erheitern könnten, so würd ich gerne diese Tage ihm recht viel schreiben. Ich habe ohnedies schon manchmal dieses in Gedanken getan.

Sie haben wohl recht, daß ein paar brüderliche Worte von unsrem Karl schon genug sind, um mir Freude zu machen. So sehr mich jeder Fortschritt seiner Geistesbildung und jede seiner Überzeugungen und Kenntnisse interessiert, so ehr ich doch das Herz, und meines Bruders Herz zu sehr, als daß mir nicht genügen könnte, was aus diesem kommt. Er wird schon aber etwas öfter ans Briefschreiben kommen, wenn er etwas älter geworden ist, dieser karge Briefschreiber. Sie wissen auch wohl, wie ichs sonst damit hielt. Ohne unzärtlich gegen die Seinigen zu sein, ist man doch in seinen schönen Jahren etwas mehr sich selbst genug. Aber wenn man eine Weile in der kalten Welt hin und her gelebt hat, dann wird man erst einer so treuen Teilnahme, wie die zwischen Eltern und Kindern und Geschwistern ist, recht bedürftig. Wenigstens ist dies meine Erfahrung.

Es freut mich, daß die gute Lebret einen so guten Mann sich wählte, wie Ostertag ist. Sie wird glücklicher mit ihm sein, als sie es mit mir geworden wäre. Wir taugten nicht recht zusammen, und es ist das Traurige bei solchen jugendlichen Bekanntschaften, daß man sich erst kennen lernt, wenn man sich schon gegenseitig attachiert hat. So sehr ich dies bei meinem letzten Aufenthalt in Wirtemberg fühlte, so war ich doch, wie Sie selber wissen, fest gesonnen, nicht leichtsinnig abzubrechen. Aber sie sah es selbst ein, sie mußte sich auch wohl erinnern, daß sie mir noch in Tübingen Beweise genug gegeben hatte, daß sie sich in mein Wesen nicht recht zu finden wußte, und daß wir beede schon damals mehr aus einer gegenseitigen Gefälligkeit als aus wahrer Harmonie die Bekanntschaft fortsetzten. Überdies wollte es sich nicht recht zu meinem Lebensplan und zu den Umständen, unter denen wir leben, schicken, daß ich so frühe Bräutigam sein sollte. So wie ich jetzt mich und unsere Zeit kenne, halte ich es für Notwendigkeit, auf solches Glück, wer weiß, wie lange Verzicht zu tun, und ich weiß aus Erfahrung, daß man auch ein Hagestolzenleben mit Würde führen kann. Wenn ich auch Pfarrer würde, so würde ich, wenn es anders nicht ganz gegen Ihre Wünsche wäre, lieber noch unverheuratet leben, und wenn Sie sich zur Hausmutter entschließen könnten, oder ich doch in Ihrer Nähe lebte, so wäre dies mir genug. –

Ich hoffe, liebste Mutter! daß der Krieg Sie und die lieben Unsrigen wenigstens nicht in der Nähe beunruhigen wird. Wie unser armes Land unter Abgaben u. s. w. leiden muß, weiß ich freilich nur zu gut, und ich denke jedesmal auch an Sie dabei, denn wenn schon Ihr Einkommen so gering nicht ist, so hält es doch immer schwer, bloß von Zinsen des Kapitals neben den Haushaltungskosten noch so viele andere Ausgaben zu bestreiten, und es ist ein trauriger Trost, daß jetzt die halbe Welt auf diese und noch andere Art leidet. Ich hoffe den Frieden von Herzen, und halte ihn auch aus den allgemeinsten Gründen für nötig und heilsam und von unabsehlicher Wichtigkeit. Vielleicht ist er auch so entfernt nicht, als es scheint. Doch ist dies eben eine Vermutung von mir. – Unter den jetzigen Umständen wird es freilich nicht ratsam sein, eine Reise nach Wirtemberg zu machen. Wie sehr es mein Wunsch ist, Sie, liebste Mutter! und die lieben Unsrigen nach so langer Zeit einmal wieder zu sehen, können Sie sich wohl denken. Vielleicht finden sich aber bald günstigere Zeiten. Noch muß ich Ihnen sagen, daß Sie, so viel ich mir denken kann, sich keine Unruhe wegen des Konsistoriums machen dürfen. Man weiß wahrscheinlich, daß ich hier privatisiere, und ist so billig, mich ruhig zu lassen, weil man doch erfahren kann, daß ich meine Zeit nicht verschwende. – Der l. Frau Großmamma tausend herzliche Empfehlungen.

Ihr
Fritz.

Von Susette Gontard

[Frankfurt, zwischen dem 8. 8. und dem 5. 9. 1799]

Uhngefähr den 8ten

Wie schwer wird es wieder, das Stillschweigen zu brechen! – Und doch ist mir immer als könnt ich nur durch schreiben Ruhe und Befriedigung finden, wie ist es mir so peinlich wenn ich offt Tagelang herum gehe ohne stille Zeit dazu zu finden sollte ich mir vom Himmel nur einen Wunsch für meine jetzige Lage erbitten wäre es sicher, nur jeden Tag, eine einzige mir ganz eigene Stunde, die ich dann von ganzem Herzen Dir mein Theurer, weihen wollte. Du glaubst es nicht wie drückend es ist mit der ganzen Last der Entpfindungen so verschlossen zu bleiben, und nicht einmal der Feder sie anvertrauen zu können. So irrte ich bis jetzt herum und hatte Dir so viel zu sagen. Ich muß Dir sprechen von dem letzten mal da ich Dich sah! Denselben Morgen, war ich unschlüssig ob ich, ohne Brief, zu Dir hienunter sollte oder nicht, ob ich nicht lieber Dich in der Täuschung lassen sollte als wären wir noch nicht wieder gekommen. und Dich dann den nächsten Donnerstag erwarten sollte. Ich war sehr müde und abgespannt, und fürchtete sehr dieß möchte Dich irren, auf der andern Seite fürchtete ich Du möchtest von unserer Zurückkunft höhren, und es würde Dir mein Ausbleiben unerklärlich seyn ich wagte es also. Doch! wie beschreibe ich Dir die unnennbare Stimmung, in welche ich den Abend fiel? Ich glaubte im Blick Deine Gestalt, in der Allee zu sehen. Warest Du es würklich? – oder nicht? – – Ich war nicht allein *S*... waren bey mir. Es traf mich wie ein Blitz ich wurde warm, und kalt, und bald merkten die andern daß ich allein zu seyn wünschte und gingen. Es kam mir nun vor als wärest Du es würklich gewesen und jrgend eine, Angst triebe Dich zu mir, Du müßtes zu mir, ich ging an's Fenster, und stand, mit unverwantem Blick, es täuschte mich wieder, bald sah ich Dein Gesicht durch die Büsche, bald lehntest Du Dich an einen Baum und kucktest da hervor, ich erkannt das Spiel der Phantasie und beredete mich daß auch das vorige so gewesen. Der Schmerz ergriff nun mit kalter Hand mir das Herz und drohte es zu erdrücken, meine Gedanken erstarrten, es war als hätte ich Dich umarmen wollen, und ein Schatten wärest Du geworden, dieser liebe Schatten hätte mich noch trösten können und wie mein Sinn dieses forderte, wäre auch dieser mir verschwunden, und ein Nichts, wenn es denkbar wäre, geblieben.

Ich mußte mich aus diesen stummen Schmerz heraus reißen, und nun kam aus der tiefe meines Wesens ein Ächzen ein Gewinsel eine Fluth von Thränen die sich lange drängten ohne daß ich sie stillen konnte. und seit dem ist mir es immer so wunderbar schwermüthig geblieben, und als hättest Du etwas gegen mich auf dem Herzen, und ich denke an nichts anders, Über die Erinnerung an meine Reise ist wie ein dunkler Flohr gezogen, und ich werde mühe haben, Dir etwas davon zu schreiben. O! Gott! erscheine mir nicht wieder so! O! zweifele nie an ›meiner‹ Liebe! – – – – Dir! Dir allein wird sie ewig bleiben. – – – –

Den 10ten

Mitten in dieser unbeschreiblich Schwermüthigen Stimmung, wurde ich überrascht, ich schob sie auf mein plötzliches Alleinbleiben, nach einer langen angenehmen Zerstreuung, und die Entfernung meiner Geschwister, diese Stimmung sprach aber wohl zu wahr, und verrieht einen andern Sinn, und weil meine Traurigkeit fortdaurte, kam es nach einigen Tagen zu näheren Erklärungen, man glaubte sich fest in den Gedanken bestärkt daß gewisse Verhältnisse fortdauerten, und besondere Veranlassung gegeben hätten. Ich hatte Mühe der Wahrheit so treu zu bleiben wie möglich, ich erfuhr indessen auch daß Dein erster Besuch im Hause kein Geheimniß geblieben, ich gab es zu, und sagte dabey, hier im Hause wärest Du nicht wieder gewesen. und ich würde gewiß nie etwas tuhn was mir und dem Ganzen schaden könnte. Es lief auch alles ganz ruhig ab, und ließ keine üble Wirkung zurück. Nun muß ich Dir aber gestehen daß mich die Zukunft ängstigt. Ich finde keinen Ausweg, und ohne Dich kann ich nichts ausmachen. Können wir künftig wenn ich wieder in der Stadt bin, leben ohne von einander zu höhren? -- Wenn ich das Opfer bringe, werde ich jemals um Dich ruhig werden? werden nicht tausend Hirngespinste mich eben so sehr quälen als andere Unruhen? – und wird nicht auch wenn ich garnichts tuhe, doch *derselbe Verdacht* auf mich ruhn, und ich eben darum auch ohne Entschädigung leiden müssen?

Ich verirre mich in meinen Gedanken, darum sage mir was Du denkest, und laß nicht die schwere Last der Entscheidung auf mich allein ruhn, was Du gut findest ist auch mein Wille, und wenn Du auch glaubest das es gut ist in der Würklichkeit eine gänzliche Scheidung zwischen uns zu machen, ich will Dich nicht darum verkennen, *die Unsichtbaren Beziehungen dauren doch fort und das Leben ist kurtz.* Mir wird kalt! – Weil es kurz ist es verscherzen? -- O sage! Wo finden wir uns wieder? --- Theure! geliebte Seele! --- Wo finde ich Ruhe? --- Laß mich strenge meine Pflicht erkennen und mich selbst vergessen, und wird sie noch so schwer hilf sie mir ausführen, aber ich kenne sie noch nicht. Selbsterhaltung, ohne dieß kann ich doch gar nichts und mich selbst vergessen wiederspricht sich, mit diesem wohl, denn alles was ich gegen meine Liebe tuhn könnte, ist mir jetzt als würde es mich verderben, mich zerstöhren. Welch eine schwere Kunst ist die Liebe! wer kann sie verstehen? und wer muß ihr nicht folgen? --- Nimm alle Deine Vernunft zusammen und sprich Überzeugend mit mir, denn ich fühle es ist nöthig und wen kann ich sonst fragen als Dich meinen einzigen Freund. ----

Abends 8 Uhr den 15ten

Ich bin allein! -- Nun mögte ich gerne von der Reise erzählen, aber was mir nothwendiger scheint drängt mich immer, ich mögte meinem gepreßten Herzen Lufft machen, in der schönen stille des Abends. - Wie ist mir doch so schwermüthig! ich mögte immer weinen, ich sehne mich nach Antwort Deiner verwandten Seele! alles so lieblich! so harmonisch und doch für mich so todt wo das Zeichen Deines Daseyns fehlt, die Gewißheit das jetzt Dein Herz zu dem meinen spricht. O! einmal gefühlte glückliche geliebte himlische Liebe! welche Leere läßt Trennung im Herzen zurück, die Nichts zu füllen vermag, und alles nur fühlbarer macht. Ich muß Dir nur gestehen daß ich es nicht ausführen kann, diesen Winter gar nichts von Dir zu wissen, also ist mir eingefallen daß wenn Du in der Gegend bleibst, Du alle 2 Monathe den bestimmten Donnerstag Abends 9 Uhr unter dem Fenster mit der *aller größten Vorsicht* erscheinen könntest, ich werde dann sehen daß Du noch da und gesund bist. *Wie viel ist daß schon für mein Herz!* und ich würde Dir wohl ein Zettelchen hienunterwerfen können, ich muß wohl auf Briefe von Dir verzicht tuhn, weil ich nicht glaube das es vor's erste rahtsam ist daß Du in's Haus kömmst, ich werde dann in Deinen Schrifften nachspähen wie Dir wohl zu Muthe ist und Dich gewiß darinn erkennen, sage unter welcher Aufschrifft ich Dein Journal fordern lassen kann. wenn es noch zu stande gekommen ist. Der nächste Frühling wird uns *hier* wiederfinden, und der erste Gesang der neuen Lerchen wird uns das Zeichen unserer näheren Vereinigung seyn. Ich schreibe im Dunkeln, die Sonne und ihre Lichtstrahlen sind mir untergegangen. so ist wohl manches dunkel, bis *unsere Sonne* wieder scheint, sie kommt sie kommt doch wieder? ---- O! gütige Natur! lehre mich vertraun, und stille dieses Herz! --

Den 18ten

Ich mögte Dir jetzt eine kurze Übersicht meiner kleinen Reise geben, weil ich den Augenblick das ich allein bin nutzen mögte, *kurtz* wird sie seyn den zum erzählen bin ich würklich nicht gestimmt und Du wirst die hölzerne Sprache mir verzeihen ich will nur einen Begriff, Dir geben, damit Deine Phantasie einen Ruhepunct hat. Wir reisten 8 Tage später und nahmen uns nur 10 Tage Zeit, wir fuhren morgens früh hier ab, meine Schwägerinn, die jüngste *Brentano* und ich begleitet von niemand als unsern Jacob, in Giesen trafen wir, den Director Tischbein, der dort eine Schwester besucht, und uns erwartete. ein alter durch manche Schicksaale grau gewordner Mann, 20 Jahre lang hatt er den deutschen Boden nicht betreten, und sein Vaterland verjüngt ihn wieder, und selbst im Lobe Italiens findet man überall den Deutschen, so sagte er offt im fahren, nein! so schöne grüne Bäume sind in Italien doch nicht. Dieser Mann war vor Zeiten ein großer Mahler, er setzte seine Kunst und sein Persöhnliches Interesse zurück, um die alterthümer der Griechen zu studieren, ihre Dichter und besonders Homer begeisterten ihn dazu, wenn Du ihn sprechen hörtest würdest Du finden wie innig und wahr er ihn aufgefast, und würdest Dich freuen daß die Schwärmerey und wärme des Gefühls in diesem Alter noch bleibt. Er erkannte mich auch gleich, und bezeugte mir viele Achtung. Seine Werke wirst Du bald sehen, ein anders mal mehr von ihnen. (Ich werde doch Deine Bemerkungen über *Homer* auch noch sehen? –) In Cassel blieben wir 3 Tage, die erste Nacht erwachte ich früh, weil meine Reisegesellschaft noch schlief zog ich Deine lieben Gedichte aus meiner Brieftasche und sie waren mein Morgengebeth, sie umhüllten mein liebend Gemüth mit sanfter rührender Schwermuth und schlossen mich fest an Dein Herz, so ging ich wieder muthig in's Leben, die schöne Sonne über Cassel ging auf, und ich freüte mich schon alle meine lieben Gegenden wieder zu erblicken.

Wie wir zu Tische saßen, überraschte uns ein alter guter Freund, aus Hamburg, der auch seinen Kindern entgegenreißte und am Abend trafen die Erwarteten alle mit uns zusammen, Wir verlebten 3 frohe Tage mit einander. ich blieb aber nie allein. – – – –

Wir trennten uns von den Hamburgern, um unsere Reise nach Gotha vortzusetzen, Tischbein blieb auch zurück. nach 2 Tagereisen kamen wir Abend's dort an, es regenete stark, wir sahen wenig, den andern Morgen, fuhren wir nach Weimar, und waren dort um 4 Uhr Nachmittags, wir wollten von dort gleich nach dem Landguth von Wieland fahren um mit der *la Roche* und ihrer Encelinn zusammenzukommen hörten aber daß sie alle in der Stadt wären, wir schrieben ein Billet, unsere Ankunft zu melden, und gleich darauf kam *Sophie Brentano,* uns alle zu bitten mit zu kommen in ihre Wohnung, wo alle merkwürdigen Gelehrten von dort, versammelt wären, wir kleideten uns geschwinde an, und gingen mit ihr, die alte *la Roche* kam uns sehr freundlich entgegen sehr ungezwungen froh und äuserst lebendig machte uns mit der Gesellschaft bekannt, Wieland, Herder! (Göthe fehlte) und noch einige andere weniger bedeutende Männer. Meine Schwägerinn, nahm gleich im Gespräch den W... gefangen, ich hatte aufträge von Tischbein an Herder, und so verging die erste halbe Stunde. bey'm Thee daurte immer das Gespräch von W... fort, ich mischte wohlbedächtlich nur einige überlegte Worte mit ein, bey'm Abschied, reichte mir W... sehr herzlich die Hand und sagte, die wenigen Worte welche sie gesagt haben machen mich wünschen sie öfter zu sehen. Das freüte mich um Deinetwillen, und auf dem Rückwege dachte ich nur an Dich, den andern Tag fragte Wieland, *Sophien,* welche von uns beyden sie sich wohl zum Umgang wählen würde nachdem er meine Schwägerinn besonders gelobt. sie wählte mich, und W... antwortete ihr kurtz, (»Dafür verdienst Du Mädgen, daß man Dir die Hand küsse«) verzeihe mir die Eitelkeit daß ich Dir dieses wieder erzähle, ich sage es ja nur Dir, und wenn es gefehlt ist, darf ich es Dir nicht verbergen daß es mich stolz machte. Den andern Morgen fuhren wir nach Jena, mit einen entpfehlungs Brief an die *Merau,* wir gingen gleich zu ihr, und bathen sie, durch ein Billiet an Schiller, ihn um eine Stunde für uns zu bitten, sie benahm uns gleich alle Hoffnung, weil er ganz eingezogen lebte, und selten Fremde zu sich ließe. Die Andern gaben den Plaan ihn zu sehen, willig auf außer *Sophie* und ich beschlossen alles zu wagen um zu ihn zu kommen.

Den 23ten

Ich muß jetzt wieder die Zeit nützen die Andern sind ausgefahren, ich wollte recht viel schreiben, und da kömmt unglücklicher weise, eine Biene und sticht mich in die rechte Hand, es ist mir ordentlich verdrießlich daß ich im schreiben immer so viele Hindernisse finde. und es gehöhrt auch gewiß viel Liebe dazu um noch so viel herauszubringen. Ich will meine Reise Erzählung jetzt in wenig Worten enden.

Sophie und ich gingen Nachmittags wieder zur *Merau,* die Antwort zu höhren, wir waren angenommen, und um 4 Uhr bestellt. wir zogen also, von einem Bedienten begleitet um diese Stunde zum Thore hienaus, wo er in einem Garten wohnet. Wie ängstlich klopfte uns das Herz und wie sonderbar wehemütig mir zu Muthe war kann ich Dir nicht sagen, Ich fühlte wohl in diesen Augenblick zu sehr die Kürze der Zeit die mir in einer halben Stunde gegönnt war, den Mann zu sehen von dem meine Begriffe so groß sind, zu dem meine Gefühle gewiß sprechen könnten, und die Unmöglichkeit ihn diese Beziehung durch meinen Anblick zu offenbaren. In dieser Schönen Seele mochte ich nicht klein mich spiegeln und ich konnte doch nur dehmütig erscheinen. ich hatte nicht das Herz ein Wort zu sprechen, und bat *Sophiehen* ganz das Wort zu führen. Wir ließen uns anmelden und blieben indessen in der Garten Tühre stehen, erblickten seine edle Gestalt am Ende einer langen Allee, seine Frau begleitete ihn und 2 muntre Knaben sprangen im Grase herum. Wir entschuldigten unsere Zudringlichkeit er führte uns in eine schattige Laube, wir setzten uns neben seine Frau, und er blieb in majestätischer Stellung vor uns stehen, er sprach viel mit der Encelinn, der *la Roche,* von ihr und Wieland und ich hatte Zeit ihn recht in's Auge zu fassen. Wir mußten wegen der zurückgebliebenen sehr eilen, seine gute liebe Frau wollte uns nach Hause begleiten, wir wollten es nicht zugeben, er sagte aber, es wird meine Frau nicht schaden, und mir – – – – setzte er ganz sachte hinzu, besann sich aber und ging zurück nach dem Hause, wir gingen mit seiner Frau bis an's Stadt Tohr, wie wir abschied von ihr nahmen kam sein ältester Sohn den er uns mit dem Bedienten nachgeschickt, und dieser bragte uns wieder in unsern Gasthoff wo die Postpferde schon angespannt standen, wir fuhren denselben Abend noch nach Weimar. Von dort in einem fort über Fulda nach Frankfurth, und freuten uns der schönen Gegenden.

Aus unserer Reise nach Embs ist nichts geworden, vielleicht gehen wir künftigen Freytag über Maintz nach Coblenz, und durch die Bäder zurück, wollen aber den Montag schon wieder hier seyn.

Mein Bruder bleibt bis Ende October. Nach der Messe ziehe ich in die Stadt. Solltest Du eine Reise vor haben, oder andere Plaane, die ich nothwendig wissen müßte wäre es in diesem Fall wohl möglich daß Du mir, durch irgend jemand einen Brief schicktest, es müßte aber dann immer, den *Morgen nach dem bestimmten Donnerstag* seyn zwischen 10 und 11 Uhr, damit ich Acht geben könnte und wenn Du einmal ausbliebest mir zur Erklärung, doch nur im Nothfall

Donnerstag den 5ten Septembr

Diese Blätter wirst Du wohl etwas sehr trübe finden, mein Bester, darum muß ich Dir noch sagen daß ich jetzt wieder viel heitrer bin, und wenn ich Dich sehe wie ändert sich mein ganzes Wesen! – – – O! behalte mich immer lieb! Und bliebe unsere Liebe auch ewig unbelohnt, so ist sie durch sich selbst, in uns ganz stille doch so schön, daß sie uns immer unser liebstes, einziges, bleiben soll, nicht wahr mein Guter! so ist dir auch, und unsere Seelen begegenen sich immer und ewig! – – –

Von Siegfried Schmid

[Bruchstück]

Kappel im Toggenburgischen, den 10. Sept. 1799.

Um etwas auszuruhen, hat man uns hier in dies Thal um die Thur verlegt.

[Er lebe in der Gegenwart und beschränke sich darauf, so gut wie die Andern, die neben ihm stehn, und in ihrem Leben nie die unendliche Dichterkraft gefühlt haben und nie fühlen werden.]

Warum versuchst Du nicht Ähnliches, Theurer, Lieber? Hier scheint mir die Quelle Deiner Klagen, die mich erschüttern, und deren Natur ich zu gut kenne, um die entfernteste Ähnlichkeit mit gewöhnlichen zu finden. Du kannst Dir den Eindruck nicht zu tief vorstellen, den es auf mich machte, als Du mir sagtest, daß die Kluft zwischen Dir und den Deinigen mit jedem Jahre größer würde. O komm heraus, Liebster, heraus ins Leben, stürze Dich hinein, von welcher Seite Du willst, und lebe mit den Alltäglichen, wie einer der Alltäglichsten; das wirst Du freilich nie können; aber eben darum zwinge Dich, so viel es geht, das Göttliche kann doch nie blos Irdisches werden, es ist nur um des Extremes willen, um dem Irdischen nicht ganz zu entfliegen, um für die gemeinste Naturerscheinung sich empfänglich zu erhalten, wie für die gröste.

[Schickt ihm 2 Gedichte: Auf dem See. – Glück der Liebesverblendung.

Mit Zwilling habe er einige angenehme Tage verlebt;]

ich soll Dich von ihm grüßen.

Wenn etwas Wichtiges in der gelehrten Welt vorgeht, so theile mir es doch mit. Ist Schiller's Wallenstein erschienen? Was sagt man davon?

Bei den letzten Affairen hat unser Regiment wenig gelitten. Wir haben keine Ebenen zum Agiren. Soviel ich Uneingeweihter von Operationen wissen kann, wird es, bis Du diesen Brief erhältst, heiß zugehn.

[H. soll ihm, sobald er könne, das Bestimmte über die Erscheinung seiner Gedichte mittheilen, wegen Verwendung einiger Exemplare.]

Von Friedrich Muhrbeck

[Bruchstück]

Jena im Sept. 99.

Lieber, Theurer.

Bei einem Leichtsinn, der mir wie Heckerling um die Augen fährt, ist der Eifer für festen Ernst tiefer als je in Boehlend. gedrungen. Er ist freier in der Äußerung – und verlangt nach bestimmter Selbständigkeit. – Diesen Winter wird er hier bleiben und bei Schelling hören – der wird ihm zeigen, daß sein Ernst noch keine Wurzeln hat. – Genug.

Ich hatte nur fast zuviel von Boehlend. geredet. Es bleibe Dir allein gesagt. Deinen Rath habe ich ihm so gut als ich konnte mitgetheilt; er dankte aufrichtig – und versicherte, daß er sich dieses lange selbst – jetzt mit festerem Ernste gesagt und sich nach einer ruhigen Lage dieses zu erreichen sehne.

Ich möchte meinen Rath, daß Du Dich nach Jena wenden solltest fast zurücknehmen, da Schelling *principes rationes phil. artis* angeschlagen. Schlegel auch mehrere ästetische Collegia. Du müßtest diesen Winter dem Versuch opfern. *Schlegel* wäre Dir sonst nicht im mindesten gefährlich – er liest wie er dichtet, halb Verstand, halb Geist – ohne Bestimmtheit und ohne Gefühl und Leben. Du wirst mein Absprechen natürlich der Eile zuschieben. Ob Du ein Publikum jetzt finden wirst weiß ich nicht. Künftigen Sommer könnte die bestimmtere Ausführung nach den Schellingschen Vorlesungen vielleicht sehr willkommen seyn. – Ich werde Dir von ihm mehr schreiben, wenn ich ihn mehr gesprochen – ob er vielleicht selbst ähnliche Versuche machen will. Man sagt er wolle nach Wien um Medicin zu studiren. – –

D. Ich bin zum 2ten male bei Schelling gewesen, ich konnte mich ihm nicht verständlich machen und war auch blos in der Absicht hingegangen, ihm zu zeigen – daß ich ihn

An Schiller

[Entwurf]

[Homburg, erste Hälfte September 1799]

Ich kann Ihnen den Dank nicht ausdrücken, Verehrungswürdigster, für die Großmut, womit Sie mir meine unschickliche Bitte beantwortet haben, und ich darf Sie versichern, daß die gütigen Worte, womit Sie mich erfreuten, so gut reeller Gewinn für mich sind als irgendeine andere Hülfe, die ich wünschen konnte. Der Segen eines großen Mannes ist für die, die ihn erkennen oder ahnden, die beste Hülfe, wenigstens bedurft ich diese von Ihnen am ersten. Ich habe lange darin gefehlt, daß ich Ihren Umgang, Ihre gütige Teilnahme immer erst verdienen wollte; ich entzog mich deswegen Ihrer Gegenwart, und behielt es mir vor, mich Ihnen einmal zu nähern, wenn ich gerechteren Anspruch auf die Aufmerksamkeit machen könnte, deren Sie mich würdigten, und habe mich durch diesen falschen Stolz um den wohltätigen Einfluß Ihrer Belehrung und Aufmunterung gebracht, deren ich weniger als andre entbehren konnte, weil mein Mut und meine Überzeugungen nur zu leicht durch ungünstige Einwirkungen des gewöhnlichen Lebens geirrt und geschwächt werden.

Den schätzbaren Rat, den Sie mir schon vor einiger Zeit gegeben, und in Ihrem letzten Briefe wiederholt haben, ließ ich mir nicht ganz umsonst gesagt sein, und suche mich allen Ernsts in dem Tone vorzüglich auszubilden, der, ohne kaprizios zu sein, meiner natürlichen, ungestörten Sinnesart am nächsten zu liegen schien, und ich habe es mir zur Maxime gemacht, erst in irgendeiner Art des Dichtens fest zu werden, und Charakter zu gewinnen, ehe ich nach einer Gewandtheit strebe, die nur dessen Eigentum sein kann, der einmal einen sichern Standpunkt *gewonnen* hat. Ich glaubte jenen Ton, den ich mir vorzüglich zu eigen zu machen wünschte, am vollständigsten und natürlichsten in der tragischen Form exequieren zu können, und habe mich an ein Trauerspiel, den Tod des Empedokles, gewagt, und eben diesem Versuche habe ich die meiste Zeit meines hiesigen Aufenthalts gewidmet. – Ich gestehe Ihnen, daß ich nicht ohne Beschämung dieses Geständnis tun kann, und Ihnen am wenigsten. So ist mir, seit ich die tragische Schönheit etwas gründlicher erkenne, nur um Eines zu nennen, die *Komposition* der Räuber, in ihrem Wesentlichen, und besonders die Szene an der Donau, als *Mitte* des Gedichts, so groß und tief und ewigwahr erschienen, daß ich schon diese Erkenntnis für verdienstlich hielt, und mir längst die Erlaubnis von Ihnen erbitten wollte, meine Gedanken einmal schriftlich auszuführen – und damit haben Sie einst angefangen – edler Meister! – Ihren Fiesko habe ich auch studiert und gerade auch wieder den innern Bau, die ganze lebendige Gestalt, nach meiner Einsicht das Unvergänglichste des Werks, noch mehr als die großen und doch so wahren Charaktere, und glänzenden Situationen und magischen Farbenspiele der Sprache bewundert. Die übrigen stehen mir noch bevor, und es wird mir wohl nicht leicht werden, den Carlos mit Verstand zu lesen, da er lange Zeit die Zauberwolke war, in die der gute Gott meiner Jugend mich hüllte, daß ich nicht zu frühe das Kleinliche und Barbarische der Welt sah, die mich umgab.

Vergeben Sie, Verehrungswürdigster! wenn Sie diese Äußerungen, die wenigstens recht buchstäblich wahr sind, nicht ganz schicklich finden sollten. Aber ich müßte nur ganz gegen Sie schweigen, oder mich sehr allgemein gegen Sie äußern, was ich auch gerne gewöhnlich gegen Sie beobachte, wenn ich mir zuweilen eine Ausnahme gönnen darf.

Sie erlauben mir Ihnen von meiner Lage etwas Genaueres zu sagen. Sie ist so, daß ich sie ohne ziemliche Inkonvenienz wohl nicht mehr länger als einige Monate fortsetzen kann. Ich hatte durch meine kleinen schriftstellerischen Arbeiten und durch das Hofmeisterleben so viel Reichtum gewonnen, daß ich hoffen konnte, wenigstens so lange unabhängig zu leben, bis ich mein Trauerspiel zu einiger Reife gebracht hätte. Aber eine Kränklichkeit, die beinahe den ganzen Winter und noch einen Teil des Sommers dauerte, nötigte mich einesteils meine frugale Lebensart zu ändern, anderenteils benahm sie mir auch von meiner Zeit und meinen Kräften mehr, als dem Plane gemäß war.

die doch auch zu sehr in ihrer eigenen Sache leben, um fortdauernd beizutragen, wenn sie mir auch gleicher wären als Sie, Verehrungswürdigster, und schicklicherweise eher in meine Gesellschaft für gewöhnlich gebeten werden könnten.

An Susette Gontard

[Entwurf]

[Homburg, vor dem 12. 9. 1799]

Teuerste!

Nur die Ungewißheit meiner Lage war die Ursache, warum ich bisher nicht schrieb. Das Projekt mit dem Journale, wovon ich Dir schon, nicht ohne Grund, mit so viel Zuverlässigkeit schrieb, scheint mir scheitern zu wollen. Ich hatte für meine Wirksamkeit und mein Auskommen und meinen dasigen Aufenthalt in Deiner Nähe mit so viel Hoffnung darauf gerechnet; jetzt hab ich noch manche schlimme Erfahrung machen müssen zu den vergebenen Bemühungen und Hoffnungen. Ich hatte einen sichern, anspruchlosen Plan entworfen; mein Verleger wollte es glänzender haben; ich sollte eine Menge berühmter Schriftsteller, die er für meine Freunde hielt, zu Mitarbeitern engagieren, und wenn mir gleich nichts Gutes bei diesem Versuche ahndete, so ließ ich Tor mich doch bereden, um nicht eigensinnig zu scheinen, und das liebe allgefällige Herz hat mich in einen Verdruß gebracht, den ich Dir leider! schreiben muß, weil wahrscheinlich meine zukünftige Lage, also gewissermaßen das Leben, das ich für Dich lebe, davon abhängt. Nicht nur Männer, deren Verehrer mehr als Freund ich mich nennen konnte, auch Freunde, Teuere! auch solche, die nicht ohne wahrhaften Undank mir eine Teilnahme versagen konnten – ließen mich bis jetzt – ohne Antwort, und ich lebe nun volle 8 Wochen in diesem Harren und Hoffen, wovon gewissermaßen meine Existenz abhängt. Was die Ursache dieser

Begegnung sein mag, mag Gott wissen. Schämen sich denn die Menschen meiner so ganz?

Daß dies nicht wohl der Fall vernünftigerweise sein kann, zeugt mir doch Dein Urteil, Edle, und das Urteil einiger weniger, die mir auch wahrhaft treu in meiner Angelegenheit sich zugesellten, z. B. Jung in Mainz, dessen Brief ich Dir beilege. Die *Berühmten* nur, deren Teilnahme mir armen Unberühmten zum Schilde dienen sollte, diese ließen mich stehn, und warum sollten sie nicht? Jeder, der in der Welt sich einen Namen macht, scheint ja dem ihrigen einen Abbruch zu tun; sie sind dann schon nicht mehr so einzig und allein die Götzen; kurz, es scheint mir bei ihnen, die ich mir *ungefähr* als meinesgleichen denken darf, ein wenig Handwerksneid mitunter zu walten. Aber diese Einsicht hilft mich nichts; ich habe fast 2 Monate unter Zubereitungen zu dem Journale verloren, und kann nun, um mich nicht von meinem Verleger länger herumziehen zu lassen, wohl nichts Besseres tun, als ihm zu schreiben, ob er nicht lieber die Produkte, die ich für das Journal bestimmt hatte, geradezu annehmen wolle, was dann freilich in jedem Falle meine Existenz mir nicht hinlänglich sichern würde.

Und so hab ich denn im Sinne, alle Zeit, die mir noch bleibt, auf mein Trauerspiel zu wenden, was ungefähr noch ein Vierteljahr dauern kann, und dann muß ich nach Hause oder an einen Ort, wo ich mich durch Privatvorlesungen, was hier nicht tunlich ist, oder andere Nebengeschäfte erhalten kann.

Verzeih, Teuerste! diese gerade Sprache! Es wäre mir nur schwerer geworden, dann Dir das Nötige zu sagen, wenn ich das, was mein Herz gegen Dich, Liebe, äußert, hätte laut werden lassen, und es ist auch fast nicht möglich, in einem Schicksal, wie das meinige ist, den nötigen Mut zu behalten, ohne die zarten Töne des innersten Lebens für Augenblicke darüber zu verlieren. Eben deswegen schrieb ich bisher

Von Susette Gontard

[Frankfurt, Anfang Oktober 1799]

Es ist mir ein Beweiß Deiner Liebe daß Du *doch* kömmst, mein Theurer um ein paar Worte von mir zu hohlen doch wie schmertzt es mich jetzt, daß ich Dich so nahe weiß, und darauf verzicht tuhn muß etwas aus Deinen Händen zu erhalten, hienaus in den Garten hätte ich auf keine Weise kommen können weil zum unglück gerade die Äpfel gebrochen werden, und ich auch wegen dem Wetter keine Ausrede hätte. Unten in dem Zimmer konnte ich ohne Anstoß zu geben auch nur das letztemal (weil wir gerade den Tag darauf Gesellschaft hatten, und ich mir ein natürlich Geschäffte dort machen konnte) kommen. Daß gehet aber nur sehr selten. Verzeihe mir diese kalte Sprache und denke um's Himmels willen nicht das es kälte von mir ist. Ich denke nur, daß ich um mir eine Freude zu gönnen, es aus Klugheit und Pflicht, nicht wagen soll jemand Anstoß zu geben.

Sollte es aber *dringende Nothwendigkeit* seyn, daß ich Deine Papiere in die Hände bekäme, so schicke sie mir Morgen zwischen 10 und 11, lasse nach mir fragen und sie mir selbst abgeben ich will dann schon entgegenkommen, (aber nur nicht die Tühre verfehlt). Sollte meine bange Ahndung aber noch bis jetzt unbegründet seyn, so erscheine Du um 10 Uhr an der Ecke und es ist mir ein Zeichen daß ich weiter nicht zu erwarten brauche. Deinen lieben *Hipperion* der jetzt wohl da ist will ich schon so bald ich ihn mit Muße lesen kann mir mit Klugheit verschaffen.

Mein Bruder hat bey den großen Rewolutionen in der Hamburger handelden Welt, nicht verlohren und vielleicht, ist er dadurch seinem Ziele näher gerückt, einmal mit uns zu bleiben.

Ich binn vollkommen gesund, und freue, mich auf den ruhigen Winter meine einsamen Abende, werde ich dann zubringen, Deine lieben Schriften Gedichte, und Briefe, zu durchlesen, Sie werden viele stärkende liebevolle Trähnen, in mir hervorlocken die aus dem Schatze der treuen edelen Liebe, allein nur quillen und Segen über das trockne alletag's Leben, bringen. so will ich fortgehen meinen stillen gang und immer besser werden.

Handele auch Du, für Dich und laß nicht die tägliche Sorge für künftigste Exsistenz Deine besten Kräfte vor der Zeit lähmen und ersticken, ich billige Dich gewiß. -- Es bleibt ewig beym alten. Leb wohl! leb wohl!

Im November kannst Du wieder kommen, dann nach der Abrede oder Umständen.

Tausend süße Nahmen, und Worte! –

Von Casimir Ulrich Böhlendorff

[Bruchstück]

Jena, 24. Okt. 1799

[War mit Muhrbeck auf der Schwarzburg.]
Wie steht es um das Januarheft Deines Journals? Ich wünschte es besonders schnell befördert, um Deinen Empedokles darin zu finden, auf welchen ich mit wahrer Sehnsucht harre, wie auf den zweiten Theil des Hyperion, den ich gar nicht erwarten kann. Ich habe ihn hier einigen Jünglingen gegeben, und mit Freuden der Begeisterung ihres Busens, dem Sich-selbst-finden ihres Geistes zugesehen. – Goethe schreibt an einer Achilleis, und an einem Gedicht von der Natur der Dinge, und studiert mit Sorgfalt Schelling's Naturphilosophie.

Ich hatte im Sinn, Dich zu bitten, hieherzukommen und diesen Winter hier zu lesen. Denn die Schlegelschen Vorlesungen bleiben unbesucht und der Mann von Geist findet ein offnes Feld der Wirkung.

[Aber der Geist der hiesigen Gelehrten und Geselligkeit schreckten ihn zurück.

Hölderlin und Sinclair sollen ihm doch seine Ital. Briefe, die sie von ihm noch haben, schicken.]

Gries hat die ersten fünf Gesänge des Tasso ganz vortrefflich übersetzt. Die Seele des Dichters scheint im deutschen Gesange zu schweben. Wir sind recht vergnügt zusammen gewesen. Er nimmt vielleicht künftig Antheil an Deinem Journal; nur diesen Winter ist er zu beschäftigt.

Von Susette Gontard

[Frankfurt, 31.10. 1799]

Meine Ahndung daß Du heute im Calender Dich irren würdest, hat mich richtig geleited, denn wir haben heute erst den letzten im Monath. – Jetzt ist es wieder gut mit mir, aber ich war krank, mein Lieber, an dem Tage wo Du das letzte mal wieder hienüber gingest, bekam ich eine Art von Erkältungs-Fieber, und so hefftiges Kopfweh daß ich einige Tage mich ganz still halten mußte, ich nahm wieder mein gewöhnliches Mittel (ein Vomitiv) und auch China, es währte aber doch über 14 Tage, ich dankte nur dem Himmel daß ich Dich noch hatte abwarten können, und wünschte nur zu *dieser* Zeit wieder gesund zu seyn. Wieviel ich an Dich gedacht, und mich bey Dir fühlte kann ich nicht sagen. wenn ich Abendes einsam und still war, (denn ich mogte niemand um mich leiden.) Meine lebendigere Phantasie mahlte, mir dann unsere Vergangenheit so schön, besonders die seeligen Stunden unserer ersten ganz neuen Liebe, wo Du einmal sagtest. O! wenn daß Glück ein halbes Jahr nur dauret!

Wenn dann so viel süßes himmlisches Gefühl wieder vor meinen Sinn kam, ward ich nach her so voll Sehnsucht, und ich meinte dann wenn Du nur da wärest würde ich wohl wieder gesund seyn. Ich zerbrach mir dann den Kopf darüber, ob es nicht möglich sey, in der Würklichen Welt auf eine natürliche gute Art, wieder mit Dir zusammen zu kommen, wenn ich dann einschlief, träumte mir ich fände Dich in irgend einer Gesellschafft, auf einem Spaziergang, ich sah Dich ungezwungen wie sonst unsere Treppe herauf kommen und ich öffnete Dir die Tühre, wir waren beysammen, ganz ohne Angst mit leichtem Herzen, und meine Augen freuten sich in den Deinen zu ruhn, wenn ich dann erwachte, war das Herz mir so sanft bewegt, und ich war würklich auf einige Stunden gestärckt. nach her aber wußte ich nicht wie mir war. Ich fühlte es lebhafft, daß ohne Dich mein Leben hinwelkt und langsam stirbt, und zugleich weiß ich gewiß, daß jeder Schritt den ich tuhn könnte Dich auf eine heimliche ängstliche Art zu sehen, mit alle den Folgen die es haben könnte, eben so sehr an meiner Gesundheit, und meiner Ruhe nagen würden. Ich muß fast an Wunder glauben, weil ich nicht einsehen kann wie wir wieder zusammen kommen sollen, und dieß täglich mein innigster Wunsch ist, aber ohne Angst, sorglos wie in den ersten Zeiten unserer Liebe.

Es ist mir besonders seit einigen Tagen viel besser, da ich nun wieder allein bin. ich habe mein altes Zimmer auch jetzt wieder, da kann ich eher eine ruhige Stunde zum Schreiben finden, ich habe mehr Ordnung um mich herum, auch habe ich viele Blumen mir an's Fenster gestellt, die allein mich jetzt erheitern können, denn selbst Deine lieben Gedichte und Briefe, darf ich kaum berühren weil sie zu sehr mich angreifen.

Wie sehr ist es mir Bedürfniß etwas Bestimmtes über Deine Lage zu höhren, doch weiß ich jetzt wieder nicht wie ich heute etwas aus Deinen Händen bekommen kann, solltest Du es für nöthig und gut finden es morgen nach der letzt verabgeredeten Art zu machen so sey mir Dein Ausbleiben um 10 Uhr das Zeichen. Nächsten Donnerstag Abend könnte ich unten an's Fenster kommen (Weil wir unten in den Zimmern die Wäsche haben) um halb 9 Uhr sind die Leute weggegangen und ich kann nach sehen. Ich hatte mir daß so ausgedacht, wenn ich Dich bemerke gehe ich hienunter, und Du bist äußerst vorsichtig, komme ich nicht, so ist es Unmöglich, und Du nimmst, zu der einzigen Art mir die Briefe durch jemand zu schicken Deine Zuflucht.

Ich mögte Dir gerne etwas, über Deine künftige Lage sagen, wenn ich nur in Deine jetzigen Ideen besser eindringen könnte. Wenn daß Schicksaal auf eine ehrenvolle Art Dich weiter ruft, und es seyn muß so folge, doch rahte ich Dir und warne Dich für eines. Kehre nicht dahin zurück, woher Du mit zerißnen Gefühlen in meine Arme Dich gerettet. -- Ich muß Dir nur gestehen es hat mich ein wenig erschreckt, daß Du schreibst Du wolltest, in einem gewissen Falle dem Raht und Ausspruch von Schiller folgen. Wird er nicht suchen Dich in seine Nähe zu bringen? -- Wird dieser schmeichelhaffte Ruff Dich nicht verführen? – Wenn es einst so wäre, O! dann gedenke der Liebe! und ihrer unzähligen Qualen! –

Wie ich es wünsche! nur einmal wieder bey Dir zu seyn! mein lieber guter herzens Junge! – verzeih mir Bester daß ich es so hin sage, nur wenn ich Dich fühle und Dein Bild gesehen habe, fühle ich die ganze herzlichkeit meines Herzens, Ich erstaune offt über mich daß ich schon so weit in die Jahre der Vernunft fortgerückt bin, und doch so jung mir scheine, Ich denke dann auch, besser ein Opfer der Liebe! als ohne sie noch leben. Wer weiß wie es noch kommen kann, die Wege des Schicksaals sind ja dunkel. --- Nur laß uns nie gegen die Liebe fehlen und immer gegen einander wahr seyn! Leere Worte! denn wenn wir anders wären liebten wir ja nicht mehr. Vertrauen auf die Liebe die die gütige Natur uns in's Herz legte um da sie reifen zu lassen zu ihrem höchsten Zweck uns kurzsichtigen Wesen hier noch ein Rätzel! aber veredelt zu etwas großem uns fühlend und strebend. jedem nichts würdigen Gefühl Nahrung zu geben unfähig! Und in diesem Glauben gewiß bewahrt, für alle Ansteckung der schlechten Welt.

Noch muß ich Dir sagen daß ich wegen Dir, seit dem letzten mal wo ich's schrieb, nicht das geringste erfahren. und daß mein Krank seyn bloß eine Erkältung war.

Es dient Dir auch noch zur Nachricht daß uns gegen über, fatale Emigranten wohnen, die fast täglich drüben ins's hauß kommen. sie sind im dritten Stock haben Abends die Vorhänge zu. aber bey Tage nimm Dich in Acht.

Nun leb wohl, mein einzig Herz Du wirst wohl über Acht Tage wieder kommen, aber nicht bey schlechtem Wetter Leb wohl. schlaff wohl mein Bestes. --

An Susette Gontard

[Bruchstück]

[Homburg, Anfang November 1799]

Hier *unsern* Hyperion, Liebe! Ein wenig Freude wird diese Frucht unserer seelenvollen Tage Dir doch geben. Verzeih mirs, daß Diotima stirbt. Du erinnerst Dich, wir haben uns ehmals nicht ganz darüber vereinigen können. Ich glaubte, es wäre, der ganzen Anlage nach, notwendig. Liebste! alles, was von ihr und uns, vom Leben unseres Lebens hie und da gesagt ist, nimm es wie einen Dank, der öfters um so wahrer ist, je ungeschickter er sich ausdrückt. Hätte ich mich zu Deinen Füßen nach und nach zum Künstler bilden können, in Ruhe und Freiheit, ja ich glaube, ich wär es schnell geworden, wonach in allem Leide mein Herz sich in Träumen und am hellen Tage, und oft mit schweigender Verzweiflung sehnt.

Es ist wohl der Tränen alle wert, die wir seit Jahren geweint, daß wir die Freude nicht haben sollten, die wir uns geben können, aber es ist himmelschreiend, wenn wir denken müssen, daß wir beide mit unsern besten Kräften vielleicht vergehen müssen, weil wir uns fehlen. Und sieh! das macht mich eben so stille manchmal, weil ich mich hüten muß vor solchen Gedanken. Deine Krankheit, Dein Brief – es trat mir wieder, so sehr ich sonst verblinden möchte, so klar vor die Augen, daß Du immer, immer leidest, – und ich Knabe kann nur weinen drüber! – Was ist besser, sage mirs, daß wirs verschweigen, was in unserm Herzen ist, oder daß wir uns es sagen! – Immer hab ich die Memme gespielt um Dich zu schonen, – habe immer getan, als könnt ich mich in alles schicken, als wär ich so recht zum Spielball der Menschen und der Umstände gemacht und hätte kein festes Herz in mir, das treu und frei in seinem Rechte für sein Bestes schlüge, teuerstes Leben! habe oft meine liebste Liebe, selbst die Gedanken an Dich mir manchmal versagt und verleugnet, nur um so sanft wie möglich um Deinetwillen dies Schicksal durchzuleben, – Du auch, Du hast immer gerungen, Friedliche! um Ruhe zu haben, hast mit Heldenkraft geduldet, und verschwiegen, was nicht zu ändern ist, hast Deines Herzens ewige Wahl in Dir verborgen und begraben, und darum dämmerts oft vor uns, und wir wissen nicht mehr, was wir sind und haben, kennen uns kaum noch selbst; dieser ewige Kampf und Widerspruch im Innern, der muß Dich freilich langsam töten, und wenn kein Gott ihn da besänftigen kann, so hab ich keine Wahl, als zu verkümmern über Dir und mir, oder nichts mehr zu achten als Dich und einen Weg mit Dir zu suchen, der den Kampf uns endet.

Ich habe schon gedacht, als könnten wir auch von Verleugnung leben, als machte vielleicht auch dies uns stark, daß wir entschieden der Hoffnung das Lebewohl sagten,

Von Susette Gontard

[Frankfurt, zwischen dem 2. und dem 7. 11. 1799]
Sonnabend

Nur wenig Worte, lassen sich machen, mein Theurer von dem *Einen* daß seit ich Dein liebes Bild gesehen, im wachen, und im träumen, gleich einer leisen lieblichen Melodie in mir nach tönt. --- An dem Abend, wo meine liebende Worte, in Deine Seele übergingen, und ich mir das holde Feuer, daß sie in Deinen Engels Augen entzündeten, so lebhafft vor mahlen konnte, wie wurde mir da so wohl, und leicht um's Herz. Meine lange dem Gesange verschloßnen Lippen, lispelten unwillkührlich ihre alten lieblings Lieder wieder und es hatte lange schon gedauret, bis ich es lächelnd bemerkte. ---- O! ihr glücklichen! glücklichen! Vögel, dachte ich da! --- Und mir war so unbeschreiblich wohl dabey, daß ich die Stimme der Natur in mir vernahm, und ich dankte ihr mit gerührtem Herzen. -----

Montag

Denke nur! Gestern Abend bekomme ich durch die *S*... die höchst unerwartete Nachricht, daß *Z*... von Bern (der vor 5 Jahren mir das Fragement von Dir abschrieb) so eben bei ihr gewesen sey. Daß griff stark in meine ruhige Stimmung ein, und es file mir gleich auf's Herz, ob auch wohl diese Erscheinung, Dir nicht irgend eine Art von Bekümmerniß bringen mögte, und es beunruhigte mich sehr. Aber um's Himmels willen, mein Einziger! laß es Dir nur keine Sorge machen, es wäre sicher unnöthig, Ich betheure Dir noch einmal. Er war mir nie mehr als Bruder, und Freund! und kann mir nie mehr werden. Aber Du kennst mich ja und Du hast tausend Beweise wie mein Herz Dir hingegeben ist, und Du weist daß wenn man gegen die Liebe fehlt man sich selbst am meisten verwundet. Vertraue fest auf mich, und laß auch diese Worte Dich nicht irren als wären sie nöthig, zu Deinem Herzen hab ich nicht gesprochen. --- Ich habe ihn den Sonntag Abend wiedergesehen er ließ sich durch einen Anverwandten von uns, *B*... bey mir als einen alten Freund vorstellen. Ich habe ihn sehr verändert gefunden, er saget auch er hätte von seinen Kräfften, dem Vaterlande sein Contingent bezahlt, und wolle jetzt einmal die andern sorgen lassen, er würde wohl einige Zeit hier bleiben. vermuthlich aber erst nach Hamburg reisen.

Wenn es Dich nur nicht stört, so ist es mir in einer Rücksicht lieb, wieder einmal einen Menschen um mich zu haben, mit dem ich ohne Zurückhaltung und mit Zutrauen sprechen kann. Wie gerne werd ich von Dir mit ihm Sprechen, und wie sehr wird daß mein Herz erleichtern. Ich werde ihn nie entfernend begegnen denn dieß, wäre aus mehr als einem Grund nicht gut, aber mit dem ganzen Gefühl und Stolz meiner Liebe werde ich mich ihm entgegenstellen, und er wird gewiß sie ehren.

Mittwoch

Der Himmel ist so klar heute, Morgen kömmst Du gewiß, wenn ich nur Nachricht, von Dir kriege. Gute Nachrichten! Wie ist die Zukunft mir so dunkel, es komme aber wie es wolle Dich lasse ich nie, mich findest Du immer wieder! – – –

Donnerstag – 11 Uhr

O! mein Herz! wie danke ich Dir! Du bist da! – – schon war mir so bange, Du mögtest krank seyn denn daß wußte ich wohl, das schlechteste Wetter würde Dich heute nicht abhalten, mir die Freude zu machen heute etwas von Dir zu höhren! Wie bitte ich den Himmel um eine günstige Minute, was ich hören werde wird gut seyn Du sahest heiter aus, könntest Du meine Rührung sehen und an meinem klopfenden Herzen es fühlen, wie sehr diese Ahndung mich freut! – – – Aber Du Guter werden auch meine Nachrichten, Dich nicht kümmern? – O! Laß es nicht! – – – Wer weiß wie es kommen kann, wozu es gut ist wenn ich meinen Schmerz, so fern und doch so nahe Dir zu leben, ganz, mit Wahrheit, vor einen sichern Freund enthülle! – – – – Denke auch mit Gewißheit daß ich immer nach Deinem Sinn, nur das Nöthigste sagen werde, und das unsere liebste Liebe, immer nur uns bekannt, und ein heiliges Geheimniß bleiben wird. Auf die größte Zartheit kannst Du bey mir rechnen. Darum laß Dich nichts kümmern, Sieh! ich würde gewiß Dir nicht so viel sagen, weil mir immer ist als beleidigte ich die Liebe, wenn ich Dich nicht kennte, und nicht wüste wie Du so leicht durch Deine Phantasie irre geleited,

Dir die Sachen anders vorstellst als sie sind, darum spreche ich Dir davon, lege es aber nicht anders aus.

Du hattest ein Buch in der Hand! wie freut es mich schon. Von unserer künftigen Einrichtung, von einander zu höhren kann ich jetzt nichts sagen als daß es bey'm alten bleibt, wenn Deine Nachrichten es nicht ändern mich wirst Du immer finden! -- Und immer Dein, so lange ich lebe, unvergeßlich Lieber! -----

Ich kann nicht mehr schreiben denn meine Augen nehmen die Rührung zu sehr an. vielleicht heute Nachmittag noch ein paar Worte. -

Ach! es war doch nicht das letzte mal daß ich Dich sah! Nein! ich kann ich mag es nicht denken! O! laß mich hoffen! --- laß mich diese Gedanken verbannen. -- Himmel! welch ein Wetter wie unruhig macht es mich, gehe nicht, wenn's so bleibt, Du könntest krank werden. O! schone Dich nur mein Bestes! Wann werde ich künftig wieder von Dir hören können, wenn es doch nur schon Abend wäre, und ich hätte, was mich so freuen wird in sichern Händen. Was wir leiden müssen ist unbeschreiblich, aber warum wir's leiden ist auch *unbeschreiblich*.

Da dachte ich ehe Du kamst, ob du künftig, (wenn es seyn wird,) nicht in den Wintertagen erst um 11 Uhr statt um 10 Uhr an der Ecke erschienest, oder wenn es Dir lieber wäre erst um 3 Uhr, denn ich glaube Du hast Dich heute recht geeilt und ich mögte nicht daß Du im Dunkeln von Hause gingest. Ich mögte Dir so viel noch sagen, aber ich werde nur gleich so wehmüthig, und weiß mir nach her nicht zu helfen. doch noch dieß, daß ich wieder völlig gesund bin. Lebe wohl! Lebe wohl! *Ewig bleib ich Dir treu.*

An die Mutter

Homburg, d. 16ten Nov. 99.

Liebste Mutter!

Ich konnte mir wohl denken, daß Sie diesmal mit dem Schreiben etwas zögern müßten, und schickte mich um so lieber darein, weil ich mir Ihre lieben Gäste und Ihre Reise dabei dachte, die Ihnen gewiß zur Freude und Gesundheit dienen wird. Wie gerne nähme ich Anteil an dem glücklichen Kreise, in dem Sie leben, und trüge auch von meiner Seite etwas bei zu dem Vergnügen, das Ihnen der Umgang der Ihrigen gewährt. Ich glaube aber, daß ich Ihrer eigenen Einsicht gehorche, wenn ich wenigstens meinen Besuch noch so lange aufschiebe, bis es in unserem Lande und auf dem Wege wieder etwas ruhiger wird. Ich war diese Tage sehr besorgt um die guten Löchgauer, weil ich vermutete, daß das Treffen zum Teil bei dem Orte selbst, oder doch nicht weit davon vorgefallen sein müßte. Nun werden die Unsrigen, wenigstens auf einige Zeit, wieder in Ruhe sein.

Bei uns hier erfährt man den Krieg nur noch durch die Zeitungen, und es ist den Homburgern recht zu gönnen, da dies nach vielen Jahren der erste Winter ist, den sie ohne fremde Tisch- und Hausgenossen, und ohne Kriegsunruhe und Kriegslast zubringen. Ich wundere mich oft, wie diese Gegend, die fast der beständige Kriegsschauplatz, mehr oder weniger, gewesen ist, doch sich so schnell erholt, und daß die Menschen größtenteils ihr Hauswesen und ihre Lebensart fortführen können, wie sonst.

Um auf meine Angelegenheiten zu kommen, so bedaure ich, daß ich Ihnen von meinen Aussichten noch nichts Näheres sagen kann, und es ist mir eigentlich um Ihretwegen unangenehmer als wegen mir, denn wenn ich bei meiner gegenwärtigen Lebensart nicht die unvermeidliche Inkonvenienz erführe, daß sie für den Anfang zu meinem zeitlichen Auskommen nicht hinreicht, so wäre ich auf immer damit zufrieden. Ich bin mir tief bewußt, daß die Sache, der ich lebe, edel, und daß sie heilsam für die Menschen ist, sobald sie zu einer rechten Äußerung und Ausbildung gebracht ist. Und in dieser Bestimmung und diesem Zwecke leb ich mit ruhiger Tätigkeit, und wenn ich oft erinnert werde (wie unvermeidlich ist), daß ich vielleicht billiger geachtet würde unter den Menschen, wenn ich durch ein honettes Amt im bürgerlichen Leben für sie erkennbar wäre, so trage ich es leicht, weil ichs verstehe, und finde meine Schadloshaltung in der Freude am Wahren und Schönen, dem ich von Jugend auf im stillen mich geweiht habe, und zu dem ich aus den Erfahrungen und Belehrungen des Lebens nur um so entschloßner zurückgekehrt bin. Sollte auch mein Inneres nie recht zu einer klaren und ausführlichen Sprache kommen, wie man dann hierin viel vom Glück abhängt, so weiß ich, was ich gewollt habe, – und daß ich mehr gewollt habe, als der Anschein meiner geringen Versuche vermuten läßt, kann auch hoffen, aus manchem, was mir zu Ohren kommt, daß meine Sache auch in einer ungeschickten Ausführung hie und da aus einem ahndenden Gemüte gefaßt und gebilliget werden, daß also in keinem Falle mein Dasein ohne eine Spur auf Erden bleiben wird.

Ich mache Ihnen diese Geständnisse deswegen, liebste Mutter! weil mir daran liegen muß, um meiner eignen Ruhe willen, mich in meinem gegenwärtigen Leben Ihnen so aufrichtig und unparteiisch hinzustellen, wie ich nur immer kann, um so mehr, da Sie durch Ihre gütige Unterstützung mir darin aushalfen bis hieher.

Ich danke Ihnen verbindlichst für das Übersandte. Neuffer wird es wohl noch bis jetzt zurückbehalten haben, wegen der unsicheren Wege. Ich werde es größtenteils zurücklegen können, um es zum Teil zu meiner künftigen Reise zu gebrauchen. Was mich einigermaßen beruhiget über die Unkosten, die ich Ihnen mache, ist, daß ich auch als Vikarius nicht ohne einige Beihilfe leben könnte, und daß ich doch eine gute Zeit in dem von dieser Seite vorteilhafteren Hofmeisterleben ausgehalten habe.

Wie freuet es mich, daß Sie mit unserem Karl so in jeder Rücksicht zufrieden sein können! und wie weiß ich es zu schätzen, daß er seine Kräfte so männlich auf die Lage hin anwendet und konzentriert, in der er sich befindet! Ich ehre von Herzen und aus Überzeugung jeden, der sich auf diese Art der Welt nützlich macht, und es tut mir nur oft leid, wenn ich zuweilen sehe, daß die Menschen größtenteils auf der anderen Seite nicht ebenso billig sind, und auch einem andern sein Recht widerfahren lassen, der durch die Art seines Geschäfts und seines Treibens in einigem Grade von jedem besondern Wirkungskreise entfernt wird, und nur dadurch bestehen kann, daß er mit Mut in seiner Art sich festsetzt, und sein Schicksal einsieht und trägt, wie andre das ihrige. Und dies ist der Trost und die Regel meines Lebens, daß kein Mensch in der Wirklichkeit alles sein kann, daß er irgend Etwas sein muß, und bei den Vorzügen seines Standes und seiner eigentümlichen Lebensart auch das notwendige Mangelhafte tragen, das sie mit sich führt.

Tausendmal danke ich es Ihnen, meine Mutter! daß Sie in dieser Rücksicht mich, der ich überall noch nichts Gemachtes bin, so schonend behandeln, und Sie und die Meinigen alle werden es gewiß gutheißen, daß ich so wenig gleichgültig sein kann, in welchem Lichte ich vor Ihren Augen erscheine.

Ich bitte Sie auch recht sehr, daß Sie sich nicht dadurch inkommodieren lassen, wenn ich in meinen Briefen zuweilen ins Räsonieren verfalle. So viel ich die allgemeinere Stimmung und Meinung der Menschen, wie sie jetzt sind, bemerken kann, scheint mir auf die großen gewaltsamen Erschütterungen unserer Zeit eine Denkungsart folgen zu wollen, die eben nicht gemacht ist, die Kräfte der Menschen zu beleben und zu ermuntern, und die eigentlich damit endet, die lebendige Seele, ohne die doch überall keine Freude und kein rechter Wert in der Welt ist, niederzudrücken und zu lähmen. Die Übertreibungen sind nirgends gut, und so ist es auch nicht gut, wenn die Menschen sich vor allem fürchten, was nicht schon bekannt und ausgemacht ist, und deswegen jedes Streben nach einem Vollkommneren, als schon vorhanden ist, für schlimm und schädlich halten. Eben dieses scheint mir jetzt die allgemeinere Stimmung zu sein, und sie liegt mir deswegen so auf dem Herzen, weil sie im Kleinen wie im Großen wirkt, und weil sich kein Mensch lossagen kann von dem schädlichen oder günstigen Einflusse der andern.

Wenn ich aber von einer solchen Empfindung den einen Tag mehr behaftet bin als den andern, so muß sie sich auch in meinen Äußerungen mehr oder weniger zeigen, wenn ich mit den Vertrauten meines Herzens spreche.

Aber daß ich es Ihnen nicht zu lange mache, so will ich Ihnen nur noch sagen, daß ich hoffe, Ihnen nach Verlauf eines Monats von dem Besuche, den ich schon so lange hoffe, wie auch von meiner künftigen Existenz etwas Genaueres sagen zu können.

Ich bin wie immer, liebste Mutter!

Ihr dankbarer Sohn

H.

Eben erfahre ich, daß das französische Direktorium abgesetzt, der Rat der Alten nach St. Cloud geschickt, und Buonaparte eine Art von Diktator geworden ist.

Von Johann Gottfried Ebel

[Bruchstück]

Novbr. 99.

[Entschuldigt sein langes Stillschweigen durch die bewegte Lage, in der er sich gegenwärtig befinde.]

Meine Seele war in diesem Sommer zu allgewaltig von gewissen Ideen und Gefühlen hingerissen, als daß ich derselbe vorige hätte sein können, und dieser Stimmung allein dürfen Sie es zuschreiben, wenn ich eine Nachlässigkeit beging, welche ich mir nicht verzeihe. Ich habe mich endlich aus dieser Gemüthslage wieder ins Leben empor gearbeitet, und ich eile, Ihnen zu antworten.

HE. v. Humbold ... abgereist.

[Ebel selbst geht mit vollem Interesse auf die Tendenz der beabsichtigten Zeitschrift ein.]

Allein da ich mein Brodstudium verfolgen muß, und nebenbei mein angefangenes Werk fortzusetzen mich bemühe, so finde ich mich bis jetzt außer Stand, Ihrem Wunsche zu entsprechen. Sein Sie aber versichert, daß sobald es »die« Umstände erlauben, ich suchen werde, Ihnen Bruchstücke zu schicken. Ich spreche mit einigen guten Köpfen, vielleicht bin ich so glücklich Ihnen einen andern Mitarbeiter zu verschaffen.

Sie leben in Homburg und haben sich von Gontards losgemacht – dies war mir bis zu Empfang Ihres Briefes unbekannt. Es scheint, Sie dachten mich unterrichtet, da Sie von allem dem nichts sagen. Ich wünsche, daß Sie in Ihrer unabhängigen Lage im Schooße der Musen höhern innern Genuß erndten, als ich im Schmutze der hiesigen wirklichen Menschenwelt. Hier schöpft man bisweilen Lebenshauch, in den Sälen der Produkte des Kunstgenies, aber nicht unter den lebendigen. Obgleich unter Schmerzgefühl, so lernt man doch hier an der menschl. Natur viel. Mit unveränderlichen Gesinnungen der Freundschaft und Achtung

stets der Ihrige
Dr. Ebel.

Grüßen Sie HE. Sinklair bestens von mir.

An Johann Gottfried Ebel

[Bruchstück]

[Homburg, wohl im Nov. 1799]

Mein Teurer!

So sehr ich mich Ihnen verbunden fühle für Ihr gütiges Versprechen, künftig vielleicht an meinen literarischen Versuchen Teil zu nehmen, so war die eigentliche Freude, die mir Ihr Brief gab, doch eine andere. Ich fühlte mehr, als ich sagen mag, dabei, wie viel Sie mir vom ersten Augenblicke waren, wie viel ich entbehrte, seit ich Sie nicht mehr sah.

Je mehr ich die Menschen verstehen und dulden und lieben lerne, in ihren leidenden Gestalten, um so tiefer und unvergeßlicher sind mir die vortrefflichen unter ihnen im Sinne; und ich darf es Ihnen gestehen, daß ich wenige kenne, bei denen ich mit solcher Gewißheit meinem Gemüte folgen kann, wie ich es tue, so oft ich an Sie denke, und von Ihnen spreche, und dies geschiehet nicht selten. Wären wir uns näher, um meinetwillen, denn Sie bedürfen meiner nicht oder doch weniger, und ich weiß nicht, ob ich Ihnen nur so viel sein würde, als ich es ehmals zu sein schien. Manche Erfahrungen, die mir nach meiner Sinnesart fast unvermeidlich begegnen mußten, haben mein Zutrauen zu allem, was mir sonst vorzüglich Freude und Hoffnung gab, zum innern Bilde des Menschen und seinem Leben und Wesen so ziemlich erschüttert, und die immer wechselnden Verhältnisse der großen und kleinen Welt, in der ich mich sehe, schrecken mich jetzt noch, daß ich wieder etwas freier bin, bis zu einem Grade, den ich nur Ihnen gestehen kann, weil Sie mich verstehen. Die Gewohnheit ist eine so mächtige Göttin, daß wohl keiner ungestraft ihr abtrünnig wird. Die Übereinstimmung mit anderen, die wir so leicht gewinnen, wenn wir bei dem, was einmal da ist, bleiben, dieser Zusammenklang der Meinungen und Sitten, erscheint uns dann erst recht in seiner Bedeutenheit, wenn wir ihn entbehren müssen, und unser Herz findet wohl niemals eine rechte Ruhe mehr, wenn wir jene alten Bande verlassen haben, denn es hängt ja nur zu wenig von uns ab, die neuen zu knüpfen, besonders was die feineren und höheren betrifft. Freilich halten dann die Menschen, die sich in eine neue Welt des Schicklichen und des Guten erhoben haben, auch um so unzertrennlicher zusammen.

Wie gerne hätte ich Ihnen volle Rechenschaft gegeben über meine Trennung von dem Hause, das Ihnen und mir so schätzbar war und ist. Aber wie unendlich vieles hätte ich Ihnen sagen müssen! Lieber hätte ich eine Bitte an Sie getan und möchte sie noch tun. Unsere edle Freundin, die ich unter mancher harten Probe nur immer selbständiger im besten Leben, nur immer höher gebildet aus bittern Mißverhältnissen wiedergefunden habe, scheint mir dennoch, um nicht endlich zu vertrauern, eines festen klaren Worts, das ihren innern Wert und ihren eigenen Lebensgang ihr für die Zukunft versicherte, in hohem Grade zu bedürfen, und mir ist es fast unmöglich gemacht, mich ihr mit Ruhe mitzuteilen. Es wäre eine schöne Hülfe, mein Treuer! wenn Sie dies einmal täten. Eignes Nachdenken oder ein Buch oder woran man sich sonst orientieren mag, ist wohl gut, aber das Wort eines echten Freundes, der den Menschen und die Lage kennt, trifft wohltätiger und irret weniger.

Ihr Urteil über Paris ist mir sehr nahe gegangen. Hätte mir ein anderer, der einen weniger großen Gesichtspunkt, und nicht Ihr klares vorurteilsloses Auge hätte, dasselbe gesagt, so hätte es mich weniger beunruhiget. Ich begreife wohl, wie ein mächtiges Schicksal, das gründliche Menschen so herrlich bilden konnte, die schwachen nur mehr zerreißt, ich begreife es um so mehr, je mehr ich sehe, daß auch die größten ihre Größe nicht allein ihrer eigenen Natur, sondern auch der glücklichen Stelle danken, in der sie tätig und lebendig mit der Zeit sich in Beziehung setzen konnten, aber ich begreife nicht, wie manche große reine Formen im Einzelnen und Ganzen so wenig heilen und helfen, und dies ists vorzüglich, was mich oft so stille und demütig vor der allmächtigen, alles beherrschenden Not macht. Ist diese einmal entschieden und durchgängig wirksamer als die Wirksamkeit reiner selbstständiger Menschen, dann muß es tragisch und tödlich enden, mit mehreren oder einzelnen, die darinnen leben. Glücklich sind wir dann, wenn uns noch eine andere Hoffnung bleibt! Wie finden Sie denn die neue Generation, in der Welt, die Sie umgibt?

Von Prinzessin Auguste von Hessen-Homburg

[Vermutlich Dezember 1799]

Die Empfindungen der Dankbarkeit bei Erhaltung Ihrer Geschenke, nötigen mich Ihnen diese Zeilen zu senden, auch der Wunsch begleitet sie, Ihres schmeichelhaften Lieds nicht unwürdig zu sein: doch das bin ich nicht. –

Ihre Laufbahn ist begonnen, so schön und sicher begonnen, daß sie keiner Ermunterung bedarf; nur meine wahre Freude an Ihre Siege und Fortschritte wird sie immer begleiten.

Auguste

Von Susette Gontard

[Frankfurt, Anfang Januar 1800]

Wie sehr mich Deine letzten Briefe freuten, mein Bester, kann ich Dir nicht genug sagen, sie belohnten mir reichlich die Angst die ich, um sie zu bekommen, gehabt hatte, denn ich kann es nicht beschreiben, welche Furcht mich ergriff als ich unten am Fenster Dich nirgends erblickte, ich dachte der helle Mondschein hätte Dich wohl verrathen, und wie ich nun von einem Fenster zum andern lauschte und Du Dich nicht sehen ließest, fingen mir die Knie so gewaltig zu zittern an daß ich mich kaum noch halten konnte, in Ungewißheit zu bleiben war mir schrecklich, und nun dachte ich immer es würde irgend jemand hinter mir in's Zimmer kommen, und ich mich auch verrathen, als Du zum Glücke noch kamest. Ich eilte nun mit meine Schätze, in mein stilles Stübgen, da konnte ich aber vor Herzklopfen, und Wallung kein Wort lesen, ich ging Deine Briefe von hinten und vorne an, konnte aber diesen Abend den wahren Sinn nicht finden, bis ich die Taage nach her ruhiger wurde, da erfreuten und stärkten sie mein Herz, und stiller Dank seegnete Dich und flog zu Dir hinüber.

Meine Furcht hat mich nun fast bestimmt es diesen Winter nicht wieder zu versuchen auf solche Art, Nachrichten zu bekommen, um so mehr da wir in einigen Monathen schon *Frühlings Anfang haben,* solltest Du mir nothwendig etwas zu sagen haben ist es immer noch weniger gewagt wenn Du mir in einigen alten Büchern eingeschlossen unter meiner Adresse ein Paquet schickest nach der letzten Abrede, *so daß ich die Stunde wissen kann.*

Du wünschest daß ich Dir erzähle! wie ich mit meiner Gesellschafft zufrieden bin. Da muß ich Dir den aufrichtig sagen daß ich eigentlich gar keine habe und daß ich den ganzen Sommer über wegen meiner Unpäßlichkeit kaum 6 mal aus dem Hause gekommen bin. selbst meine Geschwister waren wenig bey mir, sie fanden beyde in der Nachbarschafft, ihren kleinen galanten verliebten Zeitvertreib, durch die fatale jetzt in Hamburg mode gewordene Art verwöhnt, stimmten sie in dieser Rücksicht so wie in vielen gar nicht zu mir, und ich saß offt da allein, mit meiner edeln Liebe im Herzen, empört daß diese nichts gelten sollte indeß, Eitelkeit und armseliges Wesen, sein Fortkommen in der Welt findet.

Aber es ist für den Menschen leicht leben zu lassen was sie im Grunde nicht achten, nur daß was sie beneiden können möchten sie stöhren, und nur daß Wesen welches wahre Liebe erregt, wird um der Liebe willen geplagt. Ich fühle es immer mehr ich passe zu den weltlichen Verhältnissen nicht, und tuhe besser, mit meiner stillen Seele allein zu leben.

An denselben Morgen da Du wieder hienüber gingest, kam ein paar Stunden nachher *Z*... in Richtung, und fragte ob ich nichts nach Hamburg zu bestellen hätte? Er ist seitdem dort angekommen und wird wohl noch einige Monathe dort zubringen, um wegen Geschäfften, seinem Bruder der in America ist, näher zu seyn.

Nun muß ich Dir doch noch sagen, woher meine Abneigung gegen Deinen Aufenthalt in Jena, kömmt um daß Du Dich an mir nicht irrest, den wovon Du mir schreibest habe ich auch nicht die leiseste Ahndung gehabt, auch hat mir niemand was gesagt. Alles kömmt eben daher, weil *Weimar* nur eine halbe Tagereise von *Jena* ist. Ich kam diesen Sommer zufällig in daß Haus einer Dame, welches zwar *unbewohnt* der Frau *La Roche* und ihrer Enkelinn, zum Quartier eingeräumt war, ich glaube diese Wohnung kann Dir nicht unbekannt seyn. Nun höhrte ich vor einiger Zeit, von ganz gewiß daß Schiller, diesen Winter, nach Weimar, in dieses Hauß ziehen würde Du könntest doch nicht um hin ihn zu besuchen, es könnte Dir wohl nicht angenehm seyn, und was ich dabey empfinden würde, fühlte ich genug an meinem hochklopfenden Herzen als ich zufällig einige Stunden dort zubrachte. Damals schrieb ich Dir nicht davon weil ich Deine Idee noch nicht merkte, und es nicht zur Sache gehörte. Ich glaube aber jetzt es Dir und mir selbst schuldig zu seyn Dir diese Schwachheit zu entdecken. Ich weiß es wohl, vor dem hohen Ideal der Liebe, gelten solche Schwachheiten nicht und verdienen Verdammung, aber vor der Menschlichen Empfindung der Liebe! *Schonung* – Du verstehest mich! – – – –

An die Mutter

Homburg, d. 29. Jan. [1800]

Liebste Mutter!

Ich habe jetzt ungefährt 400 fl. in vierteljährigen Portionen von meinem Buchhändler sicher einzunehmen. Wenn ich also mein Journal einige Jahre fortsetze, wie ich es in jedem Falle, um meiner Reputation willen, versuchen würde, und wenn ich in Stuttgart oder hier durch Privatvorlesungen noch einiges verdiene, so kann ich auf ein Einkommen rechnen, das beinahe zureichen wird. Es scheint mir zweckmäßig zu sein, daß ich ohne eigentliche Not die jetzige Art meiner Beschäftigungen und Studien so wenig wie möglich durch eine neue Lebens- und Geschäftsart unterbreche, da ich jetzt erst gewissermaßen eingeschirrt bin, und nach manchen Zerstreuungen und Unruhen endlich einige Festigkeit in meinem Tun gewonnen habe. Die Gründe also, die mir in diesem Augenblicke gegenwärtig sind, wären gegen einen Versuch, den ich ohnedies Ihnen kaum zumuten möchte. – Nämlich, im Fall er fehlschlüge, so würde dies für meine Ruhe, die mir so teuer ist, und für die Geduld, mit der ich mich unter den menschlichen Verhältnissen sehe, eine fast zu starke Probe sein, denn, wie gesagt, ich fühle, daß ich noch etwas stärker werden muß, um mich derlei Demütigungen auszusetzen, die mir wenigstens auf einige Zeit die Lust und die rechte Kraft, unter den Menschen etwas zu fördern, nehmen würden. Und ich darf Ihnen wohl gestehen, liebste Mutter! daß eben hierauf mein Leibes- und Seelenwohl, wenn ich so sagen darf, in hohem Grade beruht. Der andere Grund wäre, daß ich jetzt einigermaßen geborgen bin auf einige Zeit, und daß es uns daran liegen muß, eine Laufbahn, die in keinem Falle sehr ungünstig enden kann, so lange fest zu verfolgen, bis sich irgendein gewisser Erfolg zeigt, und es scheint mir nicht wohl möglich, meine jetzigen Beschäftigungen, die ein so gesammeltes und ungeteiltes Gemüt erfordern, jetzt gerade mit einem Amte zu vereinigen, wo ich mich erst wieder ganz einzugewöhnen und einzustudieren hätte.

Wenn Sie mir erlauben, hinzuzusetzen, daß ich nicht schlimmer als manche andere daran bin, wenn ich ein künftiges Amt mit etwas weniger Vermögen antrete, so scheint es mir wohl der Mühe wert, im Notfall indessen etwas zuzusetzen, soweit mein Einkommen nicht zureicht, besonders da ich, wenn ich gesund bleibe, auch bei einem künftigen Amte meine schriftstellerischen Arbeiten nicht ganz aufzugeben gesonnen bin, die mich freilich nie reich machen, aber auch wohl nicht so ganz ohne Dank bleiben werden.

Übrigens überlasse ich die Sache Ihrer und meines teuern HE. Schwagers Entscheidung, da ich, so viel es die kurze Zeit leiden wollte, meine Meinung gesagt habe, um so mehr, da ich nicht so, wie Sie, im Stande bin, zu urteilen, ob es mir, nach den genauern Umständen, möglich sein wird, ohne ein beträchtliches Amt meine Existenz zu sichern. Wenn ich die Ausgaben abrechne, die mir meine Kränklichkeit im vorigen Jahr gekostet hat, so finde ich, daß ich mit 500 fl. so ziemlich ausreiche, und so viel könnte ich wohl in Stuttgart oder hier verdienen. – Sie werden es mir nicht verdenken, daß ich die Sache so einseitig ansehe; was höhere Gründe und Gesichtspunkte betrifft, so glaube ich mit gutem Gewissen behaupten zu dürfen, daß ich den Menschen mit meinem jetzigen Geschäfte wenigstens ebenso viel diene und fromme als im Predigtamte, wenn auch der Anschein dagegen sein sollte. Ich stütze mich hierin nicht bloß auf mein eigenes Urteil, sondern auf den ausdrücklichen und ernstlichen Dank von achtungswürdigen Personen, den sie mir über einige meiner öffentlichen Äußerungen gesagt haben.

Meine Abreise von hier hängt indessen vorzüglich von dem nächsten Brief ab, den mir mein Buchhändler schreiben wird. Da ich hierin der Not diene, so werden Sie mir es nicht verdenken, wenn ich sage, daß ich hier bleiben oder nach Stuttgart ziehen werde, je nachdem ich dort oder hier ein leichteres Auskommen finde. In jedem Falle muß ich noch bis Ostern bleiben, weil ich meine Arbeiten jetzt unmöglich so weit unterbrechen kann. In ungefähr 14 Tagen kann ich Sie wohl über dieses mit Gewißheit benachrichtigen. Sollte Sinclair, der wahrscheinlich noch diese Woche nach Schwaben abreist, um einen Freund bei der kaiserlichen Armee zu besuchen, nach Blaubeuren kommen wie er es im Sinne hat, so bitte ich Sie, von meiner wahrscheinlichen Abreise nichts gegen ihn zu erwähnen, wenn er nicht davon anfängt; solang ich nicht ganz entschieden bin, mag ich ihm nichts davon sagen, weil er mich nicht gerne gehen läßt, und ich die ganze Sache gerne kalt überdenken und beschließen möchte. Übrigens würde mich der Abschied von diesem Orte nicht wenig kosten, und nur die Aussicht, in meine geliebte Heimat und zu den Meinigen, die ich in der ganzen Welt vermissen würde, zurückzukehren, könnte mir ihn erleichtern. Ich habe hier gute, zum Teil vortreffliche Menschen kennen gelernt, und genieße mehr Attention und Teilnahme, als ein Fremder erwarten kann, der nichts zu geben hat als hie und da eine ehrliche Meinung. – Um meine Gesundheit dürfen Sie ja nicht bange sein, teuerste Mutter! Ich habe schon seit guter Zeit dieses kostbare Gut ungestört genossen, und es freut mich um so mehr, weil ich immer fürchtete, daß der böse krampfhafte Zustand bleibend werden möchte. Am hiesigen Arzte habe ich dadurch eine gar gute Bekanntschaft gewonnen, es ist ein immer heiterer, treuherziger Mann, der einen wenigstens auf Augenblicke durch sein gesundes, menschenfreundliches Gesicht heilen kann. Er ist der Mann für alle Hypochonder. – Der verstorbene Gontard, von dem Sie schreiben, ist ein Oncle der Familie, bei der ich war. Mein lieber Henry ist jetzt in einem Erziehungsinstitute in Hanau. Ich schreibe bloß deswegen so selten von ihm, weil ich nie ohne Wehmut an diesen vortrefflichen Knaben denken kann. Es ist recht gut für ihn, daß er aus Frankfurt weg ist, wo jeder Tag seine wahrhaft edle Natur wo nicht verdarb, doch entstellte. – Das Geld hab ich von Neuffer erhalten, und sage Ihnen nochmals meinen herzlichsten Dank dafür. Im Fall einer Abreise würde ich Sie, wenn es ohne Ihre Unbequemlichkeit geschehen könnte, um etwas weniges bitten, nicht so wohl um der Reisekosten willen, die nicht groß sein werden, als weil ich noch einen Konto bei dem Buchhändler in Frankfurt abzutragen habe. Meiner teuren Schwester danken Sie indessen in meinem Namen für ihren lieben Brief. Ich würde ihn noch heute selbst beantworten, wenn es mir nicht gerade ginge, wie es ihr gegangen ist, daß mir nämlich mein guter Freund, der Ofen, zu kalt werden will, und ich muß ja gehorsam sein, und meinen dreißigjährigen Leib schonen und pflegen. Die Weste soll mir wohlstehn und wohltun.

Tausend Empfehlungen und Grüße. Wie immer.

Ihr treuer Sohn
Hölderlin.

Von Susette Gontard

[Frankfurt] Freytag den 30ten Jannvar [1800]

Ich muß wohl jetzt daran denken ein Briefchen für Dich in Bereitschaft zu legen denn vielleicht wirst Du nächsten Donnerstag kommen und dann möchte die Zeit zu kurz und zu unruhig seyn, wenn ich doch wissen könnte ob Du würklich in Deine Vaterstadt gewesen oder noch bist? Wie gerne gönnte ich Dir und Deinen Guten diese herzliche Freude! –

Vor acht Tagen waren Landesleute von Dir bey uns zu Tische, es war mir nicht anders als müßten diese Dich gesehen haben, und ich fühlte darum mich recht wohl in ihrer Gesellschafft, auch ihre Sprache war mir gefällig und ich meinte immer wenn sie allein mit mir wären würden sie von Dir sprechen, wie gerne hätte ich das gewollt mit Menschen die Dich kennen und Dich schätzen wie ich. In Gedanken war ich offt bey Dir und meinte daß auch mein Andenken Dich im Cirkel Deiner Familie nicht stöhren würde, und die sanften Gefühle der Liebe für diese noch mehr nährte weil Du mehr noch wie sonst der Theilnahme Bedarfst, und nachsichtiger bist.

Solltest Du mit ihnen auch für die Zukunft etwas ausgemacht, und gefunden haben das Dir angemessen wäre? ich mögte so gerne manches wissen und doch werde ich mich noch gedulden müssen! Mit Vergnügen berechnete ich letzt mit Deinen Landesleuten, das sie nicht weiter von uns zu Hause wären, als unser liebes Cassel von hier entfernt ist, und dieß dünkte mir das letzte mal nur eine Spazierfahrt? Weiter gehest Du doch nie von mir? – – Nie ganz? – – – Dahin kömmst Du immer wieder! und auch wieder zu mir! Wie gerne ich Dich an Deinem rechten Platz sähe kannst Du denken doch wähle behutsam, und greiffe nur nicht das unrechte, ich kann nächstens noch nichts von Dir höhren, wenn Du dich nicht entschließen willst mir ein Paquet zuzuschicken, wenn es für Dich nothwendig ist so thue es ungehindert es wird wohl glücklich gehen, erscheinest Du selbst nehme ich es für ein Zeichen daß ich *ruhig* warten kann, und so binn ich einigermaßen entschädigt wenn ich Nachrichten mir als Entfernung vor Dir vorstelle und wünsche sie nicht so sehnlich wie ich sonst tuhn würde. Ich sehe Dich! und Du bist nahe, kann und muß ich damit nicht mehr als zufrieden seyn.

Auch will ich Dir nur gleich sagen daß ich jetzt nicht mehr die Briefgen herunterwerfen werde, weil ich Verdacht ahndete, (vielleicht aber ganz ungegründet) sollte es künftigen Monath also nur irgend gut Wetter und trocken seyn, so daß ich natürlicher Weise hienaus gehen kann, bitte ich Dich um 10 Uhr zu erscheinen, und so werde ich um 11 Uhr denselben Tag mich an den bewusten Platz einfinden, sollte es aber ohne Verdacht zu erregen nicht angehen, wirst Du mich nur sehen, wie viel mir daran liegt *dann* von Dir zu höhren kann ich Dir leicht erklären, weil zu Ende März mein Bruder wieder hier her kömmt, und ich dann seltner ohne Begleitung bin. Er wird mit seiner Frau wieder den Sommer bey uns zu bringen. solltest Du mir also etwas schicken wollen so tuhe es vorher. Vielleicht möchten auch Kriegsunruhen, das Spazierengehen hindern, dann schicke mir etwas in jeden Fall wie verabredet ich gebe dem Überbringer auch ein Buch zurück, zur gewißheit daß wir beyde das unsrige erhalten, kannst Du um 11 Uhr wieder an der Ecke einen Augenblick erscheinen, wo ich Dir übrigens rathe nie zu lange zu verweilen weil oben ein kranker Nachbar wohnt der langeweile hat, kann ich nicht hienaus kommen werde ich ein Tuch aus dem Fenster hängen.

Nun noch ein paar Worte von mir, wie ich lebte. Ich bin *vollkommen Gesund* und die einsame Ruhe in meinem häuslichen Zimmer war mir sehr heilsam, da sitze ich so gerne zwischen meinen Blumen und arbeite, niemand gehet da mich zu stöhren an meinem stillen Fenster vorüber nur ein Sperling kommt zuweilen vom Fenster Brod zu picken, und die Wolken ziehen mir vorbey, ich folge ihnen offt wenn Abend's hinter der Baumgruppe im Hintergrund einige Strahlen der untergehenden Sonne durchscheinen, und mir ist wohl! Die sanfte melancholische Trauer in meinem Gemüth, die wohl niemals daraus sich verwischen wird und *soll* stimmt mich empfänglicher für jede kleine Freude dankbarer fühl ich sie! übermüthig wird nie mein Herz, und die Trähne des Mitleids und des Wohlwollens ist immer mir näher, so will ich bleiben! so bist auch Du! – – –

Ich war auch diesen Winter etwas geselliger und besuchte zuweilen unsere alten Gesellschafften die lange Einsamkeit und das Neue machte das ich mehr Vergnügen wie sonst dort fand und gerne sah man mich wieder, einige mahl wurde mir auch gesagt daß ich wieder viel besser aussähe, und heitrer wäre, und sicher kannst Du es nur meinen Worten glauben das meine Gesundheit wieder hergestellt ist. Wüste ich doch das selbe von Dir! – – –

Donnerstag

Du bist würklich gekommen! – Ich hoffte es nicht, bist Du gar nicht fort gewesen? hast doch nicht um meinetwillen Dich einer Freude beraubt? – Gute! beste Seele! möchtest Du doch Freude haben und ich sie Dir noch geben können! – – Ich weis nicht ich bin so ängstlich ich meine immer wir möchten verrathen werden, und die Hindernisse die schon jetzt fast nicht zu zwingen sind sich noch vermehren, wenn Du nur dieß mal noch meine Worte hättest, dann wollte *ich* gerne entbehren, ich weiß ja doch, Du hast mich lieb, wie ich Dich, und das kann mir niemand nehmen.

Sahest Du nicht blaß aus? Du wirst doch nicht krank gewesen seyn? Du erhälst Dich ich weiß es um meinent willen – – – Und versagst Dir auch keine Freude, die sich Dir dar biethet, Du suchest sie nicht? aber Du weisest sie auch nicht unfreundlich von Dir! nicht wahr mein Theurer? – –

Wenn Du morgen kömmst kann ich ruhig seyn! Ich bin es gewiß und habe Ursache genug mich zu freuen.

Leb wohl Leb wohl nahe oder ferne doch immer bey mir. Und so mit mir verwebt bist Du, daß nichts Dich von mir trennen kann, wir sind beysammen wo wir auch sind, und bald hoffe ich Dich wieder zu sehen.

Sage es mir ja recht deutlich wie Dir ist. – Und sorge auch um meinent willen für Dich

Z... ist immer noch in Hamburg und ich weiß nicht wann er wieder kommt und ob er sich hier aufhalten wird, doch ich glaube wohl wenn er kann wird er ein wenig hier bleiben.

Deine lieben Gedichte habe ich alle mit unaussprechlicher Freude gelesen! Deine Briefe habe ich mir alle wie ein Buch zusammen gelegt, und wenn ich einmal lange nichts von Dir höhren sollte will ich darinnen lesen, und denken es ist *noch* so! tuhe Du das nehmliche, und glaube nur, im innersten Leben bleibt so lange *wir* bleiben was an einander uns kettet, und ich kann den Glauben nie aufgeben, das wir uns wieder finden in der Weldt, und noch Freude haben werden. Sey nur noch glücklich (wie *wir* es meinen) und glaube das *wie* Du es anfängst wenn es nur gelingt, mir gewiß lieb ist. Nur wähle nicht was Dir nicht anpast. Könntest Du fühlen wie Dein schönstes Bild offt lebendig in mir aufblüht, dann würdest Du auch fühlen wie alles alles was mich umgiebt ihm weichen muß. und wie jede leise Empfindung in mir die *große Einziege* für Dich nur weckt und mich *ganz Dir hingiebt!* – – Darum scheue Dein Herz nicht und glaube wie ich daß wir ewig *unser* und nur *unser* sind.

An Friedrich Emerich

[Bruchstück]

[Homburg, im März 1800]

Du hast mich noch freundlich genug über mein Stillschweigen zurechtgewiesen, lieber Bruder! und ich bitte Dich für nun und immer, daß Du mir es nie mißdeutest. So lang ich für meine Freunde, und alles andre, was mich angeht, mich nicht leichter interessiere, als jetzt der Fall ist, so lange werd ich wohl aus dem natürlichen Instinkt, noch bei mir selber zu bleiben, immer etwas spröde tun müssen. Du glaubst nicht, wie sehr ich von jeher hierin meine Not hatte. Jede Beziehung mit andern Menschen und Gegenständen nimmt mir gleich den Kopf zu sehr ein, und ich habe dann meine Mühe, sobald ich irgendein besonderes Interesse bei mir zum Vorschein und zur Sprache kommen lasse, wieder davon weg und auf etwas anderes zu kommen. Schreibst Du mir, so tönt es so lange nach, bis ich mich mit List oder Gewalt zu etwas andrem bringe, und schreib ich Dir, so ists noch schlimmer; so bin ich ein schwerfälliger Schwabe.

Du hast also einen mutigen Anfang gemacht mit der Herausgabe Deiner Gedichte. Bei Deinem festen Sinne hast Du auch mehr Recht als ein anderer, vorerst das poetische Spiel ein wenig wie das Glücksspiel zu treiben und im Namen des Genius den Würfel hinzuwerfen. Ich sage damit gar nicht, als hättest Du Deine Besonnenheit nicht auch benützt, Deinen Künstlersinn, dem Du so ziemlich Unrecht zu tun scheinst, weil er Dir so treulich und natürlich als ein redlicher Waffenträger im Treffen dient; ich meine, daß Du wohl auch Deinen gründlichen Geschmack zur Hülfe genommen haben wirst, aber ganz sicher bist Du Deiner Sache denn doch nicht. Wer ist dies auch von unsern alten und jungen Dichtern? und wem würde man es danken, so wie die Sachen jetzt stehen? Wir kalten Nordländer erhalten uns gern in Zweifel und Leidenschaft, damit wir nicht aus lauter lieber Ordnung und Sicherheit uns zum Schneckenleben organisieren.

Aber im Ernste, Lieber! Du mußt, wenn eine größere Laufbahn Dich nicht haben will, mit der Poesie rechten Ernst machen. Du scheinst mir die poetische Dreieinigkeit, den zarten Sinn und die Kraft und den Geist, himmlisches und irdisches Element genug in Deiner Natur zu haben, um dieses edle Leben, in einer so edlen Kunst, zu fixieren und der Nachwelt wohlbehalten zu überliefern. Und darum ehr ich den freien, vorurteillosen, gründlichern Kunstverstand immer mehr, weil ich ihn für die heilige Aegide halte, die den Genius vor der Vergänglichkeit bewahrt.

Ich dünke Dir wohl ein rechter Büßender. Aber ich darf zu meiner Entschuldigung sagen, daß ich bei aller scheinbaren Unbedachtsamkeit, mit der meine bisherigen Arbeiten geschrieben sind, doch sehr bedächtig zu Werk ging, und daß nicht so wohl die Schuld an mir liegt als in den Einseitigkeiten unsers neuesten Geschmacks, wenn ich wirklich im Zorn, und hiemit etwas revolutionär verfuhr. Aber es war wohl für den Anfang gut, und wie gesagt, Du kannst besser als ich so einen Anfang machen. Mein Glück war, daß ich sah, wo ich war, und deswegen meinen Stoff danach einrichtete und wählte.

Von Susette Gontard

[Bruchstück]

[Frankfurt, 5. 3. 1800]

Er wird Deine Zimmer oben beziehen an Deinem Schreibpult sitzen, gerne werde ich dann wieder hienauf gehen, und mit stiller Freude sehen wie Deine vorige Wohnung durch seine Gegenwart geehrt wird, keinen andern hätte ich sie jemals gegönnt, und Du wohl auch nicht? Er wird wohl zuweilen eine verstohlene Thräne in mein Auge sehen und wenn ich zu ihm komme, mich fühlend verstehen und in seiner Seele werde ich ruhe finden.

Wie freue ich mich schon auf Morgen! ich werde wieder von Dir höhren, Was es auch sey es ist alles gut, Du machest es gewiß wie es mir am Besten ist, und ich habe zutrauen in das Schicksaal, ich glaube es muß Dir gut gehen. Ich werde wieder für lange Nahrung bekommen, aber Du wirst Dich jetzt wieder gedulden müßen, weil Du wohl den künftigen Monath nichts von mir erfahren wirst ich weiß nicht wie ich es anfangen soll Weil gerade meine Verwandten kommen und es sonst auch leicht in der Familie eine Veränderung geben kann, ist es wohl besser wenn Du gar nicht kömmst, da ich aber Deine künftige Bestimmung nicht wissen kann, will ich Dir nichts vorschreiben, und ich werde, wenn es jrgend möglich ist ganz nach Deiner Vorschrifft mich richten.

Wir werden aber wohl nichts eher von einander bekommen, bis wir einmal wieder im Garten wohnen, der 1ste Donnerstag im May fällt gerade auf den 1sten, und so viel ich mich erinnere waren wir um diese Zeit des vorigen Jahres noch nicht draußen, und allein einen Spaziergang zu machen mögte für die Andern wohl zu auffallend seyn Wenn Du also den 2ten oder 3ten Donnerstag, erst darauf rechentest wäre es wohl sicherer, Vor einiger Zeit fiel mir ein ob wir künftig im *Nothfall* nicht durch den Herrn Landauer Nachricht von einander bekommen könnten, er ist Dein Freund, und war auch letz gegen mich besonders höfflich und artig. Es müßte aber mit der äußersten Vorsicht und Schonung geschehen, um daß er selbst auch in keinen Verdacht käme. Es ist nur so ein Gedanke und wenn Du ihn nicht gut findest, wollen wir weiter nicht darüber sprechen, Du kannst indeß immer durch ihn von mir zuweilen indirecte Nachricht bekommen. Die künftige Messe wird er wohl hier her kommen, Du kannst ihn aber wenn Du ihn sehen solltest, fühlen machen daß er nur mir Deinen Nahmen nennt. Ich kann Dir nicht sagen wie neugierig ich bin Deine künftige Bestimmung zu höhren, wenn nur die Stunden der Erwartung schon überstanden wären! Ich kann nicht weiter schreiben, Lebe wohl! Lebe wohl! Du bist unvergänglich in mir! und bleibst so lang ich bleibe. – –

Von Susette Gontard

[Frankfurt, 13. 3. 1800]

Meine Schwiegermutter ist gestern gestorben. weiter kann ich Dir heute nichts sagen, Leb wohl leb wohl und erhalte Dich – –

An die Schwester

Homburg, d. 19. März [1800]

Meine Teure!

Ich hätte Dir schon eher geschrieben, wenn ich nicht lieber eine Stunde abgewartet hätte, wo ich mit einiger Ruhe und mit stillerem Geiste den Verlust Deines mir unvergeßlichen Gatten denken könnte.

Ich habe ihn gekannt, und weiß, wie viel wahrhaft Erhabnes und Ewiges in seinem Gemüte verborgen lag, und eben darum kann ich mir wohl denken, wie er mit dieser Heiterkeit sterben konnte; einer solchen Seele, die, wie die seinige, gewohnt war, das menschliche Leben mit seinen Leiden und Veränderungen mit einem höheren Auge anzusehen, und überall mehr auf das Bleibende, auf den Grund unseres Wesens und Lebens zu achten, einem solchen Sinne muß der Tod mehr wie ein kurzer Abschied scheinen als wie eine lange Trennung, und dies muß ihm auch die Entfernung von Dir, Du Gute! und von all den Seinigen erleichtert haben. Mich tröstet der Gedanke, der überall mein bester Trost ist, daß nämlich Gott überall ist, und in ihm und durch ihn wir alle jetzt und immer vereiniget sind.

Am meisten trauert mein Herz darüber, daß ich Dich, Beste! nicht mehr im Geleite dieses edlen Lebensgefährten weiß, und daß Deine lieben Kinder nur noch eine Mutter haben, die zwar so ganz geschaffen ist, ihnen diesen Verlust zu ersetzen, und alles zu sein, was ihre Jugend bedarf, der aber doch bei einem leidenden Gemüte diese teure Sorge schwer sein muß. Liebste Schwester! erhalte Dich nur! für uns alle, denen Du so wahrhaft wert bist! vertraue Deiner guten Natur, denke, daß Du so viele glückliche Gaben hast, die ganz gemacht sind, um leichter und unzerstörter unter den Begegnissen des Lebens auszudauern! Wie oft habe ich Dich schon um Deine schöne Ruhe und Geduld beneidet, wenn mir es oft schwer wurde auf meinem Wege, und wie sehr ists immer mein Bestreben, das ganz zu lernen, was Dir angeboren ist! Die Gesellschaft und Unterstützung unserer guten Mutter wird Dir Trost genug gewähren. Ein so geprüftes Herz, wie das ihrige ist, beruhiget schon durch seine Nähe, und es muß Dir ein stärkender Gedanke sein, Deinen Kindern ebenso viel zu sein, als sie uns war, in unserer Kindheit, da wir das Beste, was wir haben, ihr vorzüglich danken. Auch hast Du sonst gute Menschen um Dich, und der Segen des Himmels, der uns allheilend umgibt, kann Dir, Du reine Seele! nicht fehlen.

Kann ich Dir etwas sein, so brauchst Du es nur zu sagen. So bald es nur meine Geschäfte irgend zulassen, die gerade jetzt etwas dringender sind, so soll mich nichts abhalten, einmal zu kommen, und ich denke, Liebe! daß ich zu Dir taugen werde, weil ich manches in der Welt zu ertragen gelernt habe, und nach mancherlei Erfahrungen die Anhänglichkeit an Dich und die Unsrigen nur gründlicher und ewiger geworden ist. Einen treuen Freund hast Du für Dich und Deine Kinder auf lebenslang an mir, das darfst Du glauben. Sieh! Gute! teure Schwester! dies ist in meinen Augen ein schätzbar Glück, das nur zu selten ist, daß eine solche echte Harmonie und Achtung und Freude unter Geschwistern ist, und daß wir eine solche Mutter haben.

Sorge nur für Deine Gesundheit, Liebe! und lebe gerne. Es ist denen wohl zu gönnen, die von uns gehen zur Ruhe und zu neuer Jugend; aber auch dieses Leben ist gut, Gott ist auch hier, und ich glaube, es wird auch hier noch immer besser. Ich möchte Dir noch vieles sagen, was von Trost in mir ist; ich habe so oft erfahren, wie ein Zuruf, der aus dem Heiligtume unserer Seele kam, in tiefer Betrübnis uns beglücken, und neues Leben, neue fromme Hoffnung schaffen kann. Eines denke ich besonders oft, daß der Lebendige, der in uns und um uns ist, von Anbeginn in alle Ewigkeiten mächtiger als aller Tod ist, und das Gefühl dieser Unsterblichkeit erfreuet mich oft in meinem Namen und im Namen aller, die da leben, und die gestorben sind, vor unseren Augen. Und so ists mein gewisser Glaube, daß am Ende alles gut ist, und alle Trauer nur der Weg zu wahrer heiliger Freude ist.

Laß mich so abbrechen, Teuerste! Ich schreibe Dir bald wieder! auch unserer lieben Mutter! und dem Bruder! Bleibt nur Ihr mir, Ihr Lieben! erhaltet Euch für mich und für die Unsrigen!

Dein
ewigtreuer Bruder
Hölderlin.

Von Susette Gontard

[Frankfurt, 7. und 8. 5. 1800]

Wirst Du morgen kommen? mein Theurer! Ich glaube es und doch mag ich mich nicht darauf verlassen, mein Sehnen möchte dann zu gewaltsam bleiben, wenn ich Dich nicht mehr sehen sollte. Der Entschluß, im Circkel Deiner Familie nützlich zu leben ist mir wie aus der Seele genommen und es ist jetzt durch die Umstände, Bestimmung, für Dich geworden Deiner guten Schwester alles zu seyn was Du kannst, wie wird es Deinem Herzen wohl tuhn wieder ein innig liebefühlendes Wesen um Dich zu haben dem Du Vertrauen kannst, und wie sollte es mich nicht freuen! – Ich werde immer von Dir höhren ich werde Dich wiedersehen, so bald es Dir möglich ist. so offt wie bisher hätten wir doch nicht Nachricht haben können, gewiß nicht alle Monathe, und ich hatte auch schon im Sinne Dir zu sagen daß wir nur alle halbe Jahr durch den Briefträger unsere Papiere austauschen wollten, aber immer für einander wenn wir eine glücklich fühlende Minute hätten an einander schreiben wollten. und aller hand erzählen was uns so einfiele. aus dem Herzen sprechen und uns Lufft machen, wenn die Brust zuweilen so voll und gepreßt ist. So wollen wir es jetzt machen. Du kömmst wann Du kannst, und ich erwarte Dich ohne Ängstlichkeit. Einmal kömmst Du mir gewiß. Ich werde Dich wiedersehen! diese Gewißheit soll mir niemand nehmen. Ich will Standhafft Deinen Blick und Deinen Händedruck ertragen, daß ich nicht zu sehr erweicht werde, nach so langer Trennung, wieder zur Trennung, auszudauren. Und Dir dazu den Muth geben.

Jetzt ein paar Worte von meinem bisherigen Leben. Ich bin sehr wohl, und habe jetzt viele Beschäfftigung, die mich ganz angenehm zerstreut und meine strebenden Kräfte auf eine Belohnende Art in Täthigkeit setzen. Du weist daß wir jetzt in dem Besitz des Gartens am Main gekommen sind, es war immer mein Wunsch wie Du weist, eigne Bäume zu pflanzen, mir etwas ganz nach meinem Sinne einzurichten, und eine kleine Landwirthschafft zu haben. Es gefällt mir dort jetzt wie Du immer voraus sagtest recht gut, ich lasse alles ganz einfach nach meiner Art bauen, 25 Morgen Fruchtbares Land sind mir zum übersehen und Vergnügen völlig genug und geben mir Beschäfftigung, wie ich sie liebe. Ich habe ein Jahr zur Einrichtung Zeit gewonnen, weil wir noch hier wohnen, und so muß künftigen Sommer alles fertig seyn.

Gestern sind wir erst hier her gezogen und mein Bruder kommt erst Sonnabend, Z... ist auch noch in Hamburg, und man höhrt gar nichts von ihm. Wenn Du künftig an mich denkst so stelle Dir nur immer vor daß ich in irgend einer Beschäfftigung bin die mich freut. Und ich denke von Dir das Du etwas tuhst was Dein gutes Herz Dir lohnt, so werden wir mit Heiterkeit an einander denken. Und muthig dem Wiedersehen, mit dem schnellen Lauf der Zeit entgegen eilen, es sey! wann es sey! daß Schicksal bitten daß der frohe Augenblick bald kommen möge, und Vertrauen auf die geheimen Mächte die unsere Schritte leiten. Nur bitte ich Dich laß Dich in keinem Verhältniß des Lebens, durch das unsrige stöhren, und laß mich immer Deine Vertraute bleiben Du sollst nie dabey verliehren den Deine Freude ist auch die meinige.

Wenn du künftig in der Stadt erscheinst, und Du siehest ein weißes tuch an meinem Fenster so schicke die Briefe nicht, und komme den nächsten Morgen wieder, siehest Du nichts so schicke sie sogleich und kehre auch dann noch einmal zurück zum zeichen.

Donnerstag Morgen

Wirst Du nun kommen! – – – Die ganze Gegend ist stumm, und leer, ohne Dich! und ich bin so voll Angst wie werde ich die starken Dir entgegen wallenden Gefühle, wieder in den Busen verschließen und bewahren? – wenn Du nicht kömmst? – – – –

Und wenn Du kömmst! ist es auch Schwer das Gleichgewicht zu halten. und nicht zu lebendig zu fühlen. Versprich mir daß Du nicht zurück kommen, und ruhig wieder von hier gehen willst, denn wenn ich dieß nicht weiß, komme ich in der grösten Spannung und Unruhe bis Morgen früh nicht vom Fenster, und am Ende müssen wir doch wieder ruhig werden, drum laß uns mit Zuversicht unsern Weg gehen und uns in unsern Schmerz noch glücklich fühlen und wünschen daß er lange lange noch für uns bleiben möge weil wir darinn vollkommen Edel fühlen und gestärkt.

Leb wohl! Leb wohl! der Segen
sey mit Dir. – – –

An die Mutter

Homburg, d. 23. Mai 1800.

Liebste Mutter!
Ich war beinahe schon zur Abreise gerüstet, als ich Ihren Brief erhielt. Übrigens hatten die Nachrichten, die Ihnen einige Unruhe verursachten, auch mich in meinem Entschlusse einigermaßen zweifelhaft gemacht. Ich ließ in Frankfurt nachfragen, ob der Postwagen noch ginge, und man hat es mir bejaht. Nun glaube ich, daß in einigen Wochen die Sachen wenigstens für meine Reise nicht hinderlicher sein werden als jetzt, und weil ich ohnedies wahrscheinlich mein Logis nicht gleich würde beziehen können, so will ich, um einen Mittelweg zu treffen, meine Abreise noch so lange anstehen lassen, bis Sie mich benachrichtigen werden, daß mein Logis in Stuttgart so weit eingerichtet ist, daß ich es bei meiner Ankunft beziehen kann. Da ich für meine Geschäfte einige Zeit verlieren mußte, so ist es ohnedies notwendig, daß ich in Stuttgart so bald wie möglich in die Tätigkeit eintrete.

Übrigens bitte ich Sie, daß Sie sich mit den Meubles so wenig wie möglich Mühe und Unkosten machen. Es ist mir erst noch beigefallen, daß sich vielleicht über kurz oder lange doch noch ein angemessener Posten im Ausland mir darbieten könnte, und so sehe ich darin und in andern Rücksichten einen Grund, mich nicht so eigentlich auf ein langes Bleiben einzurichten. Der Bücherkasten ist mir ganz recht. Könnte ich von meiner Gesundheit immer so gewiß sein, wie ich es jetzt bin, so würde ich auch denken, daß ich meine schriftstellerischen Arbeiten immer so ununterbrochen würde fortsetzen können, um davon zu leben. Aber ich finde es denn doch gut, nicht so einzig mich darauf zu verlassen, und so will ich mich eben kurz und gut zu den Nebengeschäften entschließen, die ich in Stuttgart treiben kann. Freilich, wenn ich das Urteil von Männern und Freunden höre, über mich und meine Sache, so möcht ich, bei aller Demut, die mir manches auch mißdeuten könnte, doch auch manchmal fragen, warum ich mich in der bürgerlichen Welt so herumbehelfen müsse? Übrigens solang ich keinen andern Weg vor mir sehe, so halte ich den, den ich gehen muß, für den beschiednen, und finde mich darein, so gut ich kann.

Ich habe diese Tage eine Freude erlebt, die Ihnen auch Freude machen wird. Ein Kaufmann aus Frankfurt, den ich nur Einmal bei meinem dortigen Aufenthalte gesehen hatte, hat mir so unbekannterweise ein Geschenk mit einem Buche gemacht, das auch mehr als eine bloße Attention besagt, da sein Wert wohl wenig unter 100 fl. beträgt. Ich will den edeln Mann noch besuchen und ihm so danken, wie ers verdient.

Mögen Sie die Güte haben, und an Landauer schreiben, daß er mir bei HE. Kling in Frankfurt, oder bei wem er sonst mag,* 6 Karoline anweist. Ich würde Sie nicht bemühn, wenn ich nicht Ihres Kredits bedürfte, und da Sie wohl ohnedies an Landauer schreiben, so find ich es für besser, als wenn ich es ihm schriebe. Das Geld ist nur auf alle Fälle.

Ich wollte, Sie hätten einmal Ruhe mit mir. Es tut mir weher, als ich sagen mag, daß ich Ihnen immer Sorge und Mühe machen muß, besonders da Sie das bißchen Ehre, womit mir bis itzt in der Welt gelohnt worden ist, schon wegen unserer Entfernung nicht ganz mit mir teilen, und also fast unbelohnt bleiben müssen.

Ich hoffe, es soll in unserem Lande doch diesmal erträglich hergehen. Tausend Grüße an die liebe Schwester und an alle!

Ich bin in Eile, weil die Post abgehen will.

Ewig und von Herzen

Ihr dankbarer Sohn
Hölderlin.

* ich will ihm selbst auch noch schreiben.

An die Mutter

[Stuttgart, Ende Juni 1800]

Liebste Mutter!

Ich danke Ihnen herzlich für Ihren gütigen Brief, und die guten Wünsche, die er enthält. Ich werde mich bestreben, von meiner Seite alles zu tun, was mich einer baldigen und dauernden Erfüllung derselben würdig machen kann.

Sie können nicht glauben, mit welchem Gefühle von Dank und Achtung gegen die Meinigen ich meinen Weg hieher ging. Die Teilnahme und Aufmunterung treuer, wohlmeinender Gemüter ist mir auf der Stelle meines Lebens, worauf ich jetzt bin, ein größeres Geschenk als irgend etwas, worauf man sonst großen Wert zu legen Ursache hat.

Mein Logis und die Aufnahme in meines Freundes Haus fand ich ganz nach meinem Wunsche.

Überhaupt haben mich meine alten Bekannten so gutmütig empfangen, daß ich wohl hoffen darf, hier eine Zeit im Frieden zu leben, und ungestörter als bisher mein Tagewerk tun zu können.

Ich halte es für ein Glück, daß mir schon das anständige und erwünschte Anerbieten von einem jungen Mann, der in der Kanzlei arbeitet, gemacht worden ist, daß ich ihm Stunden in der Philosophie geben möchte, wofür mir monatlich ein Karolin bezahlt wird.

Sonst habe ich eben manche Ausgabe machen müssen, um mich vollends in meiner kleinen Wirtschaft einzurichten. Besonders habe ich mich nicht gerne entschlossen, mir einen Schreibtisch, der zugleich als Kommode dient, zu bestellen, was doch, als ein anständiges Meuble, mir notwendig schien und von Landauer angeraten wurde, weil ich auf dem kleinen Tischchen nicht wohl mit meinen Papieren in Ordnung bleiben, und wie Sie selbst sehn, ohne Inkommodität meine Kleider und Wäsche p. p. auch nicht immer in dem Koffer behalten kann.

Ich brauche den Schreibtisch nicht gleich zu bezahlen, also sind Sie auch nicht für jetzt gerade dadurch mit neuen Ausgaben belästigt. Wenn es Ihnen aber möglich wäre, noch mit einigen Karolinen mir in einiger Zeit auszuhelfen, und mich so vollends sicherzustellen, so werde ich es mit herzlichem Dank annehmen und wohl auf ein Jahr lang Sie, liebste Mutter! unbelästiget lassen können. Haben

Sie eben jetzt noch Geduld mit mir! An Fleiß und gutem Mut und gehöriger möglichster Einschränkung soll es nun und nimmer fehlen.

Es betrübt mich genug, da ich andern Menschen und besonders den Meinigen nur Freude machen möchte, daß ich für jetzt nur immer mehr empfangen muß als geben kann.

Tausend Grüße an meine teure Schwester! Ich habe neulich unterwegs ein kleines Gedicht an sie entworfen, das ich ihr nächstens schicken will, wenn es ihr einen vergnügten Augenblick machen sollte. Landauers empfehlen sich Ihnen und der Schwester. Ich hoffe immer noch, daß wir in kurzem Frieden haben, und von kriegerischen Unruhen befreit sein werden.

Ich habe noch eine ziemliche Quantität weiße Wäsche in meinem Koffer gefunden, Sie dürfen sich also nicht wundern, wenn Sie unter der schwarzen Wäsche manches nicht finden, was zur ganzen Anzahl gehörte. Die Beinkleider bitte ich auszubessern, und die kurzen färben zu lassen. Ich will Ihnen im nächsten Briefe schreiben, wie viel ich Hemden p. p. noch hier habe, daß Sie sehen können, wie viel mir fehlt.

Küssen Sie die lieben Kinder in meinem Namen.

Ewig.

Ihr dankbarer Sohn
Hölderin.

Der Bücherkasten und Vorhang ist ganz nach Wunsche ausgefallen. Meine Sachen habe ich alle richtig erhalten.

Von Johann Bernhard Vermehren

Jena den 28. November 1800.

Ihre sich überall lebendig darstellende Humanität läßt mich Verzeihung hoffen, wenn ich, da ich Ihnen vielleicht gänzlich unbekannt bin, mich ohne Rückhalt geradezu an Sie wende, um von Ihrer Güte einen Wunsch, der mir sehr am Herzen liegt, erfüllt zu sehen. Es ist tiefe Trauer auf dem teutschen Parnasse, daß *Voß* und *Schiller* aufgehört haben, einen Almanach herauszugeben. – Aus dem holden Munde einer der zarten neun Schwestern habe ich in einem seeligen

Traume den Auftrag erhalten, diese Trauer, so viel in meinen Kräften steht, in Freude zu verwandeln. – Nach diesem Auftrage, den ich gewissenhaft auszuführen bemüht seyn werde, können Sie sich selbst sagen, daß es durchaus nicht meine Absicht seyn kann, die zahllose Anzahl der Almanache noch mit einem neuen zu vermehren, der die übrigen nicht durch seinen inneren Gehalt überträfe. Mein Wille und Zweck ist, eine Sammlung von Poesien zu veranstalten, die, in einen schönen Kranz gewunden, unserem teutschen Genius ewig blühende Lorbeern ertheilen und den Stempel der Unvergänglichkeit an sich tragen; aber wie soll ich diesen Willen zur That erheben, wie soll ich diesen Zweck erreichen, wenn ich mich nicht kühn an die bewährten Männer wende, die allein meinem Unternehmen die Krone aufsetzen können? – Aus diesem Gesichtspunkte betrachtet, werden Sie meine ergebene Bitte entschuldigen, mich mit einigen Beiträgen von Ihrer Hand zu beehren. Und sollte ich auch nur das Glück haben, ein Gedicht mit dem Namen *Hölderlin* unterzeichnen zu dürfen, so würde Ihnen mein Dank aus vollem Herzen zuströmen, und die Musen sich liebend zu Ihnen neigen, weil Sie das denselben geweihte Opfer der göttlichen Vollkommenheit näher brachten. – Daß ich Sie zu einer Gesellschaft einlade, die Ihrer nicht unwürdig ist, mögen Ihnen die Namen: *von Goethe, Schiller, Voß, Matthisson, Kosegarten, Klopstock, Sophie Mereau* beweisen, die mir Beiträge fest versprochen haben. Ich könnte Ihnen noch eine ganze Reihe von Dichtern hernennen, welche Deutschland unter seine vorzüglicheren zählt, aber wozu das, da Sie nicht gewohnt sind, aus fremdem, sondern aus eigenem Antriebe zu handeln? – Sollte ich auf Beiträge von Ihrer Güte rechnen dürfen, so würden Sie mich sehr verbinden, wenn Sie mir nächstens mit ein Paar Worten darüber Auskunft gäben. – Wenn Sie es mir erlauben, werde ich Sie dann im Februar oder März an Ihr freundliches Versprechen erinnern, weil ich das Manuscript zu Ende des März 1801 arrangirt haben muß, da der Almanach auf 1802 herauskommen soll. Mit Hochachtung unterschreibe ich mich

Ihr ergebener Diener
Johann Bernhard Vermehren

An die Schwester

[Stuttgart, 11. Dezember 1800]

Meine Teure!

Es war freilich nicht recht, daß ich den unerwarteten Gast nicht ansagte, und ich bitte es Euch und ihm ab. Es kam aber am letzten Samstag, wo ich es hätte tun müssen, so viel zusammen, daß Du die Zerstreuung, in der ich es, redlich zu sagen, vergaß, ziemlich natürlich finden müßtest, wenn Du mich von innen und außen gesehen hättest.

Ich wurde von meinen Freunden fast unbarmherzig bestürmt, um zu bleiben, verschiedene interessante Anträge zu Unterrichtsstunden wurden mir an demselben Tage gemacht, und zugleich sollte ich unter allen den Gängen, die ich zu machen hatte, und in äußerem und innerem Tumult dem Fremden, den ich wirklich lieb gewann, eine entscheidende Antwort geben und hatte dann über meine künftige Lage und seine Familie und ihn und mich ihm so manches zu sagen. Ich gestehe Dir, Teure! daß ich meinen Entschluß, so sehr er meinem Herzen widersprach, doch immer mehr mit meinem Herzen zu reimen weiß. Ich habe in mir ein so tiefes, dringendes Bedürfnis nach Ruhe und Stille – mehr als Du mir ansehn kannst, und ansehn sollst. Und wenn ich dies in meiner künftigen Lage finde, so erhalte ich mein Herz meinen unvergeßlichen Verwandten und Freunden nur um so wärmer und treuer. Ich kann den Gedanken nicht ertragen, daß auch ich, wie mancher andere, in der kritischen Lebenszeit, wo um unser Inneres her, mehr noch als in der Jugend, eine betäubende Unruhe sich häuft, daß ich, um auszukommen, so kalt und allzunüchtern und verschlossen werden soll. Und in der Tat, ich fühle mich oft wie Eis, und fühle es notwendig, solange ich keine stillere Ruhestätte habe, wo alles, was mich angeht, mich weniger nah, und eben deswegen weniger erschütternd bewegt. Hierin liegt für mich, und wie ich glaube, auch für die Meinigen, der Hauptgrund, der mich, wo manches andere auf beiden Seiten gleich war, zu meinem Entschlusse bestimmte. Ich habe Dir freilich nur obenhin gesprochen. Ich will mich mündlich erklären, so viel Du es willst. – Wir bleiben uns, liebe teure Schwester! und Ihr Verwandte und Freunde meines Herzens alle! Sehr lieb wäre es mir, wenn ich unsern Karl noch sprechen könnte. Schreib ihm dringend. Ich habe ihn lange nicht recht gesprochen. Und es wäre mir sehr gegen mein Herz, schriftlich Abschied nehmen zu müssen von ihm. Er soll mir noch die Freude machen, wenn er kann.

Ich will die Feiertage bei Dir und unserer teuern Mutter wenigstens zum Teil zubringen, und von Nürtingen aus abreisen, meine Effekten aber, wenigstens die hauptsächlichsten, die ich brauche, von hier aus wegschicken, wenn es die liebe Mutter so gut findet. Ausgaben habe ich hier wenig mehr zu machen. Ein paar Stiefel glaub ich nötig zu haben, das ist alles. Kann mir die liebe Mutter einige Louisd'or zum Reisegeld auftreiben, so ist mir es lieber, als wenn ich sie hier entlehne. Die Reisekosten werden mir, versprochenerweise, vergütet, und wohl so reichlich, daß ich das, was ich von Geld mitnehme, heimgeben, und von dem Übrigen noch eine Weile vorkommende Ausgaben bestreiten kann. Ich bleibe bis zu den Feiertagen vorzüglich wegen meiner Unterrichtsstunden noch hier. – Ich schreibe nächsten Botentag wieder, und nicht so eilfertig wie heute. Vergib es! Es ist heute Landauers Geburtstag, und da bin ich den ganzen Morgen hie und da unterbrochen worden und soll jetzt eben zu Tisch. An Landauern sollst Du den Mann finden, der meine Bruderstelle in meiner Abwesenheit vertritt. Glaub es! was wir uns sind, und was alle unsere Lieben mir sind, ist unveränderlich.

Dein
Hölderlin.

An die Schwester

[Stuttgart, vor Weihnachten 1800]

Meine Teure!
Es will mir selbst nicht gefallen, daß ich jetzt schon einigemal Dich habe auf Briefe warten lassen müssen. Wie ich die Wäsche schickte, war ich wirklich gehindert, durch das Einpacken, dabei zu schreiben, und gestern war ich gerade ausgegangen, als unsre Nürtinger Freunde mich besuchen wollten, und nachher konnte ich sie nir-

gends erfragen und aufsuchen, um Dir wenigstens ein paar Worte sagen zu lassen.

Auf die Feiertage komme ich gewiß. Nur weiß ich die Zeit nicht genauer zu bestimmen, da ich noch manches auszufertigen habe, ehe ich abreise. Auf das dringende Zureden meiner Freunde habe ich ihnen versprochen, nachher wenigstens noch einen Tag auf Besuch hieherzukommen.

Das Geld, das mir unsre gütige Mutter schickte, kam mir recht gelegen. Ich habe noch einiges einzunehmen, aber auch noch einige notwendige Ausgaben zu machen, und wußte nicht, wie weit ich mit dem Einzunehmenden hinreichen würde, bin also bei meiner Abreise auf alle Fälle gesichert, was mir, wie Du denken kannst, sehr wohltut. Übrigens werde ich auch davon keinen Heller zuviel ausgeben. Danke ihr herzlichst in meinem Namen!

Wegen der Rechnung über Kost und Logis will ich mit Landauern sprechen, daß, im Fall der Not, die Bezahlung bis auf Ostern noch anstehn kann.

Zum Glücke geht mir jetzt so manches durch den Kopf, daß ich den Abschied von meinen hiesigen Freunden nicht so sehr fühle. Einige ruhige Tage, bei Euch, Ihr Teuersten! werden mir noch zum Segen auf meine dritte Wanderschaft werden.

Übrigens siehest Du selbst, Liebe! daß meine künftige Lage das Glücklichste ist, was mir, für jetzt, begegnen konnte.

Ich kann Euch auch wohl von Jahr zu Jahr besuchen. In Eile

Dein
Fritz.

An den Bruder

[Nürtingen, wohl um Neujahr 1801]

Teurer Karl!

Ich habe Deinen Brief erhalten, auf dem Wege von Stuttgart hieher. Landauer schickte ihn mir nach, und so traf er mich unter mancherlei Gedanken, die mir die Abreise aus Stuttgart und die offene Straße und die offene Welt eingab. Ich fühlte den ewigen Lebensmut, der uns, voll liebenden Vertrauens, durch alle Perioden des Daseins oft stillmahnend, oft in seiner vollen frohen Kraft hindurchführt, diesen

Geist der Jugend und der Weisheit fühlt ich einmal wieder, recht, wie er erscheinen muß, wenn wir ihn erkennen sollen, und Deine treuen frommen Abschiedsworte konnten diese Stimmung nur noch reinigen und verschönern. Wie vieles hab ich Dir auf der Stelle, indem ich meines Weges ging, im Geiste geantwortet! Ja! ich darf es sagen, ich war voll mächtigen Trostes für Dich und mich, und ich habe diese Stimme unsers Genius noch nicht vergessen.

Von Stuttgart aus will ich Dir noch einmal schreiben. Ich werde mich noch einige Tage dort aufhalten. Indes begnüge Dich mit diesen flüchtigen Worten und nimm zum Abschiede die stille, aber unaussprechliche Freude meines Herzens in Dein Herz – und laß sie dauern, bis sie nicht mehr so die einsame Freude von Freund und Bruder ist – Du fragst mich, welche?

Diese, teure Seele! daß unsere Zeit nahe ist, daß uns der Friede, der *jetzt* im Werden ist, gerade das bringen wird, was er und nur er bringen konnte; denn er wird vieles bringen, was viele hoffen, aber er wird auch bringen, was wenige ahnden.

Nicht daß irgendeine Form, irgendeine Meinung und Behauptung siegen wird, dies dünkt mir nicht die wesentlichste seiner Gaben. Aber daß der Egoismus in allen seinen Gestalten sich beugen wird unter die heilige Herrschaft der Liebe und Güte, daß Gemeingeist über alles in allem gehen, und daß das deutsche Herz in solchem Klima, unter dem Segen *dieses neuen* Friedens erst recht aufgehn, und geräuschlos, wie die wachsende Natur, seine geheimen weitreichenden Kräften entfalten wird, dies mein ich, dies seh und glaub ich, und dies ists, was vorzüglich mit Heiterkeit mich in die zweite Hälfte meines Lebens hinaussehn läßt. – Sei denn noch froh über Deinen unschuldigen, anspruchlosen Lebensgang, Du Guter! Du bist erhalten, gespart; der Sturm gehet hinweg, sei froh, daß Du in sicherer Verborgenheit ihn fern gehört und Deine Seele rein und liebend furchtlos für die bessere Zeit bewahrt hast, und glaube mir, Du wirst die höhere Bestimmung, der Du angehörst, auf Deinem sichern Wege noch erreichen. Vergessen kannst Du jene nicht, so wenig, als ich Dich vergessen kann. Wir wollen uns öfters schreiben, auch besuchen, so oft es möglich ist. Ich bin ja von den Meinigen nur drei Tagereisen entfernt. Und wärs auch weiter, Du weißt, wie wir verbunden sind im Lieben und Glauben, Du Edler!

Ewig Dein Fritz.

An die Familie

[Stuttgart, 6. Januar 1801]

Kein Wort von allen Euren treuen Herzensworten, Ihr Guten! soll verloren sein, so wie keiner der gütigen Liebesdienste.

Ich bin wohl hieher gekommen, etwas müde, wie es immer geht, wenn das Herz voll und bewegt ist, und die Gedanken mächtiger arbeiten, und der Mensch doch auch seinen irdischen Gang gehen soll. Aber könnt ich doch so die Tage meines Lebens immer wandeln zwischen Himmel und Erde, mit Demut und Glauben geteilt, und so den süßen Schlaf, und die Ruhe, die wir hoffen, verdienen!

Ich will nun nimmer den Unmut in mir Meister sein lassen. Der Übermut soll aber auch sich beugen vor dem, was um uns und über uns ist. Gewiß, ich kann es nicht anders glauben, wenn ich das Meinige tue, so werd auch ich auf dieser Erde meine Bestimmung menschenmöglich erfüllen, und nach den Prüfungstagen meiner Jugend noch zufrieden sein.

Ich hoffe zu Ende der bevorstehenden Reise so gesund zu sein, wie ich jetzt bin. Die Umstände nötigen mich, noch bis Samstag zu bleiben.

Mein guter Landauer will mich mit den übrigen Freunden noch bis Tübingen auf eine Art geleiten, die mir auf das Übrige des Weges wohl tun wird. Er sagt mir, daß Sie die Meubles, so bald oder spät Sie es gut finden, hier abholen lassen können.

Findet er einen guten Käufer, so will er den Schreibtisch weggeben.

Ich werde wohl noch einmal schreiben können von hier aus. Es ist mir Bedürfnis, Euch, Ihr Teuersten, so oft ich kann, ein Wort aus dem Herzen zu sagen.

Glauben Sie mirs, meine verehrungswürdige Mutter! und Ihr, gute, teure Geschwister! das Echte, das Unschuldige, das gründliche Herz, das ich in jedem von Euch, wie eine Stimme des Himmels, von Jugend auf, noch eh ich wußte, was es war, erfahren habe, und nun erkenne und als den Grund alles Guten und Wahren und Gottähnlichen ehre, – dies, dies ists, was mir unvergeßlich bliebe von Euch, wenn ich auch alles andre Liebe, was eben aus diesem Herzen mir zu gut kam, je vergessen könnte!

Grüßen Sie mir alle Freunde.

Ihr
Hölderlin.

An Anton von Gonzenbach

[Stuttgart, zwischen dem 7. und dem 9. 1. 1801]

Erlauben Sie, daß ich, noch ehe ich es mündlich kann, Ihnen einen aufrichtigen Dank sage, für den gütigen Ruf zu einem Verhältnisse und Geschäfte, das so gut und schätzbar für mich sein wird. Sie kommen mir mit so vielem entgegen, was ich achten muß; ich kann Ihnen nur guten Willen und Aufmerksamkeit auf das, was meine Pflicht in Ihrem Hause sein wird, und Offenheit und Treue versprechen; und wenn Sie sagen, daß Sie einen Wert in das, was ich zu leisten habe, legen, so wissen Sie gewiß auch, wie viel Wert und Gutes darin für mich liegt, daß ich in dem Kreise einer Familie leben werde, die sich selbst genug sein kann, und die schwerste und schönste aller Tugenden, die, das Glück zu tragen, täglich ausübt. Wär ich auch nur der Zuschauer unter Ihnen, so hätt ich an einem solchen Bilde des Friedens genug. Ich bitte, daß Sie diese Worte nicht für eitel nehmen.

Da Sie, gütigerweise, die Tüchtigkeit zum Amte des Erziehers mir im Allgemeinen zutraun, so glaube ich, das Besondere, was für mich zu beobachten sein wird, von einer Unterredung mit Ihnen erwarten zu können.

Den Jenner hoffe ich abreisen zu können.

Haben Sie die Güte, mich Ihrer verehrungswürdigen Familie zu empfehlen. Ihrem Herrn Sohne wiederhole ich den Dank, und werde es ihm wohl oft noch danken, daß er, durch seine Person und seine Begegnung, die Entfernung von den Freunden und Verwandten der Heimat mir erleichtert und mir in diesem Grade es wünschenswert gemacht hat, den Aufenthalt in einem Familienkreise zu verdienen, den er so schön repräsentiert. Mit Treue und Wahrheit.

Ihr ergebener
M. Hölderlin.

An die Mutter

Hauptweil bei Konstanz,
d. 24. Jenner 1801.

Teure Mutter!

Lassen Sie die guten Nachrichten, die ich Ihnen von meiner hiesigen Lage sagen kann, den ersten Dank sein für all Ihre gütigen treuen Sorgen, die Sie besonders während meines Aufenthalts im Lande für mich gehabt haben.

Ich kann in der Tat nicht anders sagen, nach der Überzeugung, die ich mir seit 10 Tagen geben konnte, als daß die zahlreiche Familie, in der ich lebe, aus solchen Menschen besteht, unter denen man mit zufriedener Seele leben muß, so viel unschuldiger Frohsinn ist unter den jüngeren, und so ein gesunder Verstand, und edle Gutheit unter den älteren. Besonders ist mir der Vater vom Hause ein ehrwürdiger Mann, der für seinen Stand besonders viel gelernt, und viel erlebt zu haben scheint, und doch eine Einfalt beibehalten hat, die mich äußerst interessiert, und unter seinen Kindern (wovon der älteste Sohn verheuratet und auch im Hause mit ist) ein stilles anspruchloses, aber sehr reelles Ansehn ausübt.

Ich will mich für diesmal nicht weiter in Beschreibungen einlassen; genug, so wie es jetzt steht, bin ich vergnügt und mein Geschäft ist eingerichtet und gehet gut vonstatten, und ich hoffe, man soll in Jahr und Tagen so zufrieden mit mir sein, wie man es jetzt ist, und Ihr, Ihr Teuersten, sollt immer gute Nachricht von mir hören, und einmal über mich recht ruhig sein können. Ich fühle mich auch völlig gesund. Wie soll es mich freuen, nun auch von Euch bald etwas zu hören, und Eure Liebe wieder nahe zu fühlen, Ihr Guten! Es ist mir sehr lieb, daß ich voriges Jahr doch einige Zeit in Eurer Nähe gelebt habe; ich war so fremde geworden unter den Menschen und hab es unter Euch erst wieder, und vielleicht zum erstenmale ganz gefühlt, wie unter Euch mein Leben lang mir eine Zuflucht für mein Herz bleibt und eine unvergängliche Freude, die mir niemand nehmen kann. Das nächstemal will ich meiner teuren Schwester und meinem Karl besonders schreiben. Den Brief von Konstanz aus werden Sie wahrscheinlich nun erhalten haben. Meine Schuld werd ich, wenigstens zum Teil, abtragen können mit nächstem Briefe. HE. Gonzenbach hat mir schon aufgetragen, ihm die Reisekosten zu nennen, und ich werde ihm, sobald es Gelegenheit gibt, die Rechnung vorlegen.

Ich bin genötiget, schon hier zu schließen. Ich soll in Gesellschaft, und der Brief muß vor Abend fort.

Erhalten Sie mir Ihre Liebe, teure Mutter! und lassen Sie die ruhigen Zeiten, die nun kommen werden, Ihrem Leben recht wohltun. Es stehet Ihnen auch an, die ehrwürdigen Jahre, in welchen Sie jetzt sind, mehr in Feier und Ruhe und Heiterkeit als bisher zuzubringen. Wie vieles haben Sie für uns getan! Und Sie wissen selbst, daß es nicht jedermanns Glück ist, eine solche Mutter und eine solche Tochter und solche Enkel täglich vor Augen zu haben.

Und die abwesenden Söhne sind Ihnen ergeben genug, um so zu leben, wie es vor Ihrem geprüftesten Urteil bestehen kann.

Empfehlen Sie mich meiner verehrungswürdigen Großmutter!

Ewig
Ihr
treuer Sohn
Hölderlin.

Meine Adresse ist: bei HE. Anton Gonzenbach in Hauptweil bei Konstanz.

Den Brief der Jfr. Schwabin habe ich richtig überliefert. Man erinnerte sich ihrer mit Vergnügen.

Von Siegfried Schmid

Friedberg b. Frcfurt a. Mayn, den 3ten Febr. 1801.

Das waren wieder köstliche Worte des hohen Geistes, hervorgequollen aus der heiligen Tiefe, wo das unvergänglichjugendliche Leben sich regt, – und sie haben auf Leben getroffen, das widertönend von ihnen erzitterte.

Nächstens mehr, wann ich Dir das Gedicht schike. Es sollte schnell gedrukt werden, auch wegen des Professorwesens. Ein hiesiger Bekannte sagte: lassen wir es auf gemeinschaftliche Kosten druken. Um nun den Buchhändlerklauen etwas zu entreisen, haben wir von unsren Bekannten Subskription angenommen. Ich muthe Dir natürlich nichts von Subskribentensammeln zu; lege aber doch in der Absicht einige Ankündigungen bey, daß wenn Du einige Deiner Bekannten aus euren Gegenden darauf aufmerksam machen wolltest, sie Exemplare bey meinem Bruder in *Basel* um den Subskriptionspreiß bekommen könnten. Die Adresse meines Bruders ist: »*Ludwig Schmid* bej HE. *Fürstenberger* und Sohn.«

Denke an Deinen Fernen wenn Du heiter die Gletscher aus Eurer Gegend siehst und die sieben Berge im Toggenburger Lande. Ich durchzog die Gegend als Krieger und sah mit wunderbaren Empfindungen da manchmal hinauf.

Dein S. S.

An die Schwester

Hauptweil bei St. Gallen, den 23. Febr. 1801.

Teure Schwester!

Ich schreibe Dir und den lieben Unsrigen an dem Tage, da unter uns hier alles voll ist von der Nachricht des ausgemachten Friedens, und, da Du mich kennest, brauche ich Dir nicht zu sagen, wie mir dabei zu Mut ist. Ich konnte auch diesen Morgen, da der würdige Hausvater mich damit begrüßte, wenig dabei sagen. Aber das helle Himmelblau und die reine Sonne über den nahen Alpen waren meinen Augen in diesem Augenblicke um so lieber, weil ich sonst nicht hätte gewußt, wohin ich sie richten sollte in meiner Freude.

Ich glaube, es wird nun recht gut werden in der Welt. Ich mag die nahe oder die längstvergangene Zeit betrachten, alles dünkt mir seltne Tage, die Tage der schönen Menschlichkeit, die Tage sicherer, furchtloser Güte, und Gesinnungen herbeizuführen, die ebenso heiter als heilig, und ebenso erhaben wie einfach sind.

Dies und die große Natur in diesen Gegenden erhebt und befriediget meine Seele wunderbar. Du würdest auch so betroffen, wie ich, vor diesen glänzenden, ewigen Gebirgen stehn, und wenn der Gott der Macht einen Thron hat auf der Erde, so ist es über diesen herrlichen Gipfeln.

Ich kann nur dastehn, wie ein Kind, und staunen und stille mich freuen, wenn ich draußen bin, auf dem nächsten Hügel, und wie vom Aether herab die Höhen alle näher und näher niedersteigen bis in dieses freundliche Tal, das überall an seinen Seiten mit den immergrünen Tannenwäldchen umkränzt, und in der Tiefe mit Seen und Bächen durchströmt ist, und da wohne ich, in einem Garten, wo unter meinem Fenster Weiden und Pappeln an einem klaren Wasser stehen, das mir gar wohlgefällt des Nachts mit seinem Rauschen, wenn alles still ist, und ich vor dem heiteren Sternenhimmel dichte und sinne.

Du siehest, Teure! ich sehe meinen Aufenthalt wie ein Mensch an, der in der Jugend Leids genug erfahren hat, und jetzt zufrieden und ungestört genug ist, um herzlich zu danken für das, was da ist. Und je friedlicher es in meinem Inneren wird, um so heller und lebender gehet das Angedenken an Euch, Ihr teuern Entfernten! mir auf, und ja, ich darf es sagen, denn ich fühl es zu lebendig, wenn mir noch glücklichere Tage vorbehalten wären, Du und alle unsre Lieben würden nur mir unvergeßlicher sein. Indessen verlasse ich mich darauf, daß ich mit gutem Gewissen lebe und meine Pflicht tue; das Übrige, wie Gott will! und wenn die Zukunft mir nichts Freudiges verspräche, als daß ich von Zeit zu Zeit Dich und die Mutter und den Bruder und Deine Kinder wiedersehen und an Eurem Tische Gast sein kann, so wär es genug.

Daß unsre gütige Mutter mich von meiner Schuld auch diesmal wieder dispensieren will, ist gegen das Ausgemachte. Sie muß mir wenigstens erlauben, daß ich auf irgendeine andere Art noch auch ihr wieder danke als mit diesen Worten, die so leicht von Herzen gehn.

Bleibe nur gesund und sei so gut, und berede unsre lieben Mütter diesen Frühling manchmal auch zu einem Gange ins Grüne, bis es ihnen zur Gewohnheit wird; ich habe großen Glauben daran und meine, daß es langes Leben und Stärke dem Geiste bringt.

Entschuldige mich doch bei unserem Karl, daß ich ihm noch nicht geschrieben habe; er weiß ja auch, so gut, wie ich von ihm weiß, daß wir uns immer nahe sind und immer angehören. Freilich muß alles gefeiert werden, was gut und heilig ist, und darum soll auch unser Briefwechsel ja nie zu lange unterbrochen bleiben. Indessen gelten ja die Briefe an Dich auch ihm, wie allen den teuern Unsrigen.

Leb wohl und schreibe mir bald wieder!

Dein H.

An den Bruder

[Hauptwil, 2. Hälfte März 1801]

Mein Karl!

Ich fühle, wir lieben uns nicht mehr, wie sonst, seit langer Zeit, und ich bin daran schuld. *Ich war der erste, der den kalten Ton anstimmte.* Weißt Du es noch, zu Anfang meines Aufenthalts in Homburg, erinnerst Du Dich der Briefe, die Du mir damals schriebst? Aber ein Unglaube an die ewige Liebe hatte sich meiner bemächtigt. Ich sollte auch dahinein geraten, in diesen furchtbaren Aberglauben an das, was eben Zeichen der Seele und Liebe, aber so mißverstanden ihr Tod ist. Glaub es, Teuerster! ich hatte gerungen bis zur tödlichen Ermattung, um das höhere Leben im Glauben und im Schauen festzuhalten, ja! ich hatte unter Leiden gerungen, die, *nach allem zu schließen*, überwältigender sind als alles andre, was der Mensch mit eherner Kraft auszuhalten im Stande ist. – Ich sage Dir dieses nicht umsonst. – Endlich, da von mehr als einer Seite das Herz zerrissen war und dennoch festhielt, da mußt ich veranlaßt werden, nun auch mit Gedanken mich in jene bösen Zweifel zu verwickeln, deren Frage doch so leicht vor klarem Auge zu lösen ist, nämlich, was mehr gelte, das Lebendigstewige, oder das Zeitliche. Nur ein zu großes Geringschätzen alles dessen, was notwendig ist, war auch im Stande, mich in jenen größeren Irrtum zu verleiten, in welchem ich zu sehr, und wirklich mit einem abergläubischen Ernste, alles Äußerliche, das heißt, alles, was nicht im Gebiete des Herzens liegt, ansah und aufnahm. Aber ich habe so lang fortgemacht, bis ich es recht erfahren hatte; ich habe es auch erfahren und habe mich herausgerissen, um es zu sagen, daß alles hin ist, wenn die Einigkeit, die heilige, die allgemeine Liebe, der die Liebe des Bruders so leicht wird, hin ist. Es ist nur ein Streit in der Welt, was nämlich mehr sei, das Ganze oder das Einzelne. Und der Streit widerlegt sich in jedem Versuche und Beispiele durch die Tat, indem der, welcher aus dem Ganzen wahrhaft handelt, von selber zum Frieden geweihter und alles Einzelne zu achten darum aufgelegter ist, weil ihn sein Menschensinn, gerade sein Eigenstes, doch immer weniger in reine Allgemeinheit als in Egoismus, oder wie Dus nennen willst, fallen läßt.

A Deo principium. Wer dies versteht und hält, ja bei dem Leben des Lebens! der ist frei und kräftig und freudig, und alles Umgekehrte ist Chimäre und zergehet insoferne in Nichts.

Und so sei denn auch unter uns, bei dieser Bundeserneuerung, die gewiß nicht Zeremonie oder Laune ist, *a Deo principium.*

Wie wir sonst zusammen dachten, denke ich noch, nur angewandter! Alles unendliche Einigkeit, aber in diesem Allem ein *vorzüglich Einiges* und Einigendes, das, *an sich, kein Ich ist,* und dieses sei unter uns Gott!

Ich spreche wie einer, der beweisen will, wie wenn der andere nicht glaubte, und das Herz ist mir vom Leben aller Heiligliebenden immer so voll. Was ist dies? Sage mirs! Du fühlst in meine Seele. Ists *noch* Unglaube? Unglaube an ein schönes Verständnis, wo man auch spricht, und klar spricht, weil man freudig spricht, aber wo man den Freund für ausgemacht ansieht, und ihn in jeder Silbe von neuem feiert, aber nicht so dringend ist. Ja! es ist Unglaube: aber nicht an das Herz des andern, sofern es dem Ganzen angehört und insofern es mir gehört. Als wenn wir uns, wir beede, uns nicht lieben müßten, wie wir beede ein Höheres lieben, das doch wohl zweier Brüder und mehr als eines solchen Paares, das Geschwister genug, das eine Welt von Menschen bedarf, um ausgesprochen zu werden und seine Ehre zu haben. Teure Seele! die Guten lassen sich nicht. Sie können nicht, solange sie gut sind, und das Ganze, worin sie begriffen sind, gut ist. Es fehlt nur oft am Mittel, wodurch ein Glied dem andern sich mitteilt, es fehlt sehr oft noch unter uns Menschen an Zeichen und Worten. Und siehe! daß wir uns erinnern müssen, daß wir das Versäumte nachholen und sprechen müssen, laut sprechen zueinander, was wir uns sind, für was wir es sind. Ja! wer das Wort mißbraucht, wer Wort verfälschet oder nicht hält, der fehlet wohl sehr, aber gewiß der auch, der es zu wenig braucht. Ich will aber diesmal sonst nichts anderes sagen, als daß wir, wie von neuem, anfangen wollen. Künftig, je mehr wir sprechen und fühlen werden, wie kalt das Wort ist, um so mehr werden wir Seele und Treue hineinzulegen suchen, um so mehr wird alles in uns lebendig werden, was gut ist. Die Augenblicke dann, wo es uns endlich einmal gelingt, einander etwas Rechtes herausgesagt zu haben, die Augenblicke, wo der Bruder dem Bruder, der Mann dem Mann, die menschliche Seele der menschlichen Seele als Zeuge eines Heiligen und Freudigen so gegenwärtig ist, die sind dann auch aller Hoffnung und alles Erfolges wert.

Hier in dieser Unschuld des Lebens, hier unter den silbernen Alpen, soll es mir auch endlich leichter von der Brust gehen. Die Religion beschäftigt mich vorzüglich. Du, in Jugendkraft und Einsamkeit, in jenem herrlichen Gefühle, worauf sich, wie ein Felsen, alles Himmlische begründet, in dem Gefühle, Deine Pflicht ins Werk zu richten, Du wirst mir auch redlich beistehen. Ein Wort der unbefangenen Seele ist so viel, und Du weißt, wie viel es gilt. Vor allem bitte ich Dich, Dich bitte ich darum, daß Du mir über alles, was die Sache näher oder ferner angeht, Deines *Herzens* Meinung sagst und meine Reden brüderlich aufnimmst, um mit eines Bruders Macht mir auch zu sagen: dies oder das war nicht für mich. Fester Glaube, unverbrüchliche Ehrlichkeit und so die reine freie Offenheit sei unter uns!

Was wäre das Leben, wenn es solche Blumen nicht hätte! Aber so wahrhaft und vom Himmel herab verbunden, sieht man auch mit Augen eines Höhern und handelt in dem klaren Elemente, das der Geist empfängt und schaffet, auch viel leichter und kräftiger, und kommt erst recht mit der Welt aus, und die noch ungeboren sind, die fühlen es künftig auch!

Die goldenen Hoffnungen, mein Karl! verlassen mich nicht, auch Dich nicht.

Lebe wohl! Und schreibe nur bald! Du fühlest ja auch die Freude zum voraus; ich traue Dir es zu und Du auch mir, daß wir uns noch sehr viel sein werden.

Dein Bruder H.

Von Anton von Gonzenbach

Sie werden Sich erinnern, mein Hochgeschäzter Herr und Freund, daß sowohl mein Sohn, als auch ich, Ihnen von zwey jungen Knaben aus meiner *Famille* gesprochen, welche zu mir kommen sollten, und die eigentlich der Haubt Gegenstand meines Erziehungs-*Plans* waren. – Da sich nun, durch unvorgesehene Zufälle, die größte Wahrscheinlichkeit zeigt, daß diese Knaben eine andere Bestimmung haben werden, und allso dardurch das Haubtsächlichste meiner Absichten wegfällt, so werden Sie mir nicht übeldeuten, wenn ich, um Sie in keine nachtheilige Verlegenheit zu sezen, Sie hiermit in Zeiten davon benachrichtige, und höfflichst ersuche sich nach diesen Umständen gefälligst zu richten, und Ihre Maßregeln darnach zu nehmen; das heißt, mit Ihrer besten Bequemlichkeit, indem mein einziger Wunsch ist, daß Sie sich dabey gänzlich nach Ihrer *Convenienz* in allen Rücksichten richten. – Ich bedaure von Herzen, daß uns das Schicksahl sobald wieder trennen soll, da aber die Wendungen desselben nicht in unserer Macht stehen, so hoffe ich Sie werden mir diese Nothwendigkeit nicht zurechnen, sondern mich auch in der Ferne mit der Fortdauer Ihrer schäzbaren Freundschaft beehrten, sowie Ihnen die meinige lebenslänglich gewidmet bleiben wird. –

Mit den aufrichtigen Gesinnungen unwandelbarer Hochachtung

Hauptweil d. 11ten aprill 1801 –

Ihr ergebenster
A. v. Gonzenbach

Von Siegfried Schmid

Friedberg den 8ten Mai. 1801.

Die schönen Stunden, durch den Erguß in die brüderliche Seele, von Deinem hohen Zürnen und tiefsten Lieben, wurden mir seit Kurzem öfter als gewöhnlich, und sie trafen in eine Periode, wo ich ihrer mehr bedurfte als sonst. (nach der Delikatesse in der Freundschaft von den Kindern dieser Welt, wäre dies zu sagen, wohl sehr anstösig).

Wirklich rissen mich Deine eingreifenden Töne, Deine unsichtbare, heilige Musik jedesmal auf aus einer fatalen Indolenz, in welcher ich seit einiger Zeit so ruhig vegetirte, wie ein reicher Landbauer der überrechnet hat, daß er sich in der Welt keine Sorgen mehr zu Herzen darf gehn lassen, als den bequemsten Ort zu finden, wo ihn im Sommer die kühle Luft gut treffe, und wo er sie im Winter sicher vermeiden könne. Ich lies alles gehn wie es wollte, und kümmerte mich wenig um den geheimen Geist der Welt, und was er durch mich etwan möchte kund machen wollen. Natürlich fiel ich mir doch selbst manchmal in dieser Erscheinung auf, und verdammte mich, und verzweifelte ob je der heilige Geist des Universums in mir gewohnt; oder hielt ihn von mir gewichen, und dachte darauf diese Vernichtung noch selbst zu vollenden. Da kamen mir, wie gesagt, Deine trefliche Gaben, und erquikten wie Blüthen und Früchte des Orients in dieser mitternächtlichen Oede.

Ja wir halten uns Theuerster, wir erkennen uns unter welchen Gestalten wir uns auch erscheinen: denn wir trafen uns in den höchsten Regionen, darum erbliken wir uns – immer dieselben – auch in den alltäglichsten, wo uns dem Haufen ein so dichter Schleier verhüllt, daß ihm die, den Verwandten so Sichtbaren, völlig unsichtbar sind.

Deinen lezten lieben Brief endigst Du in heiliger Ereiferung; aber scheinst es zu beklagen, daß solche Leidenschaften fast nur ein Spiel seyen. Aber sind sie wirklich etwas anders, und sollen sie den Eingeweihten der Kunst überall überhaupt etwas anders seyn? Ist das nicht ein Hauptkriterium, und sind sie nicht eben um dieses Vorzugs willen den grosen Göttern zu vergleichen, die erhabenen Künstler? Sie werden von jener hohen, in welche Du um des Höchsten willen geriethest so wie von allen Leidenschaften fortgewirbelt in ihren Darstellungen, wie keine Andern auf Erden, und – doch sind sie nicht davon bezwungen, es war – nur ein Spiel. Der höchste Standpunkt! Menschliche Gottheit!

Das Professorswesen ist noch nicht entschieden. Es reizt mich jezt noch eben so wenig als sonst. *Sinclair*'n habe ich mehrmals gesprochen. Er muß seine einsinnige Kunstmetaphysik besser verstehn, als ich. Wohl ihm, wenn sie ihm genügt! Und das scheint so.

Adieu! Geliebter. Laß Dich meinen kalten Brief nicht irren. Ich kann jezt nicht anders schreiben.

Dein Siegfr. Schmid.

Von Charlotte von Kalb

Mainz d. 15. May. [1801]

Ein Jahr schon bin ich in ds. Gegend – am Nekar u. Rhein bwhnte Wimpfen bey *Heilbron* – Heidelberg *Offenbach.* an jeden Ort waren sie gewesen – – Anfang *Juni* gehe ich ins *Wisbad.* – In *July* bin ich wahrschl. in Mheim – später in Herbst wohl wieder in Franken. – Wenn Ihnen eine Reise in ds. Gegend führt will ich wenigstens Ihnen meine Gegenwart bekannt machen. – Ihnen einen Bf voll tiefen Inhalts zu schreiben ware nach solcher langen Entfernung u schweigen unmöglich. – Wir kannten uns – was die Zeit u d. Geleght. u uns: Entwikl. – uns erlaubte zu sein – Rastlose – denkende Wesen sind in

6 Jahren ganz noch was anderes geworden so schnell die Veränderung – in äusern in Jüngern Jahren – so schnell die Veränderung in Urteil Denken u Gesinnung in reiferen. – Auch meine Seele hat sich mehr entwikelt, u ich bin bis jetzo nur durch den Druk des Zufals mehr befreit worden. –. Kein Wort mehr – Es ist wohl sonderbar daß mit den reinsten *Egoismus* sich endlich d. Seele sagt – du kannst nichts mehr Verlieren – aber Leider du wirst doch noch Leiden!. – Ich habe vorigen Herbst Ihren *Roman* gelesen – und mit vielen Vergnügen. – ich wiederhole ihn bald. – Antworten Sie mir bald vielleicht kann ich eine bedeutendere Frage an Sie thun Da ich vielleicht Verreißt sein könnte so *addressiren* Sie od *couvertiren* vielmehr Ihren Brief an *Made: Remy.* bey Fr. *v. Kalb* in *Mainz* bei HE. *Clausius* auf d. gsen Bleich abzugeben. So wird mir ds. Bf am Sichersten aufbewahrt. –
Mit Gedancke u Gesinnung und den Wunsch von ihren Seyn u Würksamkeit zu vernehmen –

Ch. v. Kalb geb.
M. v. Ostheim

An Schiller

Nürtingen bei Stuttgart, d. 2. Jun. 1801.

Ich hatte mir längst die Hoffnung gemacht, Sie einmal wieder an mich erinnern zu dürfen, Verehrtester! und ich wollte nur zuvor noch einige Papiere ausarbeiten, um Ihnen diese vorzulegen. Sie mußten mich fast aufgegeben haben, und ich dachte, es sollte Ihnen nicht unangenehm sein, zu sehen, daß mich der Druck der Umstände doch nicht ganz überwunden habe, und daß ich noch einigermaßen Ihrer alten Großmut würdig lebte und mich fortzubilden suchte. Nun muß ich aber doch bälder schreiben, als ich es wollte. Mein Wunsch, einmal in Jena, in Ihrer Nähe, zu leben, ist mir beinahe zur Notwendigkeit geworden, und da ich für und wider die Gründe erwägt hatte, blieb mir nichts übrig, als mich von Ihnen, ohne dessen Billigung ich nichts tun kann, zu dieser Wahl autorisieren zu lassen.

Ich habe bisher gefunden, daß es mir nicht möglich ist, bei ganz unabhängiger Beschäftigung eine ganz unabhängige Existenz zu gewinnen.

Ich habe deswegen, nur selten unterbrochen, meist als Erzieher gelebt, und habe, indes ich doch großenteils meine Pflicht tat, die Unzufriedenheit anderer, wenn ich zu ungeschickt, oder ihr drückend Mitleiden, wenn ich einmal geschickt schien, in hohem Grade erfahren. Sehr oft, Verehrungswürdigster! dankt ich in solchen Lagen Ihnen im Innersten, daß Sie mir eine Freude gegeben hatten in Ihrem Umgang, die noch keine böse Stunde auslöschen konnte in mir. Aber doch war mir allmählig die Geduld zur Leidenschaft geworden, und ich nahm, in zweifelnden Fällen, immer lieber die Richtung dahin, wo es wahrscheinlicher war, daß ich die eigentlichern Zwecke meines Lebens einem fremden Dienste opfern mußte. Nun finde ich und sehe ziemlich klar darüber, daß man wohl eine Auskunft treffen kann, wenn es versagt ist, der nächsten Bestimmung zu leben, daß aber eine falsche Resignation so gut ein schlimmes Ende nehmen muß wie allzugroße Unklugheit. Dies fällt mir jetzt mehr als sonst auf, da ich, ohne andere Dazwischenkunft, genötiget bin, in einigen Wochen als Vikar zu einem Landprediger zu gehn. Es ist nicht, als ob ich nicht auch dieser Sphäre ihren möglichen Wert und ihre Freude gönnte. Aber ich sehe, daß die Beschäftigung und ganze Manier, die einmal zur Bedingung geworden ist in dieser Lage, doch zu sehr mit meiner Äußerungsart kontrastiert, als daß ich über diesem Widerspruche nicht am Ende alle Mitteilungsgabe verlieren müßte.

Ich habe mich seit Jahren fast ununterbrochen mit der griechischen Literatur beschäftiget. Da ich einmal daran gekommen war, so war es mir nicht möglich, dieses Studium abzubrechen, bis es mir die Freiheit, die es zu Anfang so leicht nimmt, wieder gegeben hatte, und ich glaube, im Stande zu sein, Jüngeren, die sich dafür interessieren, besonders damit nützlich zu werden, daß ich sie vom Dienste des griechischen Buchstabens befreie und ihnen die große Bestimmtheit dieser Schriftsteller als eine Folge ihrer Geistesfülle zu verstehen gebe.

Auch bin ich veranlaßt worden, besonders über die notwendige Gleichheit notwendig verschiedener höchster Prinzipien und reiner Methoden manches zu denken, was im ganzen Zusammenhange und mit den rechten Grenzlinien dargestellt, wohl auch einiges Licht über den Bildungskreis und die von ihm ausgeschlossenen Gebiete verbreiten könnte.

Ich bitte Sie recht sehr, Verehrtester! daß Sie dieses notgedrungene Selbstlob mit Ihrer gewohnten Güte lesen, und daß Sie nur nicht denken, wenn ich vor Ihnen so gerade, und so vieles von mir erzähle, daß ich die Bescheidenheit vor einem Größeren, als ich bin, hätte verleugnen gelernt.

Ich wollte Ihnen nur offen die Gründe nennen, die mich überzeugen, daß es nicht unschicklich wäre, wenn ich nach Jena ginge und da versuchte, den größeren Teil meiner Zeit zu Vorlesungen zu verwenden, die mir, so viel ich weiß, zu halten erlaubt sind.

Ich erwarte nicht gerade eine große Menge von Zuhörern, doch so viele, als bei derlei Vorlesungen gewöhnlich sind. Ich hoffe auch, niemanden damit gerade in den Weg zu treten.

Sollten Sie es widerraten, so bin ich ruhiger auf einem andern Wege, und werde sehen, wie ich mich aufrecht erhalte.

Sie werden es nicht verschmähen, durch Ihre Teilnahme meinem Lebensgange ein Licht zu leihen, weil ich doch sonst nicht, auf eine eitle Art, ihm eine Bedeutung zu geben suche, die er nicht hat.

Sie erfreuen ein ganzes Volk, und sehen das wohl selten. So mag es Ihnen nicht ganz unwert scheinen, in einem, der Sie ganz ehrt, eine neue Lebensfreude, die von Ihnen kam, aufgehen zu sehen.

Ich würde viel, sehr vieles vergessen in dem Augenblicke, wo ich Sie wiedersehen und mit der Ehrfurcht grüßen könnte, mit der ich Ihnen zum erstenmal begegnete. Wahrhaft der

Ihrige Hölderlin.

Von Christian Landauer

Stuttgard, 22.ten 8.^{ber} 1801

Ich melde Dir nur mit wenigem, mein Lieber, daß gestern *Prof Ströhlin* bey mir war, der Dich hieher bitten läßt, weil er Dich nothwendig sprechen muß. Er hat Briefe von *Bordeaux* erhalten, deren Innhalt Dich vollständig zufrieden stellen wird, da Du vor der Hand von Predigen *dispensirt* bist, *25. Ld'ors* Reiß Geld erhältst nebst der Versicherung, daß Dein jährlicher Gehalt auf *50. Ld'ors* sich belaufen werde. Komme doch also ja morgen hieher, *Ströhlin* wünscht sehr, daß Du nicht säumest, und richte es ja so ein, Lieber *Hölderlin* daß

Du einige Zeit hier bleibst. *Ströhlin* sagte mir vor einigen Tagen noch, daß Du ihm eine Predigt versprochen aber noch nicht gesanndt hättest, worüber er sich wundere.

Dein Schirm ist durchaus nirgends zu finden. Dich erwartet mit offenen Armen

Dein C. Landauer

An den Bruder

Nürtingen, d. 4. Dez. 1801.

Mein teurer Karl!

Ich komme Abschied zu nehmen. Aber laß uns nicht klagen! In solchen Fällen erhalte ich immer lieber den zufriedenen Geist, der das Traurige, Gott zu ehren, verschweigt, und auf das Gute siehet.

So viel darf ich gestehen, daß ich in meinem Leben nie so fest gewurzelt war ans Vaterland, im Leben nie den Umgang mit den Meinigen so sehr geschätzt, so gerne zu erhalten mir gewünscht habe!

Aber ich fühl es, mir ists besser, draußen zu sein, und Du, mein Teurer! fühlst es selber, daß zum einen, wie zum andern, zum Bleiben, wie zum Wandern, Gottes Schutz gehört, wenn wir bestehen sollen. Dich erhält in Deiner Art besonders die Geschäftigkeit. Sonst würd es Dir zu enge werden. Mir ist not, vorzüglich, mit der rechten Wahl das Meinige zu tun. Sonst würd ich zu zerstreut dahingerissen.

Laß nur die alte brüderliche Liebe nicht untergehen unter uns. Das ist ein heiliges Glück, wenn bei Verschiedenheit des Lebensgangs die Menschen doch durch solche Bande, wie das unsre ist, zusammengehalten werden. Das ist der größere Sinn, der überall anfeuert und rettet. Und Männerseelen besonders bedürfen es nicht, daß eines dem andern gleiche, wenn die Liebe zwischen ihnen sein soll. Ohne diese Offenheit des Herzens aber ist kein Glück mit ihnen. O mein Karl! vergib mir, daß es rein sei zwischen uns!

Und so leb wohl! es wird Dir gut gehen bei den Unsrigen, da Du im Deinigen so gut bist. Denk zuweilen auch an mich!

Dein
Hölderlin.

An Casimir Ulrich Böhlendorff

Nürtingen bei Stuttgart, d. 4. Dez. 1801.

Mein teurer Böhlendorff!
Deine gütigen Worte, und Deine Gegenwart in ihnen haben mich sehr erfreut.

Dein Fernando hat mir die Brust um ein gutes erleichtert. Der Fortschritt meiner Freunde ist mir so ein gutes Zeichen. Wir haben Ein Schicksal. Gehet es mit dem einen vorwärts, so wird auch der andere nicht liegen bleiben.

Mein Lieber! Du hast an Präzision und tüchtiger Gelenksamkeit so sehr gewonnen und nichts an Wärme verloren, im Gegenteil, wie eine gute Klinge hat sich die Elastizität Deines Geistes in der beugenden Schule nur um so kräftiger erwiesen. Dies ists, wozu ich Dir vorzüglich Glück wünsche. Wir lernen nichts schwerer als das Nationelle frei gebrauchen. Und wie ich glaube, ist gerade die Klarheit der Darstellung uns ursprünglich so natürlich wie den Griechen das Feuer vom Himmel. Eben deswegen werden diese eher in schöner Leidenschaft, die Du Dir auch erhalten hast, als in jener homerischen Geistesgegenwart und Darstellungsgabe zu *übertreffen* sein.

Es klingt paradox. Aber ich behaupt es noch einmal, und stelle es Deiner Prüfung und Deinem Gebrauche frei: das eigentliche Nationelle wird im Fortschritt der Bildung immer der geringere Vorzug werden. Deswegen sind die Griechen des heiligen Pathos weniger Meister, weil es ihnen angeboren war, hingegen sind sie vorzüglich in Darstellungsgabe, von Homer an, weil dieser außerordentliche Mensch seelenvoll genug war, um die abendländische *Junonische Nüchternheit* für sein Apollonsreich zu erbeuten, und so wahrhaft das Fremde sich anzueignen.

Bei uns ists umgekehrt. Deswegen ists auch so gefährlich, sich die Kunstregeln einzig und allein von griechischer Vortrefflichkeit zu abstrahieren. Ich habe lange daran laboriert und weiß nun, daß außer dem, was bei den Griechen und uns das Höchste sein muß, nämlich dem lebendigen Verhältnis und Geschick, wir nicht wohl etwas *gleich* mit ihnen haben dürfen.

Aber das Eigene muß so gut gelernt sein wie das Fremde. Deswegen sind uns die Griechen unentbehrlich. Nur werden wir ihnen gerade in unserem Eigenen, Nationellen nicht nachkommen, weil, wie gesagt, der *freie* Gebrauch des *Eigenen* das Schwerste ist.

Das hat Dein guter Genius Dir eingegeben, wie mir dünkt, daß Du das Drama epischer behandelt hast. Es ist, im Ganzen, eine *echte* moderne Tragödie. Denn das ist das Tragische bei uns, daß wir ganz stille in irgendeinem Behälter eingepackt vom Reiche der Lebendigen hinweggehn, nicht daß wir in Flammen verzehrt die Flamme büßen, die wir nicht zu bändigen vermochten.

Und wahrlich! das erste bewegt so gut die innerste Seele wie das letzte. Es ist kein so imposantes, aber ein tieferes Schicksal und eine edle Seele geleitet auch einen solchen Sterbenden unter Furcht und Mitleiden, und hält den Geist im Grimm empor. Der herrliche Jupiter ist denn doch der letzte Gedanke beim Untergange eines Sterblichen, er sterbe nach unserm oder nach antikem Schicksal, wenn der Dichter dieses Sterben dargestellt hat, wie er sollte, und wie Du es sichtbar gewollt, und im Ganzen und besonders in einigen meisterhaften Zügen geleistet hast.

»Ein enger Weg führt in ein dunkles Tal.
Dahin hat ihn Verräterei gezwungen.«

und sonst – Du bist auf gutem Wege, behalt ihn. Ich will aber Deinen Fernando erst recht studieren und zu Herzen nehmen, und dann vielleicht Dir etwas Interessanteres davon sagen. In keinem Falle genug!

Von mir selber und wie es mir gegangen ist bisher, wie weit ich Dein und meiner Freunde wert geblieben und geworden bin, auch was ich treibe und bringen werde, so wenig es ist, davon will ich mit nächstem Dir aus der Nachbarschaft Deines Spaniens, nämlich aus Bordeaux schreiben, wohin ich als Hauslehrer und Privatprediger in einem deutsch-evangelischen Hause nächste Woche abreise. Ich werde den Kopf ziemlich beisammen halten müssen, in Frankreich, in Paris; auf den Anblick des Meeres, auf die Sonne der Provence freue ich mich auch.

O Freund! die Welt liegt heller vor mir als sonst, und ernster. Ja! es gefällt mir, wie es zugeht, gefällt mir, wie wenn im Sommer »der alte heilige Vater mit gelassener Hand aus rötlichen Wolken segnende Blitze schüttelt«. Denn unter allem, was ich schauen kann von Gott, ist dieses Zeichen mir das auserkorene geworden. Sonst konnt ich jauchzen über eine neue Wahrheit, eine bessere Ansicht des, das über uns und um uns ist, jetzt fürcht ich, daß es mir nicht geh am Ende, wie dem alten Tantalus, dem mehr von Göttern ward, als er verdauen konnte.

Aber ich tue, was ich kann, so gut ichs kann, und denke, wenn ich sehe, wie ich auf meinem Wege auch dahin muß wie die andern, daß es gottlos ist und rasend, einen Weg zu suchen, der vor allem Anfang sicher wäre, und daß für den Tod kein Kraut gewachsen ist.

Und nun leb wohl, mein Teurer! bis auf weiteres. Ich bin jetzt voll Abschieds. Ich habe lange nicht geweint. Aber es hat mich bittre Tränen gekostet, da ich mich entschloß, mein Vaterland noch jetzt zu verlassen, vielleicht auf immer. Denn was hab ich Lieberes auf der Welt? Aber sie können mich nicht brauchen. Deutsch will und muß ich übrigens bleiben, und wenn mich die Herzens- und die Nahrungsnot nach Otaheiti triebe.

Grüße unsern Muhrbeck. Wie lebt er? Er erhält sich gewiß. Er bleibt uns. Verzeiht mir den Undank. Ich hatte Euch erkannt, ich sah Euch, aber doch durch eine gelbe Brille. Ich hätte Euch so vieles zu sagen, Ihr Guten! Ihr wohl mir auch. Wo wirst Du künftig bleiben, mein Böhlendorff? Doch das sind Sorgen. Wenn Du an mich schreibst, so adressiere den Brief an Kaufmann Landauer in Stuttgart. Er schickt mir ihn sicher zu. Schreibe mir auch Deine Adresse.

Dein H.

An die Mutter

Lyon, d. 9. Jenn. 1802.

Meine teure Mutter!

Sie werden sich wundern, zu dieser Zeit von Lyon aus einen Brief von mir zu erhalten. Ich war genötiget, länger, als ich vermutete, in Straßburg zu bleiben, wegen meines Reisepasses, und die lange Reise von Straßburg bis hieher wurde durch Überschwemmungen und andere unabwendbare Umstände, die mich aufhielten, noch länger.

Es war ein beschwerlicher, und erfahrungsreicher Weg, den ich bis hieher machte, aber auch manche reine Freude hab ich gefunden. Ich kann es nicht verschweigen, daß ich manchmal an Euch, Ihr Lieben, und auch an den gedachte, von dem mir Mut kommt, der mich erhielt bis auf diese Stunde, und ferner mich geleiten wird.

Ich weiß es, einsame Beschäftigung macht, daß man in die weite Welt sich schwieriger findet; ich denke aber, Gott und ein ehrlich Herz hilft durch, und die Bescheidenheit vor andern Menschen.

Ich bin noch müde, liebe Mutter! von der langen kalten Reise und hier ists jetzt so lebhaft, daß man nur in innigem Andenken an solche, die uns kennen und wohl auch gut sind, sich selber wiederfindet.

Morgen reis ich nach Bordeaux ab, und werde wohl bald dort sein, da jetzt die Wege besser und die Flüsse nicht mehr ausgetreten sind.

Ich muß Ihnen noch sagen, daß mir die Reise über Lyon, als einem Fremden, von der Obrigkeit in Straßburg angeraten worden ist. Ich sehe also Paris nicht. Ich bin auch damit zufrieden.

Ich freue mich, mein ordentlich Geschäft bald anzutreten.

Ich will Ihnen und den andern Lieben von Bordeaux aus, wenn ich in Ruhe bin, noch vieles schreiben.

Grüßen sie alle, alle herzlich!

Unser Karl wird jetzt in Nürtingen sein. Denken Sie manchmal an mich, wenn Sie des Abends vergnügt zusammen sind. Die liebe Schwester bitt ich, sich der besten Stunden zu erinnern, die wir hatten, und den Kleinen auch zuweilen den Onkel zu nennen.

Tausend Dank für alle Güte und Unterstützung und Teilnahme!

Leben Sie wohl!

Ihr treuer Sohn
Hölderlin.

An die Mutter

Bordeaux, d. 28. Jenn. 1802.

Endlich, meine teure Mutter, bin ich hier, bin wohl aufgenommen, bin gesund und will den Dank ja nicht vergessen, den ich dem Herrn des Lebens und des Todes schuldig bin. – Ich kann für jetzt nur wenig schreiben; diesen Morgen bin ich angekommen, und meine Aufmerksamkeit ist noch zu sehr auf meine neue Lage gerichtet, um mit

Ruhe Ihnen einiges Interessante von der überstandenen Reise zu sagen. Überdies habe ich so viel erfahren, daß ich kaum noch reden kann davon.

Diese letzten Tage bin ich schon in Einem schönen Frühlinge gewandert, aber kurz zuvor, auf den gefürchteten überschneiten Höhen der Auvergne, in Sturm und Wildnis, in eiskalter Nacht und die geladene Pistole neben mir im rauhen Bette – da hab ich auch ein Gebet gebetet, das bis jetzt das beste war in meinem Leben und das ich nie vergessen werde. Ich bin erhalten – danken Sie mit mir!

Ihr Lieben! ich grüßte Euch wie ein Neugeborner, da ich aus den Lebensgefahren heraus war – ich warf mirs gleich vor, daß ich im letzten Briefe von Lyon aus unsere teure Großmutter nicht besonders nannte, ich sprach mit Ihnen, liebe Mutter, sahe meiner Schwester Bild, und schrieb in meinem freudigen Gedanken einen Brief an meinen Karl in hohem Tone.

Ich bin nun durch und durch gehärtet und geweiht, wie Ihr es wollt. Ich denke, ich will so bleiben, in der Hauptsache. Nichts fürchten und sich viel gefallen lassen. Wie wird mir der sichere erquickende Schlaf wohl tun! Fast wohn ich zu herrlich. Ich wäre froh an sicherer Einfalt. Mein Geschäft soll, wie ich hoffe, gut gehn. Ich will mich ganz dem widmen, besonders von Anfang. Lebet wohl! Von Herzen und mit Treue.

der Eure
H.

N. S. Der Brief hat sich um einige Tage verspätet. Der Anfang meiner Bekanntschaft, meiner Bestimmung ist gemacht. Er könnte nicht besser sein. »Sie werden glücklich sein«, sagte beim Empfang mein Konsul. Ich glaube, er hat recht.

An die Mutter

Bordeaux, am Karfreitag 1802.

Meine teure Mutter!

Verkennen Sie mich nicht, wenn ich über den Verlust unserer nun seligen Großmutter mehr die notwendige Fassung als das Leid ausdrücke, das die Liebe in unsern Herzen fühlt. Ich finde, daß man ohne festen Sinn nicht wohl auskommt, ich will der Ratgeber nicht sein für die Meinigen, aber ich meines Orts muß mein so lange nun geprüftes Gemüt bewahren und halten, und die zärtlichen guten Worte, die, wie Sie wissen, mir zu leicht vom Munde gehen, ich muß sie sparen für jetzt, ich darf nicht Sie und mich noch mehr dadurch bewegen. Das neue reine Leben, das, wie ich glaube, die Gestorbenen nach dem Tode leben, und das der Lohn ist auch für die, die, wie unsere teure Großmutter, ihr Leben lebten in heiliger Einfalt, diese Jugend des Himmels, die nun ihr Anteil ist, nach der so lange ihre Seele sich sehnte, diese Ruhe und Freude nach dem Leiden, wird auch Euer Lohn sein, teure Mutter, teure Schwester; für meinen Bruder und mich ist wohl auch ein edler Tod, ein sicherer Fortgang vom Leben ins Leben aufbehalten, so wie ich glaube, allen den Unsrigen.

Indessen geleite uns ein treuer gewisser Geist, und der Hohe im Himmel gebe, daß wir nicht lässig seien, und was wir tun mit Maß tun, und das Schickliche treffen in dem, was unsere Sache ist!

Mir gehet es so wohl, als ich nur wünschen darf! Ich hoffe auch das, was meine Lage mir gibt, allmählig zu verdienen, und einmal, wenn ich in die Heimat wiederkomme, der wahrhaft vortrefflichen Menschen, denen ich hier verbunden bin, nicht ganz unwürdig zu sein.

Denket, Ihr Lieben, meiner so viel, als Ihr dadurch im Eurigen nicht gestört seid. Meinem Bruder wünsche ich, daß er fortfahre mit Glück, so wie er bisher gedieh in seinem Kreise, seinen Geschäften.

Die guten Kinder werden Euch viele Freude machen, und Ihr seid glücklich, so von lebendigen Bildern der Hoffnung, wie ich von meinen Zöglingen, umgeben zu sein. Grüßet meine Freunde, entschuldiget mich, daß ich nicht schreibe, die weite Entfernung und meine Beschäftigungen raten mir, für jetzt mit Briefen etwas sparsam zu sein. Wir bleiben uns dennoch.

Euer treuer
H.

Von Sinclair

Homburg vor der Höhe, den 30ten Jun. 1802.

Lieber Hölderlin!
So schrecklich mir die Nachricht ist, die ich Dir zu geben habe, so kann ich doch nicht das dem Zufall überlassen, wogegen die Hülfe der Freundschaft zu gering ist. Auch bin ich mehr dazu gemacht, seit mich ein ähnliches Schicksal betroffen hat, das ich nicht erwartete, und das mich im tiefsten Herzen kränkt. Der edle Gegenstand Deiner Liebe ist nicht mehr, aber er war doch Dein, und wenn es schrecklicher ist, ihn zu verlieren, so ist es kränkender, nicht der Liebe würdig geachtet zu werden. Jenes ist Dein, dieß ist mein Schicksal. Trost weiß ich Dir keinen zu geben, besser, als Du selbst hast. Du glaubtest an Unsterblichkeit, da sie noch lebte, Du wirst gewiß itzt mehr denn vorher glauben, da das Leben Deiner Liebe sich vom Vergänglichen geschieden hat. Und was ist größer und edler, als ein Herz, das seine Welt überlebt, und das, schon frühe, das Schicksal zu dem ernsten Gefühl stimmt, in dem allein uns Leben, Frieden und Ewigkeit beschieden ist. Ich rede Dir Muth zu mit unerschrockenem Herzen. Wie ich ohne alle Furcht bin, darf ich zur Liebe die Wahrheit reden.

Am 22ten dieses Monats ist die G. gestorben, an den Rötheln, am 10ten Tag ihrer Krankheit. Ihre Kinder hatten sie mit ihr und überstanden sie glücklich. Sie hatte den verflossenen Winter einen gefährlichen Husten gehabt, der ihre Lunge schwächte. Sie ist sich bis zuletzt gleich geblieben. Ihr Tod war wie ihr Leben.

Es hat mich tief gerührt, und ich weine, indem ich dieß schreibe. Seit Deiner Trennung hatte ich sie auch nicht mehr gesehen, und ich hielt es für unwürdig, mich nach einem Wesen zu erkundigen, das das wandellose Leben der Gottheit lebte. Die Nachricht war um so unerwarteter, aber ich habe sie auch in einem desto reineren Herzen empfangen, und ich rede zu Dir, ihrer nicht unwürdig.

Seit du mich verlassen hast, hat mich mancherlei Schicksal betroffen. Ich bin ruhiger und kälter geworden, und ich kann Dir versprechen, daß Du an der Brust Deines Freundes ausruhen kannst. Du kennst alle meine Fehler, ich hoffe, keiner soll mehr eine Mißhelligkeit zwischen uns hervorbringen. Ich lade Dich also ein, zu mir zu kommen, und bei mir zu bleiben, so lange ich hier bin. Die möglichen Fälle, die meine Lage verändern würden, wollen wir gemeinschaftlich überlegen und beschließen, und wenn das Schicksal gebieten sollte, so werden wir als ein treues Paar seine Bahn gehen. Itzt kann ich 200 fl. jährlich füglich entbehren, die kann ich Dir geben, und freie Wohnung und was dazu gehört. Nimm dieß nicht als meine bloße Bitte, sondern auch als meinen Rath an, so sehr ich Dir, da ich Deine Lage nicht kenne, rathen kann, weil es der Fall sein könnte, daß Du dort den Frieden fändest, der Dir nöthig ist. Melde mir deine Entschließung. Auch will ich zu Dir nach *Bordeaux* reisen, wenn Du willst, und Dich abholen.

Freund *Ebel* läßt Dich grüßen, er ist seit dem *Januar* in Frankfurt. Er war bei der G. in ihrer Krankheit, und ihr Trost in ihren letzten Stunden.

Dein Sinclair.

Von Sinclair

Homburg v. d. H., den 20. Jul. 1802.

Meinen Brief an Dich hatte ich an Landauer eingeschlossen. Dieser schrieb mir indeß, daß Du von Bordeaux zurück in Nürtingen wärest. Seitdem wartete ich auf Briefe von Dir und es beunruhigt mich keinen zu empfangen. Du bist mir itzt näher und ich hoffe itzt mehr Dich zu sehen und zu besitzen. Wenn Du willst, so hole ich Dich ab. Umstände verhindern mich itzt zu Dir zu kommen.

Dein Sinclair.

An Casimir Ulrich Böhlendorff

[Nürtingen, wahrscheinlich im November 1802]

Mein Teurer!

Ich habe Dir lange nicht geschrieben, bin indes in Frankreich gewesen und habe die traurige einsame Erde gesehn, die Hirten des südlichen Frankreichs und einzelne Schönheiten, Männer und Frauen, die in der Angst des patriotischen Zweifels und des Hungers erwachsen sind.

Das gewaltige Element, das Feuer des Himmels und die Stille der Menschen, ihr Leben in der Natur, und ihre Eingeschränktheit und Zufriedenheit, hat mich beständig ergriffen, und wie man Helden nachspricht, kann ich wohl sagen, daß mich Apollo geschlagen.

In den Gegenden, die an die Vendée grenzen, hat mich das Wilde, Kriegerische interessiert, das rein Männliche, dem das Lebenslicht unmittelbar wird in den Augen und Gliedern und das im Todesgefühle sich wie in einer Virtuosität fühlt, und seinen Durst, zu wissen, erfüllt.

Das Athletische der südlichen Menschen, in den Ruinen des antiken Geistes, machte mich mit dem eigentlichen Wesen der Griechen bekannter; ich lernte ihre Natur und ihre Weisheit kennen, ihren Körper, die Art, wie sie in ihrem Klima wuchsen, und die Regel, womit sie den übermütigen Genius vor des Elements Gewalt behüteten.

Dies bestimmte ihre Popularität, ihre Art, fremde Naturen anzunehmen und sich ihnen mitzuteilen, darum haben sie ihr Eigentümlichindividuelles, das lebendig erscheint, sofern der höchste Verstand im griechischen Sinne Reflexionskraft ist, und dies wird uns begreiflich, wenn wir den heroischen Körper der Griechen begreifen; sie ist Zärtlichkeit, wie unsere Popularität.

Der Anblick der Antiken hat mir einen Eindruck gegeben, der mir nicht allein die Griechen verständlicher macht, sondern überhaupt das Höchste der Kunst, die auch in der höchsten Bewegung und Phänomenalisierung der Begriffe und alles Ernstlichgemeinten dennoch alles stehend und für sich selbst erhält, so daß die Sicherheit in diesem Sinne die höchste Art des Zeichens ist.

Es war mir nötig, nach manchen Erschütterungen und Rührungen der Seele mich festzusetzen, auf einige Zeit, und ich lebe indessen in meiner Vaterstadt.

Die heimatliche Natur ergreift mich auch um so mächtiger, je mehr ich sie studiere. Das Gewitter, nicht bloß in seiner höchsten Erscheinung, sondern in eben dieser Ansicht, als Macht und als Gestalt, in den übrigen Formen des Himmels, das Licht in seinem Wirken, nationell und als Prinzip und Schicksalsweise bildend, daß uns etwas heilig ist, sein Drang im Kommen und Gehen, das Charakteristische der Wälder und das Zusammentreffen in einer Gegend von verschiedenen Charakteren der Natur, daß alle heiligen Orte der Erde zusammen sind um einen Ort, und das philosophische Licht um mein Fenster ist jetzt meine Freude; daß ich behalten möge, wie ich gekommen bin, bis hieher!

Mein Lieber! ich denke, daß wir die Dichter bis auf unsere Zeit nicht kommentieren werden, sondern daß die Sangart überhaupt wird einen andern Charakter nehmen, und daß wir darum nicht aufkommen, weil wir, seit den Griechen, wieder anfangen, vaterländisch und natürlich, eigentlich originell zu singen.

Schreibe doch nur mir bald. Ich brauche Deine reinen Töne. Die Psyche unter Freunden, das Entstehen des Gedankens im Gespräch und Brief ist Künstlern nötig. Sonst haben wir keinen für uns selbst; sondern er gehöret dem heiligen Bilde, das wir bilden. Lebe recht wohl.

Dein H.

Von Sinclair

[Bruchstück]

Homburg, 6. Febr. 1803.

[H.'s Brief habe ihm viel Freude gemacht. Er habe dem Landgrafen sein Gedicht gebracht, er habe es mit vielem Dank und Freude aufgenommen, und freue sich darauf ihn hier zu sehen.]

Sobald die rauhe Witterung vorüber ist, rechne ich mit dem Frühling, auf Deine Ankunft.

Gestern hat mir *Böhlendorff* geschrieben, daß er mit dem Buchhändler *Fröhlich in Berlin* Deiner Übersetzung des *Sophocles* wegen gesprochen, und daß dieser nicht abgeneigt geschienen, wenn er es gesehen, sich auf einen Verlagscontrakt einzulassen. Du möchtest dem *Böhlendorff* daher den *Sophocles* hinschicken, wenigstens den ersten Band; auch was Du sonst fertig hättest, wollte er suchen, einem Verleger zu geben. Es müsse aber bald geschehen, weil er in Kurzem von *B.* abzugehen gedenkt nach Kurland oder nach Göttingen. Seine Adresse ist: An HE. Sekretair *Boehlend.* zu *Berlin* in der *Ungerschen* Buchhandlung abzugeben.

[Schreibt dann preisend über ein Gedicht, das ihm H. geschickt.]

Die Stelle vom Nachtmahl und den Jüngern hat mich gerührt; das Ende aber hat mich an unsere Verschiedenheit der Meinung erinnert.

Die Frau *v. Kalb* läßt sich Dir bestens empfehlen. Um ihrentwillen auch wird es mir sehr lieb sein, wenn Du kommst: ihr lebhafter Geist erfordert mehr als einen Gegner, und bei ihrer Bildung wird nichts verschwendet, wie in ihrem Umgang nichts versäumt wird.

Ich schrieb Dir noch nicht, daß im Durchreisen durch *Heidenheim* ich zufällig *Enslin* antraf und überraschte. Ich war ganz wieder nach *Jena* versetzt, und es war mir lieb ihn nicht ohne Gehalt und mit demselben Sinne zu finden. Auch Deiner dachte er recht herzlich.

Von Landauer

Stuttgard, 8ten Febr. 1803 –

Vor ein paar Tagen erhielt ich innliegenden Brief für Dich, Lieber *Hölderlin.*

Was machst Du? Wahrscheinlich arbeitest Du den ganzen Tag und die halbe Nacht, daß Du so gar keine Kunde von Dir gibst, mich so gar nicht mehr besuchst. Ich gestehe, Dir, Freund, es thut mir offt schmerzlich wehe, wenn ich daran denke, daß Deine Freunde Dir nichts mehr zu seyn scheinen, weil Du es nicht für der Mühe werth hältst, Dich um sie zu erkundigen. Es soll mich herzlich freuen, wenn Du Dich bald entschließen magst, mich – wenigstens auf einige Tage – zu besuchen. *Scheffauer* macht eben jetzt ein schönes Monument in Erde – über LebensGröße – für den verstorbenen Erb-Prinzen von Baden.

Lebe wohl, Lieber, und denke wenigstens zuweilen an

Deinen
C. Landauer

An Friedrich Wilmans

Nürtingen bei Stuttgart, d. 28. Sept. 1803.

Wohlgeborner
Insonders hochgeehrtester Herr!

Ich danke Ihnen recht sehr, daß Sie an der Übersetzung der Sophokleischen Tragödien den gütigen Anteil genommen haben.

Da ich noch von meinem Freunde Schelling, der sie an das Weimarische Theater besorgen wollte, keine Nachricht habe, so geh ich lieber den sicheren Weg, und mache von Ihrem gütigen Anerbieten Gebrauch.

Ich bin es zufrieden, daß der erste Band erst in der Jubilatenmesse erscheint, um so mehr, da ich hinlänglichen Stoff habe, eine Einleitung zu den Tragödien vorauszuschicken, die ich wohl diesen Herbst noch ausführen können werde.

Ich hoffe, die griechische Kunst, die uns fremd ist, durch Nationalkonvenienz und Fehler, mit denen sie sich immer herumbeholfen hat, dadurch lebendiger als gewöhnlich dem Publikum darzustellen, daß ich das Orientalische, das sie verleugnet hat, mehr heraushebe, und ihren Kunstfehler, wo er vorkommt, verbessere.

Ich werde Ihnen immer danken, daß Sie mit Ihrer gütigen Zuschrift so mich getroffen haben, weil Sie zur Äußerung mir eine Freiheit machen, jetzt, da ich mehr aus dem Sinne der Natur und mehr des Vaterlandes schreiben kann als sonst.

Ich bin mit wahrhaftiger Hochachtung

Euer Wohlgeboren gehorsamster Diener
Friedrich Hölderlin.

An Friedrich Wilmans

Nürtingen bei Stuttgart, d. 8. Dez. 1803.

Verehrungswürdiger!

Sie verzeihen, daß ich mit dem Manuskripte der Sophokleischen Tragödien gezögert habe. Ich wollte, da ich die Sache freier übersehen konnte, in der Übersetzung und den Anmerkungen noch einiges ändern. Die Sprache in der Antigonä schien mir nicht lebendig genug. Die Anmerkungen drückten meine Überzeugung von griechischer Kunst, auch den Sinn der Stücke nicht hinlänglich aus. Indessen tun sie mir noch nicht genug. Eine Einleitung zu den Tragödien des Sophokles will ich Ihnen, besonders ausgearbeitet, wenn dies Ihnen gefällig ist, das nächste halbe Jahr oder sonst in schicklicher Zeit zuschicken.

Kleine Gedichte in einen Almanach will ich Ihnen unmittelbar nach Absendung dieses Manuskripts aus meinen Papieren aussuchen. Ich habe einiges, was Ihnen vielleicht gefallen wird.

An Schelling hab ich noch nicht geschrieben. Will es aber auch noch diese Woche tun.

Sollte es Ihnen unbequem sein, die Ausgabe dieser Tragödien an Goethe oder an das Weimarische Theater zu schicken, so haben Sie die Güte, mir dieses zu wissen zu tun. Da ich HE. von Goethe persönlich kenne, so wird es nicht unschicklich von mir sein.

Einzelne lyrische größere Gedichte, 3 oder 4 Bogen, so daß jedes besonders gedruckt wird, weil der Inhalt unmittelbar das Vaterland angehn soll oder die Zeit, will ich Ihnen auch noch diesen Winter zuschicken.

Ihre gütige Aufmunterung hat mich sehr gefreut. Ich schätze es als ein wahr und glücklich Geschick, mit Ihnen in Beziehung gekommen zu sein.

Ihr ergebenster
Friedrich Hölderlin.

An Leo von Seckendorf

Nürtingen, d. 12. März 1804.

Mein Teurer!
Ich habe Dich neulich besuchen wollen; konnte aber Dein Haus nicht finden. Ich besorge also den Auftrag, der mir diesen Besuch notwendig machte, schriftlich und schicke Dir eine Ankündigung von pittoresken Ansichten des Rheins; es ist Dir möglich, Teil daran zu nehmen und dafür Teilnehmer zu finden. Der Fürst hat sich schon dafür interessiert. Ich bin begierig, wie sie ausfallen werden; ob sie rein und einfach aus der Natur gehoben sind, so daß an beiden Seiten nichts Unzugehöriges und Uncharakteristisches mit hineinge-

nommen ist und die Erde sich in gutem Gleichgewicht gegen den Himmel verhält, so daß auch das Licht, welches dieses Gleichgewicht in seinem besonderen Verhältnis bezeichnet, nicht schief und reizend täuschend sein muß. Es kommt wohl sehr viel auf den Winkel innerhalb des Kunstwerks und auf das Quadrat außerhalb desselben an.

Die Antiken in Paris haben besonders mir ein eigentliches Interesse für die Kunst gegeben, so daß ich mehr darin studieren möchte.

Ich bitte Dich auch, Dich für eine Übersetzung der Sophokleischen Tragödien zu interessieren, die mir derselbige Verleger, Herr Wilmans in Frankfurt, in Verlag genommen hat, und die auf Ostern herauskommen wird.

Die Fabel, poetische Ansicht der Geschichte, und Architektonik des Himmels beschäftiget mich gegenwärtig vorzüglich, besonders das Nationelle, sofern es von dem Griechischen verschieden ist.

Die verschiedenen Schicksale der Heroen, Ritter und Fürsten, wie sie dem Schicksal dienen, oder zweifelhafter sich in diesem verhalten, hab ich im allgemeinen gefaßt.

Ich wünschte Dich wirklich einmal in Stuttgart zu sehen und Gespräch mit Dir zu haben. Ich schätz es eigentlich, daß wir einen Mann, der so gelehrt ist und so menschlich, unter uns haben. Herrn von Sinclair habe ich es geschrieben.

Ich glaube Dir noch vieles mitteilen zu können. Das Studium des Vaterlandes, seiner Verhältnisse und Stände ist unendlich und verjüngt.

Daß uns die gute Zeit nicht leer von Geiste werde, und wir uns wieder selber finden mögen!

Ich denke einfältige und stille Tage, die kommen mögen. Beunruhigen uns die Feinde des Vaterlands, so ist ein Mut gespart, der uns verteidigen wird gegen das andre, das nicht ganz zu uns gehört. Ich empfehle mich Dir untertänig.

Hölderlin.

An Friedrich Wilmans

Nürtingen bei Stuttgart, d. 2. Apr. 1804.

Verehrungswürdiger!
Ich habe die Druckfehler des Ödipus durchgegangen.

Der rohe Druck hat mir fast besser gefallen, wahrscheinlich, weil die Züge, welche an den Buchstaben das Feste anzeigen, gegen das Modifizierende so gut aushalten in dieser Typographie, und dieses im rohen Druck noch bemerkbarer war als im gefeilten. Der Erfinder ist oft verschämt gegen sein Publikum, und verlieret über der Galanterie dann das Eigentümliche überhaupt, besonders das Feste, was diese Typographie charakterisiert. Übrigens hat die Typographie in diesem Vorzug nur mehr dem Scheine nach verloren als der Wirklichkeit.

Ist sie bekannter, so geben Sie ihr vielleicht das Rohe des ersten Drucks, und lassen es oder geben ihm eine Feile.

Ich sage dies, um Ihnen zu bezeugen, wie weit ich diese Vortrefflichkeit verstehe. Diese allzustrenge Feile schwächet auch nur das Feste dem ersten Scheine nach, und wenn man sich gerad, oder mit einer reinen Richtung zu den Seiten davor setzt, so sieht man die festeren Züge gut.

Ich erwarte nur die Exemplare, um sie an Herrn von Goethe und Herrn von Schiller zu schicken, und an einige andre, die vielleicht eine Teilnahme daran haben.

Der Prinzessin von Homburg möcht ich ein besonderes Exemplar schicken. Ich weiß nicht, ob Sie dazu besonderes Papier wählen wollen.

Ich glaube durchaus gegen die exzentrische Begeisterung geschrieben zu haben und so die griechische Einfalt erreicht; ich hoffe auch ferner, auf diesem Prinzipium zu bleiben, auch wenn ich das, was dem Dichter verboten ist, kühner exponieren sollte, gegen die exzentrische Begeisterung.

Ich freue mich, Ihnen nächstens etwas zu schicken, worauf ich jetzt einen eigentlichen Wert setze.

Ich wünsche, daß die Ideen und Berührungspunkte, welche dieses Buch in Umlauf bringen, so schnell wie möglich sich berühren mögen.

Leben Sie indes wohl, mein Teurer!

Ihr Freund Hölderlin.

Von Wilmans

Frankfurt, d. 14. Apr. 1804

Verehrungswürdiger Herr u. Freund!
Morgen mit Tages Anbruch reise ich nach *Leipzig* zur Messe – und vor einer Stunde ist der 2. Bd des *Sophokles* fertig geworden und danck den Himmel schon unterwegs nach *Leipzig*. –

In Eile, die Sie sich denken können, sende ich Ihnen anbei 6 Ex. auf *Velin* Papier und 6 Ex. auf das gewöhnliche Papier als *Honorar*Ex., die Sie Ihren Freunden mittheilen können.

Brauchen Sie noch einige zu diesem Behufe, so geschieht es gerne.

Mit dem besten Willen, ist es mir jetzt nicht möchlich Ihnen das *Honorarium* beizulegen, so wie ich aber von *Leipzig* zurückkehre, geschieht es ohne Aufschub, darauf können Sie sich verlassen.

Leider sind in dem ersten Theile viele Druckfehler, ich halte es aber für nöthig, sie nicht anzuhängen, wozu theils die Zeit zu spät ist, theils der geringste Theil der Leser darauf achtet. Ihnen werden sie nicht zur Last gelegt, sondern den Buchdruckern. Wünschen Sie sie angezeigt zu haben, so senden Sie mir eine Liste von beiden Bänden, die ich das Intelligenzblatt der Jenaer Litteratur Zeitung abdrucken lassen will.

Meine große Eile erlaubt mir nur noch Ihnen meine Verehrung zu versichern.

Fr. Wilmans

Von der Mutter

Allerliebster Sohn!
ob ich schon nicht so glücklich Bin auf mein wiederholtes Bitten auch einige Linien von Dir mein Lieber zu erhalten, so kan ich es doch nicht unterlaßen, Dich manchmahl von unserer vordauerenden Liebe, u. Andencken zu versichern. wie sehr würde es mich freüen und erheitern, wan Du mir nur auch wieder einmahl schreiben woltest, daß Du die L. Deinige noch liebst, u. an uns denckest. Vieleicht habe ich Dir ohne mein Wisen, u. Willen Veranlasung gegeben, daß Du empfindlich gegen mich bist, u. so bitter entgelten läsest, seye

nur so gut, u. melde es mir, ich will es zu verbesern suchen. oder wan Dir etwas an Deinem Weiszeüg oder Kleidungsstücke abgehen solte, so schreibe es mir oder bitte Deinen Hausherrn daß Er mir schreibt. es freüt mich herzlich daß Du, wie mir die gnädige Frau von Bröck schreibt, einen so gutdenckenden Hausherrn hast. der Dich so Liebreich behandle. Du mein Lieber wirst es auch zu schäzen wißen, u. danckbar vor die besondere Gewogenheit und Vorsorge die Dein Edler Freund, u. Gönner HE. von Sincklär so viel an Dir thut. wie auch desen Gnädige Frau Mutter, u. die Persohnen die Dich verpflegen.

Besonders aber Bitte ich Dich herzlich daß Du die Pflichten gegen unser l. Gott u Vater im Himel nicht versäumest. wir können auf dieser Erde keine grösere Glückseligkeit erlangen, als wan wir bey unserem l. Gott in gnaden stehen. nach diesem wollen wir mit allem ernst streben, daß wir dort ein ander wieder finden wo keine Trenung mehr sein wird.

ich sende Dir anbey ein Wämesle u 4 Paar strümpf u 1 paar Handschu als einen Beweis meiner Liebe u. Andencken. ich bitte Dich aber daß Du die Wollene Strümpfe auch trägst. Zum Preis unsers guthen Gottes kan ich Dir melden daß wir bisher, auch Dein l Bruder u schwägerin in Zwiefalten vor Kriegsnoth u unruhen verschont geblieben, u ich dancke es auch dem L. Gott daß es in Homburg so viel ich weiß zu keinen Kriegerischen Auftritten kam. Der l Gott seye uns u unserem Vatterland gnädig u gebe uns, u allen Menschen wieder den süsen Frieden.

Nebst unserm allerseitigen herzlichen Gruß u Bitte daß Du mich auch wieder mit etwas erfreüst u bald schreibst. schliese ich mit der Versicherung daß ich unveräntert verharre

Deine

Nürting. getreüe M. Gockin.

d. 29 octobr. 1805.

An die Mutter

[Tübingen]

Liebste Mutter!

Ich ergreife die von Herrn Zimmern mir gütigst angebotene Gelegenheit, mich in Gedanken an Sie zu wenden, und Sie noch immer von der Bezeugung meiner Ergebenheit und der Redlichkeit meiner Anhänglichkeit zu unterhalten. Ihre schon so lange mir einleuchtende und klare Gütigkeit, die Fortdauer Ihrer Zärtlichkeit und Ihres mir so wohltätigen moralischen Einflusses sind mir verehrungswürdige Gegenstände, die mir vor Augen schweben, ich mag meine schuldige Ehrerbietung in mir zu verstärken suchen oder ich mag denken, was an dem Angedenken seie, das ich Ihnen schuldig bin, vortreffliche Mutter! Wenn ich Ihnen nicht kann so unterhaltend sein wie Sie mir, so ist es das Verneinende, das in ebenderselben Ergebenheit liegt, die ich Ihnen zu bezeugen die Ehre habe. Meine Teilnahme hat an Ihnen noch nicht aufgehört; so fortdaurend Ihre mütterliche Gütigkeit, so unverändert ist mein Angedenken an Sie, verehrungswürdige Mutter! Die Tage, die Ihnen ohne Schaden an Gesundheit, und mit der Gewißheit Ihres Herzens hingehn, der Gottheit wohlzugefallen, sind mir immerhin teuer, und die Stunden, die ich in Ihrer Nähe zugebracht habe, wie mir scheinet, unvergeßlich. Ich hoffe, und habe das feste Zutrauen, daß es Ihnen immer recht wohlgehen und auf dieser Welt gefallen werde. Ich habe die Ehre, mich Ihnen zu empfehlen, und nenne mich

Ihren gehorsamsten Sohn
Hölderlin.

An die Mutter

[Tübingen]

Verehrungswürdigste Frau Mutter!

Ich mache Ihnen meinen gehorsamsten Dank für die Briefe, die ich von Ihnen erhalten habe, und versichere Sie, daß es mir eine Ehre ist, Ihnen zuweilen die Versicherung meiner Ergebenheit zu machen.

Bringen Sie die Zeit vergnügt zu, wie es mein Wunsch ist. Ich empfehle mich Ihnen gehorsamst und nenne mich

Ihren gehorsamen Sohn
Hölderlin.

An die Mutter

[Tübingen]

Liebste Mutter!
Ich muß Ihnen wahrscheinlich diese Tage als in Gnaden so ferne des Pabsts gar noch eine Visite machen. Daß diese Besuche nicht getrübt werden, berühr ich schriftlich einen glaublicheren oder unglaublicheren Gegenstand, die so ferne wiederholt scheinenden Reden vom Vermögen.

Haben Sie doch die Güte, dieses zusammenzubringen.

Ihr wahrhaft gehorsamer Sohn
Hölderlin.

An die Schwester

[Tübingen]

Teuerste Schwester!
Ich gebe mir, wenn ich schon kein Schreiben von Dir erhalten habe, die Ehre, an Dich zu schreiben. Es ist mir immer eine Freude, von Deinem Wohlbefinden mich erkundigt, und von meiner Ergebenheit die Bezeugungen gemacht zu haben. Ich habe die Ehre, Dir von meiner fortdauernden Ehrerbietung die Versicherung zu machen, und nenne mich

Deinen ergebensten Bruder
Hölderlin.

An den Bruder

[Tübingen]

Teuerster Bruder!

Du wirst es gut aufnehmen, daß ich Dir einen Brief schreibe. Ich bin überzeugt, daß Du es glaubst, daß es ein wahres Vergnügen für mich ist, wenn ich weiß, daß es Dir gut geht und daß Du gesund bist. Wenn ich Dir nur sehr wenig schreibe, so nehme den Brief als ein Zeichen der Aufmerksamkeit von mir an. Ich merke, daß ich schließen muß. Ich empfehle mich Deinem wohlwollenden Angedenken und nenne mich

Deinen Dich schätzenden Bruder
Hölderlin.

Von dem Bruder

Theuerster Bruder!

Ich halte es für meine brüderliche Pflicht, Dir ein Exemplar *Deiner* im Verlage *Cotta's* herausgekommenen vortrefflichen Gedichte zu übersenden. Schon hoffte ›ich‹ von einem Tage zum andern, Dir solche selbst übergeben zu können, aber leider hielten mich einige dringende Berufs Geschäfte biß jezt ab, und ich bedaure, daß dadurch die Mittheilung etwas verzögert worden ist. Innig soll es mich freuen, wenn es Dir angenehm ist, daß diese Sammlung in Deinem Nahmen durch die Mitwirkung Deiner Verehrer u. Freunde, mit sorgsamer Auswahl endlich zu Stande gekommen ist.

Ein achtungswerther preußischer Officier Herr *v. Diest* in *Berlin,* dessen Vater in Frankfurt lebte, und wahrscheinlich ein Freund von Dir war, gab die erste Veranlassung dazu, auch glaubte ich es Dir, mein lieber Bruder schuldig zu seyn, die Dichter *Kerner Schwab* und *Uhland* um ihre Unterstützung bei der Herausgabe zu bitten, die sich wirklich des schönen Werks mit Liebe annahmen.

So sind nun die Früchte Deiner trefflichen Dichtung der Welt erhalten, und Dein Angedenken wird in diesen von jedem tief fühlenden gebildeten Menschen stets verehrt werden.

Was ich dazu beitragen konnte, ist wenig, und kaum des Dankes werth, den ich Dir für die brüderliche Liebe, die Du mir in früheren Tagen erzeigtest, schuldig bin.

Das Honorar, das *Cotta* für die Gedichte u. die 2.[t] Auflage *Deines* Hyperions bezalt, ist als Dein Eigenthum der l. Mutter in *Nürtingen* zugestellt worden, welche solches ganz nach *Deiner* Disposition verwenden wird.

Schon einigemal habe ich Dich, lieber Bruder, bei Deinem lieben Hausherrn, Herrn Zimmer besucht, Du wirst Dich aber vielleicht dessen nicht mehr genau erinnern.

Ich hoffe Dich diesen Sommer noch, so wie meine vielen Dienst Verhältnisse es erlauben, zu besuchen. Vielleicht ist es möglich, daß auch meine l. Gattin, und meine beiden Kinder *Carl* u. *Ida,* die schon lange ihren l. *Oncle* zu sehen wünschen, mich begleiten können.

Indessen bitte ich Dich die Versicherung meiner unveränderlichen Liebe u. Achtung zu genehmigen, mit der ich stets bin.

Dein treuer Bruder

Stuttgart, d. 25. Julii 1826. Carl.

An die Mutter

[Tübingen]

Verzeihen Sie, liebste Mutter! wenn ich mich Ihnen nicht für Sie sollte ganz verständlich machen können.

Ich wiederhole Ihnen mit Höflichkeit, was ich zu sagen die Ehre haben konnte. Ich bitte den guten Gott, daß er, wie ich als Gelehrter spreche, Ihnen helfe in allem und mir. Nehmen Sie sich meiner an. Die Zeit ist buchstabengenau und allbarmherzig.

Indessen Ihr gehorsamster Sohn
Friedrich Hölderlin.

Ein notwendiger Anhang: Mitteilungen aus dem Turm

Ernst Zimmer an Hölderlins Mutter

Tübingen d. 19ten April 1812.

Hochgeehriste Frau Kammerrathe!

Bey Ihren lieben Hölderle, ist eine sehr wichtige veränderung eingetretten, mir bemerkten seit geraumer Zeit eine abnahme seines Körpers ohngeachtet Er einen mehr als gewöhnlichen Apeditt hatte, auch ist Er letztes Virtel Jahr ruhiger wie sonst geweßen, war Er auch im Paroxismus so Tobte Er nicht sehr, und gewöhnlich wars bald vorüber.

Vor ohngefehr 10 Tagen war Er aber des Nachts sehr unruhig lief in meiner Werkstadt umher, und sprach in der grösten heftigkeit mit Sich selbst, ich stund auf und fragte Ihn was Ihm fehle, Er bat mich aber wieder ins Bett zu gehen und Ihn allein zu laßen, sagte dabey ganz vernünftig Ich kann im Bett nicht bleiben und muß herum laufen, Sie alle können ruhig seyn, ich thue nimand nichts, schlafen sie wohl bester Zimmer, dabei brach Er das gespräch ab, ich konnte auch nichts weiter thun als wieder ins Bett zu gehen wenn ich Ihn nicht erzöhrnen wolte, that es auch und liß In thun was Er wolte.

Morgens wurde Er dann ruhig, bekam aber große innerliche Hize und Durst, wie einer im starken Fieber nur immer haben kann, und einen Durchlauf dazu, Er wurde dadurch so schwach das Er im Bett bleiben mußte, Nachmittags einen sehr starken Schweiß.

Den 2ten Tag noch stärkere Hize und Durst, nachher einen so starken Schweiß daß das Bett und alles was Er anhatte ganz durchnäßt wurde, diß daurte noch einige Tage so fort, denn bekam er einen Ausschlag am Mund, Durst Hize und Schweiß blieben nach und nach weg, aber Leider der Durchlauf nicht, diesen hat Er noch immer fort, doch nicht so stark mehr.

Jezt ist Er wieder den ganzen Tag auser dem Bette und äuserst höflich, der Blik seines Augs ist freundlich und Liebreich auch spielt und singt Er, und ist überigens sehr vernünftig.

Das merkwürdigste dabey ist, das Er seit jenner Nacht keine spur von Unruhe mehr hatte sonst hatte Er doch wenigstens alleander Tag eine Uhnruhige Stunde. Und auch der eigene Geruch der besonders des Morgens in seinem Zimmer so auffallend war hat sich verlohren.

Ich habe den Herrn Professor Gmelin, als Arzt zu Ihrem Lieben

Sohn hohlen laßen, dieser sagte mann könne über Ihres Sohnes würklichen Zustandt noch nichts bestimtes sagen es scheine Ihm aber ein Nachlaß der Natur zu seyn, und Leider gute Frau bin ich in die traurige Nothwindigkeit versetz es Ihnen zu schreiben das ich es selbst glaube.

Ihre schönne Hoffnung, den lieben Sohn noch disseits glücklich zu sehen würde den freylich leider ach leider verschwünden, doch komme es wie es komme so wird Er gewißt, doch jenseits beklükt werden. In 8 biß 14 Tage kan ich Ihnen vieleicht bestimtere Nachricht geben.

Sein dichterischer Geist zeigt Sich noch immer thätig, so sah Er bey mir eine Zeichnung von einem Tempel Er sagte mir ich solte einen von Holz so machen, ich versetze Ihm drauf daß ich um Brod arbeiten müßte, ich sey nicht so glüklich so in Philosofischer ruhe zu leben wie Er, gleich versetze Er, Ach ich bin doch ein armer Mensch, und in der nehmlichen Minute schrieb Er mir folgenden Vers mit Bleistift auf ein Brett

Die Linien des Lebens sind Verschieden
Wie Wege sind, und wie der Berge Gränzen.
Was Hir wir sind, kan dort ein Gott ergänzen
Mit Harmonien und ewigem Lohn und Frieden.

In ansehung seiner verpflegung dürfen Sie ganz beruhig sein. Meiner Frau lezten Tage ihrer Schwangerschaft wahren ganz gut, Sie konte Ihren Sohn noch alles selbst thun. Vorgestern ist Sie Enbunden worten doch starb leider das Kind nach einigen Stunden wieder, Sie hingegen befindet Sich gottlob recht wohl, und ist auser aller Gefahr.

Hier schüke ich Ihnen zugleich die Rechnung vor Ihren Sohn wir haben Ihm noch mehr Holz Kaufen müßen, gegenwärtig muß mann Ihm noch immer einheizen, Er friert sehr leicht, auch bekomt Er wider Kaffe zum Frühstük, und nachdem mir eine Speiße haben Kocht mann Ihm besonders.

Vor Kost 81 Tag	32 fl. 24 cr.
69 Schopen Wein	6fl. 54 cr.
Schnupftabak	1 21
Holz	3 fl. 18

Vor Wäsche	3 fl.
Vor Lichter den ganzen Winter biß jezt	1 fl. 36
	48 fl. 33 cr.
davon gehen ab	6 fl.
	42 fl. 33 cr.

Ihr gehorsamer Dinner
Ernst Zimmer

Tübingen, d. 22ten Feb: 1814

Hochgeehriste Frau Kammerräthe!

Ihr leztes Schreiben samt dem Geld vor die Virteljahres Rechnung, habe ich erhalten. Sie haben mich wieder sehr in verlegenheit gesezt, das Sie uns und unsere Kinder in einer so harten Zeit noch beschenkten worüber ich Ihnen zwar meine gehorsamste danksagung mache, bitte Ihnen aber ins künftige solche große unkosten zu ersparen. Ihr Lieber Hölderle ist so braf das mann Ihn nicht beßer wünschen kan. Er hat viel Freude an seinem Christgeschenk gehabt das Wämesle ist Ihm auch nicht zu weit eher etwas zu kurz. Uber den Brief den der Herr Pfarrer in Löschgau geschrieben hat, hatte Er viele Freude bezeigt. Er sagte zu mir, der Mann hat mir viele wohlthaten in meiner Jugend erzeigt, auch das Kleine Büchle von Böhlendorf hat Ihn Sehr gefreudt, Er sagte, ach der gute ist früh gestorben, es war ein Kurländer Ich habe Ihn in Homburg gekandt es war ein rechter guter Freund von mir. Wie sehr ist es Ihrem Lieben Guten Hölderle zu gönnen das Er keine wilde anfälle mehr hat, und das Er so heiter und zufrieden lebt. Mein Büble hat das Clavirspille angefangen, und da thut Sich Ihr lieber Sohn meistens mit Clavirspilen unterhalten, Er kann noch nach Noten spilen wenn Er will Er spilt aber lieber nach eigener Fantasie. Meine Frau wird Ihnen nächstens etwas weißzeig schüken. Die Kleider wo ich nach Reuttlingen geschükt habe werden doch dort angekomen seyn, ich habe noch den Postschein davor den Grosen Sak habe ich auch noch hir wo die beyden Päke darein waren, Ich bin so frey und schüke Ihnen ein Kästigen. hir braucht mann Sie gewöhnlich zu zukerdosen, ich habe neulich 6 stük machen müßen. Ich empfehle mich Ihnen und der Frau Profesorin, und verbleibe Ihr gehorsamer Dinner

Ernst Zimmer.

Lotte Zimmer an den Nürtinger Oberamtspfleger Zeller

Tübingen d 20ten Juli 1842.

Verehrtester Herr Oberammtspfleger!

Ich bin so frei u sende Ihnen im Namen meiner Mutter die Quittung vor Ihren Herrn Pflegesohn, auf das Quartal Jakobi, mit 67 f 30x nebst der Extra Rechnung über das Vesper welches zu 92 Tag berechnet a – 8x 12 f 16x ausmacht. hiebey folgt noch eine besonder Quittung mit 2 f 42x über folgende ausgelegte Sachen, vor einen Hosenträger welchen Er höchst nothwendig brauchte, welcher 1 f 12x kostete, ferner dem Balbierergesell 48x welcher Ihm schon 3 mal die Nägel an den Füßen schneiden mußte, u 3tens vor 3 Fensterscheiben wo 2 davon schon länger gemacht wurden, u eine Er vor einige Tag selbst im Zorn hinaus stieß, indem Er das Fenster zu arg zuschlug, wo Er dan im grösten Jammer mich herbey holte, um den Schaden einzusehen, wo ich Ihn dan fragte ob Er es gethan habe, sagte Er nur Er könne es nicht gewiß behaupten. Er meine der Wind hätte es gethan, was mich ungemein lächerte daß Er es geleugnet hat. als das Fenster gemacht war, sagte Er zu mir, Sie sind doch zu gnädig gegen mich, es hat schon manchen Spaß auf solche Art gegeben, weil Er es so sehr zu Herzen nimmt, den wen Ihm etwas verbricht ist Er äußerst alteriert darüber, was nun das Weißzeug anbetrifft was meine Mutter räparieren ließ kann ich Ihnen vor das ausgelegte erst später die Rechnung schicken, weil ich es nicht genau weiß, Sie ist gegenwärtig bey meiner Schwester in Hirschlanden, u vor 4 Wochen im Wildbad, was Ihr wie ich hörte sehr gut bekommen sein soll, wo Sie in 14 Tag ungefähr wieder hieher kommen wird, wo ich dan der Frau Profeßorin schreiben will, wan meine Mutter wieder da ist. haben Sie die Güte u empfehlen Sie mich der Frau Profeßorin.

Ich bin mit aller Hochachtung Ihre ergebenste Lotte Zimmer.

Lotte Zimmer an Karl Gock

Hochzuverehrender Herr Hofrath,

Ich nehme mir die Ehre Ihnen die sehr traurige Botschaft zu ertheilen von dem sanften Hinscheiden Ihres geliebten Herrn Bruders. seit einige Tage hatte Er einen Chartharr u wir bemerkten eine besondre Schwäche an Ihm wo ich dann zu Profeßor Gmelin ging u Er eine Arznei bekam spielte diesen Abend noch u aß in unserem Zimmer zu Nacht und ging Er ins Bett mußte aber wieder aufstehen u sagte zu mir Er könne vor Bangigkeit nicht im Bett bleiben nun sprach ich ihm doch zu u ging nicht von der Seite Er nahm kurz einige Minuten noch Arznei es wurde Ihm aber immer banger ein Haußherr war auch bey Ihm u ein anderer Herr welcher Ihm gewacht hätte mit mir nun verschied Er aber so sanft ohne noch einen besondern Todeskampf zu bekommen meine Mutter war auch bey Ihm an das Sterben dachte freilich kein Mensch von uns Die Bestürzung ist nun so groß daß mirs übers Weinen hinaus ist, u denoch dem Lieben Vater im Himmel taußendmal danken muß daß Er kein Lager hatte, u unter taußend Menschen wenige so sanft sterben wie Ihr geliebter Herr Bruder starb.

Ihn Erwartung Sie zu sehen oder wen es Ihre Gesundheit nicht erlauben würde mir nähere Mitheilung über das Begräbniß zu geben indeßen Empfehle ich mich Ihnen u Frau Hofräthin mit Aller Hochachtung

Ihre ergebenste Lotte Zimmer

Tübingen d. 7ten Juni 1843 Nachts 12 Uhr.

Nach Nürtingen habe ich auch geschrieben.

Literatur

Friedrich Hölderlin. Werke und Briefe. Ausgewählt von Peter Härtling. Köln 1984

Hölderlin. Sämtliche Werke. Dokumente. Herausgegeben von Friedrich Beißner und Adolf Beck. Stuttgart 1944 2 ff. (»Stuttgarter Ausgabe«)

Friedrich Hölderlin. Sämtliche Werke. Herausgegeben von D. E. Sattler. Frankfurt 1975 ff. (»Frankfurter Ausgabe«)

Friedrich Hölderlin. Sämtliche Werke und Briefe. Herausgegeben von Michael Knaupp. München 1992.

Friedrich Hölderlin. Sämtliche Werke und Briefe. Herausgegeben von Jochen Schmidt. Frankfurt 1992/94.

Hölderlin. Der Pflegsohn. Texte und Dokumente 1806–1843 mit den neu entdeckten Nürtinger Pflegschaftsakten. Herausgegeben von Gregor Wittkop. Stuttgart/Weimar 1993.

Verzeichnis der Absender

Verzeichnis der Empfänger

ber 1799, S. 312 / Homburg, d. 16. November 1799, S. 325 / Homburg, d. 29. Januar 1800, S. 344 / Homburg, d. 23. Mai 1800, S. 357 / Stuttgart, Ende Juni 1800, S. 359 / Hauptweil bei Konstanz, d. 24. Januar 1801, S. 368 / Lyon, d. 9. Januar 1802, S. 383 / Bordeaux, d. 28. Januar 1802, S. 384 / Bordeaux, am Karfreitag 1802, S. 385 / undatiert aus Tübingen, S. 398 / undatiert aus Tübingen, S. 398 / undatiert aus Tübingen, S. 399 / undatiert aus Tübingen, S. 401)

Köstlin, Nathanael (Denkendorf, wohl November 1785, S. 59)

Nast, Immanuel (Maulbronn, Ende Januar 1787, S. 61 / Maulbronn, d. 18. Februar 1787, S. 62 / Maulbronn, d. 26. März 1787, S. 64 / Maulbronn, Mitte April 1787, S. 64 / Mai 1787, S. 67 / Maulbronn, Ende Oktober 1787, S. 69 / Maulbronn, November 1787, S. 70)

Nast, Louise (Maulbronn, Ende April 1788, S. 75 / Tübingen, Januar 1789, S. 85 / Tübingen, Ende Januar 1789, S. 90 / Tübingen, März/April 1789, S. 93)

Neuffer, Christian Ludwig (Nürtingen, Dezember 1789, S. 96 / Tübingen, d. 28. November 1791, S. 101 / Juli 1793, S. 106 / Nürtingen, um den 20. Oktober 1793, S. 113 / Waltershausen, d. 30. Dezember 1793, S. 114 / Waltershausen, wahrscheinlich Anfang April 1794, S. 118 / Waltershausen bei Meiningen, d. 10. Oktober 1794, S. 131 / Jena, d. November 1794, S. 135 / Jena, d. 19. Januar 1795, S. 143 / Jena, d. 28. April 1795, S. 154 / Jena, 8. Mai 1795, S. 156 / Frankfurt, undatiert, S. 182 / Frankfurt, d. 16. Februar 1797, S. 202 / Homburg vor der Höhe, d. 12. November 1798, S. 239 / Homburg, d. 4. Juni 1799, S. 287)

Niethammer, Immanuel (Frankfurt am Main, d. 24. Februar 1796, S. 175)

Schelling, Friedrich Wilhelm Joseph von (Homburg, Juli 1799, S. 303)

Schiller, Friedrich (Waltershausen, April 1794, S. 121 / Nürtingen bei Stuttgart, d. 23. Juli 1795, S. 161 / Nürtingen bei Stuttgart, d. 4. September 1795, S. 166 / Kassel, d. 24. Juli 1796, S. 184 / Frankfurt, d. 20. November 1796, S. 193 / Frankfurt, d. 20. Juni 1797, S. 206 / Frankfurt, zwischen dem 15. und dem 20. August 1797, S. 212 / Frankfurt, d. 30. Juni 1798, S. 226 / d. 5. Juli 1799, S. 300 / Homburg, erste Hälfte September 1799 [Entwurf], S. 323 / Nürtingen bei Stuttgart, d. 2. Juni 1801, S. 377)